DIE MANNS

EIN JAHRHUNDERTROMAN

HEINRICH BRELOER
HORST KÖNIGSTEIN

S. FISCHER

arte EDITION
Erschienen in Zusammenarbeit mit
ARTE Deutschland TV GmbH

Bearbeitung: Barbara Hoffmeister

Bildnachweis: S. 477
Abbildungen: Color and Bytes, Leck
Satz: Fotosatz Otto Gutfreund GmbH, Darmstadt
Druck und Bindung: Clausen und Bosse, Leck
Printed in Germany
ISBN 3-10-005230-7

2. Auflage: November 2001

Inhalt

»Was für eine sonderbare FAMILIE sind wir!
Man wird später Bücher über UNS –
nicht über einzelne von uns – schreiben.«

Klaus Mann

Besetzung

Thomas Mann	Armin Mueller-Stahl
Katia Mann	Monica Bleibtreu
Heinrich Mann	Jürgen Hentsch
Nelly Kröger Mann	Veronica Ferres
Erika Mann	Sophie Rois
Klaus Mann	Sebastian Koch
Elisabeth Mann	Katharina Eckerfeld
Golo Mann	Philipp Hochmair
Monika Mann	Stefanie Stappenbeck
Michael Mann	Rüdiger Klink
Mimi Mann-Kanova	Traute Hoess
Julia Theres Mann	Angelika Thomas
Gustaf Gründgens	Gerd David
Karl-Viktor Mann	Wolf-Dietrich Sprenger
Alfred Pringsheim	Rudolf Wessely
Hedwig Pringsheim	Anne Marie Blanc
Klaus Pringsheim jr.	Sebastian Münster
Therese Giehse	Katharina Thalbach
Thomas Quinn Curtiss	Torben Liebrecht
Hilde Kahn Reach	Susanne Schäfer
Ricki Hallgarten	David Steffen
Pamela Wedekind	Andrea Sawatzki
Giuseppe Borgese	Hans-Michael Rehberg
Lohengrin	Oliver Masucci
Klaus Heuser	Ludwig Blochberger
Rudi Carius	Oliver Stritzel
René Schickele	Hermann Treusch
Alma Mahler-Werfel	Carola Regnier
Franz Werfel	Karl Fischer
Mopsa Sternheim	Inga Busch
Salka Viertel	Hildegard Schmahl
Erich Ebermayer	Udo Samel
Josef Roth	Norbert Schwientek

Vorweg

Eine Küstenlandschaft in Brasilien. Ein großer Schwarm von Vögeln fliegt kreischend vom Meer auf und der Abendsonne entgegen. Die Berge und der Dschungel am Horizont. Eine Blende in die Silhouette der Freien und Hansestadt: 1858 bringt ein Schiff ein junges Mädchen von Brasilien nach Lübeck.

Die engen Gassen unter den Spitzgiebeln. Annäherung über den alten Markt vor der Marienkirche an das Buddenbrookhaus, wie es heute genannt wird. Ein Schlachter hackt das Fleisch auf dem Block zurecht, Fische werden prüfend angehoben – das lebendige dampfende Lübeck im späten 19. Jahrhundert.

Oben im ersten Stockwerk des alten Patrizierhauses schließt eine schöne dunkelhaarige Frau die Fenster. Es ist Julia da Silva Bruhns, die elf Jahre nach ihrer Ankunft aus Parati 1869 in Lübeck die Ehe mit dem Kaufmann, Senator und Konsul Thomas Johann Heinrich Mann eingeht. Zwei Welten treffen aufeinander. Norden und Süden, Ordnungssinn und Leidenschaft. Das wird das Erbe in dieser Familie. Der Senator und die schöne Halbbrasilianerin haben fünf Kinder.

Über eine alte Aufnahme des Ehepaars blenden wir in das Wohnzimmer, in dem sich die Großfamilie vor einer gemalten Tapetenwand für den Fotografen aufstellt. Der Vater tritt in Eile als Letzter hinzu. Er blickt auf die Uhr. Der Fotograf öffnet den Verschluss der Kamera.

Das Familienbild zeigt: Mutter Julia mit Nachzügler Viktor auf dem Arm und die Kinder Heinrich (19 Jahre), Thomas (15 Jahre), Lula (13 Jahre) und Carla (9 Jahre).

Die beiden ältesten Söhne, Heinrich und Thomas, werden Schriftsteller. Thomas heiratet 1905 in München Katia Pringsheim, Tochter aus reichem jüdischem Elternhaus. Die beiden be-

kommen sechs Kinder. Erika und Klaus werden 1905 und 1906 geboren, 1909 und 1910 folgen Golo und Monika und schließlich 1918 und 1919 Elisabeth und Michael.

In München hat sich Thomas Mann noch vor dem Ersten Weltkrieg eine Villa ganz nach seinen Vorstellungen bauen lassen. Ein Großbürgerhaus mit Köchin, Kinderfrau, Stubenmädchen und Chauffeur. Der »Verfall einer Familie«, wie die Geschichte der *Buddenbrooks* im Untertitel heißt, verkaufte sich gut genug. In der Poschingerstraße 1 wird ein weiterer großer Roman, *Der Zauberberg*, abgeschlossen, hier werden die sechs Kinder aufwachsen, ihre Schulzeit verleben oder, die Älteren, immer wieder dorthin zurückkehren. Bis zum Jahr 1933, dem Beginn des Exils, bleibt »die Poschi« das Lebenszentrum der Familie.

Nach der Vertreibung der Manns durch die Nazis wurde die Villa enteignet und schließlich im Krieg weitgehend zerstört. Klaus Mann wird 1946 als amerikanischer Soldat der Familie darüber berichten. Auf dem Grundriss des alten Hauses und unter Verwendung des Mauerwerks vom ersten Stock entstand dann eine Art Neubau, der noch heute existiert und die ursprüngliche Anlage des Hauses vage erkennen lässt. Dieser Bau steht schon ein paar Jahre leer, als wir 1999 für eine Besichtigung mit

Elisabeth Mann Borgese von den Besitzern die Schlüssel bekommen.

An einigen dicht wuchernden Büschen vorbei bahnen wir uns einen Weg in den hinteren Teil des Gartens. Elisabeth hat anfangs große Schwierigkeiten, sich zu orientieren. »Das sieht alles sehr anders aus. Sehr anders! Abgesehen von der Terrasse, die war natürlich an dieser Stelle. Aber das hier war ein schöner quadratischer Rasen mit einem Kiesweg drum herum. Und dort stand ein großer Kastanienbaum...« Elisabeth Mann schaut jetzt genauer auf die Treppen, die einst vom Garten über die Terrasse in das Arbeitszimmer ihres Vaters führten. Und ihr Blick scheint die Szene aus den zwanziger Jahren unmittelbar heraufzubeschwören.

Ein altes Filmdokument zeigt uns, wie es hier vor über 80 Jahren ausgesehen hat. Thomas Mann schlendert beiläufig aus seinem Arbeitszimmer die Treppe hinunter. Unten im Garten wird die etwa zwei Jahre alte Elisabeth zu ihm ins Bild geschickt. Eine zufällige Begegnung, die sich die Kameramänner der Wochenschau ausgedacht haben. Die Kleine wackelt auf den Vater zu, der sie erfreut hochhebt und auf seinen Arm nimmt. Eine Naheinstellung holt sein fröhliches Lächeln heran und zugleich das ernste

Gesicht des neugierigen Mädchens, das sich zwischen diesem interessanten Kasten vor ihr und dem zu ihr sprechenden Vater nicht recht zu entscheiden weiß.

Wir wandern mit Elisabeth durch den verlassenen Bau. Die Einteilung der Räume hat sich geändert. Die große Diele, der Mittelpunkt des alten Elternhauses, ist zusammengeschrumpft, die breite Treppe, die von hier aus in die oberen Stockwerke führte, gibt es nicht mehr. Elisabeth bleibt vor dem ehemaligen Arbeitszimmer des Vaters stehen. Die charakteristische Run-

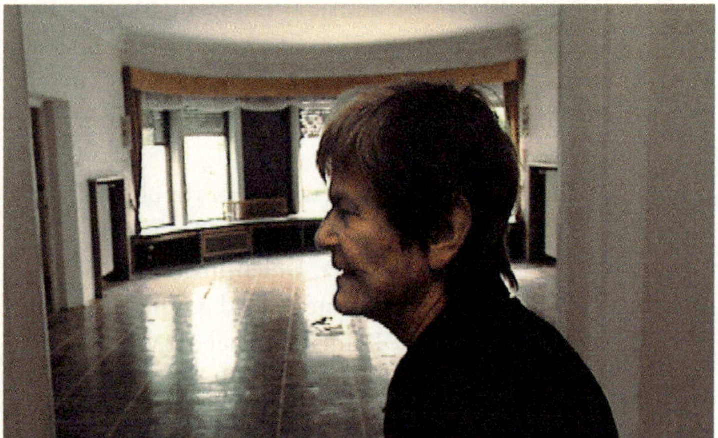

dung zum Garten hin, die Größe des Raumes – einige Merkmale vergegenwärtigen ihr, wie und wo der Schreibtisch hier gestanden haben muss. »Ja, an das Arbeitszimmer kann ich mich noch gut erinnern, an den großen Schreibtisch mit seinen Sächelchen darauf.«

In der alten Wochenschau kehrt der Vater aus dem Garten ins Arbeitszimmer zurück und lässt sich vor dem Schreibtisch auf der Fensterbank nieder. Thomas Mann spielt die Szene »Thomas Mann liest ein Buch«.

Und Armin Mueller-Stahl spielt für uns nun Thomas Mann. Er sitzt am Schreibtisch und schaut auf, als habe ein Besucher sein Zimmer betreten.

Die Tochter ist schon auf dem Weg in einen anderen Raum. »Also hier müsste der Salon von meiner Mutter gewesen sein.« Sie bleibt einen Augenblick stehen und versucht erneut sich zu orientieren.

Monika Bleibtreu in der Rolle der Katia Mann läuft, noch das klimpernde Schlüsselbund in der Hand, quer durch ihren Salon zum Telefon: »Mann!? Nein, Katia Mann!« Wie so häufig hat ihre tiefe Stimme einen Anrufer glauben lassen, er habe den Dichter höchstpersönlich am Apparat.

Wie im Traum wandelt die einzige noch lebende Tochter der Manns durch die Bilderwelten ihrer so lange zurückliegenden

Geschichte. Ihr kommt der Höhepunkt des Jahres in den Sinn. »An Weihnachten sind wir natürlich immer ins Arbeitszimmer...« Ihre schwungvolle Geste, mit der sie auf die Plätze vor ihr weist, wo die Familie im Dunkeln saß und singend auf das Christkind wartete, wird im Spiel vom Vater fortgesetzt.

Thomas Mann stößt die Flügeltür des Arbeitszimmers zur Diele hin auf: der geschmückte Weihnachtsbaum mit den brennenden Kerzen, die Tische voller Geschenke und dahinter artig aufgereiht das Personal – für die Kinder, die nur darauf gewartet haben, eröffnet sich der Blick ins bürgerliche Himmelreich.

Elisabeth führt uns über die Diele in einen angrenzenden Raum. »Also das hier muss das Esszimmer gewesen sein.«

Durch eine Verbindungstür kommt Thomas Mann für uns aus seinem Arbeitszimmer an den Mittagstisch. Die Familie ist schon versammelt, die Kinder haben sich nach der Rangordnung ihres Alters platziert. Am Kopfende auf dem Stuhl des Vaters sitzt die kleine Elisabeth. Und alle wissen, was nun geschehen wird: das Kissenspiel. Thomas Mann tut, als sehe er nicht, wer seinen Platz besetzt hält, und mit heiterer Gemütlichkeit erzählt er der Familie, was er gleich vorhabe, damit die kleine Dame, die schon darauf brennt, es nur ja nicht überhören kann. »Dann will ich mich mal auf meinen Stuhl setzen. Ihr müsst nämlich wissen, es ist eigentlich mein Lieblingsplatz in diesem Haus, dieser schöne Stuhl hier am Esstisch, der nur mir allein gehört.« Mit

den letzten Worten hat er sich schon auf den Schoß seiner jüngsten Tochter gesetzt. Er will es sich dort bequem machen wie auf einem besonders weichen Kissen. Die Familie lacht, jedesmal wieder.

Und das Lachen der kleinen Elisabeth scheint über die Zeiten hinweg auf dem Gesicht und in der Seele unserer Erzählerin geblieben zu sein, so lebendig erinnert sie den Spaß des Kissenspiels im alten Esszimmer. Wir sind jetzt so sehr Teil der Geschichte, dass wir mitspielen dürfen. »Gleich zerquetscht er die Kleine!« Elisabeth wehrt lachend ab: »Nein! Nein!«

Das Spiel zwischen den Zeiten geht weiter. Thomas Mann schaukelt hin und her. »Was ist denn das für ein hartes Kissen, auf dem ich so unbequem sitze?«

Es hat eine Stimme, das Kissen, es ruft – nein, Elisabeth weiß es besser: »Es quietscht!«

»Es quietscht!« Thomas Mann dreht sich verwundert um. »Es quietscht und lacht! Gibt es denn so was? Ein sprechendes Kissen!« Und schon setzt er das Lieblingskind auf seinen Schoß.

Was ist es, was ganz tief im Herzen rührt, wenn Sie an den Vater denken? Was wird da lebendig? »Alles zusammen! Das lässt sich gar nicht sagen. Als Kind mochte ich ganz besonders gern diese Partie an seinem Hinterkopf...« – Elisabeth dreht dabei den Kopf und streicht über ihre Nackenhaare, so wie sie es beim Vater tun durfte... »Und das war auch sehr, sehr tröstlich!«

Wir sehen wieder das Kind Elisabeth auf dem Arm des stolzen Vaters. Er versucht noch einmal, sie zu einem Lächeln zu bewegen, dann wendet sich Thomas Mann heiter und freundlich seinen Besuchern zu. Er blickt direkt in die Kamera. Er liebt diesen Zauberkasten – und wir tun es auch.

Das Spiel beginnt.

AM HOF DES ZAUBERERS

Poschingerstraße

Ein Kostümfest für die Jugend im Hause Mann. Die große Diele ist mit Luftschlangen und Lampions geschmückt. Klaus, in Mönchskutte, tanzt mit einem gut gewachsenen Seemann, einem jungen Schauspieler von den Kammerspielen, der ihn in die geheimnisvolle Welt ungenierter Boheme eingeführt hat. Erika schiebt mit ihrer Freundin Pamela Wedekind durchs Bild. Nachbarskinder und die jüngeren Geschwister sind natürlich auch dabei. Die ganz Kleinen, Medi und Bibi, werfen Konfetti auf die Tänzer. Der Plattenspieler dudelt den Hit der Saison, die jungen Leute singen mit: »Komm mit mir nach Brasilien, komm mit mir in die Pampas, da gründen wir Familien, weil ich mit dir zusamm'pass...«

Man tanzt ausgelassen, es ist die Zeit der großen Inflation. Die Welt der Erwachsenen kracht aus den Fugen. Die Grundlagen

von Sitte und Moral haben nach dem großen Weltkrieg einen kuriosen Wandel erfahren. Die Reichsmark löst sich auf. Aus Tausenden werden Millionen und schließlich Milliarden und Billionen, die man für ein einzelnes Hühnerei zu bezahlen hat. Wenn Medi oben auf ihrem Schaukelpferd sitzt, ruft sie im wippenden Rhythmus, was sie aus dem Gespräch der Eltern aufgeschnappt hat: »Der Dollar steigt! Der Dollar fällt!« Ein Grund mehr, ausgelassen zu sein und sich fröhlich der heraufziehenden Anarchie anzuvertrauen. Das alles ist ein großer Witz für die Gymnasiasten, die Eltern stellt es vor Probleme. Lebensmittel, Kleidung, Heizmaterial – das Elementare wird täglich teurer. Den Elternhäusern in der Nachbarschaft geht es nicht anders. »Wir Villenproletarier«, scherzt Thomas Mann gelegentlich über die unberechenbare Situation. An diesem Tag hat Katia trotz knappen Angebots ein paar Schnittchen und etwas Bowle bereitgestellt.

In dem Moment öffnet sich die Tür zum Arbeitszimmer, der Hausherr selbst hat seinen Auftritt. Erika eilt sofort herbei, klatscht in die Hände und bittet um Aufmerksamkeit. »Meine Damen und Herren, unser verehrter Vater, der Zauberer!« In der Tür steht Thomas Mann mit Zylinder und schwarzem Umhang, im Zaubererkostüm. Applaus! Die jungen Gäste freuen sich, dass

der große Thomas Mann ihnen die Ehre erweist und sich für eine Weile zu ihnen gesellen will. Der Dichter lächelt huldvoll und hebt beschwichtigend die Hände: »Bitte sich nicht stören zu lassen.« Erika freut sich. »Danke, dass du etwas mitspielst!« Die Großen nennen ihren Vater den Zauberer, seit er früher schon einmal bei einem Maskenball im improvisierten Zauberer-Gewand aufgetreten ist. Und es passt schließlich zu ihm, denn was dort hinter seiner Tür vorgeht, wenn er sich an jedem Morgen für ein paar Stunden strikt zur Arbeit zurückzieht, ist doch wohl nichts anderes als Zauberei. Wie er aus dem feinen Stoff seiner Vorstellungswelt heraus Menschen so lebendig werden lassen kann, dass sie seine Leser nicht mehr verlassen, bleibt sein großes Geheimnis.

Thomas Mann ist gern unter jungen Leuten, es freut ihn, sie in seinem Haus zu sehen. Es regt ihn an und tut ihm gut. An diesem Abend wird er eine Geschichte finden, eine Erzählung über die eigene Familie: *Unordnung und frühes Leid.* Die Hauptfigur wird seine jüngste Tochter sein, die fünfjährige Medi, die sich heute Abend noch verlieben und mit dem ersten Herzklopfen gleich kummervolle Tränen um den Angebeteten vergießen wird. Er heißt Fritz Riemerschmidt.

Aber das weiß Thomas Mann in diesem Moment noch nicht; den notwendigen Zusammenhang zwischen der Unordnung der Gefühle und dem Leid kennt er allerdings aus eigener Erfahrung. Jetzt schaut er nur und wandelt freundlich zwischen den Nachbarskindern und Schulkameraden seiner Ältesten umher. Kaum dass er sich eine Zigarette aus dem Etui gezogen hat, kommt schon ein Tänzer heran, um ihm Feuer zu geben. Es ist der besagte Fritz Riemerschmidt und er trägt kleine Engelsflügel zu seinem schmucken Frack. »Bitte, Herr Doktor.«

»Ah, die wohlerzogene Jugend.« Der Dichter zündet seine Zigarette an und hält den hübschen Tänzer mitsamt seiner Partnerin für einen Augenblick auf. »Was für Pläne haben Sie, Fritz?«

»Studieren! Ingenieur möchte ich werden – das interessiert mich.«

Wie schön, denkt der Hausherr, von so handfesten Lebensplänen zu hören. »Das ist was Rechtes. Glückwunsch dazu. Und wie geht es mit dem Tanzen?«

Fritz schüttelt etwas zerknirscht den Kopf, seine Tanzpartnerin Ilse nimmt ihm die Antwort ab: »Ganz dumme Kiste, seine Pumps sind zu eng. Aber wir tanzen sie heute Abend ein.«

Damit sind sie entlassen und wirbeln davon.

Thomas Mann sieht ihnen nach und wünschte, dass es auch mit Eri und Eissi so einfach wäre. Seine beiden Großen entwerfen leider exquisitere Pläne für ihr Leben.

Auf der Treppe zur Diele haben Golo und Monika einen etwas erhöhten Beobachterposten bezogen. Monika, als Vamp zurechtgemacht, hantiert mit einer Zigarettenspitze. Sie möchte heute eine Bekanntschaft machen und stellt sich bei Fritz Riemerschmidt vor. »Ich bin die Moni!«

Doch der lässt sie nach kurzem Innehalten stehen. »Freut mich. Hallo!« Dann umfasst er wieder seine Ilse, eine üppige Blonde, und dreht ab. Moni bleibt enttäuscht zurück.

Der Zauberer hat es aus dem Augenwinkel mitverfolgt. Sie macht ihm Sorgen. Mit seiner zweitältesten Tochter, dem Mönle, wie er sie nennt, kann er gar nicht viel anfangen. Eigentlich niemand in der Familie, vielleicht mit Ausnahme von Klaus, der immer ein tröstendes Wort für das Aschenputtel hat. Sie fällt einfach ab gegen die Begabung und den Glanz, den Erika und Eissi verbreiten. Schon die Ausstrahlung seiner Ältesten – was für eine herrliche Präsenz und Geistesgegenwart – und dann die Langeweile dieses anderen sonderbaren Kindes! Auch Monika hat den Blick des Vaters bemerkt, und eigentlich weiß sie ohnehin, dass er alles sieht, einfach alles, wenn er nur im Raum ist.

Monika Mann: »Ja, ich meine, er hat oft selbst nicht gewusst, dass er schaut. Und dann ist ihm vielleicht mal nach einem Jahr eingefallen, was er einmal gesehen hatte, unbewusst. Sonst hätte er auch nicht so schreiben können. Aber er hat einen nie bewusst angeschaut und kritisiert oder so etwas. Man fühlte sich nie beobachtet. Niemals. Und doch wusste man im Grunde genau: Das hat er sicher wieder mitgekriegt.«

Jemand hat die Platte gewechselt, vom Teller seufzt die »Rumba Negra«, ein Tanz aus Südamerika, der gerade das Deutsche Reich erobert hat.

Katia gesellt sich mit zwei Gläsern Bowle zum Zauberer und bietet ihm eins an: »Man soll's ja nicht sagen, Tommy – aber da fliegen die Millionen zum Fenster hinaus!«

»Geld hat Flügel.« Mit der knappen Antwort weist er das Glas zurück; er mag jetzt keinen Alkohol.

»Inflationsgeld, Tommy – bin froh, dass wir etwas dafür bekommen haben!«

Er hat sie gar nicht wirklich angesehen, denn er ist abgelenkt durch Erika und Pamela, die ausgelassen die Rumba tanzen und sich dabei etwas zurufen.

»Der Kurfürstendamm in Berlin – Pamela, ich sag' dir, nachts ist der zum Weinen schön!«

Auch Pamela hat neueste Nachrichten. »Ich krieg' vielleicht ein Engagement an den Hamburger Kammerspielen ...«

Aber Eri ist nicht aufzuhalten. »Zuerst geht's nach Berlin. Ich bekomme dort Sprecherziehung beim Stimmbildner Daniel.«

Klaus rauscht mit seinem Freund Bert Fischel heran. »Ich geh' auch nach Berlin!«

Pamela Wedekind lacht. »Etwa als Schauspieler?«

Klaus wirbelt im Tanz zu ihr herum. »Als Schriftsteller oder Tänzer.« Sein Tanzpartner Bert dreht ihn zu sich zurück: »Ja, der Klaus ist zum Bewegungskünstler geboren!«

Sie lachen und genießen ihre kleine Zweideutigkeit. Man ist jung, das Leben ist schön, man kann alles ausprobieren, und unter dem Dach des Zauberers gibt es nur wenige Verbote. Er ist liberal und duldet, was er sieht und hört.

Im Rhythmus der Rumbaschritte tanzt Klaus auf die beiden Mädchen zu. »Der Dollar steigt! Lassen wir uns fallen. Warum sollten wir stabiler sein als unsere Währung?«

Elisabeth Mann: »Man tanzte Foxtrott oder Tango und was weiß ich, all solche Sachen. Wir durften dabei sein und zuschauen. Und er hat mir arg gefallen, der Fritz.«

Als Ilse und Fritz wieder anfangen zu tanzen, läuft die kleine Medi hinter ihnen her. Sie greift sich die Schwalbenschwänze von Riemerschmidt und tänzelt mit. Das Paar lässt es lachend geschehen, bis der Hausherr sich seine Jüngste auf der Tanzfläche schnappt. »So, jetzt geht's zu Bett. Die Großen brauchen Platz.«

»Nein! Nein! Papale, ich will tanzen ... mit dem Fritz tanzen!«

»Herr Papale« nennt sie ihn, und das beruht auf einer Vereinbarung. Zuvor hat sie ihren Vater, wie die Mutter, nur Tommy genannt, und das, so hat Katia befunden, würde auf die Dauer und für die weitere Zukunft wohl etwas unstatthaft sein.

Herr Papale ist erstaunt – Widerspruch von seinem Herzblatt, das ist er ganz und gar nicht gewohnt. »So ist es nun mal, Medi. Die Kleinen müssen jetzt schlafen gehen. Ich komm' nochmal ans Bett und sage gute Nacht. Moni, bitte ...«

Damit übergibt er die Kleine der älteren Schwester, die neben ihn getreten ist.

»Tanzen! Tanzen! Lass mich runter!«

Siehe da, es naht der Retter mit Schwalbenschwanz und Engelsflügeln. Fritz nickt Thomas Mann verschwörerisch zu, tritt vor die Schwestern und macht eine Verbeugung: »Junges Fräulein, wenn ich bitten darf...«

Moni missversteht diese Einladung zum Tanz. Sie setzt das Kind ab und breitet ein wenig die Arme aus, um endlich auch einmal mit dem Fritz... »Aber gerne!«

Doch der Vielbegehrte beugt sich nur an Monika vorbei zur Jüngsten hinunter. Auf dem Parkett tritt man zur Seite. Und die kleine Dame schwebt beseligt auf dem Arm dieses Engels.

Ihr Herr Papale sieht es mit einer gewissen Besorgnis.

Ihr Vater hat es genau beschrieben, wie hier unten getanzt wird und Medi sich so schrecklich in den Tänzer verliebt hat. Sie haben sich wirklich verliebt?

»Das will ich meinen. Ich kann mich genau erinnern. Die Geschichte war genau so. Er hat mich dann auf den Arm genommen und mit mir getanzt, und das war über die Maßen herrlich. Und mein Vater war ein bisschen eifersüchtig.«

»Rumba Negra – Rumba Negra.« Die jungen Leute heben die Arme, wie man es in Kulturfilmen über das Stammesleben der Schwarzen in Afrika gesehen hat. Den Vater vergnügt es, ihnen bei den Tänzen der Neuzeit zuzusehen und dieses Treiben so dicht an der Schwelle seines Arbeitszimmers zu erleben. Der Dschungel in der Poschingerstraße.

In diesem Augenblick eilt das Kindermädchen die Treppe herunter und wendet sich aufgeregt an ihren Chef. »Herr Doktor, gehen S' nur glei nauf zur Medi, die hat's derwischt.«

»Ist sie krank?«

Für einen Augenblick genießt die Erzieherin ihren kleinen Triumph über die Unvernunft des Hausherrn, die Kleinen so lange auf dem ausgelassenen Fest der Großen mittun zu lassen.

»Krank, das könnt i net sagen. Recht weinen tut's alleweil recht heftik! 's is zwegn dem Herrn, der wo mit ihr tanzt hat.«

Thomas Mann dreht sich um und strebt zügig die Treppenstufen in den ersten Stock hinauf, wo sie neben Katias Schlafzimmer das Kinderzimmer eingerichtet haben. Er hat es gleich

gewusst. Dieses Tanzspiel würde nur das Herz seines Lieblings verwirren. Jetzt hat auch Katia die Aufregung mitbekommen und folgt den beiden.

Michael, genannt Bibi, der ein Jahr jüngere Bruder, steht ratlos in seinem Gitterbettchen und schaut zur Schwester. Medi schluchzt. Herr Papale ist von diesem Elend tief gerührt. Er kniet sich zu ihr ans Bett und streicht über ihre Wangen.

»Papale, Papale, der Fritz soll mein Bruder sein!«

In den kleinen Moment der Innigkeit schallt die vorlaute Wissenschaft des Kindermädchens hinein. »Es verhält sich wohl an dem, dass bei dem Kind die weiblichen Triebe ganz uhngemein lepphaft in Vorschein treten!«

»Ach, halten Sie doch den Mund!« – die Stimme der Herrschaft, und sie tut ihre Wirkung.

»Ganz wie Sie meinen, Herr Doktor.« Beleidigt zieht sich das Kinderfräulein zurück und trifft dabei auf Katia, die besorgt ans Bett ihrer unglücklichen Tochter herantritt. »Ist Medi krank geworden?«

»Sie hat sich etwas verliebt und wünscht sich einen neuen Bruder.« Das war so liebevoll gesagt, dass Katia mit einem erschrockenen »Herrje!« auf den Tonfall zärtlicher Besorgnis reagiert.

Und dann spricht der Vater gegen all das Schluchzen seine magischen Worte, ganz vernünftig, wie man mit so kleinen Menschen eben umzugehen hat. »Schau, Medi, da ist der Bibi. Du hast ja schon einen Bruder, übrigens einen ganz fabelhaften Bruder.«

»Ach der! Medi will tanzen – mit Fritz tanzen!«

In diesem Moment von kindlichem Starrsinn überzieht ein Lächeln das tränennasse Gesicht. Der Zauberer wendet sich unwillkürlich zur Tür. Und da steht nun das Wunder im Zimmer.

»Hier kommt ja dein Schwanenritter!«

Fritz Riemerschmidt mit den kleinen silbrig glänzenden Engelsflügeln am Frack rettet ein zweites Mal die Situation. »Habe ich vergessen, meiner Tänzerin gute Nacht zu sagen?«

»Fritz, tanzen! Medi will mit Fritz tanzen.«

Fritz Riemerschmidt beruhigt die Kleine. »So, jetzt schläfst du und träumst recht schön.« Und tatsächlich, es wirkt.

Jetzt kann sie die Augen schließen und wird von ihrem Tänzer träumen.

In der Novelle *Unordnung und frühes Leid* lässt Thomas Mann den befrackten Engel Fritz Riemerschmidt als Herrn Hergesell auftreten. »Welch ein Glück, denkt er, daß Lethe mit jedem Atemzug dieses Schlummers in ihre kleine Seele strömt; daß so eine Kindernacht zwischen Tag und Tag einen tiefen und breiten Abgrund bildet! Morgen, das ist gewiß, wird der Junge Hergesell nur noch ein blasser Schatten sein, unkräftig, ihrem Herzen irgendwelche Verstörung zuzufügen.«

Elisabeth Mann schüttelt lachend den Kopf: »Das war aber dann nicht so! Ich habe dann doch immer sehr lange an solchen Sachen festgehalten.«

Es ist spät geworden und das Fest schließlich zu Ende. Thomas Mann sitzt in seinem Morgenmantel am Schreibtisch und hört konzentriert mit geschlossenen Augen auf die letzten Töne des Vorspiels zu *Lohengrin*. Nach so viel aufgeregter Jugend im Haus hat er sich zu einer ruhigen Stunde in sein Refugium zurückgezogen. Die Nadel beginnt zu kratzen, er hebt den Tonarm mit dem kleinen Schalltrichter von der Platte, geht zur Tür und löscht das Licht.

Auf den ersten Treppenstufen, am ausgestopften Bären vorbei, trudelt, vom Windzug bewegt, der traurige Rest einer Luftschlange neben ihm zu Boden. Aus dem oberen Stockwerk, wo die Großen ihre Zimmer haben, ist noch Gelächter zu hören.

Ein Erinnerungsbild – »Eissi lag mit nacktem braunen Oberkörper lesend im Bett, was mich verwirrte«. Es ist der starke Eindruck dieses Momentes, der ihn noch einmal erfasst und von dem er – an Katias Zimmer vorbei – unwillkürlich angezogen wird. Vor einer halb angelehnten Tür bleibt er stehen. Golos Reich beginnt noch dahinter, und dort, in der Zimmerflucht, erkennt er den nackten Tänzer. Die Szene wird nur von einer kleinen Nachttischlampe beleuchtet.

Es ist tatsächlich Klaus, der mit einem Fähnchen von Tuch seinem Bruder so etwas wie einen Schleiertanz vorführt, eine improvisierte Pantomime. Das Gegenlicht läßt fast nur seine Silhouette sehen und ihn wie eine tanzende Skulptur erscheinen.

Der Vater, bewegt vom Anblick des immer wieder kurz im Licht aufscheinenden Körpers seines Sohnes, wie er dort – etwas unbeholfen lasziv – seinen Tanz erprobt und dabei fromme Gebärden imitiert, wendet den Blick ab und lauscht, noch für einen Moment an den Türrahmen gelehnt, dem Gespräch der Brüder.

Eissi, immer weitertanzend, erfindet eine Handlung, wie sie aus einem seiner zahllosen kleinen Stücke stammen könnte. »So umgarnt der Buhlteufel, eigentlich das Böse, die Nonne. Springt und hüpft. Ich bin die Nonne und werfe ängstliche und begehrliche Blicke auf das Böse. Dann, in der Not, greife ich zum Kruzifix – und da muss das Böse weichen…« Golos Stimme fährt dazwischen: »Eissi, zieh dich doch an oder geh' ins Bett!«

Aber der Tänzer will nicht aufhören, dreht sich weiter. »Warum soll ich mich denn anziehen? Ich will Tänzer werden,

Künstler. Was ist verkehrt am Nackttanz, Golo? Treibt ihr es nicht in Salem?«

Jetzt schließt der Vater vorsichtig die Tür, geht langsam und müde die Treppe hinunter. Auf der ersten Etage, kurz vor seinem Schlafzimmer, hört er die Stimme seiner Frau: »Bist du das, Tommy?«

Katia sitzt in ihrem Bett, zu später Stunde über einige Abrechnungen und Bestellungen gebeugt. Ihr Schlafzimmer ist im Laufe der Jahre zu einer Art Büro geworden, von dem aus sie den Haushalt steuert. Als von draußen keine Antwort kommt, konzentriert sie sich wieder auf die Zahlen.

Thomas Mann zögert einen Augenblick vor Katias Tür, dann entschließt er sich, den anderen Weg zu nehmen, wieder hinunter ins Arbeitszimmer.

Wir sehen ihn vor einem der Wachstuchhefte, in die er seit vielen Jahren fast täglich seine Eintragungen schreibt. In seinem Leben, das sich immer deutlicher auch zu einem öffentlichen Geschehen entwickelt, das von vielen Menschen beobachtet und kommentiert wird, bleiben diese Hefte ein privater Ort. Hier ist er mit sich allein. Ohne Distanz und Maskenspiel, mit schonungslosem und unverstelltem Blick auf sich selbst und andere. Nur so kann es ihm auch einen Schutz bieten, eine bindende Selbstvergewisserung sein. »Ich hörte Lärm im Zimmer der Jungen und überraschte Eissi völlig nackt vor Golo's Bett Unsinn machend. Starker Eindruck von seinem vormännlichen, glänzenden Körper, Erschütterung.«

Der Dichter legt den Stift beiseite und fasst das Ölgemälde an der gegenüberliegenden Wand ins Auge. Drei Jünglinge auf Felsen um eine Quelle gruppiert, ein Reigen. Kniend trinkt der eine vom Quellwasser, der andere macht einen weiten Schritt auf einen Felsabsatz und beugt sich dabei vor, der dritte Junge lagert auf einem kleinen Plateau in der Mitte über den beiden und lehnt sich zum Knienden an der Quelle. Es ist das Spiel der vor blauem Hintergrund hell angeleuchteten »jugendlichen Körperlichkeit, namentlich männliche, die mich entzückt« – Ludwig von Hofmanns »arkadische Schönheitsphantasie«. *Die Quelle* ist

eines der wenigen Gemälde, die der vor allem musikbegeisterte Dichter selbst erworben hat. Das war 1914, und das Bild wird ihn nicht mehr verlassen.

Thomas Mann erhebt sich und schließt das Tagebuch wieder zurück in den Schrank, in dem auch die anderen Hefte aufbewahrt werden.

Wir lesen *Golo Mann* eine dieser Eintragungen – »Erschütterung« – aus dem Tagebuch des Vaters vor. »Wie wird das Leben des Jungen sich gestalten? Jemand wie ich sollte selbstverständlich keine Kinder in die Welt setzen. Aber dies ›sollte‹ verdient seine Anführungsstriche. Was lebt, will nicht nur sich selbst, weil es lebt, sondern *hat* auch sich selbst gewollt, *denn* es lebt.«

Golo Mann (unwirsch abwehrend): »Ja, gut, gut. Gut. In seinen Romanen hat er ja eine Menge Kinder in die Welt gesetzt.

Ja! Und infolgedessen waren ihm die Töchter natürlich lieber, die machten ihm keine Sorge. Denn von den Töchtern wusste er, sie könnten nicht werden wie er. Bei den Söhnen bestand die Gefahr.«

Und die Tochter *Monika*, befragt in ihrem Domizil auf Capri, lapidar: »Ja, das hätte er vorher wissen müssen! Na ja, das sind aber auch nur so Sachen. So hingesagte, hingeschriebene Sachen. Das halte ich nicht für sehr ernst gemeint. Er war schon Familienvater. Er musste eine Familie, er musste das schon haben. Ohne Familie hätte er das alles gar nicht geschafft.«

Er hatte für sich, für sein Leben, eine Form gefunden, um das alles in Schach zu halten?

Golo Mann: »Das ist die wahre Wahrheit. Ja.«

Mit einer Pferdekutsche werden Katias Eltern in der Poschingerstraße vorgefahren. Ein Diener steigt mit einem kleinen Bündel Rebhühnern vom Kutschbock. Hedwig Pringsheim dreht sich auf der Treppe noch einmal um und befiehlt ihrem Diener Josef mit ausgebildeter Bühnen-Stimme: »Die Rebhühner in die Küche!«

»Niemand konnte mit Offis theatralischem Temperament konkurrieren«, schreibt ihr Enkel Klaus später. Hedwig Prings-

heim, Tochter der bekannten Frauenrechtlerin Hedwig Dohm, trägt sogar den Titel einer Hofschauspielerin. Vor langer Zeit hat der Kavalier und Millionenerbe Alfred Pringsheim sie auf der Bühne gesehen, sie im Oktober 1878 zu seiner Frau gemacht und ihr 1889 eine Residenz in München gebaut. Von diesem Palais in der Arcisstraße 12 ist die Kutsche soeben herübergekommen.

Diener Josef steuert den Lieferanteneingang im Souterrain an, das Ehepaar Pringsheim tritt ins Haus, von Tochter Katia in der Tür erwartet.

»Der alte Geheimrat war doch so reich! Da ist der Hof verkehrt! Haben Sie das nicht gewusst?«, erläutert uns das ehemalige Hausmädchen *Maria Fröhlich* die Verhältnisse der reichen jüdischen Familie Pringsheim.

Da hat Thomas Mann also eine Millionärstochter geheiratet?

»Ja, und ob!«

Hedwig rauscht mit großem Auftrittsgebaren herein, gefolgt von Katia und Alfred. »Was hat denn eure Festivität gekostet?«

»Zwanzig Billionen in etwa.« Die Tochter hantiert so beiläufig mit diesen aberwitzigen Zahlen, als wäre es selbstverständlich, sich in dieser Welt des Irrsinns mit Vernunft zu bewegen. Doch es ist auch zum Lachen. Ihr Vater, emeritierter Professor für Mathematik und Herr großer Konten, schüttelt ungläubig den Kopf. Er setzt zu einem seiner bekannten sarkastischen Scherze an: »Allein die Rebhühner kosten heute 100 Milliarden – bald sind deine Eltern bankrott! Einen Monet musste ich bereits verkaufen – wir leben von der Wand in den Mund.«

Es ist schon zu einem Ritual zwischen den Eheleuten geworden, und während das Dienstmädchen den beiden Alten aus dem Mantel hilft, schimpft Hedwig im Spaß zurück. »Alfred, erschreck' deine Tochter nicht – noch ist genug Wand da.«

Der Lärm der vorfahrenden Kutsche hat das jüngste Geschwisterpaar aus dem Kinderzimmer gelockt: Offi und Ofei sind gekommen! Alle in der Familie rufen die Großeltern bei diesen Namen. Denn die Pringsheims selbst reden sich von alters her mit »Fink« und »Fey« an. Fey ist wohl der Ausdruck für eine männliche Fee.

Nun stürmen Medi und Bibi die Treppe hinunter, bleiben auf den unteren Stufen stehen und legen die Finger an den Mund, wie sie es immer bei den Erwachsenen erleben müssen. »Psst! Psst!«

Das gefällt dem Ofei, er spielt sofort mit. »Oh, es muss wieder Ruhe im Hause sein. Sind wir zu früh?«

Golo Mann: »Es gab eigentlich immer einen Grund, im Hause still zu sein. Vormittags arbeitete er. Nach dem Mittagessen schlief er, und am späten Abend hat er sich auch ernsthaft beschäftigt.«

Ofei wendet sich in geheuchelter Sorge zur großen Tür, die das Arbeitszimmer des Dichters von der Diele trennt. »Der Künstler arbeitet wohl noch. Sollen wir wieder gehen?«

»Nein, nein!« Nur das nicht. Ein Besuch der Großeltern bringt immer die schönsten Überraschungen mit sich.

Hedwig schüttelt den Kopf. »Wie garstig du wieder bist!« Sie dreht sich lachend zu ihrer Tochter um: »Dabei kann dein Vater

so ein furchtbar süßer kleiner Mann sein. Alfred, lass dich mal von den Kindern mitnehmen; wir haben hier etwas zu besprechen!«

Der Großvater hält plötzlich ein Geschenkpaket in der Hand. »Was hab' ich euch denn da wohl mitgebracht?« Und mit großem Hallo stürmen die Barbaren, wie sie von den älteren Geschwistern geneckt werden, die Treppen wieder ins Kinderzimmer hinauf.

Auf dem Weg durch die Diele in den Salon wechselt bei Hedwig Pringsheim die Stimmung zu nachdenklicher Sorge. »Im Ernst, Katia, du gefällst mir nicht. Solltest eigentlich einige Wochen ausspannen. Vielleicht wieder nach Davos fahren, in die gesunde Luft der Berge.«

Katia ist vorausgegangen, am Blüthner-Flügel vorbei, auf dem die gebündelte Post liegt, zu ihrem Tisch mit der Schreibmaschine, die sie sich für den Augenblick von oben heruntergeholt hat.

»Ich kann die Kinder jetzt nicht einem Mädchen überlassen, wenn man überhaupt zuverlässiges Personal bekommen könnte. Nein, nein!«

Hedwig versteht schon, sie sieht ja, mit welcher Liebe ihre

Tochter an den sechs Kindern und dem siebten, dem großen Kind, hängt, und wie sie für alle und alles Sorge trägt. »Wird sich schon richten lassen. Und Tommy? Sag, unser ›leberleidender Rittmeister‹, wie hält er sich?«

»Leberleidender Rittmeister« – so haben sie den jungen Thomas Mann bei den Pringsheims genannt, als er sich damals, 1904, zum ersten Mal bei ihnen in der Gesellschaft zeigte und dann auch noch um die Hand ihrer Prinzessin anhielt. Mit ihren einundzwanzig Jahren erschien es dem Vater viel zu früh, sein Kind aus dem Haus zu geben. Wenn es nach ihm gegangen wäre, hätte sie erst einmal ihr Mathematikstudium auf der Universität beendet. Aber seine Frau Hedwig hatte es dann doch mit sanfter Hand durchgesetzt, dass diese hübsche und überaus gescheite Tochter aus bestem Elternhaus den etwas lebensfernen, aber so außerordentlich begabten Autor der *Buddenbrooks* heiraten durfte, wenn sie denn wollte. Schließlich kam auch er aus gutem Hause. Und irgendwie hatte es der vergleichsweise mittellose und fast streng wirkende junge Schriftsteller mit den tadellosen Manieren geschafft, von ihrer Katia das Jawort zu diesem Lebensbund zu bekommen.

»Er weiß nichts von Geld und Banken. Will es nicht wissen, will sich nicht kümmern. Die Wirtschaft, die Post und die Manuskripte, die englische und die französische Korrespondenz – es ist sehr viel geworden. Und Tommy kann das einfach nicht.« Katia deutet auf das noch eingespannte Blatt in ihrer Maschine. »Aber wenn ich die neuen Seiten vom *Zauberberg* abtippen kann, ist es eine einzige Freude!«

»Wie weit ist er denn?«

»Fertig, fast fertig. Gott sei Dank. Und es ist über die Maßen schön geworden.«

Mit der Begeisterung scheinen alle Sorgen von Katia abzufallen, ihr Gesicht hellt sich auf, ihre dunklen Augen strahlen. »Alle meine kleinen Geschichten, die ich ihm aus dem Sanatorium in Davos geschrieben habe, hat er eingefügt – und so lebendig!«

Im Sommer 1912 hatte Thomas Mann seine Frau in einem Schweizer Lungensanatorium besucht und hier, in Davos, war ihm die Idee zu einer »raschen« Novelle gekommen – »quasi als groteskes Nachspiel und Gegenstück zum *Tod in Venedig*«, wie Katia später in ihren *Erinnerungen* erzählt. Sie selbst, die wegen ihrer »kleinen Lungenaffektion« noch länger bleiben musste, hatte ihm dann in einer Reihe von Briefen das Sanatorium mit seinen merkwürdigen Patienten geschildert. »Zwei Bekannte von mir, die eine, Frau Plür, und ihre Freundin, Frau Maus, hat Thomas Mann als ›Frau Stöhr‹ und ›Frau Iltis‹ übernommen. Sie waren wirklich so. Unbezahlbar. Frau Plür war so furchtbar ordinär; und mich erstaunte es auch (ganz wie Hans Castorp), daß man so krank und dabei so ordinär sein konnte.«

Hedwig lacht. Das Geräusch eines Automobils hat sie ans Fenster gezogen, sie schiebt dezent den Vorhang zur Seite und beobachtet die beiden Ältesten, die gerade ihren Besuch begrüßen. Erika hat sich eine Zigarette angezündet, wie es die modernen jungen Frauen jetzt allerorten tun, während Klaus den Freund in den Arm nimmt und ungeniert auf den Mund küsst. Er blickt hoch und grüßt die Großmama. Nachdenklich lässt Hedwig die Gardine wieder zufallen. »Und Klaus und Eri, immer noch die Sorgenkinder?«

»Schauspielerin, das mag angehen. Aber Klaus, Tänzer oder Schriftsteller – bei diesem Vater ...«

Es war wohl unvermeidlich, dass sich das Talent bei den Kindern fortsetzte. Klaus schrieb schon früh kleine Dramen und Gedichte in seine Schulhefte, mit vierzehn wusste er: »Ich muß, muß, *muß* berühmt werden ...« Aber nun war das nicht mehr nur ein Spiel. Wenn er es wirklich als Schriftsteller versuchen wollte, würde er immer und überall mit seinem Vater verglichen werden.

»Ja, das ist nicht günstig. Aber warten wir ab. Weißt du, wo deine Ältesten sind, ist es immer amüsant. Sie sind so jung und begabt. In jedem Fall drück' ich euch erst mal die Daumen für einen großen Erfolg des neuen Buches.«

Dankbar für die lieben Worte umarmt Katia ihre Mutter. Das

Gespräch mit ihr hat wieder einmal alle düsteren Gedanken vertrieben.

Elisabeth Mann: »Sie hat ja alle Arbeiten für meinen Vater gemacht. Sie schrieb immer auf der Schreibmaschine. Während des Einschlafens hörte man das Geklapper. Und ich muss sagen, ich hab' das Geklapper noch Jahrzehnte gehört, beim Einschlafen abends.«

Hedwig und Katia verabschieden sich in der Diele. Katia hilft ihrer Mutter in den Mantel und kommt noch einmal darauf zurück: »Ein Erfolg mit dem *Zauberberg* täte dem Tommy sehr gut. Ist ja noch nicht so lange her, da hat sein Bruder Heinrich sehr gut verkauft. Hunderttausend allein vom *Untertan*, als der 1918 schließlich erscheinen durfte.«

»Reden die Brüder denn wieder miteinander? Ist die böse Sache in Heinrichs ›Zola‹-Essay vergessen, diese Rede von denen, die ›früh vertrocknen‹ ... Und der ›Zivilisationsliterat‹, mit dem dein Tommy sich bei ihm revanchierte?«

Katia macht ein bedenkliches Gesicht. »Ihre Feindschaft während des Krieges – das ging tief. Heinrich hat sich aber auch aufgeführt! War ja fast ein Franzose. Sie gehen sich im Grunde, trotz der Versöhnung nach Heinrichs Krankheit, aus dem Weg.«

Ofei ist inzwischen aus dem Kinderzimmer heruntergekommen. Das Hausmädchen hilft ihm in den Mantel, während Hedwig noch dem Verhalten der Brüder nachhängt. »Die beiden müssen doch auch einmal an ihre Mutter denken!«

Katia stimmt ihr in diesem Punkt zu. Aber sie sind so verschieden, diese Brüder. »Tommy hat mir neulich erst erzählt, dass sie schon als Schüler in Lübeck mal ein volles Jahr nicht miteinander gesprochen haben. Kannst du dir das vorstellen?«

»Sehr gut kann ich mir das vorstellen!« Alfred, dem die dezente Ablehnung seines Schwiegersohns niemals entgeht, will sich gerade in das Gespräch einmischen, als die Tür zum Arbeitszimmer einen Spalt weit aufgeht und der Dichter verärgert seinen Kopf heraus streckt: »Es klingelt das Telefon! Geht denn niemand an den Apparat?!«

Weßling, Oberbayern Ein großer dunkler Wagen mit Fahrer gleitet durch die leicht verschneite Landschaft der bayerischen Voralpen, 11. März 1923. Katia, Mimi, Heinrich und Thomas Mann sitzen im Fond einander gegenüber wie in einer Kutsche.

Heinrich ist seit 1914 mit der Prager Schauspielerin Maria Kanová, genannt Mimi, verheiratet; der Bruder hatte sich bei ihrer

Hochzeit entschuldigen lassen. 1916 haben Heinrich und Mimi ihre Tochter Leonie bekommen.

Der Wagen kämpft sich die leicht geschwungenen Hügel hinauf und hinunter. Man ist schweigsam und in der direkten Begegnung fremd miteinander. Ein Anruf vom jüngsten Bruder Viktor hat sie zu dieser gemeinsamen Fahrt veranlasst. Mutter Julia liegt im Sterben, es gilt einen Abschiedsbesuch zu machen. Mimi will reden, aber Katias Migräne wirkt wie eine Sperre. Jeder hängt seinen Gedanken nach. Heinrich sitzt neben dem Bruder und schaut in Fahrtrichtung auf die beiden Frauen, er sucht nach einem ersten Wort aus der Anspannung. »Mutter wird sich freuen, ihre Söhne noch einmal zusammen zu sehen.«

Mimi platzt wie aufs Stichwort in die aufgeladene Atmosphäre: »Sie hat darunter gelitten. Unter all dem Streit!«

Heinrich erstickt sofort den ungestümen Ausfall seiner Frau, er will so etwas jetzt nicht hören. »Mimi! Mama hat uns immer wieder zusammengebracht.«

Gab es nicht eine Zeit, wo sie beide nur zwei unbeschwerte kleine Jungen waren, die es zusammen gut hatten im Lübecker Elternhaus? Ein Lächeln huscht über sein Gesicht, er schaut zu seinem Bruder. »Die Geige, erinnerst du dich noch an die kleine Geige?«

»Die Kindergeige?« Thomas erinnert sich. Damals war Heinrich noch uneingeschränkt der große Bruder gewesen. Er malte und musizierte, tat überhaupt all die Dinge, die der Jüngere auch gern tun wollte. Ja, die Geschichte mit der Geige, Heinrich hatte sie also nicht vergessen.

»Kaum war ich in der Schule, hat jemand darauf gespielt.«

»Du wusstest, dass ich es war!«

»Erst fehlte eine Saite, dann noch eine. Und schließlich lagen in meinem Pult nur noch Trümmer. Sie war zerbrochen.«

»Warum hast du nichts gesagt?«

»Ich war zu stolz. Du warst doch nur der kleine Bruder.«

Thomas schaut ihn nun direkt und herausfordernd an: »Und, hast du mir vergeben?«

Heinrich bleibt gelassen. »Mama hat mich getröstet. Es ist kindisch und nutzlos, etwas zu besitzen und nicht zu teilen. Es trägt zum Glück gar nichts bei.«

Die beiden Frauen, jede ganz entschieden auf der Seite ihres Ehemanns, verfolgen mit größter Aufmerksamkeit das kleine Gespräch und das Wetterleuchten alter und neuer Rivalitäten. Am Fenster fliegen vereinzelte kleine Scheunen auf verschneiten Wiesen vorbei. Thomas wechselt das Thema. »Ist nun ihre letzte Station, Heinrich, ein Zimmer in einem Landgasthaus.«

Doch auf einem alten Schlachtfeld lässt sich jedes Thema als Anspielung und Anklage aufgreifen. Mimi hat den Satz ihres Schwagers als Affront gegen Heinrich verstanden, verstehen wollen. »Wir haben sie nicht nehmen können. Unsere Wohnung ist zu klein ...«

Katia fährt dazwischen: »Sie wollte es so!« Thema beendet. Man muss sich nun keine Vorwürfe darüber anhören, warum die Mutter ihre letzten Jahre nicht im großen Haus in der Poschingerstraße verbringen durfte, und auch nicht darüber debattieren, warum ihr nervöses fliehendes Wesen, das in der Wahl immer neuer Wohnungen in München, Augsburg, auf dem Land bei Polling und nun seit einigen Wochen in Weßling seinen Ausdruck fand, Thomas Mann in seinem Hause empfindlich gestört hätte.

Heinrich schweigt zu diesem Thema wie sein Bruder. Die Mutter ist wohl immer eine Fremde geblieben in Deutschland. Erst die Übersiedlung in den Süden, in Bayerns heitere Landeshauptstadt München, hatte ihrem Leben nach dem Tod des Senators etwas mehr Freude und Helligkeit beschert.

Die Brüder treten ins Sterbezimmer. Ihre Geschwister Julia, genannt Lula, und Viktor begrüßen sie mit traurigen Blicken. Thomas bleibt etwas steif und kämpft gegen das Sich-gehen-Lassen, die Tränen. Die Mutter summt und singt bei geschlossenen Augen ein Lied der Erinnerung an Brasilien. »Mulekkinho di meo Pai ...« Sie murmelt noch andere brasilianisch klingende Worte, die ihr Zurückgleiten in die eigene fernste Vergangenheit anzeigen. Als sie die Augen öffnet, erkennt sie Thomas. Sie lächelt. »Da

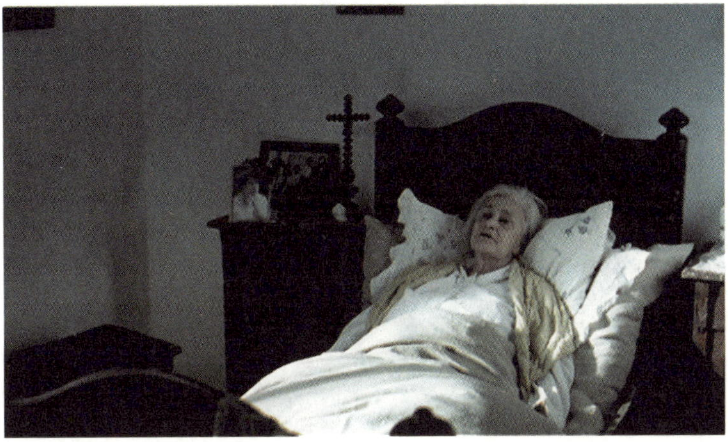

bist du ja, alter Peter.« Die Mutter nennt ihn wieder beim Kindernamen.

»Ich bin mit Heinrich gekommen.«

Sie bedenkt den Älteren mit demselben Lächeln, so wie sie in jeder Buchhandlung die Bücher *beider* Söhne für das Schaufenster zu reklamieren pflegte.

Wie immer ist sie in Sorge um das Wohlergehen ihrer Kinder. »Heinrich, nehmt euch vom Bauern Butter mit in die Stadt, für die Kinder. Es geht ihnen gut, ja?«

Sie weiß nur zu genau um das schwierige Verhältnis ihrer zwei so verschiedenen Söhne. Wie oft hat sie die beiden gemahnt, brüderlich zusammenzustehen. Die Familie des Senators ist ja gar nicht untergegangen, wie Tommy es sich in den *Buddenbrooks* vor aller Welt ausgemalt hat. Gerade in den beiden Brüdern und auch in den Enkelkindern ist doch so viel von ihren Träumen wahr geworden. Das ganze Land schaute ja auf ihre Ältesten. »Ihr seid zwei so begabte Kinder.«

Die Mutter zeigt auf den Ring an ihrer Hand. Sie hat ihn nach dem Tod des Vaters aus ihrer beider Eheringe anfertigen lassen: fünf schmale Ringe miteinander verschlungen, ihre fünf Kinder. »Bleibt beieinander!«

In diesem Augenblick gerührter Verlegenheit schaut Thomas aus dem Fenster. Dicke weiße Flocken taumeln vom Himmel.

»Schnee, noch mehr Schnee!« Nur nicht an Tod und Abschied denken.

Auch Viktor, der den beiden Älteren den Vortritt gelassen hat, will nun etwas sagen. »Kein Wetter, um vor die Tür zu gehen.« Als Nachzügler war er die längste Zeit bei der Mutter geblieben. Landwirtschaft hat er später studiert und nun arbeitet er für eine Bank. Er prüft die Werte auf den Bauernhöfen, wenn dort eine Hypothek beantragt wird.

Der Atem der Mutter wird schwerer. Alle wissen es in diesem Zimmer, und sie können sich darauf verlassen, dass ihnen die Mutter den Abschied leicht machen wird. Es ist nur ein Besuch, eine kleine Teegesellschaft an ihrem Bett. Heinrich leitet behutsam den Abschied ein: »Ruh dich aus, Mama.«

Und Julia blinzelt zustimmend. Sie will ein bisschen schlafen. »Bleibt aber noch drüben, ich werde euch wieder rufen lassen.« Sie wird jetzt die Augen schließen und nur die Krankenschwester soll die letzte Stunde bei ihr sein.

»Freilich, wir bleiben alle...« Die Brüder und ihre Frauen streichen, jeder auf seine Weise, der Mutter zum Abschied über die Hand. An der Tür dreht sich Thomas Mann, der sich der Mutter besonders verbunden fühlt, noch einmal um, hier wird sie nun für immer die Augen schließen. Er ringt seine Rührung nieder – »Schlaf gut, Mama!«

Noch einmal lächelt sie ihren Kindern zu. Sie weiß, dass es gut mit ihnen ausgehen wird, vor allem jetzt, wo sie wieder beisammen sind. Sie kann die Welt verlassen, auf der es so wunderlich für sie zugegangen ist. Das Mädchen aus Parati, das aus dem Sonnenland ins neblige und düster protestantische Lübeck reisen musste, um einen Kaufmann zu heiraten und der Welt diese Kinder zu schenken.

In einem kleinen Raum unweit des Sterbezimmers harren Viktor, Lula, Mimi und Katia zusammen aus. Hinter der Tür erwartet Julia den Tod.

Draußen im Schnee wandeln Heinrich und Thomas, dunkle Einschnitte im Weiß des Wintertages. Heinrich reicht seinem Bruder ein Taschentuch, und Thomas nimmt es mit der gleichen Beiläufigkeit an.

Der Jüngere erinnert sich jetzt an eine ähnliche Situation, damals in Lübeck, 1891, als der Vater starb und man sich ebenso um das Sterbebett versammelt hatte. »Denkst du an Vater?«

Knapp, als habe Heinrich nur darauf gewartet: »Er hat Mutter nie verstanden.«

Thomas nickt. »Fürchtete sich wohl vor ihrem Temperament.«

»Glaubte wohl, nach seinem Tod würde daraus Zügellosigkeit, ein Sichtreibenlassen.«

Sie müssen beide an das eigentümliche Testament denken, mit dem ihr Vater das Erbe ausdrücklich nicht der Mutter zugesprochen, sondern der Obhut eines Vormunds unterstellt hatte. In gewisser Weise betrafen die Befürchtungen des Senators auch Heinrich, der war damals zwanzig Jahre alt. Thomas spricht seinen Bruder darauf an. »Er sah es wohl auch in dir, als du die Schule geschmissen hattest und Schriftsteller werden wolltest.«

Im Hof ziehen zwei Kinder mit ihren Schlitten an ihnen vorbei. Sie wollen die Auffahrt zur Scheune hoch. Die Brüder haben ihre Freude daran– »weißt du noch, wie wir als Kinder die Engelsgrube in Lübeck hinuntergesaust sind!«

Die Jungen schlittern den Hügel hinab, direkt auf die beiden

Herren zu. Heinrich zieht gerade so eben seinen Bruder zur Seite. Er hält noch Thomas' Arm, als die Kinder schon jubelnd vorbeigerutscht sind. Ein schöner und doch beinah peinlicher Moment. Berührungen sind selten in der Familie Mann.

Heinrich verstärkt die Geste noch, als er nun des Bruders Hand ergreift: »Ich freue mich so, Tommy, dass wir wieder beisammen sind.«

Die Ehefrauen haben die Gesten vom Fenster aus beobachtet. Mimi voller Stolz: »Heinrich hat ihm die Hand gedrückt.« Beide behalten die Szene im Blick. Der Streit der Brüder hat sie unweigerlich mit hineingezogen.

Katia muss es noch einmal loswerden: »Was Heinrich da vor aller Welt über seinen Bruder geschrieben hat, das sind Geschichten, die haben ihn über alle Begriffe gekränkt. Hat ihn als Streber und frühzeitig Vergreisten dargestellt!«

Die Antwort lässt nicht auf sich warten: »Und von Thomas Mann haben wir gelesen, dass Heinrich den Bruder hassen würde. Wissen Sie, Katia, Heinrich hat geweint, als man ihm das vorgelesen hat.«

Elisabeth Mann erzählt uns vom Streit der Brüder. Dabei ist unüberhörbar, wie schwer es ihr fällt, so direkt vor der Kamera dem Vater einen Fehler, ein Unrecht nachzusagen. »Im ganzen politischen Bruderzwist war ja eigentlich der Heinrich der, der immer Recht hatte, und es war ja mein Vater, der – … umschalten musste, weil er auf einem falschen Geleise gelaufen war. Nicht der Heinrich. Der Heinrich war ja immer europäisch und demokratisch und für die westliche Kultur eingetreten. Und mein Vater war doch eben ein Nationalist.«

Das Gespräch der Brüder kommt auf die verschiedenen Standpunkte während des Krieges. Thomas gehört eindeutig zu den Geschlagenen, sein Bruder behielt am Ende eben Recht. »Jetzt kannst du triumphieren!«

Aber genau das will Heinrich nicht hören. »Triumph? Mein Gott, Thomas, da unten liegen zehn Millionen Leichen.«

»Du hast es vorhergesehen. Ich habe mir nicht vorstellen können, dass ein einziger Krieg genügt, das Kaiserreich, ein ganzes Staatsgebäude einzustürzen!«

Man ist doch als Künstler ganz selbstverständlich und entschieden ein unpolitischer Mensch gewesen. Politik – die hatte man anderen überlassen, als ein Geschäft, das sich für einen Künstler nun mal nicht eignete. Haben nicht viele so gedacht, bis der Krieg und das bittere Ende sie eines Besseren belehrten?

Heinrich hatte es so erlebt, auf ihn hat niemand hören wollen. Sein Roman *Der Untertan* hatte nach Kriegsbeginn nicht mehr erscheinen dürfen. Das Kaiserreich hatte die kritisch-satirische Schilderung jenes staatstragenden Typus, der sich mit fast masochistischer Lust der Macht unterwirft und gleichzeitig von ihr profitiert, nicht dulden können.

»Wenn man ein Unglück kommen sieht, Tommy – … Die Menschen wollen nicht wissen, was in zehn oder fünfzehn Jahren aus ihnen wird.«

»Jetzt hören sie dir zu.«

»Man nimmt mich hin. Aber so einer wie ich ist nie willkommen. Der Typ des Untertans hat sich noch nicht verbraucht, hat sich noch lange nicht überlebt, Tommy – noch lange nicht!«

Viktor kommt in den Hof gelaufen. Als er die beiden sieht, verlangsamt er seine Schritte. »Unsere Mutter, sie ist erlöst.« Tröstend legt Heinrich dem Benjamin, dessen Patenonkel er ja auch ist, die Hand auf die Schulter, er will den anderen mit einbeziehen, gemeinsam, zu dritt, ins Haus zurückkehren. Aber Thomas zögert, entzieht sich und lässt seine Brüder schon vorgehen.

Er bleibt noch einen Augenblick hier draußen. Die Flocken wirbeln jetzt dichter, sodass er seinen Hut festhalten muss, als er den beiden schließlich nachfolgt.

Poschingerstraße

»Die Flocken flogen ihm massenweise ins Gesicht und schmolzen dort, so daß es erstarrte. Sie flogen ihm in den Mund, wo sie mit schwach wässerigem Geschmack zergingen, flogen gegen seine Lider, die sich krampfhaft schlossen, überschwemmten die Augen und verhinderten jede Ausschau« … »Es war das Nichts, das weiße, wirbelnde Nichts, worein er blickte, wenn er sich zwang, zu sehen.«

Im Arbeitszimmer in der Poschingerstraße sehen wir die Familie Mann versammelt. Die beiden Pringsheims sind gekommen, Lula und Viktor haben in der ersten Reihe vor ihrem Bruder Platz genommen, Katia und Erika dahinter und neben ihnen sitzt Klaus. Der Vater liest aus seinem neuen Roman, dem *Zauberberg*, der soeben in Druck gegangen ist. Er kann mit seiner sonoren Erzählstimme so lebhaft und ausdrucksvoll vortragen, dass diese Lesestunden bei seinen Zuhörern besonders beliebt sind.

Auch sein Ältester verfolgt gebannt die Geschichte von Hans Castorp, der sich bei einem Schneetreiben hoch oben im Gebirge, auf dem Zauberberg, verirrt und nun droht verloren zu gehen. Er versteht zu genau den verlockenden Sog, die Anziehung und Macht, die der Tod auf Menschen ausüben kann.

»Der einsame Schuppen war unzugänglich, die Tür verschlossen, man konnte nirgends hinein. Aber Hans Castorp beschloß dennoch, vorderhand hierzubleiben« … »Die Wand ist gut, Holzbalken, es scheint eine gewisse Wärme davon auszuge-

hen.« Und tatsächlich. »Die blanken Regenschleier sanken: da lag das Meer – ein Meer, das Südmeer war das, tief-tiefblau von Silberlichtern blitzend, eine wunderschöne Bucht« …

Die Landschaft hat sich für Hans Castorp gewandelt und nun beschreibt der Vater eine Szene, die jeden hier an das Gemälde, die *Quelle,* erinnern muss. Er lässt seinen gefährdeten Helden einen tiefen Traum der Selbsterkenntnis träumen, den alten Traum von der Idylle einer glücklichen Menschengemeinschaft.

Von »zugänglichen Küstenhöhen« und »lachenden Felsenbecken« ist die Rede: »Menschen, Sonnen- und Meereskinder, regten sich und ruhten überall«, »Jünglinge tummelten Pferde«, »trieben sie, sattellos reitend, mit bloßen Fersen die Flanken der Gäule schlagend, ins Meer hinein, wobei die Muskeln ihrer Rücken unter der goldbraunen Haut in der Sonne spielten«.

Sich allmählich steigernde Unruhe hat Klaus erfasst. Erdrückend schön schreibt der Vater. Wie wird man dem je selber standhalten können? Wie viel Raum bleibt einem Sohn in dieser einen väterlichen Welt, wenn er so entschieden das Talent des Schriftstellers in sich selbst spürt?

»Wie hübsch, gesund und klug und glücklich sie sind! Ja, nicht nur wohlgestalt – auch klug und liebenswürdig von innen heraus«, denkt Hans Castorp gerade im Traum.

Klaus springt auf, reißt draußen in der Diele ein Fenster auf und atmet die kühle Winterluft ein.

Erika will hinterher, sie ahnt, was in ihrem Bruder vorgeht, doch ein Blick der Mutter hält sie vorerst auf dem Stuhl. Es wäre jetzt zu ungehörig, den Vater so zu stören.

Monika Mann: »Klaus verehrte ihn unheimlich. Ich weiß nicht, inwieweit er ihn mit dem Herzen liebte, das weiß ich nicht. Aber der Vater war für ihn die höchste Figur in seinem Leben.«

Der Zauberer hat den träumenden Castorp inzwischen vor einen Tempel und die Vision der Barbarei geführt. »Zwei graue Weiber, halbnackt, zottelhaarig« ... »Über einem Becken zerrissen sie ein kleines Kind, zerrissen es in wilder Stille in den Händen – Hans Castorp sah zartes blondes Haar mit Blut verschmiert – und verschlangen die Stücke, daß die spröden Knöchlein ihnen im Maule knackten und das Blut von ihren wüsten Lippen troff.«

Lula graust es, und Eri steht nun doch auf und gesellt sich zu ihrem Bruder in die Diele. Sie legt tröstend die Arme um Eissi, mit dem sie sich so sehr verbunden fühlt wie mit keinem Menschen sonst auf der Welt. Sie hat es leichter mit ihrem Vater, der ihre Brillanz liebt und lediglich stolz ist auf die begabte Tochter. Zwischen ihnen gibt es diese eigentümliche Verlegenheit nicht. Was sie auch tut – der Zauberer kann seiner Ältesten einfach nicht böse sein. Nicht so bei Eissi. Und dann die Größe des Vaters, die Klaus so deutlich spürt und auch bewundern muss. »Was können wir schon erzählen? Ich werde nie an ihn heranreichen.«

»Du kannst *unsere* Geschichte erzählen, unsere Gefühle ohne Symbole, von wirklichen Menschen«, tröstet sie ihn, während über den Flur die Stimme des Vaters zu hören bleibt. Er schildert eine humane Zivilisation mit dem steten Blick auf das mögliche

Grauen dahinter, indem er nun das Bild der Barbarei und der Idylle auflöst.

»Grausende Eiseskälte hielt Hans Castorp in seinem Bann« ... »so fand er sich« ... »an seinem Schuppen im Schnee, auf einem Arme liegend« ... »erleichtert, die Greuelweiber los zu sein.«

Klaus schaut auf die artige Gesellschaft dort im Arbeitszimmer. »Die sind so verdammt sicher, die Eltern ... – was wissen die von uns?!«

Drinnen fährt die Vorleserstimme fort. »Mir träumte vom Stande des Menschen und seiner höflich-verständigen und ehrerbietigen Gemeinschaft, hinter der im Tempel das gräßliche Blutmahl sich abspielt. Waren sie so höflich und reizend zueinander, die Sonnenleute, im stillen Hinblick auf eben dies Gräßliche?«

Der Zauberer kommt zum Höhepunkt, zur Erkenntnis seines träumenden Helden, zu dessen Vorsätzen, die doch auch das Ergebnis seiner eigenen Erfahrungen sind. »Ich will dran denken. Ich will gut sein. Ich will dem Tode keine Herrschaft einräumen über meine Gedanken! Denn darin besteht die Güte und Menschenliebe, und in nichts anderem.«

Thomas Mann lässt das Manuskript sinken. Erstauntes Schweigen um ihn herum. Solches Credo hat man so deutlich hier zum ersten Mal von ihm gehört – aber auch eine Ahnung davon bekommen, dass hier einer die Barbarei, das Grässliche, das Blut wohl in sich selber ausgelotet hat.

Hedwig Pringsheim erhebt sich als Erste. »Tommy, ich bin so bewegt. Was du uns da sagen willst ... Das Inferno liegt ja gerade erst hinter uns, und, Gott behüte, also – Alfred, sag du doch mal was!« Während Viktor zuvorkommend seinem Bruder ein Streichholz für die Zigarette hinhält, beendet Thomas das Gespräch über seinen neuen Roman, ehe es richtig beginnen kann: »Ihr werdet mich schon recht verstehen, wenn ihr es bald selbst gelesen habt.«

Hamburg Ein alter Film vom Hamburger Hafen in den 20er Jahren. Dazu die Kamerafahrt auf ein Foto aus dem Jahr 1925. Wir sehen vier Freunde, die nebeneinander auf einer Bank sitzen. Der Schauspieler Gustaf Gründgens, mit Brille, hat seine Arme um die junge Kollegin Pamela Wedekind gelegt. Sie ist die Tochter des berühmten Dramatikers Frank Wedekind, dessen Stücke jetzt viel gespielt werden, und eine Freundin der beiden anderen Dichterkinder: Erika, die sich an Klaus schmiegt, der wiederum einen Arm um sie und den anderen über Pamelas Nacken hinweg um Gründgens' Schultern gelegt hat. Alle vier blicken zuversichtlich dem Fotoapparat und ihrer gemeinsamen Zukunft entgegen.

»Gustaf war brillant, witzig, blasiert, mondän.« ... »In einer seiner jähen, intensiven Launen verliebte er sich in mein Stück; vor allem reizte ihn die Idee, ›Anja und Esther‹ mit Erika und Pamela in den Titelrollen herauszubringen. Und ich, der Autor, sollte auch mitspielen: Gustaf hatte es sich in den Kopf gesetzt. Seine Einladung, die in Form eines stürmischen Telegramms an mich erging, kam mir höchst überraschend«, schreibt Klaus später im *Wendepunkt*.

Nun steht er mit Erika auf der Bühne der Hamburger Kammerspiele im fast fertig eingerichteten Bild von »Anja und

Esther«. Klaus hat dieses Stück, das unter jungen Leuten in einem Stift für gefallene Kinder spielt, innerhalb weniger Wochen heruntergeschrieben. Es war so leicht: Das Leben, ihre eigenen Träume und Geschichten brauchten nur abgeschrieben zu werden.

Die beiden Geschwister deklamieren den Text in einer Mischung von ehrlich gefühltem Pathos und vertrautem Alltagsgespräch. Erika probiert gerade die Rolle des Mädchens Esther: »Ich mache die Eltern verantwortlich!! Denn sie hatten es leichter!!« ... »In ihrer unverzeihlichen Skrupellosigkeit setzten sie uns in die Welt. Sie hatten ja den Boden unter den Füßen, den wir verlieren mußten. Sie hatten ihre kleine Trauer, in der sie hausten, ihre kleine Schwäche, die ihnen behaglich war. Aber wir müssen uns stündlich gefährdet fühlen, wie niemals ein Geschlecht noch gefährdet war.«

In Kostüm und Maske beobachtet Gründgens die Szene genau. Er spricht den Text leise mit. Er kümmert sich kaum um den eigenen Part, sondern konzentriert sich ganz auf seine Regie. Schließlich hat er das Stück bei Erich Ziegel in den Kammerspielen durchgesetzt, und nun soll es auch ein Erfolg werden. Das ist ein Versprechen auf die junge Freundschaft, die in den letzten Wochen zwischen den Geschwistern Mann und Gründgens entstanden ist.

Sie sind sich so ähnlich und doch grundverschieden, die Kinder aus dem reichen Bürgerhaus des weltberühmten Thomas Mann und der Sohn aus den viel kleineren Verhältnissen. Doch hoch begabt sind sie alle zusammen und mit brennender Sehnsucht unterwegs zu Anerkennung und Ruhm.

Ramon Neckelmann, Bühnenbildner in jenen Hamburger Tagen und damals besonders mit Klaus befreundet, erinnert sich an die Aufführung: »Die Eltern verstanden nicht, was die Jungen wollten. Schon gar nicht, wenn es sich um Dinge handelte, wie in dem Stück von Klaus ... junge Männer lieben einander, junge Mädchen lieben einander und beides geht über kreuz und quer.«

Eine neue Variante wird ausprobiert. Klaus und Gustaf haben sich ins Parkett gesetzt und schauen den beiden zu. Die jungen Männer sind hoch konzentriert. Fast halten sie sich aneinander fest wie die beiden Frauen auf der Bühne.

Pamela eröffnet den kurzen Dialog. »Ich habe nämlich gedacht, ob wir beide, du und ich, wohl einmal heiliggesprochen werden« … »Dann wäre heilig alles, was wir tun – auch das, was wir immer miteinander tun.«

Erika in der Rolle der Anja »umklammert in einer plötzlich und von tief heraufflammenden Leidenschaft«, wie es im Stück heißt, Esthers Hände: »… ich verstehe die Worte nicht mehr. Jetzt hören die Worte auf – jetzt versinken sie.« Und Pamela/ Esther antwortet: »Jetzt gehen wir nicht zu den anderen mehr. – Komm jetzt – komm jetzt mit mir – in den Garten – in den Garten – in die Nacht – komm jetzt – komm jetzt –«

Unter ihre letzten Worte mischt sich – hörbar nur für uns – die Stimme von *Golo Mann*: »Ich finde es hochstilisiert. Jede Generation hat es ein wenig schwer! Nein, nein, mit diesen frühen

Stücken, nein, damit konnte er die Liebe seines Vaters nicht erringen. Das wusste er auch. Er war ja intelligent. Er wusste, dass das nicht im Sinne des Vaters war.«

Erika und Pamela gehen eng umschlungen von der Bühne ab und »verschwinden im Dunkel«, wie es das Buch an dieser Stelle vorschreibt. Gleich darauf machen sie kehrt, und Pamela Wedekind fragt ungeduldig ins Parkett hinab: »Na – wie war es?«

Gustaf ruft das Lob des Regisseurs hinauf: »Wunderbar. Das wird ein großer Erfolg!«

Sein Herz schlägt vor allem für die Tochter des bewunderten Thomas Mann. Das aufstrebende Talent der Kammerspiele und die geistreiche junge Frau aus wahrhaft großbürgerlichem Künstlerhause. Sie haben sich während dieser Proben kennen und schätzen gelernt. Gründgens, der zuerst und zuletzt nur für sich selbst und seine Kunst da ist, führt ein einsames Leben. Erikas Witz, ihre Schlagfertigkeit, ihre Energie – das könnte vielleicht eine Verbindung ergeben, die Zukunft hat.

Über Klaus hat Gründgens gerade hochtönende Sätze ins Programmheft geschrieben. Der Dichtersohn sei nicht nur ein Schilderer der neuen Jugend, sondern vielleicht berufen, ihr Wegweiser zu werden. Ja, zwischen den beiden ist eine Freundschaft entstanden, und es ist nicht zuletzt dieser heiße Wunsch, Erfolg zu haben, der sie verbindet.

Dankbar stützt sich Klaus beim Älteren auf. »Jetzt wirst du berühmt!«

Und Gustaf gibt das Kompliment zurück, das doch zugleich Beschwörung ist. »Du auch!«

Die Dichterkinder haben ihm von zu Hause erzählt – welch reiches Panorama entfaltete sich in ihren bunten Bildern! Auch er hat schon früh kleine Stücke gespielt, im Wohnzimmer mit der Gardine als Vorhang; aber das hier, die Poschingerstraße, das ist doch ein wenig anders – prächtig. Die Großeltern Millionäre, Mäzene und Kunstsammler. Fürsten, Wissenschaftler und Künstler sammeln sich an diesem einmaligen Ort jüdischer

Gastlichkeit. Und auch im Elternhaus der Geschwister verkehren berühmte Zeitgenossen wie Rainer Maria Rilke, Hugo von Hofmannsthal oder Gerhart Hauptmann. Die kulturelle Elite trifft sich in der Poschingerstraße, und die Kinder wachsen ganz selbstverständlich mitten darin auf.

Schamlos sind sie und doch unschuldig dabei. Das alles haben sie in die Wiege gelegt bekommen für einen Beginn, den er, Gustaf, sich viel härter selbst hat erkämpfen müssen. Er rechnet mit Pfennigen, die Mannkinder mit einer Art Spielgeld, das in der Not von zu Hause nachgeschickt wird. Klaus hat notorisch Schulden und gibt trotzdem seine ersten kleinen Einkünfte schnell wieder aus. Sie leben keineswegs bescheiden, sondern in gediegenen Pensionen, und sie speisen in den besseren Häusern. Sie verhalten sich ganz so, als komme ihnen alles selbstverständlich zu, und verbreiten stets ein Flair von Weltläufigkeit. Wenn sie auch nicht begabt genug sind für die Bühne, die beiden Geschwister – ein kleiner Skandal würde dem Stück Aufmerksamkeit verschaffen.

Und so führt Gründgens mit bemerkenswerter Autorität die Anfänger durch die Stromschnellen seiner Inszenierung. Er zähmt das wilde Talent der Tochter Wedekinds, verleiht Erikas Deklamationen ein wenig mehr Natürlichkeit und schenkt dem Dichter auf der Bühne einige schöne Regieeinfälle.

»An dieser Stelle, Klaus, würde ich etwas *aasiger* sein. Du verstehst doch, was ich meine? Ein kleines Lächeln – hintergründig perfid... nein, nicht so! Längst nicht aasig genug... Versuch es noch einmal!«

Poschingerstraße

Klaus Mann hat zu Hause nach Familienusus einem kleinen Kreis aus seinem Drama vorgelesen. Die Kaffeetafel steht anschließend auf dem überdachten Balkon neben dem Esszimmer bereit. Außer den Eltern und dem jungen Autor sehen wir Erika, Pamela, Golo und Monika, auch Tommys Schwester Lula ist zu Gast. Man reicht die *Berliner Illustrirte* herum, denn das Titelbild zieren die drei Dichterkinder Erika, Pamela Wedekind und Klaus, in den Kostümen der Aufführung von »Anja und Esther«. In Hamburg hat es einen Achtungserfolg gegeben, die parallele Uraufführung in den Münchener Kammerspielen wurde verrissen.

Anlässlich einer späteren Berliner Aufführung kommentiert der bekannte Kritiker Herbert Ihering, Klaus Mann habe »den szenischen Marlittroman der Homosexualität« geschrieben. Sein Schmerz sei unglaubwürdig. Seine Todessehnsucht literatenhaft: »Alles ist nur verzärteltes Auskosten, morbides Glimmen, undramatisch, unlebendig, von einem süßlichen Moderduft durchzogen.« Kritik, wie sie dem Dichtersohn von Anfang an, vor allem von Seiten der politisch orientierten Zeitungen entgegenschlägt – »diese ewige Beschimpfung mit der ›décadence‹, die ich als so unsinnig empfinde«, wie er einmal seinem Vater schreibt.

Zurück an die Kaffeetafel. »Berliner Illustrirte – so was spricht sich rum!« Und Erika unterstützt den Bruder stolz dabei. »Wir haben schon Autogramme geben müssen.«

Lula bemerkt mit leichter Ironie und spitzem Lächeln zu ihrem Bruder hin: »Jetzt seid ihr bald so berühmt wie euer Vater!«

Das ist schlicht unmöglich, wie jeder am Tisch weiß! Ein klei-

ner Ruhm bleibt aber doch, das erkennt auch Thomas Mann mit nachsichtigem Schmunzeln an: »Ist ja fabelhaft« – und schiebt ein kokettes, verdächtiges »märchenhaft« hinterher. Er schaut sich nun die drei auf dem Titelbild genauer an.

Tante Lula ergreift noch einmal das Wort. Verlegen hüstelnd bringt sie endlich zur Sprache, was sie eigentlich interessiert. »Diese beiden jungen Mädchen, lieber Neffe, in deinem Stück – sie scheinen so sehr – ja, wie drücke ich mich aus... so sehr aneinander zu hängen. Warum hängen die beiden jungen Mädchen so s e h r aneinander?«

Tante Lula, zwei Jahre jünger als ihr Bruder Thomas, Frau Hofrat Lula, wie Klaus sie manchmal scherzhaft nennt, hat sich einst für eine Vernunftheirat mit dem fünfzehn Jahre älteren Bankdirektor Hofrat Josef Löhr, kurz Jof, entschieden und drei Mädchen geboren. Jof starb 1922. Und Lula unterhält, wie man weiß, aber natürlich nicht darüber spricht, eine unglückliche Liebesbeziehung zu einem jüngeren Mann. So wirkt es etwas seltsam, wenn gerade Tante Lula nach den Abgründen der Jugend forscht.

Klaus blickt amüsiert auf Pamela und Erika, die zusammen eine Zigarette rauchen. »Ja, – wie drücke *ich* mich jetzt aus... also...«, er schaut zum Zauberer, zu Mielein, wie weit kann er im engsten Familienkreis mit der Aufklärung von Tante Lula gehen?

Thomas Mann übernimmt die Antwort. Er macht das ganz beiläufig und unverdächtig. »Nun, dergleichen kommt vor. Eine sentimentale Beziehung zwischen Schulfreundinnen, nicht wahr?«

Und Klaus spielt fröhlich mit. »Ich hätte es nicht besser erklären können. Tante Lula, weißt du, im Internat Hochwaldhausen und auf der Odenwaldschule haben wir damals auch so etwas erlebt.«

Doch Lula bleibt skeptisch und hakt sofort etwas strenger nach: »Golo und Monika, kommt das auch in eurem Internat in Salem vor?«

Verlegen schüttelt Golo den Kopf. »Nein, nein!«

Auch Monika weist so etwas in Gegenwart von Tante Lula weit von sich. »In Salem? Unmöglich!«

Lula schaut zur Nichte, die daraufhin etwas hysterisch zu lachen anfängt, als würde sie jetzt liebend gern ein Geheimnis von Golo erzählen. Unter den Blicken der anderen verstummt sie abrupt.

Bevor die Sache vertieft werden könnte, wechselt der Hausherr das Thema. »Wie hieß noch gleich der junge Mann, der mit euch das Stück gespielt hat? Er ist ja gar nicht auf dem Foto zu sehen!«

»Gustaf Gründgens!«, antwortet Eri prompt, nachdem sie gerade wieder der kleinen neuen Mode frönend an Pamelas Zigarette gezogen hat.

Und jetzt mischt sich auch Katia kopfschüttelnd ein. »Aber du bist auch wirklich zu unorientiert – sie sind doch befreundet...« Sie hat ihm doch längst davon erzählt. Eigentlich nimmt der Vater nur sich selbst und seine Arbeit ernst. Die Kinder und ihre Erlebnisse, was immer sie tun, scheinen ihn allemal zu amüsieren.

Eri nutzt die Gelegenheit, von dem Mann zu erzählen, der vielleicht noch eine Rolle im Leben der Familie spielen wird. »Gustaf ist einfach brillant: als Regisseur und als Schauspieler!« Pamela zeigt auf das Titelbild. »Er war mit auf dem Foto. Die Illustrierte hat ihn abgeschnitten.«

Eine gemeine Geschichte, die eigentlich nur die Berliner Redaktion zu verantworten hat, aber auf die Idee, einen entsprechenden Leserbrief loszulassen, mit dem Hinweis, wie sehr dieser Gründgens hier dazugehörte, kommen die »Dichterkinder« nicht.

Klaus stimmt jetzt das Loblied auf den Freund an – und »in seinem Gesicht, das ohne Schminke merkwürdig fahl, fahl wie Asche, schien, schillerten seine kalten traurigen Juwelenaugen wie die eines sehr seltenen, sehr kostbaren, vielleicht verzauberten Fisches«...

Thomas Mann räuspert sich. Er ahnt, was das im Einzelnen heißen mag, und Katia zeigt, dass sie schon tiefer eingeweiht ist. »Er wird uns sicher einmal besuchen.«

»Das ist recht. Aber wen kommt er denn besuchen? Klaus oder Erika?«

»Alle beide!« Schnell und kokett hat Pamela die Antwort gegeben, die den Zauberer jetzt neugierig macht. »Interessant!«

Zu einem Antrittsbesuch bei den zukünftigen Schwiegereltern wird Gustaf Gründgens im offenen Wagen vom Fahrer der Familie Mann in die Poschingerstraße chauffiert.

Größe und Anlage des Hauses beeindrucken ihn, es macht ihn stolz, so hoch oben in der Gesellschaft, in der Familie des gefeierten Thomas Mann, angekommen zu sein. Doch für ihn ist es zugleich ein amüsantes Gesellschaftsspiel.

Gustaf schiebt das Monokel vors Auge und schaut sich um, das Großbürgerhaus, in das er nun einheiraten wird. Von der Autohupe alarmiert, lässt sich als Erster Golo blicken, im oberen Stock auf dem Balkon. Aus dem Eingang tritt ihm eine andere entgegen: »Ich bin die Moni –«

Golo Mann erinnert sich an diesen Augenblick: »Gustaf war furchtbar nervös, furchtbar aufgeregt. Ich sehe ihn noch im offenen Wagen meines Vaters gebracht werden. Da saß man so auf dem Präsentierteller.«

Und der Eindruck von *Monika*? »Ja, so mit Monokel, und sehr elegant, sehr rheinländisch, schon sehr glatzig … – etwas verwegen im Blick.«

Formvollendet begrüßt sie der zukünftige Schwager und fragt gleich einmal nach: »Und was macht die bezaubernde Moni?«

»Ich möchte auf eine Kunstakademie gehen, muss aber erst noch Salem zu Ende bringen. Bin mit dem Golo auf dem Internat.«

»Durchhalten, kleines Fräulein! Durchhalten!« Damit lässt er sie stehen, denn gerade taucht Erika in der Tür auf und streckt ihm beide Hände entgegen. »Gustaf – wie schön, dass du da bist.«

Monika schaut dem Paar sehnsüchtig nach und dann zum Balkon hoch: Golo, der alles beobachtet hat, schüttelt den Kopf über so viel Vorwitz. Monika parodiert mit Daumen und Zeigefinger ein Monokel vor ihrem rechten Auge und streckt dabei Golo die Zunge heraus.

Golo Mann: »Er gefiel mir gar nicht schlecht. Er war schon ein bisschen schauspielerisch eben – das nie fehlende Monokel!«

Elisabeth Mann: »Ja, das Monokel, daran kann ich mich noch erinnern. Das hat mir einen großen Eindruck gemacht.«

Monika Mann: »Er machte mit mir einen kleinen Spaziergang an der Isar. Hat mich sehr beeindruckt: Ich an Gründgens' Seite!«

Golo Mann: »Er fragte mich, ob ich Fotografien von der Schule hätte, er sähe sich so gern Fotografien an. Und da habe ich ihm alles gezeigt, was ich hatte. Er konnte sich gar nicht satt sehen. Das fiel mir auf.«

Er hat die Familie mit seinem gekonnten Auftreten an diesem Tag für sich eingenommen. Auf der Diele darf er später eine Kostprobe seiner Kunst geben und Gedichte vorlesen. Jeden hat er mit besonderer Aufmerksamkeit bedacht ...

Elisabeth Mann: »Das ist ja witzig!« Im Klaus-Mann-Archiv hat sie gerade ein ihr unbekanntes Foto entdeckt. Es zeigt Erika und Gustaf Gründgens in der absichtlich übertriebenen Pose des frisch gebackenen Ehepaars. »Ist das bei der Hochzeit? Gustaf: sehr neckisch, und die Eri ... Das war noch eine richtig bürgerliche Hochzeit. Es gab ein Festessen. Die Großeltern, die Geschwister ... alle saßen wir an einer langen Tafel. Ich kann mich erinnern, ich hab extra ein Kleidchen bekommen, so ein besticktes weißes Kleidchen. Und es wurden dann eben Reden gehalten und man trank Champagner. Es war alles sehr prachtvoll.«

24. Juli 1926, Hochzeitstafel im Hause Mann. Am lang ausgezogenen Tisch die große Festgesellschaft: Die Brauteltern Thomas und Katia, Klaus und Erika, dazwischen der Bräutigam Gründgens, dabei auch seine Mutter, Monika, Golo, Elisabeth, Michael, Hedwig und Alfred Pringsheim, Katias Zwillingsbruder Klaus, Thomas Manns Schwester Lula, Ricki Hallgarten und einige weitere Freunde. Aus dem erregt-feierlichen Stimmengewirr heben sich Gesprächsfetzen von Gustaf und den alten Pringsheims ab.

Alles, was Gründgens von diesem Greisenpaar weiß, erscheint ihm bewundernswert. Der gebildete Millionär und Kunstsammler, der seine Frau vom Fleck weg geheiratet hat. Die Großzügigkeit dieser Lebensverhältnisse bezaubert ihn. »Hofschauspielerin waren Sie, wie aufregend!«

Und Hedwig hegt viel Sympathie für diese Ehe ihrer Enkelin mit einem Schauspieler. »Theater ist unsere Leidenschaft – auch die modernen Stücke…!«

Alfred ergänzt: »Wedekind haben wir noch als Schauspieler auf der Bühne erlebt!«

Wie gut es Erika mit solchen Großeltern getroffen hat; wie früh sie in die Welt der Kultur als etwas über Generationen Selbstverständliches hineingewachsen ist. Gustaf muss immer wieder daran denken. Offi hat den Kindern mit ihrer prachtvollen Stimme Tolstoi vorgelesen. Ofei hat Wagner noch persönlich gekannt und den Bau auf dem Hügel in Bayreuth mitfinanziert, sich sogar einmal wegen Wagner duelliert, erzählte man. Ja, sie haben Glanz, diese Greise. Es ist tatsächlich die große Welt, in die er hier einheiratet.

Der Hausherr schlägt ans Glas und bittet um Aufmerksamkeit.

Elisabeth Mann: »Ich kann mich noch an die wunderbare Rede, die mein Vater damals hielt, erinnern, in der er Gustaf« ... als Schauspieler mit einem Glühwürmchen vergleicht. Nicht ohne Freude am eigenen schauspielerischen Vortrag. »Am Tag sieht man sie gar nicht, sind sie kaum zu erkennen, fliegen wie gewöhnliche andere Insekten herum, grau und unscheinbar, die Glühwürmchen, die ... –«

Gustaf Gründgens: » ... aber nachts unheimlich an zu leuchten fingen, fängen, fungen ...« In seinem einzigen Fernsehinterview mit Günter Gaus hat Gründgens von diesem Vergleich erzählt, den Thomas Mann »einmal in einem persönlichen Kreis« angebracht habe –

... und der Zauberer fährt fort: » ... die fangen dann nachts an zu leuchten. Das ist ihre Stunde ...«

Jetzt hat auch *Gründgens* im Interview seinen Faden wieder gefunden und spricht mit leiser, intensiver Stimme von diesem Zauberglühen seines Lebens: »Irgendwann abends, wenn die Lichter brennen, überkommt es einen, und dann kommt das eben hoch, was einem den Beruf so herrlich macht.«

Der Redner zeigt auf Gründgens, der über diese Direktheit nun beinahe erschrickt. »Da sitzt er. Sehen Sie ihn sich nur an! Er scheint ein schlanker junger Mann zu sein – gewiß stattlich in seinem gut geschnittenen Frack. Aber doch relativ unauffällig. Unauffällig, wenn ich ihn mit der schillernden Figur vergleiche, die im Rampenlicht aus ihm wird. Auf der Bühne soll er ja – wie meine Kinder mir versichern – unwiderstehlich sein.«

Der Schwiegersohn wirkt erleichtert, alle applaudieren dem jungen Ehepaar, und unvermittelt gibt es noch eine freundliche Zugabe vom gut gelaunten Brautvater: »Das Gleiche darf ich über die junge Frau Gründgens sagen, die ›andere junge Frau Gründgens‹ muss es wohl besser heißen, denn jung sind ja noch alle beide!«

Das war eine kleine Verbeugung vor der Mutter des Bräutigams, die sich nun auch in ihrem rheinischen Tonfall für das Kompliment bedankt. »Bin janz verlegen, Herr Professer.« Ein

kurzer Blick von Katia zu Thomas lässt ahnen, wie befremdlich ihr diese Einlassung doch ist.

»Ich erhebe mein Glas und trinke auf das Wohl des jungen Brautpaars, auf das Glück meiner geliebten Tochter Erika und auf meinen Schwiegersohn Gustaf.«

Man tut es ihm nach und wünscht dieser exquisiten Verbindung Glück und Segen. Der aufstrebende Star der Kammerspiele und die viel versprechende junge Mimin Erika Gründgens.

Die Tafel wird aufgehoben. Gustaf steht für einen Moment mit seinem Schwiegervater allein. »Ich bin dankbar, dass Sie mich in Ihre Familie aufnehmen.«

Die hinzutretende Lula, in der Hand ein frisch nachgefülltes Glas, hat den letzten Satz noch aufgeschnappt und heißt nun auf ihre Weise Gustaf willkommen. Sie wirkt dabei schon ziemlich angetrunken. »Wir sind eine ganz dolle Familie!«

»Lula, bitte!« Thomas Mann will das nicht hören, vergeblich.

»Und Sie sind ein ganz apartes Glühwürmchen!«

Der Bruder drängt sie aus dem Zimmer. »Lass dich bitte nicht so gehen!« Doch Lula spitzt die Lippen und schickt ein Küsschen zum neuen, dollen Schwiegersohn vom Theater hinüber. Thomas Mann wird ungehalten, der junge Mann braucht keinen so direkten Einblick in die problematischeren Seiten seiner Familie zu bekommen.

Lampions und Musik. Das Fest hat sich in die warme Sommernacht und in den Garten hinein verlängert. Auf der Diele tanzt Gründgens mit seiner Gemahlin Tango. Hier hat er festen Boden unter den Füßen, das ist wieder die Bühne.

»Was ist eigentlich mit deiner Tante Lula los?« Erika gibt nur eine spielerisch vage Andeutung von sich: »Abgründe!«

Lula und Klaus gleiten an ihnen vorüber. »Dein Vater ist gar nicht zufrieden mit mir.« Dabei lacht sie lauthals und lässt sich hintüber in die tiefe Position des nächsten Schrittes fallen. »Erzählt hier etwa jemand böse Geschichten über mich?«

Elisabeth Mann: »Man wusste von allen Affären … und von Herrn Däneke, in den sie verliebt war; und dass sie morphiumsüchtig war. Das wussten wir alles als Kinder.«

Lula biegt sich aus der Tiefe des Tanzschrittes wieder zurück. Klaus tröstet die Tante, für die er so viel mehr Verständnis zeigt als ihr eigener Bruder: »Kümmer' dich nicht drum! Es ist jetzt eine andere Zeit.« Lula sieht es mit eigenen Augen, aber gilt die neue Zeit auch noch für sie?

Die Jungen, die ungeniert ihren Wünschen nachleben. Gustaf, vom Tanz mit Erika beschwingt. »Wie schön du heute abend aussiehst, du strahlst von innen …«

»Wer kann, der tut!«, kommt es trocken zurück.

Auf der Galerie der Zuschauer erinnerte Alfred Pringsheim gerade daran, wie er damals seine einzige Tochter – neben vier Söhnen – in die Ehe mit dem jungen Schriftsteller entlassen hat. Mit allem Drum und Dran. Möbel und Aussteuer in Hülle und Fülle. Eine dicke Zigarre in der Hand, stört er die Stimmung stiller Bewunderung im Kreis um die Brauteltern. »Hat sie denn eine ordentliche Aussteuer mitbekommen?«

»Das will ich meinen! Silber, Geschirr, Leintücher...«, empört sich Katia.

Alfred hakt nach: »Und die Möbel?«

Eine Aussteuer mit Silber und Geschirr. Wollten die eine wirkliche Ehe führen, glaubten Sie das?

Elisabeth Mann: »Ach wo. Ich meine, das war doch alles so ein halber Jux. Die Pamela und der Klaus und der Gustaf und die Erika – so halb doch nur ein Jux.«

Gustaf und Erika posieren für den Fotografen. Sie spielen »Ein deutsches Brautpaar im Fotoatelier«. Erika hält ihren Strauß Rosen, Gustaf markiert souveräne Männlichkeit. Er legt den Arm

um die Gemahlin, macht sich größer, strafft den Rücken. Erika nimmt das Stammbuch zur Hand und fragt den Ehemann mit Unschuldsmiene: »Drei Kinder?«

»Mindestens ...« Gustaf beherrscht seinen Text. Er hebt das Glas und lächelt in die Kamera.

»Position halten!«, ertönt es hinter dem Fotoapparat.

Gustaf: »Zum Wohl ...!« Das Magnesiumpulver zündet und blitzt hell auf.

Golo Mann, mit dem Foto von Schwester und Schwager: »Ja, das aasige Lächeln. Wie er das Glas hebt ... Er ist ganz der Herr. Man sieht, wie er dominiert über sie und wie sie sich unterordnet, wie das eben doch sein musste in einer Liebe, einer deutschen Liebe damals.«

Aber so war es in Wirklichkeit nicht! So wie Sie Ihre Schwester kennen ...?!

»Nicht ganz! Nein. Oh, nein!«

Thomas Mann hat sich zu einem kleinen Gespräch mit dem neuen Schwiegersohn in sein Arbeitszimmer zurückgezogen. Von draußen schallt die ausgelassene Feier herein – zwischen Tangorhythmen etwas Blocksbergstimmung. Auch die beiden Herren sind schon ein wenig animiert vom Champagner. Man hat über die Lieblingsrollen des jungen Mannes gesprochen, den Hamlet, den Mephisto.

Und Gustaf hat etwas aus dem Prolog des *Faust I* improvisiert, die Wette, die Mephistopheles dem Herrn im Himmel über seinen treuen Diener Faust anbietet.

»Was wettet Ihr? den sollt Ihr noch verlieren,
Wenn Ihr mir die Erlaubnis gebt,
Ihn meine Straße sacht zu führen!«
»Erlaubt Ihr mir Triumph aus voller Brust.
Staub soll er fressen, und mit Lust.«

Gustaf will nachschenken, der Schwiegervater winkt ab. Er will auch nicht mehr hören. Er bewundert Goethe, fühlt sich ihm wesensverwandt, den beiden Seelen in der Brust dieses

Schöpfergenies, dem Faust und dem Mephisto. »Wenn man dem Teufel so im Gespräch mit Gott zuhört, denkt man schon mal, dass bei der Schöpfung noch eine zweite Person beteiligt war.«

Gustaf lacht. Er hat verstanden und hebt freudig nickend sein Glas. »Man muss doch Mephistopheles immer wieder zustimmen in dem, was er sagt.«

Wie stets, wenn er in dieser Weise über andere Dichter spricht, redet Thomas Mann auch von sich selbst. »Ja, eine wunderbare Erfindung von Goethe, dieser Teufel. Es ist viel von dem alten Geheimrat darin. Der war ganz und gar nicht gemütlich – ein Halbgott und ein Ungeheuer, eben beides.«

So sieht es also aus in seinem freundlichen Gegenüber. Hier an diesem Schreibtisch vollzieht sich jeden Tag das alchemistische Wunder. Der Herr mit den vorzüglichen Manieren taucht die Feder dort ins Tintenfass und bringt seine Kunst zu Papier. Die Verwandlung in den Erzähler, der so gekonnt seine Worte setzt, dass sie dann wie Musik zu sprechen sind. Gustaf kennt dieses Glück der Verwandlung aus eigener Erfahrung von der Bühne. Er arbeitet daran mit Vorsatz, Methode und Leidenschaft. Gründgens fühlt sich zum ersten Mal an diesem Abend fast entspannt. »Ein Balanceakt ist es immer, zwischen dem Gemüt und der Abstraktion, der Kälte der Kunst.« In dem Entschluss, sein Leben radikal seiner Arbeit unterzuordnen, war er von niemandem zu übertreffen.

Thomas Mann horcht auf. Ist der junge Mann auf dem Stuhl ihm gegenüber doch mehr als das Glühwürmchen, als der brillante Komödiant? So weit soll ihre Plauderei nun aber nicht führen. Er erhebt sich. »Die Menschen würdigen, wenn's hoch kommt, das Werk. Die Anstrengung eines solchen Lebens nie!« Und damit ist das Gespräch für ihn beendet.

Erika Mann, in einem Interview mit Elisabeth Plessen: »Er war ja der Ansicht, dass ein Künstler, um wirklich einer sein zu können, im Grunde gar kein Recht auf Leben hat. Erst durch die Freundschaft mit meiner Mutter, durch seine Liebe zu ihr und dadurch, dass sie seine schwebende Existenz, wie er sein Künstlertum nannte, herunterholte auf die Erde und er sich mit ihr eine Familie begründete, bekam er eine direktere Beziehung zum Leben, als er sie sonst gehabt hätte. Wir hatten diese Beziehung eigentlich immer. Und wir fanden nichts darin, was künstlerischen Neigungen, künstlerischen Tätigkeiten widersprochen hätte. Das ließ sich für uns ganz hübsch vereinigen.«

Berlin

Ein erotisches Kabarett in der Hauptstadt. Der Raum gedrängt voll mit Tischen und Stühlen, kleine Bühne, lange Bar. Die meisten Gäste tragen schmale Augenmasken – eine Verabredung und ein Angebot, auch ein Versteckspiel für den Fall der Prominenz. Auf der Bühne im hellen Scheinwerferlicht bewegt sich eine fast völlig nackte Exotin zu Urwaldtrommeln, der letzte Schrei hier in der Hauptstadt. Und mittendrin: Klaus Mann.

»Die deutsche Reichsmark tanzt: Wir tanzen mit!

Millionen von unterernährten, korrumpierten, verzweifelt geilen, wütend vergnügungssüchtigen Männern und Frauen torkeln und taumeln dahin im Jazz-Delirium. Der Tanz wird zur Manie, zur *idée fixe*, zum Kult. Die Börse hüpft, die Minister wackeln, der Reichstag vollführt Kapriolen. Kriegskrüppel und Kriegsgewinnler, Filmstars und Prostituierte, pensionierte Monarchen (mit Fürstenabfindung) und pensionierte Studienräte (völlig unabgefunden) – alles wirft die Glieder in grausiger Euphorie.«

Partys, Empfänge, zweifelhafte Kaschemmen. Dem Sohn des Dichters stehen alle Türen offen. Er schreibt, er braucht Geld. Und eigentlich kann er nicht klagen: Das Talent ist da, die Worte fallen ihm nur so zu. Anders als der Vater dichtet er nicht stundenlang an einer einzigen Seite in der nüchtern heiligen Ruhe eines unverrückbaren Refugiums zu täglich wiederkehrenden Stunden. In den Zimmern der Hotels und Pensionen entstehen seine kleinen Stücke, Geschichten und Theaterkritiken im Handumdrehen.

Klaus sitzt an der Bar des Tingeltangels im Gespräch mit einem Verleger und seiner teuren Dame – zweireihige Perlen-

kette, wippende Schmuckfeder am Turban –, die jetzt aufdringlich fragt: »Wann werden wir darüber lesen?«

»Wenn Sie es drucken.«

Der Verleger schenkt nach. »Wenn Sie wirklich bei uns veröffentlichen wollen, kein Problem.« Seine Begleitung sieht es schon vor sich, das Reklameschild, mit dem dieser Junge hier zu verkaufen wäre: Klaus Mann – der Sohn – im Schatten des Titanen! »Wie interessant! Gib ihm einen Vorschuss.«

»Danke für diese Form der Anerkennung!« Klaus beunruhigt die Lüsternheit, mit der er hier bereits als Schicksal verkauft wird.

»Sind Sie jetzt beleidigt?«

»Wie wäre es, wenn ich unter Pseudonym bei Ihnen veröffentlichte?«

Der Verleger winkt ab. »Keine Chance! Es käme ja doch schnell ans Licht. Nein! Der Sohn von Thomas Mann kann sich nicht verstecken.«

»Schon gar nicht, wenn er seinem Onkel über den Weg läuft.« Die impertinente Dame mit Turban macht die Herren auf ein Paar aufmerksam, das seine Garderobe bereits abgelegt hat und sich nach einem freien Platz umsieht.

Es ist keineswegs Tante Mimi, mit der Heinrich Mann hier so spät noch aufkreuzt, das sieht Klaus sofort. Die attraktive Voll-

schlanke dieser Nacht ist die »rote Trude«, eine Berliner Berühmtheit. Trude Hesterberg hat einen großen Namen, sie zählt zu den bekannten Berliner Diseusen neben Margo Lion, Claire Waldoff oder Blandine Ebinger.

Tante Mimi sitzt derweil allein mit ihrer Tochter Leonie in München, wartet auf Heinrich und wohl auch wieder nicht, denn von den Gerüchten aus Berlin muss sie gehört haben. Seitdem Heinrich immer länger in der Hauptstadt bleibt – für seine Gespräche mit Verlegern, die Arbeit am Theater, die kulturpolitischen Aktivitäten –, hält man es auch im Hause Thomas Mann nur noch für eine Frage der Zeit, bis diese Ehe beendet ist.

Klaus mag seinen Onkel Heinrich. Er lebt so ganz anders als der Vater. Er hat mit Gewinn dessen moderne federnde Prosa gelesen. Das eindeutige Bekenntnis zur Erotik, sein Eintreten für die soziale Demokratie, seine Satiren auf den deutschen Spießer. Ein Mann, der seinem Herzen folgt – in all dem fühlt Klaus sich ihm verwandt.

Monika Mann: »Klaus' ganze Natur entsprach gar nicht der meines Vaters. Klaus war ja eigentlich viel ähnlicher dem Heinrich Mann. Mit Heinrich war er viel intimer eine Zeit lang als mit dem Vater.«

Klaus hat sich zum Onkel an den Tisch gesetzt, wird der Begleitung vorgestellt: »Mein Lieblingsneffe Klaus Heinrich Thomas Mann.«

»Ist ja ein ganzes Geburtenregister!« Trude Hesterberg lacht über ihren Scherz, Heinrich muss sie nicht weiter vorstellen.

»Schon erkannt«, sagt Klaus nur. Und der Onkel eröffnet ihm auch gleich seine neuesten Pläne: »Wir arbeiten zusammen. Frau Hesterberg soll die Rosa Fröhlich spielen.«

»Im Kintopp?«

Heinrich nickt. »Die Ufa verfilmt meinen alten Roman. Heißt jetzt *Der Blaue Engel.*«

Trude: »Wenn der olle Jannings mitmacht, dann krieg' ich die Rolle.«

Klaus kennt natürlich den alten Schülerroman vom *Professor Unrat* und sieht sofort, wie gut die rote Trude da hineinpasst.

»Verstehe, Professor Unrats Dirne – prima Geschichte.«

Die Exotin hat mittlerweile die Bühne verlassen und geht zwischen den Tischreihen tanzend ab. Der Scheinwerfer folgt ihr. Wir hören das Johlen einiger Gäste, Hände greifen nach ihr. Mancher versucht, dichter an das Baströckchen heranzukommen. Heinrich betrachtet das Ganze amüsiert. Wie die Hände den schwarzen Körper zu fassen versuchen, der sich als Silhouette gegen das Licht des Scheinwerfers auf und ab bewegt.

Es ist immer wieder angenehm befremdlich für Klaus, seinen Onkel an Plätzen zu sehen, die sein Vater niemals aufsuchen würde. Wie formvollendet er andererseits seiner Dame Feuer gibt, wie bedächtig vornehm er redet – ein verirrter Bürger, der selbst hier im Milieu und an der Seite einer Sängerin, die darin zu Hause ist, seine Herkunft nicht verleugnen kann.

»Und du?« Heinrich ahnt, in welche Untiefen der Sohn seines Bruders hineingeraten wird. Auch er fühlt sich dem Jungen verbunden, sieht mit Freude, wie sich die Begabung von Klaus einen Weg bahnt.

»Schreibe für ein Unterhaltungsmagazin, eine kleine Sache über das Berliner Nachtleben – schnell, trocken und ein wenig Großstadtromantik...«

Der Onkel nickt. Das ist kein Ofenhocker, der lässt sich den Wind um die Nase wehen. Hat schon Paris und London gesehen, gar Afrika bereist. Diese Jugend lebt und fühlt international. Das dumpfe Deutsche, das ihm so viel Sorge bereitet, wie es sich gerade wieder zu dem Schlagwort vom Versailler Schand-Diktat in diffusem Hass versammelt, davon ist nichts bei diesem aufgeklärten Teil der Jugend zu spüren. Sie führt die besten europäischen Traditionen fort und hofft, wie er selbst, auf eine freie, gerechte Gesellschaft, in der es keine Kriege mehr geben soll.

Die Musik hat ausgesetzt, der Saal fällt ins Dunkel und aus einem kleinen Harmonium quetscht jemand Motive des *Lohengrin* hervor.

Im Spotlight nun ein schöner nackter Jüngling, ganz in Gold getaucht und angetan mit Speer und Schwert und Schild. Im hölzernen Schwan wird er auf die Bühne gezogen, aber noch gönnt er dem Publikum nur seine wohlgeformte Rückseite. Heinrich schmunzelt über diese Posse, die ja nur den billigen Vorwand für die Attraktion des Abends liefert, den nackten Mann.

»Der *Lohengrin* als Sittenstück, das liebste Fabeltier des deutschen Untertan.« Es wird still hinter den Masken, alles starrt gebannt auf die Bühne und wartet auf den Höhepunkt.

Der alberne Schwan, darin der schöne nackte Krieger und

endlich, auf einen Akzent der Musik, dreht er sich auch zu ihnen um. Für einen Moment hebt der Jüngling den Schild und gibt den Blick frei. Der begehrte Applaus bricht los: auch am Tisch von Klaus, der mit seinen Augen bei dem Schönen ist und nebenbei dem Onkel eine Antwort gibt. »Diese Waffen sind nicht gefährlich.«

Dem kann die Hesterberg nur zustimmen. »Ein lieber Schwan. Von dem könnt´ man sich erlösen lassen.«

Die goldene Statue lächelt, und Klaus glaubt für einen Moment, dieser zaghafte Gruß ans Publikum könnte ihm gelten. Hat der da oben seinen Blick gespürt?

Kadidja Wedekind: »Das waren so die Burschen, auf die sowohl Klaus als auch Gustaf flogen, nicht wahr, diese ganz normalen Burschen.«

Die dann später, wie Klaus schreibt, auch in der SA zu finden waren.

»Eben, ja!«

Über eine kleine Stiege folgt Klaus dem güldenen Lohengrin in seine Garderobe. Er hat ihn angesprochen, wollte ihn kennen lernen, und hört ihn nun nüchtern sagen, was Sache ist: »Ich bin im Arbeiterturnverein, bin arbeitslos.«

»Lass uns zusammen essen gehen.« Die Statue hat Hunger, und Klaus weiß, was zu tun ist.

»Hast du Geld?«

»Werd' was über dich schreiben – dann hab' ich Geld.«

Lohengrin sitzt vor dem Spiegel und will sich endlich vom Gold befreien. Der Schminktisch bietet das einzige Licht im Raum, und Klaus setzt sich neben ihn. »Wie schön du bist. Lass dich noch einmal anschauen.«

Mit etwas Watte beginnt der Junge sich das Gold abzuwischen. Im Spiegel schnappt er den sehnsüchtigen und bewundernden Blick des anderen auf. »Meine Eltern wissen nicht, dass ich so was mache. Ich bin auch nur ein Standbild.«

Grete Weil-Jockisch, eine Freundin von Klaus aus frühen Münchener Tagen, erzählt von seinem offenen Umgang mit der Homosexualität. »Ich glaube nicht, dass es für Klaus je eine wirkliche Schwierigkeit war.«

Er hat es auch nicht versteckt?

»Nein, er hat es auch nicht versteckt. Und es war immer, ja, es war irgendwo auch ein Adelszeichen für ihn: Ich bin etwas Besonderes, bin was Besseres.«

Von unten dröhnen erneut die pseudoafrikanischen Trommeln. In seinem Innern hebt eine andere Melodie an, ruft ein anderer Gott zum Tanz. Kein halbherziger Zeitvertreib, keine neckischen Masken wie bei den Biedermännern im Erdgeschoss …

»Freilich, er ist auch ein Schalksnarr und Komödiant, stets geneigt zu Maskeraden und Gaukeleien. Ja, ich habe ihn in mancherlei Gestalt gesehen: lockend geputzt und in wüster Entstellung. Er hat die stolze Pracht des Pfauenrades – seht, wie es sich schüttelt!, wie es geil vibriert! –, die schillernde Majestät des Regenbogens, den jungfräulichen Schmelz der Frühlingsblume; er hat den Schlangenblick, das Grinsen der Paranoia, die obszöne

Raserei des Epileptikers. Manchmal ziert er sich, erscheint sanft und züchtig, bis aus seinem Flüstern plötzlich der Brunstschrei wird und das holde Lächeln zur Grimasse entartet. Er ist groß, der Flußgott, der Herr des frühesten Leids, der kreativen Unordnung.«

Und es ist aufregend, ihn hier oben in diesem Zimmer mit dem Geruch von Schminke und altem Plunder heraufzubeschwören. Wie weit wird der andere mittanzen? Klaus dreht ihn zu sich herum: »Hab keine Angst.« Der kaum noch güldene Lohengrin weiß schon, und seine Worte sind keine Absage: »Ist ein sündiges Laster, meint mein Vater, eine Krankheit.«

Klaus sieht ihn an. »Ich weiß gar nicht, was die Sünde ist.« Die Statue lächelt vorsichtig, lächelt noch einmal ihr Einverständnis, und Klaus beugt sich langsam vor, lässt seine Hand über die muskulöse Brust gleiten und den Tanz beginnen.

»Ja, wir waren früh vertraut mit apokalyptischen Stimmungen, erfahren in mancherlei Exzessen und Abenteuern. Indessen bin ich mir nicht bewußt, jemals ›das Laster‹ kennengelernt zu haben … Einsamkeit und Lust, Hunger, Langeweile, Eifersucht, das sind Realitäten. Aber was ist ›das Laster‹? Wer definiert mir den Begriff der ›Sünde‹?«, fragt Klaus noch die Leser seines Lebensberichts. »War meine Generation… unordentlicher und frivoler, als Jugend es im Allgemeinen ist? Trieben wir es besonders liederlich und zügellos?«

Poschingerstraße

Thomas Mann sitzt in seinem Arbeitszimmer und liest.

»Andreas gab sich dieser Liebe ganz hin, die er nicht als Verirrung empfand. Ihm kam es nicht in den Sinn, sie vor sich zu leugnen, sie zu bekämpfen als ›Entartung‹ oder als ›Krankheit‹. Diese Worte berührten die Wahrheit so wenig, sie kamen aus anderer Welt. Gut hieß er diese Liebe vielmehr ganz und gar, er lebte sie, wie alles, was Gott gab und verhängte – sei es noch so leicht oder schwierig zu tragen.«

Der fromme Tanz hat der Sohn seinen ersten Roman genannt. Thomas Mann weiß um die hier literarisierte Liebe und kann sie nicht tadeln. Der unselige Paragraf 175, der so viele Menschen kriminalisiert und erpressbar macht, gehört in einer zivilisierten Gesellschaft abgeschafft. Doch so offen und überdeutlich, wie sein Sohn diese Liebe hier feierte, könnte es auch ein Licht auf den Vater werfen, der ein »strenges Glück« sucht und sein Leben ganz dem Werk unterordnet. Dort pflegt er seine Emphasen ins rechte Verhältnis zu formulieren, ins kunstvolle Gewebe der wohlklingenden Worte gewirkt und doch zu erkennen für den, der es zu lesen versteht.

»Soll nun aber vom Erotischen, vom unbürgerlichen geistig-sinnlichen Abenteuer die Rede sein, so stellen die Dinge sich doch ein wenig anders dar. Das Problem des Erotischen, ja das Problem der Schönheit scheint mir beschlossen in dem Spannungsverhältnis von Leben und Geist. Ich habe darüber Andeutungen gemacht an einer Stelle, wo man es nicht hätte erwarten sollen… (Es) ist ein äußerst delikates, schwieriges, erregendes, schmerzliches mit Ironie und Erotik geladenes Verhältnis… Und ich spreche weiter von einer ›verschlagenen‹ Sehnsucht…« so der Vater in einem Brief an den Dichter Carl Maria Weber.

Doch der Text seines Sohnes hier vor ihm war ja bei allem Wohllaut in einigen lyrischen Passagen so konkret, dass jedermann wusste, wie es um den Jungen stand.

Das Klirren der Schlüssel in Katias Hand lässt ihn aufschauen. Sie bringt die Post und einige gerade getippte Manuskripte. Sie erkennt das Buch in seiner Hand. »Er tritt in deine Fußstapfen.« Katia freut sich über den kleinen Erfolg von Eissi.

Thomas Mann weicht auf die literarische Qualität aus. »Das Talent arbeitet sehr rasch.«

»Es macht ihm Freude.«

Das reicht nicht aus, die Besorgnisse des Vaters zu dämpfen. »Er lebt, wie er schreibt, fürchte ich …«

An der nur angelehnten Tür kommt Golo vorbei. Er bleibt überrascht stehen, lauscht ein wenig der Verhandlung zwischen Vater und Mutter.

Der Vater sitzt auf der Chaiselongue und blättert weiter. »Es ist doch fast ein Tagebuch …«

Die Mutter, immer noch am Schreibtisch mit dem Ordnen der Briefschaften beschäftigt, nimmt ihren Sohn in Schutz. »Aber elegant und flüssig geschrieben! Sie sind jung, Tommy, sie müssen ihr Leben finden, ihre Sprache – Eissi sucht eben. Hat er es nicht schön gesagt in seinem Theaterstück? ›Einer von uns *muss* das Lied singen, *unser* Lied.‹«

Golo Mann: »Er mochte nicht so sein. Er mochte nicht Dinge, die er wohl als Gefährdung in sich selber ansah und überwunden hatte, das war es wohl … Ich hörte ihn einmal sagen, als ich zu jung war, um so was zu hören: ›Ich traue ihm nicht recht, weil ich mir selbst nicht traue … ‹«

Was hat Thomas Mann wiedererkannt in diesem Sohn?

»Einen Narzissmus, eine gewisse Selbstverliebtheit, damit verbunden Weichlichkeit und ein Sich-selbst-Verwöhnen und allem Nachgeben eigentlich. Das sah er in ihm und das hielt er wohl für Gefährdungen, die er selber überwunden hatte.«

Ein Dachboden in München, 10. Mai 1927. Tante Lula tappt mit einem Strick in der Hand umher. Sie sucht eine passende Stelle, einen Balken, an dem sie ihn befestigen kann. Drei Monate vor ihrem fünfzigsten Geburtstag ist die Schwester Thomas Manns hier oben auf dem Dachboden am Ende ihres Weges angekommen. Sie kann nicht mehr weiterleben, wird dieses Ende selbst setzen, wie schon ihre Schwester Carla, damals vor siebzehn Jahren. Sie will sich wohl nicht länger demütigen lassen von ihrem jüngeren Liebhaber; nicht mehr bei Ärzten um das erlösende Opium betteln; keine Angst mehr haben vor einem drohenden sozialen Absturz nach dem Tod des Gatten. Warum noch die Fassade aufrechterhalten, wo es doch alle längst wissen und sich die Mäuler zerreißen. Dabei hat sie ja alles *richtig* machen wollen, die Frau Hofrat. Sie hat eine ordentliche Familie, sie hat immer die Form gewahrt … aber irgendwie blieb stets ein Rest, ein Fehler in der Lebensrechnung.

München

Poschingerstraße Thomas Mann sitzt mit Golo auf der Terrasse. Der Teetisch ist gedeckt. Die Kleinen spielen hinten im Garten. Der Hund wird mit einer Leckerei verwöhnt. Früher Mai, man kann die ersten wärmeren Sonnenstrahlen genießen. In das Bild eines friedlichen Nachmittags schallt das Telefon hinein. Nach einiger Zeit hört man Katia abnehmen. Nichts weiter. Bleich und erschrocken kommt sie auf die Terrasse. Etwas undenkbar Furchtbares musste geschehen sein: »Lula!«

Thomas Mann will es wie einen Schlag abwehren.

Er zieht sich zurück in sein Arbeitszimmer. Die Jalousie saust herunter. Rückblende.

»Wir sind Alle übel dran. Es ist das Bitterste, was mir geschehen konnte. Mein geschwisterliches Solidaritätsgefühl läßt es mir so erscheinen, daß durch Carla's Tat unsere Existenz mit in Frage gestellt, unsere Verankerung gelockert ist. Anfangs sagte ich immer vor mich hin: ›Einer von uns!‹ Was ich damit meinte, verstehe ich erst jetzt. Carla hat an niemanden gedacht, und Du sagst: ›Das fehlte auch noch!‹ Und doch kann ich nicht anders, als es so empfinden, dass sie sich nicht hätte von uns trennen dürfen. Sie hatte bei ihrer Tat kein Solidaritätsgefühl, nicht das Gefühl unseres gemeinsamen Schicksals. Sie handelte sozusagen *gegen eine stillschweigende Abrede*. Es ist unaussprechlich bitter. Mama gegenüber halte ich mich. Sonst weine ich fast immer« … so hat er seine Gefühle im August 1910 Heinrich gegenüber beschrieben, beim Freitod der jüngeren Schwester. Wie empfindet es der Dichter heute, beim Tod der Älteren?

Golo: »Ich kannte genau die Schwester von Thomas Mann, die er als sein weibliches Neben-Ich ansah. Und als Lula sich das Leben nahm, war das, als ob ein Blitz neben ihm eingeschlagen hätte. Er sagte zu meiner Mutter: ›Das ist alles auch in mir.‹«

Drei Mal hat Thomas Mann die Insel Sylt besucht. Ende August 1921 war er mit Katia nach einem Aufenthalt in Lübeck für eine Woche in Wenningstedt »im Hause Erika gleich hinter der Düne« abgestiegen. Mit dem Dampfer hatten sie damals von Husum auf die Insel übersetzen müssen.

Sylt

Das Land zwischen den zwei Meeren gefällt ihm: »Baden vom Strandkorb in der gewaltigen Brandung. Begeisterungen durch das Meer. Der große, weiche Wind. Das Raubtiermäßige der Wellen. Die herrlichen Schaumteppiche.«

1927 und 1928 kehrt er mit Katia und den jüngeren Kindern jeweils für die lange Zeit der Sommerferien nach Sylt zurück.

Westerland und der Bahnhof liegen schon weit hinter ihnen, als der Wagen von der Straße nach List in den kleinen Weg zum Meer hin einbiegt.

Kliffende, ein reetgedecktes Haus direkt an der Steilküste, lautet das Ziel. Das *Kliffende* ist ein Glücksfall. Umgeben von großen Dünen liegt die Pension geduckt in einer kleinen Mulde, geschützt von Steinwällen, wie es hier üblich ist. Und im Hinterland wächst die braunviolette Heide. Schon von ferne leuchtet das Weiß der Hauswände unter dem grauen Reetdach den Ankommenden entgegen.

Schnell sieht man, dass *Haus Kliffende* viel mehr ist als eine Pension – fast ein Gehöft, das die Tiedemanns in den letzten Jahren hier errichtet haben, mit Anbauten für die Gäste und Stallungen für die Reitpferde.

Während Katia mit den Hausmädchen das Ausladen und Verteilen des Gepäcks auf die Zimmer arrangiert, laufen die Kinder durch den Strandhafer bis an den Rand der Steilküste. Weit unter ihnen taucht der Strand auf, das Sommerparadies für einige Wochen unbeschwerten Glücks. In der Ferne gibt sich die Horizontlinie zu erkennen, ein feiner Strich nur zwischen blassem Grün und Blau. Auch der Vater verharrt fast feierlich beim ersten Anblick, der sich von dieser Kante aus eröffnet. Das Bild der grünblauen Unendlichkeit, die Musik der auf den Strand brechenden Wellen – so war es immer gewesen. Sommerferien an der See! Begriff wohl irgend jemand weit und breit, was für ein

Glück das bedeutete?, heißt es in den *Buddenbrooks*, wenn Hanno nach dem sorgenvollen Einerlei unzähliger Schultage mit der Droschke von Lübeck nach Travemünde in die Ferien fährt und eine unabsehbare Kette glücklicher Tage vor ihm liegt.

»Wo das wohl endet da hinten?« Gegen das Getöse von Wind und Wellen ruft Medi ihre Fragen, und Herr Papale hat heute Zeit, es macht ihm Freude, seiner Tochter etwas von der Welt zu erklären. Anmutig und klug, wie die Kleine ihre Fragen formuliert und dabei nicht locker lässt. »Und wenn ich immer weiter geradeaus fahre…?«

»Kommt der Horizont nicht näher. So weit du auch fährst.« Er beugt sich zu ihr und zeigt aufs Meer. »Er rückt immer wieder weg! Bis man am anderen Ufer ankommt. Und dann ist er plötzlich auf der anderen Seite.«

Elisabeth Mann: »Eine fesselnde Geschichte. Als wir dann von der Relativitätstheorie und vom sich ausdehnenden Weltraum hörten, hab' ich mir das genau so vorgestellt, wie einen sich immer weiter ausdehnenden Horizont.«

»So ist das, Medi, mit der Unendlichkeit, mit dem Universum der Sterne im Weltall da oben!«

»Man kommt nie an?«

»Es ist anders als auf der Erde. Da oben gibt es kein Ende.« Der Vater hat seinen Arm um ihre Schultern gelegt. »Ebbe und Flut, die Gezeiten – verstehst du, Medi? Es ist der Mond mit seiner Anziehungskraft, der eine Flutwelle um die Welt trägt, und alle sechs Stunden erleben wir dann, wie das Wasser kommt und sich wieder zurückzieht.«

Wie schön er alles begreiflich machen kann. Genau wie bei ihren Spaziergängen am Isarufer, wenn der Hund vorausläuft und Herr Papale der kleinen Medi Geschichten erzählt. Und besonders gern hört sie von den Welten, die man nicht sehen kann: Von Atomen, ganz kleinen Teilen, die noch hinter den Steinen, Blättern und allem sein sollen. Alles, das Wasser, die Luft, ja sogar der Hund, der sich gerade wieder in die Isar geworfen hat, um sich treiben zu lassen, alles auf der Welt besteht aus solchen winzigen Teilchen, ach, und die Menschen, die bestehen eigentlich nur aus Wasser!

Monika bleibt in dieser Szene abseits. Sie sieht mit einem kleinen Eifersuchtsblick auf Elisabeth, die vom Vater mit so viel Zuneigung bedacht wird. Sie hört Gesprächsfetzen mit und schaut dabei auf ein helles Segel am Horizont. Da hinten liegt Amerika, das Land, in dem Winnetou und Old Shatterhand leben. Vielleicht wird sie auch einmal dorthin reisen, über den Ozean?

Mit ihr gibt der Zauberer sich nicht so viel Mühe. Dabei versteht sie das alles ganz genau. Aber ist es nicht sowieso viel erholsamer, mit den Freundinnen zusammen zu sein als sich immer wieder beweisen zu müssen, in der anstrengenden Atmosphäre zu Hause? Die Sportsleute, mit denen sie sich eigentlich lieber umgibt, fragen nicht ständig nach ihrem Vater. Er interessiert sie nicht.

Immer wenn sie das Haus in der Poschingerstraße verlassen kann, wird ihr irgendwie wohler. Fast, als würde ein Druck von ihr genommen werden. Er sieht eben alles, der Vater, mit seinem seltsamen, nach innen gewendeten Blick. Immer wieder glaubte man, er bemerke einen gar nicht, und dann fragte er Wochen später, wer denn die Jungen mit den seltsamen Fahrrädern damals vor dem Haus gewesen seien, die dich zur Schule abholen kamen. Er hatte es zufällig beobachtet.

Es ist eigentlich schon besser, wenn man in Ruhe gelassen wird. Und Gott sei Dank kann man ja tun, was man will, besonders jetzt in den Ferien. Bestimmt sind interessante Jungen hier am Strand, mit denen sich in den nächsten Wochen etwas erleben lässt.

Thomas Mann hätte zum Lesen im Bücherzimmer bleiben können, da war es behaglich. Oder in einem abgelegenen Winkel vor dem Haus. Aber der Anblick des offenen Meeres zieht ihn doch immer wieder an den Strand. Die Fotos lassen ahnen, wie er ausgesehen haben mag an einem Tag wie diesem: Bademantel über Hemd und Hose, Schuhe und Socken, Sockenhalter. Es blieb immer eine seltsame Scheu an ihm, sich ungeschützt den Blicken anderer auszusetzen, sich zu entblößen.

Anlässlich eines Pfingstausflugs nach Feldafing vermerkt er im Tagebuch: »Es war sehr warm, ich fuhr ohne Rock und Weste und legte auch die Hosenträger ab. Da ich kein Unterjäckchen trug, war der Oberkörper, nur mit dem Hemd bekleidet, dem Luftzuge frei, was ein sehr angenehmes Gefühl ist. Für den Kulturmenschen grenzt Natürlichkeit an Wollust.«

Lektüre und Notizheft, das ist nun die Ausstattung für einen Besuch unten im Strandkorb bei den Seinen. Hier atmet er mit jedem Schritt mehr das herbe würzige Aroma des Wassers, und als er seine Lippen benetzt, schmeckt er deutlich das Salz, das der Wind von den Wellen direkt auf die Haut trägt. Eine kräftige Brise kommt vom Meer. Die Wolken treiben auseinander und geben endlich die Sonne frei, die jetzt den Strand aufleuchten lässt. Schon von weitem sieht er Katia und die Kinder ins Wasser rennen.

Die Wellen haben heute solche Kraft, dass sich Mielein, Medi und Bibi an den Händen halten müssen. Die Gischt überspült sie, und die Schreie der Kinder vermischen sich mit dem Kra-

chen der Wellen. Schon vor Jahren, 1921, hat er hier die Eigentümlichkeit beobachtet, dass »ein Strandwächter auf einem Hörnchen denjenigen Gefahr zublies, die frecherweise versuchten, über die erste Welle hinauszudringen«, wie es später in seinem *Zauberberg* heißt; dort hatte dann Hans Castorp hier auf Sylt »in weißen Hosen, sicher, elegant und ehrerbietig, am Rande der mächtigen Brandung gestanden wie vor einem Löwenkäfig, hinter dessen Gitter die Bestie ihren Rachen mit den fürchterlichen Reißzähnen schlundtief ergähnen läßt«.

Noch ganz in Gedanken gerät dicht hinter Katia ein Junge in sein Blickfeld. Wie frech der sich mit dem Rücken gegen die Wellen wirft, wie das Wasser um ihn aufschäumt und dann im Sonnenlicht einen wohlgestalteten Körper sehen lässt. Die Erscheinung ruft den Kindern etwas zu und steigt dabei aus dem brandenden Nichts.

Die Familie Mann hat um ihren Strandkorb eine Sandburg gebaut. Monika ist gerade dabei, ein schönes Muschelsignet in den fest geklopften Wall zu setzen: SYLT 1927. Der Junge spritzt ungestüm Elisabeth nass, lässiges Spiel der Kinder, die in der Sonne glänzenden Körper. Thomas Mann hat all dies sofort wahrgenommen, sich mehr und mehr in Bann ziehen lassen.

Monika schiebt sich ins Bild und verstellt seine Sicht auf das Treiben am Horizont. »So, fertig, gehe jetzt auch baden!«

»Ja, geh nur, Moni.«

Er sucht in der Ferne. Wo ist die Erscheinung? Und hört eine energische Stimme ganz in seiner Nähe: »Lass doch, Mama!« Der Junge wirft seiner Mutter das Handtuch zurück. Er geht vor die Sandburg und legt sich in unbedarfter Pose zum Trocknen in die Sonne. Diskret beobachtet Thomas Mann seine jugendliche Grazie. Wie er sich mit den Händen durch die Haare fährt. Wie er die schlanken Beine im Sand ausstreckt. Die Arme reckt. Das unschuldige Lachen, die selbstbewusste Körperfreude, das Blinzeln zu den kreischenden Möwen am Himmel – er sieht ihn gar nicht, den alternden Dichter, der voller Sehnsucht die Wiederbegegnung mit dem Bild der Schönheit feiert.

Mit *Elisabeth Mann* im Juni 1999 am Strand von Sylt. Hinter ihr Strandstühle, das Meer. Sie lacht, als sie auf dem Foto den Jungen aus dem Jahr 1927 wieder erkennt. »Natürlich, das ist das Kläuschen Heuser. Ja. Er sah nett aus. Sah hübsch aus. War auch nett!! Ich hab ihn auch sehr gern gehabt. Wir waren immer alle zusammen, die Heuser-Familie und wir. Ich durfte sogar auf seiner Schulter reiten.«

Medi stellt sich breitbeinig über das Kläuschen, der richtet sich auf und galoppiert mit ihr davon. Moni steht etwas unschlüssig daneben. Der Klaus ist so eine Ferienbekanntschaft, wie sie es sich gewünscht hat, aber jetzt spielt er einfach zu lange mit der kleinen Schwester. Thomas Mann beobachtet es mit Freude. Das »Pferd« mitsamt der Tochter trabt schnaubend zurück, scharrt mit den Hufen und hüpft; Medi hoch oben quietscht und jubelt.

Wie stets, wenn er die hermetische Mönchszelle seines Arbeitszimmers, seine disziplinierte Schreibordnung in der Poschingerstraße für eine Reise verließ, durfte er hoffen, dass ihm das Leben wieder einmal eine solche Begegnung schenken würde. In den Hotelhallen, in den Eisenbahn-Coupés, in den Konzert- und Theatersälen war es immer wieder möglich, sich an einer Erscheinung zu entzücken. Sie mochte nur für Momente in seiner Nähe gewesen sein, ihr Bild wirkte nach wie ein Versprechen an sein strenges Leben.

Jetzt ist es anders. Einige lange Wochen würde es währen, und ohne jede Unziemlichkeit würde er die Begegnung für sich inszenieren können.

Thomas Mann richtet sich wie an jedem Tag zum Mittagsschlaf ein. Er hat schon den Bademantel über den Pyjama gestreift. Noch ein kurzer Blick aus dem Fenster, auf die fröhliche junge Feriengesellschaft, die gerade über die Dünen aufs Haus zukommt, dann zieht er die Vorhänge zu. Der Wind bläht sie auf wie Segel. Das Sonnenlicht flackert auf der Tapete wider.

Woran mochte er denken, welcher Melodie des Meeresrauschens in sich nachgehen? »Die Beobachtungen und Begegnisse des Einsam-Stummen sind zugleich verschwommener und eindringlicher als die des Geselligen, seine Gedanken schwerer, wunderlicher und nie ohne einen Anflug von Traurigkeit. Bilder und Wahrnehmungen, die mit einem Blick, einem Lachen, einem Urteilsaustausch leichthin abzutun wären, beschäftigen ihn über Gebühr, vertiefen sich im Schweigen, werden bedeutsam, Erlebnis, Abenteuer, Gefühl.«

So drückt es Gustav Aschenbach im *Tod in Venedig* aus. Kurz

bevor er auf eine polnische Familie aufmerksam wird: »Drei junge Mädchen, fünfzehn- bis siebzehnjährig, wie es schien, und ein langhaariger Knabe von vielleicht vierzehn Jahren. Mit Erstaunen bemerkte Aschenbach, dass der Knabe vollkommen schön war.«

»Gut, gut! dachte Aschenbach«, wenige Seiten später, »mit jener fachmännisch kühlen Billigung, in welche Künstler zuweilen einem Meisterwerk gegenüber ihr Entzücken, ihre Hingerissenheit kleiden. Und weiter dachte er: Wahrhaftig, erwarteten mich nicht Meer und Strand, ich bliebe hier, solange du bleibst!«

Ich bliebe, wenn da nicht ... so war es immer. Und war es nicht gut so? Weil – wie bei Aschenbach – »seine Gedanken und Funde gewissen scheinbar glücklichen Einflüsterungen des Traumes glichen, die sich bei ernüchtertem Sinn als vollständig schal und untauglich erweisen«?

Die Jugend und die Nähe in sich aufnehmen – »Schönheit macht schamhaft, dachte Aschenbach und bedachte sehr eindringlich, warum«.

Angelehnt an die innere Mauer ihrer Sandburg döst Katia in der Nachmittagssonne. Sie blinzelt zu ihrem Mann im Strandkorb hinüber und sieht ihn von seiner Reise-Schreibmappe auf-

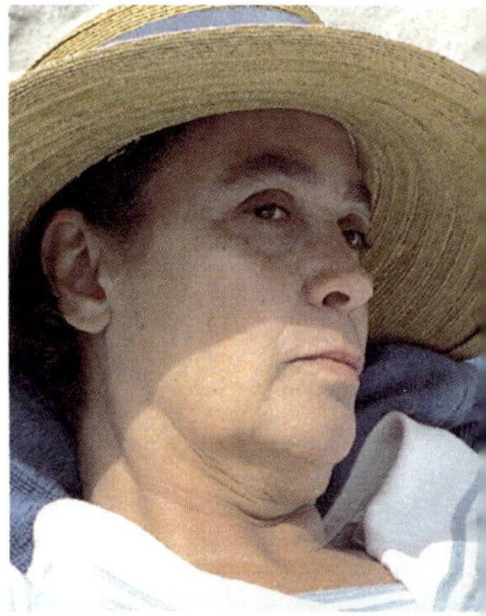

blicken. Beim Mittagessen hat sie es bemerkt, der junge Heuser hat es ihm angetan. Er ist immer animiert, der gute Mann, wenn Schüler oder Studenten die Erlaubnis zu einem Besuch beim Dichter in der Poschingerstraße erhalten. Limonade und Geschichten von Lübeck machen dann die Runde. Man kann sie kaum nach Hause schicken, so heiter stimmt es ihn, unter ihnen zu sitzen. »Ja, die wohlerzogene Jugend!«, sagt er dann fröhlich und bewegt, wenn sie das Haus wieder verlassen haben.

Sie erkennt es an seinen Augen. Sein begeisterter Blick, beseelt und zugleich ganz bei sich bleibend, wegschauend. Ein Reh, »mein Reh«, so nannte sie ihn manchmal. Sie allein weiß schließlich, wie tief das Geschaute den Scheuen berühren kann.

Damals, im Frühjahr 1911 in Venedig, fiel es ihr zum ersten Mal auf. Er machte keinen Hehl aus seinem Faible für den bildhübschen jungen polnischen Grafen, den er auch immer am Strand mit seinen Kameraden oder im Speisesaal des Hotel des Bains mit seiner Familie beobachtete. Das ist sein Schauen, dieser eigentümlich leere Blick, mit dem er alle Menschen in sich aufnehmen kann. Wie bei einem fotografischen Apparat, so genau sind jene dann in seiner Seele festgehalten. Katia erkennt sie zumeist alle wieder, die ihnen begegnet sind, wenn er sie in seinen Geschichten später auferstehen lässt.

Eine wunderbare Gabe, die dieser seltsame Mann in sich trägt. Aber sie kennt ihn auch, wenn er spielt, werbend ein wenig die Augenbrauen hochzieht, wohlgelaunt zu erzählen beginnt und sich die Aufmerksamkeit, das Herz eines Menschen erobern will, dabei selten ohne eine Spur von Ironie, die den Rückzug offen hält. Ja, wie tief sein Schauen ging, wurde ihr damals erst deutlich, als sie staunend das Manuskript der Novelle tippte. In seinen Einzelheiten war alles da, was sie in Venedig gemeinsam erlebt hatten: der Bänkelsänger, der seltsame Gondoliere, der eigentlich keine Konzession hatte, sie zu rudern, die Polenfamilie mit ihrem schönen Knaben, die Warnungen vor der Cholera und und und. Sogar der Tod des Dichters Aschenbach hatte seine Entsprechung in den Zeitungsberichten vom langen Sterben des genialen Komponisten Gustav Mahler gehabt.

Aber was hatte er daraus gemacht? Niemand auf der Welt hätte wohl so eine Geschichte darin gefunden. Und sie wusste es, als sie die Worte des tief erregten Dichters Aschenbach in die Maschine schrieb: »... zurückgelehnt, mit hängenden Armen, überwältigt und mehrfach von Schauern überlaufen, flüsterte er die stehende Formel der Sehnsucht, – unmöglich hier, absurd, verworfen, lächerlich und heilig doch, ehrwürdig auch hier noch: ›Ich liebe dich.‹« – es war auch seine Geschichte.

Man musste darüber nicht reden. Es ist ja ihre Verabredung für das Leben, und sie ist gut und ehrlich. Er würde sie nie verraten; sie ihm das »zweifellose Zumirhalten« gewähren, um das er einst in seinen Briefen an sie warb. Es ist etwas in ihm, das seine schwebende Existenz, wie er es selber nennt, trägt; ein zweites Leben, verborgen im ersten – und es gehört ihm allein. »Glück des Schriftstellers ist der Gedanke, der ganz Gefühl, ist das Gefühl, das ganz Gedanke zu werden vermag«, lässt er Aschenbach sagen. Er selbst würde glücklich sein, die kommenden Wochen, und sie dabei gelegentlich anschauen und dankbar lächeln.

Sie hört über sich zwei Möwen, für einen Moment schnappen sie mit den Schnäbeln nach einander. Ja, genau so vielleicht, wie im Fluge; eine kleine Berührung, und dann treibt der Wind alles auseinander.

»Hast du Medi und Bibi gesehen?«

Beiläufig antwortet Thomas Mann aus dem Strandkorb: »Am Wasser sind sie, mit der Moni Muscheln suchen.«

Katia erhebt sich, schaut über den Strand und dann hinüber zur Sandburg der Heusers. »Ich gehe auch mal ein wenig spazieren...«

Frau Heuser hat es gehört, sollte es vielleicht hören. »Wenn ich mich da anschließen darf?«

»Aber gerne!« Sie dreht sich noch einmal lächelnd um. Tommy und der kleine Heuser bleiben allein in ihren Burgen zurück. Soll er ihn doch einen Augenblick für sich haben.

Es kostet den Dichter wohl Überwindung, aus seiner Welt herauszutreten, sich neben den Jungen in den Sand zu setzen und ein Gespräch mit ihm anzuknüpfen, ganz ungestört durch die anderen und fern von Badelärm und Tagesplanungen.

»Und Sie wollen lieber in der Sonne liegen?«, hören wir ihn fragen.

Klaus Heuser hat ihn längst gegen das Licht gesehen und antwortet mit geschlossenen Augen. »Bin noch ganz müde vom Schwimmen. Muss erst mal trocken werden.«

Schweigen. Thomas Mann klappt sein Etui auf und zündet sich eine seiner ägyptischen Zigaretten an. »Ich habe übrigens auch einen Sohn, der Klaus heißt, wie Sie.«

Es ist nur ein kurzer verlegener Moment, ehe der Junge schließlich so höflich ist, sich für den Dichter aufzurichten und ihn anzusehen. »Moni hat uns von ihm erzählt. Der will ja auch Schriftsteller werden.«

»Was das Mönle wieder so alles erzählt...« Doch nun war das Gespräch in Gang, die Tür stand offen. »Und Sie, was haben Sie für Zukunftspläne?«

Ganz selbstverständlich kommt die Antwort, man kennt die Frage ja vom Elterntisch, wenn man als Gymnasiast von den Freunden des Vaters mit Aufmerksamkeit bedacht wird – »Kauf-

mann, da kommt man in der Welt herum. Aber erst mal heißt es jetzt, das Abitur bestehen.«

Wenn der Junge nun wüsste, wie oft der berühmte Mann vor ihm auf der Schule sitzen geblieben ist! Drei Mal hat er eine Klasse wiederholen müssen. So genau musste man das einem fleißigen Jungen vor der Matura natürlich nicht erzählen. Etwas weniger würde für eine kleine Vertraulichkeit reichen.

»An meine Schulzeit erinnere ich mich gar nicht so gerne...«

»Sie waren doch sicher ein sehr guter Schüler?«, springt Klaus Heuser wohlerzogen darauf an.

Von wegen. »Gebummelt hab ich, geträumt, und getan, was ich wollte. Faul und verstockt und verhasst bei den Lehrern! Die haben mir damals meinen sicheren Untergang prophezeit.«

Jetzt lacht auch der Kleine, natürlich erstaunt. »Wenn ich das auf meiner Penne erzähle...«

»Tun Sie es nur. Man sieht ja, was daraus geworden ist. Sogar die Zeitungen berichten es!«

»Meine Eltern lesen alles, was Sie schreiben.« Heuser sagt es mit Bewunderung, doch der große Mann fällt ihm ins Wort. »Da sehen Sie es! Dabei habe ich nur das getan, wovor meine Lehrer mich warnten!«

Klaus Heuser zieht es noch einmal ins Wasser. Der Zauberer begleitet ihn noch einige Schritte, am Wellensaum reicht ihm der Junge schnell sein Handtuch und läuft in die Brandung.

Belebt von der glückenden Nähe, drückt er das Handtuch an sich. »So dachte der Enthusiasmierte« – Aschenbach –, »so vermochte er zu empfinden. Und aus Meerrausch und Sonnenglast spann sich ihm ein reizendes Bild.« Heuser winkt aus den flaschengrünen Fluten. Thomas Mann lächelt und winkt schließlich zurück.

Elisabeth Mann am Strand von Sylt. Sie schaut einen Moment stumm über das Wasser. Ihr habt es gar nicht mitbekommen, wie bewegt er ist durch den Jungen, mit dem er am Strand schlendert und Gespräche führt.

»Nein, vor allem *er* hat's nicht mitbekommen. Das find' ich so bezeichnend. Das war alles sein Innenleben, das er mit großer Selbstdisziplin und Diskretion behandelt hat.«

Poschingerstraße

Zartes Lächeln, nur andeutende Gestik: die Bronzestatue des Hermes im Garten hinter der Villa in der Poschingerstraße. Für den Dichter geschaffen vom Bildhauer Schwegerle, einem Freund des Hauses. Als den Gott der Wege, des Handels und des Verkehrs hat ihn schon der Schüler Thomas Mann gekannt, als Statue auf der Lübecker Puppenbrücke.

Den vielfach verzweigten Mythos des Hermes hat dann der Dichter im Laufe der Jahre immer mehr für sich entdeckt und in sein Werk hineinverwoben. Ein Seelenführer war er und der Erfinder der Lyra, die Thomas Mann gerade in das Signet für seine Ausgaben im Fischer Verlag aufgenommen hat – eine Leier als Symbol für Traum, Schlaf und Verschmelzung neben Pfeil und Bogen als Allegorie des treffenden, erlegenden Wortes. Als ein Bote zwischen Menschen- und Götterwelt gilt Hermes – und ist nicht auch der Dichter solch ein Vermittler? Dekorativ und wie eine symbolische Huldigung stand sein Hermes unter den Birken hinten im Garten.

Ein erstes Donnergrollen hat Erika auf den Balkon vor das Arbeitszimmer des Zauberers treten lassen. Sie schaut erwartungsvoll zum verdüsterten Himmel. Ein heißschwüler Nachmittag im August. Die beiden Großen haben sich dreist den heiligen Bezirk des Vaters erobert. Klaus liegt halb auf der Couch vor dem Schreibtisch. Den beiden Geschwistern merkt man eine Stimmung der Ratlosigkeit an. »Ich weiß nicht, was mit mir los ist«, so Eri, »alles geht nach Wunsch ... aber ...«

»... – du hast keinen Spaß dran ...«

Erika nickt. Sie schaut ihn an, ihren Bruder Eissi, der mehr ist als ein Bruder, eine so innig verwandte Seele, dass sie spürt, wie sie auch für ihn spricht, wenn sie nun dieses Unruhegefühl einer unbestimmten Lust auf Abenteuer und Ferne ausdrückt.

»Unser Häuschen ist hübsch. Kann so bleiben. Aber ich will nicht bleiben ... München ist hübsch. Es spielt sich nett an den Kammerspielen ...«

»Aber du wärst lieber anderswo ...«

»Zehntausende Meilen weg von hier ...« Eri kommt zurück ins Zimmer und setzt sich an den Schreibtisch des Vaters. »Und weg von Gustaf ... keine schlechte Idee!«

Die Ehe mit Gründgens, die keine ist, keine bürgerliche mit Kind und Kegel, sondern eine moderne, eine Künstlerehe sein soll, sie scheitert an der Überforderung der Partner. Und dann ist da etwas, das Erika ihrem Gatten nicht nachsehen will. »Karriere! Karriere! Er ist so schrecklich ehrgeizig. Er kann niemals warten!« Ein Missverständnis eigentlich, denn Gustaf Gründgens ist nur ein Künstler, der seinen Beruf sehr ernst nimmt. Erfolge am Theater bedeuten ihm viel, nicht zuletzt, weil nur sie ihm neue Möglichkeiten eröffnen. Wann wird man in der Reichshauptstadt Berlin auf ihn aufmerksam? Er gehört ihrer Generation an, doch ausgestattet ist er mit der Arbeitsmoral ihres Vaters.

Nicht, dass Erika sie vergleichen wollte. Der Vater ordnete sich selbst, sein ganzes Leben dem Werk unter. Ein Künstler hat eigentlich kein Recht auf Leben. So haben sie es von ihm gelernt, so lebt er es ihnen immer wieder vor. Aber das war doch eine

Welt von gestern. Sie, die Jungen, konnten und mussten anders leben und arbeiten. Und ließ sich beides nicht ganz gut verbinden? Der Zauberer hatte sein Thema gefunden: Es ging immer um ihn selber. Sie dagegen wollten und mussten raus und dabei sein – und es geschieht so schrecklich viel auf der Welt. Muss man nicht höllisch aufpassen, dass man nicht eines Tages ins Hintertreffen gerät?

Da gibt es noch jemanden, der untreu geworden ist, sie offenbar verlassen will.

»Pamela Schlängelmund – deine ›Liebe und dein Leben‹ – will sich an die Brust des alten Sternheim werfen ...«, Klaus erwähnt es ohne besondere Erregung. Seine eigene frühe Verlobung mit Pamela ist ja auch nur ein Spaß gewesen, ein vorweggenommener Versuch, mit dem Ehepaar Gründgens gleichzuziehen. Ein Arrangement zu Vieren, für eine Zeit. Jetzt hat sie es auf den berühmten, stinkreichen und bekanntermaßen übergeschnappten Dramatiker Carl Sternheim abgesehen. Wenn die Freunde zu Verrätern werden, wird es höchste Zeit, das Weite zu suchen.

Das Telegramm in Klaus' Tasche ist es doch eigentlich, wovon sie die ganze Zeit reden, und Erika rückt endlich damit heraus:

»Diese Einladung zur Lesereise durch die Staaten war doch nur für dich, den Autor der ›Kindernovelle‹ – the most famous novelist of ›The Fifth Child‹, the famous son of Thomas Mann...«

»Der berühmte Sohn teilt seinen Ruhm« – das ist von Klaus dahin gesagt und Eri versteht. Man darf den Namen des Vaters verwenden, wenn es denn nützt. Man würde später noch lange genug auf eigene Rechnung leben.

Amerika, die Neue Welt, wie geschaffen für die Jugend: Tempo, Vitalität, Land der unbegrenzten Möglichkeiten. Von New York aus kann man vielleicht quer durch mit einem Zug bis in das sagenhafte Kalifornien reisen. Hollywood. Bekannte wie der Schauspieler Emil Jannings sind dort engagiert. Es konnte nicht schaden, sich das alles einmal anzusehen.

»Wir werden sofort Boni & Liveright Incorporated nach New York kabeln.« Klaus fuchtelt das Telegramm in die Luft: »Entzückt von Ihrer freundlichen Einladung – stop – bin bereit, in etwa vier Wochen mit meiner Schwester...«

Einschub Erika: »... der bekannten Schauspielerin Erika Mann...«

Fortsetzung Klaus: »... nach New York zu reisen – stop –«

Erika: »Beabsichtigen den Winter in USA zu verbringen – stop.«

Das klingt groß und wirklich wie ins Blaue hinein formuliert. Nach kurzem Schweigen schaut Eri den Bruder an: »Wenn's schief geht, sind wir Weihnachten zurück, und ich unterschreibe bei den Kammerspielen!«

Sylt Vier Wochen dauern nun schon die Ferien in Kampen. Die Sonne hat sie alle gebräunt. Eine Verwandlung ist mit dem anfangs nervösen und erschöpften Vater vor sich gegangen, er ist umgänglicher und freundlicher geworden. Er hat seine Konzentration wiedergewonnen und dazu ein jugendliches Aussehen.

Ein wenig verbummelt mag er sich vorkommen, wie stets, wenn die Arbeit am Schreibtisch für so lange Wochen unterbrochen bleibt. Die gute Zeit ist schnell vorübergegangen, schöne Tage unter dem weiten Blau dieses hohen Himmels sind es gewesen. Hier blieb immer alles in Bewegung, der Wind, die Meeresbrandung, Wolkenschatten über den Dünen, auf denen der Strandhafer im wechselnden Licht sein Farbenspiel vorführt. Man hat wohl, wie schon beim ersten Aufenthalt auf der Insel, die merkwürdige Wanderdüne bei List erklettert, die Vogelwarten besichtigt und sogar Seehunde und Robben auf den Sandbänken beobachtet.

Wenn er nachts vor das Haus trat, leuchteten die Sterne. So ähnlich wird es sein Joseph erlebt haben, in den Wüstennächten, wenn er am Brunnen stand und gen Himmel sah. So hat er nach einer kleinen Lesung aus dem neuen Josephroman mit Kläuschen Heuser für eine Zigarettenlänge vor dem Haus gestanden. Wie die Tage niemals zu heiß sind, werden die Nächte hier am Meer niemals zu kalt. Der Leuchtturm in der Ferne dreht seinen Lichtkegel, und der hübsche Junge in seinem weißen Sommeranzug hat artig und wohlerzogen einige Komplimente gemacht. Bald würde auch das zu Ende sein.

Katia und Thomas Mann haben schon manchmal darüber gesprochen: Wäre es nicht passend, ein festes eigenes Sommerhaus auf dieser Insel für sich zu erwerben oder zu bauen? Die Dünenlandschaft befördert die Vorstellungskraft, und das käme auch der Arbeit am Josephroman hier auf der Insel zugute. Heinrich Tiedemann würde dabei behilflich sein, ohnehin sprach er immerzu davon, hier in Kampen eine kleine Kolonie zu gründen. Bauernhäuser sollten es werden mit viel Land drum herum, damit der zu erwartende Fremdenverkehr nicht das Bild der Insel zerstörte. Die Manns schieben solche Überlegungen weiter hinaus.

Der junge Heuser ist gerade auf dem Weg zu seiner Sandburg. Und Moni, das gute Mönle, nimmt ihn für sich in Beschlag. Er soll für einen Moment ihr gegenüber Platz nehmen. Sie will versuchen, sein Porträt zu zeichnen. Da sitzt er nun, der brave Junge, und lächelt ihn an: das schon vertraute Bild.

Mit aufgeregter Stimme kommt Katia aus dem Haus gelaufen.

Sie hält ein Telegramm in der Hand. »Von Eri und Eissi – sie haben von Boni & Liveright überraschend eine Einladung zu einer Lesereise in die Vereinigten Staaten bekommen.«

»Und? Wollen sie annehmen?«

Katia reicht das Telegramm an ihn weiter. »Sie sind wohl schon fast unterwegs!«

Man darf sie nicht aufhalten, die beiden Großen. Sie wollen hinaus in die Welt. Aber muss es gleich Amerika sein? Der viel gereiste Dichter ist bisher nicht aus Europa herausgekommen: Italien vor und nach der Jahrhundertwende, die Schweiz selbstverständlich immer wieder, Österreich und Dänemark, kaum Frankreich – Punkt.

»Ist ja fabelhaft – Eri und Eissi in der Neuen Welt!« Er gibt Katia das Schreiben zurück, und nun mischt sich auch der junge Heuser ein. »Amerika, da beneide ich Ihren Sohn. In so frühen Jahren!«

Das ist eigentlich etwas vorlaut von dem Kind. Aber seine ungestüme Begeisterung lässt beide lächeln, und Thomas Mann erläutert seiner Frau ein wenig den Hintergrund, um den diese natürlich längst weiß.

»Herr Heuser reist nämlich gern. Will mal ein tüchtiger Kaufmann werden und die Welt kennen lernen.«

Katia spielt den Ball zurück. »Solche Pläne haben Sie! Und gar nicht ins künstlerische Fach?«

»Nein, gar nicht.«

Und ehe der Junge nun die bekannten Pläne abspult, unterbricht ihn der Zauberer, indem er sich gut gelaunt an Katia wendet und den Faden weiterspinnt. »Da kommt mir grad eine Idee, wo doch das Zimmer von Eissi dann frei ist. Wenn der junge Herr Heuser mal München kennen lernen möchte – es wäre dann eine gute Gelegenheit... – was meinst du?«

Katia, nach leichtem Zögern, »Warum nicht? Wenn Sie in den Herbstferien unser Gast sein wollen?«

Vor seiner Abreise schreibt der Dichter ins Gästebuch von *Kliffende* seinen Dank:

»Nicht Glück oder Unglück, – der Tiefgang des Lebens ist es, worauf es ankommt. An diesem erschütternden Meere habe ich tief gelebt, und was es aufregte, das wird, gebe es Gott, irgendwie einmal ehrenhaft fruchtbar werden. Auch will ich wiederkommen. Man sollte freilich wohl nie wiederholen wollen, denn von vornherein ist gewiß, daß es das andere Mal anders sein wird. Aber schon aus Dankbarkeit will ich wiederkehren: dem dauerhaften Gefühl des Dankes, den ich hiermit den Wirten dieses guten Hauses von Herzen abstatte.

Kampen den 11. IX. 1927 Thomas Mann.«

Im nächsten Jahr wird die Familie wieder nach *Kliffende* reisen. Die Heusers werden sie nicht antreffen. Der Eintrag im Gästebuch findet sich direkt unter der langen Dankadresse vom Jahr zuvor.

»Wir reisen leider wieder einmal. Wie gut, daß Kliffende bleibt.

30. VIII. 1928 Thomas Mann.«

Elisabeth Mann: »Natürlich kannte sie ihn genau. Sie wusste das alles. Es ist nicht so, dass das irgendwie seine Beziehung zu ihr, die er wirklich immer geliebt hat, gestört hätte.«

Er hat es ihr in seinen frühen Briefen angedeutet – in den Brautbriefen –, dass er sich wohl bewusst sei, »nicht der Mann zu sein, um einfache und unmittelbar sichere Gefühle zu erwecken«. »Sie wissen, daß ich mich, persönlich, menschlich, nicht gleich anderen jungen Leuten habe entwickeln können, daß ein Talent als Vampyr: blutsaugend, absorbierend wirken kann« ... Katia sollte all das verstehen und aushalten lernen.

Elisabeth Mann: »Sie war von Natur so, sie war von Natur tolerant. Und ihre Liebe war sehr umfassend.«

Das Hausmädchen steht mit dem Hausdiener im Garten. Sie nehmen die Post entgegen, die der Briefträger auf seinem wackligen Fahrrad austrägt. Das Personal versucht immer, zumindest die Postkarten schnell vorher zu lesen, um auf dem Laufenden zu bleiben. Derart vertieft geht das Mädchen in die Diele, während Monika die Treppe herunterkommt. »Wir sind The Literary Mann Twins.«

Die Schwester reißt die Karte an sich und fährt fort: »Großer Erfolg als spaßhaftes Doppelwesen. Wir wandern von Harlem, wo die Neger wohnen, bis hinunter nach Wallstreet, wo die sündigen Spekulanten schwere Dollars verdienen. Es ist herrlich, den Dschungel von New York zu erforschen.«

Katia steht mit einem Mal hinter ihnen.

Das Kindermädchen, verlegen und auch wieder erleichtert, reicht nicht ohne empörten Unterton der Mutter die übrige Post weiter. »Jetzt sans im Tschungel, Frau Doktor.«

Gegen Mittag dringen Stimmen vom Garten her ins Arbeitszimmer.

Medi und Bibi tollen herum, werfen wohl Stöckchen und – »Kläuschen, sieh nur!« – führen dem Gast vor, wie gut sie mit dem Hund umgehen können.

Klaus Heuser sieht ihnen zu, Monika erläutert ihm etwas – sie hält ein kleines selbst gezeichnetes Porträt von ihm in der Hand. Der Hausherr beobachtet die Szene durch die Jalousie, die er wegen der tief stehenden Sonne heruntergezogen hat.

»Wir begegnen einem Angesicht, das wir lieben, und wir werden nach einiger Anschauung, während welcher unser Gefühl sich befestigt, wieder davon getrennt« … »Unsere sinnliche Einbildungskraft, unser Erinnerungsvermögen ist schwächer, als wir glauben möchten. Wir werden nicht mehr sehen und aufhören zu lieben. Was uns bleibt, ist nichts als die Gewißheit, daß jedes neue Zusammentreffen unserer Natur mit dieser Lebenserscheinung mit Sicherheit unser Gefühl erneuern, uns wieder, oder eigentlich immer noch, sie lieben lassen wird.«

Damit ist auch die Einleitung des Kleist-Aufsatzes abgeschlossen und die Erinnerung an Kläuschen Heuser mit hineingeschrieben. Ein Wasserzeichen nur, nicht lesbar für die Allgemeinheit. Sie, Katia, wird es verstehen und lächeln. Eissi und Eri kennen ihren Zauberer und werden sich den Text schon übersetzen. Aber er – was weiß der hübsche Junge in seinem adretten Leinenanzug draußen vor der Tür? Sicher ahnt er etwas von der besonderen Zuneigung, mit der er als Gast hier im Hause ausgezeichnet wird. Es wäre sonderbar, wenn nicht. Aber von dem anderen, von dem, was das Herz des Zauberers schneller schlagen lässt, kann man, darf man davon einem Oberschüler gegenüber ein Geständnis oder auch nur eine Andeutung machen, selbst wenn der es verstehen würde?

Der Hund spitzt die Ohren, dreht sofort ab und läuft mit einem Stöckchen im Maul quer über den Kies die kleine Freitreppe hinauf vor das Arbeitszimmer. Wenn die Tür sich öffnet, heißt das, dass die Arbeit beendet ist.

Sein Herr nimmt ihm das Stöckchen ab und wirft es weit in den Garten. »Nein, nicht hier hinein – lauf zu Medi und Bibi!«

Der junge Heuser hat sich von Moni abgewandt. »Ein kluger Hund ist das. Die Medi ist ja ganz verliebt in ihn.«

»Ja, das geht sehr weit. Die hängen aneinander.« Mit einer einladenden Geste zur offen stehenden Tür des Arbeitszimmers: »Wenn Sie einen Augenblick zu mir kommen wollen? Ich habe meine Mappe schon zugeklappt.«

Der Gymnasiast weiß, was es bedeutet, in das Arbeitszimmer von Thomas Mann eingeladen zu werden. Es ist ja im Grunde so etwas wie ein Atelier, wie er es von den Malerfreunden des Vaters in Düsseldorf her kennt. Aber was für ein Unterschied. Wie ordentlich es hier aussieht. Selbst die Figuren und Figürchen auf dem Schreibtisch wirken wie festgeschraubt rund um die Schreibmappe. Er geht in die Knie, auf Augenhöhe mit der kleinen Gesellschaft, so wie er es immer zu Hause bei den Zinnsoldaten gemacht hat, bevor sie dann von ihm in die Schlacht geschickt wurden. Eine kleine Bronze hat es ihm angetan, ein griechischer Gott vielleicht. Dahinter der große Kopf eines grimmig blickenden Kriegers – oder ist es ein Buddha?

Und weiter verlängert in dic Unschärfe gerät das Gemälde der drei nackten Knaben an einer Quelle ins Blickfeld. Er ist ihm etwas unheimlich, der Zauberer, der hier seine Geschichten

schreibt. Überhaupt merkwürdig, den eigenen Vater Zauberer zu nennen. Klaus stellt die kleine Bronze zurück an ihren Platz.

Ganz vorn steht eine ägyptisch anmutende Figur. Ein Pharao oder der Joseph? Auf Sylt hatte der Dichter ja aus seinem neuen Roman über den biblischen Joseph vorgelesen. Mehr unbedacht als ungeniert schlägt Klaus Heuser nun die Mappe vorn auf dem Tisch auf. »Und das haben Sie heute Morgen geschrieben? Weiter am *Joseph*?«

Thomas Mann war ein paar Schritte zurückgetreten. »Nein. Etwas Ähnliches, über ein Stück von Kleist: ›Amphitryon‹. Es gehört zum Schönsten, was es auf dem Theater gibt. Es geht da um Jupiter, das ist ein Gott.«

Klaus kommt um den Schreibtisch herum. »Mit den griechischen Göttern kenn' ich mich aus. Haben wir in der Schule durchgenommen.« Er streicht am Zauberer vorbei zu den Regalen, Thomas Mann weicht unwillkürlich zurück.

»In dieser Geschichte besucht Jupiter in der Gestalt des Feldherrn Amphitryon dessen schöne Frau Alkmene. Während der Kriegsheld noch auf dem Schlachtfeld kämpft, kommt Jupiter ins Ehegemach. Alkmene denkt, es sei ihr Mann, und ist froh darüber, nach der langen Zeit …«

Klaus hat gerade ein kleines Reh auf den Regalen inspiziert und setzt es wieder ab. »Klare Sache. Aber ist ja 'ne pikante Situation. Warum macht er das? Ein Gott – der hat doch alles!«

Thomas Mann, jetzt hinter seinem Schreibtisch, die Hände auf den Arbeitsstuhl gestützt und in die Betrachtung der Figuren vertieft, hebt bedächtig den Kopf und schaut seinem jungen Gast in die Augen. »Er ist einsam!«

»Jupiter ist einsam?« Klaus Heuser wandert quer durch den Raum zurück zum Zauberer. So was hatte man ja noch nicht gehört. »Ein Gott ist einsam?«

Nur der Schreibtisch trennt ihn von diesem Jungen, dem er etwas zu verstehen geben möchte. »Er hat eine Welt geschaffen, ja, aber dieser Schöpfer sehnt sich auch nach Nähe und Liebe von Menschen.«

»Lieben ihn nicht alle Geschöpfe?«

»Sie bewundern ihn. Und einmal will er es auch spüren, was es heißt, als Mensch geliebt zu werden. Die Wärme, die Nähe.« Wie unbekümmert dieser Junge durch sein Arbeitszimmer spaziert. Die dunklen Augen, die feine Stimme. »Ist es so kalt, da wo er lebt?«

Er könnte die Hand auf seine Schulter legen, für einen Moment nur. Einmal »den Sprung ins Traumhafte« wagen. Was darf ich mir erlauben? »Aber in meinem Fall sind wohl die Hemmungen stärker«, wird er wenige Jahre später im Tagebuch vermerken.

»Ja, da ist es kalt, manchmal sehr kalt.« Thomas Mann geht einige Schritte und lässt sich auf der großen Couch quer vor seinem Schreibtisch nieder. Bücher, die er noch durchsehen will, stapeln sich dort. Der Junge in seinem Rücken hat es wohl gespürt, dass er ihm nicht nur eine kleine Göttergeschichte erläutert hat. Was wird er jetzt tun?

Klaus Heuser versucht, die Geschichte zu verstehen, die ihm der Dichter hier erzählt – und wie er sie erzählt. Sacht und leise ist seine Stimme geworden. Ein Gott schläft verkleidet mit der Frau eines Feldherrn, der noch auf dem Schlachtfeld ist. Um was geht es da? Bei seinem Vater, dem Direktor der Düsseldorfer

Kunstakademie, hat er schon solche Bilder gesehen – Götter, die sich in verschiedenen Gestalten mit schönen Frauen vergnügen. In einer geheimen Mappe des Vaters sah man sogar deutlich, worum es hier ging. Dionysosfiguren, Menschenleiber und Böcke mit stark geschwollenen Gliedern begatteten die Schönen. So was konnte man nicht ausstellen. Verbotene Bilder. Klaus wusste davon. Aber hier in diesem Zimmer war es etwas anderes. Dieser Gott Jupiter wollte »Nähe, Wärme« – wenn man nur wieder herauskäme aus diesem Gespräch. Da saß dieser große dunkle Schatten vor ihm auf der Couch, eine uneindeutige Faszination ging von ihm aus. War er es selber, der berühmte Mann mit seiner großen Familie, der so einsam war? Und wer war vielleicht er?

»Und geht es gut aus in dem Stück? Wird er geliebt?«

Thomas Mann erzählt dem Jungen nun die Geschichte – das »Theaterstück meiner Seele«, wie er es einmal nannte –, wie ein Lehrer sie seinem Lieblingsschüler erklären würde. »Am Morgen nach der Liebesnacht bekam Jupiter Zweifel. Er hatte ja eine andere Gestalt, die des Ehemanns, angenommen. Und nun will er wissen, ob es einen Unterschied gab zu anderen Nächten – wen sie gemeint hat mit ihrer Liebe, mit dem, was er erlebt hat in der Nacht... Das ist das Drama. Ich lese aus dem Aufsatz übermorgen in den Kammerspielen. Werden Sie kommen?«

Klaus lächelt – »Ja. Sie können ruhig du zu mir sagen.« – und setzt sich neben den Zauberer auf die Couch. Er registriert wohl, wie der Mann neben ihm sein Lächeln aufnimmt. Wie einfach ein solches Geschenk zu machen war. In einigen Tagen würde Klaus Heuser abreisen. Vorbei – und doch aufbewahrt im Herzen für ein ganzes Leben – in der »Galerie«, die zu den Frühesten zurückreicht, zu Paul Ehrenberg, Willri Timpe, Armin Martens. Ach, Klaus.

Jahre später schreibt Thomas Mann über den Abschied von Klaus Heuser ins Tagebuch: »Nun ja – gelebt und geliebet... geliebte Lippen, die ich küßte.«

Elisabeth Mann: »Das hat er der Katia erzählt. Und die hat's mir erzählt.«

Wie darf man sich das vorstellen?

»Sie erwähnte nur, ja, er habe damit angefangen zu erzählen, er habe Kläuschen Heuser geküsst. Und sie habe nur gesagt: ›Ach, komm, hör auf! Das will ich gar nicht wissen!‹ Damit war die Sache erledigt.«

Dabei ahmt sie belustigt die schnell surrende Stimme der Mutter nach.

Thomas Mann sitzt in seinem Arbeitszimmer. Es ist später Abend, vor ihm liegt das Tagebuch. Gerade hat er eine Eintragung beendet. Er schraubt den Füllfederhalter zu und geht zum Schließschrank, wo er das schmale Heft wie immer zu den anderen legt. Darunter hören wir die Stimme des Dichters: »Das Schönste und Rührendste der Abschied…, als ich zum ersten Mal ›den Sprung ins Traumhafte‹ tat und seine Schläfe an meine lehnte… Schwarze Augen, die Tränen vergossen für mich, geliebte Lippen, die ich küßte, die unverhoffte Erfüllung einer Lebenssehnsucht… das ›Glück‹… Nicht das Himmelhochjauchzende und tief Erschütterte jener zentralen Herzenserfahrung meiner 25 Jahre: P. E., dieses ›Ich liebe dich – mein Gott, – ich liebe dich!‹. K. H.: ein spätes Glück mit dem Charakter lebensgütiger Erfüllung.«

Lübeck Zu Besuch in der Hansestadt. Lübeck wird 700 Jahre alt und der Dichter wird auf Einladung des Senats einen Festvortrag halten – »Lübeck als geistige Lebensform«. Zuvor sehen wir Thomas Mann im Stammhaus des Senators, im »Buddenbrookhaus«, wie es jetzt heißt, nachdem er es mit seinem Roman weltberühmt gemacht hat.

Im so genannten Landschaftszimmer betrachtet er die kleinen Wandgemälde, die von der Herkunft seiner Mutter erzählen. Brasilien – eine Zuckerrohrplantage, wie sie Senhor Bruhns, ihr Vater, im fernen Parati besessen hat. Wie oft hat sie ihm vor dem

Einschlafen von dem seltsamen Land ihrer Kindheit erzählt, von Affen, die in den Bäumen schaukeln, und von schreienden Papageien, von Orchideen und Schlangen im Garten.

Die andere Welt der Phantasie, in der man sich träumend nach eigenen Vorstellungen einrichten kann, hier hat sie einen ersten starken Eindruck in ihm ausgeprägt. Ihre »Lust zu fabulieren« und vor allem ihre musikalische Begabung – all dies hat er von jeher als sein mütterliches Erbe empfunden.

Auf einem zweiten Gemälde spielt ein junges Mädchen mit Muscheln allein am Strand, in der Ferne liegt ein Segler vor Anker. Auf einem solchen Schiff war die siebenjährige Julia da Silva Bruhns mit ihrem Vater Johann Ludwig nach dem frühen Tod der Mutter in diese fremde Welt Lübeck gebracht worden.

Er sieht sie vor sich, die schöne Mama, wie sie die Fenster schließt und ihn anlächelt. Träumerisches Sich-gehen-Lassen, »die Empfänglichkeit des Südens«, die ganze künstlerisch-sinnliche Richtung, hat die Mutter in die Familie gebracht.

Ein Journalist mit Schreibblock unterm Arm räuspert sich, der Mitarbeiter einer Lübecker Zeitung hat den großen Sohn der Stadt um ein Interview gebeten. Ein älterer Lübecker Bürger drängelt sich nun allerdings an ihm vorbei. »Herr Doktor – der

Herr Mühlenbrook wollte Sie unbedingt persönlich sprechen – eine Widmung.«

»Später bitte!« Der Dichter mag sich nicht stören lassen.

Der alte, leicht zitternde und etwas ungepflegt wirkende Mann bleibt jedoch grob aufdringlich. Er geht mit seinem Exemplar der *Buddenbrooks* auf den Dichter zu. »Na, wöllt wi uns wedder vertragen?«

Solche Penetranz stößt Thomas Mann ab. »Warten Sie doch bitte vor dem Haus.«

Mühlenbrook ficht das nicht an, er kennt keine Distanz, erinnert ihn daran, dass er einer von ihnen war und mit seiner Geschichte das Ansehen des vornehmen Lübecker Bürgertums beschädigt hat. »Is ja man berühmter Mann geworden in der Fremde, der junge Thomas – mit unsern Geschichten. Häfte se ollens vertällt – auch die datt wat man nich vertällen soll...«

Da sind sie wieder, die Kritiker und Beleidigten, die nichts verstanden haben. »Ja, ja. Geben Sie her –.« Er will ihn loswerden und schreibt ihm seinen Namen auf die erste Seite des Romans.

Der alte Mühlenbrook schaut dabei zu und kichert, er wirkt etwas verwirrt.

Prunkvollen Figurenschmuck haben die Väter vor die Häuserfassaden gemauert. Der Stolz patrizischer Bürgerlichkeit verdeckt die Kargheit des Backsteins, der noch von Arbeit erzählte. Am Giebel des »Buddenbrookhauses« hat sein Großvater Johann Siegmund Mann zwei Figuren aus der Mythologie anbringen lassen, die eine mit dem Buch der Zeit und die andere mit dem Füllhorn des Glücks, aus dem die Früchte dem Menschen zufallen, wenn er die Zeit, die ihm gegeben ist, gut zu nutzen versteht, und über allem das christliche Credo der Väter: Dominus providebit.

»Die ärgern sich immer noch über die *Buddenbrooks*?« Damit wendet er sich dem Journalisten zu, der just in diesem Moment auf den Auslöser seiner Kamera drückt.

»Manche haben doch ihren Frieden gemacht. Vielleicht einige der alten Familien noch nicht. Sie verstehen schon, die können das nicht vergessen...«

Sie spazieren unter den Arkaden, an der Marienkirche vorbei auf das Rathaus zu – der Weg des Vaters, wenn er in die Senatssitzung eilte. Mühlenbrook folgt ihnen in gebührendem Abstand, gleichwohl ungeniert neugierig.

»Sie halten mich für abtrünnig, aber arbeite ich denn anders als mein Vater, der Senator? Auch als Künstler hört man doch nicht auf, das zu sein, was die Väter waren, durch ernste Lebensführung, Selbstbeherrschung...«

»Sie haben sich eben alle wieder erkannt! Es kursiert immer noch ein Verzeichnis, das die literarischen Figuren nach den Familien aufschlüsselt, die Sie damals gemeint haben.«

Thomas Mann schüttelt unwirsch den Kopf. »Gemeint habe ich niemanden! So eine Dummheit! Es sind nun mal *Figuren* in einem *Roman* – haben Bedeutung in einer Komposition. Das ist doch etwas ganz anderes als die Wirklichkeit.«

Theodor Eschenburg, Lübecker Senatorensohn wie Thomas Mann: »Da war der Senator Fehling, und einer dessen Söhne war Jürgen Fehling, der geniale Regisseur. Die hießen die Hagenströms in den *Buddenbrooks* und waren dort ziemlich verrufen...«

Dass nach all den Jahren immer noch solches Ressentiment hochkommen kann, stimmt Thomas Mann nachdenklich. »Ein trauriger Vogel, der sein eigenes Nest beschmutzt«, so hatte man sich – nach der Formel seines Onkels Friedrich Mann – über ihn mokiert und gleichzeitig behauptet, das Buch gar nicht gelesen zu haben. Er diktiert dem Reporter der Lübecker Tageszeitung noch einmal eine Erläuterung in den Block. »Ich sage Ihnen mal etwas: Es geht bei all den Figuren doch um mich. Ein Künstler, der nicht sein ganzes Selbst preisgibt, ist ein unnützer Knecht, heißt es. Aber wie kann ich mich selbst preisgeben, ohne zugleich die Welt preiszugeben, die Teil meiner Vorstellung ist?«

Ein kleiner Trupp von SA-Männern macht sich an einer Litfaßsäule zu schaffen. Sie kleben Plakate. Thomas Mann registriert es. Uniformen, denen er immer häufiger bei seinen Spaziergängen begegnet. Der alte Mühlenbrook, von ihnen angezogen, lässt nun von den beiden Stadtwanderern ab.

Der Reporter hat alles notiert und blickt fragend von seinem Block hoch. »Es ist also nicht nur der kleine Hanno, der Ihre…«

Der Dichter fällt ihm ins Wort: »Sie sind es alle. Lübeck, die *Buddenbrooks* – sie sind mein Traum. Trösten Sie Ihre Leser: Es ist immer von mir die Rede. So, und nun möchte ich wirklich etwas für mich sein. Ich lese heute Abend das Weihnachts-Kapitel.«

Poschingerstraße Später Abend. Thomas und Katia huschen mit einer kleinen Tüte lautlos die Treppen zum Schlafzimmer von Medi und Bibi hinauf. Der älteren Tochter Monika, die ihnen im Nachthemd entgegenkommt, bedeuten sie, leise zu bleiben. Moni weiß ja, was hier vor sich geht. Der Zauberer wird im Zimmer der Kleinen mit kindlicher Freude den Engel spielen, der Goldflitter über die Bettdecken und Herumliegenschaften verstreut.

Elisabeth Mann: »Eines Morgens wachte man auf und hatte Rauschgold im Bett, auch solche Silberpapiere… In der Nacht hatte das alles irgendein Engel gebracht, und das war natürlich herrlich. Also, da herrschte lauter Aufregung vor Weihnachten. Das ging eigentlich schon den ganzen Dezember so.«

Der Fahrer Hans richtet den großen Tannenbaum in der Diele auf, die Köchin steht mit dem Lametta bereit.

Elisabeth Mann schaut sich suchend um: »Der Baum stand hier in der Diele, und zwar gegenüber vom Kamin. Es war immer ein sehr großer Baum mit Silberfäden und echten Kerzen natürlich. ... Zwei, drei Tage vor Weihnachten wurde er geschmückt, und dann durften wir nicht mehr durch die Diele, sondern mussten die Hintertreppe rauf und runter.«

Es ist dunkel geworden. Dicke Schneeflocken trudeln vor den Fensterscheiben im Garten. Überall brennt nur Kerzenlicht – »der Konsul hielt darauf, dass das heilige Christfest mit Weihe, Glanz und Stimmung begangen ward«. Von drinnen hören wir die Familie *Stille Nacht, heilige Nacht...* singen. »Man ging ein wenig vorsichtig zu Werke dabei, denn die Meisten der Anwesenden waren unmusikalisch, und hie und da vernahm man in dem Ensemble einen tiefen und ganz ungehörigen Ton.«

Im Arbeitszimmer des Hausherrn hat sich schon das eigentliche Wunder vollzogen: der Weihnachtsfriede. Trotz aller Probleme des Jahres scheint er wieder einmal hergestellt zu sein.

Man sitzt singend beisammen, und alle sind gespannt, was der Weihnachtsmann diesmal beschert hat. Der sich am meisten verzaubern lässt von dieser Stunde, ist der Zauberer selber. Er sieht sich in dahingleitender Zeit mit den Eltern und Geschwistern im dunklen Lübecker Zimmer: Genau so haben sie auch dort im Dunkeln gewartet und gesungen. Und wenn dann schließlich die Tür geöffnet wurde, »leuchtete und glitzerte von unzähligen kleinen Flammen« das Weihnachtszimmer.

Er hat diese besondere Zeit schon in seinen *Buddenbrooks* verewigt – so ist es gewesen, und so soll es wieder sein. »Und dann erhob sich die Konsulin. Sie ergriff die Hand ihres Enkels Johann und die ihrer Urenkelin Elisabeth und schritt durch das Zimmer. Die alten Herrschaften schlossen sich an, die jüngeren folgten«...

Lang ist das her, und doch ganz gegenwärtig.

Nur dass jetzt er selber die Tür zum Weihnachtszimmer öffnen darf. Der Zauberer schreitet auf leisen Sohlen, als wolle er dort draußen niemanden vertreiben, an der Tür wagt er einen ersten vorsichtigen Blick in die Diele. Ein Spiel für die Kinder und nicht weniger für den Vater. Ja, er hat etwas gesehen, und zum Zeichen pfeift er leise eine Melodie, in die nun alle einstimmen: *Am Weihnachtsbaume die Lichter brennen.* Und dann stößt er endlich mit beiden Händen die Flügeltür auf, hinter der sich sogleich eine überwältigende Pracht darbietet – so »zog man mit geblendeten Augen und ein Lächeln auf dem Gesicht durch die weit geöffnete hohe Flügeltür direkt in den Himmel«.

Weihnachten musste schön sein.

Monika Mann: »Oh, ja! Oh, ja! Und das ist auf uns übergegangen. Wir nahmen Weihnachten unendlich ernst. Wir warteten das ganze Jahr darauf.«

Am Weihnachtsbaum brennen die zahllosen Wachskerzen, und der Hausdiener Hans hat auch in diesem Jahr den bekrönenden Engel nicht vergessen. Kleine und große Gabentische finden sich hier in der Diele aufgereiht und direkt dahinter das Per-

sonal. Natürlich haben auch die Bediensteten Geschenke bekommen.

Man darf, man soll nun näher kommen. *O Tannenbaum, o Tannenbaum, wie grün sind deine Blätter ...* – der Zauberer gibt den Ton vor; ganz der Zeremonienmeister, lädt er sie ein, singend, wie es der Brauch vorschreibt, an den Baum zu treten.

Die Gesichter der Kleinen strahlen vor Neugierde und Glück. Und weil die Strophen kein Ende nehmen wollen, gelten ihre ungeduldigen Blicke schon den Gabentischen. Sind die neuen Karl-May-Bände wirklich für Medi? Und wem gehört das herrliche kleine Fahrrad? Die Schallplatten, die sind sicher etwas für Herrn Papale, und ebenso die Reise-Utensilien und der Morgenrock, der dort hindrapiert liegt.

Auch die kleine Krippe findet sich wieder unter dem Baum. Sie hat in diesem Jahr Hirten und Engel um sich, die vordem noch nicht gesehen waren.

Bibi muss ausprobieren, wie schön so ein kleiner Engel über dem Jesuskind Kreise ziehen kann. O je, sie gleitet ihm aus der Hand, die feinbemalte Gipsfigur, und zerschellt am Boden.

»Immer Bibi! Ich weiß gar nicht, was der Junge hier tut?!« Mitten in den Weihnachtsfrieden donnert die zornige Stimme des Vaters. Gerade hat er noch von Engeln gesungen, und nun umwölkt sich seine Stirn. Das geschah höchst selten – man wusste,

es war umso schrecklicher, wenn es dann passierte. Golo und Moni wechseln einen Blick. Sie fühlen mit dem Jüngsten, der wieder mal diesen Zorn des Vaters abbekommt.

Golo Mann: »Ich meine, es war immerhin Weihnachten. Wo sollte er sein? So was vergisst man nicht.«

Als man später gemerkt hat, dass der kleine Michael in allem nicht so gut wegkommt beim Vater –, hat er einem Leid getan?

Elisabeth Mann: »Ja, das habe ich schon bemerkt, und es war mir gar nicht recht. Ich kann mich da an eine Szene erinnern, die mir ewig unvergesslich bleiben wird. Der Michael hat sich so vor dem Kruzifix gefürchtet, und zwar wann immer er irgendwo ein Kruzifix sah. Und mein Vater beschloss, das gehe nicht – dieses Symbol ist ein Teil unserer westlichen Kultur, daran muss der Junge gewöhnt werden. So hat er ihm ein Kruzifix ans Kopfende seines Bettes genagelt. Über sein Bett! Und das fand ich dann doch sehr grausig.«

Heiligabend bei der Familie von Heinrich Mann. Unter dem Weihnachtsbaum stehen Mimi, fülliger geworden, und ihre Tochter Leonie. Trotz der Geschenke liegt über allem eine bedrückte und traurige Stimmung. Mimi Mann reicht dem elfjährigen, zur Feier des Tages festlich herausgeputzten Mädchen den Hörer weiter. »Dein Papa ist am Telefon. Er will dir frohe Weihnachten wünschen.«

München

Und Goschi, wie das Mädchen liebevoll genannt wird, mit freudiger Stimme: »Papa?«

In einem Berliner Hotelzimmer sehen wir den Vater mit Telefonhörer in der Hand, dahinter kommt Trude Hesterberg ins Bild. Sie zieht abwartend an ihrer Zigarette, während Heinrich mit seiner Tochter in München spricht.

»Goschilein, ich kann leider wirklich nicht kommen. Weißt du, ich habe hier allerhand beim Theater und vor allem beim Film zu tun: *Der Blaue Engel* … «

»Kann ich den auch sehen?«

»Ja, sicher. Du kommst mich dann besuchen …«

Heinrich hat aufgelegt.

Leonie hält noch den Hörer in der Hand. »Papa?«

Keine Antwort. Mimi neben ihr versucht es selbst noch einmal. »Heinrich?«

Trude Hesterberg hat sich auf die Schreibtischkante gesetzt, ihre schönen Beine dabei auf den Sessel gestellt. Sie mimt zum Spaß ein wenig die Hure – die Rolle, die sie so gern spielen möchte. »Na, bin ich nu deine Rosa Fröhlich?«

Heinrich spielt vornehm mit, schaut sie prüfend an und schmunzelt. »Könnte niemand anderes sein, genauso habe ich sie gesehen.«

Elisabeth Mann: »Der Onkel Heinrich war ein ziemlich wilder Mann. Innerlich! Er fuhr immerzu nach Berlin, und Tante Mimi hat das alles sehr aufgeregt. Und dann blieb er immer länger in Berlin.«

Drangen Gerüchte von Berlin bis nach München?

»Ja, das mit der Hesterberg haben wir gewusst als Kinder.«

Berlin In den Ufa-Studios. Heinrich Mann bahnt sich zwischen den eng gestellten Kulissen des *Blauen Engel* einen Weg zu den Probeaufnahmen für die Besetzung der weiblichen Hauptrolle.

»Links kam aus einer halboffenen Tür Töpferasseln und ein Feuerschein. Über dem Eingang rechts stand ›Saal‹; und dahinter war ein dumpfer Wirrwarr von Lauten, woraus manchmal ein sehr schriller hervorstach. Unrat zauderte, ehe er die Klinke drückte; er spürte darin eine Handlung, schwer von Folgen ...«

Heinrich Mann steuert auf eine Gruppe von Bühnenarbeitern zu, die ein besonderes Requisit inspizieren. Es ist die Postkarte einer halbnackten Tänzerin, Typ Josephine Baker, mit aufgeklebtem Baströcken, das man durch Pusten auffliegen lassen kann. Im *Blauen Engel* spielen dann die Schüler des Professor Unrat heimlich mit dieser Postkarte im Unterricht, bis sie von ihrem Lehrer erwischt werden. Der Autor des *Unrat* lässt sich den Jux vorführen und probiert es ebenfalls, die Strumpfbänder freizulegen. Zum allgemeinen Gelächter. Aus den Kulissen erklingt die Stimme der »Künstlerin Fröhlich«: You're the cream in my coffee.

Wir sehen, wie einige Teile vom Bühnenbau der Spelunke »Blauer Engel« vorbeigetragen werden. Heinrich Mann trifft dabei auf den Schauspieler, für den der Film gut 25 Jahre nach Erscheinen seines Buches gemacht wird: Emil Jannings, in der

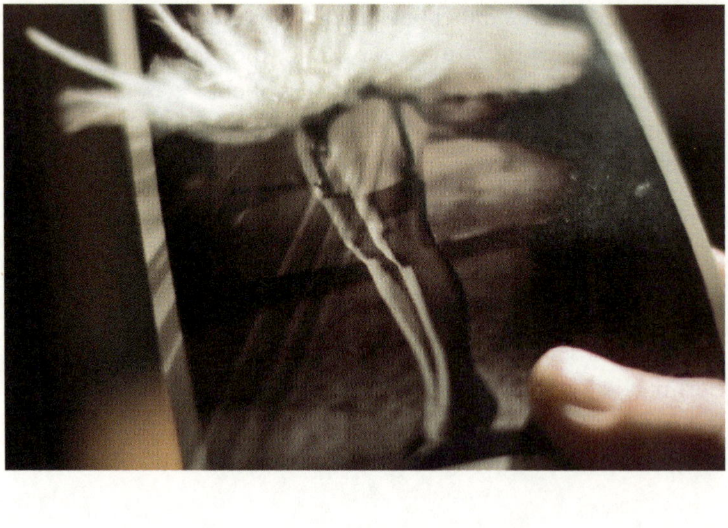

Maske des Professor Unrat. Jannings kommt vom Set, und Heinrich wirft einen Blick dorthin, in die Kulissen, wo sich Kamera und Regie gerade auf weitere Probeaufnahmen vorbereiten.

»Probiert Herr Sternberg schon wieder eine neue Besetzung aus?«

Jannings hebt entschuldigend die Hände: »Eine uns allen unbekannte Frau Dietrich soll es werden. Bitte sehr! Sternberg hat sie mit Hans Albers in einer Revue gesehen. Den blonden Hans hat er gleich mit engagiert.«

»Und Frau Hesterberg?«

»Nichts zu machen. Frau Dietrich probt schon vor der Kamera.«

Mann und Jannings stellen sich in die Kulisse. Sie hören noch letzte Akkorde des Songs – einmal mehr »You're the cream in my coffee« …

»Unrat putzte seine Brillengläser und trachtete, sich zurechtzufinden. Durch den Qualm der Pfeifen, der Leiber und der Groggläser sah er zahllose Köpfe, die alle die gleiche dumpfe Seligkeit besessen hielt, hin und her schwanken, wie die Musik es wollte. Sie waren von Haar und Gesicht brandrot, gelb, braun, ziegelfarben, und das Schaukeln dieser von Musik in das Triebleben zurückgebannten Gehirne ging wie ein großes buntes Tulpenbeet im Winde durch den ganzen Saal, bis es sich, dahinten, im Rauch verfing.«

Neben der Kamera steht Josef von Sternberg, der Marlene Dietrich kommandiert. »Improvisieren Sie mal! Reden Sie mit dem Mann am Klavier. Erklären Sie ihm den Song!«

Rosa Fröhlich alias Marlene Dietrich verlässt ihren Platz und steigt mit einem Satz über die Tasten hoch aufs Klavier. Kokett und lasziv zugleich zankt sie mit dem Pianisten: »Wenn du jetzt aber falsch spielst, kriegste 'nen Tritt!« Ihre Strümpfe haben sich dabei gelöst. Sie reckt das rechte Knie und rollt genüsslich die feine Seide am wohlgeformten Bein hinauf. Abrupt schlägt sie nun die Beine übereinander, stemmt die eine Hand in die Hüfte, stützt sich mit der anderen auf dem Klavierkasten ab und singt einen zum Gassenhauer gewordenen Operettenschlager:

»Wer wird denn weinen, wenn man auseinander geht,
Wenn an der nächsten Ecke schon ein andrer steht?«

Die beiden Zuschauer, Mann und Jannings, stehen immer noch am Bühnenrand.

»Dahinten durchbrach nur etwas Glänzendes den Raum, ein sehr stark bewegter Gegenstand, etwas, das Arme, Schultern oder Beine, irgendein Stück helles Fleisch, bestrahlt von einem hellen Reflektor, umherwarf und einen großen Mund dunkel aufriß. Was dieses Wesen sang, vernichtete das Klavier, zusammen mit den Stimmen von Gästen. Aber es dünkte Unrat, als sei die Frauenperson selbst anzusehen wie ein Gekreisch. Ein Laut, dünn und von keinem Donner totzumachen, ging manchmal von ihr aus.«

Marlenes Rosa singt es nüchtern und dunkel, ohne jeden Kitsch in der Stimme. Heinrich schaut erstaunt auf diese neue Entdeckung von Sternberg. Dann setzt er sich in Bewegung und verlässt das Studio; wir hören immer noch Marlenes Song.

»Man sagt: Auf Wiederseh'n!
Und denkt sich heimlich bloß:
Na, endlich bin ich wieder mein Verhältnis los.«

Elisabeth Mann: »Heinrich war ungeheuer distinguiert und ruhig. Sehr distanziert. Zum Beispiel hat er uns aus Versehen immer mit ›Sie‹ angeredet, er hat dann einen Satz angefangen, sehr umständlich mit bedächtiger Stimme: ›Medi, haben Sie – hast du…?‹ Wir haben uns sehr darüber amüsiert und dachten, das hinge mit seiner großen Würde zusammen. Es war eine Art von Selbstschutz, diese Distanzierung und Würde. Wir wussten ja erst viel später, dass sein Innenleben ganz anders aussah und er ganz andere Interessen gehabt hat.«

Auch seine Schwägerin Katia erlebte ihn so – »wir haben uns zeit unseres Lebens gesiezt. Heinrich war wohl der merkwürdigste Mensch, den man sich denken konnte. Er war sehr formell – eine Mischung von äußerster Zurückhaltung und dabei doch auch wieder Zügellosigkeit.«

Berlin ist Ende der 20er Jahre die Welthauptstadt des Theaters. Zwischen Klassik und Moderne, Unterhaltung, Musik und Revue spielen neunundvierzig Bühnen jede Woche mit Uraufführungen die Welt zurück. Die Hauptstadt bleibt, anders als München, durchgehend geöffnet.

Nach langwierigen Akademiesitzungen und konzentrierter Schreibarbeit kann sich Heinrich Mann, der 1928 ganz nach Berlin zieht, aussuchen, wonach ihm ist.

Die *Bajadere* am Kurfürstendamm hat er mit seinem Freund, dem Schriftsteller und Publizisten Wilhelm Herzog, schon öfter besucht. Hübsche Frauen bedienen an den Tischen, setzen sich zu den Gästen, und wenn man es wünscht, verschaffen sie einem ein wenig Unterhaltung und Ablenkung. Es darf getanzt werden. Eine kleine Jazzkapelle sorgt für die richtige Atmosphäre, bläst und klimpert die modernen Rhythmen aus dem fernen Amerika in das Gewirr von Stimmen, Gläserklirren und Gelächter.

Auch heute Abend finden wir den Dichter an einem der kleinen Tische. Er genießt in diesen Jahren großes öffentliches Ansehen: seit 1926 engagiert er sich in der neu angegliederten literarischen Sektion der Preußischen Akademie der Künste, wird 1931 ihr Präsident. Und er liebt wohl diese kleinen Abenteuer der Nacht. Die unbestimmte Erregung und Erwartung, die Freiheit in der Anonymität der Großstadt.

»Sogleich fühlte er sich in der Menge versunken, seiner drückenden Ausnahmestellung enthoben. Niemand achtete im Augenblick auf ihn«, das waren seines Professor Unrats erste Selbsterfahrungen mit den »Nebendingen« gewesen.

Heinrich hat sich eine Zigarette angezündet und beobachtet dabei eine große, aschblonde Frau in leicht aufreizender Pose auf einem Barhocker an der langen Theke. Sie hat das rechte Bein leicht angewinkelt, so dass ihr mattseiden schimmerndes, rosafarbenes Kleid hochgerutscht ist und den Blick auf ihre langen Beine provoziert.

Auf der Bühne müht sich eine Sängerin in Frack und Zylinder. Sie schlägt mit einem Löffel zum Takt der Musik an ein Sektglas. »Ein Tröpfchen Übermut, ein Tröpfchen Wermut, ein

Tröpfchen Leichtsinn mit Gin! Dieselbe Mischung wie bei den Frauen, schlägt ein Geheimnis darin.«

Unwillkürlich hat Heinrich seinen Stift aus der Tasche gezogen und begonnen, was ihm da so gefällt, mit ein paar Strichen zu skizzieren. Gewohnt freizügig fällt die Zeichnung aus, ein tiefer Ausschnitt, volle Brüste. Immer wieder einmal blickt er hoch, sein Stift zieht die weichen, üppigen Konturen der Aschblonden nach.

Elisabeth Mann: »Das konnte man sofort identifizieren, ob eine Dame eine Heinrich-Braut war oder nicht.«

Und Künstlerin von Beruf passte auch dazu?

»Es war aber nicht unbedingt nötig. Ich meine, Frau Kröger war ja auch nicht gerade eine Künstlerin!«

An der Bar ist man inzwischen auf ihn aufmerksam geworden. Marga stößt ihre Freundin Nelly an. »Der da drüben meint dich!«

»Nö – meinst du?«

»Na kiek nur! Gut, dann probier ich's mal mit dem alten Knochen!«

Marga tritt an Heinrichs Tisch und will Platz nehmen. Der alte Knochen lehnt ab, beiläufig, während er nicht aufhört zu zeichnen: »Nein, nein! Bringen Sie mir einen Cognac.«

Als er wieder hochschaut, ist die Frau an der Bar verschwunden. »N'Abend der Herr...« Sie macht sich jetzt hinter ihm bemerkbar und betrachtet unverhohlen seine Zeichnung.

Heinrich fühlt sich ertappt und dreht rasch die Getränkekarte mit seiner Skizze um. Nelly lächelt über seine Verlegenheit.

Er deutet auf den freien Platz neben sich. Sie ist eingeladen. Diese Frau gefällt ihm, auch aus der Nähe.

»Giff Se mi 'nen Rum?«

»Genehmigt! 'Nen Doppelten!«

Nelly nickt, anerkennend. »Herr blifft Herr, ok nach Middernacht.«

Sie macht Marga an der Bar ein Zeichen. Heinrich bietet sei-

nem Gast eine Zigarette an. Sie sehen sich an und schmunzeln über den Kommentar, der gerade von der Bühne herab wie für sie gesungen scheint: »Ja so ein Frauenlachen, blond und rätselhaft. Und auf das Ganze ein Schuss Apfelsinensaft.«

Marga naht mit den Getränken heran. Sie hat neben dem Doppelten und dem Cognac noch einen weiteren Rum mitgebracht, und Nelly greift rasch zu dem dritten Glas auf dem Tablett. »Den nehm' ich auch!«

Heinrich hebt sein Glas zu einem kleinen Prost, und Nelly lässt es klingen. »Zum Wohl!«

Mit einem Schluck hat sie den Doppelten runter gespült. Heinrich hebt erstaunt die Augenbrauen. Es könnte auch Anerkennung sein. »Die Getränke werden hier abgerechnet. Krieg' Prozente. Aber heute kann ich's auch gut gebrauchen.«

»Ich auch!« Heinrich tut es ihr nach, kippt seinen Cognac runter und prostet mit dem leeren Glas. »Damit was in die Kasse kommt!«

Marga kennt Nellys kleine Tricks. Sie bleibt ganz ungeniert mit ihrem Tablett am Tisch stehen. »Noch mal 'nen Doppelten, Nelly?«

Nelly nickt. Ohne die Order des Gastgebers abzuwarten, geht Marga ab. Und Heinrich hat ihren Namen.

»Nelly? Wat für'n Name? Du kommst doch von de Waterkant.«

Sie lacht, und die kleine Angestrengtheit, die schon mit dem ersten Schluck von ihrem Gesicht zu weichen begann, verfliegt nun ganz. »Is ja man nur ein Künstlername. Emmy Kröger aus Niendorf.«

»Ämmi Krröga« – wie sie das rausbringt! Auch Heinrich taut allmählich auf. Welche Überraschung, in diesem Hauptstadt-Tingeltangel der ferne Klang aus Kindertagen: »Von de leiwe Ostsee! Is ja ma'n Ding.«

Nelly beschleicht Wehmut. »Wenn ich so 'ne plattdütsche Stimme höre, dann kriech ich gleich Heimweh. Da is nix zu machen. Überkommt mich einfach. Beim letzten Besuch in Niendorf hab ich zu meinem Bruder gesagt: Schiet, ik bleew hier! Aber wat mut dat mutt!« Mit einem herben Zug ist auch das zweite von Marga diskret platzierte Glas geleert, und Heinrich zieht nach.

»Niendorf. Dat kenn' ich. Stamm' aus Lübeck.«

»Dat stolze Lübeck! Da hab ich mal Schneiderin gelernt.«

Wie zutraulich sie wird, ohne absichernde Zurückhaltung öffnet sie ihm eine Tür zu ihrem Leben. Und der seltsam feine Herr ihr gegenüber, der gleich eine weitere Runde bestellt, »damit wat in die Kasse kommt«, der will auch alles ganz genau wissen. Vom alten Kröger, der ein Boot in Niendorf zu liegen hat, und von den Badegästen, die schon immer Geschichten von der Reichshauptstadt Berlin zum Besten gaben. Von der Schneiderei in Lübeck und der Stellung dann anschließend hier in der Stadt. Herrjeh, was sie nicht alles hat lernen müssen. Hatte sich direkt verlaufen. Und dann die U-Bahn. So was hatten sie in Niendorf und Lübeck noch nicht gesehen.

Heinrich kannte sie gut, diese Geschichten all der Zuwanderer aus den Provinzen in die große Steinwüste Berlin. Weiß Gott, wie so ein junges Ding durchgekommen sein mochte.

»Und nu biste in der *Bajadere* gelandet?!«

»Fragen tun Se wie 'n Kriminaler. Wat sind Se für einer?«

Heinrich bedeutet ihr zu schweigen, da soll nicht weiter nachgefragt werden. Nelly nickt eifrig und legt kokett die Hand vor den Mund. Sie weiß ja, natürlich, manche Gäste wollen anonym bleiben.

»Pardong. Ist mir so rausgerutscht.« – Und sie lacht so ansteckend dabei, dass Heinrich mitlachen muss über ihre naive Offenherzigkeit in der raffinierten Verpackung. Wird sie alles gelernt haben auf ihrem Weg durch die Großstadt. Hat sich zu einem reizenden Ganzen zusammengefügt: ihre schönen aschblonden Haare und die blitzenden weißen Zähne, die Augenbrauen gezupft und mit schwarzer Tusche nachgezogen, die hellen graublauen Augen mit dunklem Strich betont.

»Damit sie größer wirken! Habe ich alles in der *Bajadere* gelernt.« Nelly hat ein kleines Schminktäschchen herausgeholt, zieht das Rot ihrer Lippen nach und lacht wieder.

Heinrich Mann ist fast sechzig Jahre alt, und dieses Mädchen vom Lande neben ihm unverschämt jung und lebendig.

Die Band spielt den Song der Saison: »Was macht der Meier am Himalaja?«

Nelly wippt mit dem Fuß, singt den Refrain, steht auf und zieht ihren Gast mit. »Möchten Sie tanzen?«

Heinrich schüttelt ein wenig verunsichert und abwehrend den Kopf. »Bin schon so 'n alter Esel, der geht nicht mehr aufs Eis. Da brech' ich mir ein Bein!«

Nelly kennt die Scheu ihrer Gäste. Aber dieser merkwürdige Mensch hat noch ein jugendliches Wesen, ist während der Unterhaltung so in Begeisterung geraten...

»Ne, alt? Pah! Was Sie für helle blaue Augen haben. So jung sind Sie!« Sie meint, was sie sagt. Sie fühlt es so, und Heinrich ist davon berührt. Er will ihr gern gefallen. Sie streicht ihm über das Revers des Smokings. »Der Knopf ist locker.«

Ein enger Raum voller Spiegel und Kostüme, die Garderobe der *Bajadere*. Nelly sitzt mit Heinrichs Smokingjacke vor einem Schminktisch, Tänzerinnen drängeln im Gang auf die Bühne.

»Auf einen der mit abenteuerlichen Kleidungsstücken bedeckten Stühle stützte die Künstlerin Fröhlich ihren Fuß, indes sie nähte. Unrat sah es nicht selbst: so viel unternahm er nicht; er erfuhr es nur durch den Spiegel, dem sie zugekehrt stand. Daraus ging bei Unrats erstem, gehetztem Hinsehen hervor, daß auf ihren langen, sehr langen schwarzen Strümpfen veilchenblaue Stickerei war. Eine Weile wagte Unrat nichts mehr. Dann machte er die angstvolle Entdeckung, daß ihr zwischen den Maschen eines schwarzen Netzes blau hervorschimmerndes Seidenkleid nicht einmal bis unter die Achseln reichte und daß, sooft sie mit Nadel und Faden weit in die Luft fuhr, in der Höhle unter ihrem Arm etwas Blondes erschien. Darauf sah Unrat nicht mehr hin...

Die Stille bedrückte ihn. Auch draußen ging es viel ruhiger zu als vorher. Nur kurze, gestöhnte Laute, etwas heiser und verfettet, wie von dicken Leuten, die sich abarbeiteten. Nun völliges Schweigen; darin das Ächzen und Klirren von etwas Metallischem, das gebogen ward. Etwas schwer zu Bestimmendes, wie das Atmen einer Menge. Plötzlich das Wort ›Ab‹ und zwei schwere Plumpse, kurz nacheinander. Und aus dem losbrechenden Beifall hervor: ›Gottsdunner!‹ und ›Nu soll doch!‹

›Das war gemacht‹, sagte die Künstlerin Fröhlich und hob den Fuß vom Stuhl. Sie war fertig.

›Na und Sie? Sie sagen ja gar nischt mehr.‹«

»Ich sag dem Mann, dass ich Schneiderin bin, und der rührt sich nicht. Haben Sie denn gar keen Menschen, der sich um Sie kümmert?« Das ist nun etwas plump und rührend eindeutig von Nelly gefragt. Aber Heinrich Mann genießt es, ihr Ausfragen, ihr Interesse. Er geht ein wenig darauf ein. »Gar keen'. Und doch einen zu viel!«

Nelly blickt über Knopf und Faden auf. »Meinen Sie mich?«

»Gibt noch andere Frauen, die einem Sorgen machen.«

Also doch. Sie hatte es gleich geahnt. Ein Gast, der mit Kummer in den Laden kam. »Ihre Frau?!«

Doch der feine Herr in Hemd und Smokinghose legt nur wieder den Finger an den Mund: »Fragen tun Se wie'n Kriminaler!« Dabei trifft er genau ihren Tonfall.

»Is das 'ne Nähstube oder 'ne Bar? Mädchen, nich Knöppe annähen! Umsatz!« Die Chefin steht in der Tür, und nun gibt es Ärger.

»Na, da lassen Sie uns mal 'nen Schampus servieren!« Heinrich kennt die Regeln.

»Schaumwein?«

»Moët! Wenn Sie haben?!«

»Haben wir, mein Herr!« Anerkennungsblick für Nelly. Solche Gäste sind gern gesehen.

Nelly will sich für die Szene entschuldigen. »Die müssen Sie mal nach Feierabend, so morgens um fünf, bei der Abrechnung erleben. Um jeden Pfennig streitet die mit uns.«

Sie hält ihm die Smoking-Jacke hin. »Gelernt is gelernt!«

Heinrich knöpft zu und nimmt Platz. »Schiet, ik bleew hier!«

Nächtlicher Straßenzug in Berlin. Ein Schutzpolizist patrouilliert. Hoch oben in der Dachwohnung von Nelly Kröger brennt noch Licht.

Heinrich hat seinen Mantel abgelegt und steht nun im Smoking in der äußerst bescheiden eingerichteten Einzimmerwohnung: eine Spiegelkommode, ein Schrank, ein Tisch, ein Bett. Und darüber an der Wand eine Postkarte, Erinnerung an Niendorf und die Ostsee. Daneben ein kleines Foto vom Elternhaus. Für die Aufnahme hatten sie sich alle vor der Tür versammelt: der Fischer Kröger mit seiner Frau und Verwandtschaft in Sonntagskleidern, die Männer im Hemd mit Hosenträgern und Ärmelschonern. Heinrich kennt diese kleinen Häuser von seinen Ferien in Travemünde noch gut. Und oben im Fenster sitzt ein junges Mädchen in einem hellen Kleid. Heinrich tritt näher heran. Das muss sie sein: Nelly, als sie noch Emmy hieß, um die fünfzehn Jahre alt.

Er hört, wie ein Paar Schuhe abgestellt werden, und das Rascheln am Unterrock von der Robe, die abgestreift wird. Er hört die Kleidungsstücke fallen und sieht sie dabei vor sich, schön und fast nackt, wie er sie schon in der *Bajadere* gezeichnet hat. Er genießt diesen Augenblick.

Nelly kommt in einem halb durchsichtigen weißen Etwas aus ihrer Ankleidenische. Zwei Fremde, die es von der Ostsee in eine Dachkammer mitten in der Reichshauptstadt verschlagen hat. Sie ist nach ein, zwei Schritten stehen geblieben und rührt sich nicht vom Fleck. Sie erwartet die ersten Blicke dieses älteren höflichen Herrn; für ihn möchte sie gerade erst vom Lande in der

großen Stadt angekommen sein. Alle Katastrophen und Erniedrigungen der letzten Jahre soll es nicht gegeben haben. Sie will gar nichts tun, alles nur geschehen lassen, wie er es will.

Heinrich und Nelly haben beide etwas zu viel auf die Heimat getrunken in dieser Nacht. Die Fischertochter sucht Halt bei einem Vers aus Kindertagen. »Wat is week un rod as Blott?«

Heinrich kennt den alten Reim: »Un so sööt as Zukerhoot?«

Wer weiß, was hinter dieser Stirn vorgeht. An ihren graublauen Augen kann man nicht ablesen, woran sie denkt. »Dat is... dat is?«

Mit unsicheren Händen berührt Heinrich ihr Haar, fährt behutsam ihre Nackenlinie entlang und streicht über ihre Lippen. Nelly rührt sich nicht, und Heinrich flüstert ihr das Geheimnis ins Ohr: »Dat is...? Dat is dien sööte Snut!«

Nelly ist etwas verwundert, fast beschämt, als Heinrich ihr die Hände küsst. »Hat ja noch keiner gemacht.«

»Haben viel gearbeitet – das spürt man.«

»Sogar auf einem Rübenacker. Jahrelang. Kann ich gar nich erzählen. Is dir sicher peinlich.« Aber Heinrich nimmt ihr jede Verlegenheit und Angst. »Bist wie du bist. Und schön bist du!«

Nelly drängt es jetzt, am Ende dieser Nacht, er soll alles hören: von der Armut zu Hause, der Kälte im Winter, dem Hunger der

Kinder. »Hab so 'ne Angst davor, verstehst du? Dahin zurück, das könnt' ich nie mehr.«

»Musst doch nicht zurück!« Er sieht sie an. Nelly ist sentimental geworden, hat Tränen in den Augen. Es ist gefährlich, alt zu sein, aber die sich nun beruhigt, ist weich und warm und wie ein Gruß aus seiner Jugend. »Nelly, wat bis du für'n Düwel! Wat'n schönen Düwel.«

Poschingerstraße

Das Privatissimum der Manns besteht aus drei Zimmern. Von der oberen Diele führt eine Tür in einen kleinen Flur, von dem wiederum drei Türen abgehen: in das Schlaf- und Arbeitszimmer von Katia, zum gemeinsamen Badezimmer, und die dritte in das Schlafzimmer des Dichters. So bleiben die Eltern diskret vor allen anderen Hausbewohnern abgeschirmt. So sah es zumindest die Planung vor. In Wahrheit wird der »kleine Vatikan« im Haus schon früh am Morgen von den Jüngsten gestürmt, die zu Mielein ins Bett kriechen.

Der Zauberer hält seinen obligatorischen Mittagsschlaf, bevor am späten Nachmittag der entspanntere Teil des Tages beginnt – Lektüre, Zeitungen, etwas Korrespondenz – und am Abend vielleicht ein Besuch in der Oper ansteht. Jetzt hört er von ferne das Telefon klingeln.

»Mann! Nein, Katia Mann.« Wie immer wird Katia wegen ihrer dunklen Stimme zunächst verwechselt. Jemand aus Stockholm möchte in einer wichtigen Angelegenheit den Herrn Doktor Thomas Mann sprechen. Ihre Reaktion, erst wie auf einen alltäglichen Geschäftsanruf, verrät immer stärkere innere Beteiligung. Katia atmet tief durch.

»Das ist ja nun wirklich … was soll ich sagen …«

Sie lässt sich auf den Stuhl sinken. Die Nachricht muss sie erst einmal selbst verarbeiten. Sie schiebt nervös ihren Unterkiefer vor. Soll sie ihn in der Mittagsruhe stören? »Nein – er ist im Augenblick nicht zu sprechen. – Ja. Sie werden ihn in Kürze sprechen können. – In einer Stunde.«

Katia legt erschöpft und glücklich zugleich den Hörer auf die Gabel, sie hat Tränen in den Augen. Es ist der Lohn für die Anstrengungen und Entsagungen. Er hat es verdient. Mehr als das. Wie stolz wird er sein können, wie wird er sich freuen, dass sie alle, die Kinder, die Freunde und Bekannten stolz auf ihn sein dürfen. Sie haben es ja nicht immer leicht mit ihm. Katia überlegt einen Moment, wie sie es ihrem Mann am allerschönsten präsentieren kann. Dann geht sie ins Nebenzimmer.

Medi und Bibi stehen vor dem großen Spiegel in Katias Schlafzimmer. Sie haben sich gerade mit den Schuhen und Hüten von Mielein eingekleidet und spielen große Gesellschaft. Katia lächelt. Ja, Medi, sein Lieblingskind, sie wäre genau die richtige Botin für diese Nachricht. »Medi, komm mal zu mir.« Sie flüstert ihr etwas ins Ohr, das die Kinderfrau und Michael nicht hören sollen. Medi strahlt und umarmt die Mutter. Michaels Blick, etwas scheel und eifersüchtig.

Elisabeth Mann: »Man hat ihn ja sonst in seiner Vier-Uhr-Ruhestunde nicht geweckt. Und ich war schon ein wenig ängstlich, ihn zu stören.«

Medi zaudert, als sie zur verbotenen Stunde in den privaten Bezirk des Vaters huscht. Doch der dreht sich jetzt nur um und freut sich, dass es Medi ist, die ihn stört – weil sie »was zum Sagen« habe. »Dann komm mal zu mir.«

Elisabeth klettert auf sein Bett und flüstert ihm die Nachricht wie ein großes Geheimnis ins Ohr. Der Nobelpreis!

Was mag in Thomas Mann vorgehen? Ernst, Genugtuung, Freude, Angst oder Ergriffenheit oder alles zugleich?

Der Dichter richtet sich auf und nimmt seine Tochter in den Arm.

»Weißt du, was das heißt? Medi!«

Dieser »dramatische Lebens-Knalleffekt«, wie der Dichter es in seiner Rede in Stockholm nennen wird, war eine Anerkennung seiner Person und seines Werkes – und doch vor allem der *Buddenbrooks*. Ein kleiner Schönheitsfehler für Thomas Mann, doch der Herr Professor Fredrik Böök, die entscheidende Stimme im Nobel-Komitee, hat, wie sich später herausstellt, kurioserweise darauf beharrt.

Ist ihm im Moment der Benachrichtigung bewusst, nach siebzehn Jahren die »sensationelle Auszeichnung« erstmals wieder nach Deutschland zu holen? Oder sieht er zuerst die Feier vor sich, Glanz und Gloria der Repräsentation, den Händedruck des Königs, den Applaus der Welt? Erlebt er sich gerade jetzt als das Sonntagskind, dessen Träume und Wünsche aus frühester Jugend immer wieder auf wunderbare Weise in Erfüllung gehen?

Im »Lebensabriß« für die Akademie heißt es: Die Auszeichnung »hatte, soviel ich wußte, schon mehr als einmal dicht über mir geschwebt und traf mich nicht unvorbereitet. Sie lag wohl auf meinem Wege – ich sage es ohne Überheblichkeit, aus gelassener, wenn auch nicht uninteressierter Einsicht in den Charakter meines Schicksals, meiner ›Rolle‹ auf Erden, zu der nun einmal der zweideutige Glanz des Erfolges gehört und die ich durchaus menschlich betrachte, ohne viel geistiges Aufheben davon zu machen«.

Katia tritt ins Zimmer, sie sieht, wie entspannt er ist, ganz bei sich und seinem Glück für diesen Augenblick.

Poschingerstraße, in der Diele. Klaus und Erika, die Kleinen, Medi und Bibi, mit dem Mädchen und auch das übrige Personal verfolgen die Radio-Übertragung aus Stockholm. Wir spielen den Originalton ein. Eine weihevolle Getragenheit schwingt in der Stimme des deutschen Reporters mit. Lauter und leiser und dann wieder lauter werdend kommentiert er, gegen den Applaus und die Musik im Hintergrund, die Preisverleihung. Man spürt, ganz Deutschland ist stolz an diesem Tag des Jahres 1929, so stolz wie die kleine Gesellschaft hier vor dem Radio.

Stockholm »Thomas Mann hat sich erhoben, seinen Platz auf dem Podium verlassen. Er steigt die Stufen wieder ins Parkett. Thomas Mann steht vor dem schwedischen König. Händeschütteln. Thomas Mann verbeugt sich. Beifallssturm für Thomas Mann. Thomas Mann kehrt an seinen Platz auf der Estrade zurück. Im Hintergrund schwingen schwedische Studenten die deutsche Fahne.«

Der Dichter im Frack am Pult der Rednertribüne. Er war gerade die Treppen der Estrade hinunter geschritten in den Saal, um dort vom König selbst den Preis zu empfangen. Hinter ihm sitzen aufgereiht Nobelpreisträger und Ehrengäste.

»Ich tue wohl daran, den Weltpreis, der mehr oder weniger zufällig auf meinen Namen lautet, meinem Lande und Volke zu Füßen zu legen, diesem Lande und Volk, mit dem meinesgleichen sich heute nur fester noch verbunden fühlt als zur Zeit seiner klirrendsten Machtentfaltung.« ... »Sie machen sich schwer eine Vorstellung von der sensitiven Empfänglichkeit dieses verwundeten und vielfach unverstandenen Volkes für solche Zeichen der Weltsympathie.«

»Als junger Mensch habe ich eine Erzählung geschrieben, die immer noch jungen Menschen wohlgefällt, den *Tonio Kröger*. Sie handelt vom Süden und vom Norden und von der Mischung beider in einer Person: einer konfliktvollen und produktiven Mischung. Der Süden, das ist in dieser Geschichte der Inbegriff alles geistig-sinnlichen Abenteuers, der kalten Leidenschaft des Künstlertums; der Norden dagegen der Inbegriff aller Herzlichkeit und bürgerlichen Heimat, alles tief ruhenden Gefühls, aller innigen Menschlichkeit. Und nun umfängt und empfängt sie mich denn als strahlendes Fest, diese Herzensheimat des Nordens. Das ist ein schöner, sinnvoller Tag in meinem Leben, ein rechtes Lebensfest.«

Poschingerstraße

Nach der Rückkehr aus Stockholm finden wir die Familie in Katias Schlafzimmer versammelt. Der Preisträger sitzt auf ihrem Bett, eingerahmt von seinen beiden Lieblingen, Eri und Medi. Klaus hört mehr im Hintergrund zu, wie Mielein Geschichten von der Begegnung mit einem echten König erzählt. »Dann kam das Diner, das Festdiner. Und hier war das Gleiche: neben dem König durften nur Personen von Geblüt sitzen.«

»Und nicht etwa die Gattin eines Preisträgers«, freut sich der Dichter mit liebevoller Ironie über Katias nicht nachlassende Indigniertheit.

»Da saß der König also zwischen zwei ollen Morcheln!«.

»Zwei Prinzessinnen, immerhin. Und gegessen haben wir von silbernen Tellern.«

Aber Katia lässt sich das Märchen nicht aus der Hand nehmen. »Der König speiste ganz allein von goldenen Tellern. Und hinter ihm stand sein Leibjäger, der nur ihn persönlich bediente.«

»Es war schon etwas komisch, aber sehr feierlich – und Mielein und ich, wir waren natürlich in gehobener Feststimmung.« Das sind sie nun alle hier im Zimmer, denn das Preisgeld verspricht auch für die Zukunft die Erfüllung der schönsten Träume.

»Zweihunderttausend Reichsmark – jetzt sind wir reich!« Das

war Eri. Und die Antwort kommt vom Vater, als Zitat: »Nicht reich, aber wohlhabend.« So sprach man bei den Manns in Lübeck und auch bei Konsul Buddenbrook, und alle haben es sofort verstanden.

»Ein feiner Journalist war dort…«, erwähnt Katia nun mit gesenkter Stimme, »ich denke, ein jüdischer Journalist« – auch Thomas Mann erinnert sich – »meinte es gut mit uns…« Katia nickt, »sagte: ›Sie lassen das Geld doch in Stockholm stehen? Sie werden es hoffentlich nicht nach Deutschland mitnehmen?!‹«

So hat es Katia Mann in ihren Erinnerungen beschrieben und angefügt: »Wir sagten: Wieso? Das müssen wir doch? Wir dürfen es doch gar nicht hier lassen? Er wollte uns gut beraten: Ach, lassen Sie es doch draußen stehen. Ich würde es unbedingt tun. Wir haben es natürlich restlos mit allem übrigen verloren, als wir 1933 emigrierten.«

Golo Mann: »Ich war in Heidelberg und las im akademischen Leseraum ›Thomas Mann bekommt den Nobelpreis‹, ich habe dann sofort ein Telegramm geschickt, und der Postbeamte wusste gleich, es geht um den Nobelpreis. Ich bekam Geld geschenkt, 700 Mark, und kaufte mir davon einen Plattenspieler, damals sagte man Grammophon. Meine Mutter schrieb mir, ›den Großen bezahlen wir ihre Schulden‹ – was sie nicht weit führte, kann ich mich erinnern.«

Und Medi bekommt endlich Reitstunden. Sie darf sich nun hoch zu Pferde durch den Englischen Garten bewegen.

Berlin Ein anderer Morgen in der kleinen Wohnung von Nelly Kröger. Heinrich Mann sitzt am Tisch und macht sich Notizen, Ideen für einen Essay, an dem er gerade arbeitet. Nelly schläft noch. Heinrich blickt auf und schaut auf die schlafende Schöne, die ihn glücklich macht. Es hatte ihn erneut in die *Bajadere* gezogen, und wieder hat er sie nach Hause begleiten dürfen. Der Wasserkessel pfeift. Als er sich umdreht, ist Nelly wach geworden. Verschlafen und ein wenig nachdenklich schaut sie zu ihm herüber.

So mancherlei geht ihr durch Kopf und Seele. Die Liebe der vergangenen Nacht, Achtung vor diesem bei allem doch vornehmen Herrn, Heimatgefühl, und vielleicht auch: Raus aus der Bar! Ob es Dauer haben wird? Vielleicht hält es an.

Belustigt beobachtet sie die ungeschickten Versuche ihres Lübecker Kaufmanns in der Kochnische. »Heinrich, einen Kaffee hast du wohl noch nie aufgebrüht?« Sie lacht und er muss ihr Recht geben. »Nein, ich versuch's auch nicht wieder!«

Nelly hört, wie jemand vorsichtig von außen einen Schlüssel herumdreht, und ahnt, was nun geschehen wird. In der Tür taucht ein Gesicht auf: Rudi, Feinmechaniker und KPD-Mitglied, der Dauergeliebte und treusorgende Freund. Er hat gute Laune mitgebracht und außerdem ein Brot unter dem Arm. Heinrich weicht einen Schritt zurück in die Nische. »Ach je!« Nelly zieht verlegen die Bettdecke hoch, damit hätte sie rechnen müssen.

Rudi hat den anderen noch nicht bemerkt. »Platz gemacht, jetzt gibt es Frühstück im Bettchen!«

Nelly zeigt auf den Mann in der Küche. »Das ist Heinrich.« Und der, etwas verlegen mit seinem Wassertopf und der Kanne in der Hand, will sofort die Situation klären. »Ich habe Frau Kröger nach Hause begleitet. Es war schon sehr spät.«

Rudi erkennt den Schriftsteller. Heinrich ist eine populäre Person – auch für die KPD. Er guckt von einem zum andern, von Nelly zu Heinrich, und will es erst nicht wahrhaben.

»Sie ha'm se in der *Bajadere* kennen jelernt?«

»Und Sie haben hier einen Schlüssel?« Heinrichs Antwort, prompt.

»Ik kümmer' mich um die Nelly – hat ja sonst keenen...«, Rudi, auch nicht weiter aufgeregt.

»Kümmern?«

Heinrichs Nachfrage bringt den Genossen dann doch etwas ins Schleudern. Was soll er dem berühmten Mann in der Küche seiner Geliebten erzählen?

»Rudi is mein Freund! Herrje, ich hätte es dir sagen sollen. Und das ist Heinrich!«

Rudi steht auf und streckt dem anderen die Hand entgegen. »Ick kenn' Sie! Bei uns in der KPD reden wir schon mal von Ihnen. Gehören doch mehr zu uns als der Bruder!«

Nelly versteht nicht – »Wie, hab' ich was verpasst? Von wem redet ihr in der Partei?«

»Heinrich Mann! Hat den *Untertan* jeschrieben. Und sein Bruder Thomas, der hat jerade den Nobelpreis jekriegt.«

Nelly kann es nicht fassen. »Du bist mir 'n Düwel! Ein Kaufmann aus Lübeck!« Sie wirft ihr Kopfkissen nach Heinrich, der es gerade noch auffangen kann.

»Es ist die Wahrheit...«

In einem Berliner Kostümverleih wird eine Gruppe von ungefähr zwanzig SA-Männern mit Smokings ausgestattet. Sie juxen und feixen vor ihrem großen Auftritt. Parteibefehl von dem famosen kleinen Doktor Goebbels, das wird ein Mordsspaß werden, in Smoking und Lackschuhen den Bonzen einmal so richtig einzuheizen.

Der Nobelpreisträger Thomas Mann hält im Berliner Beethovensaal eine Rede über die politische Situation in Deutschland. Oktober 1930. Er will ein Zeichen setzen gegen die immer dreister auftretenden Kolonnen der SA und den stärker werdenden

Nationalsozialismus. Feine Anzüge und Pelzmäntel in der Zuhörerschaft signalisieren ihm, hier vor dem richtigen Publikum zu stehen, denn es ist das Bürgertum, dem er nach den Wahlen im September Mut zur Sozialdemokratie machen will.

Der Dichter bezweifelt in seiner Rede eine natürliche Anlage des deutschen Volkes zum Radikalismus und fragt: »Ist das deutsch? Ist der Fanatismus, die Glieder werfende Unbesonnenheit, die orgiastische Verleugnung von Vernunft, Menschenwürde, geistiger Haltung…«

Wie auf ein geheimes Zeichen hin kommt unter den Zuschauern Unruhe auf, mit jedem Satz geht es lauter und pöbelhafter zu, Pfiffe und Buh-Rufe richten sich gegen den Redner. Aus den Reihen der kostümierten SA-Männer schallt es in Wellen bis zu ihm nach oben ans Pult: »Hört, hört! Verräter!«

Der Redner empört sich gegen die Störer und wird seinerseits immer lauter, spricht vom Hass dieses militanten Nationalsozialismus, der sich in Wahrheit gegen alle Deutschen richte, »die nicht an seine Mittel glauben und die er auszutilgen verspricht«. Wie sei denn solcher Radikal-Nationalismus auch nur möglich? »Ist das Wunschbild einer primitiven, Hacken zusammenschlagenden blauäugig gehorsamen und strammen Biederkeit, diese vollkommene nationale Simplizität, auch nach zehn-

tausend Ausweisungen und Reinigungsexekutionen zu verwirklichen in einem alten, reifen ... Kulturvolk, das geistige und seelische«, ... »das eine weltbürgerliche und hohe Klassik« ... »im Blute trägt?«

Den Braunhemden im Smoking macht es jetzt erst richtig Spaß. »Pfui! Aufhören! Vaterlandsverräter! Buuh!«

Katia vorne in der ersten Reihe bekommt Angst um ihren Mann, sie erhebt sich und mit ihr eine Vielzahl anderer Gäste. Beunruhigt dreht man sich nach den Störern im Rücken um.

»Der Abend ist mir, mit all dem Aufruhr und all der Aufregung, die er beschwor, unvergesslich«, erzählt Katia Mann später. »Tags darauf war in einer illustrierten Nazi-Zeitung auf gezielte Weise ein Bild von der Veranstaltung im Beethovensaal abgedruckt. Das Publikum hatte sich doch gegen die Galerie gedreht und um Ruhe ersucht, nicht wahr? Nun, genau dieses Bild – das Publikum, das dem Sprecher den Rücken dreht – hatten sie veröf-

fentlicht, und drunter stand zu lesen: Thomas Mann hält einen Vortrag. – Von da ab war er als Nazifeind legitimiert.«

Kurze Einblende. Hausdiener und Chauffeur Hans kommt aus dem Souterrain der Villa in der Poschingerstraße und sieht ein Päckchen auf dem Treppenabsatz vor dem Herrschaftseingang liegen. Es ist an Dr. Thomas Mann adressiert und auffallend leicht. Im Haus übergibt er das Fundstück an Katia, die hier am Tisch in der Diele Papiere durchgeht.

»Für den Herrn Doktor. Vor der Tür hat's gelegen.«

Auch Katia ist die Leichtigkeit des Päckchens nicht ganz geheuer. »So ganz ohne Freimarken. Merkwürdig!« Sie löst die Schnüre und klappt mit aller Vorsicht den kleinen Karton auf: eine fast vollständig verkohlte Ausgabe der *Buddenbrooks*, der Einband mit dem Buddenbrookhaus ist noch zu erahnen.

Gerade als sie den Buchdeckel anhebt, kommt der Autor aus seinem Arbeitszimmer. Der Durchzug wirbelt die Aschenteile durch den Flur. Schwarze halbverkohlte Seiten des Romans fallen langsam zu Boden. Katia hebt die Hände, als ob sie das Unheil aufhalten wollte.

Elisabeth Mann: »Meine Mutter war da sehr hellsichtig. Sie hat die Lage eigentlich viel früher verstanden als mein Vater und hat uns darüber aufgeklärt, dass es eine ganz große Gefahr wäre und wir bestimmt weg müssten aus Deutschland; dass wir da einfach nicht würden bleiben können.«

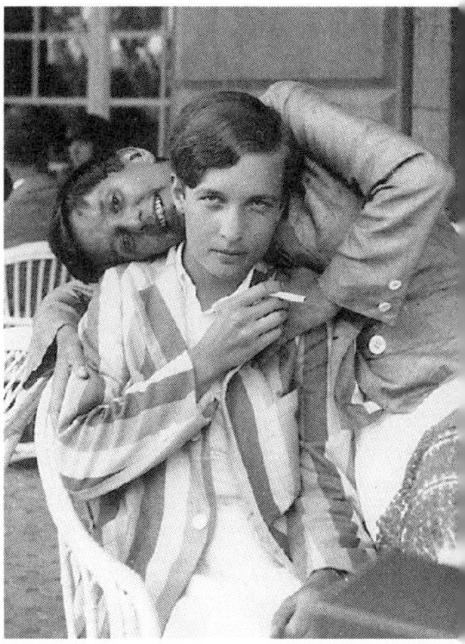

Eine kleine Gesellschaft spät am Abend in einer Berliner Wohnung. Man will experimentieren: Klaus und Erika sind dabei und ihre Freundin Annemarie Schwarzenbach, das »Schweizerkind«, wie sie zu ihr sagen, die Tochter eines sehr reichen Schweizer Textilindustriellen, die ihrer Familie abtrünnig geworden ist. Sie reist, schreibt und sucht nach ihrem Weg als Schriftstellerin. Eine schöne androgyn wirkende Person mit verschatteten Augen. Sie bewundert die Mann-Kinder, und sie liebt vor allem Erika, eine Frau, die von niemandem so ganz zu haben ist.

Thea, genannt Mopsa, Sternheim, die Tochter des bekannten Dramatikers Carl Sternheim, feilt den Kopf einer Morphium-Ampulle ab. Ein Hemdärmel wird aufgekrempelt, ein Rock bis zum Strumpfband hochgeschoben, der Gürtel einer Hose mit einem Ruck aus den Schlaufen gezogen.

Grete Weil-Jockisch hat sich der Verführung durch die Droge im Freundeskreis um Klaus und Erika widersetzen können, doch: »Diese Sehnsucht nach intensivem Leben, gleichzeitig nach Tod – die war in uns allen sehr stark drin.«

Klaus und Erika sind schon ganz neugierig auf die geheimnisvolle Wirkung von Morphium. Freunde haben immer wieder so viel Aufregendes darüber erzählt. Der Doktor hat einige Ampullen besorgt, und nun will man es endlich selbst ausprobieren.

»Seid vorsichtig damit. Ich kann nicht andauernd Rezepte schreiben!« Doktor Feist zieht die Spritze auf. Sie haben das Licht gedämpft, und es herrscht eine Art Verschwörerstimmung. Man wagt sich mal wieder in neue Sphären vor.

Grete Weil-Jockisch: »Für uns war *Spiel* wichtig. Vielleicht als Gegengewicht. Die anderen haben auch gespielt, die haben SA gespielt. Gell? Das war ja auch ein Spiel.«

Mopsa zurrt den Gummischlauch mit den Zähnen fest um ihren Oberarm. Man merkt, sie ist geübt, sie schafft es ohne Hilfe. Wie sie sich die Spritze setzt, das ist gekonnt. Und sie sinkt auch gleich für einen Moment der schönen Seligkeit in Klaus' Arme.

Es war nicht lange her, auf ihrer Reise bis nach Marokko, daß Klaus und Erika mit einer Überdosis Haschisch in einen spukhaften Albtraum gefallen waren. Anfangs schien es nur ein lustiges Gekichere zu sein, lallend waren sie im Zimmer umhergehüpft, bis für Klaus ein Horror der qualvoll bewussten Selbstauflösung einsetzte: »Erst flogen meine Arme davon, dann meine Beine; es folgten Hals und Kopf, schließlich der ganze Körper. Ich löste mich auf, explodierte in tausend Stücke. Meine Identität zerbarst: Die Fragmente meines Ichs flatterten durch den nachtschwarzen parfümierten Garten.« Sie mussten zur Entgiftung ins Hospital.

Alle möglichen Medikamente hatte man danach probiert, wie sie überall im kulturellen Hochbetrieb des Nachtlebens angeboten wurden und fast schon Mode waren. Klaus Manns Tagebuch vermerkt immer wieder den gemeinsamen Drogenkonsum mit Freunden. Das Jahrhundert sehnt sich nach Erlösung. Draußen auf der Straße schlagen die Straßenkämpfer der SA auf die Rotfrontkämpfer der KP ein. Auch die Sozialdemokraten haben sich bewaffnet. Da geht es um ferne Ziele, um Pläne für die Gesellschaft von morgen und doch vor allem ums Heute. Und dies hier ist das Rezept für die allernächste Stunde, ganz unmittelbar und für einen selbst.

Immer einen Schritt weiter gehen, sich stärker und stärker selbsterfahren, die Identität ausloten, mit dem Körper, in allen Sinnen die Verbindung zu einer höchsten Kraft suchen, den »frommen Tanz« tanzen. Klaus' literarisches Schaffen ist von solchen Eindrücken geprägt.

Die routinierte Mopsa klemmt mit dem Gummischlauch Klaus' Oberarm ab, das Blut soll sich stauen. Klaus überspielt seine Aufregung. »Ist ja wie bei einer Operation.«

»Hab' keine Angst. Du hast schöne Venen.« Mit der flachen Hand schlägt sie auf den Unterarm, bis unter der Haut eine helle

blaue Linie sichtbar wird. »Da, prächtig!« Sie setzt die Kanüle an und schiebt sie tief hinein. Klaus schaut gebannt und mit leichtem Ekel zu, wie sein Blut fast schäumend in den gläsernen Zylinder fließt und sich dort mit der hellflüssigen Droge vermischt.

Blickwechsel der Geschwister – beide wissen, es ist streng verboten, was sie hier tun. Aber das macht so ein Experiment ja gerade aus. Und furchtsam sind Erika und Klaus nun einmal nicht. Wer kann, der tut.

Die Wirkung des Giftes in seiner Blutbahn setzt sofort ein, trifft Klaus in Herz und Hirn. »Oh! Stark! Stark...«

Erika will es nicht intravenös gespritzt bekommen. »Nicht so direkt. Mach es mir in den Muskel.«

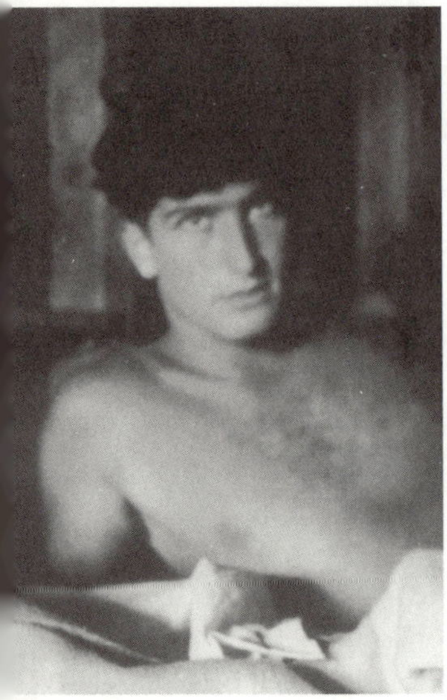

Ricki Hallgarten, der beste Freund schon aus Münchener Kindertagen, geht mit seinem Zeichenblock wie mit einer Kamera umher. Schnell und grob wirft er ein paar Skizzen vom Geschehen auf das Papier. Er ist auf die Couch gesprungen und zeichnet das gelöste Gesicht seines Freundes Klaus. »Sagt mir, dass ich ein guter Maler bin!«

Ruhig und langsam die Antwort von Klaus: »Sehr begabt Ricki, sehr.«

Doch der wirft in hohem Bogen seine Blätter ins Zimmer, wo sie auf die herumliegenden Freunde heruntertrudeln. »Ach, du *glaubst* es nicht. Ich bin nur ein jüdisches Herrschaftskind, mit dem es zu Ende geht.«

Ein jüngst gezeichnetes Selbstporträt hält er nun Klaus direkt vors Gesicht: »Scheußlich sehe ich wieder aus, wie meine Frankfurter Vettern, ja. Merkt ihr's nicht? Ach, natürlich merkt ihr's – ganz genau. Sagt es mir doch ins Gesicht, eurem Masoch, dass er scheußlich ist.«

Elisabeth Mann: »Ja, der Ricki war kolossal depressiv, und das wusste man. Und Erika wollte ihn eigentlich zerstreuen, ihm etwas bieten, ihn wegholen aus seiner Melancholie.«

Monika Mann: »Ricki war nun wirklich ein ›Pathologe‹. Schwer hysterisch … Das weiß ich. Er hatte Schreikrämpfe.«

Während Mopsa die Spritze für Ricki präpariert, spricht sie beiläufig über ihre Erfahrungen mit dem wundersamen Stoff. »Das Erstaunliche ist, dass ich eigentlich immer noch nicht süchtig bin. Man kann einfach aufhören, wenn man nur will.« Die Illusion der Selbstkontrolle.

Hatte man das Gefühl, hier mit etwas ganz Gefährlichem zu experimentieren?

Grete Weil-Jockisch: »Mit 'was ganz Gefährlichem? Nein. Ganz gefährlich, würde ich nicht sagen. Mit was ganz Wunderbarem, das, was den Traum verschafft.«

Den an Politik kaum interessierten Ricki konnte eine »besonders widrige oder beängstigende Zeitungsnachricht« verfolgen.

»Was machen wir uns denn noch vor? Wir haben verloren, es ist aus mit uns!« Ricki dreht sich zwischen Weinen und Lachen im Kreis. »Die Nazis werden kommen und meinen kleinen Hund Wolfram schlachten und Erikas Wagen kaputtmachen und deine Bücher, Klaus, und meine Bilder auch!«

Erika setzt sich etwas verlangsamt eine Sonnenbrille auf.

»Jetzt fahren wir erst einmal alle zusammen weit weg.« Das ist der Plan. Man will Ricki von seinem ernsten Spiel mit der Todessehnsucht ablenken. Gemeinsam mit Annemarie Schwarzenbach wollen sie zu viert eine exotische Autoexpedition nach Persien unternehmen. Weg vom zerquälten Deutschland, raus aus der europäischen Enge – die beiden jungen Frauen sind vorzügliche Autofahrerinnen. 1931 gewann Erika mit Ricki als Beifahrer sogar eine 10 000-Kilometer-Rallye von Berlin durch die Schweiz, Spanien, Portugal, Österreich, Ungarn und Jugoslawien. Nach zehn Tagen und Nächten Fahrt erlebten sie mit ihrem Fordwägelchen auf dem Kurfürstendamm einen triumphalen Einzug, als Sieger.

Sie sind also wieder mal zu viert, wie damals, als Gustaf Gründgens und Pamela Wedekind dazugehörten. Apropos – Pamela war nun tatsächlich die Braut vom alten Sternheim, und Gustaf, seit 1929 von Erika geschieden, wurde gerade in der Reichshauptstadt als Darsteller morbider Figuren entdeckt.

Mit einem Mal hat Ricki eine Pistole in der Hand. Er schiebt sich den Lauf tief in den Mund, als ob er das ganze Ding verschlucken will. Er dreht sich um, und langsam begreifen die Freunde. Klaus richtet sich von seiner Liege auf.

»Ricki, der von sich selber sagte, daß er nicht nur ›bisexuell‹,

sondern ›hysterisch-panerotisch‹ sei, war bezaubert von einer Schöpfung, in der er sich nicht zu Hause fühlte... alles entzückte, faszinierte ihn. Trotzdem sprach er vom Selbstmord, manchmal wie von einer anrüchigen Lustbarkeit, die er sich irgendwann einmal doch wohl gönnen werde; manchmal wie von einer fatalen Pflicht.«

Ricki zieht die Pistole aus dem Mund, drückt ab, und mit dem Klicken des Bolzens lacht er laut und traurig auf. Sie war nicht geladen. Noch nicht.

Poschingerstraße

Die Dichterkinder sind dabei, das Gepäck für ihre Expedition nach Persien zu richten. Klaus hat sich den Tropenhelm aufgesetzt, Landkarten, ein Zelt und tausend andere Ausrüstungsgegenstände werden in Koffern verstaut.

Noch gestern, am 4. Mai, haben sie sich mit Ricki und ihrem Auto in München bei der Emelka Filmgesellschaft für die Wochenschau aufnehmen lassen. Ricki hat in bester Form mit dem Filmteam herumgealbert und dann doch, im Moment der Aufnahme, die Maske fallen lassen, »zu einer Grimasse von Gram und Grauen« war seine Miene plötzlich erstarrt, »auf daß der Photograph festhalte und aufbewahre, was er vor uns aus Stolz und Trotz verbarg – sein wahres Antlitz, das gezeichnete«.

Nach einem dann wieder ausgelassenen Abend aller vier in der Münchner Regina-Bar war Ricki mit seinem Auto zurück an den Ammersee gefahren. Und hier hat er am nächsten Tag die Zugehfrau in den Garten geschickt und sich eine Kugel ins Herz geschossen. Auf seinem Tisch fand man einen einzigen Zettel: »Sehr geehrter Herr Wachtmeister! Habe mich soeben erschossen. Bitte Frau Thomas Mann in München zu benachrichtigen. Ergebenst – R. H.«

Klaus hat die Situation im *Wendepunkt* genau geschildert.

So klingelt an diesem Tag in der Poschingerstraße das Telefon, und wie immer ist es Katia, die eine schreckliche Nachricht entgegennehmen und weitergeben muss. »Das Gesicht meiner Mutter war plötzlich sehr ernst geworden, ein graues Gesicht« – Katia weiß, wie viel dieser Freund für Klaus und Erika bedeutet. Sie spricht ganz leise. »Etwas Furchtbares ist geschehen ... Der Ricki –« Erika schluchzt laut, fast schreiend auf. Monika, die auf dem Balkon gestanden hat, schaut stumpf auf die anderen.

Monika Mann: »Als die Nachricht von Rickis Tod kam, hat Erika geweint und Klaus wurde kreideweiß.«

Elisabeth Mann: »Ja, ja. Er war wie ein Bruder. Er war intim befreundet ... Wir waren überzeugt, er würde mit nach Persien fahren.«

Klaus und Erika hatten das Gefühl, wenn es einer von uns tut, sind wir auch gefährdet?

»Ja, das hing immer über allen. Mein Bruder Michael ja auch – der hat schon früh angefangen mit Selbstmordversuchen.«

Klaus und Erika fahren am kommenden Tag in Rickis Häuschen an den Ammersee. Begleitung haben sie sich verbeten. Bis ins Mark erschrocken finden sie seine Blutspuren an der Wand, »er muss eine Schlagader getroffen haben«, entfährt es Klaus.

»Die Blutschrift an der Wand starrte uns an, eine letzte Botschaft, deren Sinn wir nicht erfassen konnten. MENE, MENE, TEKEL ...«

Berlin

Eine helle, gediegen eingerichtete kleine Berliner Wohnung in der Nähe des Kurfürstendamms. Nelly im Glück. Sie ist raus aus dem Animierdamen-Elend. Mit weißer Schürze trägt sie das Mittagessen herein. Heinrich liest einen Brief von Klaus aus München vor. Erikas und mein Leben hat sich schrecklich verändert. Vielleicht hast du schon erfahren, dass sich unser Freund Ricki Hallgarten erschossen hat.

Nelly legt Heinrich ein paar dampfende Kartoffeln auf den Teller. Heinrich liest weiter. Er hat es getan, als wir gerade gemeinsam eine Autoreise nach Persien antreten wollten. »Armer Junge!«

»Armer Junge. Da hast du Recht. Was ist los mit den Kindern? Gibt einfach auf!«

Nelly fängt an zu essen, es ist eine gutbürgerliche Mahlzeit. Sie ist stolz und zufrieden und erinnert Heinrich an ihre erste Begegnung. »Bin auch nur ’ne arme Deern – hab’ nun mal Glück gehabt mit dem Kaufmann aus Lübeck.«

Heinrich hat gar nicht richtig zugehört, er blickt noch besorgt auf die Zeilen von Klaus.

»Schmeckt dir mein Essen nicht?«

»Doch, sehr gut, Nelly!« Heinrich will sich nicht hineinziehen lassen in diese Stimmung von Untergang und Kapitulation. Vertieft in den Brief seines Lieblingsneffen sitzt er am Tisch, ohne das Essen anzurühren. »Gibt einfach auf. Man muss doch kämpfen!«

Nelly, mit gesundem Appetit und vollem Mund: »Kennst du das gar nicht, wenn einem so richtig elend ist...?« Sie hat selber solche Momente durchlebt, wo es leichter erschien, ein Ende zu machen, als die nächste Stunde noch ertragen zu müssen. Aber sie macht keine große Geschichte daraus.

Heinrich liest weiter: Wer weiß, was dieses Leben uns allen noch bringen wird? Alle treuen Grüße und Wünsche Deines Klaus.

Poschingerstraße Der Diener steht auf der Leiter und schraubt eine neue Glühbirne in den Kronleuchter über dem Esstisch. Mit beifälligem Schmunzeln horcht er durch die offen stehende Tür aufmerksam in die Diele hinein. Katia und Thomas Mann verfolgen am Radio eine Übertragung aus Berlin: Marschmusik und Jubelschreie. Dazu spricht in begeistertem rheinischem Singsang der Doktor Goebbels seine Reportage direkt vom Brandenburger Tor. »Das, was wir hier erleben, die Tausende und Tausende, die Zehntausende und Zehntausende von Menschen, die in einem Taumel von Jubel und Begeisterung der neuen Staatsführung entgegenrufen, das ist die Erfüllung unserer geheimsten Wünsche, die Krönung unserer Arbeit. Man kann mit Fug und Recht sagen: Deutschland ist erwacht!«

Thomas Mann fühlt sich angewidert von dieser Atmosphäre billigen Rausches beim Fackelzug zur so genannten Machtergreifung, die hier so unvermittelt in sein Haus verströmt wird.

Gerade in diesem Punkt hat er die Nazis genau erkannt. Er spürt hier etwas von seinem ganz persönlichen Alb- und Angsttraum, wenn er sieht, wohin dieser Führer sein Volk verleiten will: in einen sinnlosen Taumel – ja, und ganz entfesselt. Strenge Lebensführung, die höhere Weltbürgerlichkeit, die verlässliche Ordnung seiner Ehe, die Familie, all das hat er wie ein Bollwerk gegen jegliches Sich-gehen-Lassen aufgerichtet, sein Werk, ein Bekenntnis zur Humanität im Geiste der deutschen Klassik – und jetzt droht eine braune Flut, alles hinwegzureißen.

Noch ist der neue Kanzler Hitler nur vom Reichspräsidenten ernannt und nicht von der Mehrheit dieses Volkes gewählt worden. Aber die Massenhysterie, die dieser Kanzler auszulösen vermag, lässt erschauern. Hat Katia doch Recht, wenn sie schon seit einiger Zeit davon spricht, dass man in diesem Land nicht länger bleiben könne? Oder sind es nur die hässlichen Aufwallungen, wie sie jede größere politische Neuordnung in ihren Anfängen mit sich bringt?

18. Februar 1933. Mimi Mann, Heinrichs mittlerweile geschiedene Frau, telefoniert zum wiederholten Male mit Klaus in

der Poschingerstraße. Vor ihr liegt ein Pamphlet aus dem *Völkischen Beobachter*. Es signalisiert ihr deutlich, dass sich Heinrich in Lebensgefahr befindet. Sie liest Klaus die Überschrift vor. »Austritt aus der Akademie schon am 15. 2.« Ihre Stimme klingt überdreht und fürchterlich aufgeregt. »Hör dir das an, Klaus, die schreiben, Heinrich stehe im Dienst am kommunistischen Untermenschen. Er habe die Welt als ein einziges Bordell dargestellt.«

Klaus kann Mimis Theatralik trotz allem nicht ertragen. Er hört noch einen Halbsatz hin, bevor er sie unterbricht: »Ich kann nur kotzen, wenn ich so was lese!« In seinem Tagebuch vermerkt er ja selbst immer wieder: »Würgen im Hals« und »Ekel« über die »kaum verhüllte Diktatur«.

Mimi will sich nicht beruhigen. »Klaus, er ist in Lebensgefahr! Wo ist er? Sag nichts, Klaus! Vielleicht werden wir abgehört! – Nein? Nicht. – Gut, dann sag mir doch, wo ich Heinrich erreichen kann?«

»In Berlin! Das hab' ich dir doch schon gesagt.«

21. Februar 1933. »Zeitungen«, so Klaus im Tagebuch: »ein Aufruf von Göring, der alle Linksleute prinzipiell für vogelfrei erklärt; Nazis für unangreifbar -: Würgen im Hals.«

Wir hören eine weitere Radio-Reportage. Joseph Goebbels aus dem Sportpalast vor einem Auftritt Adolf Hitlers, der mit Fahnenaufmärschen und Gesängen als der Höhepunkt inszeniert wird. Jubel, Aufbruch und jugendlicher Elan werden mit der sich überschlagenden Begeisterung von Goebbels ins ganze Land übertragen. »Der Führer des jungen Deutschland, vor einem Monat erst sprach er hier im Sportpalast als Führer einer verlästerten, verfemten und verlachten Opposition ...«

Berlin Heinrich Mann bereitet in aller Eile seine Abreise aus Deutschland vor. Er sucht gerade noch einige Bücher aus dem Regal zusammen, der aufgeklappte Koffer liegt auf dem Bett. Nelly bringt frisch gebügelte Oberhemden.

Über allem die Fortsetzung der Goebbels-Reportage aus dem Sportpalast.

Während des Deutschlandlieds, das von der begeisterten Menge inbrünstig mitgesungen wird, spürt man die von Thomas Mann beklagte fast orgiastische Erregung, in der das Land seit dem 30. Januar zu taumeln scheint. Goebbels: »Unten vom Ende des Sportpalastes bewegen sie die vier Berliner Standarten, gefolgt von den Hunderten Berliner Parteifahnen. Nach und nach steigen die Fahnen aus dem Kellergewölbe des Sportpalastes herauf. Unter den Klängen des Deutschlandliedes werden die Fahnen durch den weiten Raum getragen. Die Masse singt begeistert das Deutschlandlied mit.«

Heinrich packt zügig weiter. »Jetzt sollen Köpfe rollen.«

Nelly geht ans Fenster und sieht nach den Kriminalern, die offenkundig ihren Hauseingang im Auge haben. »Die sind immer noch da.«

Es schellt an der Wohnungstür. Nach kurzem Zögern nickt Heinrich Nelly zu. Sie soll öffnen.

Rudi kommt aufgeregt und bleich ins Zimmer.

Nelly: »Du bist noch frei?«

»Ick muss noch jeden Tach zum Vahör. Aber beweisen könn' se mia nüscht.«

Am 30. Januar waren SA-Kolonnen zu einem Provokationsmarsch in die Arbeiterviertel von Berlin gezogen. In der Charlottenburger Wallstraße war es dann zu Zusammenstößen mit den Rotfrontkämpfern der KPD gekommen, bei denen der SA-Sturmführer Maikowski und der Polizeioberwachtmeister Zauritz erschossen wurden. Rudi ist dabei gewesen und deshalb von der Polizei mehrfach verhört worden. Jetzt tritt auch er sofort ans Fenster und sieht seine Vermutung bestätigt: die notorischen Ledermäntel neben einem Wagen der Politischen Polizei vor dem Haus von Heinrich Mann.

»Ma keene Bange! Ick bin hintenrum jekomm. Herr Mann – ick muss Sie warn'n. Uff de Liste von den'n – da stehn Se janz oben!«

»Man hat mich schon gewarnt. Auf dem Empfang vorgestern Abend trat der französische Botschafter François Poncet auf mich zu und sagte nur: ›Wenn Sie über den Pariser Platz kommen, mein Haus steht Ihnen offen!‹«

Nelly legt noch einige Kleidungsstücke oben auf den Koffer. »Heinrich nimmt den Zug.«

Rudi überlegt. »Jut. – Nelly, dann bringst du den Koffer zum Zuch! Und der Herr Mann, der jeht dann später los, als wenna nur so mal kurz um die Ecke jeht! Und besorg ihm auch die Fahrkarte.«

Heinrich zählt die Stationen auf. »Frankfurt einfach... dann bis Kehl und zu Fuß über die Rheinbrücke nach Frankreich.«

Rudi nickt, das Geld für die Rückfahrkarte kann sich der Schriftsteller erst mal sparen.

Im Nebenzimmer ist Nelly in einen Sessel gesunken. Ihr wird erst jetzt bewusst, dass sie Heinrich für lange Zeit nicht sehen, vielleicht für immer verlieren wird.

Die Männer drehen sich nach ihr um. Rudi will trösten. »Tut mir leid, Nelliken, aber so isset nu mal.«

Man schaut ratlos.

»Deutschland, Deutschland über alles...« – im Volksempfänger ertönt einmal mehr der hochgestimmte Chor aus dem Berliner Sportpalast.

Die Manns in Reisekleidern vor ihrem Horch in der Auffahrt. Der Fahrer hat die Koffer verstaut. Hans soll die Herrschaften zum Bahnhof bringen. Ein Vortrag über »Leiden und Größe Richard Wagners«, der gestern anlässlich Wagners fünfzigstem Todestag in der Münchener Universität erfolgreich Premiere hatte, soll nun in Amsterdam, Brüssel und Paris wiederholt werden. Ein Erholungsurlaub mit der ganzen Familie in dem vertrauten Waldhotel in Arosa im verschneiten Hochgebirge wird die Vortragstour des Nobelpreisträgers abrunden.

Es wird eine Reise ohne Wiederkehr. Dass Thomas Mann sein Haus in Deutschland niemals wieder betreten wird, ahnt in diesem Augenblick jedoch niemand. Es ist der 11. Februar 1933.

Nach der elterlichen Abreise wollen die Kinder ein großes Faschingsfest steigen lassen, zu Ehren von Erikas erfolgreichem Münchner Kabarett, der *Pfeffermühle*.

»Treibt's nicht zu toll auf eurer Feier!«, verabschiedet sich der Vater von seiner Ältesten und weiß doch schon, dass sie es toll treiben werden, wenn die Eltern erst aus dem Haus sind; und Eri weiß es auch. »Brave Kinder sind wir. Das wisst ihr doch!«

Den Hausherrn zieht es noch einmal über den Flur in sein Arbeitszimmer. In der Diele finden sich schon erste Anzeichen für den baldigen Pfeffermühlenball. Er nimmt sein aktuelles Tagebuch aus der Schublade im Schreibtisch und schließt es gewohnheitsmäßig bei den anderen im Wandschrank ein. Der Schlüssel wird im hintersten Winkel der Schreibtischschublade aufbewahrt.

Warum »Pfeffermühlenball«? »Große Stimmung, großes Publikum. Ganz groß geklappt; nur drei blöde Nazis in einer Ecke«, gemeint war die mutige Eröffnung von Erikas politischem Kabarett *Pfeffermühle* am 1. Januar 1933 in München. Klaus freute sich über den enormen Erfolg der Truppe um seine Schwester und die Schauspielerin Therese Giehse.

»Das Abenteuer (denn ein Abenteuer war es, im Deutschland von 1933 ein solches Kabinett zu eröffnen!) stand unter einem glücklichen Stern« … »Man freute sich an ihrer gewagten Schärfe, ihrem kompromißlosen Witz. Das kleine Theater am ›Platzl‹ war jeden Abend ausverkauft.«

Magnus Henning, Pianist der *Pfeffermühle* über die Gründerin: »Sie hat ja alles geschrieben, alle Texte von unseren vier Programmen waren von ihr. Das war ihr großes Talent: sie konnte fantastisch schnell gute Texte schreiben.«

Und Magnus Henning sind dazu »Melodien eingefallen, deren Anmut selbst aggressiven Texten die Bitterkeit, das Provokante nahm«, so der Bruder weiter. In der Stadt mit der großen Brettl-Tradition hat Erika einen eigenen Ton gefunden, man sagt sogar, sie habe geradezu eine neue Form von Kabarett erfunden.

Und das musste gefeiert werden. »Man genoß den Fasching oder tat doch so.« Während auf den Straßen das neue Deutschland jubelt und die Uniformen der SA das Stadtbild erobern, ist hier die alte Clique noch einmal mit einer »gewissen verzweifelten Lustigkeit« zusammengekommen.

»Por ti« – »für dich«, singen die Cuban Boys von der Schelllackplatte. Nonnen, Dirndl, Rokokodamen, venezianische Masken, Hexen, Tod und Teufel tanzen zu den sehnsüchtigen Klängen dieser langsamen Rumba. Andere tauschen neueste Nachrichten aus, an der kleinen Bar, wo eine gehaltvolle Bowle ausgeschenkt wird. Hat Erika nicht neulich ihre frechen Auftritte in der *Bonbonnière* gesungen, getanzt und deklamiert, gerade als der neue Reichskanzler Adolf Hitler sich seinen Getreuen im Hofbräuhaus präsentierte? Wenn man sich das einmal vorstellte: Wand an Wand haben sie da ihrem Publikum so grundverschiedene Programme geboten.

Magnus Henning sitzt im Frack am Klavier und intoniert das »Pfeffermühlen-Lied«. Schon bei den ersten Tönen tauchen oben auf der Treppe zur Diele nacheinander die Köpfe von Erika und Therese Giehse auf. Therese in der Uniform eines Gendarmen mit einer roten Clowns-Perücke unter der Pickelhaube, Erika im weißen Pierrot-Kostüm mit pludriger Halskrause und dicken schwarzen Troddeln auf den Knöpfen. Im Rhythmus der Erkennungsmelodie schreiten die beiden die Treppe hinunter und singen im Duett ihr Lied:

»Recht guten Abend, das wünscht Ihnen allen
die Pfeffermühle
Sie hat der Ziele, unendlich viele!
Ihnen gefallen, das möchte vor allem
Die Pfeffermühle,
Die Pfeffermühle!«

Auch die Kleinen, Bibi und Medi, die gar nicht mehr klein sind, dürfen zusehen und mitfeiern. Stolz schaut Medi auf die große Schwester Eri, die nun strahlend neben ihr steht und so schön singt. Therese Giehse, der Star der Münchner Kammerspiele, ist neben Erika die Seele der *Pfeffermühle*, und für Erika noch mehr als das.

Elisabeth Mann: »Magnus Henning gehörte zum engeren Zirkel. Aber die Giehse und die Erika, die waren die Hauptsache.«

Ein künstlerisches Team und eine Liebesgeschichte?

»Ja, ja! War's. Ja.«

Alle Türen im Haus stehen weit offen. Das Fest hat sich längst auf das Arbeitszimmer des Zauberers ausgedehnt. Auf der

Couch des Vaters sitzen Erika und Therese eng und vertraut beieinander; sie flüstern und tauschen Zärtlichkeiten aus. Ein weißer Vogelkopf über einem gut sitzenden Frack schaut der kleinen Liebesszene zu. Ohne Maske entpuppt er sich als Dr. Feist, der Arzt und Kunstgeschichtler, der sich nun zu seiner angebeteten Erika herunterbeugt und sich aufdringlich in das intime Gespräch der beiden Frauen einmischt.

»Eri, hör mal, wenn ihr jetzt alle in die Ferien geht, ich meine, vorher sollten wir noch einmal über meinen Plan reden, weißt du, dann könnte ich ja auch vielleicht dabei sein – mit euch – alleine hier …«

Erika beachtet ihn gar nicht erst, bleibt mit ganzer Aufmerksamkeit bei ihrer Theres. »Nebel, red' endlich Klartext, dass ein Mensch dich versteht.«

Dr. Feist, den sie wegen seiner undeutlichen Redeweise nur »Nebel« nennen, würde sie zu gerne heiraten, was es auch koste. Er ist nun einmal rettungslos in diese strahlende Erscheinung verliebt. »Die Ehe – darum geht es…« Und es ist nicht das erste Mal, dass er so zu ihr spricht, aber gerade jetzt, wo sich so viele Schicksale entscheiden, ist seine Zeit vielleicht gekommen.

Erika gibt die Ahnungslose, und die Theres grient bei diesem Spiel. »Welche Ehe?«

»Unsere Ehe! Heiraten würde ich sofort, und für dich sorgen.«

»Nebel, hör zu. Ich bin mit der Theres. Das weißt du doch!«

Nebel kniet vor den beiden Frauen. Er sieht es ja, wie verliebt die Freundin der Eri die Hände küsst, und gibt doch keine Ruhe. »Du kannst doch die Theres nicht heiraten!«

Jetzt reicht es auch der Giehse. Mit einem Ruck dreht sie sich um und blafft ihn an. »Das tut ja nicht Not!«

Auch das hat Nebel schon bedacht, es reichte ihm, nur in der Nähe… »Aber ihr beiden könntet ja zusammenbleiben, und auch der Klaus, dann wären wir zu viert.«

Es wird gar zu lästig, Theres mag es nicht mehr hören. »Nebel – gib a Ruh! Geh, schleich dich!«

Im Hintergrund auf der Diele tanzt Klaus in der roten Robe eines Kardinals mit einem hübschen Seppl in Lederhose und Tirolerhütchen. Es ist Babs, den er in animierter Stimmung an sich drückt. Sein Blick fällt dabei auf einen höchst traurigen Clown, der gerade in großen Zügen sein Weinglas leert. Klaus sieht es mit Sorge. Bibi, der kleine Bruder, hat offenbar vor, sich gründlich zu betrinken. Neben Moni und Medi sitzt er auf der ersten Stufe der großen Treppe und schaut dem Treiben auf der Diele melancholisch zu.

Bibi bewundert seinen ältesten Bruder und hat die etwas unheimliche Lust entwickelt, Eissi in allem, was er so mitbekommt, nachzueifern. Natürlich geht er noch zur Schule mit seinen bald

vierzehn Jahren, aber heimlich schreibt er auch schon Gedichte; und heute probiert er es mit dem Alkohol.

Die Liebe des Vaters bleibt nun einmal ungerecht verteilt, das spürt er immer wieder, auch wenn es für ihn nicht zu verstehen ist. Mit dem Zauberer am Mittagstisch zu sitzen, vor allem, wenn die Großen nicht im Haus sind, steht ihm manchmal regelrecht bevor. Er hat sich auch schon auf Gespräche vorbereitet, wollte wenigstens ein bisschen glänzen. Doch er kann es seinem Vater kaum jemals recht machen. Immerhin ist der ja jetzt weit weg, und mit jedem Schluck Wein fällt der Druck ein wenig mehr von ihm ab.

Golo Mann: »Elisabeth – die liebte mein Vater über alles, und den jüngsten Sohn wollte er im Grunde nicht haben. Der war einfach unwillkommen, und das hat er den Michael fühlen lassen.«

Klaus kennt Bibis Sorgen und hat für einen Moment die Tanzfläche verlassen, um sich zu den Geschwistern zu gesellen. »Bibi – nicht so viel! Du bist ja gleich betrunken!«

Doch der hinter seiner düsteren Clownsmaske so verdächtig Lächelnde will sich an diesem Abend nichts mehr verbieten lassen. »Du, gerade du musst mir das sagen, Eissi. Ich weiß einfach zu viel. Prost!« Und trinkt erneut mit einem Zug sein Glas leer.

Nichts zu machen. Das sieht Klaus sofort, und weil Babs ihm schon die Hand auf die Schulter legt, um ihn zurückzuziehen, gibt er auf. »Moni, du behältst ihn auch ein bisschen im Auge, ja?«

Kaum dass Klaus außer Hörweite ist, bricht es aus Michael heraus: »Hier wohnt ein Mann, der glaubt, dass er witzig ist. Der ist aber gar nicht witzig!«

Er rutscht seiner Schwester in den Arm. »Bibi, so spricht man nicht vom Vater!«, ermahnt Moni ihn sanft.

Der jüngere Bruder blickt aufbrausend hoch. »Kennst du den Mann?«

»Ja, zur Genüge.« Und Moni schaut wie abwesend über die Tanzenden hinweg.

Eben diesen sich verlierenden Blick erleben wir bei *Monika Mann* im Gespräch auf Capri wieder. »Ich kann mich nicht erinnern, dass ich je ein Gespräch mit meinem Vater gehabt habe. Vielleicht mal ein bisschen über Musik ... Obwohl ich auch schon erwachsen war, als mein Vater starb ... ich kann mich nicht besinnen ...«

Spät in der Nacht. Viele Flaschen aus dem Keller des Zauberers sind bereits geleert worden. Magnus Henning spielt am Klavier »Parlez-moi d'amour«, eine der Lieblingsmelodien von Klaus. Einige Paare drehen sich in den Dunstwolken der Zigaretten, andere liegen sich in den verschiedenen Zimmern schon in den Armen. Klaus hat sich im ersten Stockwerk direkt an der Treppe mit Babs niedergelassen. »Magst du heute bei mir bleiben?« Der Erwählte schlingt die Arme um Klaus und zieht ihn zu sich heran. Ein Versprechen für die Nacht, für diese wenigstens.

Vom zweiten Stock aus beobachtet Bibi das Treiben unter sich. Er lässt eine fast leere Weinflasche zwischen den Geländern hindurchfallen und am Boden zerschellen. Sein allzu wütendes Lachen begleitet den Spaß, der keiner ist.

Im Souterrain sitzt derweil der Hausdiener Hans. Einige Gäste sind im Übermut mit einer kleinen Polonaise nach draußen gezogen und kreisen direkt vor seinem Fenster, dann durch den Herrschaftseingang ins Haus zurück. Er weiß, dass nun eine neue Zeit anbricht, in der es Menschen wie ihn, die noch im Keller leben, bald nach oben in die gute Stube bringen wird. Hans ist Mitglied bei den Hakenkreuzlern geworden. Heimlich. Sein Abzeichen trägt er versteckt unterm Rock. Er zieht versonnen an seiner Zigarette und den Schabernack vor seinem Gitterfenster quittiert er mit einem überlegenen Lächeln.

Klaus und Erika stehen angelehnt an der Tür des Arbeitszimmers und blicken in den Garten. Ein Kardinal und ein bleicher Pierrot mit weißer Halskrause. Der Kardinal erzählt von dem Besuch eines Toten. »Im Traum kommt Ricki immer wieder zu mir. Es ist schaurig. Eine Hand aus der anderen Welt – sie greift nach mir – und zieht... Ich hab's mir neulich erst wieder vorgerechnet: Was müsste ich aufgeben, wenn ich es jetzt tue?«

Erika spürt, wie ernst es ihm ist. »Jetzt darf keiner mehr...«

Schon stampft die Polonaise wieder über die Diele, durch des Zauberers Arbeitszimmer direkt auf sie zu. Therese greift nach Erika und die zieht ihren Bruder mit sich in den Garten hinaus. Leichter Schneefall setzt ein, der allmählich immer dichter wird.

In München feiern die Kinder seines Bruders noch, als Heinrich Mann längst am Anhalter Bahnhof in Berlin auf den Nachtzug wartet. Erst Frankfurt, so ist es geplant, von dort bis dicht an die französische Grenze und dann noch ein paar Schritte, und er wird erst einmal in Sicherheit sein. »So sieht, will es scheinen, der Rubikon aus. Hinter dem verhängnisvollen Fluß, den ich wähle, liegt das Exil.« Dass diese Nacht des 21. Februar 1933 seinen Abschied von Deutschland bedeutet, und zwar für immer – man kann sich so etwas in dieser Stunde nicht vorstellen, alles erscheint nur vorläufig.

Es herrscht viel Betrieb auf dem Bahnsteig. Zwischen den Ankommenden und Abreisenden, den Kofferträgern und Bahnbeamten kreuzen im zischenden Dampf der Lokomotiven immer wieder SA-Männer auf. Sie machen Kontrollgänge. Noch haben sie keine Fahndungsfotos von Heinrich Mann. Ein paar Tage später wäre das vielleicht schon anders. Dann würden sie seine Wohnung stürmen – wie sie es bald tatsächlich taten – und zornig feststellen müssen, dass ihr erklärter Feind, den sie so gern in ein Konzentrationslager gesperrt hätten, ihnen gerade noch entkommen ist.

Heinrich Mann schaut sich suchend auf dem Bahnsteig um, bis Nelly unvermittelt mit der Fahrkarte neben ihm auftaucht.

»Frankfurt einfach.« Sie drückt ihm das Ticket in die Hand. »Dagegen kann niemand 'was haben.«

Sie schlendern den Zug entlang bis zu seinem Abteil. Man wird ihn nicht aufhalten. Mit kleinem Gepäck und fein angezogen sieht ihr Liebster würdig aus wie ein Konsul oder Bankier – oder wie ein Kaufmann aus Lübeck. Nelly reißt sich zusammen. Sie will Heinrich den Abschied nicht schwer machen.

Dann scheppern aus den Lautsprechern die Durchsagen. Der Schaffner hebt sein Signal: »Alles einsteigen!« Türen werden zugeschlagen. Eine Trillerpfeife mahnt zum Abschied.

»Sehen wir uns wieder?« Nelly ist ganz zaghaft geworden.

Heinrich hat sich auf dem Trittbrett noch einmal umgedreht und schaut sie liebevoll an. »Wat is week un rod as Blott?«

Es ist ihr Erkennungszeichen. Langsam ruckt der Zug an. Heinrich verharrt am offenen Abteilfenster und blickt dankbar auf die Frau, mit der er so viele glückliche Stunden verbracht hat. Nelly laufen jetzt die Tränen, sie will gar nicht weinen. Sie hebt die Hand, eine angedeutete Bewegung, die wohl ein Winken sein soll. Durch den weißen Dampf, hinter dem Heinrich nun entschwindet, kann sie gerade noch erkennen, dass auch er seine Hand zum Abschied gehoben hat.

DIE BESTIE IST LOS

»Brand des Reichstagsgebäudes – die Dinge symbolisieren sich«, schreibt Klaus am 28. Februar 1933 ins Tagebuch. »Radio-Nachrichten: Verhaftung von Kisch, Ossietzky, Mühsam u. s. w. Zeitungsverbote u. s. w. Jetzt wird's erst richtig. Dieser Brand kommt denen so unheimlich gelegen – ob sie ihn nicht selbst bereitet haben?«, heißt es weiter.

Die Lage spitzt sich zu, auch für die Familie Mann. Heinrich ist am 21. Februar nach Frankreich abgereist, Golo in Göttingen »von Kriminalern besucht« worden, nachdem er in einem Lokal seine Meinung geäußert hatte, Klaus verlässt Deutschland – »fahre nicht gerne weg; Einsamkeitsgefühl« – am 13. März 1933 in Richtung Paris, während Erika, deren *Pfeffermühle* in München nicht mehr spielen darf, am selben Tag zu den Eltern nach Arosa aufbricht.

Am 17. März tritt Thomas Mann per Brief vom Urlaubsort aus der Akademie der Künste aus und reagiert selbst mit Bettlägrigkeit darauf: »zunehmender Erregungs- und Verzagtheitszustand, krisenhaft, von 8 Uhr an unter K's Beistand. Schreckliche Excitation, Ratlosigkeit, Muskelzittern, fast Schüttelfrost u. Furcht, die vernünftige Besinnung zu verlieren.« Man wird vorerst in der Schweiz bleiben.

Und Sohn Klaus vermerkt wenige Tage später im Hôtel Jacob in Paris, einen »umständlichen politischen Traum« gehabt zu haben, »in dem Hitler eine Rolle spielte; E und ich in einem Schloss von ihm eingeschlichen, mit zwei schönen Hunden«, woraufhin die beiden dann »verhaftet werden sollten u. s. w.«

Tatsächlich verläuft die »Einschleichung ins Schloss« anders herum.

Haussuchung in der Poschingerstraße. Golo, der von seiner Mutter zur Aufsicht nach München beordert worden ist, hastet die Treppen hinunter und stößt gegen zwei Uniformierte, die an ihm vorbei nach oben wollen. Im Arbeitszimmer sind schon andere Braunhemden dabei, die Regale und Schubladen auf den Kopf zu stellen. Großes Gerenne im Haus.

»Na, da hört doch alles auf!« Empört flieht die Köchin aus dem Arbeitszimmer, und auch der Fahrer Hans Holzner will Golo offenbar von einer Konfrontation mit der Sturmabteilung abhalten. »Da können's jetzt gar nichts machen, Herr Golo!«

Just hat der Truppführer etwas Verdächtiges gefunden. »Da schau her – a Pistolen ham's hier.«

Golo schüttelt verärgert den Kopf. »Die geht doch gar nicht mehr.«

Während der Uniformierte das Magazin herauszieht und inspiziert, treibt er den jungen Herrn Doktor vor sich her. »Schaun wir mal. Wird alles requiriert!«

Golo ist vollkommen konsterniert über den offenen Rechtsbruch und das Eindringen des Pöbels in die Privaträume des Vaters.

»Was schaun's denn so blöd! Wo ham's denn Ihre verbotenen Devisen?«

»Haben Sie einen Durchsuchungsbefehl?« Golos Versuch, hiermit den Rechtsbruch anzuzeigen, macht alles nur schlimmer, man fuchtelt ihm ein Stück Papier vors Gesicht und brüllt dabei: »Zu beschlagnahmen sind die Kraftwagen der Familie Mann!«

Golo macht einen Vorschlag zur Güte. »Wenn ich Ihnen mein Ehrenwort gebe, die Wagen nicht über die Grenze zu bringen?« – hilfesuchend schaut er sich zum Fahrer Hans um, der könnte es bekräftigen. Doch Hans schaut seinerseits nur betreten zu Boden.

Der Truppführer legt ein böses Schmunzeln auf. »Sein Ehrenwort!« Als ob es Menschen wie den Manns anstünde, so etwas anzubieten. Er sucht belustigt die Bestätigung bei seinen Kumpanen, auch diese biederen Burschen amüsieren sich, lachen immer lauter. Ist es nicht ein Witz, dass jemand aus dem Haus eines Vaterlandsverräters so etwas wie Ehre für sich in Anspruch nehmen will?

Lugano

»Ich hatte Post: ein Artikel der Baseler National-Zeitung über deutsche Zustände mit der Versicherung, daß ich heute im Dachauer Konzentrationslager säße, wenn ich in Deutschland wäre.« Vermerkt der Vaterlandsverräter nicht unbeeindruckt im Tagebuch.

Tatsächlich wird gut drei Monate später ein Schutzhaftbefehl gegen den Dichter ausgestellt werden, von dem der nie etwas erfährt:

»Bayerische Politische Polizei an Reichsstatthalter in Bayern

12. Juli 1933

Der Schriftsteller Thomas Mann, geboren 6. Juni 1875 in Lübeck, welcher sich zuletzt in München aufgehalten hat und nunmehr sich im Ausland befindet, ist Gegner der nationalen Bewegung und Anhänger der marxistischen Idee. (...)

Diese undeutsche, der nationalen Bewegung feindliche, marxistische und judenfreundliche Einstellung gab Veranlassung, gegen Thomas Mann Schutzhaftbefehl zu erlassen, der aber durch die Abwesenheit desselben nicht vollzogen werden kann.

Nach den Weisungen der Ministerien wurden jedoch sämtliche Vermögenswerte beschlagnahmt.

Heydrich.«

Thomas Mann schläft schlecht in diesen Wochen und kaum je ohne pharmazeutische Hilfsmittel. Angst überfällt ihn immer wieder urplötzlich in einem Maße, wie er es lange nicht mehr er-

lebt hat. Schon beim Aufwachen von einem Zittern durchschüttelt, unter Tränen, gegen die er sich nicht wehren kann. »Es ist eine Art von gesteigerter Wehmut, die mir in gelinderem Grade von vielen Abschiedserlebnissen her vertraut ist.« … »Schmerzen der Trennung« treiben ihn um, wie er schreibt. »Morgens sehr nervös – entsetzte und schaurige Stimmung.«

Alle Ruhe und Sicherheit sind von ihm abgefallen. Der Boden unter den Füßen wankt. Seitdem die braune Revolution durch die Heimat rast und wüste Geschichten von Verhaftungen und Misshandlungen über die Grenze dringen, ist sein Lebensgebäude ernsthaft erschüttert – »es gilt, mein Dasein auf eine neue Basis zu stellen«. Die Unverletzlichkeit seines mobilen und immobilen Vermögens, seines Gehäuses auf dieser Welt, ist nicht mehr gesichert. »K. hält mich an, auf das Münchener Haus und Vermögen innerlich zu verzichten.«

Die SA kann jederzeit in sein Arbeitszimmer spazieren und darin wüten. Sie werden den kleinen Schließschrank finden und aufstemmen – den doch sicher mal zu allererst! –, werden auf die gestapelten Hefte stoßen und bis in sein Innerstes vordringen können: »Neue Beunruhigung wegen meiner alten Tagebücher. Bedürfnis sie in Sicherheit zu bringen.«

Katia richtet sich hinter ihm auf, seine Unruhe hat sie geweckt,

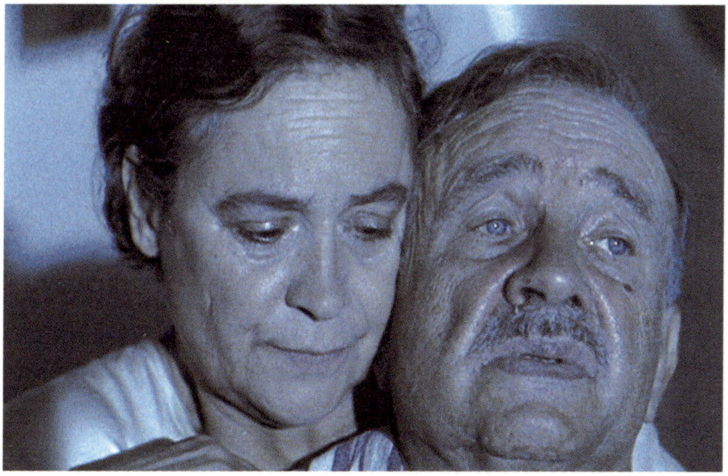

und fast flüsternd beginnt er sogleich mit ihr zu sprechen. »Sie werden alles veröffentlichen, im *Völkischen Beobachter*.«

»Was denn veröffentlichen?« Katia, nun hellwach.

»Was in meinen Tagebüchern steht. Ich habe diesen Heften alles anvertraut.«

»Was heißt ›alles‹?«

»Alles, wirklich alles!«

»Ach!« – das hätte sie nicht gedacht. Und so ganz genau weiß sie auch nicht, was es bedeutet. Aber der Schrecken ist jetzt bei ihr angekommen. Sie spürt, wie gefährdet er sich fühlt. Sie darf sich jetzt nicht gehen lassen. Sacht legt sie die Hand auf seine Schulter.

»Diese sadistischen Krankheitstypen der Machthaber ruinieren alles; sie werden auch mich ruinieren. Mein Leben kann nicht mehr in Ordnung kommen.«

Katia bleibt gefasst. Da liegt der gefeierte Mann zitternd in ihren Armen und erwägt womöglich, sich etwas anzutun. Und all das nur wegen der Bekenntnisse in seinen privatesten Aufzeichnungen. Was mag es sein? Schonungslose, unmissverständliche Offenheit in politischer Hinsicht oder Notate intimster Erschütterungen? Sie weiß, dass er für sich Rechenschaft ablegt in den täglichen Eintragungen und dabei alles gleichrangig behandelt. Welche Enthüllungen ließen sich hier gegen den Dichter richten? Hatte er gegen geschriebene oder ungeschriebene Paragrafen des Gesetzes oder der guten Sitten verstoßen? Was weiß die Welt nicht schon aus seinen Büchern, jedenfalls all die, die zu lesen verstehen?

Man muss die Tagebücher aus dem Haus schaffen – »der Golo, der soll sie dir bringen!«

Poschingerstraße

Golo kommt mit seinem Freund Kai Köster die große Treppe zur Diele herunter. Er hat den kleinen Manuskriptkoffer seines Vaters vom Dachboden geholt.

»Lass mich mal kurz im Arbeitszimmer allein!«

Er hat sich den Freund für einige Wochen ins leere Haus eingeladen, doch ihr Verhältnis ist längst beschädigt, politische Grundeinschätzungen treiben sie auseinander. »Der Schmerz bei der Trennung – innerlichen – von einem langjährigen Freund, ist der Schmerz über die Trennung von der eigenen Vergangenheit; so als ob das alles umsonst gewesen wäre. Das ist aber ein Irrtum, es war genau so lange richtig, wie es ging; ein neues Gesetz hat keine rückwirkende Kraft.«

Auf dem Weg zum Arbeitszimmer des Vaters trifft er unvermittelt auf den Fahrer. Hans hat ihn abgepasst, er spioniert so offensichtlich wie unbegabt. »Der Herr Golo – das ist recht, dass jemand von der Familie da geblieben ist. Jesses, was sich hier abspielt. Es ist auch zu arg! Diese Nazis, diese Schweine…«

Golo Mann: »Ja, ja, er war ein Schweinehund – ein Schwein, wie sie es alle halt waren…«

Golo misstraut dem falschen Ton und scheelen Blick. Er ist stehen geblieben und will nun diesen Nazi aus dem Souterrain ein bisschen provozieren. »Ja, wissen Sie, Hans, mein Gefühl ist, die Nazis müssen jetzt mal ran! Die sollen mal zeigen, was sie können. Die sind zu groß geworden. Die sollen ruhig mal ran!«

Der Fahrer schaut den Sohn seiner Herrschaft prompt erstaunt an. Solche Sätze hat er hier in diesem Hause noch nicht gehört! »So – meinen Sie?«

Golo, mit dem Koffer in der Hand, spielt seine Rolle ganz überzeugend und wiederholt: »Die sind zu groß geworden. Ruhig mal ran!« Dann verschwindet er im Arbeitszimmer.

Hans will sich schon verziehen, als er einen Schlüssel knacken hört. Er bleibt nachdenklich vor dem Zimmer stehen.

Golo öffnet den Schließschrank bei den Bücherregalen, wie ihm vom Vater geheißen. Und da liegen sie auch, die später berühmten Wachstuchhefte mit den täglichen Aufzeichnungen des Alten. Er holt einen ersten Stoß aus dem Schrank. Golo schreibt selbst Tagebuch und spürt, wie nahe er hier den innersten Herzkammern des Vaters kommt, wie leicht sie zu erkunden wären. Welches Wissen ihn fortan auf seine Augenhöhe bringen

könnte. Wie fühlte, was dachte der Vater wirklich – auch über seinen Sohn Golo?

»Ich rechne auf Deine Diskretion, daß Du nichts von diesen Dingen lesen wirst.« So stand es im Brief des Vaters – eine »Ermahnung, die ich so ernst nahm, daß ich mich in seinem Zimmer einschloß, während ich die Papiere verpackte«, berichtet der Sohn später in seinen Erinnerungen.

Schon beim ersten Packen, den er jetzt im Manuskriptkoffer verstaut, fällt ihm eine Zahl ins Auge: 1909 – das Jahr seiner Geburt.

Auf die Frage, ob hier die Versuchung nicht doch groß wurde, antwortet der promovierte Historiker im Interview:

»Ich hab' nicht reingeschaut. Ich wollte nicht wissen, was es ist. Nein, nein, wenn ich so was übernehme, dann ... – das war die Salemer Erziehung!«

Als Golo die Tür zum Arbeitszimmer wieder aufschließt, trifft er erneut auf den Fahrer, der offensichtlich um ihn herumlungert. Ein wenig verwirrend, die Situation.

»Den bringen wir jetzt zur Fracht. Hans, holen Sie mal den

Wagen vor die Tür!« – sagt's und stemmt den schwer gewordenen Koffer auf einen Stuhl.

»Aber Herr Golo – das nehm i Ihnen do ab …«, mit schnellem Griff hat er den Koffer in der Hand: »Das mach i schon!«

Golo zögert einen Moment, dann lässt er sich darauf ein. Eine dieser Weichheiten und Entschlusslosigkeiten in seinem Leben, über die er sich später noch ärgern wird.

Hans Holzner macht sich mit dem schweren Gepäck auf den Weg zur Bahn. Tatsächlich meldet er jedoch der Politischen Polizei, ein Koffer mit verdächtigem Inhalt sei aus dem Hause Mann geschafft worden. Aber das weiß in diesem Augenblick noch niemand von der Familie.

Katia telefoniert mit ihrem Sohn Klaus in München. Seit dem Reichstagsbrand mehren sich die warnenden Telefonate, erst von den Verwandten in Berlin und nun auch von zu Hause. Klaus und Erika, die sich nur kurz in der Stadt aufhalten, verwenden das Telefon bei den Großeltern Pringsheim. Sie sprechen in seltsamen Andeutungen, und Katia versteht, sie fürchten, die Familie werde abgehört. Das Klima in München habe sich verschlechtert, sagt Klaus.

Katia: »Das Klima?«

Klaus: »Frühlingsstürme in Arosa!«

Katia: »Der Zauberer will aber nach Hause. Wir wollen bald fahren.«

Bandol

Vom Balkon vor dem alten Hotelzimmer der Eltern in Arosa schaut *Elisabeth Mann* lange auf die Berge, die den Ort ringsum einschließen, ehe sie von damals erzählt: »Dann kamen eben die Anrufe aus München, dass meine Eltern unmöglich nach Deutschland zurückreisen könnten. Und so haben sich die schönen Ferien in eine Periode von fürchterlicher Ungewissheit und des enervierenden Abwartens verwandelt.«

Wir fahren an der Côte d'Azur entlang. Vor uns immer wieder das tiefblaue Meer. »Unvergessliche Erinnerungen, wie wir angekommen sind, von Lugano her, an diesem bezaubernden Platz.«

Keine Schule! Die Jüngsten haben das Gefühl von großer Freiheit, noch will niemand so richtig wahrhaben, dass der Rückweg nach München abgeschnitten ist, dass Deutschland, die Heimat in der Poschingerstraße, das Zuhause für immer verloren bleibt. Für Medi und Bibi wird die Reise in den Süden zu einem großen Abenteuer. So lange Zeit in den vornehmen Hotels zu wohnen, den ganzen Tag am Wasser zu liegen, und dann die Abende, an denen sie nun mit den Eltern Casino oder Schach spielen können. Sogar ein Klavier steht im Gesellschaftszimmer, und bald spielen Bibi auf der Geige und Medi am Klavier vor den Eltern und den Besuchern die Cavatina von Raff, ihr bestes Vorführstück.

Thomas Mann hat sich auf dem Balkon des neuen Hotelzimmers in Bandol eingerichtet. Er sieht bis zum Meer. Man hat ihm in diesem luftigen Erker einen Tisch bereitgestellt, an dem er arbeiten kann. Doch er hat Mühe, die benötigten Bücher auszulegen und die Blätter zu beschweren. Immer wieder wirbelt ein Windstoß seine Papiere auf.

»Wir lunchten im großen geschmacklosen Speisesaal. Unsere Zimmer haben Loggien, u. ich schreibe in der meinen. Aber ich

finde in diesem Kulturgebiet alles schäbig, wackelig, unkomfortabel und unter meinem Lebensniveau«, schreibt der Dichter am 10. Mai, dem Tag der Ankunft, ins Tagebuch. Es ist seit Februar die zehnte Station dieser »Reise«, die an den Nerven zerrt.

Die Balkontür ist leicht angelehnt, vom Zimmer dahinter beobachten Katia und ihre Mutter Hedwig den Mann und Schwiegersohn. Er hört sie reden und dreht leicht irritiert den Kopf in ihre Richtung. Die alten Leute mit ihrer Umständlichkeit sind eine zusätzliche Belastung für Katia. Sie brauchen ihre ganze Aufmerksamkeit. Dabei hat er in diesen Tagen genauso viel Zuwendung nötig. Um ihretwillen duldet er es. Doch auch den beiden im Zimmer scheint klar zu sein, dass hier keine Dauerlösung gefunden ist. Katia und Hedwig sprechen jetzt leiser.

»Er ist so nervös und reizbar, schon wegen des Koffers mit den Manuskripten, der ist und bleibt verschwunden.«

Hedwig weiß nichts von einem Koffer und den Sorgen, die ihr Schwiegersohn deswegen hat. »Ein Koffer verschwindet doch nicht! Habt ihr denn keinen Anhänger mit der Adresse dran?«

Wie aufs Stichwort tritt der Betroffene an die Balkontür. Katia weiß schon, was er fragen wird.

»Nichts Neues. Auf der Bahn war nichts dabei!«

Thomas Mann kehrt zurück auf seinen Balkon, am 30. April hat er vermerkt: »Meine Befürchtungen gelten jetzt in erster Linie u. fast ausschließlich diesem Anschlage gegen die Geheimnisse meines Lebens. Sie sind schwer und tief. Furchtbares, ja Tötliches kann geschehen.« Und am 2. Mai: »Ich konnte nicht schlafen bis 3 Uhr, gequält von Altem u. namentlich von der Affaire des Koffers, hinter der mörderische Tücke lauert. K. nahm Teil u. redete mir zu.«

Mittlerweile gilt als gesichert, dass »Chauffeur Hans die Anzeige wegen des Koffers erstattet hat«, denn »das Bekanntwerden der Sendung im Braunen Hause u. bei der Pol. Polizei wäre sonst nach Aussage der Spediteure ganz unerklärlich«.

Wir sehen einen Inspektor der Zollstation Lindau Thomas Manns Manuskriptkoffer auf den Tisch wuchten. Er öffnet mit einem kleinen Draht die Schlösser und klappt den Koffer auf. »Die Münchner warten schon auf den Bescheid. Das Büro des SS-Standartenführers Heydrich ist ja ganz närrisch da hinterher.« Der Beamte inspiziert die vornean liegenden Papiere und knüpft die Mappe auf. »Aha – die Verträge …«

Er reicht sie an einen Kollegen weiter, der neben ihm steht.

»Wollen mal sehen, ob der Dichter dafür seine Steuern bezahlt hat. Die Papiere schicken wir sofort nach München.«

So lautet der Auftrag an diesem Tag. Beiläufig gräbt nun der andere Zollbeamte tiefer im Koffer und kramt ein Wachstuchheft hervor. Er blättert darin und seufzt sehr verwundert: »Das sind ja ganze Romane!«

In Bandol erzählt der Geheimrat, emeritierte Mathematikprofessor und weithin bekannte Kunstsammler Alfred Pringsheim zornig von den Verhandlungen über den bevorstehenden Zwangsverkauf seines Münchener Stadtpalais'. Es soll in den nächsten Monaten abgerissen werden und »Führerbauten« weichen. »Fünfhunderttausend haben sie uns geboten – eine Unverschämtheit!«

Hedwig will ihn ein wenig besänftigen und berichtet ihrer Tochter von seinem kleinen Triumph. »Alfred hat sie in seinem Zorn auf Siebenhunderttausend hochgetrieben.«

Der Vater will Katia nicht in Unruhe versetzen. Seine Tochter soll sich nur keine Sorgen machen. »General Haushofer hat uns geholfen. Er steht uns bei. Trotz dieser schrecklichen Hetze gegen alle Juden und Juden-Stämmlinge.« Und dann geht der Zorn doch mit ihm durch, er stampft mit dem Fuß auf. »Es ist deprimierend!«

Und was geschieht, wenn die Judenhetze so weitergeht? Besser wäre es schon, wenn die Eltern vorerst nicht nach München zurückfahren würden. »Ihr wollt wirklich nur zu Besuch bleiben und nicht…?«

Alfred antwortet knapp und entschieden. »Keinesfalls! Wir bleiben in Deutschland. Tout München hat in unserem Haus verkehrt. König und Prinzen… Nein, das nun doch nicht!«

Im April hat es auch in München einen ersten Boykott jüdischer Geschäfte gegeben. Aber die alten Pringsheims haben das noch nicht als einen Angriff auf ihre Existenz verstanden. Sie sind empört gewesen über den »Protest der Richard-Wagner-Stadt München« gegen Thomas Mann und dessen so genannten ästhetisierenden Snobismus in seinem jüngsten Vortrag über »Leiden und Größe Richard Wagners«. Ein Protest, mit dem die Hetze gegen ihren Schwiegersohn, der dann nicht ins Reich zurückgekehrt ist, begann und den leider auch so viele gute Bekannte, Münchner Kulturgrößen, unterzeichnet haben.

Nur gut, dass Tommys, wie sie Katia und ihre Familie nennen, weiterhin im Ausland blieben. Sahen sie bisher für sich selber noch keine Gefahr, sind sie hier in Bandol mit den ganz anderen Ansichten auch solch alter Freunde wie den Feuchtwangers konfrontiert worden. Nachdenklich geworden, leiht sich Hedwig von Lion immerhin Hitlers Leitbuch *Mein Kampf*.

Berlin Ein altes Filmdokument zeigt den Platz vor der Berliner Universität am 10. Mai 1933. Scheinwerfer, Mikrophon und Kameras stehen bereit. Neben dem Propagandachef im Trenchcoat schreibt ein Journalist im Smoking direkt neben ihm die Daten einer neuen Zeit auf seinen Block: »Deutsche Männer und Frauen! Das Zeitalter eines überspitzten jüdischen Intellektualismus ist nun zu Ende.«

Und die Bücherpacken werden auf den großen Scheiterhaufen geworfen.

Die Helfer beim Ritual. Feierlich soll es zugehen, die alte Zeit soll nicht nur beiläufig abgefackelt werden. Der kleine Doktor hat sich das ganz famos ausgedacht. An die großen Zeiten der nationalen Erhebung gegen Napoleon soll erinnert werden, als deutsche Studenten hochgestimmt den *Code Napoléon* verfeuerten.

»Verbrannt wurden Bücher von Marx, Freud, Emil Ludwig, Remarque, Kerr, Heinrich und Klaus M. – von TM nicht –, wobei ein ›Rufer‹ zuerst eine Verdammung ausrief, um mit ›Ich übergebe den Flammen die Schriften von...‹ zu enden.« Golo und Monika halten sich in diesen Tagen bei Verwandten in Ber-

lin auf und werden zu Augenzeugen der Bücherverbrennung auf dem Bebelplatz.

Studenten – die Jacken ausgezogen, so heiß wird es am Feuer – schleppen neue Bücherpacken aus der Universitätsbibliothek herbei. Golo steht mit der Schwester unglücklich und doch gebannt in der Menge. Der Lichtschein des Feuers flackert auf ihren Gesichtern. Ein SA-Mann vor ihnen bahnt sich mit einem Stapel den Weg durch die Menge. »Wenn wir erst die Leute hätten, die den Dreck fabriziert haben...«

Golo gibt seiner Schwester ein Zeichen. »Wird Zeit, dass wir gehen...«.

Während sich die beiden aus der Menge lösen, wundert sich Monika: »Ob sie Vater vergessen haben?«

»Den hat Goebbels ihnen nun doch nicht gestattet.« Man musste dem Ausland gegenüber wohl noch ein einigermaßen zivilisiertes Gesicht wahren.

»Meinst du, er könnte zurückkommen?«

»Vorerst geschähe dem gar nichts.« Golo blickt düster und nachdenklich und zieht seine Schwester dann mit sich, weg vom Schauplatz.

Joseph Goebbels schreit seine braune Litanei in die Nacht. Das Reich und die Nation und unser Führer Adolf Hitler – Heil! Und zu den zurückgebrüllten Antworten der Gläubigen: »Heil! Heil!« sehen wir Bilder von Menschenjagden in einem Berliner Arbeiterviertel. Ein Mann will sich während einer Hausdurchsuchung aus dem Fenster stürzen und wird von der Polizei zurückgerissen.

Bandol

Der deutsche Nobelpreisträger kommt von einem Spaziergang in sein Hotelzimmer in Bandol zurück. Als er eintritt, die Überraschung: der konfiszierte Handkoffer. Daneben Katia. »Er stand einfach im Zimmer!«

Die Schlösser schließen nicht mehr. »Ist gewaltsam geöffnet worden.« Unter Höchstspannung löst der Dichter den Lederriemen und klappt den Deckel zurück. Obenauf liegen die Verträge,

ganz so, wie Golo alles verpackt zu haben beschrieb. Und darunter finden sich die Wachstuchhefte. Was für ein Glück! Konzentriert stapelt er Heft auf Heft und zählt die Jahrgänge durch.

Er will sich sofort die Gewissheit verschaffen, dass kein einziges Heft fehlt.

»Neunzehnhundert bis Neunzehnhundertzehn – unsere ersten Jahre – zehn bis zwanzig…«

Katia schaut aufmerksam zu. »Fehlt etwas?«

»Bisher nicht.«

Was ist diesem Glücksfall vorausgegangen? Man hatte die originalen Verlagsverträge wohl an den Zoll nach Lindau zurückgeschickt, den Koffer dann dort wieder verschlossen und über die Speditionsfirma zunächst nach Lugano und dann weiter nach Bandol befördern lassen. Hatte der Zoll in Lindau die Tagebücher tatsächlich für Romanmanuskripte gehalten? München und das Büro Heydrich waren fern – womöglich hatte niemand gesteigerte Lust empfunden, sich den »Papierkram« genauer anzusehen? Oder hatte man das alles am Ende einem freundlich gesonnenen Beamten zu verdanken, der sich einfach strikt an die Order aus München gehalten hat und über den weiteren Inhalt des Koffers dann auch keine Meldung machen wollte?

Offenbar fehlt kein Tagebuch, nicht eine Seite. Die vollständigen zwanziger Jahre liegen vor ihm, versonnen und allmählich erleichtert blättert er in einigen Heften.

»Gott sei Dank, alles, was Golo eingepackt hat ...«

Die Ängste, die er über Wochen ausgestanden hat, kommen ihm nun so lächerlich unnötig vor. »Anscheinend haben sie gar nichts gelesen.«

Sein Blick fällt auf eine Seite im Heft von 1929. Katia tritt näher und Thomas Mann schließt es beiläufig.

Elisabeth Mann: »Da werden schon sehr persönliche Sachen drin gestanden haben, von denen er nicht wollte, dass sie in irgendwelche Hände kämen. Er hat sie ja dann verbrannt. Was es war, werden wir also nicht mehr erfahren.«

Wir gehen mit Elisabeth über den Markt in Bandol. Die bunten Stände mit den üppigen Auslagen von Obst, Gemüse und Fisch könnten noch genau aus der Zeit stammen, als Medi hier einen schönen endlosen Sommer verlebt hat. Ein bisschen Klavierspielen, ein bisschen Französisch lernen und mit Golo ein bisschen über Literatur sprechen. Der ältere Bruder hat mit Medi und Michael Schillers *Wallenstein* gelesen und ihnen sein Lieblingsdrama dann erläutert. Sie sollten schließlich keine »Barbaren« bleiben, wie die älteren Geschwister sie gerne neckten. Das viele Schwimmen und Sonnen unten am Felsen vor dem Haus sorgte nebenbei für eine gute Kondition.

Wenn Klaus oder Erika und die Giehse zu Besuch kamen, gab es lustige Geschichten, man hörte überhaupt ausgiebig den Erzählungen der Erwachsenen zu. Sie redeten viel von dem Diktator in Deutschland, der sie alle in diese großen Ferien geschickt hatte. Ihre Geschichten kreisten oft um Tod und Ende. Das Ende der Demokratie, der mögliche Krieg, die verlorene Poschingerstraße ... Dabei sollte ihr Leben mit 14 Jahren eigentlich gerade erst beginnen.

Sogar der alte dreistöckige Brunnen steht noch – »Medi, träum nicht! Komm!« ruft die Mutter ...

»Ich sehe mich in so einem Tuch, in Sanary-Schuhen und eigentlich zum ersten Mal erwachsen. Ich war wahnsinnig naiv. Ich hatte keinen Schimmer, was ist, was geschieht ...«

Gab es nie ein Gespräch mit der Mutter?

»Nein, nein. Die hat gedacht, das werden wir alles schon selber herausfinden. Nein, nein – Aufklärungsgespräche gab es nicht!«

Die Verwirrung der Gefühle. Eine Pubertät im Exil: »Keine leichte Zeit – weil man eben doch weder Kind noch wirklich erwachsen ist. Und, na ja, das bringt schon genug Wirrnis mit sich.«

Ihr neun Jahre älterer Bruder Golo hat Deutschland schließlich im Juni 1933 verlassen – »dann verbrachte ich den Sommer in Sanary, wo es von gestürzten Größen und neuen Emigranten nur so wimmelte. Wo immer man sich in ein Café setzte, traf man auf ein paar gestürzte Größen, nicht wahr: Bertolt Brecht, Arnold Zweig ...«

Mit einer gewissen Distanz spricht er vom Schmerz seines Vaters, der nicht glauben konnte, wie ihm geschah. Noch vor wenigen Jahren feierte man in Deutschland seinen Nobelpreis, und nun das. Dieses »Und nun das!« war jetzt oft vom Vater zu hören. Anders der Onkel. Golo Mann schreibt in seinen Erinnerungen: »6. Juni. Gestern abend mit Heinrich am Meer promeniert, er tut mir wirklich leid, trägt sein Schicksal mit viel Würde, ja selbst mit Charme, und nicht so damenhaft in seinen Schmerzen, von aller Welt beleidigt wie der Alte. Seine politischen Ansichten sind klug, wenn auch einer gewissen Altfränkischkeit und Naivität nicht entbehrend.«

Volkmar Zühlsdorff, Geschäftsführer der Deutschen Akademie im Exil, hatte tiefen Einblick in die alltäglichen Existenzsorgen so vieler Emigranten, die sich in ihrer Not an ihn wandten. »Es entsprach einer geistigen Enthauptung Deutschlands. Das geistige Haupt Deutschlands war draußen. Im Ganzen waren es über eine halbe Million – sechshunderttausend Exilierte, und darunter Zehntausende von Intellektuellen. Es sind ja erstaunlicherweise relativ wenige verhungert. Viele haben Selbstmord begangen.«

Sanary-sur-Mer

Ein Autobus arbeitet sich die hügelige Küstenstraße an der Côte d'Azur hinauf. Heinrich und Nelly sitzen hinten im Bus. Es ist heiß. Nelly, leicht bekleidet, fächelt sich Luft zu. Sie ist aus Berlin vor den Nazis geflüchtet, stand eines Tages vor Heinrichs Tür und wohnt nun bei ihm in Nizza.

Eine schöne Zeit verleben sie in diesen ersten Monaten im Süden. Nach der Arbeit am Schreibtisch geht Heinrich mit ihr manchmal an den Strand, baden. Nachmittags kann man im Café sitzen und die druckfrischen Zeitungen lesen. Gräuelnachrichten aus Deutschland, die sie nicht wirklich überraschen. Spät am Abend, so viel später als in Deutschland, gehen sie essen, und wenn sie in der Nacht bei angelehnten Persiennes beieinander liegen, ist jeder dankbar für die Nähe des anderen.

Heinrich fühlt sich hier zu Hause. Er spricht die Sprache dieses

geliebten Landes, und deshalb übt Nelly nun immer wieder französische Vokabeln. Wer weiß, wie lange man hier bleiben wird.

»Mon bon beau mari – mein guter schöner Mann.«

Heinrich, scherzend: »Ehemann! Mari – damit meinen sie hier den verheirateten Mann.«

Ein heikles Thema für Nelly. »Und? Ist doch für uns dasselbe.«

Aber heikel auch für Heinrich, an eine Ehe mit der Freundin aus Berlin mag er nun mal nicht denken. »Das Gleiche: du meinst, das gleicht der Beziehung einer Ehe. Dasselbe kann es nicht sein.«

Ganz liebevoll war das gesagt, und Nelly hat verstanden. »Jetzt nölt der Mann schon rum! Snackt wien Professa. Wie sein Bruder!«

»Man muss ihn nehmen, wie er ist.«

Aber Heinrichs Worte verfehlen die Wirkung. »Ja, ein Bleistift, der sprechen kann – wie gedruckt. Oh ja! Und alles etepetete! ›Frau Kröger‹! Guckt mich aber an, als ob ich deine Putzfrau wäre oder dein Zimmermädchen!«

»Nell! Ich freue mich, zusammen mit meinem Bruder hier zu sein.«

»Soll ich dir sagen, wie der Mann auf Frauen wirkt? Kalt wie ein Fisch! Uah!« Sie schüttelt sich gerade so, als sei sie unter eine Eisdusche geraten. Heinrich lacht.

»Nell, Nell – sein Herz schlägt bei anderen Abenteuern.«

»So, er hat eins? Da raschelt nur Papier. Is' doch bei dir ganz anders.«

Könnte man alles für einen Moment vergessen, es wäre so herrlich in diesem Bus auf der Küstenstraße nach Sanary. Er schaukelt und schüttelt sie immer wieder zusammen, und die bunte Reisegesellschaft mit Körben und Koffern nimmt gar keine Notiz von ihnen, als Nelly ihren Arm um Heinrich legt und ihn zu sich heranzieht.

»Sieht aus wie'n Herr Senator, aber sieht man nur so aus!«

Die Manns zu Gast bei René Schickele. Der Dichter aus dem Elsass leidet als erklärter Pazifist besonders unter den Spannungen zwischen Deutschland und Frankreich. Er lebt seit 1932 mit seiner Familie in einem Haus in Sanary. Und dort haben mittlerweile auch die Manns ganz in der Nähe und nicht ohne die Hilfe der Schickeles ein kleines Sommerhaus angemietet. »La Tranquille« heißt es und liegt unter schützenden Pinien dicht an der Küste, mit kurzem Fußweg hinunter ans Meer.

Thomas Mann versucht gegen alle Widrigkeiten, in seinem gewohnten Tagesrhythmus Halt zu finden. Vormittags die Arbeit am Schreibtisch, der Spaziergang am Nachmittag, vielleicht ein Besuch bei der Familie am Badestrand, und die Abende – »sind erquickend, und ich sitze gern nach dem Nachtessen vor meinem Zimmer auf der kleinen Terrasse im Korbstuhl«.

Auch Lion Feuchtwanger wohnt nur wenige Minuten von ihnen entfernt. Mit Wilhelm Herzog, Ludwig Marcuse und anderen Freunden und Kollegen hat man hier eine kleine Kolonie gegründet, man besucht sich, man liest einander vor, man tauscht Nachrichten und Meinungen aus über das verlorene Vaterland, das »Amokläufertum Deutschlands«. »Nachricht von der Setzung der Todesstrafe auf Einführung ›staatsfeindlicher‹ Literatur von auswärts«, vermerkt der Dichter im Exil.

René Schickele verfolgt politisch hellwach die Entwicklung in Deutschland und hat nur wenig Illusionen über die Vernichtungswut der Nazis gegenüber ihren Gegnern. Unter dem Schlagwort der bolschewistisch-jüdischen Verschwörung wird man sie alle gnadenlos bis zur Ausrottung verfolgen. Doch es sträubt sich in ihm, Deutschland für sich persönlich wirklich verloren zu geben. Ähnlich wie Thomas Mann.

Die beiden stehen auf der weitläufigen Terrasse des Hauses, in den Anblick des sanft zum Ort und zum Meer abfallenden Gartens versunken. Es ist der 4. August 1933, ein heißer Sommernachmittag. Unten im Garten wandelt Moni mit dem jungen, gerade neunzehnjährigen Sohn des Hauses, Hans. Der Gastgeber feiert seinen fünfzigsten Geburtstag, und man erwartet auch Heinrich Mann in Begleitung von Frau Kröger.

»Im Berliner Schauspielhaus war zur Erstaufführung eines Nazidramas die Prominenz von ganz Deutschland versammelt…«, bricht Schickele ihr gemeinsames Schweigen.

»Nun, *wir* sind doch jedenfalls *nicht* dabei gewesen!« Die Antwort kommt schnell und entschieden. Da kann es keine Prominenz mehr im Reich geben, solange die besten Köpfe nun mal im Exil sind. Wie kann einem ein ganzes Land, das einen noch vor kurzem als seinen Nobelpreisträger gefeiert hat – und die Leser doch wohl auch – abhanden kommen? Sein Gegenspieler, der »Viertelskünstler«, der sie alle mit hinabzieht, ist schuld an dem Elend. »Ich kann schon das heisere Gebrüll von diesem Scheusal nicht ertragen.«

Schickele geht es nicht anders. »Hitler wühlt bei seinen Reden geradezu im Fleisch seiner Zuhörer.«

Der Bus ist kurz vor dem Ziel. Nelly beschleicht nun doch ein Unbehagen vor der Begegnung mit der Familie des Bruders. Sie weiß, sie ist nur ein einfaches ungebildetes Ding am Tisch eines Nobelpreisträgers und all der anderen feinen Herrschaften. Aber wenn sie für ihren Heinrich gut genug sein kann, sollen sie sich doch die Mäuler zerreißen.

Nervös spielt sie Heinrich jetzt vor, wie sein Bruder mit süßsaurer Miene zur vornehm-gewählten Begrüßung ansetzen werde. »Schau, schau! Die tapfere Frau Kröger aus Berlin. Wie schön, dass du deine Freundin mitgebracht hast. Und wieder ganz à la mode.« Dazu eine etwas zu groß angesetzte Begrüßungsgeste, mit den Händen in der Luft.

»Am Spätnachmittag kommt Heinrich Mann, leicht angezogen und schwitzend, den Garten herauf, hinter ihm in großer Sommertoilette Frau Kröger. Sie schwitzt nicht. Sie schwebt prall und luftig heran«, notiert der Gastgeber später.

Er also schwitzend und sie schwebend durch einen kleinen Laubengang den Garten heraufkommend. An der Treppe zur Terrasse werden sie vom Bruder begrüßt. »Die tapfere Frau Kröger aus Berlin, wie schön, dass du deine Freundin mitgebracht hast, Heinrich. Und wieder ganz à la mode.« Und tatsächlich: die kleine theaterhafte Begrüßungsgeste rundet das falsche Bemühen ab.

Die Gäste werden zu einem kleinen Tisch mit Getränken geführt. Ein größerer Kreis hat sich eingefunden; die Manns bis auf die beiden Großen komplett. Ein wirkliches Gespräch mit Bruder und Quasi-Schwägerin will zunächst nicht gelingen. Katia wagt ein kleines Kompliment. »Ein schöner Hut, wirklich, Nelly.«

»Heini verwöhnt mich eben.«

Das glaubt Heinrich nun etwas erläutern zu müssen. »Sie kam ganz ohne Gepäck, hatte nur das, was sie auf dem Leib trug.«

Schon die Vorstellung des nackten Leibes der Frau Kröger, wie er sowieso deutlich genug zu erahnen ist, bringt den Jüngeren unverzüglich zu einem Themenwechsel.

»Heinrich, du siehst fabelhaft aus. Frankreich war ja immer schon deine Wahlheimat.«

»Schreibt auch auf Französisch gegen die Nazis in der Zeitung!«

Daran muss Nelly den Bruder nicht erinnern, wie man seinem Gesichtsausdruck anmerkt. Heinrich vermittelt. »Tommy, gut, dass wir beisammen sind!«

Alle spüren, dass es von Herzen kommt. Und ihr unterschiedliches Engagement in den hiesigen Medien kann man nun auch leicht erklären. »Du hältst dich ja noch etwas bedeckt. Ich darf schon deutlicher sein.«

Doch Katia mag nicht die kleinste Kritik durchgehen lassen. »Nun, mein Gott Heinrich, Sie sind frei!« Das ist schon ein Unterschied, ob man mit sechs Kindern, die doch alle noch vom Vater abhängen, in die Fremde zieht oder für sich alleine mit einer Frau Kröger, die wohl nun die Hausfrau spielen wird. Mimi Mann, Heinrichs geschiedene Frau, lebt mit der Tochter wieder in Prag. Da braucht er also keine Rücksicht zu nehmen. Wie anders steht es da um ihre Familie. »Also, ich meine, wir haben schließlich noch Konten dort und das Haus, die Wagen, die Möbel.«

Noch war nichts entschieden. Im Unterschied zu Heinrich ist Thomas Mann im Deutschen Reich noch nicht verboten oder gar ausgebürgert worden.

»Wie immer reden die Brüder Mann liebevoll aneinander vorbei – Thomas am stärksten, wenn er Heinrich ausdrücklich beistimmt.« Beobachtet Gastgeber Schickele.

Diese kleine Mauer zwischen den beiden war spürbar?

Elisabeth Mann: »Oh, ja. Aber ich glaube, eine kleine Mauer zwischen Heinrich und jedermann war vorhanden. Ich meine, Heinrich war so zurückgezogen ... Er war sehr formell.«

Das Festessen beginnt. Die Kerzen brennen in den Leuchtern, und die Gäste probieren schon von der Vorspeise. Thomas Mann möchte dem Ganzen noch einen feierlichen Glanz geben. »Lassen Sie mich bitte einige Worte sagen. Lieber René Schickele, vor einem Jahr –«

Frauengelächter. Nelly Kröger wagt es, den Dichter zu unterbrechen. Unter der Wirkung einiger Aperitifs in der Wahrnehmung verzögert, will sie eine eigene Geschichte zum Besten geben: »Kennt ihr das neue Tischgebet?«

Niemand hier zeigt sich am neuen Tischgebet der Frau Kröger interessiert, schon gar nicht, wenn der Nobelpreisträger deshalb mit seinem Trinkspruch warten muss.

Doch Nelly, nicht mehr zu bremsen, faltet schon die Hände und betet fromm vor sich hin: »Lieber Hitler sei unser Gast, hätten wir nur die Hälfte von dem, was du hast!«

Man schweigt in sich hinein. Nelly versteht nicht. In Berlin fand man ihre Witze immer zum Piepen.

Der unausgesprochene Ehrengast ergreift jetzt seine zweite Chance. »Lieber René Schickele, wir bedanken uns alle für diese Einladung. Ich bin sicher, vor einem Jahr hätte man Ihnen zu so einem Geburtstag in Deutschland ein Bankett gegeben. Nun, der Ehrentisch ist ohnehin hier versammelt, und damit wollen wir uns begnügen.«

In die kleine künstlerische Pause setzt Nelly beinahe zwanghaft das Ende ihres Gebets hinein. »Unter Hitler und Göring – gibt's nur noch Hering!«

Erneutes Verstummen. Heinrich will die Situation für Nelly retten. Im Kern habe sie ja wohl Recht. »Hunger und Terror, das hält keine Regierung lange durch.«

Nelly hat eben bessere Beziehungen nach Deutschland als die Familie Tommys. Sie weiß es von ihren kommunistischen Freunden, und denen »is ja man sonnenklar – es gibt 'ne Revolution, wenn die braune Pest nicht freiwillig verschwindet«.

René Schickele beschreibt die Situation im Tagebuch: »Sooft die Unterhaltung eine Wendung nimmt, die uns andre fesselt, gibt Frau Kröger unzweideutige Zeichen von Langweile von sich. Bleiben wir längere Zeit dabei, empfindet sie das für sie hermetische Gespräch erst wohl nur dunkel, dann aber immer klarer als Mißachtung ihrer Person, deren Bildungsgrad ihr nicht erlaubt, den Ausführungen zu folgen. Natürlich wenden sich die Redenden nicht an sie, sondern an diejenigen, die an der Diskussion teilnehmen. So gerät sie auch äußerlich in den Hintergrund. Sie sieht sich auf einmal ›nicht mehr vorhanden‹.« Man suche einen Gegenstand, der sie interessiere, und finde »immer nur den gleichen: die deutschen Greuel. Das ist das einzige, wo sie anbeißt. Wie gern ließen wir uns etwas von ihr erzählen, wovon sie mehr und Verbürgteres weiß als wir. Die Frau hat doch gelebt und vermutlich sauberer als die Leute ›aus guter Familie‹. Sie weiß es selbst, sie kennt sie doch, die Leute aus guter Familie! Trotzdem würde sie eher ein Märchen zum hundertstenmal erzählen als ein anständiges, saftiges Stück Leben preisgeben, das ihr nicht ›vornehm‹ genug erscheint ...«

Das Essen ist vorangeschritten, Nellys Glas schon des öfteren nachgefüllt worden. Urplötzlich schlägt sie mit der Handkante auf den Tisch. Die Gäste sehen erschrocken diesem erneuten Ausbruch entgegen.

»Kopf ab!« Niemand versteht, worauf sie hinaus will. »Handbeil! Sie kapieren? So geht's jetzt in Deutschland zu!«

Schickele will an seinem Geburtstag nicht an Blut denken. Er hebt die Hände, winkt ab. »Ja, ja! Und wie sind Sie davongekommen?«

»Über die Ostsee – mein Bruder hat uns rübergebracht nach Dänemark. Rudi und mich. Rudi ist Genosse.« Sie hebt kurz die Faust. »Mein Vater war Fischer. Ein eigenes Boot hatten wir in Niendorf zu liegen. Das waren gute Verhältnisse, in denen ich groß geworden bin. Bis ich dann weg ging nach Berlin, in eine gute Stellung bei einem Bankier.«

»Und Sie haben sogar mal in einem Etablissement gearbeitet!« Schickele, der Nelly gern zu mehr Selbstvertrauen hier unter den Dichtern verhelfen möchte, greift ihren Lebensbericht auf und doch voll daneben. Nelly ist empört – »Etablissement?«

»Nun, eine Bar eben, in Berlin. Der *Kakadu*, erzählte uns Wilhelm Herzog einmal«, Schickele freundlich.

Heinrich überhört das Krachen der Eisdecke und verhält sich ruhig. Nelly hat es den Rest gegeben. »*Kakadu*!? Das wird ja immer schöner. So'n Puff!«

Ihre Miene verfinstert sich. Heinrich bleibt still, er weiß ja, was die anderen über sein ungeregeltes Verhältnis denken. Er reicht ihr eine Schüssel. »Möchtest du noch etwas vom Gemüse?«

Nelly hält sich lieber an ihr Glas, Heinrich soll nachschenken. Der Bruder beobachtet alles mit spitzlippigem Abscheu.

»Heini, nu sag doch mal was«, die deftige Stimme von Nelly.

»*Bajadere*«, Heinrich wirft es beiläufig hin, so, wie man eben die guten von den schlechten Bars in Berlin unterscheiden kann.

Und Nelly sieht nun Grund zu triumphieren. »Klingt schon ganz anders, nich? Da verkehrten Herren aus den höchsten Kreisen. Politik, Wirtschaft *und* Literatur!«

Mit dem letzten Satz hat sie sich ausdrücklich an den Dichterfürsten gewandt, der sich seinerseits nicht länger beim Essen stören lassen möchte: »Klingt ja fabelhaft.«

Der nächste tote Punkt ist damit erreicht, die Gäste wechseln allmählich ratlose Blicke. Katia schiebt nervös den Unterkiefer vor. Golo blickt finster und unbeteiligt auf seinen Teller. Monika, mit ihrer Sympathie für Störenfriede, die sich in der Familie nicht erstklassig zu benehmen wissen, lächelt überlegen. Sie hat mit Spannung der Geschichte zugehört und fragt nun Golo. »Sag mal, was ist denn ein Puff?«

Elisabeth Mann, amüsiert bei der Erinnerung an die komischen Auftritte zwischen Frau Kröger und ihrem Vater: »Sie ist ihm auf die Nerven gegangen, das muss man schon sagen. Sie war lebensfroh und hat ihn – Heinrich – halt auch erfreut und ihm einen Auftrieb gegeben.«

Sie war ein bisschen vulgär?

»Ein bisschen ziemlich! Sie hat sich mit Trinken beholfen – was sie reichlich tat – und wurde immer schlimmer!«

Prägnanter konnte der Unterschied der beiden Brüder nicht verkörpert werden. Hatte man Mitleid mit Nelly?

»Ja, doch, natürlich schon. Aber Kinder sind grausam. Wir haben auch viel über sie gelacht.«

Nelly Kröger am Strand von Nizza. Sie lächelt offen und fröhlich in die Kamera. Die Wellen des Mittelmeers wischen über das Foto hin. Ein alter Film fängt die Atmosphäre ungetrübten Sommerglücks an der Côte d'Azur ein. Junge Frauen in Badeanzügen lächeln aus ihren Liegestühlen in die Kamera. Sie dehnen die braun gebrannten Körper vor dem silbrig schimmernden Meer und strahlen unbefangene Zufriedenheit aus, die nichts vom kommenden Unglück der Kriegsjahre ahnen lässt. Wir hören eine Stimme aus Deutschland dazu. Mit seinem rollenden R brüllt sich der Führer am Ende einer Rede in Schweiß und rituelle Verzückung. »Das deutsche Volk ist wieder stark geworden! Stark in seinem Geiste! Stark in seinem Willen! Stark in seiner Beharrlichkeit! Stark in seiner Opferbereitschaft!«

Elisabeth Mann: »Es hing eine große Unsicherheit über einem. Man wusste nicht – ich meine, jetzt war man halt mal da –, aber was danach passieren sollte, darüber war man sich noch gar nicht klar. Man fing eben doch an, damit zu rechnen, dass es wesentlich länger dauern würde, als man gedacht hatte. Und allmählich zog es meinen Vater in ein deutschsprachiges Gebiet, weil er sich da mehr zu Hause fühlen würde.«

Zürich

Das »Hotel zum Hirschen« auf dem Hirschenplatz in Zürich. Eine etwas anrüchige Adresse für das vornehme Bürgertum der Stadt. Doch Erika Mann hat lange nach dieser neuen Auftrittsmöglichkeit für ihr Ensemble gesucht. Das erste Exil-Programm der *Pfeffermühle* wird eingerichtet. Ein Plakat kündigt die baldige Eröffnung des Literarischen Cabarets an.

Therese Giehses große Augen erscheinen hinter dem Glasfenster der Schiebetür. Sie erkennt Erikas Bruder und nickt freundlich. Als sie die Tür ganz aufschiebt, steht neben Klaus ein junger Mann, der Verleger Fritz Landshoff, der mit ihm aus Amsterdam angereist ist. Therese winkt die beiden leise herein – im Hintergrund auf der Bühne probt Erika ein neues Lied, das vielleicht ins Programm aufgenommen werden soll.

»Wer faselt da von Ungerechtigkeiten?
Von Mord und Marter, die zum Himmel schrein?
Was kümmert's mich, wenn andre Leute streiten?
Lasst mich in Ruh, – ich mische mich nicht ein!«

Sie sieht ihren Bruder und tritt singend von der Bühne ab, steuert auf ihn zu. Sie freut sich, nicht ohne Stolz, den Besuchern ihr neues Lied präsentieren zu können.

»Warum sind wir so kalt?
Warum, – das tut doch weh!
Warum? Wir werden bald
Wie lauter Eis und Schnee!«

Landshoff ist sofort beeindruckt. Seine Augen leuchten. »Hab Sie gleich erkannt.«

Klaus dämpft die Begeisterung seines Freundes mit einem versteckten Hinweis auf Therese Giehse. »Für die Eri interessieren sich viele Menschen.« Aber der Verleger hat in diesem Augenblick nur Augen und Ohren für die schillernde Person, die da gerade singend auf sie zugeschritten kommt und ihren Appell an die imaginären Zuschauer richtet:

»Beteiligt euch, es geht um eure Erde!
Und ihr allein, ihr habt die ganze Macht!«

Therese Giehse, Regisseurin und Star des Kabaretts, gibt Magnus Henning ein Zeichen. »Stopp! Stopp! Eri, hör mal. Das

kannst du besser. Du musst die Leute jetzt direkt anspielen – ran an das Publikum. Fast aus der Rolle fallen.«

Therese spricht und röhrt den Text wie ein Kommando: »Beteiligt euch, – es geht um eure Erde!« Die Stimmführung und ihre Bewegungen auf der Bühne, Erika muss es immer wieder von der Freundin lernen. Die ist der Profi, und Erika die begabteste Schülerin, die sich Therese Giehse für das Kabarett nur denken kann. Sie singt die Zeilen mehrmals nacheinander jeweils kraftvoller:

»Beteiligt euch, – es geht um eure Erde!
Und ihr allein, ihr habt die ganze Macht!«

In einem Fernsehinterview aus den sechziger Jahren mit Fritz J. Raddatz schildert Thomas Manns Älteste noch einmal die Situation. Das Ausländergesetz in der Schweiz erlaubte keine politische Einmischung, auch keine direkte Kritik an Nazideutschland. Aber es gab den Weg der Andeutungen. »Ich hatte nun die Chance, dass ich die *Pfeffermühle* bereits am 1. Oktober 1933 in Zürich wieder eröffnen konnte... Wir haben nie einen Namen genannt! Wir haben kein Land genannt! Wir waren indirekt völlig eindeutig für unser Publikum. Aber immer so, dass wir nachweisen konnten: Wir haben politisch direkt nichts gesagt!«

Magnus Henning: »Wir waren im Grunde genommen ein Haufen Anti-Nationalsozialisten. Die meisten waren Emigranten und Juden. Vor allem die Giehse. Die hat gesagt: Ich bin Volljüdin, und ich bleibe so lange bei der *Pfeffermühle*, solange die *Pfeffermühle* existiert, um gegen die Nazis kämpfen zu können. Sie war fantastisch!«

Wir schwenken auf die schöne ernste Erika im Clownskostüm – ein Foto aus diesen Tagen der *Pfeffermühle*, das der Zauberer zeitlebens in seinem Blickfeld hielt.

Die Frau dort oben auf der Bühne hat ganz offenbar die Rolle ihres Lebens gefunden. Erika singt mit melancholischem Schmelz den »Emigrantenchoral«:

»Die ganze Heimat und
das bisschen Vaterland
Die trägt der Emigrant
Von Mensch zu Mensch – von Ort zu Ort
An seinen Sohl'n, in seinem Sacktuch mit sich fort.«

Klaus hat Landshoff gerade mit seiner Schwester bekannt gemacht. Wir sehen die Giehse, die, etwas verdeckt, dabei ist, sich das Kleid für den Song »Frau X« überzustreifen. Magnus Henning klimpert schon einige Takte von dem Lied.

Erika schaut sich den Begleiter ihres Bruders etwas genauer an. »Und Sie sind also Verleger?«

»Gemeinsam mit Emanuel Querido in Amsterdam. Ich organisiere dort ein Exilprogramm, und Klaus hilft mir dabei.«

»Ich habe ihm mein Notizbuch gegeben.«

Erika kennt natürlich das berühmte Heft ihres Bruders. Hier sind sie alle verzeichnet, die Großen der Zeit, mit Namen, Adresse und Telefonnummer. Ergebnis so vieler Reisen, Bekanntschaften und Besuche. Das war ein Schatz, und der junge Verleger bestätigt es ihr. »Von Feuchtwanger bis Arnold Zweig. Großartig! Damit kann man noch einen zweiten Verlag aufmachen.«

Das ist das Stichwort. Klaus kommt zum Hauptanliegen ihres Besuches. Er braucht seine Schwester für eine kleine Verschwörung. »Eri, wir wollen ein europäisches Forum einrichten, eine Sammlung der Gegenkräfte«, und so soll die Zeitschrift auch heißen: *Die Sammlung*. Sie wollen die Schwester bitten, den Zauberer zum Mitmachen zu bewegen.

»Mein Ehrgeiz war, die Talente der Emigration beim europäischen Publikum einzuführen, gleichzeitig aber die Emigranten mit den geistigen Strömungen in ihren Gastländern vertraut zu machen. Dazu kam als essentielles Element meines redaktionellen Programms, das Politisch-Polemische. ›Die Sammlung‹ war schöngeistig, dabei aber militant – eine Publikation von Niveau, aber nicht ohne Tendenz. Die Tendenz war gegen die Nazis«, so Klaus in seinen Erinnerungen.

Monika Mann über den zähen Kampf ihrer älteren Geschwister, den Vater zu deutlichen Aussagen gegen die Nazis zu bewegen: »Klaus fand nicht, dass mein Vater aktiv genug war, als das losging. Er musste immer dahinterher sein, dass er sich *überhaupt* gerührt hat.«

Küsnacht Eine fiktive Schweizer Wochenschau. Die Manns auf der Terrasse ihres neuen Hauses in Küsnacht bei Zürich. Während der große Pudel immer wieder an seinem Herrchen hochspringt, wandeln der Dichter und Frau gemächlich vom Garten auf die Terrasse. Einige gestellte Blicke und Gänge: »Dieser Tage trafen wir den Nobelpreisträger Thomas Mann und Frau Katia am Zürichsee. Nach einem Aufenthalt in Frankreich hat er seinen Wohnsitz nun in die Schweiz verlegt. Der Schöpfer der *Buddenbrooks* wollte uns nicht sagen, ob er für längere Zeit hier in der Schweiz leben will.«

Schiedhaldenstrasse 33. Das Haus, hoch über dem Zürichsee am Hang gelegen, im Jahr 1999. Wir besichtigen mit *Elisabeth Mann* die gut erhaltenen hellen Räume, die noch deutlich an die Jahre erinnern, in denen der Dichter mit seiner Familie hier gelebt hat, von 1933 bis Ende 1938. Elisabeth steuert sofort auf einen Flügel zu.

»Der Flügel hier steht sehr schön.«

Den können Sie doch sicher spielen...?

Sie zögert für einen Moment: »Ich wüsste jetzt nichts auswendig...« Doch die Hände erinnern sich schnell, sie schlagen die ersten Töne an und spielen dann mit großer Geläufigkeit und Genauigkeit. Es ist das alte Vorzeigestück von Bibi und Medi in den Schweizer Jahren: die Cavatina von Raff. Und wir betrachten dabei die gelungene Anlage der Räume in diesem lichten Sonnenhaus. Der Vater hat für sein Arbeitszimmer – groß und atelierartig – den ersten Stock gewählt. Die Aussicht bietet ihm den Zürichsee mit den gegenüberliegenden Hügeln. Genau auf der anderen Seite wird er zwanzig Jahre später bei seiner Heimkehr nach Europa noch einmal ein ganz ähnliches Haus unten am See in Kilchberg erwerben.

Getarnt als Umzugskisten des Kollegen René Schickele sind einige wichtige Möbelstücke aus dem Münchner Haus abgeholt und über Deckadressen in die Schweiz transportiert worden. Auch Ludwig von Hofmanns *Quelle* mit den drei Jünglingsakten auf den Felsen ist dabei.

Der Schreibtisch steht schon. Thomas Mann öffnet die Schubladen und findet dort viele seiner Sachen und Sächelchen wohl

verpackt wieder. Zunächst platziert er die zwei Kerzenständer an ihrem angestammten Ort: zu Häupten der Schreibtischunterlage. So hatte es sich schon Friedrich Schiller eingerichtet. Ein Teil nach dem anderen hebt er vorsichtig aus den Fächern, wickelt es aus, schaut es sich an – begrüßt den Savonarola, den Elefantenzahn, die Wächterfiguren und kleinen Götterstatuetten mit so viel kindlicher Freude, als ob er alte Freunde wieder sähe. Medis Portrait mit der Geige. Katias Foto – alles hat seinen Platz. Auch die kleine Holzfigur eines ägyptischen Dieners im Lendenschurz und die Zigarettendose mit der russischen Troika, die er schon im *Zauberberg* beschrieben hat.

Katia hat sich auf dem Sofa gegenüber niedergelassen und beobachtet zufrieden, wie der seltsame Mann dort am Schreibtisch seine kleine Sammlung an Dingen, die ihm so sehr am Herzen liegen, und damit ein Stück weit seine alte Ordnung wieder einrichtet. Sie weiß, wie viel Magie darin liegt, alles von neuem zum Zusammenspiel zu bringen, bis zu dem einen Moment, an dem er dann den Füllfederhalter auf das Papier setzt und sich ihm die Worte fügen sollen. Sogar die Briefmappe und der alte Soennecken-Kalender, der seit der Abreise nicht mehr umgeschlagen wurde, sind wohlbehalten in Zürich angekommen. Er blättert vom 11. Februar 1933 auf den 25. November 1933 weiter. »Der Tag unserer Abreise … – was für ein Jahr!«

Katia ist glücklich. Sie hat es geschafft, ihm seine Sicherheit wiederzugeben. Wieder einmal hat sie ihm ein Haus und einen Arbeitsplatz einrichten können. Das Leben in Hotels und Sommerhäusern hat ein Ende. »Wie lange es auch dauert, hier kannst du wieder arbeiten!«

Der gewohnte Rhythmus kehrt zurück. Die ernsten Stunden der Arbeit am Text, der Spaziergang, das Mittagessen, der Mittagsschlaf. Anschließend die leichteren Arbeiten, Lektüre und Korrespondenz. Thomas Mann liest einen Artikel in der neuen Exilzeitschrift *Die Sammlung*, die sein Ältester im Querido Verlag in Amsterdam herausgebracht hat. Es ist die erste Nummer. Sein Bruder Heinrich hat zusammen mit André Gide und Aldous Huxley das Patronat der Zeitschrift übernommen und eröffnet nun dieses Heft mit einer scharfen und genauen Abrechnung mit den Zuständen in Deutschland.

»Sittliche Erziehung durch deutsche Erhebung« lautet der Artikel, der dem Dichter wachsende Erregung verursacht. »Die gegenwärtigen Diktaturen haben den Drang, die Demokratie zu zerstören bis zu dem Grade, dass künftige Geschlechter nicht einmal den Begriff mehr kennen.«

Katia hat ihm schon berichtet, wie aufgebracht sein Berliner Verleger Bermann Fischer über das erste Heft dieser Zeitschrift am Telefon gewesen sei. Heinrich ist bereits ausgebürgert, Erika und Klaus provozieren es. Thomas Mann jedoch kann und will in seinem alten Verlag in Deutschland noch veröffentlichen. Seine Bücher sind ja bisher nicht verboten.

Als Katia jetzt ins Arbeitszimmer tritt, mag er seinem Verleger nur Recht geben. Er liest ihr unvermittelt aus dem Aufsatz vor: »›Göring, so unermüdlich wie morphiumsüchtig, findet für eines noch immer Zeit: das ist, Hinrichtungen zu befehlen.‹ – Und das in der ersten Nummer, auf der ersten Seite, unter Ankündigung meiner Mitarbeit! Das war nicht ausgemacht.«

»Der Verlag fürchtet, die Behörden in Deutschland … – also, Bermann wird sich direkt an dich wenden.« Katia sieht sich in einer schwierigen Lage. Sie will den Ärger von ihrem Mann fern halten, und noch kommt das Geld aus dem Reich. Aber Klaus muss auch vor dem Zorn des Vaters bewahrt werden.

Thomas Mann bleibt gebannt von der schonungslosen Deutlichkeit, mit der sein Bruder Heinrich die Situation im Reich markiert: »Der Krieg kommt sicher ganz von selbst, entschlossen war man gar nicht. Er wird entfesselt werden – kraft seiner sittlichen Erziehung auf Grund von Lügen. Niemals ging eine solche Lügenlawine über eine Nation nieder« …

Er steigert sich in einen der eher seltenen Jähzorn-Momente seines Lebens hinein. »Und das soll eine literarische Zeitung sein! Ein politisches Kampfblatt ist das, und die Herren in Berlin haben das nun auch als Kampfansage verstanden.«

Katia lässt den Ausbruch erst einmal geschehen, bevor sie zur nüchternen Klarheit zurücklenkt. »Es ist doch alles richtig und wahr, was Heinrich da schreibt.«

Sofort poltert es zurück: »Ist ja gut! Aber ich habe niemanden autorisiert, in meinem Namen die Nazis anzupöbeln. Noch veröffentlichen wir in Deutschland!«

Jetzt wird er ungerecht, aus Angst und Sorge geht er zu weit. Katia beherrscht sich. »Erst einmal steht ja Heinrichs Name unter dem Artikel …«

Vergeblich. »Ich bin nicht Heinrich – ausgebürgert! Ein Staatsfeind! Und ich bin auch nicht irgendein Emigrant!«

Er sieht sich von Anfang an in einer »singulären, mit anderen Schicksalen nicht zu verwechselnden Stellung«.

Elisabeth Mann spricht voller Nachsicht und Schonung über die Haltung ihres Vaters in jenen komplizierten Jahren. »Er hat sich eben in der Öffentlichkeit doch ein bisschen abgesondert von den anderen Emigranten. Und genau das haben ihm ja Erika und Klaus so übel genommen. Aber derjenige, der dafür verantwortlich war, war der Bermann Fischer, der ja überhaupt noch in Deutschland blieb, obwohl er Jude war.«

Thomas Mann am 12. September 1933 im Tagebuch: »Bedrücktes Gespräch über die Unmöglichkeit richtigen Verhaltens, dem notwendigen Versagen vor der Bestialität. Über das Bedürfnis nach geistiger Freiheit und Seelenruhe, Fernhalten von der Ressentiment- und Verzweiflungsliteratur. Man ist nicht dazu geschaffen, sich in Haß zu verzehren.«

Katia hat länger mit Bermann Fischer am Telefon konferiert, im Berliner Verlag sieht man mittlerweile einen Ausweg. Auch Goebbels ist an einer direkten Konfrontation mit dem Nobelpreisträger zu diesem Zeitpunkt nicht interessiert. Wenn der Dichter zu den Ereignissen in Deutschland schweigt, darf er weiter im Reich verkaufen.

»Also, Bermann schlägt vor, dass du von der Mitarbeit bei der *Sammlung* zurücktrittst, weil sonst der Verkauf des Josephromans vielleicht verboten …«

Eine Peinlichkeit für den Dichter. »Ja! Ja! Meinen Namen muß ich vor aller Welt aus der Zeitschrift meines Herrn Sohn zurückziehen! Tausende von Vorbestellungen gibt es für die Josephgeschichte – und der Erfolg eines Verfemten im Reich, wäre das kein Schlag gegen die Nazis? Weiß der Junge eigentlich, in welche Lage er mich gebracht hat? Diese Gedankenlosigkeit und Leichtfertigkeit – wie alles in seinem Leben!«

Katia darf solch unangemessene Reaktion eigentlich nicht durchgehen lassen. Klaus hat im Kampf gegen die Nazis eine Aufgabe für sein Leben gefunden. Er ist ernsthaft und diszipliniert bei der Sache. Schon die im ersten Heft versammelten Mitarbeiter zeigen doch deutlich an, wie man den Sohn Thomas Manns unter den Freunden respektiert. »Sei behutsam, wenn du

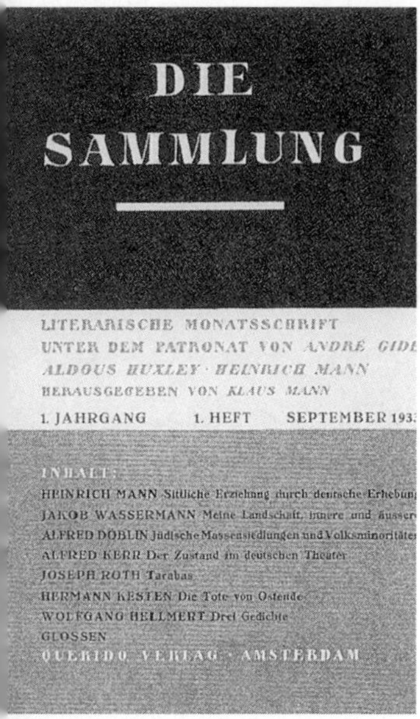
DIE
SAMMLUNG

LITERARISCHE MONATSSCHRIFT
UNTER DEM PATRONAT VON *ANDRE GID*
ALDOUS HUXLEY · HEINRICH MANN
HERAUSGEGEBEN VON *KLAUS MANN*

1. JAHRGANG 1. HEFT SEPTEMBER 193

INHALT:
HEINRICH MANN Sittliche Erziehung durch deutsche Erhebun
JAKOB WASSERMANN Meine Landschaft, innere und äusser
ALFRED DÖBLIN Jüdische Massensiedlungen und Volksminoritäte
ALFRED KERR Der Zustand im deutschen Theater
JOSEPH ROTH Tarabas
HERMANN KESTEN Die Tote von Ostende
WOLFGANG HELLMERT Drei Gedichte
GLOSSEN
QUERIDO VERLAG · AMSTERDAM

schreibst. Eissi festigt sich gerade – er hat einen Platz für sich gefunden.«

Klaus am 15. September 1933 im Tagebuch: »Post: großer Brief vom ZAUBERER, die peinlichste Sensation: sein zweites Telegramm an Fischer, sein Abrücken von der *Sammlung*, gleichzeitig das von Döblin – Schickele; sehr schmähliche Angelegenheit; Trauer und Verwirrung. Dazu noch Brief von Stefan Zweig – auch ein ganz feiger Rückzieher. Elend.«

Lautlos öffnet Medi die Tür zum Arbeitszimmer. Sie wirkt etwas traurig und ratlos und umso verstörter, weil der Zauberer so ungehalten und laut ist.

»Medi, was ist denn?«

Die Tochter schweigt. In solch gereizter Stimmung kann sie nicht sprechen, schon gar nicht über Dinge, die den Eltern Sorge machen könnten. Sie übt wie besessen am Klavier, um dem Vater zu beweisen, dass man auch als Mädchen eine gute Pianistin werden kann. Von all dem andern Leid in ihrer Seele bringt sie nichts über die Lippen.

Elisabeth Mann: »Beim Mittagessen, wenn ich zwischen zwei Leuten saß, konnte ich überhaupt nicht schlucken – was ich übrigens auch von meinem Vater geerbt hatte –, so dass man später an den Eisschrank eilte und sich vollfraß.«

Wir sehen Medi am Kühlschrank. Sie stibitzt sich ein Stück von der Erdbeertorte und die Schüssel mit der Schlagsahne. Essen! Im Lichtkegel taucht unvermutet eine Gestalt am Küchenfußboden auf. Es ist Michael, der ungeliebte Sohn, mit einer Flasche Weißwein.

»Bibi! Stell das weg!« Sie spürt seine Gier, sich zu betäuben, und zögert erst, bevor sie sich mit ihrer Erdbeertorte neben ihm niederlässt.

Bibi fängt auch gleich an, von der neuerlich eingetretenen Katastrophe seines Lebens zu erzählen. Zu Medi, seiner nächstälte-

ren Schwester, hat er in diesem Haus noch das meiste Vertrauen, der große Bruder Klaus ist zu weit weg.

»Ich glaube, ich fliege vom Konservatorium – ich hab' dem Lehrer eine geknallt!«

»Deine Zorneswut. Du machst dich damit noch ganz unglücklich.«

Aber Bibi muss seiner Schwester noch etwas anderes beichten. »Ich habe mich verliebt! In deine Gret Moser!«

Medi freut sich, welch ein Lichtblick. Sie hat Bibi mit ihrer Schulfreundin bekannt gemacht. Die Kupplerin greift beherzt in den Sahnetopf und schleckt schon froher das süße Zeug von ihren Fingern. »So ein Zufall?! Die Gret fährt übrigens mit mir nach Amsterdam!«

»Als Anstandswauwau mit zum Friedrich?«

Dieser Name lässt Elisabeth nachdenklich werden. »Ich muss ihn was Wichtiges fragen!«

»Ob er dich heiratet, der Fritz?«

Bibi weiß offenbar alles. Fritz Landshoff, der Freund von Klaus, hat es seiner Schwester angetan. Er ist Medis Typ. Wesentlich älter, dunkelhaarig, schöne und, wie sie findet, seelenvolle Augen, ungemein belesen und überhaupt. Aber Michael weiß auch, was jedermann im Haus hat sehen können: Fritz hat sich sofort in die Eri verliebt, und die Eri ist ja nun mal mit der Theres zusammen. Da ist wohl nichts zu machen. Doch Medi darf Eris Auto nach Amsterdam fahren, um den Zulassungsstempel zu erneuern, und bei der Gelegenheit will sie nun einige Tage mit dem Fritz allein sein. Vielleicht kann sie ihn ja überzeugen. Bibi schüttelt etwas altklug den Kopf. Jetzt war er es, der seine Schwester warnen musste. »Deine Liebeswut! Medi! Damit machst du dich noch ganz unglücklich!«

»Aber die Eri will ihn doch gar nicht!« Wusste man denn so genau, was alles passieren konnte, wenn man erst einmal mit ihm allein war?

Bibi versteht schon, seine Schwester will es darauf ankommen lassen. Das gefällt ihm. »Würde gern selber mit der Gret durchbrennen – weg aus diesem Haus hier. Wir stehen uns so fremd gegenüber, der große Herr Papa und ich.« Bibi ist wieder in seine unheimliche Melancholie geglitten.

»Mach keinen Unsinn, während wir weg sind, hörst du!«

Die Schwester weiß von den düsteren Stunden ihres Bruders und meint es ernst. Nicht, dass er wieder mit der Selbstmordidee herumspielt. »Hast doch eine große Karriere als Musiker vor dir!«

Er schaut dankbar zur Schwester hinüber. »Du aber auch!«

Medi lutscht die köstlichen Sahnereste von ihren Fingern. »Ich bin nur ein Mädchen – zweitklassig!«

»Hör doch nicht auf das Gerede vom Vater!«

Aber das war kein Gerede, das wusste Elisabeth nur zu genau. »Er meint es so.«

Elisabeth Mann: »Das ganze Problem, ein Mädchen zu sein, hat mich ungeheuer gequält. Ich fand es einfach ungerecht vom Schicksal, denn Mädchen sind benachteiligt. Meine Eltern sagten, Mädchen können sowieso keine großen Musiker werden. Das hat mich furchtbar gequält, das hat mich dreißig Jahre gequält. Und außerdem war ich wahnsinnig verliebt, unglücklich verliebt, und das hat mir den Rest gegeben.«

Elisabeth probt mit Fritz Landshoff und Bibi für das Weihnachtsfest das Horntrio von Brahms, sie gibt gerade einige Töne am Klavier vor, die Violinstimme des Bruders antwortet, und auf dem Cello streicht Fritz den Hornpart.

»Medi, wo bist du denn?« Bibi weiß es ja nur zu genau, aber sie müssen schließlich mit der Probe weiterkommen. »Noch mal die letzten Takte!«

Elisabeth Mann: »Ich brauchte immer jemanden, zu dem ich aufschauen konnte.«

Ein schöner Kopf, der Fritz Landshoff!

»Oh ja! Wunderbar! Und dann hat er so schön Cello gespielt. Wir haben zusammen Musik gemacht. Also ich war wirklich wahnsinnig in ihn verliebt.«

Der Nachmittag des Heiligen Abends im neuen Haus in Küsnacht, ein trüber, nebeliger Tag. Im Wohnzimmer wandern Klaus und Erika erregt hin und her. Der Vater sitzt auf dem Sofa und zählt genauestens einige Tropfen von einem Medikament auf den Löffel. Im Hintergrund instrumentiert der schnelle Teil des Horntrios die Aufregung hier im Weihnachtszimmer. Wut und Gereiztheit liegen in der Luft.

Klaus hat sich eben vom Fenster abgewandt und kommt mit schnellen Schritten auf seinen Vater zu. »Deinen Verleger stört eben einfach alles, was Eri und ich gegen die braune Pest unternehmen. Er betreibt eine Hetze gegen mich.«

»Eine systematische Hetze«, setzt Erika nach.

Sie fliegen ihn an und er wehrt sie ab, die Stimmen der Großen, die ihn in eine Konfrontation mit den Machthabern im Reich hineinreden wollen. Er thront kerzengerade auf seinem Sofa und zählt ungerührt seine Tropfen auf den Löffel. »Bermann kriegt es als Erster ab. Was ihr auch tut. Es wird doch alles sofort der Gestapo vorgelegt.«

Klaus steht jetzt dicht hinter seinem Vater. Er könnte es ihm in die Ohren brüllen, bleibt aber leise und eindringlich. »Es kann doch nicht sein, dass jedes Wort von mir, das ich irgendwann irgendwo gesagt habe, als dein Wort gewertet wird.«

Der Vater bringt seine Argumente beiläufig vor, von der Sorgfalt um seine Erkältungstropfen relativiert. »Dass du Heinrichs leidenschaftlichen Artikel in der ersten Ausgabe und so weit nach vorne, auf die erste Seite, gebracht hast« – zwanzig, er kann die Flasche weglegen und dreht sich um –, »das hat doch das Gesamtbild bestimmt. Die wussten doch sofort, was ihr mit der *Sammlung* vorhabt.«

»Hätte er denn hinten im Heft weniger Ärger in Berlin gemacht?«

Wut und Gereiztheit haben ganz gegen seinen Willen nun auch den Vater erreicht. »Heft drei! Drei Monate später. Der *Joseph* wäre erschienen und verkauft gewesen, und ich hätte mich nicht von deinem Heft distanzieren müssen – …«

»– Fritz Landshoff hätte deinen *Joseph* liebend gerne bei Querido in Amsterdam herausgebracht.«

»Bermann braucht mich und Bücher wie den *Joseph*, um sich selbst und den Verlag im Reich halten zu können.«

Erikas mischt sich mit aufgeregter Stimme ein: »›Halten‹, warum denn im Reich halten?«

»Warum? Warum?« Sein Blick geht zwischen den beiden hin und her, als er ihnen antwortet: »Um das Schlimmste zu verhüten!«

»Das Schlimmste ist doch schon da, Herr Hitler und seine Mörderbande!«

Sie lassen einfach nicht locker, und gerade heute, am Heiligen Abend, wollen sie ihn gemeinsam in die Enge treiben.

Katia kommt mit der letzten Weihnachtsdekoration ins Zimmer – »was haben wir für ein Prachtstück«. Sie wirkt erschöpft und abgespannt von all den Vorbereitungen zum Fest, die allein auf ihren Schultern lasten. Alle Kinder werden im Haus sein, es gilt noch so viel zu erledigen. »Und die Lieferanten in Zürich – unzuverlässig!«

Im Nebenzimmer sind Elisabeth und Fritz bei den schnellen Teilen des Horntrios. Es ist eine Freude, wie sie auch bei den schwierigen Stellen mit flinken Händen zusammenfinden. Doch jetzt kommen sie aus dem Takt, klingen auseinander und lachen über ihr kleines Missgeschick.

Zur Abwechslung sitzen nun Erika und Klaus oben auf der Couch und beobachten den Vater, wie er neben dem Baum steht und stur aus dem Fenster schaut. »Ich lass mich nicht ohne Not ins Emigrantenlager drängen!«

»Du bist doch schon Emigrant!«

Wieder ist es Eri, die geliebte Kronprinzessin, die ihm knapp und bestimmt jeden Ausweg verstellt. Der Dichter scheint es nicht zu hören, er tritt näher ans Fenster. »Weihnachtsabend also, altes Kinderwort und Kinderglück, das auch dieses Jahr seinen stillen Zauber bewährt«, denkt er. Der Nebel hat sich kaum gelichtet. Es ist nur dunkler geworden. Der Vater pfeift das Weihnachtslied. Pfeift es für sich – vor sich hin in den »weißen Nebel« über dem See. Mit einem Ruck dreht er sich schließlich um zu seinen Kindern: »Jetzt ist Weihnachten. Wir wollen uns das Fest nicht verderben!«

Der Zauberer schreitet zum Weihnachtsbaum und drapiert gutgelaunt silbriges Lametta über die grünen Zweige.

Aus der Stille heraus, ohne aufzusehen, während sie am Weihnachtsbaum weiter die Kerzen aufsteckt, hören die Anwesenden mit Erstaunen Katias leise hingesprochene Bemerkung über »... einen eigentümlichen Traum, so etwas habe ich noch nicht erlebt. Ich habe doch wirklich ... also meinen eigenen Grabstein gesehen. Darauf standen nur die Worte: VERGEBENS / NICHT VERGEBEN. – Seltsam!«

Sie erwartet keine Reaktion.

Sohn Klaus hat sich den Traum der Mutter allerdings notiert und er mag wenig später bei ihm nachgewirkt haben: »Wirr geträumt: eine steile Ski-Abfahrt, ich konnte nicht bremsen, klammerte mich an ein Bäumchen, das ich umriss. Das Bäumchen stand auf einem hohen Berg von *Büchern,* der nun durch meine Schuld ins Rutschen kam und ziemlich entzwei ging. Zur Strafe dafür sollte ich in einer Arena gemartert werden: 25 über die Fußsohlen und einen glühenden, heiligen Pfeil ins Fleisch gestoßen.«

Die weiteren Ereignisse an jenem Tag: »Auf dem Zimmer gegessen, weil *Bermanns* da sind, die ich nicht sehen will.

Tolles Bild in der ›Illustrierten‹: *Gustaf* auf dem Staatsempfang bei Hitler, im Gespräch mit Goebbels!!«

Berliner Staatstheater. Gustaf Gründgens in der Maske des Mephisto. Der Schriftsteller Erich Ebermayer ist auf einen Sprung zu ihm in die Garderobe gekommen. Ebermayer hat sich als Romanautor, Dramatiker und Drehbuchautor einen Namen gemacht. Er kämpft darum, dass seine Stücke von der neuen Reichsschrifttumskammer erlaubt werden. Wenn Gründgens ihm die Erstaufführung seines neuen Stückes zusagen würde, dann wäre viel gewonnen.

Gedämpfte Stimmung, betont gelassene Verständigung. Man kennt sich aus den liberalen Zeiten vor der Diktatur.

»Haben Sie von unserem gemeinsamen Freund Klaus Mann gehört?« Ebermayer verehrt den Vater, Thomas Mann, und ahnt, wie sehr sein alter Freund Klaus es ihm übel nimmt, das Nazireich noch nicht verlassen zu haben. »Der letzte Brief kam im Mai 33 – aus Sanary, von dort wollte er weiter nach Paris.«

Ebermayer schaut auf den kreideweiß geschminkten Mephisto mit der Hahnenfeder am Hut. Er spürt, dass sie beide die gleichen Gedanken bewegen, und wagt es jetzt, vertraulicher zu sprechen. »Die Manns verstehen nicht, warum wir hier bleiben. Wenn meine alte Mutter nicht wäre ... ich kann sie nicht zurücklassen. Aber wer weiß, wie lange meine Stücke in diesem Deutschland noch zugelassen werden ...«

Der angehende Intendant zieht seine steil auf die Stirn steigenden Augenbrauen nach und schaut seinem Gast dann am Spiegel vorbei in die Augen. »Ich bin ein Mann des Theaters. Der Herr Ministerpräsident Göring war so freundlich, nach der Faustaufführung mit mir zu sprechen – mir Mut zuzusprechen.«

Ebermayer lächelt dankbar für den deutlichen Hinweis. »Es wird schon viel über Ihr Haus geflüstert. So mancher wünscht sich, unter Ihrem Patronat arbeiten zu dürfen.«

Gründgens weiß, Ebermayer befindet sich, wie er selbst, in einer prekären Situation. Man will in der Reichshauptstadt nicht ganz auf Qualität verzichten, Göring vor allem ist an einem weithin glänzenden Renommiertheater interessiert. Und dafür gewährt man Freiräume, die genutzt werden können. Es ist ein Balanceakt zwischen der Zustimmung zur Diktatur – Gründgens als das Aushängeschild – und dem Versuch, Qualität zu bewahren und bei alledem zu überleben. »Ministerpräsident Göring lässt mir freie Hand.« Gründgens ahmt ein wenig den forschen Ton des dynamischen Göring nach, der als Preußischer Ministerpräsident auch Herr der Berliner Staatstheater ist: »Goethe, Schiller, was Sie wollen. Machen Sie mir das Haus zur ersten Bühne im Reich, Gründgens! Sie können das! Oder muss ich es Ihnen befehlen?«

Ebermayer lacht vorsichtig über diese rabiaten Scherze.

Amsterdam Ein Hotelzimmer in Amsterdam. Klaus Mann hämmert einen Artikel für das *Neue Tage-Buch*, eines der wichtigsten Exilblätter, in seine Reiseschreibmaschine. Neben ihm, aufgeschlagen auf dem Tisch, liegt die Münchner Illustrierte. Die Naziprominenz zeigt sich in Uniform und Frack. Man sieht »allerlei Würdenträger in charmanten Posen – sie können auch elegant sein –; und inmitten: der stets angeregte Minister Goebbels in traulicher, man kann wohl sagen: intimer Konversation mit dem Schauspieler Gründgens, den man eingeladen hatte«. Klaus, schäumend: »Als ich erfuhr, daß er im Staatstheater mit Görings Freundin, einer gewissen Sonnemann, theatralisch tändelte, gab

ich ihn eigentlich schon verloren. Aber ein kleiner Schock war es doch, als ich unlängst mal eine deutsche Illustrierte aufschlug ...«

Gründgens habe sich einst viel auf seine »linksradikale Gesinnung zugute« gehalten, fährt Klaus fort. »Milde Freunde solcher Künstler sagen mir dann: ›Ja, er macht scheinbar ein bißchen mit. Im Grunde aber ist er anständig geblieben. Er kämpft bei der Ufa bzw. beim Staatstheater, für einen relativ vernünftigen Geist. So erfüllt er doch auch eine Art von Mission.« – »Er hatte seinen Frack angezogen und war zu Hofe gefahren ... So weit war er also. Wenn das ›scheinbar‹ gleichgeschaltet ist, möchte ich wissen, was man ernsthaft so nennen kann.«

Hermann Kesten: »Landshoff hatte mir geschrieben, dass Klaus mal wieder nach einem neuen Stoff suche, und da schrieb ich ihm, dass ich auch nach einem neuen Stoff suche und unter anderem an die Figur der Mitläufer im Dritten Reich gedacht habe und an den Typ des Schauspielers, des Komödianten, der sich selber in vielen Rollen spielen kann –, dass dies der Betreffende sein könnte. Nun glaubte ich, dass ich viel weniger dazu geeignet wäre, diesen Roman zu schreiben, er aber sehr geeignet wäre – und ob er nicht Lust hätte, einen Typ wie Gustaf Gründgens darzustellen, den Mitläufer, den Mann, der sich verrät aus Ehrgeiz.«

Klaus Mann hält den Brief von Hermann Kesten in der Hand und liest ihn seinem Freund Fritz Landshoff vor. »Gesellschaftssatire. Satire auf gewisse homosexuelle Figuren. Satire auf den Streber, auf – vielleicht – viele Arten Streber. Im Ganzen: der Hauptstadt erzählt, wie man Intendant wird.«

Landshoff ist sofort angetan. »Gut, sehr gut. Aber lass ihn nicht schwul sein.«

»Wegen Gustaf?«

Landshoff schüttelt den Kopf. »Nicht mal Gustaf lass ihn sein. Irgendein Karrierist.«

»Jemand, der seine Seele verkauft, der sich beschmutzt für die Nähe der Macht – und zugleich gezeichnet fühlt.« Klaus sieht ihn schon vor sich, seinen alten Freund Gustaf, wie er zum Preußischen Ministerpräsidenten Göring und seiner nunmehr Ehefrau Emmy Sonnemann-Göring in die Loge gebeten wird. Wie er dem dicken Mann, der gerade Todesurteile unterzeichnet hat – ob es ihn ekeln wird? –, die Hand geben muss. Im *Mephisto* wird man dann lesen:

»Der Ministerpräsident hatte sich erhoben: da stand er in all seiner Größe und funkelnden Fülle, und er streckte dem Komödianten die Hand hin. Gratulierte er ihm zu seiner schönen Leistung? Es sah aus, als wollte der Mächtige einen Bund schließen mit dem Komödianten.

Im Parkett riß man Mund und Augen auf. Man verschlang die Gesten der drei Menschen dort oben in der Loge, als das außerordentliche Schauspiel, als die zauberhafte Pantomime, deren Titel lautet: Der Schauspieler verführt die Macht. Noch nie war Hendrik so heftig beneidet worden. Wie glücklich mußte er sein!«

Im Juni 1936 heiratet Gründgens die Schauspielerin Marianne Hoppe. Die Ehe ist nach der Ermordung des homosexuellen SA-Führers Röhm und dem in der Folge weiter verschärften Klima politisch notwendig geworden. Wir fragen sie, was der Unterschied war, *drinnen* zu sein.

Marianne Hoppe: »Damit fertig zu werden. Und jeden Alltag zu bewältigen.«

Wie sah der Alltag im Dritten Reich aus, in der Position, in der Sie waren?

»Der setzte sich zusammen aus Isolation, aus der Arbeit und aus Kunstmachen. Und die haben wir gemacht.«

Gustaf Gründgens, in dem einzigen Fernsehinterview zu diesem Thema, das er kurz vor seinem Tod (1963) Günter Gaus gegeben hat: »Ich wollte damit sagen, dass die Unsicherheit, in der wir alle lebten, uns die Bühne als den einzigen sicheren Faktor erscheinen ließ. Auf der Bühne, dem ›Planquadrat‹, wie ich es nenne, wusste ich genau, wenn ich den Satz sage, geht hinten eine Tür auf und eine Dame in einem grünen Kleid kommt herein und kein SS-Mann.«

Kleine Bühne für eine Aufführung der *Pfeffermühle* im Ausland. Seit Jahren reist Erika Mann, geschiedene Gründgens, mit ihrem Ensemble durch Europa und spielt in zahllosen Vorstellungen ihr Programm gegen das große Arrangement mit den Nazis. Sie treten innerhalb von drei Jahren mit insgesamt über 1000 Vorstellungen in der Schweiz, der CSR, in Holland, in Belgien und Luxemburg auf.

Ein Spot stellt die zarte Neubesetzung für Sybille Schloß in den Lichtkegel. Sie singt zur Melodie von »Ein Männlein steht im Walde«, leise und traurig bewegt:

»Und Emil liegt im Walde, so still und stumm.
Er hat aus lauter Purpur ein Mäntelein um.
Blutig sieht der Emil aus.
Der kommt nimmermehr nach Haus...«

Erika in der ersten Reihe springt auf und fährt laut dazwischen. »Nein, nein, nein! Das ist ein Kinderlied, mit Hass gesungen!«

Die Chefin im Clownskostüm steht unter Druck. Sie ist nervös und kocht leicht hoch.

Therese Giehse beobachtet dieses andere Schauspiel eine Weile und greift dann entschieden ein. »Aber Eri, ich bitt dich, lauf nicht so nervös herum, wie a depperter Storch. Gerade das Leise ist doch richtig, da läuft's den Menschen kalt über den Rücken. Wenn ich das mal als Regisseur sagen darf...«

»Und ich hab' schließlich die Verantwortung. Wir wollen die Nazis und ihre Mörderbande treffen und singen Kinderlieder – das muss alles deutlicher werden...«

Die junge Sängerin und Magnus Henning tauschen viel sagende Blicke. Es ist nun einmal nicht möglich, als Gast im Ausland deutlicher gegen die Nazis zu werden. Selbst in der Schweiz wird ihnen ja jede politische Betätigung untersagt, wie sie nur zu gut wissen. »Wir haben doch schon ein Verbot hinter uns. Ich brauch' meine Aufenthaltsbewilligung in der Schweiz. Welches Land will uns denn schon haben?«

Aber Erika will heute keine Argumente hören. Sie reagiert überzogen laut und rennt in ihre Garderobe.

»Herrgott Sakra! Alle haben Angst und die Nazis triumphieren.« Therese kommt aus dem Parkett und folgt ihr nach. Sie versucht den seltsamen Ausbruch ihrer Freundin zu verstehen. »Eri, ich bitt' dich. Was ist denn los?«

Elisabeth Mann: »Mein Vater wollte sich von seinem deutschen Publikum nicht trennen. Die älteren Geschwister waren der Meinung: Schau, die nutzen dich nur aus! Du tust einen großen Schaden damit, wenn du dich dem Kampf gegen den Faschismus und Nazismus nicht aktiv anschließt. Indem du das nicht tust, machst du offen Propaganda für Hitler.«

Eine andere Garderobe der *Pfeffermühle* an einem anderen Ort. Erika sitzt vor dem Spiegel. Sie ist seit einem halben Jahr Mrs. Wystan Hugh Auden, britische Staatsbürgerin. Der englische Dichter hat sie umstandslos geheiratet, als sie im Juni 1935 aus Deutschland ausgebürgert wird.

Von einem Foto am Spiegel schaut der Zauberer ihr entgegen. Sie blickt traurig zurück. Therese Giehse tritt näher und legt behutsam ihre Hände auf die Schultern der geliebten Freundin. Leise und mit Tränen in den Augen flüstert Erika: »Allmählich, aber sicher kommt mir jemand abhanden!«

Therese versteht. Am 11. Januar 1936 hat es in der Exilzeitschrift *Das Neue Tage-Buch* einen Angriff auf Thomas Manns

Verleger Bermann Fischer gegeben. Er sei der »Schutzjude« des Naziregimes, hieß es darin. Der Herausgeber Leopold Schwarzschild verdächtigt die geplante Verlagerung von Teilen des Verlags nach Wien, ein mit Goebbels abgesprochenes Manöver zu sein.

Thomas Mann hat unverzüglich mit Hermann Hesse und Annette Kolb in der *Neuen Zürcher Zeitung* einen Protest gegen diese Angriffe veröffentlicht und sich hinter Bermann Fischer gestellt: »Dr. Bermann hat sich während dreier Jahre nach besten Kräften und unter den schwierigsten Umständen bemüht, den Verlag an der Stelle, wo er groß geworden ist, im Geiste des Begründers weiter zu führen. Er verzichtet jetzt auf die Fortsetzung dieses Versuches und ist im Begriffe, dem S. Fischer-Verlag im deutschsprachigen Ausland eine neue Wirkungsstätte zu schaffen.«

Erika ist maßlos enttäuscht über dieses Eintreten ihres Vaters für seinen Verleger und schreibt ihm in einer Stimmung aus Wut und Trauer einen langen Brief. »Doktor Bermann ist, soviel ich weiß, die erste Persönlichkeit, der, seit Ausbruch des dritten Reiches, Deiner Auffassung nach, Unrecht geschieht, zu deren Gunsten Du Dich öffentlich äußerst. Für niemanden sonst hast Du es bisher getan.« »Er bringt es nun zum zweiten Male fertig (das erste Mal anläßlich des ›Eröffnungsheftes‹ der *Sammlung*), daß Du der gesamten Emigration und ihren Bemühungen in den Rücken fällst, – ich kanns nicht anders sagen.«

Arosa Neues Waldhotel. Thomas Mann liegt eingehüllt in Decken auf dem Balkon seines Hotelzimmers im Liegestuhl. Dichte Schneeflocken, weißer Nebel, der den Blick auf die Tannen und die Berge in der Ferne wie mit einem Schleier verhängt. Er ist sehr betrübt und angespannt: »leidenschaftlicher und unbesonnener Brief von Erika in Sachen Bermann-Tagebuch, der mich sehr schmerzte«.

Katia liest daraus vor. »Du wirst mir diesen Brief wahrscheinlich sehr übel nehmen, – ich bin darauf gefaßt und weiß, was ich tue. Diese freundliche Zeit ist so sehr geeignet, Menschen auseinanderzubringen – in wievielen Fällen hat sie es schon getan. Deine Beziehung zu Doktor Bermann und seinem Haus ist unverwüstlich, – Du scheinst bereit, ihr alle Opfer zu bringen. Falls es ein Opfer für Dich bedeutet, daß ich Dir mählich, aber sicher, abhanden komme, –: leg es zu dem übrigen. Für mich ist es traurig und schrecklich.«

So erbittert hat seine Tochter noch nie zu ihm gesprochen. Für seine Antwort, einen »12 Seiten langen Brief an Eri«, genauer: »für sie und die Nachwelt«, wird er die nächsten drei Tage brauchen. Er schlingt die Decke enger um sich. »Es löst sich alles auf.«

Katia hält zu ihrem Tommy und leidet doch für alle Seiten mit. Sie wird der Eri noch heute schreiben und ihrer Ältesten einschärfen: »Nun habe ich in aller Ausführlichkeit den Fall darge-

legt; ich weiß, daß ich eine duldsamere Natur bin, als Du, man kann es natürlich auch Schwäche nennen. Aber wäre es für Dich nicht möglich, einen solchen Fall etwas nachsichtiger zu betrachten?« ... »Du bist, außer mir und Medi, der einzige Mensch, an dem Z.s Herz ganz wirklich hängt, und Dein Brief hat ihn sehr gekränkt und geschmerzt.«

Beiläufig scheint Katias Brief an dieser Stelle einen kurzen Blick in das Herz des Zauberers zu gewähren. Nur diese drei Menschen – »ganz wirklich«.

Pfeffermühle. Erika hat zwar eine ausführliche Antwort, jedoch keine Entscheidung von ihrem Vater. »Ich bin froh, daß ich zum Frühjahr den dritten Josephband abschließe und herausgebe; denn zu dem, was ich um meines Gewissens und Deines Zornes willen wohl werde tun müssen, gehört bei mir eine große, fast tötliche *Bereitschaft.*«

Therese ahnt, was das bedeutet. Eri fühlt sich immer noch nicht richtig verstanden und kann sich ein Leben ohne den Vater doch gar nicht vorstellen. Man wird also weiter umeinander ringen. In einer Pause fragt sie: »Und – hat er ...?«

Erika: » ... nein.«

Küsnacht

Inzwischen (am 26. Januar) hat aber der Feuilletonredakteur der *Neuen Zürcher Zeitung*, Eduard Korrodi, in die öffentliche Debatte eingegriffen und die Kritik der Exilzeitschrift nicht zuletzt als »Ghetto-Wahnsinn« bezeichnet. Korrodi fühlt sich berufen, unter anderem Thomas Mann in Schutz zu nehmen, und provoziert die weitere Spaltung unter den Emigranten in »halbe« und »ganze« oder »echte« und »unechte«. Schwarzschild hatte behauptet, die ganze deutsche Literatur sei im Exil, Korrodi schreibt nun: »Hier hat man es schwarz auf weiß, daß ein Teil der Emigranten – wir hüten uns zu verallgemeinern – die deutsche Literatur mit derjenigen jüdischer Autoren identifiziert. Es gibt für sie keinen Gerhart Hauptmann, der ein Dichter war, keinen Hans Carossa, keinen Rud. Alexander Schröder, keinen Max Mell« ... »keinen Emil Strauß, keinen Ernst Wichert [sic], keinen Fr. G. Jünger, keinen Ernst Jünger, keine Ricarda Huch, keine Gertrud von Le Fort – um nur auf gut Glück ein paar Namen zu nennen. Es gibt für sie keine Schweiz, und kein Oesterreich – es gibt für sie nur den Querido-Verlag und De Lange-Verlag in Amsterdam.«

Noch am gleichen Tag erhält Thomas Mann aus Amsterdam ein Telegramm: »bitten inständigst auf Korrodis verhängnisvollen Artikel wie und wo auch immer zu erwidern stop diesmal geht es wirklich um eine Lebensfrage für uns alle

Klaus und Landshoff«

Golo Mann resümiert: »Der stärkste Einfluss kam von meiner Schwester Erika. Deren sehr strenge Briefe haben, glaube ich, den Ausschlag gegeben. Er konnte diese Stellung eines Halbemigranten nicht länger durchhalten.«

Thomas Mann arbeitet seit mehreren Tagen an einem Brief an die *Neue Zürcher Zeitung*. Katia hat auf dem Teetisch im Arbeitszimmer ihre Schreibmaschine aufgebaut. Es wird seine persönliche Absage an das »Dritte Reich« und die Machthaber in Deutschland.

»In Bewegung abgeschlossen. Starke und entscheidende Worte. – Fertigstellung des Maschinen-Manuskripts«, heißt es abends im Tagebuch.

Katia wiederholt den letzten Absatz. »Die tiefe (...) Überzeugung, daß aus der gegenwärtigen deutschen Herrschaft nichts Gutes kommen *kann*, für Deutschland nicht und für die Welt nicht, – ...«

Und der Nobelpreisträger diktiert weiter: » ... diese Überzeugung hat mich das Land meiden lassen, in dessen geistiger Überlieferung ich tiefer wurzele als diejenigen, die seit drei Jahren schwanken, ob sie es wagen sollen, mir vor aller Welt mein Deutschtum abzusprechen.«

Abends gibt es Hühnersuppe, dann sehen wir eine elegante Limousine am schönen Ufer des Zürichsees in Richtung Innenstadt fahren. Monika steuert den Wagen, im Fond Elisabeth.

Thomas Mann stumm auf dem Beifahrersitz hat den Offenen Brief an den Redakteur Korrodi von der *Neuen Zürcher Zeitung* auf den Knien. Er memoriert noch einmal seinen Schluss: »Und bis zum Grunde meines Gewissens bin ich dessen sicher, daß ich vor Mit- und Nachwelt recht getan, mich zu denen zu stellen, für welche die Worte eines wahrhaft adeligen deutschen Dichters gelten: ›Doch wer aus voller Seele haßt das Schlechte,

Auch aus der Heimat wird es ihn verjagen,
Wenn dort verehrt es wird vom Volk der Knechte.
Weit klüger ist's, dem Vaterland entsagen,
Als unter einem kindischen Geschlechte
Das Joch des blinden Pöbelhasses tragen.‹«

August von Platen. Der Wagen hält. Monika stellt den Motor ab. »Da sind wir.« Der Vater verharrt für einen kurzen Moment regungslos.

»Willst du es dir doch noch einmal überlegen?«

Nein, die Sache ist entschieden. Der Dichter steigt aus und wendet sich zum Eingang mit dem Signet der *Neuen Zürcher Zeitung* – »wo ich das Manuskript auf der Redaktion abgab und erfuhr, daß Korrodi krank« …

Es ist Freitag, der 31. Januar 1936. Im Tagebuch schreibt Thomas Mann: »Ich bin mir der Tragweite des heute getanen Schrittes bewußt. Ich habe nach 3 Jahren des Zögerns mein Gewissen und meine feste Überzeugung sprechen lassen.«

Übers Wochenende kann er noch einmal darüber nachdenken – »heftige Nervenreaktion auf den gestrigen Schritt. Ängste« –, am Sonntag die letztgültige Festlegung, und während die Druckmaschinen der *Neuen Zürcher Zeitung* auf Hochtouren laufen: »Das Bewußtsein, dem niederträchtigen Regime einen zweifellos empfindlichen Schlag versetzt zu haben, erfüllt mich mit Genugtuung. Es wird sich nach Kräften zu rächen suchen. Möge es.«

Ausgestanden.

Amsterdam

Klaus und Fritz Landshoff rennen über nassen Strand, bis unter einen Anleger, der weit ins Wasser hinausführt. Hier haben sie ihre Jacken abgelegt, und hier finden sie auch die Flasche Genever wieder, die sie seit einiger Zeit »in Arbeit« haben.

Wir erleben das Ende einer langen Nacht, in der sie die Heimkehr des Zauberers zur Exilgesellschaft feiern mussten. Klaus ist noch ganz außer Atem. »Jetzt werfen sie ihn raus.«

Fritz Landshoff nimmt einen Schluck. »Sie können gar nicht anders.«

Klaus kann es noch immer kaum fassen, vor allem die Deutlichkeit, mit der sich der Vater schließlich von den Nazis getrennt hat. »Drei Jahre hat er dafür gebraucht...« Er hebt die Flasche gen Horizont. »Herzlichen Glückwunsch, lieber Zauberer!«

Nach diesem fröhlichen Salut wird er für einen Augenblick ernst. »Und für diese Galgenfrist hat er mich mit der *Sammlung* hängen lassen...« Der enttäuschte Sohn spült die Bitterkeit mit dem nächsten Schluck Genever hinunter. Die Flut lässt die Wellen an die muschelverklebten Holzpalisaden klatschen.

In ihr Schweigen hinein äußert Fritz Landshoff einen alten Gedanken. »Wenn er jetzt noch den Verlag wechseln will – bei uns ist er herzlich willkommen.«

Thomas Mann vom Fischer Verlag zu Querido wegzuholen, das würde einen großen Sieg und eine wichtige Verstärkung für den kleinen Exilverlag bedeuten. »Mit Eri könntest du es versuchen. Aber er ist seinen Gewohnheiten treu. Er braucht diese Sicherheit, wie seinen Tagesablauf.«

»Wie seine Familie.« Landshoff kennt den Zauberer, Klaus und er haben schon oft über dieses Grundbedürfnis des Vaters diskutiert.

»Ja, alle, wie sie da sind.« Zunächst nur so dahin gesagt, gibt es dem Sohn jetzt selbst zu denken. Natürlich, er *brauchte* sie ja, sie alle, wie sie da waren.

Der Genever schaukelt ihn in die ausgelassene Fröhlichkeit der langen Nacht zurück. »Und sein Haus!«

Fritz: »Seinen Hund!«

Klaus: »Seine Weihnachten!«

Fritz: »Seine Geburtstage!«

Klaus: »Seine Möbel!«

...

Küsnacht

Am Zürichsee will Erika ihren Vater bei seinem täglichen Spaziergang überraschen. Sie erkennt ihn schon von weitem unter den vielen Spaziergängern, die an diesem heiteren Tag aus jedem

Winkel hervorgekommen sein mußten, um die allererste Frühlingssonne zu genießen.

Nach einer knappen Umarmung fragt er die strenge Tochter etwas hinterhältig: »Na, wie hab' ich das gemacht?«

»Einfach wunderbar.« Eri ist rundum zufrieden und hört nicht auf die schalkhafte Erinnerung des Vaters an ihre bösen Briefe.

»Es war eine Erpressung!«

Die Tochter strahlt nur, er hat alles gut gemacht. »Jetzt bist du wieder bei uns!«

Poschingerstraße

Im Dezember 1936 wird Thomas Mann als »Volksschädling« vom Deutschen Reich die Staatsbürgerschaft aberkannt. Er ist darauf gefasst gewesen und besitzt seit November einen tschechoslowakischen Pass. Im Münchner Haus in der Poschingerstraße wird zuvor schon sein Mobiliar versteigert.

Im ausgeräumten ehemaligen Arbeitszimmer werden auf Kisten und Tischen diverse Stücke aus dem Familienbesitz ausgestellt. Nach der Zeitungsmeldung des Versteigerers Ludwig Schrettenbrunner stehen auch viele Haushaltsgegenstände zu freiem Gebot: Gläser, ein Globus, eine Kupferwanne, eine Mar-

morfigur, ein Rauchtisch, Bücherregale, fünfzehn Perserteppiche, ein Stutzflügel, verschiedene Ölgemälde, ein Schrank/Renaissance, eine Barockkommode, ein Damenzimmer, eine Personenwaage, ein Stehspiegel/Biedermeier, eine Gartenfigur/Bronze (Hermes), ein Kühlschrank, eine elektrische Waschmaschine, Badewanne, Staubsauger ... und auf der Treppe steht der altbekannte ausgestopfte Bär aus Lübeck. An allen Teilen hängen Nummernzettel. Und in der Halle sitzen wie zu einem Theaterstück die Käufer aufgereiht. Einige wandeln auch umher.

Der Versteigerer ruft den nächsten Posten auf. »Ein Blüthner-Flügel!«

Nach dem Höchstgebot saust der Hammer nieder. Der Flügel wird zugeklappt und abtransportiert.

»Ein Grammophon« – Hammerschlag und Abtransport.

»Eine Gartenfigur vom Künstler Schwegerle: Hermes.« Hammerschlag und Abtransport.

»Objekt Nr. 23: ein brauner Bär. Das Stück soll aus dem Besitz des alten Senators Mann aus Lübeck stammen.«

München

Die Senatorenenkelin Elisabeth kommt in der Münchner Innenstadt vor einem kleinen Ladenlokal ins Stutzen: der Bär. Auf-

recht wie eh und je hat das ausgestopfte Tier die bewegten Zeiten überstanden. Es hält jetzt ein Tablett mit Fensterledern in seinen Klauen und außerdem ein großes Schild vor der Schnauze: Billig – Fensterleder.

Elisabeth Mann: »Ich hatte ihn etwas größer in Erinnerung. Bei uns zu Hause hat er natürlich etwas anderes gehalten. Er stand auf der oberen Diele – mit einem Silberteller, auf dem die Visitenkarten abgelegt wurden.«

Im Laden tastet Elisabeth sofort den Hinterkopf des Bären ab, und tatsächlich: das kleine Einschussloch, das seinem Leben einst ein Ende setzte.

Die Ladenbesitzerin, eine ältere Dame, ist überrascht von dem Besuch dieser anderen älteren Dame in Begleitung einer Kamera und fragt ein wenig beunruhigt nach. »Was haben Sie da vor?«

Wir wollen wissen, wie der Bär in ihr Fenster gekommen ist.

Die *Ladenbesitzerin* weiß das Recht auf ihrer Seite: »Mein Vater hat ihn gesteigert. Seitdem war er im Schaufenster gestanden. Wir waren von Beruf Lederhändler, und wir haben nur Häute und Felle gegerbt, und da hat mein Vater gesagt: Da passt doch der Bär!«

Wußten Sie damals, als Ihr Vater ihn ersteigerte, dass er aus dem Haus von Thomas Mann stammte?

»Natürlich!«

Was glaubten Sie denn, wo Thomas Mann sei, der ja dort nun offenbar nicht mehr wohnte?

»Ja, Gott! Das war doch diese schlechte Zeit! Und, ich mein, wo doch die Judenverfolgung war, hat man praktisch mit sowas gerechnet. Wenn sie irgendwo einen Juden erwischt haben, haben sie ihn doch 'nausgebuxt!«

Küsnacht Erich Ebermayer hat sich auf der Rückreise von Italien mit einem Freund bei Thomas Mann in Zürich angesagt. Zwei Tage zuvor, am 18. Februar 1936, sah der wiederum den Film *Traumulus* mit Emil Jannings nach einem Drehbuch von Ebermayer nachmittags im Kino. »Sehr guter Film. Der Hauptschüler vortrefflich. Nackte Knaben-Oberkörper eine Vorliebe und Besonderheit deutscher Filme.«

Es hat immer wieder Besuche aus Deutschland gegeben; nun aber, nach seiner Absage an die Nazis, pflegt der Dichter am Telefon zu warnen: »Ihr Herkommen, darüber müssen Sie sich klar sein, ist bereits morgen bei der Gestapo im Propagandaministerium in Berlin gemeldet. Nehmen Sie das in Kauf?«

»Selbstverständlich!«

Der Hausherr führt die Gäste in sein Arbeitszimmer. Ebermayer bemerkt sofort die Lübecker Kandelaber und den alten Schreibtisch noch aus München. Zurückhaltend folgt der hübsche Freund nach.

»Kommen Sie nur herein. Schauen Sie sich um. Meine Möbel – ich habe sie mir aus dem eigenen Haus gestohlen. Der Rest wurde versteigert.«

Ebermayer: »Die gesamte Einrichtung?«

»Achttausend Bände – weg. Teppiche, Möbel, die Automobile...«, lautet die Antwort, im Ton irgendwo zwischen Bitterkeit, Wut und Hochmut.

Ebermayer betrachtet Ludwig von Hofmanns Knaben an der Quelle; er erkennt auch das Gemälde von den früheren Besuchen in der Poschingerstraße wieder. Nun wendet er sich um: »Wir werden den Tag erleben, an dem Sie wieder in Berlin einziehen, diesmal durchs Brandenburger Tor!«

Kaffeetafel auf der Terrasse vor der Villa. Katia, Medi und Michael haben sich dazugesellt.

»Nach vier Jahren wieder einmal zu Gast bei Ihnen! Sie wissen gar nicht, was Sie uns, die dageblieben sind, bedeuten!«

Eine merkwürdige pathetische Dankbarkeit, die Thomas Mann etwas aufstößt. »So?«

Ebermayer, nicht zu bremsen: »Vorbild, Freund und Führer meiner Jugend!«

»Führer?« Der Gastgeber, nun befremdet.

»Ja, noch immer – gegen den anderen.«

Das will er sich schon eher gefallen lassen. Thomas Mann:

»Ein Scheusal, das alles in den Dreck zieht und alle mit hinunterreißt – da gibt's kein Halten … Das war jetzt die Gelegenheit, bei der illegalen Militarisierung des Rheinlands. Da hätten Frankreich und England einschreiten müssen!«

»Wir haben uns das alle gewünscht. Noch ist er nicht vollständig aufgerüstet.«

Thomas Mann kann sich tatsächlich nur wundern über das eigentümliche Glück, das dieser teuflische Hitler – »was für ein Vieh mit seinen Hysterikerpfoten, die er für Künstlerhände hält« – immer wieder anzieht. »Es gibt zur Zeit kein Wasser, das nicht auf seine Mühlen läuft …« Und dennoch: »Wären alle Anständigen weggegangen, wäre die Schweinerei schon zu Ende.«

Ebermayer errötet bei dieser Wendung des Gesprächs, fängt sich jedoch gleich wieder. »Wir Anständigen, danke, dass Sie uns so auszeichnen! Wir versuchen doch das wahre, wirkliche Deutschland hinüberzuretten durch den Dreck … in eine andere Zeit, eine bessere Zukunft … Das jetzt ist doch nicht Deutschland!«

Der Gast kann mit solch tapferer Selbstdarstellung Thomas Mann kaum überzeugen. »Das ist es eben doch! Leider. Ich kenne die Gangster. – Sind meine Bücher noch zu kaufen, nach meiner deutlichen Trennung von diesem Viertelskünstler der Verhunzungen?«

»Der *Joseph* und alles, was Fischer liefern kann. Ohne weiteres. Vor der Sommerolympiade wird da wohl nichts geschehen.«

Jetzt soll der Gast mal eine andere, besonders interessante Frage beantworten. »Sehen Sie noch Gründgens? Bald Staatsrat Gründgens?«

Thomas Mann hat den Titel Staatsrat mit besonderer Verachtung ausgesprochen, doch Ebermayer, der alte Freund seines Sohnes, mag hier kein schlechtes Wort über den ehemaligen Schwiegersohn des Dichters verlieren. »Er hilft, wenn er kann. Nicht nur mir. Eine schwierige Lage. Der ›Staatsrat‹ – das ist wie eine Immunität. Göring wird ihm den Titel geben, damit Goebbels ihn nicht verhaften kann.«

Katia hat den Wortwechsel aufmerksam verfolgt, jetzt wendet sie ein: »Er hat den Landgutshof Zeesen und bezieht gute Einkünfte von Herrn Göring, das kann man in den Zeitungen lesen.«

Ein ironischer Ton ist in die Unterhaltung geraten, eine Gereiztheit, die Ebermayer etwas abzumildern sucht. Von draußen sieht vielleicht alles etwas eindeutiger aus. »Er lebt nur auf seiner Insel, dem Theater. Auf dem Landgut – ich konnte ihn dort besuchen –, da kann er sich von den Spitzeln des kleinen Doktors erholen, widerliche Burschen, die sein Privatleben auskundschaften. In Zeesen, da kann er einmal aufatmen ...«

Mit Elisabeth Mann auf der Terrasse der Küsnachter Villa. Man sitzt hier, in der Ruhe und Abgeschiedenheit am See, dahinter die sacht geschwungenen Berge und nur ein paar Kilometer weiter wird geknüppelt, geschlagen und gemordet, in Konzentrationslager abtransportiert. Sie waren so dicht dran. Konnte man das vergessen?

Elisabeth Mann: »Nein. Nein. Das konnte man nicht gut vergessen.«

Thomas Mann fragt seinen Gast aus Deutschland jetzt ganz direkt. »Sie allesamt, wie konnten Sie sich nur an dieses Gefängnis mit seiner schlechten Luft gewöhnen?«

Ebermayer ringt um das rechte Verständnis für die Dringebliebenen. »Ja, vielleicht haben wir uns daran gewöhnt. Um es auszuhalten. Es ist allerdings lebensgefährlich. Ein falsches Wort... die Konzentrationslager – ein völlig rechtsfreier Raum. Die Menschen verschwinden. Auch Freundschaften zerbrechen, es entsteht so eine Art Vakuum um uns. Die trotzdem dableiben...«

Er will sich nicht tiefer in die Verteidigungshaltung hineintreiben lassen und wechselt das Thema: »Klaus und Erika, was machen die beiden? Ich habe lange nichts mehr gehört.«

Katia schaut ihn fröhlich an. »Die Eri spielt gerade in der Tschechoslowakei, und der Klaus lebt in Amsterdam. Er schreibt seinen Roman fertig.«

In das kurze Schweigen platziert der Zauberer eine kleine Provokation: »Der spielt im Reich!«

Ebermayer, verblüfft: »Über uns...?«

Abends im Tagebuch, lakonisch der Dichter: »Zu Tische E. *Ebermayer*, unbeträchtlicher Tropf, der im Grunde nichts als vergnügt ist über den Erfolg seines Traumulus-Films bei Göbbels und Hitler.«

Kurze Einblende. Klaus Mann tippt eine »notwendige Erklärung« für seinen nunmehr fertig gestellten Roman *Mephisto*. Es wird einen Vorabdruck in der *Pariser Tageszeitung* geben, der hier schon unter dem Stichwort »Schlüsselroman« annonciert ist. Sein Verleger Landshoff will kein Risiko eingehen; Klaus muss dem potentiellen Vorwurf entgegenwirken, hier aus persönlichem Rachebedürfnis einen Roman über Gründgens geschrieben zu haben. Der *Mephisto* soll kein Schlüsselroman sein und sein Protagonist Hendrik Höfgen lediglich einen *Typus* darstellen.

»Dieses Buch ist *nicht* gegen einen Bestimmten geschrieben; vielmehr: gegen *den* Karrieristen; gegen *den* deutschen Intellektuellen, der den Geist verkauft und verraten hat. Daß er begabt ist, macht die Sache erst doppelt arg. Höfgen – der *Typ* Höfgen, das *Symbol* Höfgen – stellt der ruchlosen, blutbefleckten Macht sein großes Talent zur Verfügung.«

Staatstheater Berlin. Gründgens sitzt neben dem Regiepult unter einer kleinen Lampe im dunklen Zuschauerraum. Ein junger Sekretär trägt mit der Post ein geöffnetes Päckchen herein und legt es auf dem Pult ab. Wir hören die Stimme von Klaus. »Freiexemplare an:

1. Gustaf Gründgens, Intendant, Staatstheater Berlin.
2. Prof. Thomas Mann, Küsnacht, Zürich.«

Der Intendant schlägt gedankenverloren das Buch auf und liest die Titelseite: Klaus Mann. *Mephisto*. Roman einer Karriere.

Prag

»Das Leben ist Wollust und Traurigkeit. Geniessend und leidend suche ich GOTT. Ich glaube an Ihn und werde ruhig sterben. Ich erwarte den TOD als den Augenblick, in welchem Wollust und Traurigkeit – gewaltiger als in irgendeiner Lebensstunde – Eins sein werden.« ... »Ich denke viel an die Vergangenheit. Bitterlich beweine ich jeden Augenblick, in dem ich *geizig* mit mir selbst gewesen bin. (In mir ist ein Stück vom Egoisten und vom Pedanten.) Ich bejahe jede Verschwendung, die ich mit meinen Kräften getrieben habe, und treibe. Hierher gehört sowohl die wahllose Unzucht, als auch die Neigung zum Gift.« Klaus Mann im Tagebuch.

Ein regnerischer Abend in der letzten Aprilwoche. Es ist spät. Golo weiß um Klaus' Hang zum Gift. »1937 habe ich in Prag erlebt, wie es mit ihm stand, wenn die schurkische Quelle versagte, die Qual des Wartens, die Jagden durch die Stadt von einer Apotheke zur anderen, die verzweifelten Versuche, durch tschechische Freunde ein Rezept zu gewinnen, welches, erhalten, ihn für ein paar Tage erlöste.« Er selbst kann dem unmittelbaren Reiz der »künstlichen Paradiese«, wie Eissi es manchmal nennt, bisher widerstehen.

Seine Liebe zu diesem flamboyanten, seinen Leidenschaften direkt folgenden Bruder ist so diskret bewundernd, dass eine Situation wie an diesem Abend einem Bekenntnis gleichkommt, einer geschwisterlichen Intimität, der sich auch der zaghafte

Golo nicht entziehen kann. Die Brüder hatten als Kinder ein enges Verhältnis. »Danach gerieten wir eine Zeit auseinander«. Der Ältere war mit einem Mal ein weltgewandter junger Schriftsteller geworden und der drei Jahre jüngere Golo kam sich nur noch wie ein ewiger Gymnasiast vor.

Klaus' »Vorrat« ist zu Ende gegangen. Die Brüder hetzen im Taxi durch die Stadt, von Adresse zu Adresse – »nicht zu Hause«, »nicht zu helfen« oder »Kommen Sie morgen in meine Praxis«. Demütigungen, Wartezeiten, dabei immer »diese ekelhafte Mischung aus völliger Schwäche und Erregtheit«. Der Rücken des schweigsamen Taxifahrers wächst ins Unermessliche, Klaus schwitzt, der Fond des Wagens wird zu einem schwarzen Nichts.

Die letzte Adresse auf der Liste. Klaus wartet in der Taxe, Golo hat den Doktor rausgeklingelt und über den Gesundheitszustand seines Bruders informiert; und der alte, etwas nach Schweiß und Alkohol riechende Arzt hat Morphium verschrieben – die Geldscheine auf dem Tisch streicht er mürrisch ein. Klaus weint vor Glück, als er das Rezept sieht. Zur nächsten Apotheke; Nachtglocke.

Golo kommt mit den Ampullen. Er hält sie zurück, wird unsicher. Klaus greift nach der Hand des Bruders. Er zittert.

Schweißausbruch. Golo spürt die Nähe, die Gier und die Zärtlichkeit, scheu und bewegt von der Intensität des großen Bruders.

Vorsichtig öffnet er die Hand und gewährt ihm die Ampullen – für einen Moment glaubt Golo sogar, sein Bruder habe eine Wahl.

»Hör auf mit diesem Teufelszeug«, beschwört er ihn, während Klaus die Spritze aufzieht, die er wie einen Füllfederhalter in der Innentasche seines Jacketts bei sich zu tragen pflegt. Golo gehört nun zur Gesellschaft der Mitwisser. Er ist eingeweiht. Gut so.

Klaus wird jetzt geschäftig – und etwas boshaft, etwas verdorben im Gesichtsausdruck. Er denkt an die erlösende Kraft, die auch den jüngeren Bruder aus dem Gefängnis der Enge und Einsamkeit befreien würde. Die Injektion wird angesetzt, der Taxifahrer muss halten, der Regen schlägt gegen die Scheiben.

Unsichtbare Außenwelt. Klaus erwartet die Wirkung. »Du wärst eigentlich ganz geeignet dafür.«

Im Arbeitszimmer in Kilchberg, vor den Bücherschränken des Vaters, sprechen wir *Golo Mann* im Januar 1983 noch einmal darauf an. Er hat mal zu Ihnen gesagt: »Du wärst eigentlich ganz geeignet dafür.«

»Ja, das stimmt.«

Und Sie haben das »ruchlos« genannt.

»Es ist die Neigung aller derer, die dieser Abhängigkeit verfallen sind, dass sie andere mitziehen wollen. Er sagte mir einmal über unseren jüngsten Bruder Michael: ›Vielleicht würde er es tun, wenn ich es täte.‹ Mit einem Blick, der mir unvergesslich ist.«

An anderer Stelle beschreibt Golo diesen »Blick, der nicht gut war« genauer: »Es leuchtete die Ruchlosigkeit auf, eines, der sich dem Tod verschworen hat und einen anderen, nicht ohne Lust, mitzulocken bereit ist. Wie eine solche Neigung zusammenging mit seiner großen Freundlichkeit und Güte, seiner Arbeitsdisziplin, seinem Verantwortungsgefühl, das frage man mich lieber nicht. Die Frage wäre sinnlos.«

Der Taxifahrer dreht an seinem Rückspiegel, fasst die beiden Männer ins Auge.

»Fahren Sie einfach, bis wir Halt sagen«, ruft Golo auf Tschechisch.

Der Fahrer grummelt Unverständliches zurück. Jemand blickt neugierig von der Straße in den Wagen. Golo, erschrocken: »Fahren Sie doch endlich los, Mann!«

Der Wagen ruckt an und Klaus fällt Golo in den Arm, eine Pietà der Brüder auf der Rückbank eines Prager Taxis. Golo braucht eine Weile, ehe er das Naheliegende tut, ihm den kalten Schweiß aus dem Gesicht wischt und den Bruder einfach hält. Als er das Tuch wieder wegstecken will, fasst Klaus nach Golos Hand. »Bleib. Ja, so ist es gut.«

Eine gespenstische Fahrt durch das nächtliche Prag. Golo beklemmt die Heiserkeit seiner eigenen Stimme. Zögernd: »Als wir noch Kinder waren, da hast du mich einmal mit deinen Schulheften voller Dramen zum Theater geschickt. Weißt du das noch? Ich sollte sie dort anbieten und war so stolz auf meinen großen Bruder: Wie schön du erzählen konntest, wie leicht dir alles fiel ... und wie mutig du warst!«

Golo will seine Hand zurückziehen, aber Klaus drückt sie nur fester auf seine Stirn. »Wie viele Bücher hat man gelesen, wie viele Theaterstücke gesehen, Filme. Mit wie vielen Menschen hat man es getrieben. Was für ein Leben?«

»Einmal habe ich es mit einer hübschen Blonden probiert, in Salem damals ...«

Golo kichert unvermittelt in sich hinein bei der Erinnerung an diesen Liebesversuch.

Klaus öffnet die Augen und lächelt. Die Taxe knattert durch ein Schlagloch, und der Fahrer flucht. Golo presst die Hände zusammen, möchte mehr von sich erzählen: »Ich hab' mir Mühe gegeben, aber *gegen* die Natur ...«

Klaus richtet sich auf, zieht sich in sein Jackett zurück. Ein stolzer Mann: »Ich schäme mich nicht, so zu leben, mich zu verschwenden. Ich habe keine Angst vor der Liebe ... – wie er.«

Golo folgt der Vaterbeschwörung, aber er vermeidet den Ton

des Bruders. »Der Alte *ist* ein großer Zauberer – wirklich, ich bewundere ihn.«

Klaus hat nicht hingehört. »Er hortet seine kleinen Erlebnisse und schleppt sie in den Hamsterbau.«

»Ich habe seinen Tod geträumt.«

»Ja, wie oft habe ich ihn in all diesen Jahren im Sarg gesehen.« Klaus hat Traumbilder wieder vor sich.

Golo nickt, atmet tief durch. »Ein Unfall ... und ich konnte ihm nicht helfen ... – oder wollte nicht.«

Der Ältere, ganz nüchtern jetzt, als ob die Wirkung nachließe: »Seine Kälte, ob wohlwollend, ob gereizt, *niemals* interessiert, diese völlige *Kälte* ist so bitter …«

»Ich erwarte nichts, will nur in Ruhe gelassen werden.«

Klaus hört seinen Bruder nicht. »Aber den einen muss es doch geben, den wir suchen, der zu uns gehört.«

»Ich finde nicht mal einen Menschen –, ich meine, ich bin wohl nicht geeignet, glücklich zu sein«, Golo in fatalistischem Endgültigkeitston.

Dann kommandiert er: »Halten Sie an!«

Der Fahrer stoppt augenblicklich. Klaus starrt in die Dunkelheit. »Wo sind wir?«

Budapest

Über seinem Tagebuch von 1937 steht das Motto. »Jahr der Entscheidung? Welcher?«

Während seines Budapester Aufenthaltes im Frühsommer 1937 genießt Klaus die Gastfreundschaft des Barons Ludwig Hatvany – »ein liberal gesinnter Humanist und Kosmopolit«, der im Ungarn der Horthy-Diktatur »immerhin halbwegs ungestört leben und sich sogar, bei einiger Behutsamkeit, literarisch betätigen« kann. Bei den Abendessen in seinem »nobel-schlichten Palais« herrscht »intellektuelle und gesellschaftliche Betriebsamkeit« mit einem »gewissen Stich ins Heimlich-Konspiratorische«, schreibt Klaus 1942 im *Wendepunkt*. Und fügt hinzu: »Die mir wichtigste und liebste Bekanntschaft, die ich diesem gastlichen Haus verdanke, ist die mit einem jungen Amerikaner irischer Abkunft: Thomas Quinn Curtiss – damals erst zwanzigjährig – hat sich seither in seinem Lande einen Namen als kritischer Schriftsteller, besonders als Theaterkritiker gemacht.«

Ein Restaurant in Alt-Buda. Klaus wirkt angespannt. Wird der junge Curtiss ihre Verabredung einhalten? Durch die Tür kommt ein Paar und sieht sich nach einem Platz um. Klaus schaut auf die Uhr, er trinkt etwas zu viel und fixiert erneut den Eingang.

»Darf ich Ihnen noch etwas zu trinken bringen?« Der Kellner verstellt die Sicht.

Klaus will ihn schnell loswerden und nickt.

Der Kellner hat noch nicht seinen Tisch verlassen, da betritt, freundlich und etwas blasiert lächelnd Curtiss das Lokal. Er sieht Klaus nicht sofort. Der steht nur langsam auf und hebt kurz die Hand. Ein Herzensabenteuer beginnt.

»Hallo, guten Abend.«

»Für einen Moment dachte ich, Sie hätten unsere Verabredung vergessen.«

Curtiss nimmt unbefangen Platz. »Vergessen? No.« Er hat dieses Lächeln, das Klaus sofort einnimmt. Er hat eine Kraft, die Klaus fehlt. Vitalität, die er vermisst.

Curtiss zündet sich eine Zigarette an und bietet seiner Verabredung auch eine an. »Have one of these.«

Klaus Mann, sonst eher sprudelnd, schnell und hektisch, schweigt. Seine Bewegungen verlangsamen sich, wie unter Wasser. Ferne Pusztaklänge, alberne Begleitmusik für das Neue, das doch mit einem »*déjà-vu*-Gefühl« begann. »Der neue Freund erinnerte mich an einen anderen, den ich verloren hatte. Die kühne Kurve dieser Augenbrauen und der Blick darunter«... »all diesem begegnete ich nicht zum erstenmal.«

»American cigarettes.«

Klaus nimmt die Zigarette, Curtiss gibt Feuer. »Sie waren gestern der einzige Mensch auf der Party, der mich nicht sofort nach meinem Vater gefragt hat.«

»Hatvany sagt, Sie waren schon einmal in the United States?«

Rückkehr ins Folklore-Restaurant! Konversation. Ein kleines Nachtmahl. Klaus, der charmante Großbürgerssohn, und Curtiss, der junge Amerikaner, den er »wieder erkennt«, fassen und halten möchte. Sein Gast lässt sich darauf ein, ganz der 20-jährige Mann von Erfahrung.

Man spricht über die Neue Welt, das junge Amerika, das so viel Zukunft hat. Und ein bisschen meint Klaus mit Amerika immer auch diesen Amerikaner. »Vor zehn Jahren mit meiner Schwester... da haben wir viel gesehen. Die Weite...«

Curtiss tupft sich die Mundwinkel. »Missouri, Kansas, Arizona.«

Klaus trinkt sich näher heran, er fühlt sich unsicher, auch alt. »Oh, ja! Vier Tage und vier Nächte haben wir in einem rasenden Zug den Kontinent durchmessen... Maisfelder, unabsehbares Gelb, dann Wüste, steinige Einöde, Steppe, die Silhouette von vereinzelten Tieren am Horizont – ein grenzenloses Land...«

Curtiss grinst entwaffnend. »Und ich liebe Europa. Eure vielen alten Städte.«

Dieses Spiel macht Klaus mit. »Aber New York. Was für eine vitale Stadt?!«

»New York. Yes. I know New York. Living in the fast lanes« – ein hochnäsiges Kind, das schon alles gesehen zu haben glaubt. »Aber Sie haben Könige in Europa. Heute ist der italienische König in Budapest. Deshalb bin ich etwas zu spät gekommen.«

Der Kellner schenkt Wein nach. Klaus prostet Curtiss zu: »Natürlich, ein König, aber bitte – ich entschuldige. In Amerika haben Sie ja nur einen gewählten Präsidenten. Doch was für ein Mann ist Ihr Präsident Roosevelt? Wir hoffen auf ihn!«

»Oh, I don't believe in Mr. Roosevelt. The puritans – die Puritaner regieren das Land, hier ist alles viel freier, you understand?«

»Freier? Wir haben Diktaturen! Ihr habt die Zukunft, die Demokratie.«

Klaus gießt Tokaier nach, ein bisschen zu schwungvoll. Der junge Mann beugt sich zwanglos vor und schlürft aus dem vollen Glas. Das Kerzenlicht strahlt in seinen grünen Augen wider. »Ich liebe die Vergangenheit, eure Musik: Lohengrin.« Curtiss wischt sich Rotwein von den Lippen. Kräftige Hände.

»Und ich liebe Gershwin, *Rhapsody in Blue*.«

»Warum nicht Wagner?... das Geheimnis von Deutschland.«

»Mr. Curtiss, was sind Sie eigentlich für ein Amerikaner?«

Die beiden heben ihr Glas, Curtiss lacht. »Das müssen Sie herausfinden, Mr. Mann.«

Nizza

In der kleinen Wohnung von Heinrich und Nelly ist es kaum auszuhalten. Die Sonne brennt. Sie dringt durch die Lamellen der Fensterklappen und zeichnet ein groteskes Muster auf Heinrichs hochkonzentriertem Gesicht. Er verfolgt am Rundfunkgerät den Bericht über eine Moskauer Liquidierung. Der alte russlandgläubige Dichter kann einfach nicht begreifen, was er da hört.

»Die Tschistka, die große Säuberung in der Kommunistischen Partei der UdSSR, hat wieder neue Opfer gefordert. Wie soeben gemeldet wurde, ist Marschall Tuchatschewski gemeinsam mit sieben Generälen der Roten Armee in Moskau hingerichtet worden. Marschall Tuchatschewski und seine Generäle waren zuvor der Verschwörung und Spionage gegen die Sowjetunion angeklagt worden. Ihnen wurde vorgeworfen, Informationen über den Aufbau der Roten Armee an feindliche Mächte, darunter das Deutsche Reich, verraten zu haben ...«

»Hör auf damit, Nell!« Unwirsch fährt Heinrich seine Lebensgefährtin an. Sie hat ihren Kopf auf einen Teller mit zerstoßenem Eis sinken lassen und hämmert rhythmisch mit dem Messer auf den Tisch. Nelly gilt unter den Emigranten hier im Süden Frankreichs als labil. Sie sitzt im Unterrock, der alles sehen lässt – die mittlerweile 39-jährige, immer noch schöne,

etwas verblühte Frau, die durch nichts auf das Exil vorbereitet war und deren Kraft für ein solches Leben an der Seite dieses ganz im Politischen beheimateten Schriftstellers kaum reicht.

»Zum Abendessen beim – lieben – Onkel Heinrich und seiner – urdrolligen, wieder ziemlich bezechten – Krögerin.« … »Sehr, sehr sonderbar: Das Milieu de chez *Heinrich*. Die unwohnliche Wohnung. (Möbellager). – Die gepflegte Küche. – Die unmögliche Frau. – Das halb Abenteuerliche, halb starr-Bürgerliche. (Lübeck.)«, notiert der Lieblingsneffe Klaus einmal.

Die Krögerin kippt ihren Rum und kraschpelt mit dem Eis. »Nell, jetzt gib doch mal Ruhe.«

»Ist doch nur'n Schlückchen!«

Heinrich Mann schüttelt den Kopf, gut fünf Jahre später wird er es besser wissen und schreiben: »Der Marschall wird erschossen. Nichts wäre einfacher vorauszusehen gewesen. Auch daß die Rote Armee – das Sowjetvolk – sich nicht beifallen ließ, ihn zu rächen.«

Nelly plappert vor sich hin. Ihr Kopf tut so weh, alles tut weh: »Bestimmt 'ne Falschmeldung, hier kannst du doch keinem trauen, ich hol dir nachher die Zeitung.«

Sie erhebt sich, ein bisschen wankend. Heinrich greift nach dem Rum. Wenn es ernst wird, sprechen sie halb platt miteinander. »Dat is en korten Sommer, wenn man in de Hand puust.«

Seine Welt steht auf tönernen Füßen, nichts ist mehr, wie es war – Heinrich verzieht sich ins Nebenzimmer, schließt sich und den Schnaps vor ihr ein.

Nelly stürzt überrascht zur Tür und rüttelt am Griff. Sie schluchzt trocken, ihre größten Ängste werden wach.

»Du hast mich nicht mehr lieb –«, erschöpft sinkt Nelly neben den Mülleimer, hebt den Deckel und holt eine weitere Flasche Rum aus ihrem Versteck. Mit stierem Blick zur verschlossenen Tür nimmt sie gleich den nächsten Schluck.

»Die Krögersche«, wie sie auch genannt worden sei, »habe ganz prima gekocht, heimatliche Gerichte, und Heinrich sei ganz von ihr abhängig gewesen. Wenn sie nicht da war, hungerte er, manchmal tagelang. Und sie war oft nicht da. Bereits morgens um neun fing sie an zu trinken, und sie trank nur Rum, und wenn sie eine Pulle drin hatte, war sie noch charmant, und gemein wurde sie erst gegen Abend.« So sagt man.

Ein paar Stunden später. Abenddämmerung. Lautes Treiben auf der Straße. Die Hitze hängt im abgedunkelten Zimmer.

Nelly war einkaufen. Sie hat sich berappelt und Fische und Schalentiere vom Markt geholt. Neue Zeitungen hat sie auch mitgebracht. »Heinrich – is ja man alles wahr mit Moskau«, ruft sie gegen die Tür.

Keine Antwort. »Hab' eingekauft, für Fischsuppe, die magst du doch so gerne. Und die Zeitungen hab' ich mitgebracht.«

Sie drückt die Klinke herunter, nichts.

»Ich trinke auch nicht mehr.« Ein schnell hingeworfenes Versprechen, sie glaubt es selber nicht und die Tür öffnet es auch nicht.

Leise: »Ich hab dich lieb.«

Nelly befällt Panik. Ihre Stimmung verfinstert sich: »Mach mir keine Angst, Heinrich – hörst du!«

Sie setzt sich zu dem toten Meeresgetier an den Tisch, greift nach dem Rum und starrt wieder auf die Tür. Erste Fliegen kreisen über den rohen Fischen.

»Es ist wohl die humanité brute, der Rohstoff des Menschlichen, was ihn anzieht. Der Frauentypus von frühesten Erlebnissen bestimmt. Lübeck, wo es am dunkelsten ist...«, wird der Freund René Schickele diese Liebe von Heinrich einmal erklären.

Nelly ist seit ihrer Jugend gefährdet. In den Jahren in Frankreich wird sie drei Mal versuchen, sich das Leben zu nehmen, »sich schlafen zu legen«, wie sie sagt.

»Der Fisch stinkt – Heinrich...«, sie schreit und springt wütend auf, die Zeitungen klatschen auf den Küchenboden. Am offenen Fenster saugt Nelly die Nachtluft ein, es beruhigt sie, erfrischt. In der Gasse lungert ein stämmiger Matrose, er ist ihr vom Markt nachgegangen, sie hat es gemerkt – und provoziert, diese schöne Begierde ohne Umschweife. Er macht ihr ein Zeichen, Nelly weicht vom Fenster zurück.

»Heinrich, du machst jetzt auf«, in einem neuerlichen Anfall wirft sie sich gegen die Tür. Als Heinrich sich nicht rührt, schreit sie von der Wohnungstür ihre letzte Drohung gegen ihn heraus und geht – »für immer!«

Ein Schwarm von Fliegen, der sich über die toten Fische hermacht, daneben die fast leere Flasche Rum. Es riecht nach Schnaps und Verwesung. Heinrich fühlt sich wie gemartert. Er begibt sich auf die nachtleeren Straßen und weiß doch nicht, wo er Nelly suchen soll. Sonderbare Wiederkehr des einmal Geschriebenen: Professor Unrat sucht seine Rosa Fröhlich.

Und der Dichter wird seine Nelly finden, in einer Treppengasse von einem Matrosen an das Gemäuer gepreßt. Es wird ihn beschämen um ihrer beider willen. Sie wird schuldbewusst und trotzig zugleich auf ihn zu wanken. Heinrich wird seine Jacke um sie legen, und zusammen werden sie den Heimweg antreten.

»Den Heinrich haben ja alle möglichen Leute immerzu angepumpt, und meistens hat er gegeben. Er war zu weich. Und sie auch.« So steht es im Bericht.

»Unsere acht Jahre Frankreich waren ganz gewiß vorwiegend glücklich, in jeder äußeren, jeder menschlichen Beziehung«, ver-

traut Heinrich später einer Freundin an, aber schon damals hat ihre Kraft versagt. »Einem schuldloseren Leiden war ich niemals nahe.«

Budapest

»Abends mit *Curtiss*-dear. Ihn im Hotel abgeholt.«... »Glück und Rätsel einer neuen Begegnung. Seine Hysterie, Traurigkeit, Intelligenz, Zärtlichkeit, Sinnlichkeit, sein Lachen, sein Stöhnen, Augen, Lippen, Blick, Stimme...«

»Bleibe mit ihm zusammen ... Nach wie langer Zeit zum ersten Mal wieder!« Tagebucheinträge von Klaus.

Die Droge Liebe. Der fromme Tanz dieser Nacht.

Curtiss schließt die Augen. »Klaus and Thomas.«

»No! So kann ich dich nicht nennen, nicht mit diesem Namen...«

Curtiss stutzt für einen Moment, ehe er versteht, dass es um den Vater geht.

Der junge Amerikaner sieht die vielen Einstiche und streicht vorsichtig über die Wundmale. »Liebesbisse«, kokettiert Klaus. Der junge Emigrant Martin Korella, eine der Figuren aus seinem

nächsten Roman, *Der Vulkan*, wird sagen: »Sie sind wie die kleinen Wunden, die man von einer wilden Liebesnacht zurückbehält. Hier hat ein Mund sich gierig festgesaugt, und dort sind noch die Spuren der Zähne. Auf Schultern, Armen und Brust brennen die Zeichen, wie die neuen Tätowierungen«...

Klaus zieht die Nachttischschublade auf, die Injektionsnadel und einige Ampullen rollen ihm entgegen.

Curtiss schockiert der Anblick. Er verschränkt die Arme über der Brust und spricht mit allem Nachdruck. »I don't like this shit. Klaus, it will kill you.« Der wendet nur seinen Kopf und schaut ihn an. »Manchmal ist der Tod ganz nah, auch jetzt.«

Der Freund hält den Blick: »O. k.! – it could be nice to die. Life may be a *mistake*. Ich könnte auch sterben – sofort, heute Nacht«, und mit einer schnellen Geste nimmt Curtiss ihm die Spritze aus der Hand. »But tonight I love you, Klaus – über dem Grab.«

Klaus sieht aufgeregt und ängstlich zu, wie Curtiss sich weit aus dem Fenster beugt. Alle Muskeln seines nackten Oberkörpers angespannt. Klaus scheint hin- und hergerissen, schreit: »Nein!« – doch sein Freund kippt das ganze Zeug in hohem Bogen in die Gasse. In der Dunkelheit hören sie noch die Ampullen aufschlagen.

Der alte Thomas Quinn Curtiss sitzt in einem Schneideraum des NDR. Er hat sich unseren Film über Klaus Manns Lebensreise angesehen, ist sichtlich bewegt und bleibt doch verschlossen. He was lonely, a lonely boy?

Curtiss, nach langem Schweigen: »Yes, well, a human is... – you are born alone, you die alone. I believe that. You have your destiny and you have your friends. Liebe dauert nicht lange, but friendship...«

»Besuch von Dr. Klopstock (in dessen Armen Franz Kafka gestorben ist...) Unterhaltung und Beratung wegen der Entwöhnung...« – im Sanatorium *Siesta* in Budapest unterzieht sich Klaus einer Entziehungskur: »sie wird auch vorübergehen. Das Sanatorium, sehr Krankenhaus-artig. Klopstock, und zwei andere Ärzte. Krankenschwestern, eine speziell für mich. Ein Zimmer mit vergitterten Fenstern... Ich stelle Photos auf«... »Heute C. zum letzten Mal, auf 10 Minuten. Eine recht melancholische Komödie, das Ganze...«

Man hat seine Gesundheit für erstaunlich stabil befunden – »Das Herz u.s.w. in Ordnung« – und sofort mit der Entwöhnungskur begonnen. »28.V. erträgliche Nacht. Bekomme immer noch eine *Winzigkeit* Heroin (neben anderen Mitteln.) Schwäche. Liege im Bett. Schwitze viel.«... »Abends 7 h. Schwäche und Unruhe. Aber alles *relativ* noch erträglich. – Besuch von nicht weniger als 4 Ärzten.«

Am selben Tag schreibt er dem Freund Hatvany, das Ganze sei eine »*infame* Quälerei«, er habe »lieber fünf Lungenentzündungen – um an der fünften zu sterben –«.

Diese ersten Tage gelten als die schlimmsten. Aber Klaus ist nicht allein, mit dem Arzt Klopstock kann er literarisch-philosophisch plaudern, und Curtiss-dear besucht ihn täglich.

»Klopstock fragt mich, *warum* ich eigentlich Morphine genommen habe. Ich antworte einfach: ›Weil ich gerne sterben möchte.‹ (›Todestrieb.‹) Alle Menschen, zu denen ich mich hingezogen fühle, und die sich zu mir hingezogen fühlen, möchten (oder wollten...) sterben: Ricki, René, Wolfgang, Gert, Mops,

Miro, Friedrich, und jetzt Thomas Curtiss. (E ist vielleicht die *eine* grosse Ausnahme. Aber wie viel kostet es sie? Wer weiss, wie viel es sie kostet? ...)«

»Wie werde ich nun weiterleben, *ohne* diesen gefährlichen Trost? Werde ich den lieben Th. C. genug lieben? – Ich bete darum, dass ich ihn genug lieben kann ... Es gehört soviel Kraft dazu, *sehr* zu lieben. Ich fürchte die Anfechtungen der Müdigkeit. Und er – liebt ja selber den TOD mehr als mich.«

Im *Vulkan* ironisiert Klaus später solche Arztgespräche: »Die Selbstzerstörung – ein Vergnügen! ›Sie sind ein Zyniker, Herr Korella‹ ... »Steigen Sie mal gründlich in die Tiefen Ihrer eigensten Problematik! Eine gründliche Selbst-Analyse: das ist es, was Sie jetzt brauchen!‹ – ›Meinen Sie, ich würde einen netten kleinen Oedipus-Komplex bei mir finden?‹ erkundigte Martin sich, höhnisch und müde. ›Oder einen Kastrations-Komplex? ... Die Droge reduziert die sexuelle Potenz – wie Sie gewiß schon gehört haben, Herr Doktor. Vielleicht drogiere ich mich, um mich impotent zu machen? Kastrations-Komplex ist gar keine üble Theorie ... ‹«

Fahles Funzellicht fällt auf die Kacheln. Eine kalt blitzende Vorhölle. Das heiße Wasser schießt in die Wanne. Schwester Magdi hilft Klaus. Sein von Einstichen gezeichneter Körper, eine geschundene Kreatur.

Klaus bedeckt seine Blöße, er zittert. »Willkommen im Talmi-Zauberberg!« Auch in diesem Raum sind die Fenster vergittert.

»29.V. Sehr unruhige Nacht, trotz schwerer Schlafmittel. – Morgens lang-anhaltender Weinkrampf. Ein Vergnügen ist DAS nicht.« … »2.VI. 2 Tage völlig verschlafen. Immer noch *so* matt. Kann kaum gehen. Kaum lesen.« … »Curtiss – Bringt Rosen.« … »4.VI. Sehr heftig geträumt, dass E sich bei der Ankunft in Europa durch *Schläfen* und Herz geschossen, und dass ich nun auch sterben dürfe.«

Schwester Magdi kommt im Morgenrock aus dem Nebenzimmer. Klaus weint, er krümmt sich. Sie redet leise und beruhigend auf ihn ein, schlägt das Laken zurück und trocknet ihn ab. Der Patient drückt auf seinen Bauch, springt auf, schiebt die Schwester beiseite und will die Tür aufreißen. Unversehens hängt er am Griff fest, die Beine knicken ein.

Poschingerstraße

Dr. Klopstock hat die Eltern in einem Brief in Kenntnis gesetzt. Die Nachrichten über Klaus sind so wichtig, dass Katia ihren Mann während seiner Arbeitsstunden stören muss.

Der Dichter laboriert selbst an einem schmerzenden Bein. »Was ist?«

»Eissis Zustand!« Katia deutet auf den Klopstock-Brief.

»Bitte, lies vor!«

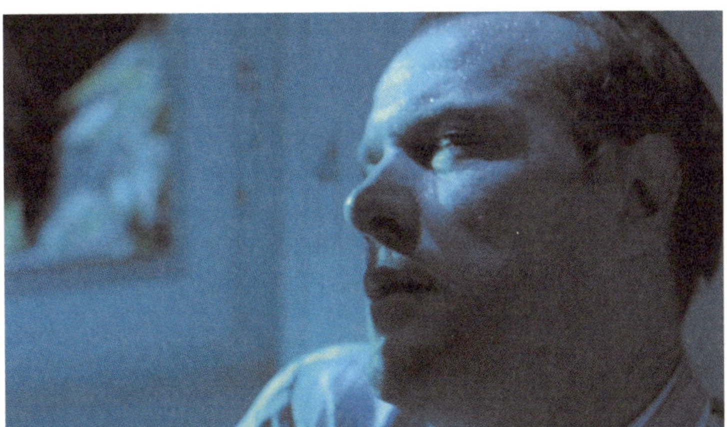

Der Arzt schildert sorgenvoll den Morphinismus und den bisherigen Verlauf der Kur. Klaus hat demnach Absencen, steht nachts auf und sucht »die nette Sache«. Vielleicht ein Ausdruck dafür, wie tief die Sucht in seiner Seele eingewurzelt sei.

Katia stockt für einen Moment. Thomas Mann lauscht scheinbar regungslos. »Wir konnten bei der guten Gesundheit seines Herzens schon nach einigen Tagen zu einer vollkommenen Entgiftung übergehen. Wir halten es für geboten, den Aufenthalt Ihres Sohnes um eine weitere Woche zu verlängern, vorausgesetzt, Sie wollen die Kosten dafür übernehmen.«

Der Vater schaut auf. »Selbstverständlich.«

Katia atmet tief durch, sie hat ihre Entscheidungen schon getroffen. »Es ist allerhöchste Zeit, davon abzulassen – ich werde ihm schreiben, dass er sich von diesem verhassten Kleinbürgerlichen befreien muss.«

»Der Junge verträgt keine Autorität«, konstatiert Thomas Mann und fasst an das schmerzende Bein.

Katia lächelt. »Wie der Vater.« Es steht ihr gut, wenn sie zu solch sanfter Kritik anhebt.

»Spätes Nachtessen. Zwischenein Telephon-Gespräch K.'s und Eri's mit Dr. Klopstock in Budapest wegen Klaus. E's Abneigung hinzufahren. Der Junge moralisch und selbstkritisch nicht recht intakt. Verträgt keine Autorität, verscherzt aber das Recht, sie nicht zu ertragen.« So wird es der Vater ein paar Tage später vermerken. »Besorgnis seinetwegen.«

Jetzt legt ihm Katia erst mal ihren fertigen Brief vor. »Schreibe ihm einige freundliche Sätze. Es hat doch das Leben so viel Gutes und Schönes für ihn bereit …«

Sie bringt ihm eine Schreibunterlage an die Couch. Zwei Tage vor seinem 62. Geburtstag, der Zauberer greift zum Füllfederhalter. Beiläufig: »Was schreibt Klaus denn über sein neues Freundchen, diesen Amerikaner? Ein Filmkritiker soll das sein?«

»Ja, der Thomas Quinn Curtiss …«

»Der Gedanke an C. – für den ich eigentlich immer noch keinen Namen habe. Der ewige Zweifel, ob ich ihn GENUG werde lieben können. (Man liebt NIE genug.)

Furchtbare Niedergeschlagenheit, weil Klopstock mir sagt, dass ich noch eine Woche hierbleiben muss. Heftige Depression und Nervosität. – Getröstet durch die Güte und den Reiz von Curtiss.«

Klaus kann immerhin in ein schöneres Zimmer ziehen und jeden Tag mehr lesen – Goethe, Verlaine, Werfel und natürlich Kafka. Doktor »Klopstock erzählt von seiner *Elegance*. Ähnlichkeit mit Nietzsche – der noch in seiner ›paralytischen Nacht‹ höflich, wohlerzogen, elegant blieb ...«

Der Garten des Sanatoriums *Siesta*. Klaus liegt in einem Liegestuhl und schreibt. Er sieht gesünder und erholter aus.

Die Sonnenreflexion eines Spiegels nimmt ihn ins Visier. Gestört und geblendet schaut er hoch zu seinem Krankenzimmer. Hinter dem Sonnenblitz zeichnet sich jetzt der winkende junge Amerikaner ab. Klaus freut sich und winkt zurück. Der Strahl aus dem Spiegel trifft auf sein Herz.

Dr. Klopstock hat das Spiel beobachtet. »Sie arbeiten wieder. Gut! Erstaunlich, wie Sie sich erholen.«

»Es ist auch seinetwegen. Ohne diesen Engel da oben hätte ich es nicht geschafft.«

»Er bleibt bei Ihnen?«

»Für immer und ewig!«

»Ich wünsche es Ihnen.«

»Und zuerst gehen wir mal auf Reisen; ich stelle Tomski dem Zauberer vor.«

»Tomski?«

»Thomas Quinn Curtiss – Tomski. Ich kann ihn doch nicht Thomas nennen!«

Beide müssen lachen. Klopstock hat verstanden. »Nein, nicht wirklich!«

Queen Mary

Die Manns auf hoher See. Überfahrt auf der »Queen Mary« nach Amerika. Am 1. März 1938 beginnt der deutsche Nobelpreisträger in Chicago eine Vortragstournee durch fünfzehn Städte. Die Roosevelt-Regierung verhält sich dem Naziregime gegenüber neutral, zu neutral. Thomas Mann will auf seiner Lecture-Tour die amerikanischen Bürger alarmieren – Hitler und der Faschismus, so wird er sagen, bedeuten unausweichlich Krieg und Weltenbrand. »Vom zukünftigen Sieg der Demokratie«, The Coming Victory of Democracy, so der Titel seines Vortrags, in dem es am Ende hoffnungsfroh heißt: Sie, die soziale Demokratie, »wird die ›Volksgemeinschaft‹ schaffen, welche sich dem Lügengebilde, das der Faschismus so nennt, im Frieden schon und, wenn es sein muß, auch im Krieg, weit überlegen erweisen wird. In ihr ist die Gemeinschaft schon lebendig, die das Ziel aller Politik ist und sie endlich aufheben soll: die Gemeinschaft der Völker.«

Doch diese Idee erfährt vorerst einen Rückschlag:

»›Queen Mary‹, Ozean, Donnerstag, den 17. II.38

Die Reise steht in dem niederschlagenden Zeichen der österreichischen Katastrophe.« … »Furchtbar. Schuschnigg gezwungen, die Mörder Dollfuß' und die Bombenwerfer und Attentäter auf ihn selbst zu begnadigen. Der Nazi-Innenminister nach Ber-

lin. Goering in Wien erwartet. Niedergeschlagenheit der österr. Patrioten, Panik der Katholiken und Juden. Natürlich Verpönung alles ›Antideutschen‹« … »Grausig. Die Folgen für Prag? Die Wirkung auf die Schweiz? Wohin? Paris? London? Amerika?«

Die *Queen Mary* gibt in der 1. Klasse jenes leichte Brummen von sich, das schläfrig macht. Der Dichter legt die Bordzeitung mit den Berichten über den Anschluss Österreichs beiseite, schaut aus dem Bullauge in die atlantische Weite.

»In Österreich Triumphzüge der Nazis mit eigenem Ordnungsdienst.« Es entlockt ihm ein gequältes Lachen: »Kanzler Schuschnigg tröstet die jüdischen Industriellen und ermahnt die Nazis, ihre neuen Rechte nicht zu missbrauchen …«

Thomas Mann zieht seine Smokingjacke über, Katia macht sich ebenfalls für das Dinner zurecht.

»Vor ein paar Tagen hatten wir Hochzeitstag.«

Sie schaut auf, während sie es sagt, von Tommy sieht sie nur die Silhouette.

»Ach ja.«

»War aber auch ein Durcheinander zum Schluss.« Katia meint die Hochzeitsvorbereitungen damals.

»Dreiunddreißig Jahre!«, sagt der Schattenriss.

Katia ist stolz auf diese Jahre, die Kinder, den Ruhm ihres Mannes, die gemeinsame Lebenszeit – trotz aller Krisen und Mühen. »Gute Jahre.«

»Mir schwindelt, wenn ich zurückschau.«

Es will keine Stimmung aufkommen zwischen den festlich gewandeten Eheleuten. Katia, gegen seine Verstocktheit an sprechend: »Hast es doch gut gemacht, mein Reh – auch viel Lorbeer aufgehäuft.«

Aber »das Reh«, für einen Moment in die letzte Abendsonne gehüllt, bleibt unzugänglich. »Hast mir gut beigestanden. Konnte ganz gut und konzentriert für mich sein und schreiben. Aber es war auch ...«

Katia fällt ihm instinktiv ins Wort: »War übrigens auch unser Hochzeitstag, als wir 1933 ahnungslos in München abreisten.«

Der Dichter, bitter: »Eine Reise ohne Wiederkehr.«

»Weißt du noch, der holländische Steward, wie er uns bei der ersten Überfahrt nach Amerika in die Rettungsboote einweisen wollte?« Katia spielt ihn nach: Und dann lassen wir die Boote zu Wasser, und ich rudere Sie nach Hause ... Sie lacht – ihr Versuch, mit betontem Humor die größer werdenden Dämonen aus der Kabine zu verbannen.

Thomas Mann dreht sich langsam zu ihr um. »Ja, wo das wohl ist, unser Zuhause?«

Katia ist nicht sicher, ob sie seine Bemerkung richtig versteht.

»Wenn alles so weitergeht, kann Eri vielleicht bald das Züricher Haus auflösen, und wir bleiben in Amerika.« Dabei setzt er sich in den Sessel und fummelt an den Manschettenknöpfen. Katia kniet sich neben ihn und hilft.

»Ich werd' es dir schon einrichten, wo immer es sei. Und am Ende ist alles wie in den Jahren zuvor. Du wirst den Goetheroman fertig schreiben. Und alles, was du schreiben willst und musst.«

Er erhebt sich wieder und tritt näher zum Spiegel. »Wie in den Jahren zuvor ...« – als wär's ein Atemzug, nur eine Episode. »Einheit des Lebens. ›Es war das ewige Wälzen eines Steines, der immer wieder gehoben sein wollte.‹« Ganz gegen ihren optimistischen Ton fragt der Dichter seine Frau: »Will ich's denn so haben – noch mal? All die Entbehrung, die Qual …«

»Entbehrung? Tommy – was redest du da?« Katia fröstelt, sie kennt diese Grundstimmung von ihm, diese Herzfrequenz, die erbarmungslos herunterkühlt, was in ihren Radius gerät.

Wer sich nicht dagegen wappnet, von den Nahestehenden, den macht es wund. Und als ob nicht schon genug gesagt wäre, setzt dieser Mensch noch einmal nach: »Ich möchte es nicht wiederholen – weißt du, das Peinliche hat doch zu sehr überwogen.«

»Das ›Peinliche‹ – So? Ja?! …« Katia bricht ein. Sie wendet sich ab, nun hat er es selbst bei ihr geschafft, so ungewöhnlich ist dann doch diese Offenheit … sie muss es ja auf sein Leben mit ihr beziehen, auf ihr eigenes Leben, das immer ganz dem seinen diente.

Thomas Mann blickt auf die Uhr, schickt sich an, die Kabine zu verlassen. »Ich habe Bibi versprochen, mit ihm am Cinéma vorbeizugehen. Du willst nicht mit?«

Katia holt tief Luft. »Mein Auge – es will nicht besser werden. Wir wollen es lieber schonen.«

Der Dichter geht ohne ein weiteres Wort, Zeichen dafür, dass er etwas gemerkt hat.

Katia bleibt allein in der Kabine zurück und sinkt fast erleichtert in sich zusammen. Gischt fliegt gegen das Bullauge. Sie schaut hinaus und weint.

»Das Leben – ich sagte, ich möchte es nicht wiederholen, das Peinliche habe zu sehr überwogen. Fürchte K. weh getan zu haben. Solche Urteile über das Leben, das eigene, das ja doch identisch mit einem ist (denn ich bin mein Leben) haben keinen Sinn.«

Und am nächsten Tag:

»Der Magen hält sich leidlich. K's Augenschwellung scheint auf Windreizung zu beruhen.«

New York New York, die Stadt der Städte. Maßlose Moderne. Fix und fertig angezogen, warten die Manns mit Handkoffer und Handtasche auf die Passkontrolle im Salon, als überraschend Erika durch die Tür tritt. »Welcome to America!«

Große Freude bei den Eltern. Die geliebte Tochter strahlt. Seit Sommer 1937 ist sie offizielle Einwanderin. Vergessen ist der Reinfall mit der *Peppermill* hier in Amerika. Erika hat neue Betätigungsfelder gefunden, sie reist seit einem Jahr als Lecturer mit Vorträgen zur politischen Lage im Dritten Reich quer durchs Land und schreibt parallel dazu ein scharfsinniges Büchlein über die Erziehung der Kinder zum Faschismus. Es wird ein Bestseller werden.

Und jetzt hat sich die sportlich-mondäne junge Frau von Anfang dreißig vorgenommen, den Vater zum Protagonisten eines weltweit wirkenden Exils zu machen. Seit seiner deutlichen Stellungnahme gegen Hitler stand dem nichts mehr im Wege, auch nicht zwischen ihnen.

»Erikind, du siehst prächtig aus!«

»Thank you so much, Mielein-darling.«

Thomas Mann schmunzelt: »Deine Lecture-Tours bekommen dir gut.« Er ist stolz auf die Tochter, wie sie sich in der Neuen Welt etabliert…

»Das wäre auch etwas für dich, Magician.« Erika hängt sich bei ihm ein. »All right, Zauberer, halt dich bereit. Die Journalisten warten an Deck und wollen deinen Kommentar zu Österreich.«

»In englischer Sprache?« Es ist das vierte Mal, dass Thomas Mann in New York ankommt, doch die Nervosität, ohne Beherrschung der Sprache agieren zu müssen, hat nicht nachgelassen.

»Selbstverständlich.« Und schon zieht Erika einen vorbereiteten Zettel aus der Tasche, ein Statement.

Erika Mann erzählt im Interview mit Fritz J. Raddatz:

»Mein Vater Thomas Mann hat nicht aus seinen Werken vorgelesen dort, sondern politische Vorträge gehalten. Es schien ihm politisch richtig und wichtig. Und er hat sich infolgedessen in diese enorme Anstrengung gestürzt, hat seine Vorträge auf Deutsch geschrieben. Sie wurden übersetzt, und dann haben wir geübt.«

Thomas Mann plagt sich mit dem »th«. Er spricht der Tochter nach: »The dissatisfaction in Germany was so great that Hitler...« Erika lacht, weil ihr Vater sich in den weichen und harten »s«- und »th«-Lauten verheddert.

Der Vortragsreisende probiert tapfer weiter. »The dissatisfaction in Germany was so great that Hitler had to do something about it.«

»That was good!« Erika und Katia nicken ermutigend.

»In spite of this, however, I am optimistic about the final victory of democracy.«

Katia spricht tonlos mit.

Als die drei Manns sich schließlich den Rundfunkreportern und Fotografen stellen, klingt des Dichters sehr betont vorgetragene »Botschaft an Amerika« fast gekonnt – nur an den Lippenbewegungen, die Erika und Katia beschwörend mitmachen, erkennt der Außenstehende, welcherart Papageienlektion hier stattfindet.

Nach seiner vorbereiteten Erklärung werden ihm Fragen gestellt. Ob er das Exil als schwere Bürde empfinde. »It is hard to bear«, antwortet der Dichter, doch – und wir lassen ihn auf Deutsch fortfahren –, »was es leichter macht, ist die Vergegenwärtigung der vergifteten Atmosphäre in Deutschland. Das macht es leichter, weil man in Wirklichkeit also nichts verliert. Wo ich bin, ist Deutschland. Ich trage meine deutsche Kultur in mir. Ich lebe im Kontakt mit der Welt, und ich betrachte mich selbst nicht als jemand, der gestürzt ist.«

Applaus eines Zufallspublikums Mitreisender, die den Reportern über die Schulter schauen. Eine frische Brise weht über das Deck und die Piers von Manhattan erstrahlen viel versprechend in der Morgensonne.

Ein junger Mann schaut an diesem Tag in New York auf die Familie Mann. Es ist der Assistent des Prinzen Hubertus zu Löwenstein, des Generalsekretärs einer einflussreichen Hilfsorganisation für das exilierte deutsche Geistesleben, der *American Guild for German Cultural Freedom*.

»Es war der 21. Februar 1938«, erinnert sich *Volkmar Zühlsdorff*. »Und an diesem Tag hat er dieses berühmte Wort gebraucht: ›Wo ich bin, ist Deutschland.‹ Das hat mich beeindruckt. Wir haben das sofort aufgegriffen. Er war der Präsident der literarischen Klasse der Deutschen Akademie im Exil. Glanz und Ruhm deutschen Geistes war gewissermaßen hier draußen im Exil versammelt. Und ganz bewusst haben wir es so dargestellt: Das ist das andere Deutschland. Nicht Hitler ist Deutschland, sondern das, was draußen ist. Überall, wo nicht dieser Kleinbürger, dieser lächerliche Mensch mit dem verbrecherischen Regime des Nationalsozialismus, sondern wo der freie Geist herrscht. Und der ist draußen im Exil. Und als Spitze des Eisberges gewissermaßen, die Akademie im Exil, mit den beiden Präsidenten Thomas Mann und Sigmund Freud und all ihren Mitgliedern. Und als er ankam – wir waren damals im Hotel Bedford –, bin ich sofort auf ihn zugegangen und hab' ihn begrüßt.«

Die Vortragsreise des Nobelpreisträgers im Exil wird ein großer Erfolg. Erika assistiert ihm als Dolmetscherin, Beraterin und Regisseurin seiner Auftritte.

In einem Brief an Klaus berichtet der Vater: »Amerika ist ungeheuer gut zu mir. Die Reise durch den Kontinent und zurück war wohl eigentlich ein Triumph, von hoch aufgebauten, in rührender Aufmerksamkeit lauschenden Menschenmassen gesäumt.« Auch die *Joseph*-Ausgabe bei Knopf scheint ein »Renner« zu werden. »Knopf mit dem Verkauf des Buches zufrieden; 7000 Exemplare in einer Woche.« Ein Tag später: »Knopf berichtet, daß 8000 Stück verkauft.« Zugleich tägliche Eintragungen über die deutschen und österreichischen Entwicklungen. »Gequält nachmittags von Gram und Haß.« … »quälende Spannung, heiße Wünsche für die Vernichtung des Übels« … »Aber ob Krieg oder nicht, daß wir überhaupt noch einmal in die Schweiz zurückkehren, scheint immer unrätlicher. Geht es so weiter, wird dem Scheusal bald nichts mehr unmöglich sein.«

Man konnte es sich vorstellen. Hitler in Wien, auf dem Balkon über die dicht gedrängten Massen der Wiener hinweg, die er nun »heim ins Reich« geholt hat. »Als Führer und Kanzler des deutschen Volkes und des Reichs« meldet er vor der Deutschen Geschichte nunmehr den »Eintritt meiner Heimat in das Deutsche Reich. Sieg Heil!«

Und ein aus voller Seele gebrülltes »Sieg Heil!« schallt vom Platz her zum Führer zurück.

In Princeton wird Thomas Mann eine Professur angetragen, Lecturer in the Humanities, und damit scheint die Übersiedlung gänzlich beschlossen. »Ost oder West?«, fragt der Zauberer im schon zitierten Brief an Klaus.

»Princeton, wo wir neulich waren, ist sehr hübsch. Aber ich fürchte mich etwas vor der Gelehrten-Atmosphäre, und das Movie-Gesindel ist mir im Grunde lieber.«

Nizza Ein kleines Café an der Uferpromenade. Das Mittelmeer kräuselt sich träge am Kieselstrand. Drei Herren nehmen ihr Abendgetränk und warten auf das tägliche Himmelsschauspiel der untergehenden Sonne – Hermann Kesten, Joseph Roth, Heinrich Mann. Joseph Roth wie immer besonders viel und heftig trinkend.

Nebenan feiert eine kleine herauskostümierte Gesellschaft, lustige junge Leute. Gram und Selbstmitleid der Herren Schriftsteller reichen nicht bis dorthin. Und Nelly Kröger hat es nicht bei ihnen halten können, sie tanzt leidenschaftlich mit einem befrackten Sensenmann. Die Musette schraubt sich ins schönste Solo – ein Akkordeon, das sich zur Endlosschleife zieht.

Hermann Kesten hat eine gute Nachricht. »Freud hat sich aus Wien gerettet.«

»Und was ist aus Egon Friedell geworden?«, fragt Heinrich nach dem Wiener Schauspieler und Schriftsteller, der sich so gern darüber ärgere, dass er vor allem für seine *Kulturgeschichte der Neuzeit* berühmt geworden ist...

Roth nimmt einen tiefen Schluck. »Friedell ist tot. Der ist in Wien aus dem Fenster gesprungen, um seiner Verhaftung zu entgehen.«

Tusch. Tanzpause. Nelly rauscht verschwitzt und lebensfroh heran und hängt sich unvermittelt ins Gespräch. »Verrecken soll sie, die Nazi-Bande!«

»Die Arbeiter Wiens sind schließlich Sozialisten geblieben!«, beschwört ihr Heinrich das Unmögliche.

»Hoffentlich!« Nelly wischt sich eine Strähne aus der Stirn und wechselt übergangslos das Thema. »Roth, Sie werden sich noch tottrinken.«

Der Angesprochene, mit der tiefen, krächzenden Stimme, an der seine Freunde erkennen, dass er betrunken ist: »Nelly, Sie sind der Fachmann.«

»Es ist braunes Gift!«

»Es sieht nicht nur aus wie Medizin. Es wirkt auch so.« Und Roth hebt sein Glas.

Kesten schreitet zur Verteidigung seines leidenschaftlich trinkenden Dichterfreundes. »Er kann sonst nicht schreiben.«

»Und wer nicht mehr schreiben kann, der kann auch nicht weiterleben.« Heinrich Mann lockert seine Fliege, die zu eng am Hals anliegt.

Jetzt schüttet auch Nelly einen doppelten Rum in sich hinein. »Und ich brauche es für meine Seele – sonst kann ich nicht weitertanzen.« Sagt es und verschwindet im Gewühl auf der Tanzfläche. Heinrich schaut ihr nach, der verzweifelten Lebenslust.

Meereskühle kommt auf. Die hochschwangere Kellnerin stellt ein Windlicht auf den Tisch. Der flackernde Kerzenschein gibt den drei Männern eine gespenstische Note. Roth fixiert den schweren Gang der Jungen: »Ich sehe so viele schwangere Frauen! Wissen Sie, was das heißt? Der Krieg kommt bald.«

»Nein, nein. Hitlers Generäle haben Angst. Sie fürchten eine Niederlage. Frankreich würde sich schon zur Wehr setzen.« Heinrich Mann mag an das Schlimmste nicht denken.

Doch Roth bohrt weiter, er schaukelt im Walzerklang. »Toutes les belles filles. Sie tanzen in Frankreich. Sie sehen ihn nicht, den Krieg.«

»Die Menschen haben Einsicht. Vielleicht gibt es einen Aufstand in Deutschland. Wenn man erkennt ...« – der bald Siebzigjährige hält an der Vernunft fest, und der junge Roth, der schon ein Jahr später tot sein wird, an seiner Phantasie: »Der Krieg – der Schmerz galoppiert über die ganze Welt. Auf einem apokalyptischen Hengst galoppiert er. Keinen Flecken Erde lässt er aus ... Rundum ... immer rundum.« Er schaukelt weiter, der Autor der *Legende vom heiligen Trinker*, und singt stakkato in sein Glas hinein: »Rundherum – rundherum!«

Heinrich Mann ist längst verstummt. »Das geht weit!«, sagt er nun und nimmt seinen Hut, er verbeugt sich steif und verlässt die Gefährten mit dem ihnen vertrauten »sonderbaren Blicke«.

Ende August 1938. Nelly packt Heinrichs kleinen Koffer. Er reist zu seinem Bruder nach Zürich. Der Abschied steht bevor, denn Thomas Mann wird mit seiner Familie Europa verlassen.

Obenauf verstaut sie das Manuskript vom *Henri Quatre.* »Bin ganz froh, dass ich nicht mitfahren kann. Die Besuche deines Bruders haben mir gereicht.«

Nelly spielt Thomas Manns singende, gewählte Ausdrucksweise nach, dabei wie immer seinen vornehmen Ton übertreibend: »Frau Kröger, ach Frau Kröger ...« Sie wird laut: »Am liebsten wäre ihm, du würdest auch nach Amerika gehen und mich hier zurücklassen. Allein – im Elend.« Nelly schluckt.

»Nell, musst doch nicht flennen!«

Sie wandert schnell in die Küche, gönnt sich einen Rum. Die guten Vorsätze aus Anlass der Reise gelten schon nicht mehr oder noch nicht, Nelly ist verzweifelt. »Ohne Pass kann ich ja nicht weg. Und dann können sie mich gleich ins KZ ausliefern. Die warten doch nur auf mich, die Nazis.« Sie wird hysterisch. »›Frau Kröger, Frau Kröger.‹ Er weiß genau, dass ich deine Frau bin. Wir wären doch schon lange verheiratet, wenn deine Scheidungsurkunde nur endlich mal aus Berlin kommen würde. Nicht wahr, Heini?«

Heinrich nimmt Nelly das Glas aus der Hand und entleert es im Ausguss. Sie wirft sich ihm in die Arme. »Roth sagt, es gibt Krieg...«

»Bist doch mein Düwel... von de Waterkant.« Heinrich küsst sie zum Abschied.

Aber Nelly zittert. »Du gehst jetzt ganz schnell zum Zug, und dann kommst du ganz schnell wieder, sonst werde ich nie mehr froh!«

Küsnacht

Das Mann-Domizil in der Schiedhaldenstrasse steht vor der Auflösung. Im Arbeitszimmer sind die Regale bereits leer geräumt, alle Bücher in Holzkisten verpackt und die Lübecker Schränke für den Transport nach Übersee zerlegt worden. Zwei Stühle haben eine Gnadenfrist bekommen, genau wie die große Goethe-Ausgabe, denn Thomas Mann schreibt bis zum letzten Moment an seiner Vorlesung für Princeton.

Er schenkt zwei Gläser Cinzano ein. »Chaos, überall Chaos. Ich kann kaum noch arbeiten.«

Heinrich zieht an seiner Zigarre. »Und dein Goethe?«

»Geht nicht voran. Es soll ein Kolleg werden für die Studenten in Princeton: Goethes *Faust*. Und dein *Henri Quatre* ist tatsächlich fertig?«

»Fertig und vollendet. Ich habe euch die Schlusskapitel mitgebracht.«

»Du musst daraus vorlesen.«

Heinrich nickt. Die karge Atmosphäre, zwei einzelne Stühle am Schreibtisch, Leere und Stille vor dem Aufbruch – all das verstärkt ihr Gefühl brüderlicher Vertrautheit.

»Es ist schön, hier bei dir zu sein, Tommy. Bevor du so weit fort gehst. Ihr seid doch mein einziges Band an unsere Familie, an die Vergangenheit, an ... –«

»– ... an unser Zuhause.« Vervollständigt der andere. Zwei Jungen, die auf dem Schlitten die Engelsgrube hinuntersausen, die im Weihnachtszimmer der Frau Senator über die Pracht ihrer Geschenke staunen oder sich mit all ihrer Phantasie Geschichten auf dem Papiertheater vorspielen und später sogar ihren jüngeren Geschwistern das *Bilderbuch für artige Kinder* zeichnen und dichten. Aber das ist lange her. Kein Weg führt zurück, vor allem für den Jüngeren nicht.

Heinrich Mann nimmt den warmherzigen Ton auf: »An eine ferne Zeit – ja.«

Der Bruder tritt einen Schritt zurück, geht versonnen um den Schreibtisch herum und setzt sich.

»Man verliert so viele Menschen in diesen Tagen. Und jetzt wirst du deinen Abschied von Europa nehmen.« Es klingt nach

einem endgültigen Lebewohl. Das wollte Heinrich gar nicht, aber es entspricht doch seiner Stimmung, er spürt das Kommende.

»Eine ordentlich bezahlte Professur, ein paar tausend Dollar im Jahr. Wer weiß, wie es hier weitergeht, wenn der idiotische Lumpenkönig in Berlin so weitermacht.«

»Sie arbeiten ihm alle in die Hände. Dieser Wicht ist ein Nichts...«

Thomas Mann, nachdenklich: »Ohne ihn wäre es anders. Diese Gewalt-Majestät ist schon eine Spezialbegabung – nicht nur für die Massen ... wie das Ressentiment dieses Dauer-Asylisten sich mit den Minderwertigkeitsgefühlen eines geschlagenen Volkes verbindet –«

»Wenn sich Europa zu einem Krieg entschließen könnte, dann wäre es morgen mit ihm vorbei. Es ist immer noch Zeit.«

Der Hausherr leert sein Glas und schenkt dem Bruder nach. »Mit ihm ist es etwas Besonderes. Wie er sie alle erlöst von der Anstrengung zu denken, sie von aller Moral und Gesittung befreit – die Sehnsucht nach Entschlossenheit und Vereinfachung der Gefühle, kennen wir das nicht?«

Ein prüfender Blick. Heinrich Mann wehrt solche Verwandtschaftlichkeit ab. »Mein Gott, Tommy, du fühlst dich ja von dem Mann angesprochen!«

»Der Bursche ist eine Katastrophe, das ist kein Grund, ihn als Charakter und Schicksal nicht interessant zu finden. Wagnerisch, auf der Stufe der Verhunzung, ist das Ganze – das Künstlertum dieses effektreichen Hysterikers ... Jetzt wollen sie alle hinter die Schule laufen. Du verstehst mich.«

»Ja!« So nannten sie in Lübeck die Drückebergerei, das Faulenzen und Draufmachen. Heinrich freut sich über diese gemeinsame Sprache aus Schülertagen.

Thomas Mann ganz entschieden: »Ja, man schämt sich dieses unangenehmen Bruders. Ich will es dahingestellt sein lassen, ob die Geschichte der Menschheit einen ähnlichen Fall von moralischem und geistigem Tiefstand, verbunden mit dem Magnetismus, den man ›Genie‹ nennt, schon gesehen hat ... – Ich bin übrigens dabei, einen kleinen Aufsatz über Hitler als ›Gegenkünstler‹ abzuschließen.«

»Wir könnten nach dem Abendessen lesen, wenn es dir passt.«

Im Arbeitszimmer mit den gepackten Kisten, dem halb leer geräumten Schreibtisch und den blinden Flecken anstelle von Bildern an der Wand, stehen wenig später einige bunt zusammengewürfelte Stühle. Die beinah vollzählige Familie bildet das Auditorium für Heinrichs Lesung.

»Ansprache des Henri Quatre, König von Frankreich und Navarra, gehalten von einer Wolke herab, die blitzartig den Blick auf ihn freigibt und sich wieder vor ihm zusammenzieht« – Heinrich schlägt einen deklamierenden Ton an.

Die Zuhörer spüren sofort die Verbindung und Nähe des Autors zu seinem Helden – die Familie quittiert es hier und da mit einem kleinen Nicken und Lächeln. Man weiß, wem man zuhört, und erkennt sowieso bei allen schnell die Identifikationsfiguren.

Der historische Roman als Form der politischen Kritik. Gegen ein Diktator-begeistertes Deutschland und Faschismus-bereites Europa setzt Heinrich den frühaufklärerischen Henry IV, der Frankreich mit einem Toleranzedikt eint. Ein König, der sein Volk liebt, der seine Macht für die Menschen gebraucht und Frankreich zu einem »Vorposten der menschlichen Freiheiten« machen will.

Heinrichs gerechter König spricht: »Im Grunde ist unser Weg auf dieser Erde von Leiden und Freuden gezeichnet, die unserem Verstand fremd und zuweilen unter unserer Würde sind.«… »Schaut mir in die Augen. Ich bin ein Mensch wie ihr; der Tod ändert nichts daran und auch nicht die Jahrhunderte, die uns trennen. Ihr haltet euch für erwachsene Leute, weil ihr einer Menschheit angehört, die dreihundert Jahre älter ist als zu meinen Lebzeiten. Doch für die Toten – gleichviel ob sie seit langem tot sind oder erst seit gestern – ist der Unterschied gering. Ganz abgesehen davon, daß die Lebenden von heute abend die Toten von morgen sind.«

Die Zuhörer wirken konzentriert, sie sind ganz bei Heinrich – oder auch ganz woanders.

Klaus Mann denkt vielleicht an den geliebten Curtiss, an dessen jugendliche Unentschlossenheit. Und wie sehr gerade ihm, der doch vor allem in Hotels lebt, die Packerei, das Verschwinden des ganzen Hauses in Kisten, wie »ein kleiner Tod« vorkommt. Ein Geisterhaus.

Vielleicht sind es aber auch die Eindrücke der letzten Tage, die auf ihn wirken, während das Haus verödet. »Mehrere ärgerliche kleine Dinge bestätigen mir mein altes Gefühl: dass ich mit Z. unter dem gleichen Dach für eine längere Weile nicht leben kann. – – –«

Die Gespräche mit Bibi, seine »Neigung, mich zu kopieren«, die Klaus an Gides *Rückkehr des verlorenen Sohnes* erinnert, als müsse der kleine Bruder »alle Fehler und Sünden des älteren wiederholen …« – und: »Warne ihn eindringlich vor der Droge. ›Es wäre mir so *langweilig*, wenn er auch damit anfinge‹ …«

Nebenbei die Redaktionssitzungen mit Erika für das gemeinsame Buch über die *Deutsche Kultur im Exil* und gleichzeitig die Arbeit am neuen Roman, die seine jüngsten, besonders quälenden Entzugserfahrungen vom Frühjahr in Zürich wieder hochkommen lässt … und dann dieser brüderliche Abschiedsbesuch des Onkels: »*Heinrich:* sehr alt, beinah greisenhaft. (Angst davor, meinerseits so alt zu werden – – – –) Sehr rührend. Kleine Unterhaltung mit ihm über Moni, bei der er höchst sympathisch, menschlich-interessiert. – – – Z., ihm gegenüber oft gedankenlos-grausam. (Wem gegenüber *nicht?*)«

Klaus fühlt sich niedergeschlagen wie lange nicht mehr, die alarmierenden politischen Nachrichten und – passend zu alledem – immer die Angst, Tomski nicht zu verdienen, ihn zu verlieren – oder nicht zu haben. »Lähmende Betrübnis. Aller Aufwand umsonst, jede Anstrengung ein Misserfolg. Käme der Tod! …«

Heinrichs Lesung strebt auf ihren Höhepunkt zu:

»Bewahrt all euren Mut inmitten des gräßlichen Getümmels, in dem so viele gewaltige Feinde euch bedrohen. Zu allen Zeiten gibt es Unterdrücker des Volkes, nie habe ich sie geliebt. Sie haben kaum das Kleid gewechselt, doch überhaupt nicht die Gestalt.« ... »Doch dieses Frankreich, das meines war, bewahrt die Erinnerung daran; es ist immer noch der Vorposten der menschlichen Freiheiten, die da sind: Gewissensfreiheit und die Freiheit, sich satt zu essen.«

Klaus im Tagebuch: »Sehr eindrucksvoll. Die große, persönlich geprägte Chronik. Stärke des sittlichen und menschlich-sinnlichen Gefühls. Gerührt ...«

»Großes, rührendes Werk«, schreibt auch der Vater, »ergreifende Vorlesung Heinrichs« ... »Die Tschechen begierig nach Krieg. Man ist es im Tiefsten auch.« – »Fortschreitende Auflösung des Hauses.«

Elisabeth Mann: »Für mich war Abreisen immer eine schreckliche Sache. Ich hab mich in Zürich sehr wohl gefühlt, aber es musste halt sein. Den Krieg hat man kommen sehen.«

Schon nach dem Anschluss Österreichs im März hat Thomas Mann es, fern der alten Heimat auf Lecture-Tour, prognostiziert: »Inangriffnahme der Tschechoslowakei.« Ein halbes Jahr später folgen die Taten. Auf der Konferenz von München verraten die

westlichen Demokratien die Tschechoslowakei. Das Sudetenland wird dem Deutschen Reich zugesprochen. Ein altes Filmdokument zeigt Hitler, Göring und Mussolini über die Landkarte und die Verträge gebeugt. Die Erpresser reiben sich vor laufender Kamera ganz ungeniert die Hände.

»Ausgang der Konferenz bedeutet unsinniger und betrügerischer Weise nichts anderes, als das, wogegen einen Augenblick Europa in Waffen stand, die Zerstückelung und das Ende der Č. S. R.« – »Angewidert, beschämt und deprimiert.« Thomas Mann ist wie die halbe Familie tschechischer Staatsbürger.

Elisabeth Mann: »Das hat ihn ungeheuer verdüstert, und als er in New York ankam, war er schon wirklich sehr, sehr verzweifelt.«

Princeton

Princeton, Stockton Street 65. Thomas Mann schluckt eine Phanodorm. Er kann nicht schlafen. Angstanfälle. Katia tröstet. Sie muss wie immer Kraft und Zuversicht aufbringen und, obwohl sie sich dessen auch nicht mehr sicher ist, behaupten, dass es gut ausgehen wird: Die optimistische Grundstimmung des erklärten Sonntagskindes muss gehalten werden. Kann er das glückliche Ende, die »Sonnigkeiten« seines Lebens auch in katastrophalen Zeiten anziehen, indem er fest daran glaubt?

Thomas Mann sitzt grübelnd im noch nicht fertig eingerichteten Arbeitszimmer. Er hat noch keine Freude an dem neuen Haus. »Diese Furcht, dass das Scheusal von Hitler einfach alles erreicht, was er will; brüllend immer mächtiger wird und frisst und frisst ...«

Katia, fest und bestimmt: »Er wird untergehen, du wirst es erleben! So geht deine Geschichte ...«

»Ja, eine gute Geschichte, wenn wir uns Mühe geben.«

»Morgen kommt dein Schreibtisch; und du bist wieder zu Hause.«

Katia tut so, als sei dies die Antwort auf alle offenen Fragen.

New York Professor Einstein, der neue Nachbar von Thomas Mann in Princeton, im weißen Leinenanzug auf dem Aussichtsdeck des Rockefeller Center – einer der vielen berühmten Exilanten, die nach Amerika drängen. Er wird im Buch der Mann-Geschwister vorkommen.

»Um die Jahreswende 1937/38 war New York schon das wichtigste Zentrum der ausgebürgerten deutschen ›Intelligentsia‹.

Im Hotel Bedford, sehr zentral gelegen: in der vergleichsweise stillen Vierzigsten Straße, zwischen der geschäftigen Lexington- und fashionablen Park Avenue, wimmelte es von Schicksalsgenossen, fast wie früher in gewissen Cafés von Zürich und Paris. Erika und ich gehörten zu den ›Bedford-Habitués‹. Während wir in unserem ›apartment‹ an *Escape to life* werkelten, trafen sich die im Buch geschilderten Personen, oder doch manche von ihnen, unten in der Bar zur ›cocktail-party‹.« Künstler, Autoren, Publizisten und allerlei Halbseidenes sind das Stammpublikum in diesem Mittelklassehotel unter deutschsprachiger Führung.

Klaus richtet sich – überall in der Welt – sein Zimmer gern ein: ein Tisch für das Wichtigste, die Reiseschreibmaschine, Fotos und Postkarten an der Wand. Ein Bild von Mielein, ein Kinderfoto (Klaus und Erika in Matrosenanzügen als zwillingshafte Geschwister, daneben die Mutter), eine Aufnahme des Zauberers, ein Berlin-Foto, St. Jude, der Heilige für alle Fälle, ein Alexander-Porträt, ein nackter junger Mann in den Armen eines Cherubim, ein Army-Call mit schönem Soldaten und schließlich ein Foto von Klaus und Curtiss.

Die endlosen Flure des Hotel Bedford. Das bummelige Zimmermädchen schaut verärgert zu den beiden streitenden Gästen, die gerade gegen ihren Reinigungswagen stoßen.

»Du hast niemanden für mich in Hollywood angerufen, nicht mal in Paris bist du zu Erich von Stroheim gegangen«, bedrängt Curtiss den fahlen Klaus, dessen hochgespannte Weltläufigkeit einer müden Heimatlosigkeit gewichen ist. Kleinmütig wirkt er. »War das ein Grund, mich warten zu lassen, mit wer weiß welchem Burschen nach Mexiko zu verschwinden?« Klaus ist eifersüchtig.

»Ich hatte kein Geld, fand ja keinen Job in Hollywood, und überhaupt. Deshalb bin ich weg.« Curtiss lässt sich kein schlechtes Gewissen machen. Er bleibt selbstbewußt.

Klaus reagiert mit pädagogischem Gehabe, hilflos und unpassend. »Du hast dich nicht bemüht, nicht lange genug gesucht, nicht oft genug vorgestellt«, sagt es, wankt und stolpert gegen eine Tür.

Curtiss bemerkt es nicht, geht zügig weiter, aufbrausend: »Soll ich gleich meinen Arsch hinhalten?«

Er dreht sich nach dem anderen um. »Was ist denn los?«

»Nichts. Geht schon.« Klaus hält sich kurz an Curtiss fest.

»Du nimmst wieder?«

»Nein«, antwortet Klaus, deutlich zu laut.

Thomas Quinn Curtiss Jahre später über seinen Freund: »Er hat etwas gesucht und nie gefunden. Maybe the impossible.«

Liebe?

»Liebe –?«

Das Zimmer ist stickig. Klaus reißt das Fenster auf. Die Nachtluft bringt keine Abkühlung. Curtiss bleibt mitten im Raum stehen.

»Du bist so weit weg. Was ist nur los…« Klaus fällt seinem Freund entgegen. Er küsst ihn, als müsse er ihn wiederbeleben, retten. Versöhnung für den Moment.

Später in der Nacht klettert Klaus vorsichtig aus dem Bett und schleicht auf Zehenspitzen ins Bad. Tomski schläft fest. In Zeitlupentempo, ohne das geringste Geräusch, holt er die Spritze aus seinem Versteck über dem Spiegel, eine Ampulle kullert aus Versehen ins Waschbecken. Aufflammendes rotes Neonlicht – an, aus, an, aus.

Klaus ist erregt, das Aufziehen der Spritze will ihm nicht gelingen. Plötzlich schnappt Tomski von hinten nach seinem Arm, er ist ganz wach, ein Ringkampf beginnt.

»Laß das endlich. Das Gift bringt dich um.« Curtiss hält Klaus mit aller Kraft am Handgelenk, der stöhnt auf und lässt die Spritze fallen. Tomski zerschlägt mit einem Handspiegel die Ampullen. Das Glas splittert über den Waschtisch.

»Nein, Tomski, es ist kein Gift. Es ist Wasser – ich verdurste, wenn ich es nicht trinken darf. Bitte!«

»Ich komme erst wieder, wenn du clean bist.«

Tomski eilt noch mit offenem Hemd über die Flure des Bedford. Als er sich am Fahrstuhl unwillkürlich umdreht, sieht er einen Pagen leise an Klaus' Zimmertür klopfen. »Hello – Klaus? May I come in?«

Klaus leckt das Gift vom Pseudomarmor. Es klopft. Er wimmert. »Tomski, verlass mich nicht.« Es klopft wieder.

Die Fahrstuhltür schließt sich.

Princeton

»Er sah aus wie Savonarola, ein sehr starkes italienisches Gesicht. Er war eine große Persönlichkeit...« *Elisabeth Mann* erzählt von ihrer ersten Begegnung mit dem italienischen Literaturwissenschaftler und Antifaschisten Giuseppe Antonio Borgese. Seit 1931 ebenfalls in der amerikanischen Emigration lebend, wird eine Begegnung mit den Manns wohl unvermeidlich, denn Professor Borgese plant unter anderem ein »Committee on Europe«, wie Thomas Mann am 5. November 1938 im Tagebuch vermerkt.

»Und ich durfte dann immer die Gäste mit dem Auto zum Bahnhof oder wo auch immer hin fahren. Und wenn ich einen Gast interessant fand, war es wunderbar, den fahren zu müssen, dann konnte man sich unterhalten. Und ich hab also den Borgese zur Bahn gebracht.«

Es schneit heftig. Elisabeth fährt langsam. Sie schaut manchmal aus dem Augenwinkel auf den Herrn mit den zarten Händen, der so viel mit ihrem Vater zu bereden gehabt hat und zu Hause schon lange geschätzt wird.

»Ich war gleich ziemlich von ihm gebannt, die Augen, die Stimme, der Akzent, die ganze Art, die Hände. Ich war immer sehr auf Hände aus! Er hatte feine, zierliche Hände.«

Der italienische Gast spürt das Interesse der scheuen und doch resoluten jungen Frau. Die könnte eine seiner Studentinnen sein. Der Professor schlägt einen sachlich-freundlichen Ton an: »Vielleicht kann ich Ihren Herrn Vater dafür gewinnen, zusammen mit einigen Freunden ein Buch über das Exil in Amerika zu schreiben.«

Elisabeth, konzentriert hinter dem Steuer gegen das zunehmende Schneetreiben anfahrend: »Dann kommen Sie ja vielleicht öfter aus New York zu uns herüber?«

»Wäre mir eine Ehre. Ich achte Ihren Vater sehr.« Borgese bemerkt wohl, wie die ein wenig unberechenbare Elisabeth ihn anhimmelt. »Aber bitte schauen Sie auf die Straße.«

Medi, sehr bestimmt: »Ich fahr doch ganz vorsichtig. Da kann nichts passieren.«

Noch im Oktober hat Klaus »Medis Martyrium« beobachtet, als Landshoff mit seiner späteren Ehefrau nach Princeton zu Besuch kommt und die kleine Schwester sich gequält zum Klavierspielen zurückzieht. Wo war denn nun diese Liebe geblieben?

Elisabeth Mann: »Na, die war ja unerreichbar, und da musste eben etwas unternommen werden. Davon musste man sich befreien.«

New York

New York, in der Wohnung des Professors. Elisabeth, die häufig wegen ihrer Klavierstunden in die Metropole fährt, hat eine Einladung von Borgese nach Hause angenommen. Das ungleiche Paar steht am Fenster und genießt vordergründig die Aussicht. Die Stadt wirkt ungewöhnlich still. Die Wolkenkratzer ragen ins frühe Abenddunkel, eine Schneestimmung wie im Märchen.

»Ich kenne Sie schon lange.«

Borgese, wenig überrascht: »Und woher?«

»Es war in der Schweiz. Ein Foto in einem Buch.«

Der Professor lacht. »Da bin ich erleichtert.«

Elisabeth, sehr ernsthaft: »Aber das kann viel bedeuten. Mein Vater hat meine Mutter zuallererst auf einem Bild gesehen, bevor –«

»– bevor?«

»Na ja. Eben bevor sie sich kennen lernten und es dann zur Verlobung kam.«

Thomas Manns Jüngste ist zwanzig Jahre alt.

Elisabeth: »Wir waren sechsunddreißig Jahre auseinander. Sechsunddreißig Jahre.«

Und er spürt den anhimmelnden Blick. Darauf war er wohl nicht vorbereitet?

»Nein … aber der hat es schon bemerkt.«

Borgese, betont distanziert, will jede Form wahren. »Ich glaube, es ist spät geworden …«

Elisabeth sieht es anders, sie geht einen Schritt auf ihren Gastgeber zu. »Bei so viel Schnee kann man nicht verlangen, dass ich mit dem Wagen durch die Nacht fahre.«

Das ist eine deutliche Aufforderung.

»Das ist wahr«, sagt Borgese, »so viel Schnee hat es lange nicht gegeben.«

Elisabeth dreht sich langsam zu ihm herum und wartet. Der ältere Mann zögert einen Moment. Er weiß, dieses hier kann nicht eine seiner Studentenlieben werden. Elisabeth nimmt seine schönen Hände. Und den Professor bezaubert immer mehr ihre seltene Mischung aus jugendlicher Naivität und altkluger Entschlossenheit.

Elisabeth Mann: »Italiener sind doch mit Damen ziemlich schnell. Und er hat's schon gemerkt, dass ich gern möchte. Er war natürlich der erste Mann, mein erster wirklicher Mann, mit dem ich zusammen gewesen bin. Ich war gewohnt, mich in Männer zu verlieben, die ich nicht haben konnte. Und ich war darauf gefasst, dass ich auch diesen nicht haben konnte. Aber den konnte ich dann haben. Es war eigentlich eine Überraschung!«

Auch für den Rest der Familie, darf man annehmen: »Auf dem Spaziergang berichtete mir K. von dem Verhältnis zwischen Medi und Borgese, der sie zu heiraten wünscht.« Und sechs Wochen später, ebenfalls im Tagebuch des Zauberers: »Rührend und seltsam. Experimentelle Sommerpläne der beiden.«

Elisabeth Mann: »Der Borgese war ein bisschen besorgt, weil er so viel älter war als ich. Er meinte, vielleicht gefällt mir das am Ende gar nicht so gut... Also hat er gesagt, wir wollen erst mal den Sommer zusammen verbringen, unverbindlich, unverheiratet.«

Princeton Das Arbeitszimmer in Princeton. Katia sitzt abwartend im Lesesessel vor dem Kamin. Sie behält ihren Mann im Blick, denn der liest gerade einen prekären Brief des Herrn Professor Borgese. »Wir gehen zusammen nach Mexiko. Ich versichere Ihnen hiermit, Ihre Tochter, wenn sie mich nach dieser Probezeit noch immer heiraten will, sofort zu ehelichen. Umgekehrt wird im anderen Falle aus dieser Reise für Ihre Tochter keine Verpflichtung entstehen. Sie mag dann ihre Entscheidungen treffen, wie es ihr beliebt.«

Thomas Mann lässt den Brief befremdet sinken. »Was sind das für experimentelle Hochzeitspläne?«

Katia, ganz die mitdenkende Mutter: »Fürsorglich ist das.«

Der Zauberer schüttelt den Kopf. »Medi, mein Kindchen, und der alte Professor.«

»Wir werden es ihnen nicht verbieten können.« Sagt Katia, sie kennt ihre Tochter.

»Nein.«

»Wie? Nein?«

Thomas Mann seufzt, noch in Gedanken und etwas abgelenkt. »Also ja, in Gottes Namen. Aber was ist das für ein seltsames Arrangement.«

Erleichterung bei Katia! Außerdem hegt sie im Stillen die Hoffnung, bald einmal Enkelkinder zu bekommen – ganz gegen Tommys Einschätzung, seine Familie werde enkellos bleiben. Er sah seine sechs Kinder auch schon mal wenig charmant als eine »breite Sackgasse« an. Sie erinnert sich nun an René Schickele in Sanary, der auf ihre beiden Jüngsten gezeigt und behauptet hatte: »Die werden Kinder haben!«

»Wie werden sich Fink und Fey in München freuen! Vielleicht erleben sie doch noch einen Urenkel.«

Damit berührt sie einen wunden Punkt. »Wenn man sie überhaupt am Leben lässt in diesem Irrenhaus, genannt Deutschland. Die beiden müssen da endlich raus.«

Saltsjöbaden

Thomas Mann bricht an seinem 64. Geburtstag zu einer Europareise auf. Nach Paris, Noordwijk, Zürich und London trifft er mit Katia Ende August in Schweden ein. Der Nobelpreisträger soll in Stockholm beim internationalen PEN-Kongress über »Das Problem der Freiheit« sprechen. Dazu wird es nicht mehr kommen.

»Freitag, den 1. IX. 39, Saltsjöbaden

Bombardement von Warschau und anderen polnischen Städten, Einmarsch der Hitler-Truppen in Polen, Bombardement Danzigs, dessen Einverleibung proklamiert. Voll-Mobilisation der Westmächte.«

Erika, die sich mit den Eltern in Schweden aufhält, schreibt am 3. September 1939 an den Bruder nach Amerika: »Um 11

Uhr heute war das Ultimatum abgelaufen, um 12 der Krieg erklärt, um 1 wußte noch niemand in Deutschland, daß der Krieg auch nur drohe.« ... »Um drei Uhr endlich *lasen* die *Ansager* die Proklamation des Führers vor. Nicht *eines* der verwesenden Viecher hat seit gestern persönlich den Mund aufgetan, oder sich vorm Volk blicken lassen.« ... »Es muß ein Donnerschlag von nie gehörter Wucht gewesen sein, als die *idiotischen* Seelen daheim erfuhren, daß das Ding ausgebrochen ist und daß sie *allein* sind, – keine Achse, keine Sau da, um ihnen beizustehen. Denn ob sie das irrwitzige Gelüge vom Überfall der Polen, erst, dann der Juden und Westmächte, glauben, oder nicht: daß sie allein sind, wird ihnen auffallen.«

Das Schicksal nimmt seinen Lauf, kommentiert der Vater im Tagebuch: »Um 12 Uhr lief das englische Ultimatum ab. Seit dieser Stunde sind England u. Frankreich mit Deutschland im Kriegszustande.« Hitler reist zu den Truppen im Osten. »Man will in 14 Tagen Polen niederwerfen und am Westwall den Feind abwehren. Es wird von den Monaten ›und Jahren‹ gesprochen, die kommen. Wird in Deutschland das Volk diese Jahre abwarten wollen? In der Welt glaubt niemand, daß es das kann. – Die ›Kungsholm‹ ist überfüllt nach N. Y. abgegangen.«

Die Rückreise nach Amerika gestaltet sich schwierig. Nach vielen Ungewißheiten gelingt die Überfahrt der Manns auf der ›Washington‹ von Southampton aus. Dabei wirkt bereits »alles viel irregulärer u. kriegsmäßiger als vorgestellt. Improv. Schlafsäle mit Pritschen bei getrennten Geschlechtern.« Das Schiff ist überfüllt, Thomas Mann schätzt die Belegung auf »ca 3000 Menschen«. Ein kleiner Vorgeschmack auf das Chaos, das in Europa gerade erst losbricht.

»Nach Tische irgendwo geraucht u. gelesen. Kein Mineralwasser eingenommen. Behelf mit der Nachttoilette. Zu Bette als Nachbar eines Alten, der unsere Unterkunft als Concentration Camp bezeichnet.«

Princeton

Für die Manns wird 1939 ganz nebenbei ein Jahr der Hochzeiten: Michael heiratet in New York seine Jugendliebe Gret Moser, als kaum Zwanzigjähriger. Monika verbindet sich mit dem ungarischen Kunsthistoriker Jenö Lányi, mit dem sie nun in London lebt. Und Elisabeth wagt im November tatsächlich die Ehe mit dem so viele Jahre älteren Giuseppe Antonio Borgese.

Elisabeth Mann: »Hochzeit war in Princeton. Und das war eigentlich das erste Mal, dass ich so richtig aus dem Haus bin. Ich war immer zu Hause gewesen. Ich war die einzige von uns sechs Kindern, die immer zu Hause war.«

Hatten Sie Tränen in den Augen?

»Ja, doch.«

Und der Herr Papale?

»Ja, der auch. Er ließ es sich nicht anmerken, aber er war auch emotioniert. Bestimmt.«

Der Vater hält fest: »Tage von großer Bedrücktheit, Schwermut, Gemütsleiden. Widerstehen der Arbeit. Heute Medi's Hochzeit.« ... »Kurze Ceremonie. Weinte vor Nervenschwäche.«

Ein paar Tage später schreibt er einen melancholischen Brief an seinen Bruder Heinrich – »Medi hat ihren antifascistischen Professor geheiratet, der mit seinen 57 Jahren nicht mehr daran gedacht hätte, soviel Jugend zu gewinnen« – und es klingt sogar aufrichtig, wenn er bei der Gelegenheit schließlich auch dem Bruder in abgewogenen Worten zur Vermählung gratuliert: »herzlich erfreut. Das ist eine gute und schöne, beruhigende Handlung. Sie besiegelt ein wohlerprobtes Verhältnis« ...

Nizza

Wir sehen Heinrich und Nelly Mann auf dem Standesamt von Nizza. Der Beamte verliest das Protokoll. Frau Kröger wird Frau Mann. Sie strahlt in ihrer derben Schönheit. Diesen Moment hat sie herbeigesehnt. Welch ein Glück – auch wenn die Kriegsnachrichten bedrohlich klingen.

Der Beamte spricht mit monotoner Stimme: »Le 9ième septembre, neuf heurs, devant nous sont apparus: Luiz Heinrich Mann (citoyen tchécoslovaque), écrivain, né à Lübeck (Allema-

gne), le 27 mars 1871, domicilié à Nice, 2 Rue Alphonse Karr, fils de Thomas Johann Mann et de Julia Bruhns (decedés), divorcé de Maria Kahn d'une part et Emmy Johanna Kröger (sans nationalité), sans profession, né à Ahrensbök, le 15 février 1898, quarante un ans, domiciliée à Nice, d'autre part ont declaré l'un après l'autre vouloir prendre pour epoux.«

Der Ehe- und Treueschwur. Heinrich spricht »Oui!«

Nelly wiederholt es mit durchdringender Stimme. »Oui!«

Sie muss weinen, der Angetraute umarmt sie etwas umständlich, doch dann besiegeln sie die Zeremonie mit einem Kuss. Wie stolz er auf sie ist. Vielleicht wird dieses Band ihr endlich Sicherheit gegenüber allen dunklen Anfechtungen geben.

Der Ehemann ist bewegt. »Nell, jetzt bleiben wir zusammen – bis zum Schluss.« »Mon bon beau, mon mari ...!«

Juni 1940. Einmarsch der Deutschen in Frankreich. Früher als erwartet. Den »verbrecherischen Idioten« hält nichts und niemand auf. Die deutschen Panzer fahren mit Staubfahnen durch das sommerliche Land. Die metallisch tremolierende Stimme des deutschen Wochenschausprechers: »Unsere Truppen verfolgen rastlos den zurückweichenden Feind. In den Vorstädten von Paris setzt er noch Benzin- und Öltanks in Brand.«

Die Kolonnen der Wehrmacht marschieren vor dem Arc de Triomphe die Champs-Elysées hinunter. Paris – das ersehnte Ziel ist erreicht! Herz und Seele Frankreichs. Der Geburtsort der Demokratie und des Liberalismus in deutscher Hand!

New York

Klaus Mann im fernen New York versucht im Tagebuch mit den Kriegsentwicklungen in Europa Schritt zu halten.

5. VI. 1940

»Es ist nur, damit ich nicht alles vergesse – – – Übrigens werden auch diese dummen Hefte verloren gehen. Viel Feuer ist in grässlicher Vorbereitung. Das Böse, mit feurigem Atem – – – Die Bomben über Paris; die toten Kinder; der grosse Jammer in Flandern; Mr. Churchill's feierlicher Ernst – schicksalshafte Töne –; die diabolischen Energien des Widersachers. – Oh, unsere kleinen Spiele. Was wird alles zerfallen? Was behauptet sich? – Oh, unsere geringe Kraft. – – –«

12. VI.

»Es ist so sehr erstaunlich, daß man noch lebt, sich anstrengt, Träume, Wünsche und Gedanken hat – – – Die Flammen in Pa-

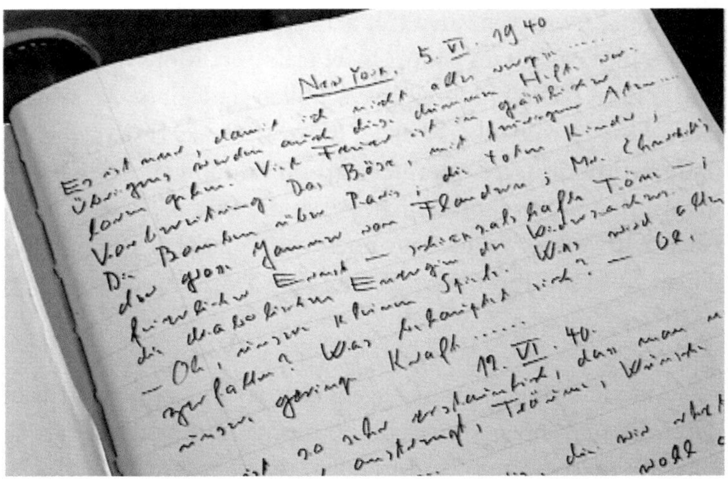

ris, die wir rhetorisch prophezeit – in Alpträumen wohl auch schon gesehen haben. Die italienische Infamie. Ohne Beispiel. Brechreiz-erregende Prahlerei des Bösen. –

Das Verschwinden von Menschen in Europa, wie in einem feurigen Schlund.«

14. VI.

»Die Nazis in Paris. Das Unvorstellbare.«

17. VI. Princeton

»Die dunkelsten Tage. Der französische Zusammenbruch.« ... »Vieles noch ungewiß; aber das Schauerlichste stets wahrscheinlich.« – »Gestern viel Debatten hier.« – »Gegenüber dem kompletten Pessimismus bleibe ich bei einem gewissen vaguen – vielleicht sogar aufreizend wirkenden – Vertrauen auf die Zukunft. Nichts steht still. Bewegung, permanent und rapide. Veränderungen ernormen Stils. Dieser Hitler-Triumph nur täuschende Episode. – – – (Ist es aber nicht DOCH ›unsere Welt‹, die inmitten dieses katastrophischen Prozesses zerbricht? Oh, sei ehrlich!! – – –) ... Sorge um Golo.«

26. VI. New York

»›La France est morte – vive la France ... ‹ Es ist immer noch unvorstellbar, wie der Tod eines sehr nahen Menschen. – Am grauenvollsten: nicht die Niederlage – sondern der Verrat.«

»Sorge wegen der Freunde in Frankreich. Golo. Heinrich. E's Aktivität. Zusammenarbeit mit dem Roten Kreuz.«

»29. Juni. Sorge um Golo. Onkel Heinrich, Mopsa Sternheim und andere, die in Frankreich verschollen sind. Golo, der sich als tschechischer Freiwilliger bei der französischen Armee gemeldet hatte, wurde prompt interniert, als ob Frankreich Krieg gegen die Antifaschisten führte, nicht gegen die Faschisten. Die letzte Nachricht von ihm – das war noch vor dem débâcle – kam aus einem Konzentrationslager. Seither kein Wort – weder von ihm noch vom Onkel ...«

»E's Aktivität«, die Klaus im Tagebuch vermerkt, bezieht sich auf deren Bemühungen von Lissabon aus, Golo und Heinrich zu einer illegalen Ausreise zu verhelfen. Ihr unbekannter Verbleib,

Gerüchte über Golos Internierung (im Lager Les Milles – als kriegsfreiwilliges Mitglied der Tschechischen Legion war er schon an der Grenze verhaftet worden) und die Möglichkeit einer Auslieferung an die Nazis haben zu wachsender Besorgnis auf der anderen Seite des Ozeans geführt.

Heinrich ist schließlich als einer der ersten aus Nazideutschland ausgebürgert worden. »Vielleicht, daß H. von Freunden versteckt gehalten wird, irgendwie über die Grenze nach Spanien gelangen kann«, hofft der Bruder im Tagebuch. Man setzt alle Hebel in Bewegung. Die amerikanische Freundin Agnes Meyer lässt ihre Beziehungen spielen, Erika kann vor Ort einen Fluchthelfer treffen – das Ziel ist Lissabon. Wie man es dann endlich erreichte, wird unterschiedlich berichtet.

Pyrenäen

13. September 1940: In der frühen Morgenstunde schleicht sich aus einem kleinen völlig leer stehenden Hotel in der französischen Grenzstadt Cerbère einzeln und in unregelmäßigen Abständen eine Gruppe von Flüchtlingen. Golo, Heinrich und Nelly Mann, Alma Mahler-Werfel und der Dichter Franz Werfel, die beiden Feuchtwangers sind nicht dabei. »Die spanische Sonne brannte schon um sechs Uhr früh höllisch auf uns nieder«, schreibt Alma Mahler-Werfel – ach, wenn man nur erst in Spanien wäre.

Ihr Anlaufpunkt, der Bahnhof in Cerbère, hält die erste Enttäuschung bereit. Der amerikanische Fluchthelfer Varian Fry und sein junger Kollege Mr. Ball verkünden, man werde nicht mit dem Zug die französische Grenze passieren können, es werde genauestens kontrolliert.

Die Flüchtlinge stöhnen auf. Nellys Laune sinkt. »Sollen wir jetzt zu Fuß gehen?«

»Ja, und wir können auch nicht die Landstraße nehmen. Die französischen Wachen an der Grenzstation wechseln ständig. Wir konnten nichts vorbereiten und jemanden bestechen«, bedauert Mr. Fry.

Heinrich kippt leicht gegen Nelly. Golo sieht es mit Sorge. Nur

Alma stellt ihren Sinn fürs Praktische unter Beweis: »Ich habe Zigaretten für den Zoll.«

»O. K. Sehen Sie, wir haben eine Karte. Die müssen Sie sich einprägen. Ich helfe Ihnen, bis an die Grenze zu kommen. Verhalten Sie sich einfach wie Spaziergänger. Nur nicht auffallen. Die Franzosen kontrollieren auch das Grenzgebiet in den Bergen.«

Golo, ganz der alte Pfadfinder aus Salem, verbreitet Optimismus. Er schaut in Richtung Pyrenäen und kramt etwas aus seiner kleinen Tasche. »Ich habe gelernt, nach Sonnenstand und Kompass zu marschieren. Das wird schon gehen.«

Sein bald siebzigjähriger Onkel lächelt den Zagenden aufmunternd zu. »Brechen wir auf, ehe die Sonne uns das Geklettere unmöglich macht.«

»Mein Gott, wie furchtbar! Nein, das geht nicht gut!«, lässt sich nach ein paar hundert Metern Nelly vernehmen…

»Ja, was haben Sie denn?« Alma Mahler-Werfel, die legendäre Wiener Muse diverser berühmter Männer, ist pikiert über das »wahnwitzige Geschrei« der Kröger, man wollte doch als harmlose Spaziergänger gelten und nicht als unbegabte Schmuggler.

»Es ist Freitag, der dreizehnte.«

»Lächerlich! Und für diesen Aberglauben machen Sie so einen Aufstand.«

Nelly mag weder vor noch zurück: »Niemals würde ich an so einem Tag die Flucht wagen.«

Franz Werfel, der sich seit Tagen in größter Nervosität befindet, bleibt ebenfalls stehen. »Ich habe Angst. Ich möchte lieber umkehren. Wir wären eine fette Beute für die Nazis. Der Jude Werfel und der Kommunistenfreund Heinrich Mann, auf einen Schlag.«

»Da sehen Sie, was Sie angerichtet haben.« Alma ergreift das Gepäck und schiebt ihren Mann vor sich her.

Nelly ist bleich. Werfel hängt seinen schrecklichen Vorstellungen nach. »Mein Gott. Goebbels und Hitler würden jubeln.«

»Werfel kommen Sie. Raus aus der Menschenfalle.« Heinrich, der Ruhigste von allen, gibt sich und den anderen einen Ruck. Nelly und Werfel setzen sich schließlich wieder in Bewegung.

Der Tag heizt auf. »Gleich nach dem Ortsende bog der junge Amerikaner von der Straße ab und ging auf steinigem Pfade steil aufwärts. Bald kletterten wir weglos. Die Ziegen vor uns stolperten, die Schiefersteine flimmerten, sie waren spiegelglatt, und wir mußten hart an Abgründen vorbei. Zum Festhalten, wenn man ausglitt, gab es nur Disteln.«

Heinrich hat Atemnot, muss kurz pausieren. »Was schleifen Sie denn in dieser Tasche so schwer mit sich herum?«, fragt er die überholende Mahler-Werfel.

Alma guckt einen Augenblick ärgerlich zu ihrem Mann, aber dem ist es schon gleich, wer hier was weiß. »Schmuck und Geld. Wenn es nach Werfel gegangen wäre, hätten wir alles auf den Konten in Wien verloren.«

Nelly, schnaufend auf der Anhöhe: »Da ist doch bestimmt noch was anderes in der Tasche!«

»Ja, eine Originalhandschrift.« Verblüfftes Aufhorchen. »Die Partitur von Bruckners dritter Symphonie«, lautet das gänzlich unerwartete Bekenntnis.

Steine rollen. Nelly lässt sich den Hang herunterrutschen, um den schwächelnden Heinrich zu stützen. Liebevoll hakt sie ihn unter. »Wirst du es schaffen?«

Eine weitere Etappe. Die Gebirgswege werden schmaler. Dann Unkraut und Geröll. Es sind nur noch Ziegenpfade. Alle haben kleine Verletzungen, Schürfwunden, zerrissene Kleider. Schweiß und Staub kleben am Körper, Hitzeflimmern.

Heinrich stürzt an einer schmalen Wegkante, kann sich gerade noch mit Mühe halten. Nelly fährt der Schrecken in die Glieder. Selber völlig aufgelöst, hält, trägt und schiebt sie ihn jetzt.

»Seit Jahrzehnten bin ich nicht mehr einen so langen Weg gegangen«, der Ehemann keucht und setzt sich auf einen Felsen.

Auch Nelly hält inne. »Und so verdammt steinig. Meine Füße bluten.«

Golo, vorneweg, bespricht sich kurz mit dem Amerikaner und kommt dann zurück. Auch die bisher vorwegklimmenden Werfels haben mit Schwierigkeiten zu kämpfen.

»Wir dürfen nicht lange rasten.« Der Neffe kniet sich zu seinem erschöpften Onkel.

»Geht weiter, Golo. Ich habe viele Freunde in Frankreich. Ich komme auch so durch.«

Doch Golo, ganz entschieden: »Ich lass' dich hier nicht zurück. Keinesfalls. Gib mir deine Jacke.«

Heinrich zieht willig die Jacke aus.

»Willst du dich bei mir unterhaken?«

Nelly rappelt sich hoch. »Das mach ich schon. Bin noch nicht erledigt.«

Werfel kneift die Augen zusammen. Er sieht Mr. Ball nicht mehr.

»Unser Führer ist weg.«

Golo kann beruhigen. »Er ist vorgegangen. Wir sind nicht ganz sicher, wo wir lang sollten. Ich führe euch jetzt.«

Die Gruppe macht sich ächzend auf den Weg. Nelly quält erneut mit ihrer fixen Idee: »Ich sag's ja: Freitag, der dreizehnte.«

Alma Mahler-Werfel platzt der Kragen. »Nun hören Sie doch schon mit dem Gewäsch auf.«

Nelly, unbeirrt: »Ihre Brillanten bringen uns ins Unglück.«

»Meine Brillanten werden *Sie* noch freikaufen«, faucht die Werfel zurück.

»Der Ziegensteig nach dem Exil überhob vieler peinlicher Eindrücke« … »ich fiel recht oft auf die Dornen. In die Füße drangen sie ohnedies, fehlte noch, mit den Händen hineinzugreifen. Mehrmals unterstützte mein Neffe mich, dann überließ er es meiner Frau, die an sich selbst genug gehabt hätte. Er nahm die noch steileren Abkürzungen, kehrte aber zurück, wenn wir

gescheitert auf einem Stein saßen. Er verließ uns nicht, eher machte er den Weg dreifach.«

Mittlerweile strahlt auch von den Steinen eine unerträgliche Hitze ab. Die Gruppe wartet auf Golo, der erst einmal allein nach dem jungen Amerikaner Ausschau gehalten hat. »Ich kann ihn nicht sehen. Er ist uns abhanden gekommen.«

»Da haben Sie ja endlich Ihren Dreizehnten!« – kann Alma es sich nicht verkneifen.

»Golo war schon früh bei den Pfadfindern – wir können uns auf meinen Neffen verlassen. Nicht wahr, Golo?«

»Die Sonne wird uns Orientierung geben. Hinter den Bergen liegt Spanien.« Der Neffe bleibt ganz ruhig.

In der Ferne springen Ziegen. Ihr Gemecker wird Heinrich zum Signal. Er erhebt sich tapfer. »Folgen wir den Ziegenpfaden.«

Heinrich legt seinen Arm um Nellys Taille und lächelt sie vertrauensvoll an. »Wir schaffen es.«

»Wir kamen durch« – von dem kleinen spanischen Pyrenäen-Städtchen Port Bou ging es nach Barcelona. Ab jetzt hielten die Papiere: die Lufthansa, »diese einzige Gebieterin der spanischen Lüfte beförderte uns willig nach Madrid und bis Lissabon. Papiere, echte Papiere überzeugen auch Straßenräuber und Propagandisten, die autoritären Menschenarten.«

Während Nelly mühselig die Schiffskarten organisiert – es bleibt nur der griechische Dampfer *Nea Hellas* auf seiner vorletzten Fahrt –, nimmt Heinrich Abschied von diesem sich auflösenden Erdteil. »Deutschland war so lange entbehrlich gewesen: Das nunmehr geraubte Europa war es nicht.«

Nea Hellas

Heinrich und Nelly Mann stehen fröstelnd an der Reling. Die Schiffssirenen ertönen, der Dampfer nimmt Fahrt auf. Heinrich spürt sehr genau, er wird den Schauplatz seiner Geschichte und Kultur nicht wiedersehen.

»Der Blick auf Lissabon zeigte mir den Hafen. Es wird der letzte gewesen sein, wenn Europa zurückbleibt. Er erschien mir unbegreiflich schön. Eine verlorene Geliebte ist nicht schöner. Alles, was mir gegeben war, hatte ich an Europa erlebt, Lust und Schmerz eines seiner Zeitalter, das meines war; aber mehreren anderen, die vor meinem Dasein liegen, bin ich auch verbunden.

Überaus leidvoll war dieser Abschied.«

Die beiden verziehen sich unter Deck, ihre kleine Kabine auf der *Nea Hellas* hat einen stechenden Geruch. Und wie das »Neue Hellas« Amerika sie aufnehmen wird, ist gänzlich ungewiss.

Hellwach liegen sie in der armseligen Schlafkoje. Das mahlende Geräusch der Maschinen dringt aus dem Bauch des Schiffes. Gewalttätige, von allem abschneidende Stille. Nelly klammert sich in einer Aufwallung an Heinrich: »Ich kann kein Englisch – kenn da keinen Menschen. Wovon wollen wir leben? Von deinem Bruder etwa?« Sie bekommt kaum Luft: »Ich hab solche Angst vor Amerika.«

Heinrich hält sie ganz fest. »Ich habe auch Angst, Nell.«

»Was sagst du?«

Der Film-Vertrag, der für Heinrich eingefädelt worden ist, um die Einreiseerlaubnis nach Amerika zu bekommen und zur Existenzsicherung, für den Anfang, scheint kein Vertrauen einzuflößen.

Die mitreisende Alma Mahler-Werfel berichtet in ihren Erinnerungen wenig freundlich:

»Heinrich Mann blieb in seiner Kabine, weil ihm schlecht war. Auch war er böse auf die Welt. Als sein Neffe Golo ihn besuchen ging, lag er im Bett und zeichnete gerade Weiber mit großem Busen, manchmal auch nur letztere allein.«

Drei Wochen später, am 13. Oktober 1940, notiert Klaus Mann im Tagebuch:

»Heute früh, die Ankunft der ›Nea Hellas‹ mit *Heinrich* und *Golo,* samt Nelly Kröger. (Diese – sinnlos in Tränen aufgelöst; dann aber ganz brav und munter.) – Am Pear mit den Eltern.« An Heinrich sind die Erlebnisse nicht spurlos vorübergegangen. »Ach, wie *alt* er ist – wie erloschen! Die nervösen Spannungen des Pippo Spano – die Bosheit Unrats: – wohin? Es ist schon, wie le vieux Gide es sagt: ›Alte Leute sind zu nicht viel nutze – – – ‹«

City of Benares Und Monika? Anders als Erika, die im August 1940 Korrespondentin der BBC wird und sich entschieden der Gefahr aussetzt, versucht das letzte der sechs Zauberer-Kinder, das noch in Europa lebt, mit ihrem Mann zusammen nach Kanada auszureisen.

Elisabeth Mann: »Sie war in London. Da hatten sie Asyl gefunden. Monika und Lányi haben sich wahnsinnig gefürchtet, waren immer die ersten im Luftschutzkeller. Also haben sie sich bemüht, aus England rauszukommen. Das ist lange nicht gelungen. Und dann bekamen sie endlich Plätze auf einem Schiff, der *City of Benares.*«

Monika, »ein seelisch gebrechliches Geschöpfchen«, wie der Vater an Agnes Meyer schreibt, leidet stark unter den Londoner »Blitzkrieg«-Bombardements. Sie werden sie noch auf dem Meer einholen.

Im Atlantik herrscht Seekrieg. Ein deutsches U-Boot sucht den Horizont ab und entdeckt die *City of Benares.* Ein Sekundenflash – Befehle, die Torpedos klar zu machen. Feuer frei! Ein kurzes böses Aufrauschen. Das Schiff wird getroffen und sinkt. Von den 406 Passagieren, darunter 92 Kinder, die aus England nach Kanada evakuiert werden sollen, werden 140 Erwachsene und lediglich 19 Kinder gerettet.

»Es gab so einen Ruck, als sei man irgendwo aufgefahren – die Alarmglocke klingelte – nachts, ja, es war halb elf, ich hatte schon geschlafen, er (Lányi) kam aus dem Salon herunter, wo er Klavier gespielt hatte – Bach, das Wohltemperierte Klavier von Bach –, bei der Alarmglocke kam er herunter in unsere Kabine, bleich – erst zog er mir den Rettungsgürtel an, dann sich selbst – was wir anhatten? Nur Regenmäntel, wir nahmen nichts mit, wir hatten keine Zeit, wir hatten Rettungsboot Nummer sechs, da waren viel zuviel Menschen, viel mehr als in ein Rettungsboot gehen, es fehlten Rettungsboote, die waren durch das Torpedo kaputtgegangen, und wir fielen alle auf den Grund des Meeres fast, weil wir zu viele waren, auch waren die Seile kaputt. Es war ein wahnsinniges Geschrei gewesen von der Mannschaft, schwarze Mannschaft, sie hat nichts als geschrien – und als wir

wieder heraufkamen, schrien wir so gut es ging, nahe am brennenden Schiff, wir hatten Petroleum geschluckt und waren zerschlagen und suchten nach etwas zum Anhalten, wir riefen einander, ich höre seinen Ruf, dreimal, und dann nichts mehr.«

Aus dem Strudel hochgeschleudert, kann sich Monika im herbstlich aufgewühlten Ozean zwanzig Stunden lang an einem Holz des zerborstenen Bootes festklammern. Ihr Mann Jenö Lányi ertrinkt... – »die Wellen haben mich ganz zugedeckt, sie

kamen wie schwarze Gebirge auf mich los – tote Kinder gab es, von Schreck und Kälte getötet, und Durst – ja der Durst! –, und sie schwammen wie Puppen herum – es hatte in Strömen geregnet, dann kam der Mond, jetzt schwammen die Kinder auf den schwarzen Wellen im Mondschein.«

Elisabeth Mann gerät noch heute in bedrückte Stimmung bei der Erinnerung an das Unglück der Schwester. In den eiskalten Wogen des Atlantik zwanzig Stunden treiben müssen … »Man hat Monikas Lebenswillen bewundert, und sie musste einen ungeheuren Lebenswillen gehabt haben. Ich meine, ich kann mir nicht vorstellen, dass ich das überlebt hätte.«

Princeton Eintrag des Vaters, als er vier Tage nach dem erleichternden Telegramm von Golo aus Lissabon diese nächste Hiobsbotschaft erhält: »Morgens Kabel von Erika, daß Moni und Lanyi auf dem torpedierten Schiff waren, der Mann tot ist und Moni sich in einem Hospital in Schottland befindet (in welchem Zustande?!), von wo Erika sie abholt. Sie scheint also transportfähig. – Grauen und Abscheu. Erbarmen mit dem gebrechlichen Kind. – Nicht gearbeitet. Englische Tischrede für morgen notiert.« …

»Smoking-Toilette und früheres Abendessen. Mit Gumpert zur preview von ›Spring parade‹ in Hollywood. Harmloses Vergnügen, ein paar charmante Einfälle, konnte lachen.«

Der Kommentar von *Monika Mann* im Interview zu den Tagebucheinträgen des Vaters: »Die habe ich nicht gelesen. Die will ich nicht lesen, weil sie ja nicht für mich bestimmt sind.«

In einem Begrüßungsbrief an Lion Feuchtwanger fasst Thomas Mann die bestandenen Gefahren der letzten Zeit kurz zusammen: »Mein Bruder war äußerst ermüdet und ruhebedürftig die ersten Tage. Nun wird er bald nach Californien fahren. Auch die tapfere Erika ist glücklich von England zurück. Die verwitwete Monika steht noch aus, ist aber unterwegs – aufs neue. Sie kommt mit ertöteten Händen, weil sie sich 20 Stunden lang damit an den Rand eines Bootes ohne Boden geklammert hat – ohne auch nur einen Rheumatismus, einen Schnupfen auch nur davonzutragen. Es ist übernatürlich.«

28. Oktober 1940. Lobby des Hotel Bedford. Ein Reporter diktiert durchs Telefon, während im Hintergrund eine improvisierte Pressekonferenz läuft. »Mrs. Monika Lányi, one of Tho-

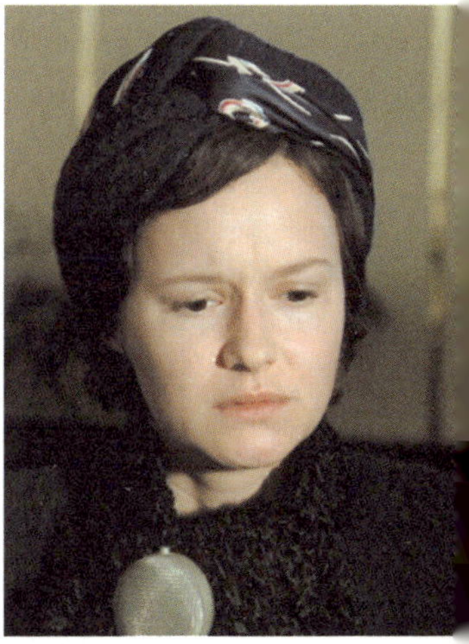

New York Journal American

TUESDAY, OCTOBER 29, 1940

REUNION IN A FREE COUNTRY

Mrs. Monica Lanyi, one of Thomas Mann's three daughters, gets a fervent kiss from her mother after arrival here on the S. S. Cameronia. The 32-year-old child of the exiled German writer made a previous attempt to reach America. That ended tragically when the City of Benares was torpedoed by a U-boat in the North Atlantic last month. Her husband, Jeno Hungarian historian, died.

mas Mann's three daughters, made a previous attempt to reach America. That ended tragically when the ›City of Benares‹ was torpedoed by a German U-Boot in the North Atlantic. Her husband, a Hungarian historian, died…«

Monika Mann Lányi steht neben ihrer Mutter, umringt von Journalisten. Blitzlichter. Sie wirkt seltsam gefasst, beinah marionettenhaft, als sie vom Untergang der *City of Benares* berichtet, von wahnsinnigem Geschrei, vom brennenden Schiff…

»Ein englisches Kriegsschiff brachte mich nach Schottland in ein Hospital. Es hatte eine Abteilung für Schwachsinnige, und ich vergesse nicht die Besuche einer Idiotin, die uns Schiffbrüchigen Liebesgaben aufs Bett streute, Orangen, Schokolade…« – »Es geschah alles in einer Viertelstunde« und »man bestand aus Entsetzen und Vergehen«…, die Erinnerung holt Monika ein, der Albtraum.

Die Mutter zieht sie zur Seite.

Es wird Zeit, die Tochter nach Hause zu bringen, wo schon der Vater wartet: »Thee mit Heinrich, seiner Frau und Anne Marie. Ausgedehnt in Gesprächen in Erwartung der armen kleinen Witwe, die in kläglichem Zustande eintraf und zu Bette gebracht wurde. Erbarmen.« Am nächsten Tag: »Mönchen zart-wohlauf. Rührende Bilder von ihr u. K. in den Blättern.«

Die Gastprofessur in Princeton, bereits um ein Jahr verlängert, läuft 1940 aus. Die Manns beschließen, ans andere Ende, an die Westküste zu ziehen: Wir »waren hell begeistert von diesem Land und seinem Klima. Die kalifornische Landschaft erinnerte sehr an Israel«. Die Nähe zum »Moviegesindel« mag auch verheißungsvoll gewirkt haben – man bekundet Interesse an den Stoffen des deutschen Dichterfürsten.

»Es hatte sich eine ganze Kolonie Deutschlandflüchtiger – Literaten, Musiker, Film- und Theaterleute – in Kalifornien niedergelassen, von denen die meisten erst nach uns und mit unserer Beihilfe eintreffen konnten, und wo gute Nachbarschaft ist, wo gute Freunde sind, da ist ein anregender Kreis, ist Leben, ist Zuhause.«… »In der Emigration hat eigentlich jeder ein offenes

Haus, und so hatten wir in Kalifornien mehr Verkehr mit Schriftstellern als in München«, erzählt Katia.

Das hat nicht nur Vorteile, Thomas Mann wird es hier und da zuviel. »Teilweise amüsant, aber diese Emigranten-Inzucht, in einer abgelaufenen Epoche lebend und an Hand gehegter Dokumente zu Erinnerungen zwingend, über die man hinausgewachsen, ist keineswegs das Rechte und sehr unzuträglich.«

Je näher der Umzug rückt, desto mehr holen ihn seine Ängste ein. Im März 1941 heißt es im Tagebuch: »Erschütterung der kalifornischen Beschlüsse, Zweifel zum mindesten, halber Wunsch, davon zurückzutreten. Andererseits ist der Aufenthalt hier überlebt. Was mich beklemmt ist die Nachbarschaft dort, die Festlegung in so unsicherer Zeit, der Gedanke an widrige Möglichkeiten, wenn die Verhältnisse im Lande abenteuerlicher werden.«

»Die Nachbarschaft dort« – das ist auch Bruder Heinrich mit Frau Nelly. Die beiden sind schon einen Monat nach ihrer Ankunft in der Neuen Welt nach Hollywood aufgebrochen: ein Jahresvertrag bei Warner Brothers als »scriptwriter« war ja die Basis ihrer Einreiseerlaubnis gewesen. Und heute ist ein »beunruhigender Brief von Heinrich« gekommen, der die Ängste des Dichters womöglich schürte: »Vielleicht schon morgen werde ich ein Bureau im ›Studio‹ beziehen müssen, um die Zeit von 10 bis 1 mit Beratungen und Plaudereien zu verlieren. Natürlich will jeder, der einen Film laufen hat, dass ich ihn ansehe. Ich sehe an und spreche. Allenfalls könnte ich sprechen, ohne gesehen zu haben.«

Mit den sechstausend Dollar, die Heinrich für die offenkundig ungeliebte Tätigkeit erhält – als Jahressalär für acht Stunden Arbeitszeit pro Tag, in denen Filmszenarien zu verfassen sind, die am Ende nie verwendet werden –, könnte der »hartnäckige Villenbesitzer« (Hermann Kesten) nicht lange auskommen, wie jeder weiß in der kleinen Kolonie der Exilierten, der zukünftigen Nachbarschaft, der »Emigranten-Inzucht«. Das »Affidavit«, die Bürgschaft, die für eine Immigration unerlässlich ist, mag der Bruder nicht auch für Nelly übernehmen: »Daß ich es Dir gebe, ist selbstverständlich, wenn ich auch fürchten muß, meinen Credit damit schon etwas zu überziehen, denn außer für 3 Kinder haben wir schon für mehrere andere Einwanderer gebürgt. Dein Fall liegt besonders und natürlich. Aber auf ihn muß ich mich beschränken; das Affidavit kann nicht auch für Nelly gelten. Das muß getrennt werden. Nelly hat Verwandte in Amerika, die die Nächsten dazu sind und sich nicht weigern werden.«

Pacific Palisades Westküste. Früher Maiabend in Thomas Manns Haus in Pacific Palisades. Moni liegt schlafend im Wohnzimmer, Thomas und Katia bereiten sich auf ein festliches Dinner vor. Heute soll Heinrichs siebzigster Geburtstag – der erste in Amerika – nachgefeiert werden, im gastlichen Haus der Drehbuchautorin und Garbo-Vertrauten Salka Viertel.

Monika schreckt mit einem kleinen Aufschrei hoch. Sie ist wieder fast ertrunken.

Katia eilt aus dem oberen Stockwerk herunter, der Vater kommt aus seinem Arbeitstrakt.

Monika klammert sich an die Mutter, schluchzt, sie bleibt in diesem meereskalten Albtraum gefangen. Thomas Mann steht hilflos daneben. »Ich bin immer wieder untergegangen – und mein Lányi ...« Sie wird mit der Erinnerung an ihren ertrunkenen Ehemann nicht fertig.

Katia streichelt sie, ein wenig abwesend.

»Es ist ja gut« – versucht nun auch der Vater zu beruhigen. Er nimmt ein von Katia getipptes Manuskript an sich, es ist die Geburtstagsrede für Heinrich. »Wer wird denn kommen?«, fragt er.

Katia, in ihrer beiläufigen, etwas zerstreut wirkenden Art: »Ach je. Das war doch ein Hin und Her mit der Gästeliste. Aber Feuchtwangers, die Werfels und dann ganz sicher auch Bruno Frank, Marcuses und Döblin, natürlich. Ach, du weißt schon!«

Thomas Mann hat jetzt ein enervierendes Bild vor Augen: »Und nicht zuletzt diese entsetzliche Trulle.« Dabei tätschelt er kurz den Pudel und belohnt ihn mit einem Leckerbissen.

Jeder weiß sofort, wer gemeint ist. »Wie ihr über Nelly redet!« – Monika weilt wieder unter den Lebenden und wagt sich noch einen Schritt weiter vor: »Kann ich nicht mit?«

Nun wird es knapp, die Eltern müssen sich sputen und drängen an ihr vorbei aus dem Zimmer. Katia, fürsorglich: »In deiner Verfassung? Wirklich.«

Peter, der Sohn von Salka und Berthold Viertel, erinnert sich: »Als Mann kam, war die Familie – ja, wir waren natürlich viel nervöser, die Köchin und alle und alles: Thomas Mann, das war ein Edelmann! Ein Happening. Wie sagt man auf Deutsch?«

Ein Ereignis.

Peter Viertel: »Ein Ereignis! Und der Aldous Huxley, auch ein Freund, hat mit meiner Mutter gearbeitet, der hat einmal gesagt, dass die Deutschen oder die Österreicher, wenn sie berühmt werden, als Schriftsteller, dann sind sie Dichterfürsten.«

Santa Monica

Das Wohnzimmer der Viertels musste für die lange Festtafel fast vollständig ausgeräumt werden. Das Feiertagsgeschirr, die Blumen, die Kerzen, die kalt gestellten Getränke – alles ist vorbereitet für ein opulentes Dinner zu Ehren des Jubilars.

Ein Wiener Ehepaar mit Namen Hasenclever hat die Bedienung und Küche übernommen. Es helfen noch zwei Frauen aus der deutschen Kolonie mit und Peter Viertel, achtzehn Jahre alt, reicht Getränke – »Wir Kinder haben immer serviert für die Cocktails« – zur Begrüßung der Gäste: Lion und Martha Feuchtwanger, Ludwig Marcuse und Ehefrau, Alma Mahler-Werfel und Franz Werfel, Walter Mehring, Alfred Döblin, Bruno Frank mit Ehefrau, Alfred Polgar.

Der Nobelpreisträger und seine Frau im Gespräch mit der Gastgeberin. Salka ist Drehbuchautorin von Greta Garbo und lebt schon seit vielen Jahren in Hollywood. Sie ist patent und unprätentiös. »Sundays at Salka's« lautet die Umschreibung für einen jour fixe und einen literarischen Salon, der die Creme des Exils zusammenführt.

Thomas Mann macht die Honneurs. »Liebe Salka – nochmals unseren herzlichen Dank, dass Sie für die Geburtstagsfeier meines Bruders in Ihrem Haus das Dinner geben.«

»Das ist selbstverständlich. Wie sollte Heinrich ein Restaurant finanzieren, bei dem, was ihm Warner Bros. überweist? Ein Almosen ist das doch und hilft gerade zum Überleben«, reagiert sie freundlich und ohne Unterton.

»Und ein Restaurant wäre auch ungünstig gewesen«, fügt Katia hinzu.

»Wenn Heinrichs Frau ...«

In diesem Augenblick hört man das hässliche Geräusch von quietschenden Reifen und das Scheppern einer Stoßstange direkt vor dem Haus. Lion Feuchtwanger sieht ängstlich aus dem Fenster: »War das unser Wagen?«

Seine Frau Martha beobachtet, wie Nelly dem schwerfällig gewordenen Heinrich aus dem Wagen hilft. »Ach Lion, lass! Die Nelly hat Sorgen genug.«

Thomas Mann, etwas spitz: »Als Beifahrer ist mein Bruder noch mutiger als ich.«

Katia, entrüstet: »Tommy, also bitte, du fährst doch mit mir wie in einer Himmelskutsche.«

»Das wollte ich gerade sagen.«

Nelly betritt den Raum – sich der Aufmerksamkeit aller Anwesenden wohl bewusst. Sie sieht üppig aus, in ihrem eng geknöpften roten Samtkleid, das die prächtigen Brüste weniger betont als großzügig präsentiert. Feuchtwanger freut sich. Thomas Mann ist »nicht amüsiert«. Genau so hatte er sich Nellys Auftritt vorgestellt.

Ein Gast, leise: »Er soll sie vor Jahren in einer Bar aufgegabelt haben...« Und eine andere Stimme antwortet: »Eine Nutte aus dem Norden, von der Reeperbahn, hab ich g'hört.«

Der Sohn des Hauses korrigiert nach seiner Kenntnis: »Barmädchen ja! Aber Nutte war sie nicht!«

Die Gäste haben die Suppe hinter sich. Nelly redet und lacht, fröhlich und ungeniert. Hier wird gern und höflich nachgeschenkt und jeder Schluck macht ihr das Leben leichter. Die ostentativ hochgezogenen Augenbrauen, der ernste Professorenblick des Bruders, der sie vorhin noch etwas klein und armselig hat werden lassen – sie spürt ihn kaum noch. Jetzt redet sie, und dann ist alle Angst verflogen. Heinrich hält sich wie immer vornehm. Er kümmert sich eben nicht.

Thomas Mann ist sichtlich verärgert, dass Nelly mal wieder die Atmosphäre bestimmt. Und heute ja fast mit einer gewissen Berechtigung, denn es ist ihr Mann, der hier gefeiert werden soll. Und wie sie redet! Mit Händen und Füßen. Sie muss immer alles so überdeutlich demonstrieren. Gerade ist sie dabei, einen Emigrantenwitz zu erzählen. »... und der Mann brüllte im Traum auf wie ein Löwe: uahhh –«

Vorsichtiges Zurückzucken, dem Dichterfürsten schwindelt bei Nelly Krögers derbem Naturalismus. »Man sieht es ja geradezu vor sich – das Tier.«

Nelly bemerkt die Ironie nicht. Sie ist nur kurz gestört. Gäste unterhalten, das hat sie schon in der *Bajadere* gut gekonnt. Die Herren haben das immer zu schätzen gewusst, ihren Mutterwitz, ihre Schlagfertigkeit, spätestens nach dem kleinen ersten Schluck zum Anwärmen. Sie wiederholt jetzt leiser »Also, der Löwe – uah... Und da weckt ihn seine Frau auf. ›Was ist denn, Liebster?‹ Aber er schaut nur entgeistert und enttäuscht: ›Grad hatte ich den Job als Löwe bei Metro Goldwyn Mayer bekommen – und da weckst du mich auf!‹«

Allgemeines Gelächter – und Nelly lacht besonders laut, weil sie die klägliche Arbeitssituation von Heinrich jeden Tag miterlebt. »Also, der Löwe von Goldwyn Mayer – ich strull mir in die Büx. Das muss man sich mal vorstellen... als Löwe...«

»Lieber nicht!« Zwei Worte des Dichters, um ihr den Mund zu verbieten.

Für einen Moment herrscht Stille. Nellys Hemmungslosigkeit irritiert auch die anderen Gäste. Sie selbst bleibt ungerührt und leert ihr Glas.

Thomas Mann holt sein Manuskript aus der Jackentasche und wirft noch einen kurzen Blick darauf.

Nelly dreht wieder auf. »Ein Emigrant kommt in den Himmel und trifft dort...« – wen, das erfahren die Gäste nicht mehr, denn jetzt schlägt Katia mit dem Löffel ans Glas, Thomas Mann hat das Wort.

»Es ist dein siebzigster Geburtstag, lieber Bruder«... nun folgen erst Entschuldigungen für das durch ihn, Tommy, verursachte Verschieben der Feier und dann die Glückwünsche, vor allem auch zu Heinrichs offizieller Einwanderung, so »wollen wir dich auch dazu beglückwünschen, – dich beglückwünschen vor allem dazu, daß du unter uns bist, daß du in Sicherheit bist, daß es gelang, dir im letzten Augenblick den Weg zu bahnen...«

Heinrich schaut bewegt auf seinen Bruder. Die Dichterkollegen lauschen aufmerksam den vielen Beglückwünschungen.

In der Küche der Viertels herrscht Hochbetrieb. Die Köchin öffnet die Klappe vom Backofen. Der Braten, Roastbeef, sieht schon gut aus. Sie sticht mit der Gabel hinein.

Aus dem Salon hört man die fortgesetzte Rede: »Wir alle wissen, daß du ein Land verlassen musstest, das du liebst, dessen Kultur deine eigene bilden half, mit dessen Sprache du bis zur künstlerischen Beherrschung vertraut bist, und daß du dich auf dieser jungen Erde hier notwendig in der Fremde fühlst.«

»Der Braten braucht nur noch wenige Minuten – also, Herr Doktor, fassen Sie sich kurz«, flüstert die Köchin und schiebt das Roastbeef zurück in die Röhre. Mit besorgtem Blick – das konnte dauern! – lugt sie neben den anderen ins Wohnzimmer, wie man von den billigen Plätzen auf die Bühne schaut.

Thomas Mann steht mit seinem Manuskript in der Hand und spielt freie Rede. »Aber schließlich, was heißt heute Fremde, was Heimat?« … »Die tiefste Fremde ist uns heute Deutschland, das verwildert abenteuernde und aufgelöste Land unserer Herkunft und Sprache, und verglichen mit seiner tödlichen Fremdheit« …

Wie aufs Stichwort erhebt sich Nelly von ihrem Stuhl und wandert in die Küche. Alma Mahler-Werfel rollt die Augen. Salka will größeres Aufheben vermeiden, nickt dezent in Richtung Katia und Thomas Mann und folgt Nelly nach.

Inmitten des Küchenbetriebs kramt die Frau des Jubilars Nadel und Faden aus ihrer Handtasche. »Es ist mir peinlich, aber dieses Kleid stammt noch aus Europa. Ich hab überhaupt nichts Festliches mehr. Sehen Sie –«, sie zeigt eine geplatzte Naht unter der Achsel, »das Kleid will nicht mehr, als wie ich will.«

»Das haben wir gleich wieder.« Salka, unkompliziert wie beschrieben, lässt sich die Nadel geben und behebt mit aller Vorsicht das Nahtproblem. »Nicht einatmen, Nelly! Das hält nur für den Moment. Damit können Sie heute nicht mehr tanzen.«

Nelly hält still und kommt ins Träumen. »Wenn die Warner Brothers eine Geschichte von meinem Heinrich verfilmen, dann krieg ich ein neues Kleid – hat Heini mir versprochen …«

Die Geburtstagsgesellschaft hängt an den Lippen des Dichters. »Unverkennbar tritt heute der Geist in eine moralische Epoche ein, eine Epoche neuer religiöser und moralischer Scheidung von Gut und Böse.« … »Du, lieber Heinrich, hast diese neue Situation des Geistes früher geschaut und erfaßt, als wohl wir alle, du hast das Wort ›Demokratie‹ gesprochen, als wir noch alle wenig damit anzufangen wußten …« Das war eine gehörige Portion Selbstkritik. Applaus.

Nelly kehrt mit Salka aus der Küche zurück. Bei dem einen oder anderen Gast bewirken die beiden mehr Begeisterung als die Rede.

»Vor einem Menschenalter, lieber Bruder, gabst du uns den Mythos vom Professor Unrat« – den im Film *Der Blaue Engel* die ganze Welt kennen lernte. »Hitler ist kein Professor – weit davon. Aber Unrat ist er, nichts als Unrat, und wird bald Kehricht der Geschichte sein.«

Nelly sieht mit provozierendem Blick zu ihrem Schwager hinüber. Bei den letzten Sätzen wird dem Dichter ahnungsweise klar, dass der *Blaue Engel* hier vor seinen Augen Gestalt angenommen hat – im Bild von Heinrich und Nelly. Eine kleine Irritation – und dann wieder die gekonnte Suada der feierlichen Lobrede.

»Wenn du, wie ich vertraue, die organische Geduld hast, auszuharren, so werden deine alten Augen sehen, was du in kühner Jugend beschriebst: das Ende eines Tyrannen.«

Heinrich nickt mit feuchten alten Augen. Heftiger Beifall der versammelten Festgesellschaft. Unter dem Applaus zieht die Köchin den Braten heraus. »Auf geht's: Roastbeef marschiert!«

Gerade will sie den Braten anschneiden, da steht jetzt der Gefeierte auf und entfaltet seinerseits ein Manuskript.

»Lieber Bruder, ich danke dir für deine Worte, die allen zum Herzen gegangen sind, ...« – las er diesen Satz auch schon vom Blatt?

Die Köchin kann es nicht fassen. Sie blickt vom Braten zur Uhr und zurück. Dann schiebt sie ihr Beef mit Getöse in die Röhre und dreht alle Regler herunter.

»... besonders aber mir. Obwohl ich diese uneingeschränkte Schätzung meiner Tätigkeit und Person natürlich nicht ohne Bedenken hinnehmen dürfte, tue ich es dennoch. Denn erstens ist dies ein Festtag« ... »Sodann meinst du, was du sagst. Deine Aufrichtigkeit, die meisterliche Eindringlichkeit deiner Wahrheiten war es von je, was die Herzen gewann, auch meins – glaube mir, sogar vorzeiten, in dem seltenen Fall, als wir verschieden dachten. Verschieden, das bringt ein langes Leben mit sich.«

Thomas Mann scheint die so ungewöhnlich direkt geäußerte Zuneigung des älteren Bruders ein wenig verlegen zu machen. Er hat die kleine Einschränkung im »nicht ohne Bedenken« herausgehört. Aber die Anklänge an das alte geschwisterliche Solidaritätsgefühl berühren ihn. Und der Ältere feiert ja nun geradezu ihn …. Wenn nur diese Frau nicht wäre.

Nelly spürt den Blick, den Thomas Mann jetzt zu seiner Frau Katia wandern läßt. Die lächelt, weil sie weiß, wie gut es Tommy tut, so angesprochen zu werden. Alle Gäste sehen dieses Wunder der innigen Bruderfeier mit Staunen.

»Brüderlich ist unser Leben und Denken jederzeit geblieben, und nicht nur meine Geburt, auch Herz und Wissen berechtigen mich, auf deine Größe, deinen Ruhm stolz zu sein, ›als wär's ein Stück von mir‹. Sollte ich über mich und mein Ergehen einer Tröstung bedürfen, ich bin getröstet, da es für uns wie im Liede heißt: ›Er ging an meiner Seite.‹ Und die Kugeln, die geflogen kommen, sind für uns beide.«

Die Welle der Rührung erreicht die Küchentür, auch die Köchin schnäuzt sich.

Nur am anderen Ende des Tisches flüstert Alma Mahler-Werfel unbeeindruckt: »Solche Essays schreiben die alle zehn Jahre und lesen sie dann einander vor.«

Heinrich spricht nun in eine andere Richtung. »Man ist an Gedenktagen dankesfroh, darum will ich nicht unbedankt lassen die Frau, die mich im Glück kennen lernte, aber in das Exil ist sie mir gefolgt und teilte das Geschick mit mir. Verzeihe mir jeder, was unter anderen Umständen nicht erlaubt schiene: ich sprach soeben von meiner Frau.«

Nelly errötet. Sie starrt vor sich auf den Tisch. Sparsamer Applaus. Man erhebt sich von den Plätzen, umringt auch Nelly, will mit ihr anstoßen. Als sie endlich aufsteht, platzen die Nähte an ihrem Kleid, und der Busen liegt frei. Ein Lachanfall lässt sie zurücksinken. Sie kriegt sich nicht mehr ein, lachend und weinend zugleich zeigt sie nur immer wieder auf ihren Spitzenbüstenhalter.

Die erschrockenen Gäste wissen nicht, wie sie sich verhalten

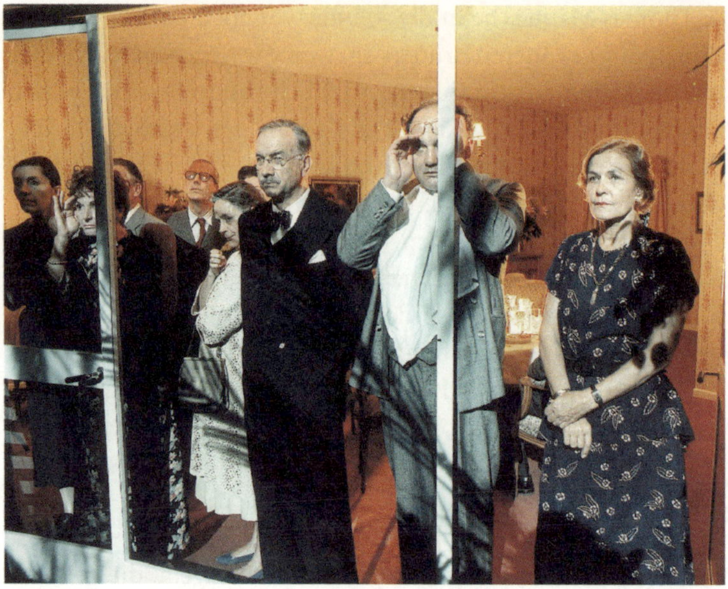

sollen. Nelly überkommt Scham – unvermittelt läuft sie nach draußen, in den Garten.

Salka Viertel kann sie nicht aufhalten. Heinrich prostet mit seinem Champagnerglas ratlos ins Leere.

Während die Gäste vom Salon aus Nelly mit den Blicken folgen, flüchtet sie sich wie ein verirrter Vogel ins Gebüsch, verbirgt ihre Blöße. Thomas Mann schaut weg.

New York »Lots of fun. (Oh wie unschuldig und melancholisch-unverbindlich, dieses Spiel der Leiber. – – – Wie angenehm und gottgefällig die starken Gerüche des Geschlechtes. – – – Niemals werde ich den Fluch des Christentums gegen die ›Fleischeslust‹ verstehen. Niemals begreife ich, was ›Sünde‹ bedeutet. – – – Es gibt Sünden, freilich. Aber diese flüchtigen Glücksmomente – wenn ich mit jemandem im Bett liege und sehr zärtlich bin –: eben diese ›sündigen‹ Momente sind es, die mich am ehesten auf die Vergebung aller Sünden hoffen lassen – – –« An anderer Stelle im Tagebuch: »(Daß ich dies a u f s c h r e i b e n muß: Beweis meiner äußersten Armut. Kein menschliches Ohr. Immer nur das Papier.)«

Klaus führt Jack in sein Hotelzimmer. Jack ist ein Fremder vom Times Square. Er stand vor einem Schaufenster und wünschte sich nichts sehnlicher als ein neues Hemd, das hat er jedenfalls gesagt. Der einsam umherstreunende Klaus hat ihm das Hemd gekauft und Jack hat es sofort angezogen. Später kann er den nächtlichen Gast unbemerkt am Portier des Bedford vorbeischmuggeln.

Die Neonreklame zuckt, an, aus ... Klaus schwitzt, er ist nervös und fahrig. Man spürt, er ist auf Entzug. Dann macht er sich auf die Suche wie nach der Droge. Dieser Junge weiß, was Klaus will.

Jack streift sein Hemd ab. Ein Streichholz wird angerissen. Klaus dreht sich zum Lichtschein.

»Welcome home!«

»Tomski! – my dear.« Klaus ist zu überrascht, um etwas anderes herauszubringen. Jack, noch mit dem Hemd in der Hand, orientiert sich zur Tür.

»Spielst du wieder den Weihnachtsmann vom Broadway, damit dir jemand dankbar ist?« Curtiss, kühl.

Jack will raus. Die Tür klappt zu. Schweigen.

Klaus, tastend: »Er war so arm –«

»Du wolltest ihn kaufen. Dabei hast du selbst nur Schulden.«

»Ja. Ich kann mir nicht einmal meine Zähne machen lassen. Die Millionäre geben nur meinem Vater ihr Geld«, wirbt Klaus um alte Vertrautheit.

»Poor boy –, dann musst du eben deinen Vater anbetteln.«

»Ich bin dabei, eine Zeitschrift zu gründen – da kannst du deine Filmkritiken schreiben, Leute kennen lernen ...«

Curtiss hat das alles zu oft gehört. Er hat keine Kraft mehr für diese Liebe. Bleibt unversöhnlich. »Immer neue Pläne! Pretty red balloons! So wirst du nie Erfolg haben.«

Klaus wird sentimental. »Ich dachte immer, du bist der eine – der eine, auf den ich gewartet habe ...«

»Einer von vielen in deinem Adressbuch ...«

»Warum verletzt du mich so?«

»Das besorgst du schon selber.« Curtiss drückt die Zigarette aus.

»Wie hart du bist!« Klaus, voller Selbstmitleid.

Ein unversöhnlicher Blick. »Genau das war deine Chance.« Dann schlägt der unerwartete Gast die Tür zu und lässt Klaus allein.

»Gefühl der Vergeblichkeit – würgend. Sehr verlassen – zwischen so vielen Freunden. – – –«

LETZTE LIEBE

Das Aufnahmestudio im »Recording Department« der NBC am Hollywood Boulevard, Los Angeles. Seit Oktober 1940 wendet sich Thomas Mann über das Radio und »hinter dem Rücken der Nazi-Regierung« direkt an das deutsche Volk. »Deutsche Hörer!« – mit diesen ersten Worten sendet er seine Botschaften ins Nazi-Reich hinein. Mehr als fünfzig Ansprachen »zur Erregung innerdeutschen Widerstands«, wie er im Tagebuch schreibt, sollen es bis zum Untergang des Deutschen Reiches werden. Der Dichter im Exil will eine »Stimme der Vernunft« sein, die dem sinnlosen Taumel, in dem sich das deutsche Volk auf den Abgrund zu bewegt, aus der Ferne Einhalt gebietet.

Pacific Palisades

Anfangs werden die Texte noch in London von einem Sprecher verlesen, dann entscheidet man sich für die umständlichere, aber auch direktere Methode, Thomas Mann selbst auf eine Platte sprechen zu lassen, diese dann nach New York zu befördern, von wo aus die Ansprache per Telefon nach London auf

eine andere Platte kopiert und dort von der BBC abgespielt und ins Reich gesendet wird. Erika, damals Kriegskorrespondentin der BBC, hat den monatlichen Appell des Vaters angeregt.

»Heute habe ich wieder einmal nach Deutschland gebroadcastet«, schreibt er an Heinrich, er sei dabei ungewöhnlich ausfallend gegen den »Schickelgruber« Hitler geworden: »Es tut doch wohl.«

Es tut wohl, sich als die »andere Stimme der Deutschen« zu fühlen. Thomas Mann stellt sich vor, wie seine Reden in die Wohnstuben des Nazi-Reichs dringen, wie der illegale Akt des Zuhörens am Volksempfänger, in verdunkelten Zimmern und unter Wolldecken, Widerstand befestigt.

Und wir stellen es uns auch vor. Nacht in Deutschland. Der Dichter spricht beschwörend als das bessere Gewissen seiner Heimat. Er mahnt, rechnet ab, ist hart und bitter-ironisch. Er klärt auf, gibt neueste Nachrichten weiter, kommentiert jüngste Kriegsereignisse, auf dass die Nebelschwaden der Goebbels'schen Propaganda sich lichten.

Die Nadel schreibt sich in die Wachsplatte. Katia sitzt hinter der Studioglasscheibe, kontrolliert den Verlauf der Aufnahme und greift bei Textungenauigkeiten ein.

»Deutsche Hörer!« … »Diesmal hört ihr meine eigene Stimme. Es ist die Stimme eines Freundes, eine deutsche Stimme« … »Es ist eine *warnende* Stimme – euch zu warnen ist der einzige Dienst, den ein Deutscher wie ich euch heute erweisen kann« … Und dann warnt er vor den im »tiefsten Sinne des Wortes *schlechten* Menschen, die euch führen«; er warnt vor Hitler und seinem »Brandstifter-Regime«, mit dem es niemals einen Frieden geben kann, für niemanden.

»Die vereinigten Nationen wissen, was ihnen droht, wenn Hitler siegt: sie wissen, was sie in seinen Augen, in den Augen Nazi-Deutschlands sind: Gewürm, Menschenplunder, untergeordnete Rassen, zum Sklaventum bestimmt – bestimmt, dem lichten und auserwählten Königsvolk der Deutschen zu dienen.«

Katia freut sich über den glasharten Ton ihres Mannes. Er hat in ihr sein erstes und sein bestes Publikum.

»Die freien Völker« … »werden weiterkämpfen, wenn es sein muß, Jahr um Jahr und ihr letztes aufbieten« – »um diese Pest mörderischer Überheblichkeit aus der Welt zu schaffen.

Und das deutsche Volk, auf dessen Schultern seine Führer ein Maß von Schuld häufen, vor dem einem graust?« … »Sehnt es sich nicht, ein Volk zu sein, mit dem die andern leben können, damit nicht aus dem Schrei: ›Man muß die Nazis vernichten!‹ mehr und mehr der Schrei werde: ›Man muß die Deutschen vernichten!‹?«

Thomas Mann hat sich beim Vortrag selbst in Hass hineingesteigert. Er faltet das Manuskript zusammen und bleibt noch einen Moment im Aufnahmeraum sitzen. Schweiß auf der Stirn, Herzrasen. Katia eilt zu ihm. Eine kleine Geste ihrer immer wachsamen Fürsorge.

»Haben Sie meine Weihnachtsbotschaft an das deutsche Volk gelesen?«, fragt der Dichter die amerikanische Freundin und Gönnerin Agnes Meyer, die Frau des *Washington Post*-Besitzers Eugene Meyer, und fügt gleich selbst hinzu – »Sie werden mir zu solchen Äußerungen nie gratulieren, weil Sie es, wie ich wohl fühle, nicht gern sehen, dass ich mich innerlich und äußerlich politisch zu sehr engagiere. Sie haben insofern recht, als ich zur Liebe geboren bin und nicht zum Hass. Dieser ist mir aufgezwungen worden und hilft mir nicht, ich selbst zu sein.«

Seine ausgeprägte publizistische Tätigkeit in diesen Jahren – die »Forderung des Tages« – spricht für das Gegenteil: »Die Heimsuchung Deutschlands nun gar durch den Hitlerismus hat diesen ursprünglich unpolitischen Schriftsteller zu einem aus tiefster Seele Protestierenden gemacht gegen den schändlichen Mißbrauch, der von diesem verabscheuungswürdigen Regime mit dem deutschen Namen getrieben wird, sie hat ihn zum Emigranten und zum politischen Kämpfer gemacht«, so Thomas Manns Selbstauskunft in einem Aufruf gegen Hitler.

Hilde Kahn-Reach, eine attraktive und selbstbewusste Dame über achtzig, war von Ende 1943 bis 1952 Thomas Manns Sekretärin. 1998 treffen wir sie am San Remo Drive. Die Nachmieter haben nicht viel an dem für Thomas Mann und seine Bedürfnisse gebauten Haus verändert, sogar ein Flügel steht noch oder wieder an alter Stelle, wie Hilde Kahn sofort bemerkt.

»Weimar II« hat man damals die kleine Kolonie deutscher Exilierter rund um Hollywood und die Studios genannt. Dazu gehörten, neben den erwähnten Feuchtwangers und Werfels, auch Brecht, Döblin und Adorno und alte Freunde wie Bruno Frank oder der Dirigent Bruno Walter, beide Nachbarn schon in Münchener Tagen.

Die Büsche, Bäume und Palmen sind mittlerweile so hoch gewachsen, dass der Garten nur noch an wenigen Stellen die Sicht auf das unter dem Haus liegende Meer freigibt.

Hilde Kahn-Reach blickt auf die Veranda, die im ersten Stock liegenden Schlafzimmer und das leicht höher gesetzte Arbeitszimmer des Dichters. »Das sieht hier so ziemlich unverändert aus.«

Erscheint es Ihnen lang her oder war es eher *gestern*?

Hilde Kahn-Reach lacht: »Es war eigentlich gestern, da haben Sie ganz Recht.«

Als wäre es tatsächlich gestern gewesen, erkennt sie die Details wieder – »it's beautiful« –, das große Fenster mit dem Blick auf die Palmen, der besagte Flügel … »Und hier, hier standen die Lübecker Bücherschränke, an diesen beiden Wänden. Dann war

dort ein Sofa, auf dem am liebsten Frau Katia saß – und Thomas Mann nahm meistens hier auf einem Sessel Platz und ich dann gegenüber …«

Katias prüfende Blicke. Hilde Kahn steht ein wenig aufgeregt im Wohnzimmer. Zum Einstellungsgespräch gibt es Tee.

»Hilde, sind Sie eigentlich mit dem Bankier Kahn in New York verwandt?«

»Nein, wir kommen aus Wuppertal.« Hilde bleibt bescheiden, will die nächste Frage abwarten.

Katia nimmt kurzerhand eine neue Einordnung vor. »Ach so, ja. Natürlich.«

Die junge Frau fasst ihrerseits die Hausherrin genauer ins Auge. Herb wirkt sie, das Haar grau und kurz geschnitten. Wachsam gegenüber allem, was sich in diesem Haus bewegt.

»Mein Vater war in Wuppertal Anwalt für die Jüdische Gemeinde. Ich hätte auch gern Jura studiert!«, fährt Hilde fort.

»Und hier, in Amerika?«

»Im Büro von Fritz Lang habe ich gearbeitet, für Vicki Baum getippt und beim Agenten Kohner im European Film Fund.«

Katia setzt ihre Teetasse ab. »Sie wissen, dass die Post und alles hier im Hause, was Sie sehen und hören ... ich meine, es ist Thomas Mann – also vertraulich, nicht wahr. Eine Voraussetzung.«

Die junge Bewerberin versteht es, Vertrauen zu gewinnen. »Ich verehre Ihren Mann. Wir haben ihn hier in Los Angeles im Shrine Auditorium gehört.«

Katia erinnert sich gern an diesen Auftritt im Februar 1938. »Zweitausend Menschen! Und Sie waren dabei?«

»Seine Rede über den Sieg der Demokratie – ja. Es gab einem Mut, das zu hören. Wir waren sehr getröstet.«

Katia schenkt Tee nach. »Er wird gleich herunterkommen.«

Hilde Kahn schaut erwartungsvoll in Richtung Arbeitszimmer. Das Dichterreich liegt abseits von Wohn- und Speisezimmer. Hinter einer unscheinbaren Tür verbirgt sich dann ein Aufgang in den ersten Stock, dort hat Thomas Mann sein separates Schlafzimmer.

Ihre Nervosität wächst. Die Sekretärin fühlt sich schon jetzt wie eine Premierenbesetzung ohne Rollentext und Generalprobe.

Hilde Kahn-Reach: »Nach einer Zeit schritt er die Treppe herunter. Nach seinem Mittagsschlaf. Er kam wie vom Olymp herunter.«

Heller Sommeranzug, leicht federnder Gang. Thomas Mann begrüßt die junge Frau mit freundlichem Nicken. »Kommen Sie doch bitte!«

Eine Handbewegung weist Hilde Kahn den Weg ins Allerheiligste – es ist sein liebstes Arbeitszimmer unter allen eingerichteten und improvisierten Versionen seines an Umzügen reichen Lebens. Der Dichter setzt sich an den Schreibtisch.

Hilde Kahn-Reach: »Ich hatte einen Stenogrammblock dabei, und zur Probe hat er mir dann sofort einen Brief diktiert.«

Thomas Mann räuspert sich. »Wollen wir doch gleich mal einen Versuch machen: An Agnes Meyer, Mount Kisco, New York ...«

Hilde Kahn-Reach: »Der Trick ist dann, dass man es anschließend zweimal so schnell zurückliest, wie er es diktiert hat.«

»Sehr gut.« Thomas Mann lächelt, diese junge Frau hat eine

schnelle Auffassungsgabe. Er ist zufrieden. »Zweimal in der Woche am Nachmittag zum Briefeschreiben. Und dann tippen Sie meine Manuskripte ab, und wenn Sie ein Wort nicht verstanden haben … –«

»Kann ich ja im Lexikon nachschlagen …«, freut sich Hilde gleich mit Eifer über diese Zusage.

Thomas Mann streckt ihr die Hand entgegen: »Meine Frau erledigt das Übrige.« Sie kann gehen. Der Dichter wendet sich zur Bücherwand und nimmt auf seinem Lesesofa Platz. Während er sich eine Zigarette anzündet und Hilde diskret den Raum verlässt, muss sie an die Bücher denken, mit denen sie schon die Schulzeit verbracht hat, der *Zauberberg*, den sie damals mit ihrem Freund zusammen las … Und jetzt saß der berühmte Autor vor ihr und sie würde Woche für Woche in diesen Raum eingelassen werden …

Wie hergezaubert sehen wir das »Original«. Thomas Mann sitzt genau auf diesem Platz und spielt für die amerikanische Wochenschau den Nobelpreisträger im Exil. Er blättert und liest in einem Buch, als ob es weit und breit keine anderen Menschen, Kameras und Lampen gäbe. Beiläufig zieht er an seiner Zigarette.

Hilde Kahn-Reach blickt nachdenklich auf ihren ehemaligen Arbeitsplatz.

Wie viele Stunden Sie in diesem Raum verbracht haben...

»Ja, 'ne ganze Menge.«

Sie waren ihm nahe.

»Körperlich ja. Auch innerlich. Ja.«

Und er?

»Er war zurückhaltend. Er war nicht ›outgoing‹, wie man auf Englisch sagt.«

Er ging nicht aus sich heraus?

»Er war nicht demonstrativ.«

Lebte inwendig.

»Ja, genau so. Aber er hatte es gerne, wenn Menschen ihm entgegenkamen. Nicht zu weit. Aber im richtigen Maß. Er war ein Künstler. Er schrieb. Das war sein Beruf. Sie« – Katia – »machte alles andere.«

Wer hätten Sie sein mögen, zum Beispiel in den *Buddenbrooks*?

»In den *Buddenbrooks*? Ich glaube, niemand. Ich meine, die arme Tony, die den Mann nicht heiratet, den sie liebt, das ist ja eigentlich sehr tragisch und dabei ist es das auch wieder nicht, denn: Sie ist keine tragische Figur.«

Fällt Ihnen eine andere Figur ein?

»Nein, ich meine, man möchte nie irgendeine Figur sein. Das glaube ich nicht. Madame Chauchat (im *Zauberberg*) möchte ich eigentlich auch nicht sein. Oder diese Frau, die dann der Adrian Leverkühn (im *Doktor Faustus*) doch nicht heiratet. Nein, eigentlich noch am ehesten die amerikanische Erbin in *Königliche Hoheit*.«

Imma Spoelmann.

»Imma Spoelmann, ja, ganz richtig.«

Aber das war Katia, die Rolle war besetzt.

»Ja, die war besetzt.«

Welche Rolle spielte Thomas Mann unter den vielen Emigranten, hier an der Westküste, darunter auch viele Autoren? Welchen Rang hatte er?

»Er war absolut der Oberste, der Höchste, der Bedeutendste.

Er war irgendwie zu der Rolle geboren, wissen Sie. Er fühlte sich doch immer als Repräsentant. In *Königliche Hoheit* ist er ja der Prinz – und vom Prinz wurde er zum Kaiser.«

»Ich schreibe, als ob gestern und heute nichts geschehen wäre. Dabei ist Krieg und das Land in Zorn und Eintracht.« Diese Zeilen an Agnes Meyer werden noch Hilde Kahns Vorgänger Konrad Kellen diktiert, sie stammen vom 7. Dezember 1941.

Einheiten der japanischen Luftwaffe haben an diesem Tag ohne vorherige Kriegserklärung den bedeutendsten amerikanischen Marinestützpunkt im Pazifik, Pearl Harbor auf Hawaii, überfallen und dabei acht Schlacht- und elf weitere Kriegsschiffe versenkt oder beschädigt, von Flugzeugen ganz zu schweigen. »Zorn und Eintracht« – durch die mehr als 2400 Toten auf Hawaii fühlt sich die amerikanische Öffentlichkeit gedemütigt und erst jetzt wirklich involviert; Thomas Mann vermerkt es täglich mit Spannung: »Im Kriege mit Japan. Erregte Radio-Berichte. Bombardements der Philippinen und Honolulus.« … »Wie gut vorbereitet die Gelben sein mögen und wie schlecht U. S. A. – ist nicht bekannt.« (7. 12.) »½ 10 Uhr Adresse des Präsidenten an den Congress. Feststellung des Kriegszustandes mit Japan. Er wurde stürmisch gefeiert.« (8. 12.) »7 Uhr meisterhafte, höchst würdige, klare und wohltönende Radio-Ansprache Roosevelts, die auch den japanischen Krieg in den allgemeinen Rahmen stellte und auf Kriegserklärung auch an Deutschland u. Italien hinauslief.« (9. 12.)

Der deutsche Dichter ist schon lange ein Verehrer des amerikanischen Präsidenten – »seine Überlegenheit über das kindische Durchschnitts-Amerika ist gewaltig«. Roosevelt soll der »große Gegenspieler« Hitlers werden.

»Ach, die heillose Kröte, wann wird ihr einer den Kopf zertreten?«

West Hollywood Ein Türschlüssel wird herumgedreht. Heinrich Mann richtet sich auf, mit größter innerer Erregung verfolgt auch er Roosevelts entschiedene Erklärungen am Radioapparat.

»Nell?«

Man hat es herbeigesehnt, diesen Eintritt Amerikas in den Krieg – »Nell, bist du es?«

Nelly, die seelenkranke Gefährtin, hat Feierabend. In völlig durchnässter Schwesterntracht rauscht sie mit flüchtigem Gruß an Heinrich vorbei. »Und dann sagen sie, it never rains in California.«

»Nell, Amerika ist im Krieg!« Es so deutlich auszusprechen, lässt den sonst eher ruhigen Heinrich kurz zittern. »Nell, hörst du?«

Nelly kommt ungerührt mit einem vollen Glas Rum aus der Küche.

Heinrich wiederholt noch einmal. »Sie melden: Roosevelt und das mächtige Amerika gehen in den Krieg.« Er schaut nicht auf ihr Glas, ignoriert ihren Alkoholkonsum, heute ist das nur ein kleines Problem. Er ist froh, dass sie da ist.

»Noch mehr Blut auf dem Flur...« – dies der lakonische Kommentar, den Heinrichs große Neuigkeit, von der sie sowieso schon gehört hat, ihr entlockt.

Er zieht sie näher zu sich heran und will sie umarmen. »Nell – jetzt wird alles besser.«

Sie macht sich los und zeigt ihm ihre Hände. »Noch besser!?«

Heinrich ist beschämt. Er liebt Nelly, sie ist sein letztes Zuhause, seine Verbindung zur fremden Welt und kann sich doch selbst kaum helfen. Sie tippt seine Manuskripte, auch wenn sie hier keiner lesen wird, und versucht mit verschiedenen Jobs, ihrer beider Existenz zu unterhalten. Heinrich spricht kein Englisch, Filmprojekte zeichnen sich ab und lösen sich genauso schnell wieder in Luft auf. Erfolglosigkeit und ausbleibende Resonanz sind ihm in dem Maße neu. In seiner alten Welt hat man gewusst, wer er war, sein Wort zählte. Hier kennt ihn niemand. Heinrichs Vertrag bei Warner Bros. ist nicht verlängert worden. Ein Jahr hat er im »writers' building« gesessen und auf Aufträge gewartet. Er hat keine Zeile geschrieben und am Ende einen Kündigungszettel an seiner Bürotür vorgefunden. Das war der Beginn der größeren, bedrohlichen Geldsorgen.

»Jetzt sind wir auf dem Gefrierpunkt«, schreibt Nelly in diesen Monaten an ihre Freundin Salomea Rottenberg. Und die vom Verfolgungswahn Geplagte weiß auch, warum. »Daß man H. M. alle öffentlichen Ämter und Ehrentitel still nahm, war wohl das Werk meiner Schwägerin, die in H. M. einen Rivalen und Konkurrenten ihres Mannes erblickte, das war in Deutschland immer schon. Man hatte ihm hier eine Anstellung in aller Verborgenheit beschafft, wo er an zu vielen Beleidigungen und Demütigungen erstickte.«

Nellys Alkoholismus setzt das Unterscheidungsvermögen außer Kraft. Die feindliche Welt spielt sie in immer neuen, auch groteskeren, Kulissen durch. »Skrupellose Geschäftlhuberei« habe ihren Heinrich kaltgestellt. »Das ist ein Golgatha! Wir sind allerdings die einzigen Christen, die nach hier emigrierten. Und da kann ein Mann wie H. M. sich doch nicht durchsetzen!«

Die Lage ist ernst, sie polemisch zu betrachten, gehört zur gefürchteten »Emigranten-Inzucht«, keiner möchte am ärgsten dran sein, das mag auch – Zerrspiegel hin oder her – auf Nellys Wahrnehmung einwirken, wenn sie ihrer Freundin schreibt, »hier sind wir unter lauter Raben. Alle sind neidisch auf jeden Ankömmling. Verkehr haben wir kaum gefunden« … »Wie habe ich mir Amerika anders gedacht!«

Und bei Bert Brecht, dem parteiischen Mitexilierten, liest man, Heinrich Mann habe nicht das Geld, »einen arzt zu rufen, und sein herz ist verbraucht. sein bruder mit einem haus, das er sich baute, 4–5 autos, läßt ihn buchstäblich hungern«.

Das eine Auto, das Nelly und Heinrich zum Leben brauchen, weil man in Amerika, wie sie gemerkt haben, sonst nicht zum Frisör, zum Arzt, zum Meer oder sonstwohin gelangen kann – und Heinrich nicht, ohne von Nelly gefahren zu werden –, dieses eine Auto hat ihnen dann auch kein Glück gebracht.

Auf der Küstenstraße von Pacific Palisades sehen wir kurz Thomas Mann, der von Katia zu den Studios der NBC gefahren wird. Eine neue Sendung soll aufgenommen werden. Deutsche Hörer! »Beim jüngsten britischen Raid über Hitlerland hat das alte Lübeck zu leiden gehabt. Das geht mich an. Es ist meine Vaterstadt. Die Angriffe galten dem Hafen von Travemünde, den kriegsindustriellen Anlagen dort, aber es hat Brände gegeben in der Stadt, und lieb ist es mir nicht zu denken, daß die Marienkirche, das herrliche Renaissance-Rathaus oder das Haus der Schiffergesellschaft sollten Schaden gelitten haben. Aber ich denke an Coventry und habe nichts einzuwenden gegen die Lehre, daß alles bezahlt werden muss.«

Heinrich Mann, vor dem ausgeschalteten Radio allein zurückgeblieben mit seiner Hoffnung, nun werde alles besser, weil es mit allem kriegerischen Übel ein Ende haben wird, zieht eine Ausgabe der *Buddenbrooks* aus seinem Bücherregal. Sonnenreflexe tanzen auf dem Buchdeckel: das alte Bürgerhaus unter kalifornischem Himmel.

Am Lübecker Himmel werden Bomben aus britischen Fliegern geklinkt. Ein Turm der Marienkirche brennt lichterloh und stürzt ein; Thomas Mann hören wir fortfahren: »Das alte Bürgerhaus, von dem man nun sagt, daß es in Trümmern liege, war mir das Symbol der Überlieferung, aus der ich stamme, aber solche Trümmer schrecken nicht denjenigen, der nicht nur aus der Sympathie für die Vergangenheit, sondern auch aus der für die Zukunft lebt.« – »Hitlerdeutschland hat weder Tradition noch Zukunft. Es kann nur zerstören, und Zerstörung wird es erleiden.«

Wieder geht lautstark die Tür. Heinrich blickt hoch. Er klappt das Buch zu. »Nell? Bist du hier?«

Er sieht in die Küche. »Nell?«

Vorm Haus wird ein Auto gestartet und fährt davon.

Die *Hollywood Canteen* ist nach einer Idee von Bette Davis installiert worden. Soldaten, die in den Krieg ziehen und durch Los Angeles geschleust werden, bekommen ein Gratis-Unterhaltungsprogramm von den berühmtesten, vor allem weiblichen Hollywood-Stars geboten. Sie singen ihre Hits, servieren Drinks oder kochen einen guten Eintopf. Und als Höhepunkt dürfen die Matrosen und GIs die Stars dann auf die Tanzfläche führen.

Auf dem Parkplatz am Sunset Boulevard herrscht reges Treiben. Vor der *Hollywood Canteen* haben sich lange Schlangen gebildet. Soldaten und *chorus girls* verziehen sich in parkende Wagen oder einfach in die *back alleys* hinter den Hotels, den Nachtclubs und kleinen Bars. Vielleicht ist es das letzte Mal.

Nelly und ihre Freundin Mary haben sich einen Schwips angetrunken. Die beiden sind in Abenteuerlaune, wollen sich von irgendetwas mitreißen lassen; Nelly drückt spaßeshalber auf die Hupe. Zwei vorüberschlendernde Soldaten erschrecken, schauen genauer hin und werfen sich für die späten Girls in Positur.

Das Autoradio überträgt einen swingenden Auftritt aus der *Hollywood Canteen.*

Marlene singt das Lied von den »Boys in the Backroom«, die glühenden Gesichter der Soldaten dicht vor ihr am Bühnenrand. Sie warten auf die Stelle »... and tell them I die«, denn man weiß, dann macht Marlene diese Bewegung am Kehlkopf und lässt ihre Stimme vibrieren – and tell them I »dieeeeh«...

Nelly beugt sich zum Radio herunter, als könne sie die Performance der Dietrich dirigieren. »Marlene schwenkt die Jungs und verkauft es als Wohltätigkeit. Mir täte das auch wohl...«

»Aber Nelly!« Die Freundin gibt die Empörte. »Du bist doch verheiratet!«

»My husband is sooooohhh ohhhhhld! Nur mal schaun! Ist doch keine Sünde! Wer die Uniform näht, darf auch mal prüfen, was drin steckt.«

Der Preistanz in der *Hollywood Canteen* hat begonnen, aber die Tanzfläche ist so voll, dass man nur auf der Stelle tritt. Marlene schmiegt sich an einen gut aussehenden GI.

Draußen am Meer. Nelly tanzt mit Mary eng an eng. Aber in Gedanken lässt sie die Dietrich nicht los. »Marlene, die hat's gut. Erst das große Geld mit'm Film von meinem Heini, dann... Glaubst du, die schickt uns mal 'n paar Dollars rüber? Nee, die nicht.«

Nelly greift sich einen der ausgelassenen GIs und schüttet ihm letzte Tropfen aus der Rumbuddel in den Hals. »Nimm's von Mama. Und schön am Leben bleiben, Kleiner.«

New York

Alle brauchen Geld. Heinrich und Nelly zum Überleben, der Bruder für seinen Lebensstil und zur Unterstützung der zahlreichen von ihm Abhängigen und der notorisch verschuldete Klaus Mann für seine neue Zeitschrift, deren Fortbestand schon am Tag ihrer Gründung in Frage gestellt scheint.

»Diese Zeitschrift soll kein ›Sprachrohr‹ für die europäischen Emigranten sein; sie soll dazu dienen, die Beziehungen zwischen dem amerikanischen und europäischen Geist zu intensivieren – eine Solidarität unter fortschrittlichen Geistern zu beweisen und zu stärken, die über alle nationalen Grenzen hinausgeht.«

Es soll eine *review of free culture* werden und zugleich ein wütender Angriff gegen die totalitäre Barbarei mit den Mitteln der Kultur.

»Wir nennen diese Zeitschrift *Decision* – Entscheidung – nicht, weil wir ein fest umrissenes politisches oder geistiges Programm haben. Vielmehr bedeutet dieser Titel, daß wir uns vorgenommen haben, ein Programm zu suchen, weiterzumachen, der Herausforderung zu begegnen, die der gegenwärtige Rückgang an Menschlichkeit bedeutet, und die allgemeine Verzweiflung mit den Waffen konstruktiven Denkens zu besiegen.«

Die Unternehmung ist von Anfang an ein finanzielles Abenteuer. Um Geldgeber zu ködern, braucht Klaus seinen Vater – »es würde entschieden leichter sein, 20000 Dollars für die Zeitschrift zu raisen, wenn der editor Th. M. statt K. M. hießc«, wird er dem »verehrtesten Zauberer« gegenüber konstatieren und diese Lösung auch gleich für indiskutabel erklären; vielleicht konnte man ein Mittelding finden. Aber die Reichen – »Man muß den Mächtigen *schmeicheln*« – lassen sowieso zu oft ihren Zusagen nichts folgen – »Sollte der Herr eine *Sau* sein?« –, wie Klaus bitter feststellen muss.

Monika Mann erzählt, »Klaus' Dasein war immer eher ärmlich. Er machte damals diese Zeitschrift *Decision*, die auch furchtbar schlecht ging – welche Zeitschrift hält sich schon? Und er hat sich wirklich halb zu Tode gearbeitet. Ich sah ihn da oft mit einer Aktenmappe, kolossal aktiv – ›busy‹, wie man so sagt – im Kamelhaarmantel, immer ohne Hut in der Kälte, immer unterwegs wegen Schwierigkeiten mit *Decision*. Um Autoren aufzugabeln, Geld aufzutreiben oder zu organisieren. Er hat furchtbar geschuftet – das ging ja alles nicht gut aus...«

Hotel Bedford. Viel Betrieb in der Lobby. Die Offiziere, die sich vor der Einschiffung zum Kriegseinsatz hier von ihren Frauen und Freundinnen verabschieden, und eben die Exilierten aus ganz Europa, die hier eine Ersatzexistenz fristen, Geschäftsleute, Journalisten, Kontaktsuchende. Klaus sitzt an der Bar, abgespannt und fiebrig animiert. Er trinkt, lächelt zum Barkeeper und achtet vor allem auf den Eingang. Ein Page nickt ihm zu, erfreuliche junge Soldaten gehen aus und ein, Paare verschwinden im Fahrstuhl, andere verlassen das Hotel. Mit einem Mal wird Klaus von hinten umarmt. Er spürt sie, er riecht sie, die Einzige, mit der sich vielleicht leben ließe, wie er vor Jahren im Tagebuch spekuliert hat. »Endlich! Da bist du.«

Erika trägt die Uniform des amerikanischen War Correspondent. Der Krieg steht ihr gut. »Wie du aussiehst – wie aus dem Ei gepellt, und so unanständig gesund!«

»Uncle Sam wants you too.«

Und Klaus wants Uncle Sam. Er hat schon Versuche unternommen, in die US-Army zu kommen.

»Eissi, was ist denn los? Pleite oder Oberpleite?« Erika bemerkt erst jetzt, wie es um Klaus offenbar steht.

»Ganz miese Oberpleite!«

»Wie viel?«

Der Bruder hüstelt wieder und stöhnt. »500 – so ungefähr. Im Hotel, und einfach überall.«

Die Schwester hakt ihn unter. »Wirst du denn niemals gescheit?«

Christopher Lazare, Mitarbeiter bei *Decision* und ein enger Freund aus Bedford-Tagen:

»Wie viele Male kann man diese unheimlichen persönlichen karrieristischen Katastrophen überleben? Und immer dazu hören: der Sohn von Thomas Mann, der Schatten von Thomas Mann, er beutet seinen Vater aus... Klaus war völlig unbekannt als Schriftsteller in Amerika. Er musste sich durchsetzen. Dabei war er so gescheit. Er konnte Englisch schreiben. Ich habe um die Ecke herum in einem anderen Hotel gewohnt, im Merry Hill – dann bin ich vorbeigekommen, und es war fantastisch: das Gesicht mit einem Rasierpinsel auf einer Seite einschäumend, hat er mit der anderen Hand getippt.«

Die Geschwister verlassen den Fahrstuhl und wandern den langen Flur hinunter. Sie kommen an Zimmer 1405 vorbei, das offenkundig von der Polizei versiegelt wurde. Magisch angezogen, bleibt Klaus einen Augenblick stehen. »Guck hier, manche halten nicht durch. Überall die nicht aufhörenden Nachrichten über Selbstmorde –«

»Komm, Eissi.« Die Schwester mag nicht gleich wieder traurige Geschichten von Fenstersturz und Pillentod hören. »Komm schon, ich will mich schnell frisch machen.«

Mit der Nachmittagssonne bekommt sein Hotelzimmer das wärmste Licht. Erika inspiziert ganz automatisch den Schreibtisch. Arbeitet der Bruder? Ein beschriebenes Blatt steckt in der Maschine, aber das heißt noch nichts. Die Fotos der Freunde, der Familie, von ihnen beiden als Geschwisterpaar – Erika kennt die Bilder dieses Wanderaltars. Neu hinzugekommen ist ein Foto von Curtiss – »Tomski in Uniform«.

Klaus hüllt sich in Schweigen. Die Liebesbeziehung zu Curtiss ist eine offene Wunde, wie er im Tagebuch häufig vermerkt. Ein ewiges Auf und Ab zwischen »melancholischer Zärtlichkeit« und endlosen Debatten. Demnach artet für Klaus Tomskis »Unvernunft schon in Raserei aus«, vor allem wenn es um dessen »besessenen Hass auf Roosevelt« geht, den man in der *family against dictatorship* nun mal verehrt. Dazu kam Klaus' eigene innere und äußere Rastlosigkeit – »genommen«, das Stichwort im Tagebuch für die Sucht, die »sehr erfreulichen jungen proletarischen Typen« für die Ausschweifung. Der Jüngere hat ihn für einen anderen verlassen, aber nicht völlig, er hängt auch an ihm. Jetzt hält sich Klaus etwas bedeckt, er mag gerade mit der Schwester nicht darüber reden.

»Wir telefonieren …«

»Ist es wieder mal vorbei?«

Schweigen. Erika geht ins Badezimmer, wäscht sich das Gesicht. Sie frischt ihr dezentes Make-up auf und sieht rundherum mit sich zufrieden aus. Es wirkt nicht gerade ansteckend unter den Geschwistern.

Klaus macht aus seinem Neid keinen Hehl. Sirenengeheul und Flugbomben auf London – »Wozu noch schreiben? Die Entscheidung fällt anderswo...«

»Die Nazis hören meine Sendungen in der BBC ab, und im *Völkischen* hat Hinkefuß Goebbels auf dein Schwesterchen geschimpft. Nennt mich die ›politische Gebrauchsdirne‹, die zum ›verlumpten Thomas Mann Vater sagen‹ darf, dem ›senilen Schwätzer‹!«

Kurzes Auflachen bei beiden, die Stimmung bleibt angestrengt. Erika kommt ins Zimmer zurück, wo Klaus auf dem Bett sitzt und seine Fingerspitzen betrachtet. »Ich schwätze jetzt auch. Schreib' meine Memoiren.«

»Was? Schon wieder? Und wen lässt du auftreten?« Erika, schnell und unerbittlich, wie sie sein kann.

»Alle.«

Sie reißt das eingespannte Blatt aus der Maschine und liest laut: »›Thomas, der Jüngere der beiden Brüder, war geneigt, die sehnsüchtige Zärtlichkeit für die Blonden und Lachenden inni-

ger zu betonen … ‹ Oh weh! Da wird der Zauberer aber begeistert sein!«

Nun ist es genug. Klaus wird mit einem Mal bewusst, wie sehr sie sich in Posen zueinander verhalten, in Stellung zum anderen bringen, statt wie früher – – – »sag, auf welcher Seite stehst du eigentlich?« Er nimmt sie vorsichtig in den Arm, während er dies leise fragt.

Spielerisch verbietet Erika ihm den Mund mit einem Kuss. Das ist keine Antwort, aber ein Anflug alter Vertrautheit. Klaus klammert sich sofort daran. »Ich hab' mich bei der Army beworben. Kann kaum noch an etwas anderes denken, aber die nehmen mich nicht!«

Fast ein Geständnis. Erika lächelt. »Haben sie die kleinen hässlichen Liebesbisse in deinen Ärmchen gesehen?«

Der Bruder, ganz ernst: »Nein! Hör mal, ich will doch! Damit ist dann Schluß. Die Uniform schützt doch vor bösen Geistern!«

Wo alles sich durch Glück beweist / und tauscht den Blick und tauscht die Ringe / im Weingeruch, im Rausch der Dinge, / dienst du dem Gegenglück, dem Geist. Diese Zeilen von Gottfried Benn gehen Klaus nicht aus dem Kopf. »Das ›Gegenglück‹, dem ich zur Zeit diene, heißt ›Decision‹. Die Zeitschrift hält mich fest.« Nicht mehr. Die Zeitschrift wird Anfang 1942 eingestellt. Die Eltern zahlen die Liquidation. »UMSONST ... immer wieder läuft es darauf hinaus.« Es muss nun das andere, immerhin schon weit gediehene Projekt sein, der Lebensbericht.

Golo Mann: »Er nannte seine Erinnerungen ja *Der Wendepunkt – The Turning Point.* Es sollte eigentlich ein Sich-Wenden zur Gemeinsamkeit werden. Es ging ihm darum, nicht mehr als ein Aristokrat ohne die nötigen finanziellen Mittel in einem Elfenbeinturm zu leben – das Bedford war ja noch der Elfenbeinturm –, sondern sich unter gewöhnliche Menschen zu mischen und gewöhnliche Menschen, wie sie halt sind, zu erfahren und mit ihnen zu leben und einer unter ihresgleichen zu sein.« Und Klaus formuliert dies auch selbst.

»Was für eine Geschichte ist es denn, die ich zu erzählen habe? Die Geschichte eines Intellektuellen zwischen zwei Weltkriegen, eines Mannes also, der die entscheidenden Lebensjahre in einem sozialen und geistigen Vakuum verbringen mußte: innig – aber erfolglos – darum bemüht, den Anschluß an irgendeine Gemeinschaft zu finden, sich irgendeiner Ordnung einzufügen: immer schweifend, immer ruhelos, beunruhigt, umgetrieben, immer auf der Suche ...;

die Geschichte eines Deutschen, der zum Europäer, eines Europäers, der zum Weltbürger werden wollte;

die Geschichte eines Individualisten, dem vor der Anarchie fast ebensosehr graust wie vor der Standardisierung, der ›Gleichschaltung‹, der ›Vermassung‹;

die Geschichte eines Schriftstellers, dessen primäre Interessen in der ästhetisch-religiös-erotischen Sphäre liegen, der aber unter dem Druck der Verhältnisse zu einer politisch verantwortungsbewußten, sogar kämpferischen Position gelangt ...

Meine Geschichte – möglichst ehrlich, möglichst genau ist sie aufzuschreiben, mit all ihren zeitbedingten, zeitcharakteristischen Zügen, mit ihrer besonderen und aparten Problematik.

(Der Schatten des väterlichen Ruhms auf meinem Weg…, ja, das gehört auch hinein.)«

»Zeitcharakteristische Züge«, die Klaus in dem Moment weniger wahrnimmt, sind Misstrauen und Bespitzelung um ihn herum, in Amerika.

Vom 26. Oktober 1941 datiert die Entscheidung der FBI-Zentrale, Klaus Mann – wegen der besonderen Familienverhältnisse wenn möglich mit »particular discretion« – auf unamerikanische Umtriebe hin auszuspähen; anonyme Denunziationen scheint es schon vorher gegeben zu haben.

Am 11. Dezember 1941 erklärt Hitler den Vereinigten Staaten den Krieg. Damit werden die USA zu Verbündeten der Sowjetunion. Ein Zweckbündnis.

»Amerika ist im Krieg mit Nazi-Deutschland. Ich will in die amerikanische Armee. (Bin aber noch kein ›citizen‹, darf mich also nicht freiwillig melden, sondern muß hübsch warten, bis man mich holt…)«, schreibt Klaus am 12. Dezember 1941 ins Tagebuch und ahnt kaum – Ironie der Gleichzeitigkeiten –, wie sehr man sich schon für ihn interessiert: Genau am 15.12. verfasst das FBI einen Bericht über Aussagen von Informanten, wonach Klaus Mann »über mehrere Jahre in Paris als Agent für das Stalin-Regime aktiv gewesen sei«. Außerdem verfolge das German American Relief Committee for Victims of Fascism, auf dessen Mitgliederliste Mann stehe, in Wirklichkeit den Zweck, deutsche Kommunisten, die im spanischen Bürgerkrieg auf der Seite der Loyalisten gekämpft hatten, nach Lateinamerika einzuschleusen. Die Informanten bewegen sich in nächster Nähe, im Bedford, und tragen fleißig zusammen – die »sexual perversions«, die finanziellen und die familiären Verhältnisse (speziell die Vater-Sohn-Beziehung). Sie lesen Briefe, vermerken Kontakte und heften sich auch schon mal an die Fersen ihres *subject*.

»Confidential Informant T 3 advised that subject MANN (…) owes the hotel about $500, which debt accumulated over the past several months. (…) Informant further stated that subject MANN (…) does not usually leave his room before 10 or 11 o'clock in the morning and that he usually goes to bed rather late. Informant further advised that quite a number of ›longhairs‹ go in and out to see MANN, but that he does not know the names of them. Informant further advised that subject occupies room 1403 which faces the front of the hotel and is the fifth window in front from the east side of the building.« – »This informant further stated that unquestionably KLAUS MANN is a sexual pervert and that two or three night each week, a soldier by the name of xxx from Governor's Island spends the night with MANN in his room. Informant stated that the soldier appears during the evening and leaves MANN's quarters after 9 o'clock in the morning. (...) He advised that xxx stayed the night of May 25, 1942 and that the only suitable sleeping place in MANN's room is a single bed.«

Ein ziemlicher Aufwand, den das Gastland betreibt. Für ein ›subject‹, das der Mutter schreibt, er wolle sich »lieber von den Sergeanten als von den Redakteuren und meinen Gläubigern schikanieren lassen«. Denn: »Dieser abscheuliche Krieg wird immer noch erträglicher sein, wenn man sich seinem Apparat zur Verfügung stellt, als wenn man, isoliert, unter der totalen Verödung seufzt, die er im kulturellen Bezirk unvermeidlich zur Folge hat.«

Als Teil des Apparates »hängt« seine definitive Einbürgerung irgendwo bei den Behörden und sein Gesuch – »Wollen Sie bitte zur Kenntnis nehmen, daß ich bereit, ja begierig bin, der amerikanischen Armee beizutreten, auch schon *vor* meiner Naturalisation.« – wird geprüft und geprüft.

»Heute zur militärischen Untersuchung. Ich möchte, daß sie mich nehmen. Ich will dabeisein. Endlich einmal dabeisein!«, schreibt Klaus am 28. Mai 1942 ins Tagebuch. Daß er von 13:32 p.m. bis 12:47 p.m. gemustert wurde, einen grauen Mantel, braune Schuhe, aber keinen Hut trug, vermerkt am selben Tag der Informant des FBI.

»Überdrüssig der Freiheit, überdrüssig der Einsamkeit. Sehnsucht nach Gemeinschaft. Der Wunsch, mich einzuordnen, zu *dienen*« (2. Juni), und zwei Tage später: »Der Militärarzt ist nicht mit mir zufrieden. ›Vorläufig abgewiesen.‹« Klaus hat Syphilis, übertragen von seinem derzeitigen Freund Johnny, der seinerseits wegen unerlaubten Fernbleibens von der Einheit in behördlichen Schwierigkeiten steckt. Die Zeit einer qualvollen Therapie beginnt; sie wird Monate dauern. Das »Gegenglück« muss wieder im Schreiben gesucht werden.

Erst einmal fährt er zu den Eltern. Das FBI wird es zur Kenntnis nehmen.

Genauso wie Thomas Manns Radio-Aufnahme für die BBC am 27. September 1942: »Deutsche Hörer! Man wüßte gern, wie ihr im stillen von der Aufführung derer denkt, die in der Welt für euch handeln, die Juden-Greuel in Europa zum Beispiel – wie euch dabei als Menschen zumute ist, das möchte man euch wohl fragen.« – »Kein vernunftbegabtes Wesen kann sich in den Gedankengang dieser verjauchten Gehirne versetzen. Wozu? fragt man sich.« ... »Nach den Informationen der politischen Exil-Regierung sind alles in allem bereits siebenhunderttausend Juden von der Gestapo ermordet oder zu Tode gequält worden« ... »Wißt Ihr Deutsche das? Und wie findet ihr es?«

»Endloses Schlangestehen mit anderen Rekruten (meistens nackt).« Vorladung zur Musterung – Untersuchung – Abweisung – Depression und Todeswunsch – Vorladung zur… Anhörung bei der Einberufungsstelle am 13. Oktober 1942: »Es ist harte Arbeit, in diese Army zu kommen.« Es ist harte Arbeit, kein Außenseiter, keine Ausnahme mehr zu sein.

»Brief von der spröden, exklusiven Army. Ich soll ›demnächst‹ wieder untersucht werden. (Hoffentlich ehe der Krieg zu Ende ist…)« Der Krieg geht nicht zu Ende, und ein volles Jahr nach seinem enthusiastischen Entschluss, sich endlich »einmal mit der Majorität solidarisch« fühlen zu wollen, heißt es:

»ACCEPTED!«

Klaus bleiben zwei Wochen, um seine Angelegenheiten zu regeln, für die Lebenswende zum Soldaten.

An Mrs. Thomas Mann, Pacific Palisades (Calif.)

Fort Dix (bei New York), den 6. 1. 1943

Soldatenmutter!

… »unter uns gesagt, das Leben hier ist nicht gerade lustig. Die ersten zwei, drei Tage gingen noch. Zunächst gab es die Einkleidungszeremonie (Uniform, Stiefel, Windjacke, Overalls zur Arbeit, sogenannte ›fatigues‹, Regenmantel, Wintermantel, Handschuhe, Hemden, Socken, Unterwäsche, sogar Toilettengegenstände: alles von prächtiger Qualität; aber noch keine Waffen…); dann kamen allerlei Interviews mit ›classification officers‹ und die berühmte Intelligenz-Prüfung, bei der ich übrigens nur knapp mittelgut abschnitt. (Angeborene Blödigkeit? Oder sollte der ›test‹ nicht unbedingt zuverlässig sein?) Außerdem wurden wir gegen die verschiedensten Seuchen geimpft«… »Küchendienst von fünf Uhr morgens bis zehn Uhr abends!«… »Ich bin trotz alledem guter Dinge«… »Ziemlich rührend war das Wiedersehen mit einem Liftboy aus dem Bedford-Hotel. Er schlief just in dem Bett über meinem. – Wie der Zufall doch spielt!«

Und einen Monat später, in einem Brief an die Schwester,

adressiert ans Hotel Bedford, weil Klaus nicht weiß, wo genau sie sich gerade aufhält auf ihren Lecture-Tours:

»Das Exerzieren fällt mir ziemlich schwer, die langen Märsche machen mich recht müde, und mit der Flinte weiß ich immer noch nicht viel anzufangen« … »Man kichert aber nicht, sondern schmunzelt höchstens und nennt mich ›the professor‹« … »Unter den Münchener Buben im Wilhelmsgymnasium habe ich mich fremder und einsamer gefühlt als jetzt bei den G. I. s. Über ernste Dinge freilich unterhält man sich wohl besser nicht mit ihnen. Es kommt auch fast nie dazu. Der bevorzugte Gesprächsgegenstand sind Mädchen.«

Von der Jugendfreundin Lotte Walter erbittet er deshalb ein verführerisches Porträtfoto, er will die Stuben-Genossen mit einem schönen Mädchen beeindrucken.

Was Klaus eher erschreckt, ist seine Begegnung mit dem amerikanischen Rassismus. »Kein Nazi kann schlimmer sein. Ich glaube, so ein Alabama-Johnny würde Hungers sterben, ehe er sich mit Schwarzen an einen Tisch setzte.«

Die Grundausbildung hat schließlich ein Ende.

»Klaus hat sein basic training wie ein Mann absolviert und ist in ein intelligence-camp nahe Washington transferiert worden. Er ist schon staff sergeant und wird gewiss bald lieutenant werden, besonders wenn seine Andeutung sich erfüllt, dass er wahrscheinlich bald ›eine weite Reise‹ anzutreten haben wird«, schreibt der Vater an die amerikanische Freundin Meyer und fügt an, »es ist nur in der Ordnung, dass der Krieg auch in die ›amazing family‹ (wie Har. Nicolson uns einmal nannte) energisch eingreift.«

Das tut er. Die Vorbedingung, nach ›overseas‹ geschickt zu werden, lautet: Staatsbürgerschaft. Aus den besagten Gründen wird erneut geprüft, d. h. die Einbürgerung verschoben. Klaus' Kompanie ist am 1. Mai 1943 abgezogen – Stimmungseinbruch, denn Feldwebel Mann darf nicht mit.

Den Akten des FBI lässt sich entnehmen, dass sogar der berühmte Vater zur Integrität seines Sohnes befragt wird; ein Mitarbeiter der Military Intelligence Division (MID) sucht ihn im Juni 1943 extra auf. Und Klaus hat sich am Ende selbst noch einer letzten Befragung zu stellen.

Kasernenbüro. Exerzierlärm auf dem Hof. Der Dichtersohn spielt sein Spiel. Die Uniform steht ihm gut. Er hat neuen Mut gefasst. Lässige Atmosphäre. Man raucht. Ein Stenograph protokolliert, schaut dann und wann unsicher auf. Der Special Agent vom MID arbeitet das Formblatt ab.

Klaus Mann, ganz entschieden. »Ich war niemals Kommunist oder Mitglied in der KP. Ich glaube einfach nicht an die Lehrsätze dieser Partei. Da gibt es keine Sympathie! Meine Feindschaft gegen den Faschismus ist aus meinem Glauben an die Demokratie entstanden.«

Nächste Frage: »Mr. Mann – wenn Sie beim Militär bleiben und amerikanischer Staatsbürger werden wollen, dann müssen wir das so offen fragen: Sind Sie homosexuell?«

Etwas gequält auflachend, antwortet der Staff Sergeant souverän: »Sehen Sie, das sind Gerüchte, die von den Nazis über mich verbreitet werden...«

Golo Mann liest sich das Dossier des FBI von diesem 7. September 1943 durch. Manchmal schüttelt er amüsiert den Kopf.

»As a summary, Subject stated that he has never engaged in any form of perversion. He admitted that he thought he had contracted a case of syphilis from a prostitute in New York City.« – »Subject further stated, that any other forms of homo-sexualism were absurd and that he had never engaged in any sex practices other than those normal to a young unmarried man.«

Sein süffisant lachender Kommentar »Ich wusste gar nicht, dass Klaus so gut lügen konnte.«

Und mit Erfolg. »Dieser *Military Intelligence-Beauftragte*, der neulich mit mir sprach, stellte mir wirklich die sonderbarsten Fragen.« Aber nach gut zwei Wochen wird Klaus den Eltern erleichtert telegraphieren können: »Endlich naturalisiert stop.«

An die First Mobile Radio Broadcasting Company, Italien, kabelt er am selben Tag: »Bin amerikanischer Staatsbürger stop hoffe daß mich anfordern und nachkommen lassen werdet.«

Los Angeles Katia und Thomas sitzen betreten am gedeckten Tisch bei Heinrich Mann im Wohnzimmer. Es ist die dritte Wohnung, seit Heinrich in Amerika lebt: 301 S. Serall Drive, L. A. 36. Zum Essen wird es wohl nicht kommen, denn Nelly hat die Herrschaften versetzt. Man ignoriert die angebrochene Flasche Rotwein, ist peinlich berührt, spricht es aber nicht aus. Warum auch.

Man kennt die Schwägerin lange genug. Hat schon einiges mit ihr erlebt, merkwürdige Geschichten. Heinrich war noch nicht lange in Los Angeles, da hat sich eine Frau Budzislawski, eine kurzfristig für Heinrich engagierte Sekretärin, mit der Bitte an Katia gewandt, ihr ausstehendes Gehalt anzumahnen – rund 27 Dollar, die Nelly nicht bezahlen wollte, weil so ein Honorar ihrer Meinung nach nicht verabredet gewesen sei. Und dann hat Nelly die Dame, obendrein die Verwandte eines prominenten Exil-Publizisten, auch noch beschuldigt, sie bestohlen zu haben. Eine kaum glaubhafte, einigermaßen verrückte Geschichte mit einer durchs Fenster entwendeten Hutschachtel. Man hatte Frau Budzislawski damals nahe gelegt, ihre Forderung einzuklagen.

Weiß Gott, wo mochte die Kröger nun wieder stecken.

Heinrich Mann hat Verständnis für die Labilität seiner Nell. Er hört ihre Flüche, ihr Schimpfen auf die Reichen, die ihnen nicht helfen wollen, er fühlt, wie gut sie es mit ihm meint, und sieht doch, wie wenig geeignet sie ist, in dieser fremden Welt zu bestehen.

»Meine Frau lässt sich entschuldigen. Die Arbeit in der Uniformschneiderei …« – Heinrich bewältigt die Situation wie immer durch Förmlichkeit.

Sein Bruder und Frau machen die groteske Konversation standesgemäß mit. »Wir sind gar nicht hungrig« …

Ein Moment der Stille. Man nippt am Wein. »Bin jetzt ganz stolz, dass Klaus und Golo die Uniform tragen.« Heinrich meint es ernst.

Auch Thomas Mann ist stolz. »Das ist nun mal ein ganz anderes Leben für Klaus. Und er steht das sehr tapfer durch.« Zur eigenen Überraschung des Vaters.

Katia brennt noch etwas auf den Nägeln. Tommy hat es bisher vermieden, darüber zu sprechen. Aber die Gelegenheit bietet sich an. »Ja, ja – Heinrich, ein Wort noch wegen Nelly! Da wir nun mal alleine reden können: Sie sollten die Schecks doch wieder selber unterschreiben. Wenn das Konto nicht gedeckt ist, da verstehen die Amerikaner keinen Spaß.«

Der Schwager würde sich am liebsten unter der Last dieser beklemmenden Realität wegducken. Was soll er tun. Er ist mittellos. Man ging schon hier und da nicht zur Tür, weil ein Gläubiger dahinter stehen konnte.

Der Jüngere mag den Bruder nicht gedemütigt sehen. Mit einer wegwischenden Geste und einem Blick zu Katia löst er die Anspannung. »Wir werden das Konto diesmal für dich ausgleichen.«

Auch Katia weiß ja um das Elend. Doch einer musste den Überblick behalten, und das war nun einmal sie. Etwas nervös zuppelt sie an der ungewaschenen Tischdecke. »Ich denke, Heinrich, Sie sollten Ihre Ausgaben wieder kontrollieren, wie damals in Südfrankreich. Da haben Sie doch auch nie mehr ausgegeben, als es Ihre Einnahmen gestatteten.«

Es will kaum über seine Lippen: »Ja, wir sind im Augenblick in großer Verlegenheit.«

Elisabeth Mann: »Es war halt psychologisch ein jämmerliches Dasein. Er hat nie die Sprache gelernt, er hat niemals amerikanische Freunde gehabt. Niemand hat ihn gekannt, seine Sachen wurden nicht gelesen, wurden nicht übersetzt... Das war schon sehr traurig.«

Hilde Kahn-Reach: »Ich glaube, er hatte nie den geringsten Erfolg.«

Das heißt, er lebte wovon?

»Von Thomas.«

Das Warten auf Nelly und das Reden über Geld drücken weiter auf die Stimmung. Thomas Mann will den Bruder aufmuntern. »Der sowjetische Botschafter bringt doch etwas von den Tantiemen...«

Katia dehnt ihren Unterkiefer, was bei ihr Nervosität bedeutet. Sie hat die düstere Ahnung, dass Nelly ihnen allen bald noch größere Sorgen machen wird.

Heinrich seufzt. »Es ist schön, dass ich dort gelesen werde. Ja. Dass sie mich zu ihrer großen Sache, ihrer Menschheitsrevolution, zulassen. Aber 750 Dollar ist kein Entgelt.« Für einen Moment sitzen sich zwei eingefleischte Lübecker Kaufmannssöhne gegenüber.

»Immerhin eine Auszeichnung!«

Heinrich hört es nicht. »Die Lage dort – nun ja, aber mein persönliches Unglück hier...« Er deutet auf seinen Mund. »Der Zahnarzt musste mir alle Zähne entfernen. Seine Rechnungen summieren sich auf 250 Dollar... und von Nellys Wagen sind noch 300 Dollar zu zahlen. Vorher darf man ihn nicht mal verkaufen.«

»Aber Heinrich, Sie *brauchen* hier einen Wagen. Wenn Nelly nicht mehr fahren kann…« Katia unterbricht sich und horcht einem Geräusch nach, draußen hat ein Wagen gehalten. Und nun schließt jemand die Wohnungstür auf.

Thomas Mann dreht sich um. Ein freundlicher Streifenpolizist schiebt die wankende Nelly ins Wohnzimmer. Er murmelt irgendeine Erklärung, während Nelly an ihm Halt sucht. Sie stiert ungläubig auf die Senatorenversammlung.

»Alkoholkontrolle.«

Der Dichterfürst macht sich steif. Der Polizist grüßt und geht. Katia muss mit dem ersten Blick auf die verlorene Schwägerin daran denken, wie es wohl wird, wenn diese Frau bald keinen Führerschein mehr hat: Sie selbst wird dann Heinrich chauffieren müssen, wenn keins der Kinder, Golo oder Monika, da wäre, um den Onkel von hier unten in das Haus seines Bruders bei den Pacific Palisades zu holen.

Konrad Kellen, Thomas Manns langjähriger Sekretär: »Es war eine Tragödie. Sie war ja eine Alkoholikerin, und dann sind immer furchtbare Sachen passiert. Autounfälle. Und dann ist ihr der Führerschein abgenommen worden, doch sie ist trotzdem gefahren.«

Peter Viertel: »Die Damen haben die Dichterfürsten herumkutschiert, und natürlich, wenn man trinkt… Sogar in diesen Zeiten war das lebensgefährlich. Nelly Mann hatte verschiedene kleine Unfälle – und viel diskutierte.«

Die Lage ist ungleich härter als noch in Frankreich, in jeder Hinsicht. Nelly kann, abgesehen von irrationalen Träumen zwischen den Katastrophen, an keine bessere Zeit für sich und ihren alten Heinrich glauben. Ihre Ängste und ihre Todessehnsucht sind der Familie ihres Mannes nur zu vertraut, jedoch in anderer Gestalt.

Heinrich schlägt die Fensterscheibe ein und alarmiert den Krankenwagen. Nelly wird abtransportiert. Er kauert neben der Bahre und hält verzweifelt die Hand seiner Frau. Ein Leben ohne sie – nicht vorstellbar.

Am nächsten Tag, es ist der 5. Januar 1944, steht eine Meldung in der *Los Angeles Times*, die Katia überrascht vorliest: »Heinrich Mann's Wife Victim of Drug Overdose…«

»Wie peinlich! Lebt sie?« Thomas Mann blättert in einem illustrierten Magazin.

Monika, die diesen Ton kennt, verschluckt sich.

»Natürlich lebt sie. Hier steht, sie hat es mutmaßlich aus Angst vor der Gerichtsverhandlung wegen grob fahrlässigen Autofahrens getan.«

»Betrunken!«, murmelt er ohne aufzusehen.

»Eine Überdosis Schlafmittel – sie ist im Spital gerettet worden. Mein Gott, sie wollte wohl Heinrich die Peinlichkeit ersparen!«

Unvermittelt fängt Thomas Mann an zu lachen. Er ist schon woanders – eine Zeitungsmeldung, die er unbedingt vorlesen muss: »Bird to sing at Funeral…« Es amüsiert ihn königlich: »Das ist Amerika! Mein Gott, ein Kanarienvogel und eine Harfe im Duett am Grab.«

Katia dreht sich zur Tür; Monika ist am Klavier zu hören.

»Wie der Krieg nun auch in die amazing family eingreift, es ist unerwartet, obgleich nicht verwunderlich«, wiederholt der Vater im Brief an Klaus. »Erika schwimmt schon wieder gen Portugal, wird nach England und Schweden, womöglich zu den Bolschewiken gehen. Nun Du als amerikanischer Offizier irgendwo in fernen Kampfgefilden. Und Golo wird gewiß, zur Stillung seines Neides, auch bald an die Reihe kommen. Kurios, kurios.«… »Golo hat ja immer gesagt, Du habest eine eiserne Natur« – und der Vater adressiert seine Zufriedenheit nun auch direkt: »Weder das Schreiben noch die Liebe haben offenbar der Gesundheit Deiner Grundsubstanz etwas anhaben können, sondern Du bewährst Dich nun, wenn auch unter Beihilfe einer humoristisch-achtungsvoll-nachsichtigen Volksgesinnung, ganz richtig und tapfer wie ein Mann.«

Balsam für Klaus' Seele. In Kansas City ergibt sich ein Abschiedstreffen der Eltern mit ihren beiden Ältesten. Nach der

Ankunft aller aus verschiedenen Richtungen, ein Abendessen zu viert. »Dann in Eltern's Appartement. Abschied. Zauberer: ›Ich bin sehr traurig, dass ihr nun so geht...‹ (– in Bezug auf mein eigenes bevorstehendes ›shipment‹ und E's beunruhigend geheimnisvolle Pläne...) – Beim Abschied umarmt er mich – was noch nie zuvor geschehen ist. Mieleins Augen, voller Tränen.

Bringe E zum Bahnhof; sie setzt ihre Reise fort (nach St. Louis). Wir hatten keine Zeit, um auch nur die Hälfte der anstehenden Dinge zu besprechen. Als ihr Zug sich bereits in Bewegung setzt, sage ich, ›Na, vielleicht sehe ich dich *auf der anderen Seite* wieder... ‹ Ungewollt zweideutig.«

Italien

Süditalien. Explosionen. Ruinen, Angriffe der US-Soldaten auf instabile deutsche Stellungen. Amerikanische Flugzeuge werfen Flugblätter ab, die zum Überlaufen animieren. Autor: Klaus Mann, Mitglied einer Propagandakompanie, einer Spezialeinheit, die zur psychologischen Kriegführung eingesetzt ist. Aus Grabenlautsprechern schallen Aufforderungen, das kostbare Soldatenleben nicht dem korrupten Führer und seinem Reich des Teufels zu opfern.

»Achtung! Achtung! Achtung! Nur noch drei Minuten bis zum Trommelfeuer – grade Zeit genug für euch, um den kleinen Spaziergang rüber zu uns zu machen. Also auf, auf, auf! Auf aus dem Loch und herüber! Hebt mal die Hände hoch! Jawohl, hochgehoben die Hände, und vorwärts, ihr werdet erwartet: der Kaffee ist gerade fertig bei den Amerikanern – Kaffee und Kuchen: Das ist doch besser als totgeschossen werden!«

Klaus Mann presst sein Megaphon gegen die Lippen, brüchig scheppert seine Stimme aus einem zerstörten Haus: »Man mutet euch zu, jetzt noch, kurz vor Feierabend, am Schluss eines verlorenen Krieges, euer Leben wegzuwerfen. Um euch…« – dann kracht ein Einschlag in seiner Nähe. Mauerwerk zerspringt. Die Zimmerdecke rutscht. Der Lautsprecher pfeift und koppelt rück. Man wirft sich in Deckung. Klaus rappelt sich wieder hoch. Aus seinem Megaphon tönt es: »Hallo – ihr da draußen. Hallo?«

Erneuter Einschlag. Ein GI zieht ihn schnell zu sich herunter. »My God! Hast du keine Angst draufzugehen?« Klaus ist erregt. »Nein!«

Evviva i liberatori! »So huldigt man nicht Siegern, nur Befreiern«, berichtet Klaus der Schwester – »auch ich bin unter den ersten in Rom gewesen« – vom dortigen Empfang der Menschen für die GIs. »Nur die Deutschen wollen noch immer nicht merken, daß sie erledigt sind. Das ist jedenfalls der Eindruck, den man von den Kriegsgefangenen bekommt.« Denn in den Köpfen vieler sturer und arroganter »Landser«, wie das »neudeutsche Wort« laute, spuke immer noch die Legende der »Vergeltungswaffe« herum und lasse sie fest mit einem Sieg rechnen.

Immerhin, es gibt auch andere Prisoners of War in den Vernehmungen. »Hans Reiser heißt er«, ein junger Schauspieler aus München. »Er haßt die Nazis; selbst in unseren Kreisen habe ich so fulminante Worte der Anklage, des Zornes kaum je gehört. Sein Abscheu vor dem schuldbeladenen Regime war echt, des bin ich ganz gewiß; echt auch sein Glaube an die Erneuerungsfähigkeit, die Zukunft des deutschen Volkes. Ich sah ihn an, während er redete, den entflammten Blick, die helle Stirn, das trotzig starke Kinn. Ich dachte: Gibt es viele wie dich? Wenn ich wüßte, daß es in Deutschland eurer viele sind, ich teilte deinen Glauben.«

Die Begegnung mit Reiser macht Klaus »glücklicher als ich je war seit – wann?«

Wir sehen ein altes Filmdokument. Klaus Mann in seinem Büro der Fifth Army / Psychological Warfare Branch bei der Arbeit an Flugblättern. Er tippt auf der Schreibmaschine und ist so in einen Propaganda-Film der amerikanischen Armee hineingeraten. Hinter ihm an der Wand hängt ein Foto von seinem Vater.

Pacific Palisades

Amerikanische Westküste. Thomas Mann liest leise und konzentriert die letzten Sätze.

»*Ich* (äußerst kalt angeweht): ›Wie? Das ist neu. Was will die Klausel sagen?‹

Er: ›Absage will sie sagen. Was sonst? Denkst du, Eifersucht ist nur in den Höhen zuhause und nicht auch in den Tiefen? Uns bist du, feine, erschaffene Creatur, versprochen und verlobt. Du darfst nicht lieben.‹

Ich (muß wahrlich lachen): ›Nicht lieben! Armer Teufel!‹«…

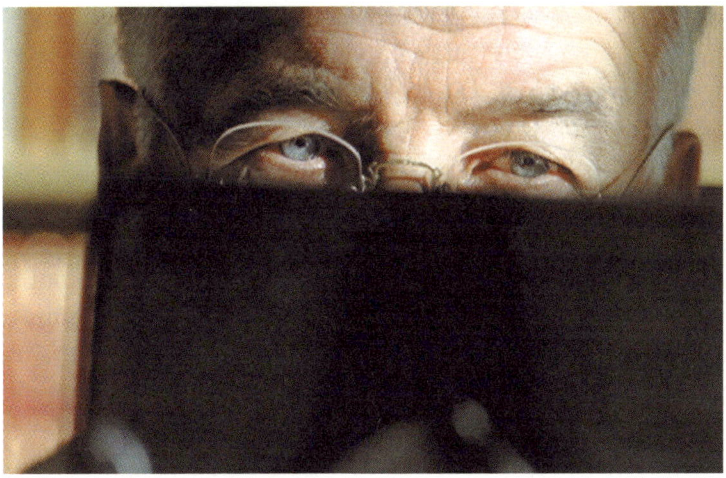

»daß du Geschäft und Versprechen gründen willst auf einen so nachgiebigen, so verfänglichen Begriff wie – Liebe?«

Ja, so kann es gehen, der Handel zwischen Leverkühn, seinem Helden aus dem neuen Roman, und dem Teufel – »mit Blut hast du's bezeugt«; »und bist auf uns getauft« ... Thomas Mann arbeitet an seinem ehrgeizigsten Projekt. Eine »moderne Teufelsverschreibungsgeschichte«, ein schon sehr alter, mit der Zeit weiter gewachsener Plan: »Das Thema der schlimmen Inspiration und Genialisierung, die mit dem Vom Teufel geholt werden, d. h. mit der Paralyse endet.«

So erklärt er es Sohn Klaus in einem Brief und fährt fort: »Es ist aber die Idee des Rausches überhaupt und der Anti-Vernunft damit verquickt und dadurch auch das Politische, Faschistische, und damit das traurige Schicksal Deutschlands.«

Der syphilitische Komponist Adrian Leverkühn, der mit dem Teufel ins Geschäft kommt, war früher Theologe, so wird das Ganze ein Gebilde aus Theologie, Medizin, Musik und Politik ... – und Magie.

»Was für ein wunderliches Buch da im Entstehen ist! Dein wunderlichstes, verehrter Zauberer.«

Klaus mag Recht haben. Thomas Mann tritt ans Fenster und schaut in den paradiesischen Garten. Katia gibt gerade dem Gärtner letzte Hinweise, was getan werden muss, bevor sie sich auf die Schreibsitzung mit der Kahn vorbereiten wird. Immerhin hat er nun einen Titel gefunden, er wird es gleich die Meyer wissen lassen.

»Doktor Faustus
Das Leben des deutschen Tonsetzers
Adrian Leverkühn
Erzählt von einem Freunde

Das hat mir lächerliches Kopfzerbrechen gemacht. Es mußte nämlich des Klanges wegen, das Wort ›*Leben*‹ von dem Namen ›Leverkühn‹ möglichst weit getrennt werden. Darum zu der Charakterisierung ›Tonsetzer‹ auch noch die Bezeichnung ›deutsch‹. Ich war aber im Grunde immer darauf aus, dies Wort in den Titel aufzunehmen, weil das Deutsche, das unselig dämonisch und tragisch Deutsche, zur Grund-Conception des Buches gehört und seinen tiefsten Gegenstand bildet. – –«

Katia und die Kahn kollationieren den neuen fertigen Abschnitt des *Faustus,* Katia liest das handschriftliche Manuskript ihres Mannes vor, Hilde Kahn vergleicht mit dem von ihr geschriebenen Typoskript.

Katia liest langsam und präzise, manchmal spricht sie die Satzzeichen mit: »›Eine Gesamterkältung deines Lebens und deines Verhältnisses zu den Menschen liegt in der Natur der Dinge, – vielmehr sie liegt bereits in deiner Natur, wir auferlegen dir beileibe nichts Neues‹ –

Haben Sie das soweit?«

»Ja –«

»›Ist etwa die Kälte bei dir nicht vorgebildet, so gut wie das väterliche Hauptwee, aus dem die Schmerzen der kleinen Seejungfrau werden sollen? Kalt wollen wir dich, daß kaum die Flammen der Produktion heiß genug sein sollen, dich darin zu wärmen. In sie wirst du flüchten aus deiner Lebenskälte … ‹

Ich: ›Und aus dem Brande zurück ins Eis. Es ist augenscheinlich die Hölle im Voraus, die ihr mir schon auf Erden bereitet.‹

Er: ›Es ist das extravagante Dasein, das einzige, das einem stolzen Sinn genügt. Dein Hochmut wird es wahrlich nie mit einem lauen vertauschen wollen.‹«

Pause.

»›Eine werkgefüllte Ewigkeit von Menschenleben lang sollst du's genießen. Lief das Stundenglas aus, will ich gut Macht haben, mit der feinen geschaffenen Creatur nach meiner Art und Weise und nach meinem Gefallen zu schalten und walten, zu führen und zu regieren, – mit allem, es sei Leib, Seel, Fleisch, Blut und Gut in alle Ewigkeit … ‹«

Die beiden Frauen hüten sich, eine Bemerkung zu machen.

Los Angeles »Lieber Heinrich,

eben habe ich mit Dr. Nielsen gesprochen: er ist vollkommen meiner Meinung u. hat mir die Versicherung gegeben, dass *Niemand!* mich hier halten kann.«

Nelly schreibt aus einer Nervenklinik, in die sie nach dem letzten Vorfall eingeliefert worden ist. »Ich bin so gesund u. kräftig wie noch keinen Tag bevor in Amerika. Alles was ich zur Festigkeit meiner Nerven brauche ist ein etwas normaleres menschliches Leben u. ein bischen Garantie der Existenz (in allerbescheidenster Form).«

»Ich hoffe, Du machst mir keine Schwierigkeit, bedenke, als Du krank warst u. ich gar keinen Pfennig (nicht mal für Essen) hatte, ich habe Dich auch nicht in eine Anstalt gebracht! Bleiben tue ich auf gar keinen Fall in diesem Haus, dies ist ein Platz für schwer ›Nervenkranke‹! ich gehöre in eine gesunde Atmosphäre! Arbeiten kann ich *so* und *so* nicht u. die Fussboden u. Teller u. Töpfe scheuern tue ich nie in meinem Leben wieder. Das hat mich zu sehr demoralisiert! Ich kann nicht denken an das, was ich die zwei letzten Jahre gelitten habe u. nur weil ich in meiner tiefsten Demütigung ein Glas Wein *zu viel* getrunken habe u. oft betrunken war, habe ich nicht ganz meinen Verstand verloren. *Nun will ich leben!* Es ist ganz an Dir, dass wir in Güte und ohne noch mehr *Aufsehen* zu machen diese Angelegenheit ordnen. Sonst zwingst du mich, etwas zu tun, was Dir bestimmt Montag leid tut.«

Heinrich tut schon längst alles Leid, und Nelly wird sich in diesem Jahr des Jammers zum äußersten gezwungen sehen.

»Abends Aufregung und vielfaches Telephon, weil H.'s Frau aus ihrer Anstalt entwichen u. H. nicht in der Wohnung war. Beruhigung, sozusagen, nachdem er sich wieder eingefunden«, schreibt der Schwager ins Tagebuch, hinter den Vermerk über die Bearbeitung des 12. Kapitels vom *Faustus.*

Etwas, das die Brüder gemeinsam haben: Sie können immer schreiben. Nelly zermürbt mittlerweile auch diese Selbstgenügsamkeit ihres Leidensgefährten.

Sie sitzt am Wohnzimmertisch und näht Abzeichen an Uni-

formen. Zusätzliche Heimarbeit, denn den Haupterwerb bestreitet sie mit der Arbeit als Nurse.

Nur noch wenige Tage bis Weihnachten. Vor den Geschäften hat sie einige dieser Übergeschnappten aus der deutschen Kolonie getroffen. Sie übertreffen sich jetzt alle dabei, Geschenke einzukaufen und sich auf das Fest, das hier sowieso gar nicht hinpasst, um so doller vorzubereiten. Es wird wieder hoch hergehen oben auf dem Berg beim Dichterfürsten. Mit seidenen Morgenmänteln von Gönnerinnen, mit Kindern und Enkelkindern und dem ganzen Schmus. Nelly hat kein Geschenk für Heinrich, nicht das Geld und nicht mal eine Idee, less than nothing. Sie wird ihm ein Lübecker Mahl kochen, und er wird, wie in letzter Zeit so oft, aus den *Buddenbrooks* zitieren. Er wird zufrieden sein und sie noch einsamer.

Es raschelt in den Ligusterbüschen vor dem Fenster. Das muss Mary sein. Noch einen Schluck, dann macht Nelly sich auf. Raus, ja raus! Wenn Weihnachten nun schon Sommer ist… und draußen wartet die gute Freundin ungeduldig am Auto. »Nelly, come on, dancing!«

Lockende Nacht. In halsbrecherischem Tempo brettern die beiden Frauen die Serpentinen auf Los Angeles zu. Aus einer Abzweigung, von tropischen Gewächsen verdeckt, rollt mit massiger Gelassenheit ein Polizeiwagen heraus, um auf gerader Strecke und nach starker Beschleunigung mit Sirenengeheul hinter dem Wagen der Frauen aufzutauchen.

Nelly schaut in den Rückspiegel, der sich merkwürdig verschoben und vergrößert hat – oder ist es doch das Bild darin? –, während Mary ihr irgendetwas ins Ohr brüllt. Sie wird auf der Stelle nüchtern, bremst düster: »Schiet! Jetzt haben sie mich!«

Sie klettert aus dem Wagen, somnambul drückt sie sich erst mal am Polizisten vorbei. Vor ihr liegt die Stadt, eine große funkelnde Fläche. Das Flirren wirkt anziehend, lieber wär ihr die glitzernde Ostsee.

Mary will den Polizisten milde stimmen. »Die Dame ist keine Amerikanerin, bitte seien Sie nett zu ihr...«

Die Dame, die keine Amerikanerin ist, steht im Licht des Suchscheinwerfers. Sie dreht sich zu dem Beamten, fühlt sich geblendet und wirft den Kopf zurück. »Immer dieser heiße Wind, und das an Weihnachten. Schmeißen Sie mich doch aus Ihrem Land, ich will nach Haus!«

Der Polizist versteht ihre Sprache nicht. »Excuse me, Madam? Your driver's license!«

Nelly schaut glasig in die Ferne. Dead end.

Auf dem Tisch liegen noch die Uniformen und das hingeworfene Nähzeug. Ihr kleines, trauriges Leben. Sie öffnet die Tür zum Schlafzimmer. Heinrich wälzt sich unruhig zur Seite. Ja, sie hat ihm viel Sorge bereitet. Soll nun ein Ende haben. Muss sich nicht mehr schämen für sie und nicht für sich selbst, weil die Frau arbeiten muss, um ihn zu ernähren. Man wird sich schon kümmern. Sie sieht jetzt ganz klar, als sie in der Küche ein Wasserglas holt. Sie trinkt es in einem Zug leer, streckt die Arme von sich und bettet ihren Kopf darauf.

Tagebuch Thomas Mann, 17. Dezember 1944:

»9 Uhr auf. Thee getrunken und etwas am Kapitel geschrieben (Kierkegaard.) Anruf Heinrichs; Nachricht vom Tode seiner Frau durch Schlafpillen. Ging mittags etwas« ...» Dann mit K. zu Heinrich. Zuspruch, Check für die Beerdigungskosten. Versprechen, ihn bei uns aufzunehmen, sobald Borgeses fort, für die eine Wohnung sich gefunden. Plan seiner Unterbringung bei Mrs. Viertel.«

Santa Monica Salka Viertel ist es auch, die eine genaue Beschreibung von Nellys Beerdigung auf dem Woodlawn Cemetery überliefert hat. Sie erzählt, der »Erdhügel neben dem Grab war mit einer Matte aus künstlichem Gras bedeckt, wie man sie zu Filmdekorationen verwendet. Ich setzte mich auf einen der sechs Stühle, die neben dem Grab standen, und wartete. Nach einer Weile fuhr lautlos das Leichenauto vor. Zwei Männer hoben den Sarg heraus, stellten ihn auf eine Art Karren, legten ein paar Gladiolen darauf und schoben ihn quer über das Gras. Dann traten sie zurück und debattierten leise über ein Baseballspiel«.

Die Trauergäste versammeln sich, wir sehen Thomas Mann mit Katia, in kleinem Abstand hinter ihnen Monika in Trauerkleidung, die Feuchtwangers, Helene Weigel, Ludwig Marcuse, die Döblins, Liesl Frank... Als letzter kommt Heinrich Mann, gequält entsteigt er einem Auto, an dessen Steuer eine »grell geschminkte Dame saß. Sie trug einen großen schwarzen Hut, der von Blumen überquoll und wie ein Grabkranz aussah. Sie war – wie sich später herausstellte – Nellys beste Freundin und übernahm sofort die Rolle der ›Gastgeberin‹, indem sie Heinrich neben Thomas und Katja Mann placierte und uns miteinander bekannt machte, obwohl sie selber die einzige war, die wir nicht kannten«.

Heinrich wirkt wie versteinert. Vier Mal hat er sie retten können, warum nicht das fünfte? In Frankreich war das Leben noch leichter, aber schon da träumte sie sich zurück nach Berlin; und in Berlin sehnte sie sich nach der Ostsee, von der sie ja zu allererst weg wollte... Er bekommt ›den Fehler‹ einfach nicht zu fas-

sen, der Mann, den man zum Präsidenten der Republik vorgeschlagen hatte.

Der Bestatter blickt auf die Trauergesellschaft, dann auf seine Uhr; und weil sich nichts tut auf der anderen Seite des Grabes, geht er zu dem in Gedanken versunkenen Witwer und raunt: »Wenn jemand einige passende Worte am Sarg sprechen möchte? Wir haben noch zehn Minuten.«

Erschrocken zusammenzuckend schüttelt Heinrich den Kopf. Der Bestatter tritt zurück – »dann räusperte er sich, warf uns einen vorwurfsvollen Blick zu, zog sein Gebetbuch hervor und begann ›Der Herr ist mein Hirte.‹ vorzulesen. Er las schnell und monoton...«

Mir wird nichts mangeln. Er weidet mich auf einer grünen Aue und führet mich zum frischen Wasser... Und ob ich schon wanderte im finsteren Tal, fürchte ich kein Unglück, denn du bist bei mir...

Der Bestatter schüttelt Heinrich die Hand. Die Zeremonie ist beendet. In die Stille hinein spricht Monika – es könnte eine Erinnerung an den Schiffsuntergang sein – und meint wohl zugleich die prekäre Lage der Familie: »So viele Tote!« Der Onkel kann die Form nicht mehr wahren. »Plötzlich wandte sich Heinrich Mann mit einem herzzerreißenden Schluchzen ab, bedeckte sein von Schmerz verzerrtes Gesicht mit einem Taschentuch und stolperte davon.« Niemand kann ihn trösten. »Katja lief ihm nach, nahm seinen Arm und führte ihn zum Auto.«

Pacific Palisades

»H. in Tränen um die ruinöse Gefährtin. Er fuhr mit zu uns«, notiert der Bruder im Tagebuch. »Vor Tisch mit ihm im Wohnzimmer. Lunch mit ihm. Kaffee auf der kleinen Veranda. Er ruhte auf dem Sofa im Living Room. Nach 5 Uhr hatten wir Thee mit ihm und Borgeses. Er bekam Geld zum Auslösen seiner verpfändeten Möbel, Wein, Lebensmittel, ein Exemplar von ›Das Gesetz‹ zum Weihnachtsgeschenk. Er besitzt nicht einen Cent, da seine sehr günstigen Einkünfte durch das unselige Treiben der Frau bis weit ins Negative zerronnen. – Mit K. Sorgen seinetwegen.«

Die Reaktionen auf das »Kröger-Unglück« gehen auseinander. »Mein Bruder, der (zum Glück) seine Frau verloren hat, wird jetzt für einige Wochen zu uns ziehen. Es war hohe Zeit, daß dieses Bündnis durch den Tod gelöst wurde«, konstatiert Thomas Mann gegenüber Agnes Meyer. Und sein Sohn Klaus schreibt am Neujahrsabend an Katia: »Wie beschämend! Was für eine peinliche, überflüssige, *häßliche* Tragödie! Es muß ein schrecklicher Schlag für den armen alten Heini gewesen sein – der ihr möglicherweise bald nachfolgt. Konnte sie nicht noch ein paar Jahre warten? Was für ein bedauernswerter, ungebührlicher Mangel an Einsicht und Selbstbeherrschung!

Dennoch tut sie mir leid. Sie hätte in Deutschland bleiben sollen, bei Leuten ihrer Art. Er hat ihr Leben ruiniert, indem er sie verpflanzt und entwurzelt hat. Aber damals wollte sie's selbst. Vermutlich war es ihre verwegenste Idee« … »Sie war ein dummes Ding! Aber damals in Nizza kochte sie wirklich köstliche Abendessen für uns. Es ist alles sehr traurig.

(Ich werde versuchen, dem Onkel ein paar Zeilen zu schreiben. Aber es gibt wirklich *nichts* dazu zu sagen …)« – dabei ist Klaus, wie nicht zuletzt seine Tagebücher bezeugen, ein Experte in der Verzweiflung und Todessehnsucht …

Seine Zeilen gingen verloren, die Antwort von Heinrich nicht:

»Du schriebst mir einen wunderbaren Brief über meine arme Frau: Ich danke Dir für die guten Worte und das aufrichtige Mitgefühl.« Und weiter:

»Trotz der schrecklichen letzten Zeit hatte ich doch die Hoffnung, sie wieder gefestigt zu sehen; jetzt kann ich nichts mehr hoffen, und ich bin allein.

Ein trauriger Mann denkt oft an seine Freunde; so sind meine Gedanken bei Dir.«

Der Freundin Eva Lips bekennt er: »Personen, die nichts wissen, versuchen mir anzudeuten, es sei ›besser so‹. Nein. Ihr leidendes Gesicht der schlimmen Tage, wenn sie weiß – nicht nur die Uniform weiß –, mit verstörten Augen in die Tür trat: ich wollte alles wiederhaben, ich würde nochmals hoffen, alles könnte gut werden für sie, für uns.«

»Sie war die lebende Gestalt meiner besten Erinnerungen, der liebevollsten, der tragischen. Jetzt bin ich mit den Erinnerungen, Schatten nur noch, allein. Aber wenn ich die Lebende nicht länger halten konnte, die Tote ist bei mir.«

Heinrich in seinem kargen Wohnzimmer mit beinahe Tippelschritten auf und ab wandernd. Auf dem Tisch diverse Bögen Papier, obenauf eine Zeichnung von Nelly. Das Radio unterbricht das Programm. Ein Sprecher meldet den Tod von Präsident Roosevelt. Heinrich hebt erstaunt den Kopf.

Die Nachricht wird im Wohnzimmer des Mann-Domizils erschrocken aufgenommen. Der Dichter, Katia und das Personal versammeln sich um das Radio und hören die Meldung. Der Präsident ist tot! »Wir standen verstört, in dem Gefühl, daß rings um uns her eine Welt den Atem anhielt. Das Telephon rief. Die improvisierte Radio-Äußerung, die man verlangte, lehnte ich ab. Wir redigierten ein Telegramm an die Witwe des Dahingegangenen und hörten den ganzen Abend dem Lautsprecher zu, ergriffen von den Huldigungen und Trauerkundgebungen aus aller Welt. Man mochte in den nächsten Tagen nichts anderes hören und lesen, als über ihn« … »Details über seinen Tod. Plötzliche Schmerzen im Hinterkopf, Ohnmacht und Stillstand nach ein

paar Stunden.« Der deutsche Dichter spricht auf einer Trauerfeier im Municipal Building von Santa Monica. »Eine Epoche endet. Es wird das Amerika nicht mehr sein, in das wir kamen.«

Die Manns haben mal wieder den kleinen Fridolin zu Besuch in Pacific Palisades – den Sohn von Michael Mann und Gret Moser, der seinen Großvater täglich aufs Neue entzückt. Frido ist der erklärte Lieblingsenkel von Thomas Mann – »ich bin ganz vernarrt in den bildhübschen, immer freundlichen, von Gesundheit strahlenden kleinen Jungen. Gewiß wird er eine gute Erdenfahrt haben. Es tut gut, Segenswünsche für das junge Leben im alten Herzen zu tragen.« – »Ein reizenderes Baby hat es nie gegeben. Er ist meine letzte Liebe.« – »Mir geht das Herz auf, wenn ich ihn nur ansehe. Und wir sind sehr befreundet.« Wie mag diese Freundschaft auf Fridos Vater, den ungeliebten Bibi wirken?

Ob das »Himmelsblau« seiner Augen oder die Drolligkeiten seines Sprechenlernens – der Großvater steckt »voll von Geschichten und Anekdoten aus dem Zusammenleben mit dem reizenden Kind«, mit dem er viel unternimmt.

»Ich muß entschieden über ihn schreiben, werde ihn vielleicht in meinem nächsten Roman aufnehmen«, lässt er den Dirigen-

ten Bruno Walter wissen, der ihn bei genau diesem Roman, dem *Doktor Faustus*, in Sachen Musik berät.

Aber der Großvater kann schon hier gar nicht aufhören, von dem Kleinen zu erzählen. »Wenn er von etwas genug hat oder sich darüber trösten will, daß es nicht mehr gibt, so sagt er ›'habt!‹ Ich finde das ausgezeichnet. Wenn ich sterbe, werde ich auch ›'habt‹ sagen. Sein Abschiedsgruß ist unter allen Umständen ›'Nacht!‹«

Frido bekommt lustige Figuren gezeichnet, vorgesungen und Märchen vorgelesen...

Thomas Mann sitzt im Morgenmantel in seinem Schlafzimmer bei einer ersten Tasse schwarzen Kaffees. Frido leistet dem Opa Gesellschaft, und der erzählt ihm gerade etwas.

»Deine Oma und ich, wir waren schon bei Präsident Roosevelt eingeladen. Er ist der mächtigste Präsident der Welt und hat den Hitler fast schon besiegt. Und jetzt ist er leider gestorben. Weißt du woran? An einem Schlaganfall.«

Frido Mann: »Ich kann mich noch erinnern, wie er es vorgemacht hat. Wie er den Kopf irgendwo so auf ein, ich weiß nicht, Beistelltischchen, quasi hat fallen lassen. ›So ist er gestorben‹, hat er mir berichtet.«

Thomas Mann spielt den Tod von Roosevelt nach. Er schnappt kurz nach Luft, dann lässt er den Kopf auf den Tisch fallen. Der kleine Frido schaut verdutzt. Großvaters Kopf liegt auf dem Tisch; der Kopf öffnet die Augen und schaut ernst zu ihm herüber. Dann richtet er sich wieder auf. »So ist er gestorben. Einfach so. Mit dem Kopf auf den Tisch gefallen. Hörst du, Frido?«

Hitlers Tage sind gezählt. »Die Russen im Herzen Berlins.« – »Freudiger Empfang der Amerikaner in Leipzig.« – »Nürnberg von S. S. Truppen wütend verteidigt.« Thomas Mann, seit Juni 1944 amerikanischer Staatsbürger, verzeichnet jede Bewegung auf dem europäischen Kriegsschauplatz. Im NBC-Studio am Hollywood Boulevard nimmt er seine neue Radiobotschaft auf.

»Deutsche Hörer! Ein großer Mann ist gestorben, ein Staatskünstler und Held, ein Menschenfreund und Menschenführer, der seine Nation auf eine neue Stufe ihrer sozialen Bildung gehoben« …

»Schande genug, du stupider Völkermörder, daß *Der* gehen mußte und du noch lebst. Wie kommst du dazu, noch zu leben? Wo dieser – Geist wurde, bist du nur noch ein Gespenst. Verstecke dich eine Weile noch in dem Bergloch, das deine Getreuen dir gruben! Deine Tage sind gezählt; sie waren es, als dir dieser Gegner erstand, und noch im Tode wird er dir furchtbar sein.«

Furchtbar sind vor allem die Nachrichten, die nun direkt aus Deutschland kommen. Was der amerikanische General Patton nach der Einnahme Weimars vor Augen hat, übertrifft »jede Erwartung u. veranlaßt die Entsendung einer Parlamentskommission«. Vor Ort lässt der General »die Civil-Bevölkerung von Weimar vor den Crematorien des Konzentrationslagers defilieren und erklärt sie für verantwortlich«.

Die Erregung angesichts der »nun vor aller Welt entblößten Greuel« ist auch in der Kolonie um Santa Monica groß. Mancher mag vor Scham seine amerikanischen Freunde nicht sehen. Alles Deutsche ist davon mit betroffen, wird sein Repräsentant in einem kurzen Artikel über »Die Lager« schreiben; und die schrecklichen Enthüllungen reißen nicht ab.

»Schulterte wieder den Roman und schrieb etwas weiter an XXVI.« – am 26. Kapitel des *Doktor Faustus,* vermerkt Thomas Mann trotz alledem am 20. 4. 1945. (Wer denkt in diesen Zeiten am 20. April an den Führer-Geburtstag? Thomas Mann, hier im Tagebuch, jedenfalls nicht.)

In welchem »Bergloch« aber steckt nun der Führer – »Hitler sei noch in Berlin. Goering scheint tot, exekutiert oder von eigener Hand. Himmler wird tot gesagt.« (27. 4. 1945) »Gehäufte Selbstmorde unter den Nazi-Bonzen.« (30. 4. 1945) Am 2. Mai schließlich: »Stalin meldet die völlige Einnahme von Berlin. Hitler und Göbbels wohl zweifellos tot unter den Trümmern der Reichskanzlei auf der, wie auf dem Reichstag, die Sowjetfahne weht. Selbstmord das Wahrscheinlichste, sehr möglich aber auch bei Hitler Schlaganfall, da er« ... »längst gezittert haben soll wie Espenlaub. Muß in einer Hölle gelebt haben. Die englische Presse citiert: ›The day is ours, the bloody dog is dead.‹ – Auch Lübeck von den Russen besetzt.«

Am nächsten Abend liest der Dichter im kleinen Kreis aus seinem *Faustus* die »Anfänge des Teufelskapitels und der ›Hölle‹ zur völligen Ergriffenheit Werfels, der es das Großartigste findet, was ich geschrieben. – Hitlers und Göbbels Reste nicht gefunden. Russen bezweifeln ihren Tod. Das Geheimnis scheint gepflanzt zu sein.«

Augsburg Göring allerdings ist eindeutig am Leben; er präsentiert sich im Garten einer Villa in Augsburg vor zwanzig bis dreißig Reportern aus aller Welt, und der Sonderberichterstatter für *Stars and Stripes,* Klaus Mann, steht mit Fotograf John Tewksbury dabei. Es ist wohl eine Art Pressekonferenz – in taubengrauer Uniform der Luftwaffe, ohne Epauletten, bemüht sich der Reichsmarschall, einen guten Eindruck zu machen. Nicht mehr arrogant, aber auch nicht zerknirscht, »glich er einem großen Herren, der Pech gehabt hat«.

Die Konzentrationslager? Nichts gewusst. »Alles Himmlers Schuld.«

Der Reichstagsbrand? »Ich hatte nichts damit zu tun.«

»Ist Hitler tot?« Die Frage ließ ihn »etwas zusammenfahren«; sie kam auf Deutsch und stammte von Klaus.

»Ja! Hitler ist tot. Unbedingt! Kein Zweifel!«

»*Stars and Stripes* sent me to my former homeland. I went over the Alps by jeep and approached Munich…« – die Originalstimme von Klaus – »the city where I was born and spent most of my childhood.«

Poschingerstraße Chauffiert von Fotograf Tewksbury, kann der gebürtige Münchener kaum fassen, welche Verwüstung Krieg und Nazijahre angerichtet haben. »München ist tot; die Stadt existiert nicht mehr. Was einmal als die schönste Stadt Deutschlands galt, als eine der attraktivsten Städte Europas, hat sich in einen riesigen Friedhof verwandelt.« – »Im Zentrum ist kein einziges Gebäude stehen geblieben.« – »Nur mühsam fand ich meinen Weg durch die einst vertrauten Strassen. Es war wie ein böser Traum.«

Poschingerstraße 1. »Das Gerüst hat standgehalten, aber nur als Attrappe und hohle Form.« Von der Gartenseite dasselbe: »Foppende Kulisse, hinter der es nichts gibt, nicht einmal eine Treppe, auf der man in die oberen Stockwerke gelangen könnte!«

Aber die Veränderungen – Schutt, Asche, Ruß, Zerstörung, Verwüstung – sind noch anderer Art. »Es gab Wände und Türen, die ich noch nie gesehen hatte.« Geschrumpfte Räume, wie »eine böse Karikatur der eigenen Vergangenheit«.

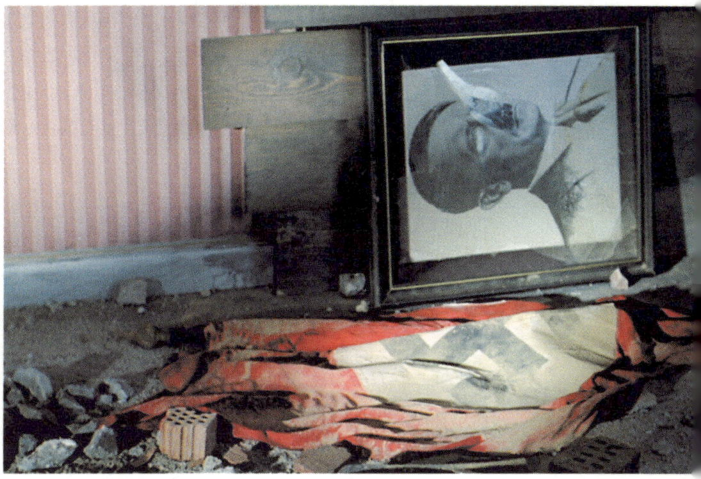

Aus vier mach sechs: Das Arbeitszimmer des Vaters, »früher geräumig und würdevoll«, nun seltsam verkleinert. »Wo einmal das Eßzimmer gewesen war, fand ich die häßlichen Reste einer Kücheneinrichtung«. – »Wo befand ich mich? Doch nicht in unserer Diele? Die war größer gewesen«...

Hier hatte der Weihnachtsbaum gestanden, hier der Bär, aber dann läge Mieleins Salon dort drüben – nein: fremd, fremd, fremd, und doch auch wieder nicht. Klaus beeilt sich, aus diesem zweifach zerstörten »Zuhause« ins Freie zu gelangen.

Im Garten haben sich Unkraut und Blütenbüsche »provokant-hypertrophisch entwickelt«. Verwildert und wildfremd und doch »die vertraute Hecke«, der »nie vergessene Kastanienbaum, der Fliederstrauch traumferner Frühlingsnächte...«

Ein Blick nach oben zum Balkon des eigenen Zimmers im zweiten Stock – »Du erinnerst Dich?« fragt Klaus in diesem Brief an den Vater –, »ich spähte hinauf – nicht ganz ohne Wehmut.« Und dabei entdeckt er das fremde Mädchen. Ein wenig geduckt hinter der Balustrade wartet sie ab.

Der GI kann ihr Vertrauen gewinnen, auf halsbrecherischem Wege schafft er es, bis zu ihr auf den Balkon seines Jungenzimmers zu klimmen. »No, jetzt sehen Sie's ja selber, daß hier nix zu requirieren gibt!« No, nix, so gesehen.

Wie sich herausstellt, lebt sie auf dem Balkon. »Das bisschen Kälte!« Sie sei eine Alpinistin und sowieso Schlimmeres gewohnt. Drei Mal ausgebombt, Eltern, Brüder und Bräutigam tot, verschollen oder verkrüppelt und zuletzt die Schwägerin – vor ihren Augen verbrannt.

Der GI möchte nun wissen, wie sie auf dieses Haus verfallen sei. »›Freunde‹, erklärte sie nur etwas vage. ›Ein bekannter Herr hat früher hier gewohnt.‹« Nein, kein Name, und überhaupt, die Villa sei »durch sehr viele Hände« gegangen, mehrere Familien hätten zuletzt darin gewohnt, deshalb die Umbauten. Ja, und ganz früher ein Schriftsteller. »Wahrscheinlich ein Nichtarier« – oder »sogar Volljude«.

Das Mädchen ist offenkundig informierter, als sie zugeben möchte. Es musste ja vom Staat konfisziert worden sein, ist sie sich mit einem Mal sicher. »Sonst hätt's doch keinen Lebensborn hier gegeben!« Während sie noch dem unwissenden GI einen Lebensborn erklärt – »war für die rassischen Belange da« –, wird Tewksbury ungeduldig. Sie müssen weiter.

Das Mädchen scheint es zu bedauern: »Ich hätte Sie gern noch dabehalten, die ganze Nacht, eventuell. So gemütlich wie's hier ist! Beinah wie daheim ...« Klaus gibt Tewksbury ein Zeichen, er macht ein Foto: der GI und das Mädchen auf dem Balkon.

In einem Brief an die alte Freundin Eva Herrmann fasst Klaus Mann die traurige Lage zusammen. »Unsere Freunde gehen, einer nach dem anderen, und es ist des Abschiednehmens kein Ende.

Annemarie, zum Beispiel, das liebe ›Schweizerkind‹« … »Es war ein Radunfall.« Sie starb erst nach Wochen.

»Beinah jeder Tag, den ich in diesem geschundenen und zerrissenen Nachkriegseuropa verbringe, überrascht mich mit einer neuen Schreckensnachricht.«

»Aus Amsterdam etwa erfahre ich, daß mein Freund Walter Landauer, der Verleger, dort den Deutschen in die Hände gefallen und zu Tode gequält worden ist.« Das Ehepaar Querido, in dessen Verlag vor dem Krieg Klaus Manns Bücher und die *Sammlung* erschienen waren, wurde nach Polen deportiert. »Das greise Paar – beide schon über siebzig – ist dort zugrunde gegangen: Fragen wir nicht, *wie*… Einem Mädchen, mit dem ich in der Odenwaldschule befreundet war, haben die den Kopf abgeschlagen.«

»Gleichfalls hingerichtet: Meine Freundin Christa Hatvany-Winsloe (Du kanntest sie doch auch?); diese von der französischen ›résistance‹. In ihrem Riviera-Haus sollen deutsche Offiziere versteckt gewesen sein.« Und die »sehr liebe, sehr alte Freundin Mopsa Sternheim. Woher kam sie? Aus Ravensbrück, dem Frauenlager. Achtzehn Monate lang ist sie dort gewesen, nach fürchterlichen Tagen im Folterkeller der Pariser Gestapo.«

»Erinnerst du dich an Tante Mimi, Onkel Heinrichs geschiedene Frau? Eine Pragerin – Du weißt schon noch, so eine Dicke, Bunte, Muntere. Nun, ich habe sie wiedergesehen, vor vierzehn Tagen etwa, in einer böhmischen Ortschaft namens Theresienstadt.« – »Ich habe es mir also angeschaut, dies vergleichsweise privilegierte Getto, es ist die Hölle.« Und Tante Mimi selbst hat Klaus auch getroffen. Ein Schatten ihrer selbst, »vom Fleisch gefallen, halb gelähmt« –

»Eine Gerettete? Nein, ein Gespenst. Sie trägt das Zeichen.«

»You can't go home again – these few words were in my mind, haunting me like a nostalgic tune and melancholic leitmotiv while I was touring occupied Germany 1945/1946. More than 12 years had passed since I left the country together with my family.« Hören wir noch einmal die Originalstimme.

Pacific Palisades Der kleine Frido liegt fern der deutschen Trümmerlandschaft auf Großvaters Wiese und beobachtet Kolibris – »Der Garten, die Zitronenbäume, die Palmen, das war wunderschön, ein kleines Märchenreich.« Und die Sekretärin vom Großvater, der ein neues Kapitel überarbeitet, tritt noch mit einer Schale Erdbeeren heran.

Man ist vor nicht allzu langer Zeit wegen Fridos Gesundheit sehr beunruhigt gewesen, er hatte »unerklärtes Fieber«, zur gleichen Zeit gab es »Fälle von Kinderlähmung im Mill Valley.« Nach einer Woche dann: »Günstige Nachrichten über Frido. Der Lähmungsverdacht nach Hospital-Beobachtung hinfällig.« Und nach einer weiteren Woche notiert Thomas Mann, am Medizinischen zeitlebens besonders interessiert, was es war: »Fridos Fieber von Hilus-Drüsen. Seine Beliebtheit im Hospital, wo er aber durch die versch. tests stark mitgenommen.«

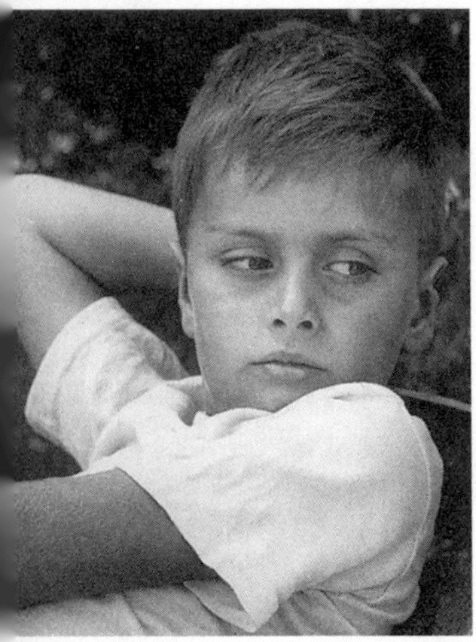

Der Kleine macht überall schnell Freunde, und der Großvater vergöttert ihn, wie auch *Hilde Kahn* erzählt – »der Frido war absolut zauberhaft, wirklich goldig. Der war damals fünf, hatte diese großen blauen Augen und das blonde Haar und dieses Kinderlächeln, die süßen Milchzähnchen ... Und er war furchtbar zutraulich und zärtlich ... Als ich eines Nachmittags zum Tee kam, die Kinder waren nicht zu Hause, da sagte Thomas Mann zu mir: Also, der Frido hat sich ganz in Sie verliebt, er hat gesagt: ›Die Frau hat Locken‹! Und dann machte er genau Fridos Stimme nach: ›Und sie hat auch schönere Beine als die Oma!‹«

Mit beschwörender Stimme liest Thomas Mann mal wieder aus einem Märchen vor. Frido sitzt neben dem Opa und hört gebannt zu.

»Auf dieser Wiese ging es fort, und man kam zu einem Backofen, der war voller Brot. Das Brot aber rief: ›Ach, zieh mich raus, zieh mich raus, sonst verbrenn' ich. Ich bin schon längst ausgebacken.‹«

Michael, der jüngste Sohn und Vater von Frido, steht in der offenen Tür und beobachtet die Szene kurz, vielleicht ein wenig wehmütig, bevor er auf sich aufmerksam macht. »Stört es, wenn ich oben etwas auf der Bratsche übe?« Michael ist Musiker und hat ein Programm vorzubereiten.

Der Vater, ohne aufzusehen: »Nein, nein, schon recht.«

Und der Sohn ist mit einem Mal wieder Bibi, der nicht weiß, ob er bleiben oder gehen soll. Unsicher lächelnd verlässt er die Szene.

Frido Mann: »Es war dann halt zu spät für ihn, um bei seinem Vater Anerkennung zu finden. Er« – Thomas Mann – »war positiv freundlich zu ihm, aber halt auch ein bisschen distanziert. Er hatte keine Sorgen mehr mit ihm und hat es wahrscheinlich auch anerkannt, dass jetzt immerhin etwas aus ihm geworden ist – wenn man bedenkt, wie er als Junge war. ›Ist doch ganz schön‹, so in dem Sinne.«

Und Michael hat das Beste, was ihm gelungen ist, seinem Vater geschenkt: das waren Sie.

Frido Mann zögert. »Vielleicht kann man es so sehen, ja.«

»Garzu unverkennbar war, wie tief, innig, glücklich der süße, leichte, gleichsam spurlos gehende und dabei in gravitätische alte Worte gekleidete Elfenreiz des Kindes ihn beschäftigte und seine Tage füllte, obgleich er ihn nur stundenweise um sich hatte« – so heißt es im *Faustus;* Thomas Mann hat es also wahr gemacht und in seinem neuen Roman »entschieden über ihn geschrieben«. Frido gibt Nepomuk Schneidewein, genannt Echo, Kontur und Stimme und wird Adrian Leverkühns Liebesopfer an den Teufel werden – denn:

»Mein Bedingnis war klar und rechtschaffen, bestimmt vom legitimen Eifer der Hölle. Liebe ist dir verboten, insofern sie wärmt. Dein Leben soll kalt sein – darum darfst du keinen Menschen lieben.« Das war das Geschäft – »kalt wollen wir dich, daß kaum die Flammen der Produktion heiß genug«... und schon in dem alten deutschen Volksbuch, dem Urstoff der Faustus-Geschichte, hat der Teufel ein Kind gefordert.

»Das ›göttliche Kind‹ sollte dem, der nicht lieben durfte, dem Mann der ›Kälte‹ genommen werden, das war längst beschlossen«, schreibt Thomas Mann in der Entstehungsgeschichte des Romans: »Ich schilderte den zarten Kömmling im Elfenreiz, steigerte eine Zärtlichkeit meines eigenen Herzens ins nicht mehr Rationale, zu einer Lieblichkeit, welche die Leute heimlich an Göttliches, an ein von hoch- und weither zu Besuch Kommendes, eine Epiphanie glauben läßt.«

(Wie hatte es der Teufel im Tauschgeschäft mit Leverkühn gesagt? »Die Illumination läßt deine Geisteskräfte bis zum letzten intakt, ja steigert sie zeitweise bis zur hellichten Verzückung«...)

Thomas Mann sitzt am Echo-Kapitel, er beschreibt selbst, wie es ihn damals umtreibt, anfänglich die Notate über das »anmutige Kind schon in einer transfigurierenden, entrückenden und verklärenden Art, nämlich mit dem Wort ›elfenhaft‹«; später, »seine Stunde näherte sich«, immer häufiger: »Unruhiger Schlaf durch schwere Gedankenarbeit«. »An Echos Todeskrankheit mit leide.« »›Mit leide!‹. Formelhaft wiederholt sich das nun«, in den Tagebüchern aus der Entstehungszeit.

»Durch genaue Information über die Krankheit, die dem Bösen zu seiner Untat dienen muß, hatte ich mich darauf vorbereitet. Es auszuführen, wurde mir bitter schwer.«

Thomas Manns Hausarzt Dr. Rosenthal ist zu Gast. »Körperlich kümmert mich der Katarrh von Luftröhre, Nase, oberen Bronchien.« Aber das ist es nicht, der Dichter hat Fachfragen zu stellen. Wie könnte der kleine Echo sterben? Er will vom Arzt wissen, wie eine Meningitis bei Kindern verläuft.

Dr. Rosenthal erklärt es bereitwillig. »Meningitis, also die Hirnhautentzündung, beginnt mit einem jähen eruptionsartigen Erbrechen – Fieber und Kopfschmerzen kommen dazu, die sich dann in wenigen Stunden bis ins Unerträgliche steigern können.«

»Das ist ja gottserbärmlich. Was machen solche Kinder dann?«

Dr. Rosenthal, sachlich: »Schreien – fürchterliche Schreie – die sind eine Marter für alle, die dabeistehen.«

»Wie würde man in der Diagnose sicher sein, Doktor Rosenthal?«

»Wir machen da eine Rückenmarkspunktion.«

Sie dient zur Festigung der Diagnose, aber auch zur Erleichterung des Kranken, denn fast sofort lassen die Kopfschmerzen nach. So wird es der Dichter im *Faustus* referieren. Aber:

»Nur alle 24 Stunden durfte die Flüssigkeitsentnahme wiederholt werden, und nur während zweier davon hielt die Erleichterung an. Zweiundzwanzig Stunden schreiender, sich bäumender Folter eines Kindes, und *dieses* Kindes, das die bebenden Händchen faltet und stammelt: ›Echo will herzig sein, Echo will herzig sein!‹ Ich füge hinzu und sage, daß für die, die Nepomuk sahen, ein Nebensymptom vielleicht das Schrecklichste war. Es war das zunehmende schielende Verschießen seiner Himmelsaugen, zu erklären aus einer mit Nackenstarre einhergehenden Augenmuskellähmung. Es verfremdete jedoch das süße Gesicht aufs gräßlichste und erweckte besonders im Verein mit dem Zähneknirschen, in das der Heimgesuchte bald verfiel, einen Ausdruck von Besessenheit.«

Thomas Mann liest Katia und Erika das Kapitel vom Tod des Knaben Echo aus dem Manuskript vor.

... »›Welche Schuld, welche Sünde, welch ein Verbrechen‹ – und er saß nun wieder am Schreibtisch, die Schläfen zwischen den geschlossenen Händen – ›daß wir ihn kommen ließen, daß ich ihn in meine Nähe ließ, daß ich meine Augen an ihm weidete! Du mußt wissen, Kinder sind aus zartem Stoff, sie sind gar leicht für giftige Einflüsse empfänglich ...‹«

Erika ist gerührt. Katia schaut besorgt.

Und der Dichter beendet seine Lesung – »Nepomuk Schneidewein, Echo, das Kind, Adrians letzte Liebe, entschlief schon zwölf

Stunden später. Die Eltern nahmen den kleinen Sarg mit sich in ihre Heimat.«

Thomas Mann schlägt sichtlich bewegt seine Manuskriptmappe zu; diese »süße und schreckliche Episode« ist wohl die dichterischste des ganzen Romans geworden. Die Hochspannung liegt noch im Raum. Er zündet sich eine Zigarette an, und auch Erika holt sich etwas zum Rauchen. Schließlich spricht sie es als Erste aus. »Sie werden unseren Frido erkennen. Da bin ich sicher. Wenn du es hier vorliest und seine Mutter ...« –

»Nein«, Katia fällt ihr ins Wort, »nein, ganz bestimmt, also man kann es nicht der Gret oder dem Bibi vorlesen. Nein, also wirklich – ausgeschlossen. Wir sagen es den Eltern vorerst gar nicht, damit der Bub nichts mitbekommt.«

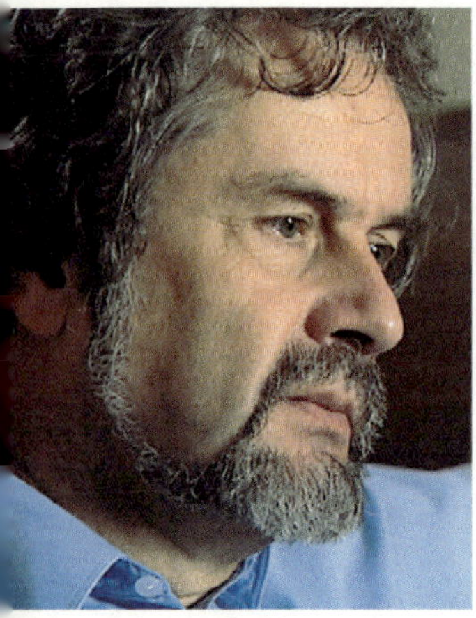

Frido Mann: »Aber die Gäste oder die Leute, die kamen – wie ich da angeschaut wurde! Das war komisch, wirklich merkwürdig. Das war mir aber nicht direkt bewusst. Das sickerte so in mich ein, dass es da irgendetwas gab ... Ich wusste, es hat was mit mir zu tun. Irgendetwas. Die schauen mich so komisch an.«

... Du mußt wissen, Kinder sind aus zartem Stoff ...

Hilde Kahn-Reach: »Ich habe mir vorstellen können, dass es der Mutter etwas ausmacht und allen Verwandten, aber ich habe es halt als Literatur angesehen.«

Ob Thomas Mann wohl ein schlechtes Gewissen hatte, Menschen in sein Gewebe einzuspinnen, in seinen Werken sterben zu lassen?

Hilde Kahn-Reach: »Ich glaube nicht. Ich glaube, das ist eben der Unterschied zwischen einem Künstler und einem normalen Menschen, dass jedes Mittel recht ist, und dass man einfach sagt: Das Werk verlangt das.«

... Das XLV. Kapitel beendet, wie es nun eben sein mußte ...

Frido Mann: »Als ich angefangen habe, mich damit auseinander zu setzen, da kam so etwas wie Wut hoch.«

Thomas Mann hat einmal geschrieben, dieser Roman solle sein *Parsifal* werden. Und *Parsifal* wird viele Jahre später der Roman des Lieblingsenkels Frido heißen, mit dem er sich aus dem

Bann des geliebten Großvaters herauszuschreiben versucht, hinaus aus dem Haus des Zauberers in ein eigenes Leben. Wie lange hat das gedauert?

Frido Mann: »Bis heute. Bis heute. Das ist ein Prozess, der hört nie auf. Nein, nicht bis heute, bis – Fragezeichen, Zukunft.«

Der Dichter drückt seine Zigarette aus und schlendert auf die Terrasse, wo Hilde Kahn und Katia ins Gespräch vertieft stehen. Die Frauen wirken wie ertappt – sie sind in Sorge.

Hilde Kahn-Reach: »... Mann selber hat gemeint, es hat ihn krank gemacht, dieser Schmerz hat dazu beigetragen. Aber der Roman erforderte das.«

Elisabeth Mann: »Er hat ja immer geplant, mit siebzig zu sterben. Seine Mutter war gestorben mit siebzig – und er hat immer gesagt, er lebt, bis er siebzig ist. Aber dann war er doch mittendrin im *Doktor Faustus*, den wollte er unbedingt zu Ende schreiben. Er wollte leben, nicht sterben.«

Ein regnerischer Tag im Dezember ist es gewesen: »Nach Tische Korrespondent von Time, Interview wegen meiner Voraussage 1945 werde mein Todesjahr sein.«

Der Dichter hat im Stockholmer *Lebensabriss* »in halb spielerischem Glauben an gewisse Symmetrien und Zahlenentsprechungen in meinem Leben die ziemlich bestimmte Vermutung geäußert«, er werde siebzigjährig, im selben Alter wie die Mutter, das Zeitliche segnen ...

»Und nun wollen Sie mich zur Rede stellen, wie es denn komme, dass ich immer noch lebe?!«, fragt Thomas Mann den Reporter unter gequältem Husten.

»Haben Sie denn eine Antwort?«

Thomas Mann winkt ab. »Mit den Prophezeiungen ist das so ein eigenes Ding, wissen Sie, sie bewahrheiten sich oft nicht wortwörtlich, aber ... es gibt da Substitute« ...

Katia unterbricht ihren Mann mit ungewohnter Heftigkeit: »Tommy, bitte, darauf antwortest du doch nicht im Ernst.«

»Doch, doch – also auf eine andeutende Weise, etwas ungenauer, erfüllen sich solche Vorhersagen dann doch.«

Katia empört und alarmiert. »Wirklich, Tommy, lass das doch!«

Nachdem die Dame des Hauses sich etwas beruhigt hat, wandern Dichter und Reporter ins Arbeitszimmer.

»Entschuldigen Sie, wenn meine Ordnungsliebe nicht ausgereicht hat, meinen Tod herbeizuführen, aber wie Sie mich da sehen, bin ich biologisch auf einem Tiefstand.«

Hüsteln.

»Sind Sie krank, Dr. Mann?«

»Erschöpft. Erschöpft von der Arbeit an diesem Buch. So schlecht habe ich mich noch nie gefühlt. Nehmen Sie das für die Erfüllung meiner Voraussage. Lassen Sie es damit bewenden.«

Von da an waren es nur noch drei Monate, bis das biologische Tief »seinen äußersten Punkt erreichte«. Doch zuvor muss etwas nachgetragen werden.

21. Mai 1945. Thomas Mann schichtet Holzscheite in seinem Gartenkamin und macht ein Feuer. Dann geht er zurück ins Arbeitszimmer, wo er einen Stapel von Tagebüchern aus dem Schrank zieht. Die Wachstuchhefte kommen uns bekannt vor,

wir haben um sie mitgebangt, als sie im Handkoffer zwischen den Fronten geisterten; es ist der Stapel von 1921 bis 1933, einige fehlen, er hat sie schon ein Jahr zuvor verbrannt.

Warum tut er das? Oder warum tat er es nicht sofort damals, nach Erhalt des Koffers, um nie wieder so darum bangen zu müssen?

Der Dichter reißt das erste Heft auf, wirft die ersten Seiten ins Feuer. Sein Blick bleibt an der eigenen Handschrift hängen, wie sie von den Flammen angefallen und verschluckt wird. Er hustet.

Der Rechenschaft, Rekapitulation, Bewussthaltung und bindenden Überwachung gelten seine Notate, mit denen er »den fliegenden Tag nach seinem sinnlichen und andeutungsweise auch nach seinem geistigen Leben und Inhalt fest zu halten« liebt, so hielt er auch dies 1934 im Tagebuch fest.

Den Grund für die jetzige Vernichtung allerdings nicht – »in Ausführung eines längst gehegten Vorsatzes«, heißt es lapidar.

Sind Äußerlichkeiten ausschlaggebend? Der beschworene siebzigste Geburtstag steht vor der Tür; es gibt eine Symmetrie der Momente: Deutschland hat kapituliert, der Krieg, der für ihn persönlich 1933 mit dem Exil begann, ist jetzt vorbei, und Erika bekundet große Ungeduld, sofort »meinen Manuskript-Besitz aus München zu holen«, wie der Dichter am 11. Mai an Agnes

Meyer schreibt. Und er steht wie damals, als das Bangen um die Hefte beginnen sollte, vor einer Reise, einer Lecture-Tour ...

Was soll niemand lesen können, oder was will er sich selbst nicht mehr gegenwärtig halten?

Die schwärmerisch literarisierenden Notate »der transfigurierenden, entrückenden und verklärenden Art«, die hier im Tagebuch zu finden sind, wie er sie selbst in der Entstehungsgeschichte des *Faustus* erklärt hat? Die Illuminationen also – »das Aphrodisiacum des Hirns, nach dem es dich mit Leib und Seel und Geist so gar verzweifelt verlangte«, wie es der Teufel Adrian Leverkühn im *Faustus* vor Augen führt, an dem der Dichter Thomas Mann zu der Zeit nun auch noch gerade schreibt?

Hat der Lübecker Senatorensohn vielleicht auch einen eigenen Handel ...?!

»Aber man sagt ja, Werk habe selbst mit Liebe zu tun«, feilscht in *seinem* Werk Adrian Leverkühn mit dem Teufel.

Und der entgegnet: »Psychologie – daß Gott erbarm', hältst du's noch mit der?« – »Die Epoche ist ihrer jämmerlich satt, bald wird sie das rote Tuch für sie sein, und der wird einfach eins über den Schädel bekommen, der das Leben stört durch Psychologie.«

Schauen wir also weiter in die Flammen und schweigen.

Ein Luftzug wirbelt einen kleinen Packen zerrissener Seiten auf, der noch im Fluge verbrennt. Das Feuer wirft ein zu wechselhaftes Licht auf den Dichter, um seinen Gesichtsausdruck zu erkennen.

Thomas Mann, erschöpft und zweifelnd. »Ich weiß nicht. Diesmal hat sich die Grippe aber festgesetzt ...«

Ganz zu schweigen von dem ungewöhnlichen Gewichtsverlust. Der Arzt, Dr. Schiff, sagt: abwarten, und »ein Hin und Her von halber Genesung und Rückfällen in fiebrige Zustände folgte«.

So kann es nicht weitergehen, Dr. Rosenthal, bisher eher der Arzt von Heinrich, wird hinzugezogen – »Besuch von Dr. Rosenthal mit den von Schiff eingeforderten Lungen-Aufnahmen.

Feststellung einer tuberkulösen? Infiltration am rechten Unterlappen. Zuziehung eines Spezialisten beschlossen. Vieles an meinem Befinden in den letzten Monaten erklärt durch die Entdeckung. Unter wie schlechten Bedingungen habe ich gearbeitet! Andererseits ist sicher der schreckliche Roman zusammen mit den deutschen Ärgernissen an der Erkrankung schuld«.

Hier am 1. April 1946 bricht das Tagebuch für acht Wochen ab.

Der hinzugezogene Spezialist bestätigt den Befund eines Abszesses und lässt »die Notwendigkeit einer Operation durchblicken«. Dr. Rosenthal spricht sich jedoch gegen eine Operation aus, selbst gegen die zuvor notwendige Bronchoskopie, angesichts des Alters des Patienten. Und der Patient, der sich über all dies mehr verwundert als erschrickt, »denn nie hatte ich gedacht, daß mir von den Atmungsorganen her je irgendwelche Gefahr drohen werde«, findet es »am bequemsten«, über sich entscheiden zu lassen.

Katia sitzt allein im Arbeitszimmer an seinem Schreibtisch. Vor sich die versammelten »Sächlein« der vergangenen Jahrzehnte und das kräfteraubende Manuskript, der *Faustus*, erst halb fertig. Durfte man es darauf ankommen lassen, ohne Operation die Resorption des Abszesses zu erreichen, bestenfalls, aber das Risiko einer Verschlimmerung einzugehen, die sein Leben entschieden verkürzen konnte...?

»Nein!«

Elisabeth Mann: »Ich habe das mit meiner Mutter offen besprochen. Meinen armen Vater einer langsamen qualvollen Krankheit auszusetzen oder ein Risiko auf sich zu nehmen, mochte es gelingen oder nicht. Aber selbst, wenn es nicht gelänge, schien es die bessere Lösung für ihn.«

Hilde Kahn-Reach: »Er wusste nichts davon. Sie allein hat all die Entschlüsse gefasst. Sie finden ja nirgends das Wort Krebs oder cancer. Das wurde nicht erwähnt...

Mir sind dann beinahe die Tränen gekommen – es war irgendwie rührend, er wollte nicht, dass man davon spricht.«

Chicago Medi, die mit ihrer Familie in Chicago wohnt, hat im dortigen Billings Hospital, der Universitätsklinik mit einem »der ersten Chirurgen Amerikas«, die Voraussetzungen geklärt.

Chicago 1999. Elisabeth Mann und Dr. Carlson, der als junger Arzt bei der Operation assistierte, gehen über die langen Flure und suchen das alte Krankenzimmer.

Dr. Carlson: »Wir machten zuerst eine Bronchoskopie, und dann war klar, er musste operiert werden.«

Elisabeth Mann: »Ja, wir haben gedacht, dass das Krankenbett sein Totenbett werden konnte... Damit musste man rechnen. Das Risiko musste man auf sich nehmen.«

Thomas Mann wird in den Vorraum des Operationssaals geschoben. Er ist einen Moment ganz allein. Die Tür schwingt zu. Stimmen von draußen: »Where is Dr. Block, please? – Should come immediately.«

»Nie vergesse ich die sanfte Stimmung in dem halb dunklen Vorraum des Operationssaals, wo ich auf meiner Bahre eine Weile zu warten hatte. Es bewegten sich Leute um mich her, aber sie gingen auf Zehenspitzen, und wer zu kurzer Begrüßung an mich herantrat, tat es mit äußerster Zartheit.«

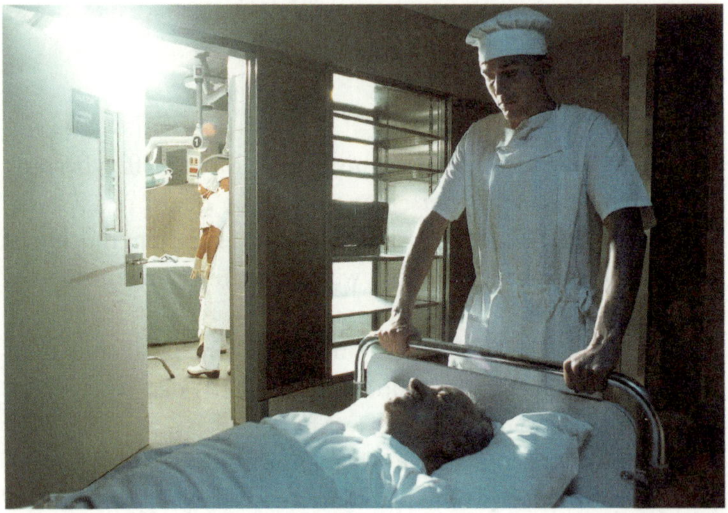

Der hübsche Dr. Carlson (»hübsche Menschen sind eine Freude, ob männlich oder weiblich«) kommt in den Vorraum: »So we go ahead.«

Dr. Carlson 1999 sucht den Operationsraum. Er geht auf eine verschlossene Tür mit Drahtglas zu und schaut hindurch. Wir sehen ein »Operationstheater«. Yes. So sah das aus. Man musste eine Rippe entfernen, um an die Lunge heranzukommen, und Dr. Adams, der »Pneumotom von besonderem Ansehen«, entscheidet sich für die siebente, weil er hofft, den oberen Lungenteil verschont lassen zu können.

Alles in allem ist diese Operation ein Wagnis, das zu damaliger Zeit nur an wenigen Orten der Welt unternommen werden kann und in Chicagos Universitätsklinikum noch nie zuvor bei einem Patienten diesen Alters versucht worden ist.

Eine Fügung des Exils, Glück im Unglück für das Sonntagskind.

Erika, Elisabeth und Katia warten auf dem Flur. Jedes Klappen der Tür könnte eine Nachricht bedeuten. Bleiche Gesichter im Neonlicht.

Die drei Frauen sind übernächtigt. Erika raucht. Sie macht sich Mut. »Ich kann mir eine Welt ohne ihn gar nicht vorstellen.« Schaut auf die Uhr. »Schon fast drei Stunden.«

Katia, wie immer äußerlich gefasst: »Alles ist sterblich – Eri.«

Die Tochter, mit aller Entschiedenheit: »Nein!«

Elisabeth steht schweigend daneben. Dann geht die Tür auf.

Elisabeth Mann: »Es kam der Dr. Adams, and he (Carlson) probably came too. He said that it went very well, but of course that he was in critical condition for the next three days.«

Katia erwartet ihren Mann im Zimmer, er ist aus der Narkose erwacht. »Noch stark benommen sprach ich gegen alle Gewohnheit englisch mit ihr, und sonderbar! ich führte Klage. ›It was much worse than I thought‹, sagte ich. ›I suffered too much!‹« – »Wovon redete ich? Ich hatte von allem ja nichts gespürt. Gibt es irgendwelche Tiefen des Vitalen, in denen man, bei völlig ausge-

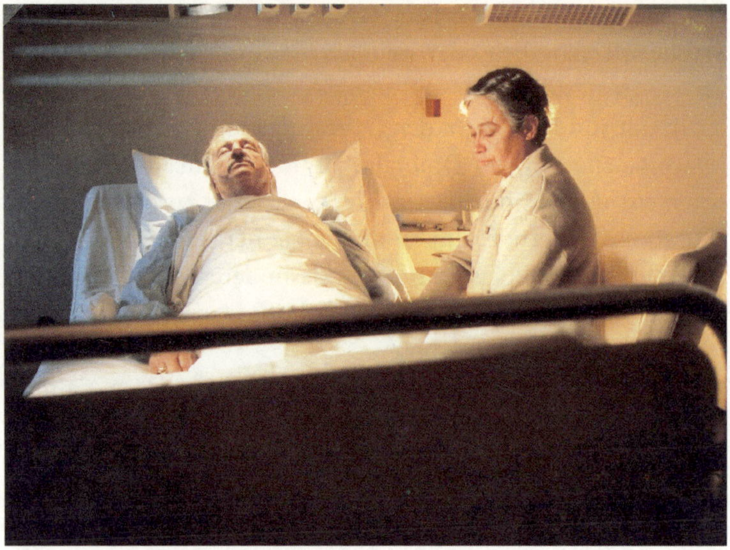

schaltetem Sensorium, dennoch leidet? Ist Leiden vom Erleiden im Untersten nicht vollkommen zu trennen? Dies könnte ich sogar auf den ›toten‹ Organismus beziehen, von dem niemand weiß, wie tot er vor seiner wirklichen Auflösung ist« ...

Dr. Carlson gibt dem Patienten durch eine Glasröhre zu trinken und schon dämmert er wieder weg. Katia streicht ihm über die Stirn.

Dr. Carlson: »And she« – Katia – »told me again this morning he did not want to know. I suspect he suspected that he had cancer – but didn't want the word used. And I don't think it was ever used during his stay in the hospital.«

Und auch später nicht. Das Wort ›Krebs‹ fiel nie.

Elisabeth Mann: » ... he had a tremendous will to recover, because, as you know, he was in the midst of his novel.«

Carlson: »That novel, yeah!«

Elisabeth Mann: »That was most important to him to finish. And I mean the speed with which he recovered I think had something to do with that will.«

Und aus dem Brande zurück ins Eis ..., wusste Leverkühn in that novel: »Saß ich doch im Sommeranzug bei meiner Lampe, auf den Knien das Buch der Christen! Ist nicht anders: Muß in meiner Empörung das Luder verjagt und meine Hüllen ins Nebenzimmer zurückgetragen haben« ...

Pacific Palisades

Wieder zu Hause. Thomas Mann im Liegestuhl auf der Terrasse. Er ist noch sehr erschöpft. Erika liest einen Brief aus Deutschland, von ihrem GI-Bruder, vor. Es geht um das »triumphale Comeback« eines alten Bekannten der Familie: das Glühwürmchen. Klaus beschreibt den ungeheuren Erfolg von Gründgens als Titelfigur in Carl Sternheims Komödie »Der Snob«, einer Satire auf den deutschen Bourgeois.

»Der Premierenabend war Deutschlands größtes Theaterereignis seit Kriegsende. Bereits Tage vorher war das Theater ausverkauft, die Schwarzmarktpreise stiegen in astronomische Höhen, und die Berliner zahlten Tausende von Mark« ...

Erika verbeißt sich schier in diese Seiten. Eine Abrechnung mit Gustaf wäre so ganz nach ihrem Geschmack.

»Irgendwie gelang es mir, einen Platz in der ersten Reihe zu bekommen. Es war ein großer Abend. Niemals zuvor hatte ich eine derart festlich gestimmte Menschenmenge im düsteren Nachkriegs-Berlin erlebt.«

Die Berliner hatten *ihren* Mephisto wieder.

»Wenn der Vorhang aufgeht, steht, laut Anweisung des Autors, der ›Snob‹ ganz allein auf der Bühne«, Erika räuspert sich, Thomas Mann schaut auf, – »Gründgens mußte dort mindestens fünf oder sechs Minuten lang stehenbleiben, lächeln und sich verbeugen, ehe der donnernde Applaus nachließ und er endlich seine ersten Worte sprechen konnte. Es war eine außergewöhnliche Ovation, die sich nach der Vorstellung wiederholte. Die Bühne war ein Blumenmeer.«

Er hatte in dem Moment gewonnen!?

Peter Gorski, engster Mitarbeiter von Gründgens und sein Adoptivsohn: »Die Berliner hatten gewonnen. Es war ein gemeinsames Erlebnis. Publikum und Schauspieler, nicht wahr! Das war eine Zeit, die sie gleichermaßen zusammen erlebt hatten. Und die fühlten sich – auch durch dieses demonstrative Beispiel eines Menschen aus ihrer Zeit da oben –, die fühlten sich alle bestätigt. Waren nicht alle Anti-Nazis, nein. Waren froh, dass er da war. Und natürlich war's überall rum, dass sie ihn eingesperrt hatten.« Der donnernde Applaus … »Das hat gedauert! Steht noch im Aufführungsbuch des Deutschen Theaters drin. Das hat gedauert! 28 Minuten.«

Erika liest weiter, mit immer deutlicherer Distanz zum Geschriebenen: »War er« – Gustaf – »bewegt oder peinlich berührt? Wenn ja, so zeigte er es nicht – oder besser gesagt: er zeigte es einen flüchtigen, dramatischen Augenblick lang. Und zwar als er mich bemerkte.«

Pause.

»Ja, er sah mich, einen amerikanischen Soldaten, der in der ersten Reihe stand und höflich applaudierte. Er sah mich an, stutzte und schaute weg. Das Lächeln, mit dem er die Ovationen der Menge entgegennahm, war verzerrt, wie durch einen plötzlichen, stechenden Schmerz. Jedenfalls hat er diese unerwartete Gefühlsregung bald überwunden. Rasch fand er wieder zu seinem gewohnten, glamourösen Selbst zurück« – Erika, die gelernte Schauspielerin lässt den Brief sinken und spricht die nächsten Sätze frei – »attraktiv wie immer, mit weißer Krawatte, rosigem Teint und blondem Toupet: Berlins unverwüstlicher Liebling vor, während und nach der Nazizeit.«

Schweigen.

»Richtig! Das Buch muss raus!« Erika faltet den Brief zusammen. »Der *Mephisto* muss endlich in Deutschland erscheinen!« Ihr Hass auf den einstigen Ehemann Gründgens hat wieder Nahrung. »Von Auschwitz haben die alle selbstverständlich nichts gewusst – was hat denn Politik mit Kunst zu tun?«

Sie lacht gellend.

»Eine Kultur, die von solchen wieder aufgebaut würde, bliebe besser verschüttet.«

Thomas Mann beschäftigt sich mit seiner Zigarre, die immer wieder einen Hustenreiz auslöst. »Ich lasse es besser. Es strengt mich doch zu sehr an.«

Ein weiterer Sommer an der amerikanischen Westküste. Bevorstehende »Invasion von Kindern u. Enkeln«. Nach und nach werden sie alle in Pacific Palisades ihren Besuch machen. Zur Zeit treffen wir außer Erika – in sehr schlechtem gesundheitlichem Zustand, ihr steht eine Operation bevor – und Monika, die nervlich angeschlagen geblieben ist (»hysterischer Anfall Moni's«; »Diskussion über die arme Moni«), bereits auf Golo, der in Amerika seine Lehrtätigkeit fortsetzen kann. Und auf Klaus, der – ehrenhaft aus der Army entlassen – zwischen den Kontinenten treibt, um nicht zu sagen: irrt.

»Abends liest uns Z. neues Kapitel aus der merkwürdigen, inzestuösen Legende vor, an der er gerade arbeitet.« Es ist »die Geschichte von jenem hoch-heiligen Papst, welcher es mit seiner Mama trieb, die gleichzeitig seine Tante war, und zur Strafe an einen Stein gebunden wurde, daher dann das große Glockenläuten...« Die Geschichte wird später *Der Erwählte* heißen.

Nach den Anstrengungen des *Faustus* und der langen Krankheitsphase kann Thomas Mann sich wieder an jungen Menschen freuen. »Gegangen zum Sitz an der Straße. Reizende Erscheinungen, schmerzlich beglückend.«

Christopher Lazare, im Sommer 1948 ebenfalls zu Gast, erinnert sich: »Ich bin spazieren gegangen am Strand von Santa Monica, mit Niko, so hieß der große schwarze Pudel, und mit seinem Herrn, dem Zauberer Thomas Mann. In Santa Monica gibt es einen Strand, der heißt ›Muscle Beach‹ – Protzstrand. Und er hat den Blick genossen. Ganz abstrakt. Aber er hat es genossen. Und man hat den Hund ziemlich lange spazieren lassen.«

Unter den Kraftsportlern präsentiert sich auch die jüngste Affäre von Klaus, ein Sailor mit Namen Harold.

Auf einer der Bänke sitzen die beiden Geschwister. Erika ist deprimiert, bleich und abgezehrt sieht sie in der grellen Sonne aus. Der Sieg der guten Sache hat sich in Nichts aufgelöst. Sie ist als einzige weibliche Korrespondentin bei den inhaftierten Nazis in Mondorf gewesen und beim Nürnberger Prozess. Aber genügend Parteimitglieder sind davongekommen. Erika ist voller Bitterkeit. Sie ist im Nachkrieg. Zwischen den beiden Geschwistern herrscht gereizte Stimmung. Sie sind sich fremd geworden und möchten es nicht wahrhaben.

»Mir geht's hundsmiserabel!«

Klaus starrt abwesend aufs Meer: »Und mir erst!« Er hat starke Geheimratsecken bekommen, wirkt matt und glanzlos, die Injektionen – Morphium zusammen mit Atropin – greifen sein Sehvermögen an.

»Immer muss es dir schlechter gehen als mir. Ich muss in die Klinik, hörst du, eine scheußliche Weibergeschichte.«

Klaus wendet sich ab. »Erzähl's mir nicht.«

Nach quälendem gemeinsamen Schweigen lamentiert Erika

über den Verfall des Vortragsgewerbes. »Während des Krieges zweihundert Lectures, danach nur noch zwanzig. Und dieses Jahr ist der Boykott perfekt. Dafür sorgt schon das FBI!«

»Das FBI? Ich weiß nicht.«

»Wie soll's denn anders sein? Für die sind wir doch unzuverlässige Fellow Travellers von Onkel Stalin. Jetzt bin auch ich pleite.«

Elisabeth Mann: »Ihr größter Erfolg war die *Pfeffermühle*. Dann war noch mal 'ne gute Zeit mit den Vorträgen, als Kriegsjournalistin und so. Da hat sie auch noch viel Glanz gehabt. Danach ging's eigentlich nicht mehr...«

Klaus schaut zum Vater, der mit dem Hund auf der Promenade spaziert. »Ihm gelingt einfach alles. Was er auch anfängt, es wird ein Erfolg.«

Sailor Harold beendet sein Eisenstemmen, legt die Gewichte in den Sand und lächelt zu den Geschwistern herüber. Thomas Mann beobachtet diese neue Beziehung. Er krault den Hund und lässt ihn einen Ball apportieren.

Erika mit Blick auf Harold, das Muskelpaket: »Warum immer wieder diese Jungens aus der Sandkiste?«

Klaus antwortet nicht.

Mielein ist zur gewohnten Zeit mit dem Wagen vorgefahren. Sie hupt und der Dichter erhebt sich. Er winkt seinen beiden zu und geht zum Wagen.

Was immer sie gerade gedacht haben mag, Erika springt plötzlich auf und eilt hinterher – »Du, ich fahr mit den Eltern.«

Der Bruder kann gar nicht so schnell reagieren; und nun winkt auch noch Harold. Klaus winkt zurück, und merkt erst dann, dass es eine Abschiedsgeste war. Harold geht mit einem Freund vom Platz.

»Was ich *fühlte*«, erzählt Golo Mann: »meines Bruders Seele war krank. Der Motor wollte nicht mehr laufen.« Die Brüder führen »wieder die politischen Gespräche wie in den dreißiger Jahren, aber ganz ohne Hoffnung jetzt. Da habe man es, meinte Klaus. Sie, die Amerikaner würden uns alle umbringen; alle ›Intellektuellen‹, alle, die für den Präsidenten Roosevelt und gegen Hitler gewesen seien. Das sei des Krieges wahre Frucht«.

Klaus sieht die Zeiten gegen sich. »Er hat sich im letzten Grunde in die Nachkriegsepoche nicht mehr hineingefunden. Das hat auch der Erika große Schmerzen gemacht.«

Und: »Ich füge hinzu, dass er auch zu seiner Schwester nicht mehr ganz so stand wie ehedem. Sie unternahmen nichts Gemeinsames mehr.«

Erika steuert den Wagen auf der schönen Uferpromenade von Santa Monica zurück in Richtung Pacific Palisades. Der Vater sitzt neben ihr; Katia behält alles im Blick, vom Rücksitz aus. Es entspricht bereits der neuen Aufstellung in der Familie.

Thomas Mann, entschlossen: »So geht es einfach nicht weiter! Eri, wir haben darüber gesprochen. Mielein ist auch meiner Meinung.«

Die Tochter beißt die Zähne zusammen. »Ich gehe die Tage ins Hospital, mich auskurieren. Ich weiß, dass ich euch mit meinem Leiden wie ein zweites Mönle auf die Nerven gehe.«

Katia, schnell: »Das ist es doch gar nicht. Vielmehr ... also, die Idee ist ...«

Der Vater kürzt die Sache ab: »Also ich brauch' dich einfach, Eri. Wie du mir beim *Faustus* zur Seite gestanden hast, die Kürzungen und Hilfen, das kann einfach niemand anderes.«

Katia sucht im Rückspiegel Augenkontakt mit ihrer Tochter: »Kurz und gut – du sollst jetzt bei uns bleiben!«

Sie wird es tun. Erika weiß es für sich sofort.

Golo Mann: »Erika hat das Problem gelöst, indem sie ihr In-die-Öffentlichkeit-Wirken aufgab.« Sie konzentrierte sich nun ganz auf den Vater, wurde »seine Assistentin und Editorin, seine Unterhalterin und Hofnärrin«.

Santa Monica

Klaus hat ein kleines Zweizimmer-Apartment in Santa Monica gemietet. Mit Ankunft von Bibi und Familie wurde es zu eng im Haus des Zauberers, und wenn er sich, wie jetzt immer mal, mit seinen einfachen Liebhabern streitet – will und kann er das nicht unter den Augen der Eltern tun. Und das Schreiben? »Gearbeitet – langsam! mühsam! erfolglos!«

»Überhaupt hat er seit dem *Vulkan*, der 1939 erschien, nichts Erzählendes mehr geschrieben, volle zehn Jahre lang«, erläutert Golo. »Nichts gelang ihm mehr, oder kaum noch etwas.«

Dieser laue Sommerabend muss und wird ihn aus der Depression führen. Genießerisch betrachtet Klaus den jungen Freund, der gerade duscht. Harold spürt den Blick. Er kommt mit dem Handtuch um die Hüfte aus der Dusche. Und Klaus sieht mit einem Mal sich selbst im Spiegel. Er ist alt. Mit Hautunreinheiten im Gesicht, die er etwas zu überschminken sucht.

»Bemüh dich nicht«, sagt Harold nüchtern. »Ich geh' allein.«

»Wo willst du hin?«

Der Sailor zieht eine Schublade auf und nimmt ganz selbstverständlich ein Dollarbündel an sich. Es ist Geld, das Klaus von seiner Mutter bekommen hat. »Hab' noch was vor, steck deine Nase nicht in mein Privatleben.«

Klaus hasst sich selbst, wenn er den bittenden Ton anschlägt. »Sollen wir uns nicht downtown verabreden, Drinks, Kino, kleiner Bummel?«

»Hier, du willst doch arbeiten.« Harold zeigt auf die Schreibmaschine. »Ich nehm den Wagen.«

Golo Mann: »Der Freund hat ihn gequält. Er hat ihn ja gar nicht verlassen, sondern er blieb immer mal weg, ohne sich zu melden. Was meinen Bruder in verzweifelte Ungeduld versetzte –... Es war wirklich eine Gelegenheitgeschichte.«

Klaus Pringsheim, Katias Neffe, in diesem Sommer ein weiterer Gast: »Ja, er pendelte hin und her zwischen der Strichwelt und zwischen dem Hause Thomas Manns. Und das passte irgendwie nicht zusammen. Ich hatte da ähnliche Gefühle wie Thomas Mann selbst. Ich wollte von all dem nichts wissen.«

»Harold ruft vom Bezirksgefängnis an – in Schwierigkeiten... ›Versuche, einen Rechtsanwalt zu erreichen.‹ ... »Zu nervös um zu arbeiten.«

Harold »gegen meine 500 Dollar-Bürgschaft aus dem Gefängnis entlassen.«

»H. – der heute morgen vor Gericht erscheinen sollte – läßt nichts von sich hören: scheint fort zu sein – verwirkt die Kaution. Traurig und enttäuscht ... Notizen (Roman). Gelesen: Kierkegaard ›Die Krankheit zum Tode‹; Schopenhauer, ›Über den Selbstmord‹« ...

»Harold hat die Kaution doch nicht verwirkt« ...

Und der Vater notiert für denselben Tag, den 11. Juni 1948, abends Berlioz' Stück *Harold in Italien* gehört zu haben – »mit Erika und Klaus. Dieser viel in der Stadt, seinem Sailor-Freundchen zur Hilfe. Der könnte sich ihm schon dankbar erweisen«.

Klaus steht abrupt auf und holt aus einem Schränkchen das wohl verwahrte Gift. Anders scheint der Gedanke an einen nächsten Tag nicht zu ertragen. Die Injektion ist ein »Geschenk von E.« Jetzt wird alles gut, jetzt kehrt die Schönheit zurück. Im Spiegel verfolgt er die Veränderung seiner Pupillen. Die Drogen haben ihn gezeichnet, um so mehr, je weniger sie noch wirken.

Ann Richter, eine Krankenschwester, wohnt gegenüber von Klaus' Apartment. Sie kommt gerade von der Arbeit nach Hause, trägt ihren Kittel noch über dem Arm. Irgendetwas beunruhigt sie, der merkwürdige Geruch vielleicht. Durch ein kleines Fenster kann sie direkt in die Küche ihres Nachbarn gucken.

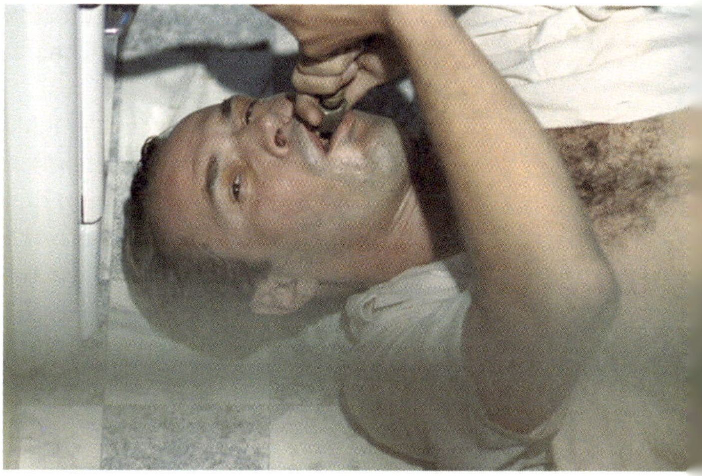

»Klaus! Mr. Mann! What's the matter?« Sie schlägt erschrocken gegen die Scheibe, hinter der er mit Hilfe eines Schlauches Gas einzuatmen versucht. Ein gespenstisch-groteskes Bild.

Klaus lässt den Schlauch fallen und kriecht zum Badezimmer. Ann Richter läuft los, reißt den Feuerlöscher von der Wand und schleudert ihn durch die Scheiben in der Wohnungstür. Sie dreht sofort den Gashahn zu, reißt die Fenster weit auf.

»Klaus, my God! Klaus!«

Ann Richter rüttelt an der verrammelten Badezimmertür. Man hört Wasser in die Wanne einlaufen.

»Sie hätten uns alle in die Luft gesprengt! Sind Sie jetzt völlig verrückt geworden?!« Sie hämmert gegen die Tür. »Klaus! Machen Sie auf!«

»Gehen Sie! Lassen Sie mich in Ruh!«

Ann Richter: »Ich hole jetzt die Polizei!«

Monika Mann: »Ich war dabei. Die Reaktion meines Vaters war: ›Das macht die Kröger.‹ Die Kröger, die Frau von Heinrich, die unmögliche Person.

Ohne das leiseste Mitgefühl, also das hat mir einen Schock versetzt: ›Das macht die Kröger.‹ Das werde ich nie vergessen.«

Pacific Palisades

Thomas Mann sitzt im abgedunkelten Raum aufrecht im Bett. Er hat ein wenig in Lichtenbergs Briefen gelesen. Musste sich ablenken.

Katia kommt, noch im Mantel, in sein Zimmer. Es ist drei Uhr nachts. Sie sinkt erschöpft auf den Stuhl am Bett.

»Eissi lebt. Er kommt durch.«

Der Vater bleibt starr. »Dem Himmel sei Dank.« Woran mag er denken? An die eigenen Schwestern, vor allem Lula, von der Klaus seiner Ansicht nach viel hat, oder an die vielen toten Freunde des Sohnes?

Katia, verzweifelt sachlich: »Er hat es überstanden. Sie haben ihm den Magen ausgepumpt und die Schnitte genäht.«

Die beiden schweigen eine Weile. »Es ist so tief in dem Jungen angelegt. Der Todesdrang. Und wird durch alle Umstände begünstigt –«

»Es ist wohl wegen diesem Jungen, dem Sailor Harold. Erst hat er den Gashahn aufgedreht – man hat es aber gerochen!« Mielein bleibt lieber beim Konkreten.

»Grausig!«

»Er schämt sich so, ist vollkommen deprimiert.« Katia ist den Tränen nahe.

»Ach je! Das drucken sie morgen von Los Angeles bis Berlin!« Man war ja schon von Polizei *und* Presse verständigt worden.

»Wir haben ihn zunächst bei Bruno Walter untergebracht.« Bei dem befreundeten Dirigenten hat sich vor ein paar Tagen auch schon Erika einquartiert.

Elisabeth Mann: »Ich war grade in Kalifornien, als er seinen Selbstmord dort versucht hat. Also überrascht war man nicht. Ach, es war furchtbar traurig, furchtbar traurig. Und meine Mutter, die ihm beigestanden hat, die ins Hospital gegangen ist, die ihn liebevoll empfangen hat, sagte dann: ›Also, ich versteh' nicht, wenn man sich umbringt, wie man das so schlecht machen kann.‹« Elisabeth lacht. Versuche, es leichter nehmen zu können.

Und der Vater? »Nachmittags mit K. 1½ Stunden bei Klaus im Hause Walter. Dazu Erika. Gerührt von seinem gutartig zarten Wesen. Die Handgelenke verbunden. Sehr, sehr müde nachher. Nach dem Abendessen allein in meinem Zimmer.«

Einige Gespräche mit dem Psychoanalytiker Friedrich Hacker, damals Leiter einer psychoanalytischen Klinik in Beverly Hills und mit Klaus flüchtig bekannt, sollen dem verlorenen Gleichgewicht nachhelfen. Erika bittet ihn ins Haus des Dirigenten, ihres Geliebten.

Wer immer es versucht, keiner dringt wirklich zu ihrem Bruder durch. Auch die Geschwisternähe scheint aufgebraucht.

Das abgedrängte Leben des Vaters, die abgedrängten Lebenswünsche, sie kommen in den Kindern wieder?

Prof. Hacker: »Richtig. Genau.«

Und der Vater ist erschrocken.

»Das ist ja etwas sehr Häufiges: Der Vater war erstaunt, nicht böse darüber, sondern nur hilflos, und hat sich in seiner Hilflosigkeit, die natürlich auch als Détachement gewertet werden kann und als Selbstprotektion und Egoismus, wenn Sie wollen – hat sich davon abgewendet, ohne da in irgendeiner Weise hilfreich zu sein, außer dass er ihnen alles gegeben hätte, jede materielle Hilfe, jede professionelle Hilfe, jede erzielbare, wie er alle seine Beziehungen benützte. Er war nicht abweisend. Nur hat er von sich nichts gegeben.«

Golo Mann, der den Bruder für ein paar Wochen in sein Domizil in Palo Alto einlädt, schreibt lakonisch: »Der Psychiater, der Klaus in den ersten Tagen auf sich nahm, hatte ihm gesagt: ›In neun Monaten werden Sie's wieder tun.‹ Mit seiner Prophezeiung bewies der erfolgreiche Mann erfahrenen Blick; ob auch therapeutische Verantwortung, wäre eine andere Frage.«

Erika und Klaus beieinander, am erleuchteten Pool der Walters. Sie sitzen am Beckenrand, ihre Beine im Wasser, beide mit einem Drink. Klaus' Handgelenke sind noch dick verbunden.

Es ist eine warme Nacht. Die Aufmerksamkeit von Freunden tat ihm wohl, doch er verwünscht auch die »publicity«, weil sie das Wiederanfangen nur weiter erschwert.

»Das Schreiben war früher so einfach. Ich musste mich nur an die Maschine setzen … Zum Beispiel vor zwanzig Jahren hier in Amerika.«

Erika weiß genau, wovon er spricht – die Literary Mann Twins, in den Fußstapfen des Vaters, wie man damals titelte. »War vielleicht unsere beste Zeit.«

»Jetzt sitze ich vor dem Papier und fühle mich erbärmlich. Warum kann ich nicht arbeiten? Das Benzedrin? Eine geistige Lähmung? Kein Satz will gelingen, will geschrieben sein. Nichts. Aus.«

Erika geht nicht darauf ein. »Dummkopf! Versprich mir, wenn wieder so eine dunkle Stunde kommt, dann ruf mich zu dir. Ich komme sofort.«

Klaus lehnt sich an sie. »Wir waren mal eins. Da wusstest du, wie es mir geht. Auch ohne anzurufen.«

»Eissi! Im Krieg haben wir uns zwei Jahre nicht gesehen.« Pause. »Und du hast trotzdem überlebt.«

Klaus, ernüchtert: »Das Böse hat uns geholfen. Wir waren die Guten.«

Erika hasst solche Wahrheiten. »Waren? Und heute nicht mehr?«

»Nicht mehr so sicher.«

»Aber sie sind ja noch alle da. Ich kann keinen Namen vergessen. Ich werde sie immer daran erinnern. Keinem Nazimitläufer werde ich je die Hand geben.«

Klaus, unvermittelt: »Es ist bei jedem Abschied dasselbe.«

»Was meinst du?«

»Wir leben auf und es ist ein bisschen wie früher – gerade beim Auseinandergehen.«

»Warum ist das so?«

»Ich weiß es nicht. Aber ich träum' nicht mehr so oft von dir, wenn du nicht da bist.«

Die Probleme reißen in diesem Sommer nicht ab: der Bruder »verliert seine Wohnung«. Heinrich Mann hat der Tod seiner Frau weiter vereinsamt. Er trifft hier und da Feuchtwangers, selten Brecht und regelmäßig seinen Bruder.

»Gern, einmal wöchentlich gewiß, läßt er sich von uns ins Ländliche holen und verbringt die Stunden vom Lunch bis zum Dunkelwerden bei uns.« Bei Tommys schwerer Krankheit sandte er ein zu Herzen gehendes Telegramm nach Chicago, das Katia dem Patienten lieber nicht zeigte, wie sie berichtet, weil der *beloved brother* hätte glauben müssen, er sei in schwerster Lebensgefahr... »Gott sei Dank war er es nicht. Aber Heinrich hing wirklich in überraschendem, zunehmenden Maße an dem jüngeren Bruder.«

Der Schwager, siebenundsiebzig mittlerweile, ist jetzt ganz auf Katias Hilfe angewiesen, sie holt und bringt ihn im Wagen und wird nun auch eine neue Bleibe für ihn suchen.

2145 Montana Ave., Apt. B, Santa Monica – »Heinrich, jetzt habe ich wirklich etwas Schönes für Sie gefunden...«

Heinrich schaut sich um. Er zieht an der alten abgewohnten Tapete, lässt einen Fetzen zu Boden fallen. »Hier ist doch alles sehr fremd. Keine Erinnerungen an meine Nelly – in keinem Zimmer...«

»Sehen Sie mal, das schöne große Wohnzimmer...«

Heinrich geht in einen anderen Raum, stößt auf eine herumliegende Matratze.

Katia will keine Sentimentalität aufkommen lassen. »Also, das könnte doch Ihr Schlafzimmer werden und hier drüben der Raum wäre dann das Zimmer für Ihre Hilfe.«

Heinrich atmet schwer und asthmatisch. Katia schaut beunruhigt. Der Schwager lässt sich müde auf einem der schäbigen Stühle nieder. »Und wo speist man hier?«

»Also, ich dachte, hier in der Ecke...« Katia rückt den anderen Stuhl heran. »Ich meine, wenn man hier einen runden Tisch hinstellt... – und außerdem, ich meine, große Diners geben Sie doch eigentlich nicht...«

Heinrich, nüchtern: »Ja, ist wohl so, wenn man einmal aus dem Verkehr gezogen ist.«

Katia zieht eine Jalousie hoch und begutachtet die Aussicht. »Und das Geld?«

Die Schwägerin beruhigt ihn. »Das übernimmt erst einmal Tommy, auch die Nurse, die sich um Sie kümmern wird. Ist ja vielleicht nur ein Übergang. Wenn dann die Tantiemen aus der Sowjetunion…«

»Ja, da werde ich viel gelesen.« Heinrich klammert sich an diese Perspektive. »Da ist noch Hoffnung. Die politische Führung in der sowjetischen Zone, Pieck und Grotewohl, haben mir geschrieben. Millionen Deutsche fühlen sich tief mit mir verbunden, sagen sie. Überraschend, nicht wahr?«

»Wie steht es denn mit der Einladung und der Übersiedlung nach Berlin?«

Ein Lächeln überzieht für einen Augenblick Heinrichs Gesicht, das alte Berlin. Doch ihm kommen auch Trümmerbilder, die er gesehen hat, in den Sinn.

»Berlin, ja, wenn es das noch gäbe!«

Heinrich streichelt einen kleinen weißen Schal, den er über dem Arm hängen hat. Ziemlich abgegriffen und speckig schon.

Klaus Pringsheim: »Wenn man ihn zu Gesicht bekam, trug er immer diesen weißen Schal. Und dann hat er mir erzählt, dass seine

Frau Nelly ihm diesen Schal gestrickt hat. Und seine Frau Nelly wäre so nett gewesen, und er liebte sie so sehr... den Schal trug er immer bei sich, wie ein Juwel.«

Pacific Palisades Im Haus der Manns in Pacific Palisades. »Moni verstört und leidend aussehend, dabei kritisch, – unselig. Armes Kind. Wünsche sehr ihre Niederlassung in der Schweiz.« Katia ruft mit dem Gong zum Mittagessen. Monika kommt die Treppe herunter. Sie trifft im Wohnzimmer auf ihren Vater, der sie knapp anspricht.

»Moni, bitte schick mir keine Gedichte mehr. Ich kann sie dir doch nicht im Ernst kritisieren.«

Die Tochter, die im Scherz schon mal »das greise Mönle« genannt wird, nimmt all ihren Mut zusammen: »Du tust es doch auch bei Eri und Klaus.«

»Eben nicht. Sie schreiben und ich lese es, wenn es gedruckt ist.«

Monika macht auf dem Absatz kehrt und steigt zügig die Treppe wieder hinauf. »Ich kriege hier keine Luft mehr!«, stößt sie hervor.

Monika Mann: »Mit meiner Mutter hatte ich Schwierigkeiten. Mit meinem Vater nie. Mit meinem Vater hatte ich überhaupt so gut wie gar nichts. Da war nicht viel Verhältnis, jedenfalls äußerlich nicht.«

Und wie standen Sie zu Erika?

»Gar nicht gut.«

Beim Essen. »Zurück nach Deutschland – das wäre doch ein Stück aus dem Tollhaus.« Erika kann sich gar nicht beruhigen.

»Ein Besuch, nur ein Besuch«, begütigt Thomas Mann.

1947 war er erstmals wieder in Europa gewesen, nicht in Deutschland. Und 1948 sollte er zur Paulskirchen-Feier »als Redner nach Frankfurt kommen«, was er freundlich abgesagt hat. Aber 1949, das Goethe-Jahr, das soll wieder ein Reisejahr werden.

Die eiserne Eri: »Ohne mich. Das ist doch nicht euer Ernst.«

Ihre Kriegs- und Nachkriegserfahrungen sind ihr noch zu gegenwärtig. Sie hält Deutschland für eine verlorene Heimat und kann am Wiederaufbau vor allem in den Westzonen nichts Gutes entdecken.

Katia versucht zu vermitteln. »Eri – wir sind in Oxford eingeladen, in Schweden, wir werden in der Schweiz sein. Wenn wir Deutschland so demonstrativ meiden würden ...«

Thomas Mann ergänzt: »Vier Jahre nach dem Krieg. Welch ein Schaden würde das bedeuten! Und die Gutwilligen im Lande?«

»Sie können uns schon wieder schaden! Die Mehrheit dort sind unverbesserliche Nazis.«

»Aber meine Bücher werden dort gelesen. Frankfurt bewirbt sich, mir einen Goethe-Preis zu geben. Wir könnten München besuchen, eine Ehrenpräsidentschaft in der Akademie dort ...«

Erika bleibt hart. »Ausgerechnet Bayern. Richter, Staatsanwälte, Lehrer, Polizei – alles Parteimitglieder! Für die bist du doch der Verräter! Hast du die Briefe, den Hass aus diesem Land schon vergessen?«

Nein, vergessen hat er es bestimmt nicht. Es ist ihm selber nicht geheuer, in dieses Land zu reisen. Viele böse Briefe, viele feindselige Berichte über ihn hat es in Deutschland auch in den Jahren nach der Befreiung gegeben. Einige der Schriftsteller, die im Land geblieben sind, wollen ihre »innere Emigration« auch als eine moralisch integre Haltung, als eine Art Widerstand gegen die Diktatur anerkannt sehen. Böswillig hat man ihm Besserwisserei unterstellt, wenn er in seinen Rundfunkansprachen aus dem sonnigen Kalifornien das Unglück im fernen Europa kommentiert habe.

Deutschland? »Es fällt mir schwer, mir anderes davon zu versprechen als Verwirrung, Pein, höchst unzuträgliche Erschütterung, dazu sehr geteilte Aufnahme. Emigranten sind ja nicht gern gesehen. Sie haben Deutschland nicht die Treue gehalten. Unter Hitler mußte man nämlich Deutschland Treue halten, jetzt geht man, wie Wiechert und Jaspers, in die Schweiz und, wie Furtwängler, nach Chicago. Es ist zum Lachen. Auch ist die Lage ja so, daß deutsche Blätter, unter frechem Mißbrauch ihrer Lizenz, britische und amerikanische Staatsangehörige bei ihren Regierungen als ›Kommunisten‹ denunzieren dürfen. So machen es Münchener Blätter mit meinen Kindern«, fasst Thomas Mann in einem Brief an seinen alten Freund Hans Reisiger am 19. Dezember 1948 die »zu komplizierte« Lage zusammen.

Aber die Tochter machte es sich wiederum zu einfach.

»Zum Ausgleich könnten wir ja auch in die Ostzone, nach Weimar fahren. Die Goethe-Feiern dort und den Preis könnten wir dann auch annehmen!«, schlägt der Vater seiner strengen Beraterin vor.

Erika wird laut. »Nein. Das mache ich nicht mit.«

Sie steht auf, ihr wird ein wenig schwindelig, und nimmt eine Zigarette. »Sie haben uns rausgeworfen, 1933. Wie oft haben wir gezittert, dass man uns kascht oder ausliefert. Im KZ hätten die dich umgebracht – und den gleichen Leuten willst du heute in Frankfurt die Hand geben und sie zum tüchtigen Wiederaufbau beglückwünschen?!«

Elisabeth Mann: »Und natürlich haben sich beide Eltern Sorgen darum gemacht.«

Über Erikas Hass …

»Ja, ja – auf gewisse Menschen und natürlich auch gegen die Deutschen. Sie war eine leidenschaftliche Hasserin. Sie konnte so bös sein, wie sie lieb war.«

Erika Mann hat einen ihrer Erschöpfungszustände. Sie ruht auf der Veranda des Hauses in Pacific Palisades. Hilde Kahn kommt hinter einer Agave hervor und möchte ein Erinnerungsfoto schießen. »Bitte recht freundlich!«

Doch die Tochter des Hauses verbirgt sich schnell hinter einer Zeitung. »Keine Fotos! Ich muss mir erst die Haare färben. Bin doch noch keine alte Frau.«

Hilde wird verlegen. »Entschuldigung.«

Katia hat das Gespräch aus der offen stehenden Tür zum living room mit angehört. Solche Anstellerei provoziert sie. »Steht dir doch ganz gut, das Grau.«

Erika pariert, verletzend: »Ja, wie dir.«

Hilde Kahn-Reach: »Erika war ein sehr unglücklicher Mensch. Sie konnte nicht schlafen. Sie nahm dann Drogen, und das ganze Zimmer roch danach. Nachts ist sie die Treppe heruntergefallen. Also, es war furchtbar. Ich sprach mit meinem Arzt darüber, ich habe ihn gefragt, was passiert, wenn jemand jede Nacht Paraldehyd nimmt? Und da hat er gesagt, das ist eine furchtbar gefährliche Droge, es erweicht auf die Dauer die Knochen. Genau das ist ihr ja passiert.«

Cannes

Das Jahr 1949 hat für Klaus Mann Platz in einem Taschenkalender. Unter dem 1. Januar notiert er: »I am not going to continue these notes. I do not wish to survive this year.« Und er wird es nicht überleben. Chronik eines absehbaren Todes.

Am 20. März fliegt er von Kalifornien nach New York (»7:30 h: Tomski.«), von dort drei Tage später nach Amsterdam. Am 28.

März reist Klaus weiter nach Paris, von dort am 2. April nach Marseille, nach Cagnes-sur-Mer und Cannes, wo er am 4. April und von nun an fast täglich die alte Freundin Doris von Schönthan trifft.

Klaus schließt die deutsche Übersetzung seines *Wendepunktes* ab, er plant einen neuen Roman (The last Day) und bemüht sich um eine deutsche Ausgabe des *Mephisto* – erfolglos, weil »Herr Gründgens« dort »eine bereits bedeutende Rolle spielt«. Und außerdem leidet er wieder unter Geldmangel, oft heißt es »zuviel genommen«. Einmal schreibt er »... und es wieder versucht...«. Am 10. April zieht er in den »Pavillon Madrid« in Cannes, seine letzte Adresse.

Grete Weil-Jockisch: »Die Doris (von Schönthan) hat mir davon erzählt. Ja, doch, dass zwei völlig Heimatlose – zwei Entwurzelte in jeder Hinsicht – sich getroffen und gefunden haben... ja, und zusammenstanden wie zwei frierende Tiere.«

Klaus Mann und Doris von Schönthan rennen durch einen heftigen Regenschauer zu einer Strandbude. Klaus' Mantel hat sie nicht schützen können, sie sind beide völlig durchnässt. Man kennt sich aus Berlin, Doris hat den Krieg über für die Résistance

gearbeitet. Sie ist sogar einmal Fotomodell gewesen. Jetzt weiß sie nicht so recht...

Die beiden stehen aneinandergekauert. Doris, schlank, zart und zerbrechlich, eine gestrandete Person, daneben Klaus, vor der Zeit gealtert.

Keine Menschenseele weit und breit zu sehen.

Doris von Schönthan, frierend: »Mai an der Riviera, das hab' ich anders in Erinnerung!«

Klaus hängt mit seinen Gedanken einer Kränkung nach. »Weißt du, wen ich vorhin gesehen hab? André Gide! Er fuhr im Wagen an uns vorüber.«

»Bist du sicher? Und, hat er dich nicht erkannt?« – Doris ahnt die Antwort.

»Weiß nicht, ich habe ihm geschrieben. Er hat mir ausrichten lassen, dass er mich zurzeit nicht empfangen kann.« Die Freundin nimmt seine Hand.

Regen. Nichts als Regen – »das Wetter ist ungefähr so grauenvoll wie mein moralischer und körperlicher Zustand.«

Sogar unfähig zu lesen, vom Schreiben ganz zu schweigen. Er wechselt bemüht fröhliche Briefe mit Mutter und Schwester (– »ich war Dir also das vorige Mal zu zärtlich und plauderhaft? Gut, dann bin ich diesmal also kurzangebunden«). Die Mutter klingt beunruhigt, vielleicht kommt es einem nur so vor.

Die beiden Durchnässten haben sich in den »Pavillon Madrid« geflüchtet und gegenseitig warm frottiert. Es regnet seit Tagen ohne Unterlass. Man fängt an, nur noch an und über und gegen das Wetter zu denken.

»Rain, rien, rain, rien.«

»Was sagst du?«

Klaus küsst die Gefährtin: »Nichts!«

Auch diese beiden werden sich nicht helfen können.

Grete Weil-Jockisch: »Ich meine, alles, jede Utopie, die wir in der Jugend gehabt haben, die ist schief gegangen; das war zu sehen, dass das alles so weitergeht. Es war auch sicher bei ihm die persönliche Heimatlosigkeit. Im Grunde war das ja ein furchtbares

und armes Leben, so von Hotel zu Hotel, von Pension zu Pension.«

Klaus hat in letzter Zeit zuviel »genommen«, er kann nicht arbeiten und beschließt, in Nizza in der Clinique St. Luc eine Entgiftungskur auf sich zu nehmen, zehn Tage – »ziemlich schlecht ... Tränen«. Nach einer Woche fühlt er sich entschieden besser, am 15. Mai kehrt er nach Cannes zurück. Und zwei Tage später setzt sich die alte Gewohnheit durch: »Nachmittags, Inj. (ein kleiner Rückfall).«

Monika Mann mit den letzten Fotos von Klaus, die Härte in seinem Gesicht: »Klaus musste jung sein. Klaus als gesetzter Weißhaariger mit Bauch und Brille ist nicht vorzustellen. Er hat schon sehr gelitten, überhaupt etwas älter zu werden. Er war ja ein bisschen ein Narziss; er erlebte sich als jungen Menschen, weil er wirklich sehr, sehr schön war. Eine Art von Engel war er als ganz Junger. Und er hat es nicht verschmerzt, dass das nicht so geblieben ist.«

Pavillon Madrid. Klaus steht am Fenster. Der Regen, immer noch der Regen, er rinnt die Scheiben herunter.

Es klopft an der Tür. Madame Medem, die geschätzte Chefin, hat ein Päckchen. »Pardon Monsieur. Aber Sie haben Ihre Post heute nicht geholt. Aus New York.«

Sie reicht es ihm ins Zimmer.

»Danke, ich habe schon darauf gewartet.«

Absender: Eine Apotheke in New York. Er findet ein Röhrchen mit Schlaftabletten. Nichts weiter, auch in der Schutzhülle nicht. Klaus hängt das Schild »Ne pas déranger s. v. p.« nach draußen. Dann öffnet er die Balkontür. Der Regen prasselt auf den Steinboden.

Eine Reihe anderer Medikamente steht schon auf dem Nachttisch. Er kratzt die englische Bezeichnung des Schlafmittels ab. Niemand soll wissen, was er genommen hat, damit es dieses Mal keine Rettung geben kann.

Er schaut sich im Zimmer um. Die Schreibmaschine, die herausgerissenen Papiere, zum Teil unter dem Tisch, zum Teil im Papierkorb, Spuren der letzten Kämpfe ums Schreiben.

Wie nebenbei rührt er mit einem Bleistift die Tabletten ins Wasserglas, trinkt das Zeug wie Limonade. Er legt sich aufs Bett, streckt sich aus, wie nach einem langen Arbeitstag – sehr, sehr

müde und endlich einmal schlafen dürfend. Er prüft die Wirkung. Sein Gesicht. Noch kann er die Augen öffnen. Erika und Katia, die Fotos der ihm Liebsten, hat er sich in Blicknähe gestellt.

Der Gast Klaus Mann zeigt sich nicht zum Frühstück, und als auch auf heftiges Klopfen an der Zimmertür nicht reagiert wird, klettert Madame Medem über eine Holzplanke und den Balkon von nebenan in Klaus' Zimmer. Sie findet ihn, noch schwach atmend auf dem Bett. Er wird sofort in die Klinik von Cannes eingeliefert. Die Ärzte versuchen, ihn noch einmal ins Leben zurückzuholen.

Stockholm Grand Hotel. Das Telefon klingelt in Katias Zimmer.

»Bei Ankunft im Hotel schwerster Chock. Telegramm, daß Klaus in der Klinik von Cannes in verzweifeltem Zustand liege. Bald darauf Telephonat von seiner u. Erikas Freundin dort: Mitteilung seines Todes. Langes Beisammensein in bitterem Leid. Mein Mitleid innerlich mit dem Mutterherzen und mit E.. Er hätte es ihnen nicht antun dürfen. Die Handlung offenbar von ihm selbst unerwartet geschehen, mit Schlafkapseln, die er aus einer New Yorker Drogerie bezog. Sein Aufenthalt in Paris verhängnisvoll (Morphium). Viel über ihn und den von langer

Hand unwiderstehlich wirkenden Todeszwang. Das Kränkende, Unschöne, Grausame, Rücksichts- und Verantwortungslose. Beratung auch über unsere Reisezukunft« ...

Golo Mann: »So darf man gegenüber erwachsenen Selbstmördern nicht reden. Wenn sie es dann tun, dann tun sie es, weil sie es tun müssen, und dann tun sie es, weil sie es unter verzweifelten Umständen tun müssen.«

Hotelzimmer in Stockholm. Erika und Katia in Tränen. Thomas Mann sitzt ihnen stumm gegenüber. Es liegen viele Telegramme auf dem Tisch.

»Doris sagt, sein Gesicht sei ganz entspannt gewesen – wie ein glückliches Kind habe er ausgesehen, erlöst ...« – aber es tröstet sie selbst nicht, Erika weint laut aufschluchzend und hemmungslos.

Der Vater geht zu ihr, nimmt sie in den Arm und küsst sie auf die Wange. Äußerste Form der Nähe.

Elisabeth Mann: »Für die Erika war das natürlich ein furchtbarer Schlag.«

Wo war Elisabeth an diesem Tag?

»In Chicago. Weit weg. Die Nachricht hat mich dort erreicht.

Ja, ich sagte schon, eine Überraschung war das nicht. Dass das früher oder später mal passieren musste, hat man ja gewusst. Aber es war natürlich tief traurig. Er war der Erste von uns Sechsen, der nicht mehr da war.«

Cannes Am offenen Grab von Klaus, neben einem Erdhügel, sehen wir zwei Totengräber mit Spaten. Sie sind dabei, die Erde auf den Sarg zu schaufeln und halten inne, weil ein Trauergast erscheint. Zwischen den Grabreihen läuft ein junger Mann im schwarzen Anzug und mit einem Instrumentenkasten.

»Entschuldigung. Einen Augenblick nur. Ist dies die Beerdigung von Klaus Mann?«

Einer der Totengräber: »Aber ja. Monsieur Klaus Mann.«

Michael Mann packt die Viola aus und spielt die Abschiedsmelodie für seinen Bruder.

Elisabeth Mann geht über den Friedhof in Cannes. Wir suchen das Grab von Klaus. Eine kleine schwarze Platte, darüber ein verwilderter Strauch.

Elisabeth Mann: »Das ist es?«

Ja. Die Inschrift auf dem kleinen Grabstein: »Klaus Heinrich Thomas Mann ... May 21, 1949«

Die Schwester versucht, einen Bibelspruch darunter zu entziffern. »For whosoever will save his life shall lose ist. But whosoever will lose his life ... the same shall find it« »Wer sein Leben zu retten versucht, der wird es verlieren – und wer sein Leben verliert, der wird es gewinnen.« Das Motto für den geplanten Roman *The last Day*, Erika hat es in den Stein meißeln lassen.

Elisabeth ist das erste Mal hier.

»Ja, das erste Mal.«

Im *Nice matin* hatte man über den Tod des Sohnes von Thomas Mann berichtet und über die Beerdigung, über den nahe gehenden Moment, als der jüngste Bruder eine Sonate am Grab des Verstorbenen angestimmt habe.

»Schön dass er da war. Er war von Klaus sehr beeindruckt, der Michael. Er hat ihn sehr gern gehabt.«

Sonst konnte von der Familie niemand herkommen an dem Tag – Thomas Mann würde so etwas nicht tun?

»Ja, die waren in Schweden, glaub' ich. Nein, der meinte wohl, es hätte ihn mehr gekostet, als es dem Verstorbenen gegeben hätte. Was hat der Klaus davon, wenn wir hier stehen? Das geschieht doch nur für uns.«

Vielleicht wollen wir wissen, wo er geblieben ist?

»Aber, wo ist was von ihm geblieben? Man mag doch gar nicht dran denken. Na ja, was von ihm da unten geblieben ist – ist nicht der Klaus.«

Wer denn?

»Ein Gerippe.«

Lund/Zürich

Im Dom von Lund. Thomas Mann empfängt einen Ring und einen goldglänzenden Lorbeerkranz, die Ehrendoktorwürde. Applaus brandet auf. Der Geehrte verneigt sich. Sein Gesicht, unentzifferbar. Er hält sich, wie immer, aufrecht. Ein dreistündiges Ehrenritual mag sogar helfen: »Die akademische Feier die schönste, die ich je mitgemacht. –«

Es folgen »verschleierte Tage«. Mutter und Tochter ringen um Fassung – »Erika viel in Tränen« –, der Vater absolviert die Forderungen des Tages. Man hat beschlossen, den Vortragsverpflichtungen der Goethe-Tournee weiterhin nachzukommen, die gesellschaftlichen Rahmenveranstaltungen jedoch allesamt abzusagen. Nach Chicago und Washington, London, Oxford, Stockholm, kurz Kopenhagen und nun also das schwedische Lund wird die Reise zu Ehren des 200. Geburtstages des anderen deutschen Dichters in der Schweiz fortgesetzt.

»Die Ankunft auf dem Flugplatz Zürich ganz wie erträumt, alle waren da«... »Freudige Gefühle.« Und die leidige Frage Deutschland? Dem Goethe-Preis der Stadt Frankfurt hat der Dichter mittlerweile zugestimmt, aber: »In der Frankfurter ›Täglichen Rundschau‹ Veröffentlichung wütender Zuschriften wegen des Goethe-Preises, dessen ich nicht würdig sei. Kommt noch viel dergleichen, so gehe ich nicht.«

Es kam noch viel dergleichen und er ging doch. »Sonderbare, zwischenfallreiche Reise!« Jede Nacht unruhig, unruhig und anfällig, sehr unruhig, von quälenden Leibschmerzen, Niesen und Schleim und vor allem Nasenblutungen beeinträchtigt«. – »Morgens noch ein Bad, denn wer weiß – Gefühl, als ob es in den Krieg ginge.«

Am 25. Juli wird er in der Paulskirche in der *Ansprache zum Goethejahr* erklären, die Erbitterung, mit der der Streit um ihn geführt werde, sei nicht mehr Literaturkritik, »es ist der Zwist zwischen zwei Ideen von Deutschland, eine Auseinandersetzung, nur anläßlich meiner, über die geistige und moralische Zukunft dieses Landes«.

Und er fährt fort: »Will es denn das Schicksal, daß unsere Existenz symbolisch wird, so haben wir uns diesem Schicksal zu stellen. Nun also, ich stelle mich, der Freundschaft, dem Haß. Den Freunden, um sie nicht im Stich zu lassen, den Feinden, um den Anschein zu meiden, als verberge ich mich vor ihnen. Willkommen oder nicht, ich hätte es als einen Flecken in meinem Leben empfunden, wenn ich dem Genius Goethe's nur auswärts gehuldigt und auch dabei Deutschland gemieden hätte.« – Und genauso, wenn er *in* diesem Deutschland auch den Osten gemieden hätte.

Er finde »das Land zerrissen und aufgeteilt in Zonen der Siegermächte«; der »patriotische Gram« über diese ›Fremdherrschaft‹ sei ihm verständlich, doch die zwölf Jahre des Ungeistes möchte man als die »schlimmere Fremdherrschaft« ansehen. Eines Tages werde die Zerrissenheit wohl enden...

»Mir aber, wie ich hier stehe, gilt es schon heute nicht. Ich kenne keine Zonen. Mein Besuch gilt Deutschland selbst. Deutschland als Ganzem, und keinem Besatzungsgebiet.« Er möchte nicht weniger als die »Einheit Deutschlands gewährleisten und darstellen«, nämlich in der »von Besatzungen unberührten deutschen Sprache«, wie er als Dichter sagt.

»Gewähren Sie, meine Zuhörer, dem Gast aus Kalifornien

diese Repräsentation und lassen Sie ihn den Augenblick unbekümmert vorwegnehmen, den Goethe's Faust seinen letzthöchsten nennt; den Augenblick wo der Mensch, wo auch der Deutsche ›auf freiem Grund mit freiem Volke steht‹!«

Das wird er auch im Weimarer Nationaltheater sagen, wohin er »– natürlich in vollem Einvernehmen mit der amerikanischen Behörde –« nach Zwischenstationen in Stuttgart, München und Nürnberg weiterreist. »Was folgte: unendlicher Volksfest-Trubel und Ehrungen, bei denen [ich] mit guter Miene meinen Mann zu stehen hatte.«

Die symbolische Existenz verlangt viel ab, Rechtfertigungen in alle Richtungen. In seinem »Reisebericht«, der im September in englischer Sprache im *New York Times Magazine* erscheint, weist er deutlich darauf hin, bei allen offiziellen Gelegenheiten »die kleine Kokarde der ›American Academy of Arts and Sciences‹ im Knopfloch« getragen und als Amerikaner gesprochen zu haben, als er in Weimar betonte, »daß in jeder sozialen Revolution die teuer bezahlten Errungenschaften der Menschheit, Freiheit, Recht und Würde des Einzelwesens, heilig bewahrt und in die Zukunft überführt werden müßten«.

An dieser Stelle habe man heftig geklatscht, vermerkt der Dichter auch im Tagebuch und hofft wohl, darin seinen Kommentar zum nahe gelegenen Konzentrationslager Buchenwald verstanden zu wissen.

Der Publizist und ehemalige Lagerinsasse Eugen Kogon hatte in einem offenen Brief von Thomas Mann gefordert, zu der Tatsache, dass die sowjetischen Besatzer das Lager weiter betrieben, Stellung zu beziehen.

»So gut ich konnte, und unterderhand, habe ich mich über die Zustände dort informieren lassen«, schreibt er dann im *Reisebericht* und gibt die Einzelheiten wieder. Bei einem Lunch mit Major Tulpanow nebst Gattin und Tochter spricht man mehr über die russische Literatur des neunzehnten Jahrhunderts … – »wie denn überhaupt in dem Gespräch so manches höflich ausgespart wurde«.

Katia fasst später zusammen. »Die Reise nach Weimar wurde

ihm sehr verübelt.« Um sie herum hörte sie die Leute »tuscheln und fragen: Ja, ist er denn ein Kommunist?« Auf dem Konsulat in Frankfurt habe man sie »darauf aufmerksam gemacht, daß es natürlich keinerlei Rechte gäbe einem amerikanischen Bürger zu untersagen, nach Weimar zu gehen«, aber man sehe es ausdrücklich nicht gern.

»Mein Leben wahrhaftig la vie difficile, durch das von jeher gerade Hindurchkommen« – heißt es im Tagebuch am Ende der Reise.

Nach sechzehn Jahren fern von Deutschland als »schwebende Künstlerexistenz« und amerikanischer Staatsbürger in Zeiten des Kalten Krieges über die Zonen und Spaltungen hinweg für alle Deutschen als einheitsstiftender Repräsentant im goetheschen Geist wirken zu wollen, wurde zum Balanceakt.

Santa Monica Montana Avenue. Katia räumt einige Lebensmittel ein, die sie Heinrich mitgebracht hat. Darunter wie stets eine Flasche Rotwein und Zigaretten. Der Schwager holt ein Geldbündel aus der Schublade hervor und legt es auf den Tisch.

Katia, perplex: »Was ist denn das?«

Heinrich freut sich über seine gelungene Überraschung. »Ein Schatz, der mir in den Schoß gefallen ist, 5000 Dollar. Vom sowjetischen Botschafter.«

»Das Geld für die Reise nach Ostberlin. Heinrich, Glückwunsch!«

Heinrich muss noch etwas anderes klären. »Will davon erst mal meine Schulden an Tommy zurückzahlen, all das hier, war doch sicher viel.«

Katia wehrt ab. »Nein, nein. War nie so gemeint. Da gibt es keine Schulden, Heinrich.«

Aber der Schwager bleibt hanseatisch. »Ich weiß es. Und ich möchte sie jetzt begleichen.« Er hat Atemnot.

»Wenn in Zukunft mal eine Filmeinnahme reinkommt, dann nehmen wir an. Aber Heinrich, dieses Geld ist nun mal für die Reise bestimmt.«

Katia legt die Scheine resolut in den Schreibtisch zurück – und schließt die Schublade schnell wieder, als sie sieht, was nicht für ihre Augen bestimmt ist, die ausgeprägt erotischen Zeichnungen, mit denen Heinrich die Erinnerung an Nelly aufrechterhält und sich die Zeit vertreibt.

Der Schwager grübelt noch. Die Vorstellung einer endgültigen Übersiedlung ins zerstörte Berlin, der Gedanke, noch einmal in die Fremde zu müssen, so ganz allein, haben ihn immer wieder zurückschrecken lassen, wenn die Einladungen aus dem Osten Deutschlands in den letzten Jahren zu drängend wurden. Er will in der Nähe des Bruders bleiben, bei Salka Viertel, den Feuchtwangers, Ludwig Marcuse und den paar Menschen, die er noch kennt und die ihn schätzen.

Auch wenn diese neue Wohnung so gar nicht heimelig werden will. »Die alte war besser, sie hatte Erinnerungen« ... »Hier misse ich nichts, erwarte nichts, habe dafür das träumerische Alter«, schreibt er schon im Jahr zuvor seinem Freund Karl Lemke. Sein altes Europa gibt es nicht mehr. Und in einem neuen Deutschland auf einmal wieder eine öffentliche Rolle auszufüllen, dazu fühlt er sich eigentlich zu alt, zu fern von allem. Überdies: Walter Ulbricht, der Machthaber in der Ostzone, ist ihm noch immer nicht geheuer. Er traut dem Mann nicht, den er damals in den 30er Jahren in Paris bei den Versuchen, eine Volksfront aufzubauen, als »Polizeigehirn« kennen gelernt und bekämpft hat.

Doch als erster deutscher Schriftsteller bekommt Heinrich nun den Nationalpreis I. Klasse zugesprochen, im Osten, nicht im Westen. Wenn Katia ihn doch nur verstehen könnte – »wird denn meine Pflegerin mitkommen können? Und wie soll das denn überhaupt gehen mit meinen ganzen Büchern und allem?«

Kleiner Asthmaanfall. Katia, sehr vorsichtig: »Am 10. Oktober geht ein polnischer Dampfer.«

Verstärkter Anfall. »Das sind ja nicht einmal vier Wochen! Da habt ihr euch also schon drum gekümmert?«

Heinrich schwankt. »Ich kenne keinen einsameren Menschen«, hat René Schickele schon im französischen Exil vermerkt – und nun die Amerikaner, »sie kommen nur dem entgegen, der ihnen entgegenkommt«, weiß Golo Mann und fügt hinzu, guter Wille hätte bei Heinrich daran nichts ändern können, »so wie er gemacht war; so unrettbar deutsch, auf überquere Weise, so unrettbar französisch, europäisch und eigensinnig« – für Amerikaner einfach unverständlich. Und Golo fährt fort:

»Wenn ich H. M. und T. M. zusammen politisieren hörte, hatte ich manchmal das (...) Gefühl: Was reden doch die zwei unwissenden Magier da? Unwissend weil schlecht informiert, weil wirklichkeitsfern. Magier, weil sich andere Wirklichkeiten erträumend oder Lieblingsträume mit Wirklichkeit gleichsetzend, noch mehr, weil mit stark intuitivem Blick begabt, wie unsereiner ihn nicht hat.«

Heinrich fährt nicht. Parallel zu seinen Überlegungen sind aus den Zonen Staaten geworden: »Heinrich erklärt, durch die bevorstehende Errichtung des Ost-Staates als Volksdemokratie sei für ihn die Situation entscheidend geändert. Will sich nicht ›verkaufen‹. Etc. Will also nicht reisen und möge bleiben. Das Ganze recht ermüdend und deprimierend.« Der Bruder am 5. 10. 1949 im Tagebuch, wo am 17. 10. dann ebenfalls festgehalten wird, Heinrich habe »seinen Aufbruch bis zum Frühjahr ›verschoben‹«.

Eine Entscheidung, die zu sichtlicher Besserung von Heinrich Manns Gesundheitszustand führt und nach Jahreswechsel auch nicht mehr umgestoßen wird. Er ist zum ersten Präsidenten der Deutschen Akademie der Künste zu Berlin (Ost) berufen worden; ein Zimmer im Akademiegebäude am Robert-Koch-Platz 7 ist bereits eingerichtet.

»Kabinenbelegung für Heinrich auf einem polnischen Schiff, das Mitte April in 11 Tagen über London nach Danzig geht. Sorge K.'s wegen der Anzüge, die er sich machen lassen muß. Seine Schwerfälligkeit macht schon dies zum Problem. Er erhielt seinen Paß von der tschechischen Gesandtschaft. Die Eröffnung der deutschen Akademie in Berlin ist seinetwegen verschoben worden. Gewaltige Ehrungen und viel Geld erwarten ihn.«

Der Jüngere beobachtet etwas verdeckt, wie schwerfällig und mühsam der dicke alte Mann, sein Bruder, von Katia aus dem Auto gehievt und gezogen werden muss. Jemand vom Personal hilft. Es gruselt ihn, dieses Bild von Verfall und Alter zu sehen, auch *dieses* Bruderhafte auf sich selbst beziehen zu müssen. Das »brüderliche Welterlebnis« hat er es in ihren kritischeren Zeiten einmal genannt.

»Wie geht es, Heinrich?«

Der Ältere kurz: »Man dauert.«

Brüder sein, das heißt »in Stunden besonders pointierter und unter dem kindlichen Gesichtspunkt unglaubwürdiger Verwirklichung sich aus dem Einzeldasein wieder zueinanderfinden, sich lächelnd anblicken und, wenn nicht mit dem Munde, so doch mit den Augen zueinander sagen: ›Wer hätte es gedacht‹«.

»Wer hätte das gedacht, Heinrich!«

Thomas Mann wird seinen Bruder nicht wieder sehen, wenn der tatsächlich nach Deutschland übersiedelt – ihn eventuell in Ostberlin zu besuchen hat er nicht vor. Das weiß er für sich seit Anbeginn der langwierigen Entscheidung von Heinrich. Was würde sie bringen: »Lebensauftrieb oder beschleunigtes Ableben? Dunkle Angelegenheit. Denke nicht aufrichtig daran, ihn in Berlin zu besuchen, was ebenfalls dunkel.«

Heinrich Mann schnappt nach Luft. »Präsident der Akademie der Künste! Sie warten mit der Eröffnung auf mich ...«

Der Bruder zwingt sich zu einem ironisch-optimistischen Ton. »Nun soll es noch einmal nach oben mit dir gehen, wie damals, anno 1919.«

»Bin doch schon so lange aus dem Verkehr gezogen! Weiß gar nicht mehr, wie man auftritt vor Kameras und Mikrophonen ...«

»Du wirst dich schon erinnern!«

Thomas Mann schenkt dem Bruder Cognac nach.

»Du bist der Größere von uns, Tommy. Das ist sicher und darüber bin ich mir ganz klar. Du *bist* ein Sonntagskind.«

»Ich bin so geworden ...«, hebt Thomas an – und Heinrich setzt den sprichwörtlichen Bruderstreit aus den *Buddenbrooks* fort: »›... weil ich nicht werden wollte wie du.‹ Ich weiß, Tommy. Weiß auch, was es dich gekostet hat.«

Thomas Mann ist gerührt von Heinrichs Wärme – »wie hast du so schön im *Zeitalter* über mich geschrieben: ›Er ist ein Zeuge außerhalb der Reihe. Und er ist nicht lau.‹ Lau waren wir beide niemals!«

Die beiden lachen, verhalten.

»Und du bist radikaler geworden als ich!« Heinrich wähnt seinen Bruder mittlerweile in größerem inneren Unfrieden mit der Heimat, als er es ist.

»Du hast dich weniger enttäuschen lassen, großer Bruder, du sahst alles schon früh, das macht dich milder«, kommt Thomas ihm entgegen, und beide wissen, dass es auch um sie geht.

Heinrich spürt Wehmut: »Einmal muß ja jede Emigration enden, Tommy. Meine ist beendet.«

Die Nurse kommt in Heinrichs Apartment. Das Radio läuft. Sie sieht den alten Mann mit geschlossenen Augen im Sessel sitzen. Verärgert nähert sie sich. Ist er wieder im Sessel eingeschlafen? Aber er ist nicht aufzuwecken, atmet nur schwach.

Bei den Manns in Pacific Palisades. »Nach der Arbeit Nachricht, daß Heinrich morgens bewußtlos, unerweckbar, im Koma aufgefunden. Zuziehung eines alten Consiliarius von Santa Monica durch Dr. Mann. Gehirntod, bei noch schwach fortarbeitendem Herzen. K. dort. Das Ableben eine Frage von Stunden. Natürliche Erschütterung ohne Widerstand gegen das Geschehen, da es nicht zu früh kommt und die gnädigste Lösung ist. Er hat den Abend unter Musikhören lange hingezogen.« – »Müde und bewegt. Der Letztausharrende von Fünfen.«

Thomas Mann sitzt am Schreibtisch. Er hat Heinrichs jüngsten Roman *Der Atem* wahllos aufgeschlagen und liest sich fest: »Uns trennte, daß ich nicht deinen Ehrgeiz hatte, deine Laufbahn war voll Kampf, in den Wechselfällen hieltest du dich oben, dir erschien ich lau. Dennoch verstand nur ich dich. Nur dein Urteil traf mich. Wir kränkten uns mit unserer Unabänderlichkeit, gleichwohl habe ich dich geliebt. Marie-Lou, am meisten,

wenn wir verfeindet waren. Du weißt es. Weißt du es nicht? Nimm mein Wort für was es jetzt noch wert ist. Sogleich werde ich vergangen sein, du allein bist meine Nachwelt, bei der ich fortlebe. Höre, ich hatte so viel Demut wie Stolz. Als du vor der Welt unermeßlich über mir standest, habe ich von dir nur eines angenommen, deine Schuhe.« ...

Der stille Gruß in Heinrichs Roman über den letzten Lebenstag der Gräfin Traun rührt ihn zu Tränen – über den Verlust des Bruders und über die Fremdheit, die er zeitlebens gegen ihn aufrechterhalten hat.

Santa Monica

Heinrichs Bett ist abgezogen. Golo und Klaus Pringsheim gehen noch einmal durch die Wohnung, schauen nach Manuskripten, Papieren und Briefen. Die schmale Hinterlassenschaft. Golo ist gerade am Schreibtisch –

Klaus Pringsheim: »Und dann fand er diese vielen obszönen Zeichnungen.«

Der Neffe, ein wenig indigniert: »Löl, schau dir das an.«

Sie blättern den Stapel mit Zeichnungen durch. Varieté- und Bordellszenen, Aktposen, große Brüste, Voyeur-Situationen.

Klaus Pringsheim ist verblüfft: »Der Onkel Heinrich. My Goodness! Das ist ja die Nelly. Und das? Wo gibt's denn so was in L. A.?«

Golo findet es nur peinlich. »Wir müssen das vernichten. Man sollte so etwas nicht gerade der Nachwelt überliefern.«

»K. berichtet von dem Fund einer Menge obszöner Zeichnungen in des Verstorbenen Schreibtisch. Die Nurse wußte davon, daß er jeden Tag gezeichnet, dicke nackte Weiber. Das Sexuelle in seiner Problematik bei uns Geschwistern, Lula, Carla, Heinrich und mir. Vikko scheint simpel gewesen zu sein, freilich seine Frau reichlich betrogen zu haben.«

Klaus Pringsheim: »Und Thomas Mann hat gesagt: ›So was muss weg.‹ Es gab da noch andere Sachen, die er geschrieben hat, die vielleicht irgendwie kompromittieren würden, Erika hat noch rausgesucht, was man nicht für die Nachwelt hinterlassen sollte.«

Gemeinsam besuchen wir den Woodlawn Cemetery. An einer Seite liegen Heinrich Mann und der 1958 verstorbene Vertraute Lion Feuchtwanger nah beieinander; Feuchtwanger hatte es sich so gewünscht.

Allerdings wurde die Urne mit der Asche des Dichters 1961 nach Ostberlin überführt und auf dem Dorotheenstädtischen Friedhof zwei Tage vor seinem neunzigsten Geburtstag mit allen Ehren beigesetzt. Die Wochenschau der DDR berichtete über die Feierlichkeiten und die Heimkehr von Heinrich Mann in die DDR. Ulbricht hatte sich endlich des Mannes bemächtigt, den er zu Lebzeiten nicht mehr für seine Propaganda hatte einspannen können. Der Enkel Jindrich Mann erzählt, dass man seine Mutter, Heinrich Manns einzige Tochter Leonie, von Seiten der DDR bedrängt habe, der Exhumierung zuzustimmen.

Nelly Mann, geborene Emmy Kröger, wurde in Santa Monica zurückgelassen. Ihre Grabplatte liegt in einer ganz anderen Ecke des Woodlawn-Friedhofs, von vornherein fern von ihrem »beau mari«.

Schweizer Wochenschau, Juni 1950.

Der Nobelpreisträger weilt in Zürich. Der Dichter mit Katia in einer Einstellung vor dem Zürichsee. Eine Handbewegung von Thomas Mann und dazu der Blick auf den See. Im Kommentar heißt es: »In Zürich können wir in diesen Tagen Thomas Mann begegnen. Der bedeutende Dichter hat in seiner europäischen Heimat den 75. Geburtstag gefeiert. Das von Lesern in aller Welt still miterlebte Fest hält den Dichter der *Buddenbrooks* und des *Doktor Faustus* nicht von der Arbeit an seinem neuen Roman ab, die er kurz unterbrach, um uns zu sagen« – Thomas Mann blickt vom Manuskript auf und spricht in die Kamera: »Es hat seinen guten Sinn, daß ich diese festlichen Tage im Leben in Europa, und zwar in der Schweiz, diesem kleinen Europa, verbringe. Denn in diesem alten Erdteil liegen die Wurzeln meiner Existenz. Und ich glaube an die kulturelle Sendung, die ihm vorbehalten ist in einer neuen Welt, deren Umrisse sich langsam abzuzeichnen beginnen.«

Wir sehen den Dichter zu seiner randlosen Brille greifen und sich das feine Gestell auf die Nase schieben. Eine charakteristische Bewegung.

Grand Hotel Dolder, Zürich. Sommerwetter und ein Nachmittagslicht wie in der gerade gesehenen Wochenschau. Auf der Terrasse vor dem Hotel haben sich Thomas, Katia und Erika mit

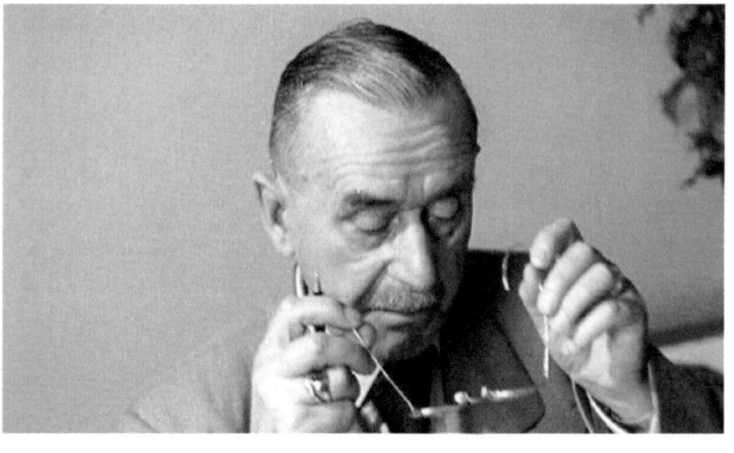

zwei Gästen an einem Tisch unter Bäumen niedergelassen. Der zuständige Kellner, ein junger und adretter Bursche, behält sie fest im Blick.

Außerdem hat er Thomas Mann erkannt – er hat ihn in der Wochenschau gesehen. Der Dichter machte dort eine Bewegung, die er jetzt wiederholt. Er klemmt mit beiden Händen die Bügel seiner randlosen Brille hinter die Ohren, denn er will die Speisekarte studieren. Und hat er nicht auch dasselbe an? Der aufmerksame Kellner freut sich über den prominenten Gast in seinem Revier.

Fünfzig Jahre später an gleicher Stelle vor dem Hotel Dolder mit demselben Kellner, der später nach Amerika auswanderte und Empfangschef in einem der feinsten New Yorker Hotels wurde. »Ich geh' runter und dann sitzt da ein Herr, den ich drei Tage zuvor in der Wochenschau in Zürich gesehen hab'.«

Der junge Mann tritt gewandt an den Tisch heran – »das Profil nicht sangeswürdig, während en face das Gesicht unendlich gewinnt und die diskrete, höfliche, von Münchener Dialekt gefärbte Stimme zu ›Herzen‹ geht« ... – er sagt, nein singt beinah: »Grüß Gott, die Herrschaften, was kann ich Ihnen denn Schönes an Kuchen anbieten?«

Erika, ihn kokett parodierend: »Was haben Sie denn da?«
»Einen schönen Apfelkuchen oder einen Zwetschgendatschi.«
»›Zwetschgendatschi‹ – wie er das sagt!« Thomas Mann freut sich am Auftreten des hübschen Kellners …

»Und allein vom Zuhören haben die Leute Appetit gekriegt«, erläutert dieser noch heute stolz. »Man muss es natürlich nett machen und man muss seine Ware mit Überzeugung verkaufen können.«

Die Bestellung wird jetzt geflissentlich notiert. »Zwei Apfel, zwei Datschi und vier Kännchen Kaffee.«
Erika fragt nach, mit gespieltem Münchner Dialekt: »Ja sag a mal! Wo kummst du denn her?«
»Ich komm vom schönen Tegernsee, Rottach-Egern, um genau zu sein«, und fröhlich fügt er hinzu: »Wir haben ein Gasthaus in Wagrain – Gastwirte sans, die Eltern.«
»Nun, da ist ja für Sie gesorgt«, lässt jetzt der Dichter aus der Wochenschau verlauten.
Doch der »kleine Tegernseer« vergisst darüber nicht seine Profession. »So, jetzt bring i eana erst mal den Kuchen!«
»Fragte nach seinem Namen, der, glaube ich, Westermaier ist, oder ähnlich, dann nach seinem Vornamen, der die Hauptsache«, notiert Thomas Mann. »Was für ein liebes Gesicht und welche angenehme Stimme! ›Nun, da ist ja für Sie gesorgt.‹ Es wäre mir sehr natürlich, du zu ihm zu sagen.«

Der *Franz Westermeier* von heute, der von New York noch einmal ins Dolder gekommen ist, reagiert überrascht und erfreut: »Ist ja interessant!«

Katia unterzieht sich einer leidigen Unterleibsoperation, so dehnt sich der Aufenthalt im Dolder aus. »Hätte nicht gedacht, daß diese Reise noch dergleichen mit sich bringen würde. Auf der vorigen gab es nichts fürs Herz.«
Er wird jede Begegnung mit dem Jungen und auch jede Sehn-

sucht danach im Tagebuch vermerken und sich dabei zu einem Aufsatz über eine gerade in dem Moment ihm zugesandte neue Übersetzung von Michelangelos späten Gedichten inspiriert fühlen – »Was mich an jenen Gedichten anspricht von gleich zu gleich ist die ›Ermächtigung‹ des Alters zur Liebe, die ich mit dem melancholischen Bildhauer wie mit Goethe und Tolstoi teile. Mächtig aushaltende Naturen.«

Früher Juliabend. Franzl zieht auf der Terrasse einige Tischdecken glatt. Die Falte gehört in die Mitte. Unten liegt der See, und am Ufer gegenüber leuchten in den Häusern die ersten Lichter. Laue Luft. Franzl zündet die Kerzen an. Es lassen sich noch keine Gäste blicken.

Thomas Mann tritt hinaus auf die Veranda. Er beobachtet die Virtuosität, die berufsmäßige Gewandtheit, ja Höflichkeit seiner Bewegungen.

Franz Westermeier: »Ich möchte schon sagen, ein bißchen Feminität muß ein Kellner haben. Man muß eine Grazie haben.«

Der Tegernseer grüßt den ihm vertrauten Hotelgast.

Thomas Mann holt eine Zigarette hervor.

Franzl weiß, was sich gehört; sofort ist er mit einem Zündholz zur Stelle und reißt es an. Lässt es zunächst in seiner Handfläche aufbrennen. Erst muss aller Schwefel abgebrannt sein. Dann hält er dem Dichter die Flamme hin. Und der hat alles mit Freude und Erregung aufgenommen, die Hände, das Lächeln, die »garzu hübschen Augen«.

Ist doch der Lieb' kein Ende noch verhängt
Die mich mit Qual und ach, mit solcher Lust bedrängt!
So wär's denn Zeit: schenkt mir den schönen Trug!
Was könnte ehrlich lieben andres hoffen,
Als was geliebtes Antlitz ihm von außen zeigt?

Michelangelo, »diese sinnlich-übersinnliche Liebeskrankheit«, »diese Kraßheit in der Schilderung der eigenen Häßlichkeit, des eigenen Lebenselends halten mich gewaltig fest. Das erotisch aushaltende Alter, das unbezähmbare Verfallensein an schöne Augen«, wird Thomas Mann im Tagebuch notieren – »Immer ist vom Antlitz die Rede« ... »Wie ganz entstand mein Gefühl aus dem Anblick seines Gesichts.«

»Franzl! Wollen Sie nach dem Dolder noch ein anderes Haus in der Schweiz kennenlernen?«

Der Junge reagiert so frisch und direkt. »Ja, ich würde gerne

noch etwas in der Schweiz bleiben, in ein Hotel in Genf gehen, schon wegen der Sprache.«

Thomas Mann inhaliert den Rauch. »Noch etwas Französisch – kann man in Ihrem Metier gut gebrauchen.«

»Haben wir am Tegernsee auf der Schule nicht gelernt!... Und dann vielleicht noch in die Küche, Kochen lernen. Aber das wird schwer.«

»Warum denn schwer?«

»Ja, wissen's, für einen Deutschen ist es schwer, die Arbeitsbewilligung hier zu bekommen.«

Der Dichter, zurückhaltend: »Vielleicht kann ich versuchen, Ihnen zu helfen...«

Erika ist hinausgetreten und hat das Gespräch für einen Moment mitangehört, bevor sie näher kommt und ihren Vater am Ärmel zupft.

Thomas Mann möchte sich nicht von seiner Tochter »gestellt« fühlen. »Herrlicher Abend, Eri, findest du nicht auch?«

»Für uns ist drinnen gedeckt!«

Mit einem Nicken verabschiedet sich Thomas Mann und erhält ein schönes Lächeln zurück. (»Das Gefallen, das ich an ihm finde, hat er gewiß längst schon bemerkt – was natürlich meinen Wünschen entspräche.«)

»Vielleicht bedienen Sie uns, Franzl?«

»Gerne, wenn es mein Revier ist.« Die tadellose Reaktion mit angedeuteter Verbeugung.

Die beiden Manns schlendern ins Restaurant. Erika schimpft belustigt mit dem Vater. »Jetzt warst aber ein wenig unbeherrscht! So lange mit dem Fratz da draußen zu reden!«

Und er ist froh, daß sie es so humoristisch nimmt. »Sagte übrigens zu Erika, das Wohlgefallen an einem schönen Pudel sei nichts sehr Verschiedenes. Viel sexueller sei dies auch nicht. Was sie nicht ganz glaubte.«

Elisabeth Mann: »Ja, ja, das vom Franzl, das wusste ich damals natürlich auch. Und da hat man ihn am Abend getrazt, da hat man ihn ein bisschen geneckt.«

Franz Westermeier sitzt mit uns im Foyer des Hotels auf dem Platz, von dem aus ihm Thomas Mann so oft zugeschaut hat. »Diese Zeit, in der er so für mich gefühlt hat, hab' ich für eine Frau gefühlt – ist doch interessant!«

Sie verstehen ihn also?

»Ja, selbstverständlich verstehe ich ihn. Klar. Ich war genauso. Ich war verliebt bis über beide Ohren.«

Bis über beide Ohren, beim Dichter bedeutet das »stündliche Träumereien, Zerstreutheit und Leiden«; er schreibt »Weltruhm ist mir nichtig genug, aber wie garkein Gewicht hat er mehr gegen ein Lächeln von ihm, den Blick seiner Augen«.

Franzl Westermeier lacht verwirrt und verlegen.

»Wie gering dabei die Energie zur Wirklichkeit«, heißt es im Tagebuch weiter. »Drei Tage noch, und ich werde den Jungen überhaupt nicht mehr sehen, sein Gesicht vergessen. Aber nicht das Abenteuer meines Herzens. Aufgenommen ist er in die Galerie, von der keine ›Literaturgeschichte‹ melden wird, und die über Klaus H. zurückreicht zu denen im Totenreich, Paul, Willri und Armin.«

Letzte Begegnung mit Franzl. Der Dichter hatte schon »Furcht, daß es zu keiner Gelegenheit mehr kommen könnte« …

Viel leidende Begierde – es grenzt an das mütterliche Erbe des Sichtreibenlassens, so sehr ist er in diesen Wochen seiner »Verliebtheit in das Bild« nachgegangen, der »sich selbst immer als transzendente Sehnsucht deutenden Sinnlichkeit«, wie er es im entstehenden Michelangelo-Aufsatz ausdrückt. Und die doch gleichermaßen physisch bleibt.

Der Abschied also, in aller Ausführlichkeit festgehalten – und ein »gewisser Stolz auf die Vitalität meiner Jahre, wie auf das ganze Erlebnis spricht mit«, auch hier.

»Er war in der Halle. Als ich K. beim Weggehen die Stufen hinaufführte, stand er, offenbar wartend, gerade aufgerichtet in der Nähe des Lifts und wollte sich verabschieden. Wir schüttelten uns lange die Hände. Er: ›Wenn wir uns nicht mehr sehen sollten.‹ Ich wußte nicht mehr als: ›Franzl, alles Gute! Sie werden

Ihren Weg schon machen!‹ Er war nicht ganz unbewegt. Das unvergleichlich liebe Gesicht. Eilte herbei zum Lift, sagte beim Einsteigen mit seiner leisen, weichen Stimme noch etwas von Wiedersehn, worauf ich nichts mehr zu antworten wußte. ›Ein goldiger Bursch!‹ zu K., die meinte: ›Du hast nun die Sympathie.‹ Rühmte sehr glücklich gegen Erika, wie reizend er Adieu gesagt. Froh, daß schließlich eine gewisse Harmonie über dem Ganzen liegt.«

Aber es ist, wie er selbst prognostiziert hat, damit nicht vorbei. »Der Gedanke meiner ›letzten Liebe‹ erfüllt mich dauernd, ruft alle Unter- und Hintergründe meines Lebens wach. Der erste Gegenstand, Armin, wurde zum Trinker nach dem Verfall seines Zaubers durch die Pubertät, und starb in Afrika. Auf ihn meine ersten Gedichte.« – »Eine gewisse Verewigung haben alle diese Leidenschaften gewonnen. Klaus H., der mir am meisten Gewährung entgegenbrachte, gehört die Einleitung zum Amphitryon-Essay.« Über *Michelangelo* wird es zeitgleich heißen, die Liebe war »der Untergrund seines Schöpfertums, sein inspirierender Genius, der Motor, die glühende Triebkraft seines übermännlichen, fast auch übermenschlichen Werkes«.

Im Tagebuch dann der Vermerk – »die Rückkehr zur Arbeit als Ersatz für das Glück, so muß es sein. Es ist die Bestimmung (und der Ursprung?) alles Genies.«

Santa Monica

Wir sehen Hilde Kahn in ihrem Apartment. Es ist später Abend irgendeines Tages im nächsten Frühjahr, und sie tippt Seiten des *Felix Krull* – Thomas Manns Roman über den Hochstapler und geschmeidigen »Gott der Diebe«. Sie kontrolliert den Text, nimmt dann das Original auf.

»Ich küsse deine anmaßenden Lippen über den weißen Zähnen, die du im Lächeln zeigst. Ich küsse die zarten Sterne deiner Brust, die goldenen Härchen auf dem brünetten Grunde deines Unterarms.« – »›Armand‹, flüsterte sie an meinem Ohr, ›treibe es wüst mit mir!‹« – »O Süßester! O Engel du der Liebe, Ausgeburt der Lust! Ah, ah, du junger Teufel, glatter Knabe, wie du das kannst! Mein Mann kann gar nichts, überhaupt nichts, mußt du wissen ...«

Die Liebesszene zwischen Krull und Madame Houpflé. »Nie gab es eine ausdrucksvollere Frau!« Die Schriftstellerin fällt über den jungen Liftboy Krull her. »Nenne mich ›du‹ geschwind! Ich habe dies Du von dir zu mir noch nicht vernommen. Ich liege hier und mache Liebe mit einem göttlichen, doch ganz gemeinen Domestikenjungen. Wie mich das köstlich entehrt!« ...

Hilde Kahn-Reach: »Das hat ja die Erika sehr klug gesagt, dass das in Wirklichkeit eine homoerotische Szene ist, wie er da schläft mit der Frau. Mir ist das erst später aufgegangen«

Die Sekretärin tippt weiter. »Wir Weiber mögen von Glück sagen, daß unsere runden Siebensachen euch so gefallen. Aber das Göttliche, Meisterstück der Schöpfung, Standbild der Schönheit, das seid ihr, ihr jungen, ganz jungen Männer mit den Hermesbeinen. Weißt du, wer Hermes ist? Nenn es Verkehrtheit, aber ich verabscheue den Vollmann mit dem Vollbart, die Brust voller Wolle, den reifen und nun gar den bedeutenden Mann – affreux, entsetzlich!«

Wollte der Dichter wissen, wie seine Sekretärin so etwas findet?

Hilde Kahn-Reach: »Ja, er wollte es genau wissen. Er fragte mich ganz direkt.«

Hilde Kahn, nun mit Thomas Mann im Arbeitszimmer. »Dass Ihr Boss so eine erotische Szene schreibt, das hätten Sie wohl nicht gedacht. Was sagen Sie dazu, Hilde?«

Die Sekretärin ist überrascht und für einen Augenblick ganz verlegen. »Ja, also, es war wunderbar. Ich muss nur sagen, ich teile nicht den Geschmack der Madame Houpflé. Ich habe diese ganz jungen Männer nie gemocht. Ich wollte immer lieber die Reiferen. Aber die haben Sie mir jetzt ganz mies gemacht.«

Hilde Kahn-Reach: »Und da sah er mich nur betroffen an. Ich hab' gedacht: Oh mein Gott, das hätte ich nicht sagen sollen!«

Pacific Palisades

Wir spielen ein Dokument von J. Edgar Hoovers Kommunistenjagd ein, einen Wochenschaubericht über die Fünfte Kolonne. »The Communist are red fascists.« In einer Trickaufnahme explodiert die Freiheitsstatue. Der Sprecher verkündet:

»Der Sowjetimperialismus hat den Naziimperialismus ersetzt.«

Ein Zeichentrickfilm warnt in kindlicher Manier davor, dass viele Künstler unterwandert sind und Unterwanderer werden. Der Schriftsteller tippt auf seiner Schreibmaschine immer nur das Symbol des verhassten Kommunismus: Hammer und Sichel. Ein Maler entwirft auf seiner Leinwand Hammer und Sichel und selbst der Schatten einer Tänzerin verwandelt sich in das Emblem der Sowjetunion. Die dröhnende Stimme des Kommentators spricht davon, dass sie sich alle tarnen und mit dem Gewicht ihrer berühmten Namen doch nur das Programm der Kommunistischen Partei unterstützen.

Kurze Rückblende. Kaffeetafel im Wohnzimmer der Manns zu Beginn des Jahres.

Zwei FBI-Beamte sitzen Erika gegenüber. Das »Bureau« ist

keine im Geheimen operierende Bundespolizei, jedenfalls nicht nur. Sie machen auch Hausbesuche. Die älteste Tochter des deutschen Dichters hat Migräne. Sie nimmt Tabletten und wirkt nervös, wie auf Entzug.

»Sie wissen doch selber, dass alle Verdächtigungen in eine falsche Richtung gehen. Ich war nie Mitglied in der Kommunistischen Partei.«

»Und welche von den Kommunisten dominierten Vereinigungen haben Sie unterstützt?«, fragt der FBI-Mann routiniert freundlich.

»Ich kenne da keine. Auch mein Vater ist ja kaum einer Vereinigung im Exil beigetreten, schon aus Angst, dass sie von den Kommunisten beeinflusst sein könnte.«

Erika Mann 1968: »McCarthy hat das anders gemacht als die Nazis. Man wurde nie eingesperrt oder offiziell verboten. Das gab es gar nicht. Man wurde abgewürgt und aus und fertig. Man konnte nicht mehr. Die FBI kam einmal die Woche zum Verhör, und im übrigen konnte man nicht mehr auftreten.«

Die »Tochter-Adjutantin« wird, wie sich am Ende herausstellt, über einen Zeitraum von vier Jahren in den Akten geführt. Ihr Einbürgerungsantrag kommt nicht zur Entscheidung; ihre Verdienste im Zweiten Weltkrieg fallen für die Amerikaner nicht ins Gewicht.

Mit Sorge registriert der Vater Erikas zunehmende Unzufriedenheit – »ihre Verbitterung und Reizbarkeit – Trauer, Neigung zum Haß u. zum Bruch mit allen«. Thomas Mann erwägt, in der Einbürgerungssache an Truman zu schreiben. Aber wäre ein anderes Land nicht eigentlich besser für die Tochter? Würde ihr nicht eine adaequatere Tätigkeit, etwa bei der BBC in England, geboten – »Problem der Trennung von uns. Erörterung unserer Rücksiedelung in die Schweiz.«

In unterschiedlichem Maße fühlt sich die ganze Familie in Amerika merklich weniger wohl.

»Direktor der F. B. I. erklärt den Senatoren, daß sich im Lande

540 000 ›reds‹, d. h. Kommunisten und Fellow travellers, befinden. Entsetzen über diese gewaltige Fifth Column im Fall des Krieges. Propaganda für 300 zusätzliche Agenten. – Ekel vor den Zeitungen hier in ihrer bübischen und inferioren Albernheit«, notiert Thomas Mann im Tagebuch – immerhin als Amerikaner, wie er seit seiner Goethereise im Gastland gern betont.

Und vor der diesjährigen Abreise nach Europa (im Mai 1950) wurde schon seine *Lecture* in der Library of Congress abgesagt: »Die Administration wird von den Republikanischen Senatoren angegriffen als Communistisch gesinnt«, beschreibt die Freundin und Gönnerin Agnes Meyer »die Tollheit der Atmosphäre«, in der auch der deutsche Nobelpreisträger schnell ein Opfer der »Communist-Hetze« werden könne:

»Denken Sie sich vor einem Congressional Committee wo Sie jedes Wort persönlich verteidigen müssten das Sie in öffentlichen Briefen oder Interviews gesagt haben.«

Und tatsächlich habe er ja den Feinden der Vernunft immer wieder zuviel Angriffsstoff gegeben.

»Sie werden sich erinnern wie ernstlich ich Sie ermahnt habe«, nämlich anläßlich der Goethereise nach Deutschland im Jahr zuvor. »Schon damals fand ich dass Sie gegen Amerika zu gunsten Russlands sprachen und sah die Gefahr in der Sie schwebten«, fährt die Amerikanerin in ihrem Brief fort.

Thomas Mann, noch in Europa und gerade aus dem Dolder nach St. Moritz übergesiedelt, gab sich eine Beobachtungsfrist. Seine »literarische Stellung und Ansehen drüben« schienen ihm »bis jetzt intakt«. Aber beim gemeinsamen Kaffee am 18. August 1950 hat man die Lage in Amerika bereits ausgelotet – »unsere Zukunft dort im Falle des Krieges und selbst des fort währenden Halbkrieges bei sich steigerndem Chauvinismus und Verfolgung jedes Nonkonformismus. Entziehung des Passes ziemlich sicher, wenn sie nicht generell wird für alle amerk. Bürger. Nach Erika ist Golo der Meinung, daß wir jetzt überhaupt nicht zurückkehren sollten. Der Gedanke einer wiederholten Emigration spukt längst, und dies Tagebuch kehrt gewissermaßen zu seinem Be-

ginn, Arosa 1933, zurück. Die Ablösung von Amerika müßte sehr leise und vorsichtig geschehen.«

Leise ist die Ablösung nicht zu machen. Die öffentlichen Angriffe mehren sich und der Dichter wird noch offene Briefe verfassen: »Ich stelle fest« – niemals ein Kommunist gewesen zu sein. Und die Gefahr für das Land liege weniger im einheimischen Kommunismus als im hysterischen Kommunistenhaß!

Erika drängt auf Übersiedlung. Noch im Dezember 1950, nach der Rückkehr von der Europareise, hat sie voller Wut ihren Antrag auf Einbürgerung in Amerika zurückgenommen.

»Der Nazismus vertrieb mich aus meinem Geburtsland Deutschland, wo ich ziemlich erfolgreich gewesen war; Hitlers wachsender Einfluss in Europa veranlaßte mich, den Kontinent zu verlassen, in dem ich auf Gastspielreisen mit meiner eigenen Show über tausend Vorstellungen gegeben hatte; und jetzt sehe ich mich – ohne eigenes Verschulden – ruiniert in einem Land, das ich liebe und dessen Staatsbürgerin zu werden ich gehofft hatte.«

Hilde Kahn-Reach: »Das schrieb sie an das amerikanische State Department und zog ihren Antrag auf citizenship zurück, mit Begründung.«

Das hätten Sie sich nicht erlauben können.

»Nein, ich hätte es auch gar nicht getan, mein Gott! Ich meine, das war auch für sie ein starkes Stück, denn daraufhin hat sie später dann kein *Reentry Permit* bekommen, und das war mit ein Grund, warum Thomas Mann dann wieder nach Europa ging.«

Haben Sie den Brief für Erika getippt?

»Ja. Ja, soweit ich mich erinnere, habe ich den geschrieben. Mir sind die Haare zu Berge gestanden.«

Hilde Kahn verschnürt die Tagebücher ihres Chefs zu einem Paket. Große Kleiderkoffer werden von den Dienern und Hilfskräften aus dem oberen Stockwerk heruntergetragen.

Im Arbeitszimmer packt Thomas Mann selbst einige wichtige Manuskripte in einen Manuskriptkoffer.

Klaus Pringsheim: »Es war wie eine Flucht, weil Thomas Mann Angst hatte, dass man ihn in New York am Flughafen verhaften und es verhindern könnte, dass er das Land verlässt. Und Erika hatte dieselbe Angst. Der Kommunismusverdacht usw. Ich hab' dann meinen Freund Ferrarini angerufen, wir kannten uns aus der Armee, und hab' ihm gesagt: ›Können Sie die Familie Mann, also erst die Erika und dann später Katia und Thomas Mann, können Sie die quasi heimlich, incognito aus dem Land schmuggeln?‹ – ›Das geht schon. Wir werden ihnen VIP-Reservations geben, und die Leute von der Grenzüberwachung werden uns nicht sekkieren.‹ Und so ist erst Erika und sind später auch Thomas und Katia Mann nach Europa geflogen.«

Die Sekretärin bedauert es sehr, dass ihre Zeit mit Thomas Mann nun also zu Ende gehen wird.

»Die Tagebücher schicken Sie uns nach wie alles übrige.« Der Dichter geschäftig.

Hilde strengt sich an, eher nüchtern und lapidar zu klingen, aber der Ton will ihr nicht so recht gelingen. »Werden wir uns denn mal wieder sehen?«

Thomas Mann, der die junge Mitarbeiterin im Tagebuch oft »die Kahn« nennt, zeigt sich ein wenig verdutzt über das unerwartete Sentiment: »Wollen Sie uns denn besuchen?«

Hilde Kahn-Reach: »Sehr eindrucksvoll war mir ein Satz in einem Brief der Agnes Meyer, worin sie ihm schrieb: ›Sie zu lieben, mein Freund, ist eine hohe Kunst, ein komplizierter Solo-Tanz, den nicht jeder fertigbringt.‹ Und das ist ausgezeichnet, dieser ›Solo-Tanz‹.«

Man ist allein in dieser Liebe.

»Ja, man darf nicht mit Erwiderung rechnen, sondern die Liebe muss schon an sich das Beglückende und Erfüllende sein.«

Zürich-Erlenbach

Zürich, 1. Juli 1952. »Das Ziel erreicht.« Gleich in den nächsten Tagen wird Thomas Mann an Agnes Meyer, die über den Grad der definitiven Rückkehr nach Europa offenbar im Unklaren gelassen wurde (und mit ihr die interessierte amerikanische Öffentlichkeit), einen »Gruß von der alten Erde, nach der ich Heimweh hatte«, senden. Im San Remo Drive leben übergangsweise Sohn Michael und Familie.

Im November, als Katia fürs Erste ein Haus in Zürich-Erlenbach gefunden hat, setzt er die amerikanische Freundin in Kenntnis. Herzliche Aufnahme habe er erfahren. Selbst in München, wohin eine der Reiseverpflichtungen ihn geführt hatte, eine Lesung aus neuen Teilen des *Krull*, gab es »Dableiben!«-Rufe. Eine Rückkehr nach Deutschland kommt jedoch nicht in Frage. Vor ihm liegt noch ein längerer Aufenthalt in Wien, »der *munter* zu werden droht. Poor old Europe zeigt sich sehr empfänglich für meine Wiederkehr.«

Und im Dezember kann er einen besonderen Erfolg vermelden. »Mir geschah eine Weihnachtsfreude.« Gemeint ist die Rosette eines Offiziers der französischen Ehrenlegion, La Croix d'Officier dans l'Ordre de la Ségnon d'Honneur. »Ich muss sagen, dass keine Ehrung meiner Arbeit mir je soviel Vergnügen gemacht hat.« Agnes Meyer dürfe die »kleine Nachricht« ruhig auch in Amerika verbreiten.

Rom Zürich, München, Wien – und im April 1953 die ewige Stadt. Tochter Monika ist dabei.

»Meine Eltern kamen nach Rom. Mein Vater hatte es seit genau fünfzig Jahren nicht gesehen und schwelgte in Jugenderinnerungen. Dort stand noch dieselbe Kneipe, wo er mit seinem Bruder Heinrich lange Unterhaltungen mit dem Wirt pflegte, dort war die Spanische Treppe, wo sie Goethes italienische Reise zitierten und Karikaturen malten, und hier war das Theater, wo Wagner ausgepfiffen und ›Viva Verdi!‹ geschrien wurde, da war die Villa Adria und Ostia Antica – jene landschaftlichen Stadtfragmente mit ihren reinen Formen und Mosaikvisionen, in denen Menschenwerk Natur geworden ist ... ›Roma‹! – mein Vater exklamierte es mit jenem klassisch-italienischen offenen O, und bei dem Klang war er sich seines ganzen Wertes bewußt: stolze Tradition und kindlicher Ewigkeitssinn schwangen hier mit.«

Die Lebenskreise schließen sich.

»Als wir auf dem Aventino, jenem vornehmsten und feierlichsten der sieben Hügel, spazierten und auf die Vatikanische

Stadt im Frühlingsglanz blickten, scherzte der eingefleischte nordische Protestant – Wenn ich hier leben würde, würde ich wahrscheinlich katholisch werden. Und so gescherzt war es auch wieder nicht! In diesen Worten kam jenes ›Universelle‹, jenes ›All-Umarmende‹ zum Ausdruck, das sein Alter gleichsam verklärte, und er wollte wohl damit sagen, daß – rein symbolisch betrachtet, frei von allem Mißlich-Wirklichen – hier eine einzige und hehre Festung stand, inmitten einer zerrinnenden Welt.

Dies hat ihn wohl bewogen, beim Papst um Audienz zu ersuchen. Sie war ihm gewährt, und er war bis zu seinem Ende erfüllt davon. Werde ich's vergessen, wie er in der ›Lobby‹ meiner Pension saß und erzählte? Im schwarzen Kleid – das winzige, aber rote Abzeichen der Ehrenlegion im Knopfloch – wirkte er wie einer, der eben eine hohe Prüfung abgelegt, oder wie ein Mitwirkender eines eben verrauschten hohen Schauspiels. Er erzählte wie ein Knabe, der einen schönen Traum erlebt, oder vielmehr, dem ein schöner Traum in Erfüllung gegangen war. Der wirklich von einem Goldsaal zum anderen wandeln durfte – ganz wie er es geträumt – und endlich zwischen großen Herren einen Platz angewiesen bekam (es ging jetzt ungefähr zu wie im Wartesaal eines großen Arztes), um sogleich aufgerufen und von einer Schweizergarde und einem Kardinal durch das letzte endgültige Portal vor das Angesicht des Heiligen Vaters geführt zu werden. ›Er kam mir entgegen, nicht ich sollte auf ihn zutreten, und er stand während der Unterhaltung. Er hält immer stehend Audienz. Es kam mir vollkommen natürlich vor, beim Abschied vor ihm ins Knie zu gehen und den Fischerring zu küssen. Ich beugte mich vor den Jahrtausenden.‹ Er sah in Papst Pius XII. – der übrigens im gleichen Alter mit ihm stand, von zarter, anfälliger Gesundheit war wie er und dessen Geist und Wille auch immer wieder über physische Gebrechen siegte –, er sah in ihm einen symbolischen Bruder, einen, der gleichzeitig – nur auf geistlicher Ebene – mit ihm den Geist vertrat.«

Monika Manns poetische Schilderung kommt dem Erleben ihres Vaters erstaunlich nahe, die »Spezial-Audienz« wirkt »seltsam tief« in ihm fort. Die Verbeugung vor den zwei Jahrtausenden, der Wunsch, den »Ring des Fischers« zu küssen ... »Durch die Audienz im Stehen erinnert an Napoleon mit Goethe in Erfurt. K. hatte gewartet.«

Und vielleicht ist es höhere Gerechtigkeit, dass bei *diesem* Ereignis von so nachhaltiger Bedeutung die weniger geliebte Tochter teilhat.

Zürich-Erlenbach

Thomas Mann an seinem Schreibtisch mit einer Arbeit, die nicht recht vorankommen will. Er hört vom Flur her Türenschlagen und Katias Stimme: »Eri, lass dich nicht so gehen.«

Erika geht ein paar Schritte die Treppe hinauf. Dann dreht sie sich um. Unten wartet noch die Mutter, mit der sie einen Streit gehabt hat. Die Tochter steht offenbar unter Drogeneinfluss, Alkohol, Medikamente. Sie taumelt.

Auf der obersten Treppenstufe angekommen, dreht sie sich erneut um und fuchtelt mit der Hand. »Die werden sich nicht ändern! Nie!«

Sie verliert das Gleichgewicht und stürzt mit einem Aufschrei die Treppe hinunter.

Thomas Mann kann hinter der Tür alles mitverfolgen. Es zermürbt ihn. Er kann sich all dem nicht mehr entziehen. Wie noch im paradiesischen Pacific Palisades, wo alles Lärmen und Lebenstreiben vor der Tür seines Arbeitszimmers ausgesperrt blieben. Hier versteht er jedes Wort, das auf dem Flur gesprochen wird.

»Mein Gott, Eri –« Katia hat Angst, sie könnte sich verletzt haben.

»Ist ja schon gut!«

»Du darfst nicht so viel nehmen ...«, versucht die Mutter noch einmal Gehör zu finden.

»Nehmen – nehmen von mir wird immer nur genommen!«

Damit lässt sie Katia zurück, die nicht weiß, ob sie das Zusammenleben mit Erika noch ertragen kann und will.

Immer wieder sorgenvolle Bemerkungen über Erika im Tagebuch des Vaters – »Erikas Brief an Walter, der wohl dem Verhältnis ein Ende macht. Ihre oft betrübliche Exaltiertheit gegen

›Feinde‹« ... »Sie verträgt viel Alkohol, aber auch wieder nicht u. macht K., an der sie mit soviel Fürsorge u. Eifersucht hängt, oft das Leben schwer.«

Elisabeth Mann bestätigt lächelnd: »Ja!«

Den Vater quält ihre »Hassverzehrtheit«, ihr »psychosomatischer Leidenskomplex« ...

»Ja.«

... die Frage nach »Wert und Rang dabei und ihre Neigung zur Selbstzerstörung«.

»Ja, ganz bestimmt. Das haben wir alle gefühlt, und natürlich haben sich beide Eltern Sorgen darüber gemacht.«

Wirklich »hassverzehrt«?

»Ja, ja, bezogen auf gewisse Menschen, und natürlich auch gegen die Deutschen. Sie war – wir haben schon davon gesprochen – eine leidenschaftliche Hasserin. Und sie war wohl damals auch auf mich nicht gut zu sprechen.

Erika war ganz ungeheuer begabt – als Schauspielerin, als Schriftstellerin, als Journalistin, als Unternehmerin, als alles ... Und sie besaß einen Charme, wie ihn nur wenige haben. Also, was will man mehr im Leben? Aber sie hat sich eben ihr Leben sehr zerstört und ist doch eigentlich sehr traurig verendet. Und man fragt sich immer: warum, wieso?«

Der Hausherr ist in besonderer Stimmung. »An der K.-Rede. Als ich nachmittags im Liegen daran weiterarbeitete, mußte ich weinen.« Und am nächsten Tag: »Erregt und still durch die Beschäftigung mit der Ehe-Rede.«

Katia wird siebzig. Die Rede ihr zu Ehren wird automatisch zur »Ehe-Rede« werden. Sie war noch nicht zweiundzwanzig Jahre alt, als sie beide am 11. Februar 1905 heirateten. Und die Gefährtin hat ihn nicht enttäuscht. Als der »leberleidende Rittmeister« hatte er mit aller Macht um sie geworben, ihr seine schwierige Natur nicht verschwiegen – »Sie wissen, welch kaltes, verarmtes, rein darstellerisches, rein repräsentatives Dasein ich Jahre lang geführt habe«; er hatte beklagt und, um sie werbend, preisgegeben, wie sehr er durch seinen »›Mangel an Harmlosigkeit‹, an Unbefangenheit, an Unbewußtheit, durch die ganze Nervosität, Künstlichkeit und Schwierigkeit meines Wesens es jedermann, auch dem Wohlmeinendsten, erschwere, mir näher zu kommen«...

Katia war gewarnt. Aber nicht nur das. »Nur Liebe! Nur Liebe!«, schreibt er ebenso euphorisch. »Zuweilen, es muß ganz still und ganz dunkel dazu sein, sehe ich Sie, Katja, wirklich in einer Klarheit und visionär-detaillirten Lebendigkeit vor mir, wie kein noch so treffliches Bild sie haben könnte: ganz erschrocken bin ich vor Freude.«

Hotel Eden au Lac, Zürich. 24. Juli 1953. Katias Ehrentag. An der langen blumengeschmückten Festtafel einige enge Vertraute und vor allem die Familie. Die Enkelkinder sind aufgeregt. Frido »sehr groß und hübsch« und sein Bruder Toni tragen bunte Schärpen, die Mädchen von Elisabeth – Medi ist vor einem halben Jahr Witwe geworden – weiße Kleider. Thomas Mann sitzt im Smoking, Katia zur Linken, an ihrer anderen Seite ihr Zwillingsbruder. »Nach gemessener Pause meine mit sehr fester Stimme gelesene Rede. Herzliche Teilnahme des freundwilligen Kreises.«

Hören wir hinein in diese »Ehe-Rede« auf seine Frau, die unter soviel Rührung entstand. Einst habe er eine Widmung in ihr

Exemplar von *Lotte in Weimar* geschrieben, erzählt der Dichter gerade:

»›Angefangen an trautem Ort –
Schrieb in der Fremde daran fort.
Einmal fehlt' ich, macht's einmal gut –
Es wurde fertig in Deiner Hut.
Bleibe Du mir auf dieser Erden,
So soll alles fertig werden!‹

Verzeihen Sie das Selbstzitat, aber es ist in dieses Privatverslein eines Prosaikers so vieles eingeschlossen und versiegelt an Gefühl für das Traute und für die Traute, für die Märchenbraut von einst, die nun in ihrer heiteren Alterswürde neben dem Alten sitzt, dem verwegenen Freier von einst.«

Die Familie schaut mitfühlend auf die ergriffene Katia.

»›And my ending is despair‹, sagt Prospero, Shakespeares Zauberer. Wenn dann die Schatten sich senken und all das Verfehlte und Ungeschehene und Ungetane mich ängstet, dann gebe der Himmel, daß Sie bei mir sitzt, Hand in Hand mit mir, und mich tröstet, wie sie mich hundertmal getröstet und aufgerichtet hat in Lebens- und Arbeitskrisen, und zu mir sagt: ›Laß gut sein, du bist brav gewesen, hast getan, was du konntest.‹«

Elisabeth Mann: »Und es wurde immer rührender, der Schluss ist ja zum Weinen.«

»Der dunkle Engel, der die Hände löst und jeden ins Alleinsein mit seinem Nichtsein weist, – hat er wirklich in jedem Falle Gebot und Macht, so zu tun? Ich glaube es nicht.«

»Wir werden zusammenbleiben, Hand in Hand, auch im Schattenreich. Wenn irgendein Nachleben mir, der Essenz meines Seins, meinem Werk beschieden, so wird sie mit mir leben, mir zur Seite. Solange Menschen meiner gedenken, wird ihrer gedacht sein.«

Und es wird auch nicht mehr lange dauern, bis es wahr wird, bis »die Schatten sich senken«.

Elisabeth Mann: »Das wusste er auch, natürlich.«

Zwei Tage nach dem großen Fest heißt es im Tagebuch. »Wolkig bedeckt und warm. Müde. Wunsch, daß die Gäste sich zerstreuen, was sie ja in Bälde auch tun. Das Verlangen nach Alleinsein zielt schließlich auf die Ruhe im Grabe.«

Ein anderes Arbeitszimmer, der letzte Schreibtisch seiner Art.

Ein Zug rauscht vorbei in Richtung Süden – »wir haben ein Haus in Kilchberg am Zürichsee erworben, meine endgültig letzte Adresse«, schreibt der Dichter in seinem spärlicher gewordenen Briefwechsel mit Agnes Meyer am 8. Februar 1954.

Er hat einige Fotos signiert.

»Fühle mich beschäftigungslos. Zum Krull keine Lust. Anderes zu nebelhaft und ohne Thema. Es fehlt wohl an Kraft.« Die Forderung des Tages erstmals unbestimmt. Das Glück der Arbeit, wenn sich alles fügt, wie es sein muss, stellt sich nicht mehr ein.

»Sehr abgespannt nachher, wodurch eigentlich?« Und an anderer Stelle: »Durch morgendliches Cigarillo-Rauchen geschädigt, unfähig zur Arbeit, von der [ich] beschämt abließ.« Zugleich das Gefühl großer Nervosität, zuviel dringe auf ihn ein. »Die Münchener Illustr. Zeitung verlangte nach dem Vorabdruck! Wenn die wüßten. –«

Elisabeth Mann: »Die Angst, die er ausgestanden hat, er könne nicht mehr schreiben, das haben wir nicht mitgekriegt. Er hat ja außerdem, obwohl er Zweifel an sich hatte, noch Vieles und sehr Schönes geschrieben. Bis fast ganz zum Schluss. Aber die Tragik des Gegensatzes, dass er innerlich fertig war und äußerlich auf dem Gipfel des Erfolgs, das haben wir so nicht verstanden.«

Das neue Haus ist geräumiger und eine enorme Verbesserung zu Erlenbach. »Gestern haben K. u. Erika einen schönen, schwarzroten Teppich für mein Arbeitszimmer um den Preis von 1000 Franken erstanden. Die Frage, ob der ganze Aufwand eigentlich noch lohnt, taucht freilich immer wieder auf. Und doch hat der Gang der Dinge wohl seine Notwendigkeit.«

Müde, halb übel und zerstreut fühlt er sich auch hier von morgens an. Die dumpfen Schläge einer Axt in unmittelbarer Nähe lassen ihn hochschrecken. Er wandert zum Fenster. Ein Baum ist im Garten gefällt worden. Die Krone trägt schon Blüten. Frido und Toni spielen in den Zweigen.

»Im ›Merkur‹: Aufsatz von Benn ›Altern als Problem des Künstlers‹, interessant.«

Lübeck Wochenschau, Mai 1955. Wir sehen Katia und Thomas Mann, wie sie in Lübeck vor dem Buddenbrookhaus stehen, und hören Wochenschau-Sprecher Hermann Rockmann:

»Der demnächst achtzigjährige Dichter und Nobelpreisträger Thomas Mann vor seinem Geburtshaus. Er ist heimgekehrt nach schweren Jahren der Emigration ohne Bitterkeit, um den Ehrenbürgerbrief seiner hansischen Vaterstadt entgegen zu nehmen.«

Die Kamera richtet sich auf das zerstörte und leicht restaurierte Buddenbrookhaus. Davor die Silhouetten der Manns. Neben einem Besuch der Marienkirche steht auch ein Gang ins alte Gymnasium, das Katharineum, auf dem Programm.

Wochenschau-Sprecher Rockmann:

»Der Dichter, der 1933 emigrierte, wurde jetzt in einem Festakt durch Bürgermeister Passarge geehrt.«

Zeitsprung. Wir öffnen die Tür zum Festsaal, und Elisabeth Mann betritt den Raum, in dem ihr Vater vor bald fünfzig Jahren gefeiert wurde. Nichts hat sich hier verändert, seit schon Medis Großvater, der Senator, in diesem Raum seine Reden hielt.

Ein langer Weg vom mittelmäßigen Schüler des Kathari-

neums auf diesen Platz, den Ehrensessel, auf dem Thomas Mann neben Katia im Jahr 1955 die Ehrung empfängt.

Wenn Sie sich dort bitte hinsetzen wollen.

Elisabeth Mann lacht ein wenig verlegen. Sie hat immer noch eine Scheu, auch nur äußerlich solche Plätze einzunehmen, die eigentlich nur ihrem Vater zustehen. »Ich trau' mich fast nicht!«

Aber dann geht sie doch auf den Ehrensessel zu und setzt sich auf diesen »Stuhl ihrer Väter«. Es bleibt nicht ohne Wirkung auf sie.

Vor allem als wir ihr nun die alte Wochenschau vorspielen.

Kommentator Rockmann:

»Und nun spricht der neue Ehrenbürger der Hansestadt Lübeck, der Dichter Thomas Mann.«

Thomas Mann steht am Rednerpult – zum wievielten Male in seinem Leben? –, vor ihm noch der Kameramann, der für die Wochenschau seine Bilder einfängt.

Der Dichter dankt und wird nach einer Weile sehr persönlich – »lange leben heißt viel überleben. Man wird einsam. Der

einzig Übriggebliebene von fünf Geschwistern, habe ich kaum noch jemanden, mit dem ich der Kindheit, der Jugend gedenken und die Frage ›Weißt du noch?‹ tauschen kann.«

Lübeck als der Ort, an dem alles anfing, alle »geistige Lebensform«. Ich wünschte »mein Vater könne hier und heute, in diesem historischen Saal, in diesem Hause, wo er als Senator aus- und einging, zugegen sein und es erleben« … »er hätte wenigstens meinen Weg noch etwas weiter verfolgen und sehen können, daß ich mich eben doch, gegen alles Erwarten, auf meine Art als sein Sohn, sein echter erweisen konnte.«

Thomas Mann kommt zum ironisch-humoristischen Teil, den er gut ausspielt.

»Wie hätte ich ›Buddenbrooks‹ schreiben können, während er noch da war? Undenkbar! Aber während ich's noch denke« … erinnert er sich, seinen Vater am Travemünder Strand »durch ein goldenes Pincenez ein französisches Buch«, einen Roman von Zola – »am Ende war es gar ›Nana‹« – lesen gesehen zu haben; solche Lektüre eines Senators mußte damals getarnt werden. Doch: »Die Schutzhülle gibt es nicht, sie ist unherstellbar und unvorstellbar, in der er ›Buddenbrooks‹ hätte lesen können.« Da ist man sich im stolzen Lübeck wohl einig. »Noch sehe ich ihn, den Zylinder lüftend, zwischen den präsentierenden Infanterie-Wachtposten vorm Rathaus hindurchgehen, wenn er eine Senatssitzung verließ … und habe nie die umfassende Trauer vergessen, mit der, als ich fünfzehn Jahre alt war, seine Stadt, die ganze Stadt, ihn zu Grabe brachte.«

Elisabeth Mann im Ehrenstuhl hört der Rede zu, die vom Band in den leeren Saal schallt. Sie ist mehr und mehr gerührt von dieser Art der Wiederbegegnung – die einzig Übriggebliebene von sechs Geschwistern. Welcher Art wäre wohl ihr Bekenntnis, das sie gerne dem Vater gegenüber ausgesprochen hätte?

Der Dichter am Rednerpult schließt. »Das ist ein großer rührender Augenblick meines zur Rüste gehenden Lebens. Mein Herz ist voll Dank. Glück und Wohlfahrt unserer Stadt! Concordia domi, foris pax!«

Applaus.

Elisabeth Mann: »Wunderbar, wunderbar … natürlich sehr bewegend.«

Weil er es so kurz vor seinem Tod gesagt hat?

»Ja, da hat sich ein Kreis geschlossen, der sich schließen musste.«

Musste?

»Ja, sein Leben musste komplett sein. Und das gehörte dazu.«

Thomas Mann und Katia am Zugfenster. Sie winken. Letzte Fotos werden geschossen. Der Zug fährt an. »Verabschiedungen. Erlöst im Schlafwagen allein! Aufatmen.«

Die Geräusche der Zugfahrt. Draußen fliegt die Nacht vorbei. Katia hat die Kleider auf einen Bügel gehängt und bereitet sich zum Schlafengehen vor.

Thomas Mann, mehr vor sich hin sprechend: »Der *Felix Krull* trägt schöne Summen.«

Katia, ein wenig zu heiter: »Und du wolltest erst gar nicht wie-

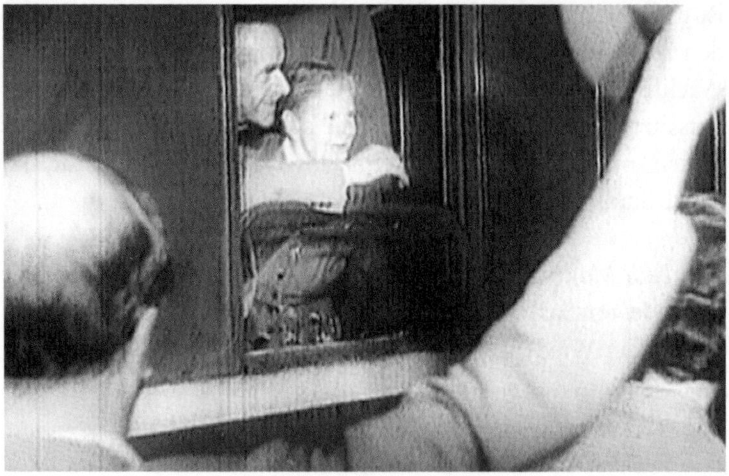

der anfangen und ihn fertig machen! Und hast nun die schönsten Auftritte damit.«

»Kürzlich die Aufzeichnung mit Publikum war ja viel lebendiger als die Aufnahmen im Studio.«

»Bist schon ein Schauspieler und arger Aff, wie du sie beim Krull mit deinen Scherzen verführst.«

»Es ist mein Abschied. Danach kommt nichts mehr.«

Schweigen.

»Schlaf ein wenig.« Katia löscht das Licht. Die Nacht ist nun auch im Abteil.

Sie betrachtet das schöne Profil ihres alt gewordenen Mannes. Erkennt sie es noch im matten Dunkel oder weiß sie einfach nur zu genau, was sie sieht?

Der Dichter nimmt seine Schlaftablette und spült sie mit einem Schluck Wasser hinunter. Ohne kommt er nicht aus, es ist die Mischung aus innerer Erregung, Nervosität und Erschöpfung, die ihn ohne Mittel nicht schlafen ließe – »1/22 nachgenommen«. Er konzentriert sich auf das rhythmische Schlagen der Räder auf den Schwellen. Den Traum dieser Nacht kennen wir nicht.

Es folgen noch Ferientage am Meer, in Nordwijk. Mit unerwartetem Ausgang.

»Absolutes Stilliegen, keinen Schritt gehen. 12 Medizintabletten in 24 Stunden. Beschluß des Ambulanz-Transportes nach Zürich.« Das geschwollene und fiebernde Bein erweist sich als »ganz etwas anderes, nämlich als ziemlich schwere Cirkulationsstörung durch Venenentzündung in der Leistengegend«. Der Verlauf der »einfallenden Krankheit« ist auch von den Ärzten nicht abzusehen. »Dauer ihrer Behandlung bis zu 6 Wochen!«

Eine Woche später wird er vermerken »lassen wir's im Unklaren, wie lange dies Dasein währen wird. Langsam wird es sich lichten.«

Zwei Wochen später, am 12. August, und ganz überraschend nach überstandenem Schwächeanfall ist es soweit. Ein Kreislaufkollaps. Er hatte noch nach seiner Brille verlangt, wie Tochter Erika vom Sterbeabend berichtet. »Er war schlafend hinübergegangen. Die Ärzte hatten meine Mutter mit ihm allein gelassen. Er bewegte sich nicht, änderte nicht die Lage des ruhenden Körpers. Nur den Kopf kehrte er kaum merklich zur Seite, und der Ausdruck wechselte, wie dies auch im Traum hätte geschehen können. Es war sein ›Musikgesicht‹, das er nun meiner Mutter zuwandte, das Gesicht dessen, der auf eine zugleich versunkene und tief aufmerksame Art dem Vertrautesten und Liebsten nachhorcht.«

Kilchberg Wochenschau. Die Beerdigung von Thomas Mann auf dem Kilchberger Friedhof. Eine kurze Filmsequenz. Erika und Michael stützen Katia auf ihrem schweren Gang an das offene Grab. Die beiden Frauen verbergen sich hinter langen schwarzen Schleiern. Am Grab selbst sitzen die seinem Herzen nächsten Elisabeth, Katia und Erika nebeneinander. Golo und Frido Mann stehen dahinter. Was sie andeutungsweise fühlten in dem Moment, erzählen sie später.

Golo Mann (in einem Interview mit Gero von Böhm): »Es war unvermeidlich, dass ich seinen Tod wünschte, das konnte gar nicht anders sein, nicht wahr. Ich war aber tief erschüttert, als es dann geschah, auf das Tiefste. Ich bin dann mit dem Schiff nach Kalifornien zurückgekehrt, und fühlte mich schrecklich unwohl. Ich war vollkommen zerwühlt eigentlich ...«

Und Lieblingsenkel *Frido Mann*? »Ich habe auf dem Weg von der Kirche, in der Kirche auch schon, bis zum Platz da einfach wie ein Schlosshund geheult.«

»Ich habe ja versucht, es im *Parsifal* zu beschreiben, dass es irgendwo so eine merkwürdige Mischung aus Trauer und Triumph gewesen ist in dem Moment.«

Triumph?

»Ja, also das Gefühl, der König ist tot, jetzt bin ich frei, das zu tun, was ich tun will. Und zugleich die Trauer. Ja, eine merkwürdige Mischung aus Trauer und einem Gefühl der Kraft.«

Statt eines Abspanns

»Trauer und ein Gefühl der Kraft« hallt es noch in uns nach – wir packen zusammen, legen unsere Filmrollen zum Script, stapeln die Wochenschauen und alten Filmdokumente zurück an ihren Platz in den Archivregalen. Die Schauspieler stecken schon in anderen Rollen, der Kameramann baut ab ... Ende des Spiels.

Doch zuvor treffen wir noch einmal Elisabeth Mann auf Sylt. Es wird ein stürmischer Tag am Meer, das die alte Dame so liebt. Sie ist die »Letztausharrende« von Sechsen, um ihren Vater noch einmal zu zitieren.

Erika widmete ihr Leben ganz der Hinterlassenschaft des Vaters und des Bruders, bevor sie 1969 im Alter von 63 Jahren starb. Die Mutter Katia überlebte auch dieses Kind. Sie starb 1980 im Alter von 96 Jahren in Kilchberg. Den Freitod ihres jüngsten Sohnes Michael in der Neujahrsnacht zum Jahr 1977 teilte man ihr nicht mehr mit. Monika, die kurz vor dem Tod des Vaters auf die Insel Capri zog, stirbt 1992 in Leverkusen im Haus von Freunden ihres Bruders Golo. Und dort wird auch Golo, der als Letzter noch in Kilchberg lebte, im Alter von 85 Jahren sterben.

Medi, Elisabeth, das »Kindchen«, lebt und arbeitet in Kanada und verfolgt mit Neugier die Nachwirkungen des familiären Werkes. »Was für eine sonderbare FAMILIE sind wir! Man wird später Bücher über UNS – nicht über einzelne von uns – schreiben« – hat Klaus im Tagebuch notiert und so ist es gekommen.

Irgendwann während wir gemeinsam auf das Meeresrauschen horchen, stellt sich eine letzte Frage: ob sie wohl das einzige der Mann-Kinder sei, das mit der Geschichte der Familie, mit ihrer eigenen Geschichte versöhnt ist.

Nach einigem Zögern und Nachdenken setzt Elisabeth sich in Bewegung, zum Strand, zum Meer und antwortet: »Ja. Das ist wohl wahr. Das stimmt.«

Auf der Lebensreise
Notizen zu Anlass und Methode

Warum »Die Manns«? Warum wollten wir die Geschichte dieser Familie in dieser Form und Ausführlichkeit erzählen, filmisch inszenieren?

»Ich glaube, dass es in Deutschland in diesem Jahrhundert keine bedeutendere, originellere und interessantere Familie gegeben hat als die Manns«, bemerkte der Literaturkritiker Marcel Reich-Ranicki einmal. Viel ist über diese Familie schon gesagt und geschrieben worden, zuallererst von den einzelnen Mitgliedern selbst. Keine Familie des vergangenen Jahrhunderts hat sich wohl so deutlich und weitgehend über sich selbst geäußert – in Tagebüchern, Briefen, Kritiken, Reden, Essays, Interviews und natürlich im Maskenspiel der literarischen Werke.

Ein Film allerdings, der diese erstaunliche Familie einmal spielerisch aufleben ließe, den hatte es bisher nicht gegeben.

Noch vor unserer ersten direkten Begegnung mit der Familie Mann galt unser Interesse dem Thema *Exil.* Wir sind Kriegsgenerationen! Es gab Fragen zu unserem eigenen Leben, die und denen wir uns zu Beginn der sechziger Jahre zu stellen hatten. Was war das für ein Land, in dem wir aufgewachsen waren? Warum klang es so verdächtig hohl, wenn man an die Tapetentüren der fünfziger Jahre klopfte? Es gab so viele Geheimnisse, nicht erzählte Geschichten und maskierte Biografien, die unsere Neugier weckten. Wie sollte man eine Rolle, seine persönliche Lebensform in diesem Land finden, wenn man nicht den abgedrängten und verborgenen Teil der jüngsten deutsche Geschichte kannte?

Das »Beil von Wandsbek« zum Beispiel. Ein Roman über das Dritte Reich, von Arnold Zweig im Exil des fernen Haifa niedergeschrieben. Auch nach 1945 fand er kaum Leser. Er wurde nicht angenommen in dem Land, das hier in Form einer Parabel so viel Erhellendes über seinen Weg in die Katastrophe gefunden hätte. Der Roman war schnell abgetan worden als wüste Kolportage jenseits jeder historischen Genauigkeit. Wie alle Literatur aus dem Exil wurde er unter den Verdacht gestellt, politische Propaganda zu sein. Notwendige Propaganda gegen Hitlerdeutschland, der die Genauigkeit und Kunstfertigkeit einer literarischen Wahrheitssuche untergeordnet blieb.

Das »Beil von Wandsbek« interessierte uns. Es war eben nicht nur romanhafte Erfindung. Es gab sie wirklich, die Geschichte eines Schlachters, der als nationalsozialistischer Aushilfshenker vier Kommunisten mit dem Beil köpfte und auf Anerkennung durch die Partei hoffte – für sich und sein Geschäft. Aber das Gerücht vom blutigen Schlachterbeil vergraulte ihm die Kundschaft. Ein Mann, dessen Frau sich aufhängte und der sich schließlich die Kugel gab, weil dieser Vertrag mit dem Teufel ihn selbst und sein Geschäft ruiniert hatte.

Wir arbeiten für das Fernsehen, weil wir dieses Medium lieben.

Man kann Menschen besuchen und darf sie in aller Ausführlichkeit erzählen lassen. Und viele andere können Teil haben an diesen Entdeckungen. Manchmal scheint es fast, als hätten die Menschen, die wir um ihre Geschichten baten, nur darauf gewartet, endlich zu ihrem Leben befragt zu werden.

Den Erinnerungsbildern versuchen wir eine inszenierte Entsprechung zu geben. Diese besondere Form der Montage von Dokument und Inszenierung hatten wir beim »Beil von Wandsbek« zum ersten Mal ausprobiert. Die faszinierenden Möglichkeiten dieser modernen Erzählform eines offenen Fernsehspiels haben uns seitdem nicht mehr losgelassen – die Geschichte von gestern in der Gegenwart weiterspielen zu lassen. Im Film konnte man die Geschichte auf verschiedenen Ebenen erzählen und dabei in einem einzigen gegenwärtigen Zeitfluss bleiben.

So nähern wir uns den Subtexten, den Geheimnissen und auch dem Widersprüchlichen. So entstehen Erzählungen, bei denen das Schweigen und die Art des Erzählens keine geringere

Rolle spielen als die inhaltlichen Aussagen (oder geschriebener Text). Wir wollten eine künstlerische und keine journalistische Methode entwickeln. Unsere ersten Erfahrungen damit haben wir auf das nächste Thema übertragen: »Treffpunkt im Unendlichen – Die Lebensreise des Klaus Mann«, ein Dokumentarfilm aus dem Jahr 1983.

Auch Klaus Mann gehörte zu den Entdeckungen der sechziger Jahre, doch nur als Entdeckung von Spezialisten, die sich mit Raubdrucken auskannten und den Exil-Roman »Mephisto« unter dem Ladentisch kauften. Noch 1966 wurde dieser »Roman einer Karriere« in der Bundesrepublik sogar gerichtlich verboten. Klaus Mann hatte ihn in Anspielung auf seinen ehemaligen Freund und Schwager Gustaf Gründgens breits 1936 geschrieben, doch seine Botschaft war in diesem Land nicht angekommen.

Der »Mephisto« hatte uns zu Klaus Manns früheren, schnell geschriebenen Großstadtroman »Treffpunkt im Unendlichen« aus dem Jahr 1932 geführt. Wir wollten uns nun diesen verlorenen Sohn und seine Geschichte näher heranholen. Die apokalyptische, lebenstolle Beschreibung des flirrenden Berlin kurz vor der Machtergreifung der Nazis konnten wir auf Parallelen zum Lebensgefühl der frühen achtziger Jahre hin abklopfen: Pershing-Angst vor einem Atombombenkrieg und, dagegen gesetzt, esoterische Erlösungsrezepte.

So standen wir 1983 in der Aula der Odenwaldschule – Vorbild für Klaus Manns Stück »Anja und Esther« –, und ein Pedell kramte alte Bittschriften der Mutter Katia aus einem Karton: man solle ihren Sohn »mit sehr guten Anlagen« doch bitte an der Schule aufnehmen. Wir sind ihm mit der Kamera hinterhergereist: in die vielen Hotelzimmer, auf den Friedhof von Cannes, wo eine große Agave das Grab überwuchert. Wir haben im Archiv der Monacensia in München seine Koffer mit Materialien vorgefunden, als ob Klaus Mann sie gerade abgelegt hätte. Hier lag sein Adressbuch, dort klemmten Postkarten von der Riviera – junge Männer, verziert mit aufgemalten Amorpfeilen.

Wir fuhren nach Zürich, standen vor dem Allerheiligsten, dem Schreibtisch des Zauberers mit all seinen Sachen und

Sächelchen und einem Kalender darauf, der seit dem Todestag nicht mehr umgeschlagen worden war. Golo Mann hatte uns eingeladen, ins letzte Haus seines Vater zu treten. An der Tür über der Klingel fand sich noch der Namenszug »Thomas Mann«.

Der mittlere Sohn war bereit, über den Bruder zu sprechen – auf seine skeptisch distanzierte Art. Zugleich legte er Spuren für seine eigene, von ihm immer klein gehaltene Biografie. Wir ahnten damals nicht, dass wenige Meter über uns, auf dem Dachboden in Koffern verborgen, das große Geheimnis in den Tagebüchern von Klaus Mann zu finden gewesen wäre – die schonungslosen Bekenntnisse eines gehetzten Lebens. Die Veröffentlichung der Tagebücher des Vaters hatte Golo bereits nicht behagt. Und es war geradezu gefährlich, ihn persönlich als Sohn von Thomas Mann anzusprechen. Dann konnte er zornig werden. Der promovierte Historiker hatte ein Dasein eigenen Rechts für sich gefunden, und sich nicht zuletzt instinktsicher mit seinen Erzähltalenten zu Lebzeiten des Vaters zurückgehalten.

Golo Mann erklärte uns damals: »Also, dass ich keinerlei Neigung zur Poesie hätte, soweit würde ich auch wieder nicht gehen. Aber ich selber habe darauf verzichtet und meine Schwester Erika pflegte zu sagen: Wer kann, der tut! Und weil ich's nicht getan habe, konnte ich es also nicht.« Sie haben verzichtet, fragen wir nach. »Wenn Sie so wollen«, antwortet er, »aber ein wenig Poesie ist auch in einigen meiner historischen Schriften, wenn man hinhört.«

Wir saßen auf Capri, wo Monika Mann schon seit den fünfziger Jahren ein zurückgezogenes Leben mit ihrem Freund Antonio führte. Natürlich hatte sie die Tagebücher ihres Vaters im Regal stehen und eine kleine Gedächtnisecke für den geliebten Bruder Klaus eingerichtet. Doch sie sprach über »die Manns«, als ob es eine ihr fremde Familie sei.

Im weiteren Umfeld lernten wir den amerikanischen Freund und Mitarbeiter ihres ältesten Bruders, Christopher Lazare, kennen, dessen Erzählungen aus dem Leben im New Yorker Hotel Bedford immer auch treffsichere Analysen des Familienschicksals waren: jedes Kind musste sich in dieser Familie am Vater messen lassen.

Spät und angeregt durch den Klaus-Mann-Forscher Fredric Kroll setzten wir uns auf die Fährte der großen Liebe Klaus Manns, des amerikanischen Filmkritikers Thomas Quinn Curtiss. Er kam aus Paris, besuchte uns während der Arbeit im Schneideraum und machte dunkle und schwermütige Andeutungen.

Diese erste Forschungsreise hat uns damals die Komplexität der Familiengeschichte, die wechselnden Rollen der Einzelnen im historischen Kontext von Kaiserzeit, Weimarer Republik, Faschismus und Nachkriegsära erahnen lassen, auch in all ihrer Widersprüchlichkeit. Es war tatsächlich etwas anderes, den Menschen oder zumindest den ihnen Nächsten selber zu begegnen, die eigenen Fragen direkt stellen zu können.

Elisabeth Mann Borgese war damals nicht in unserem Blickfeld. Kanada lag einfach außerhalb der Reisekosten für das Dritte Programm des öffentlich-rechtlichen Fernsehens. Außerdem galt Golo unbestritten als der Sprecher der Familie. Elisabeth lebte fernab von alledem als Wissenschaftlerin und Vorkämpferin für die Rettung der Weltmeere und trieb ihre großartigen Projekte mit Freunden in der UNO und durch die Gründung von Instituten auf der ganzen Welt voran.

Die Person Klaus Mann hatte uns also die Tür zur Familie geöffnet. In der Auseinandersetzung mit dem Vater standen wir damals natürlich auf seiner Seite. Von 1983 an wurden »Die Manns« zu unserem großen aufgeschobenen Projekt.

Die sukzessive Veröffentlichung der Tagebücher von Thomas Mann mit den vorzüglichen Kommentaren von Inge Jens, die große Klaus-Mann-Materialedition von Fredric Kroll, schließlich die Herausgabe der Tagebücher Klaus Manns durch Joachim Heimannsberg, Peter Laemmle und Wilfried F. Schoeller haben unserer Fantasie Nahrung gegeben und Leerstellen der Recherche mit Bildern versehen. Das »System einer Familie«, die höchst verschlungenen Beziehungsgeschichten wurden in ihrer Tiefe und Vielfalt immer deutlicher.

Jetzt konnte man auch in Klaus Manns Tagebüchern den Kampf mit dem Vater, das Schicksal als Dichtersohn, die Hingabe an die Droge und die Liebesgeschichten in vielen Details kennen lernen: »4. 4. 1933. Heute Nacht beim ›Wagner‹-Lesen notiert, dass das Thema der ›Verführung‹ für Zauberer so charakteristisch – im Gegensatz zu mir. Verführungsmotiv: Romantik – Musik – Wagner – Venedig – Tod – ›Sympathie mit dem Abgrund‹ – Päderastie. Verdrängung der Päderastie als Ursache dieses Motivs« … »Bei mir anders. Primärer Einfluss Wedekind – George. – Begriff der ›Sünde‹ – unerlebt. Ursache: ausgelebt. Päderastie. Rausch (sogar Todesrausch) immer als Steigerung des Lebens, dankbar akzeptiert«.

Thomas Manns Tagebücher bieten dazu die andere Seite der Geschichte. Auch der Vater kämpft mit seinen Dämonen.

Man konnte den Dichter als den großen moralischen Gegenspieler zum Volksverderber Hitler entdecken. »Wo ich bin, ist Deutschland« – das berühmte Wort des Nobelpreisträgers bei seiner Ankunft in New York 1938 vor den amerikanischen Journalisten. Ein Zauberer, der gegen den »Viertelskünstler« mit den »Hysterikerpfoten«, der ein »märchentörichtes Volk« wie die Deutschen mit dunkler Macht zu verführen verstand, seine helle Wortmagie setzte. Golo Mann hat es uns geschildert, wie erschrocken, enttäuscht und gelegentlich auch beleidigt sein Vater war, als das deutsche Volk, seine Leser, diesem Rattenfänger mit seinen bösen Visionen ins Verderben folgte.

Und nicht zu vergessen Heinrich Mann, der große und so ganz andere Bruder, der schon viel früher das kommende Unheil erkannt hatte.

1997 kamen wir zu dem Entschluss, die losen Fäden und gesammelten Materialien zu bündeln, über eine zentrale Erzählerfigur zu verdichten und erlebbar zu machen.

Wir waren unsicher, ob die letzte noch lebende Tochter Thomas Manns, Elisabeth Mann Borgese, uns bei einem solchen Projekt unterstützen und mit uns auf die Reise zu den »Tiefen und Untiefen« der Familiengeschichte begleiten würde. Es gab

Warnungen, Elisabeth werde nur zu gern das Bild korrigieren, das die vor ihr klagenden Geschwister, Klaus, Golo, Monika und Michael von Thomas Mann als dem schwierigen Vater gezeichnet hatten.

Tatsächlich lernten wir mit ihr eine Tochter kennen, die sich wirklich vom Vater Thomas Mann geliebt fühlen durfte und deren versöhnte Sicht auf ihn und die Familie bislang von ihr bewusst zurückgehalten worden war. Erst nach dem Tod von Golo wurde sie die neue Stimme der Familie, die sich damit auch entschlossen hatte, *ihren* Teil der Geschichte zu erzählen.

Zögerlich trat sie die Reise an. Wie würden die vielen alten Schauplätze: München, Lübeck, Travemünde, Sylt, Zürich, Arosa, St. Moritz, Sanary, Cannes oder Princeton ... auf sie wirken? Eine Reise, bei der sie es mit großer Bereitwilligkeit und Offenheit zuließ, daß die Kamera sie jederzeit beobachten konnte.

In der Begegnung mit Menschen, Schauplätzen, Dokumenten und Requisiten wurde sie mehr und mehr zu einer Zeitreisenden, die Gefühle und Spannungen auszuhalten hatte, wie sie sich aus einer solchen Expedition ins eigene Leben ergeben. Im zerstörten Elternhaus in München beispielsweise kam ihre erste Liebe zu einem Familienfreund zur Sprache, die Thomas Mann in seiner Erzählung »Unordnung und frühes Leid« verarbeitet hat. Diese Geschichte einer heftigen Verliebtheit wurde dann eine der Eröffnungsszenen unseres Films. Elisabeths persönliche Erinnerung, die Literarisierung des Vaters *und* die inszenierte Vergangenheit ... Die filmische Montage schließt nicht nur die Konfrontation einer Aussage mit der Nachinszenierung dieser Aussage ein, sondern in der wiederum dokumentarischen Situation wird das Erinnern selbst zum Thema. Dem Zuschauer ist dadurch die Chance gegeben, auch unsere eigenen Überraschungen während des Drehs, im Arbeitsprozess nachvollziehen zu können.

Mit Hilfe von Elisabeth Mann Borgese hat der Architekt Götz Weidner das zerstörte Münchner Elternhaus in der Poschingerstraße 1 auf dem Gelände der Bavaria detailgetreu nachbauen lassen. Seit 1933 hatte sie ihr Elternhaus nicht wieder gesehen und auch in dem veränderten Überbleibsel von heute hatte sie sich kaum zurechtgefunden. Jetzt war mit einem Mal alles wieder da: Ein seltsam magischer Moment, als die alte Dame staunend durch die komplett eingerichtete Villa geht, die nun so dasteht, als ob die Familie sie gerade erst verlassen hätte.

Medi, wie wir sie jetzt nennen dürfen, geht zunächst schweigend über die große Diele, vorbei am ausgestopften Bären ins Arbeitszimmer des Vaters. Für einen Moment ist sie gefangen genommen. »Ja, das stimmt – aber nicht alles! Tröstet euch, ich bin der einzige Mensch auf der ganzen Welt, der das noch so genau weiß!« Vor dem Zimmer ihrer Mutter hatte es zum Beispiel noch einen Vorhang gegeben. Immerhin, das Kinderzimmer ist genau so eingerichtet, wie es Medi und Bibi in den frühen zwanziger Jahren bewohnt haben.

Ganz im Vorbeigehen greift Elisabeth nach den langen Eselsohren des großen Spielzeugs am Kinderbett, sie streichelt zärtlich ihr Lieblingstier. Wir haben es getroffen! In Klaus Manns Zimmer hebt sie die Augenbrauen. »Hier fehlt etwas ganz Wichtiges!« Um Gottes willen, jetzt nur keine Fehler! Sie lacht und freut sich, uns beruhigen zu können: »Hier roch es immer nach Zigaretten, der Klaus hat den ganzen Tag geraucht.«

Solche Arbeit hat einen Adressaten: den Zuschauer, der sich vom inszenierten Lebensreichtum, von der Nähe zum Authentischen einfangen lässt.

Das intime Medium Fernsehen weitet sich für den Blick in eine Familie, die das letzte Jahrhundert in ihren ganz eigenen Formen des Zusammenlebens spiegelt.

Erika Mann erwähnte einmal kurz vor ihrem Tod in einem Fernsehinterview mit Elisabeth Plessen: »Ich glaube nicht, dass irgendeiner von uns die Kluft zwischen Kunst und Leben, beziehungsweise die Schwierigkeit für den Künstler, auch nun außerdem noch zu leben, so stark empfunden hat wie Thomas Mann, besonders in seiner Jugend, aber im Grunde Zeit seines Lebens. Wir waren beiden Dingen zugeneigt, der Kunst und dem Leben, ohne da nun eine solche Divergenz oder gar einen Widerspruch zu erkennen, wie TM das immer getan hat. Er war der Ansicht, dass der Künstler, um wirklich einer sein zu können, im Grunde genommen gar kein Recht auf Leben hat. Erst durch die Freundschaft zu meiner Mutter, durch seine Liebe zu ihr und dadurch, dass sie seine schwebende Existenz, wie er das Künstlertum nannte, herunter holte auf die Erde und er sich mit ihr eine Familie begründete, bekam er eine direktere Beziehung zum Leben als er sie sonst gehabt hätte. Wir hatten diese Beziehung eigentlich immer und fanden nichts darin, was künstlerischen Neigungen, künstlerischen Talenten, auch künstlerischer Tätigkeit widersprochen hätte. Das ließ sich für uns ganz hübsch vereinigen.«

Die Mitarbeiter solch eines Projekts, Maske, Kostüm, Kamera, Bühnenbild, Schnitt, Musik, Autoren und Schauspieler reflektieren den Zauber und die Verführung dieser Familiengeschichte: Er muss bei ihnen zuerst wirken, damit er an die Zuschauer weiter gegeben werden kann. Das Spiel ist offen.

Als Regisseur einer komplett und hochkarätig durchbesetzten Familie erlebe ich am Drehort, wie sich, auch entgegen der Festschreibung eines Drehbuchs, vor der Kamera ein voll verspiegeltes »Familiendrama« entfalten kann, in dem jeder Schauspieler sich mit seiner Interpretation von Thomas, Katia, Erika, Klaus, Monika, Elisabeth und Michael zu behaupten versucht. Es ergeben sich faszinierende und unvorhersehbare Gruppenbilder, die durch die vorhandenen Dokumentarteile und Interviews zu einem überraschenden Vexierspiel werden.

Die offene Form ermöglicht eine polyperspektivische Erzählweise, die den Zuschauer potenziell durch alle Gefühlswelten der Beteiligten hindurchführt. Und sie haben alle Recht: Thomas Mann mit seiner Entscheidung für die Welt im Arbeitszimmer; Golo mit seiner Lebensentscheidung, sich zu »ducken« und den Vater nicht mit seinen Talenten herauszufordern; Klaus mit seiner Sehnsucht, wie Thomas Mann zu werden und doch Klaus Mann zu bleiben. Erika in ihrem Bemühen, ihres Talentes Herr zu werden und selbst eine Rolle als Frau gegen die starken und begabten Männer in der Familie zu finden.

Monika und Michael, die als problematische Kinder frühzeitig stigmatisiert waren, in einer Familie, in der man schon glänzen musste, um aufzufallen. Und Medi, das geliebte »Kindchen«, das lange bei den Eltern bleibt, als Erste wirklich Kind sein darf, und später einen sehr viel älteren Mann heiratet.

Über allem schließlich die großartige Figur der Mutter Katia, die ihre Familie zusammenhält und ohne deren Anstrengungen die Meisterwerke des Klassikers Thomas Mann nicht in dieser Konsequenz möglich gewesen wären.

Im Kreis dieser Familie bewegen sich Freunde und Geliebte, Dichter und Schauspieler ... und vor allem der Bruder Heinrich Mann mit seinen »Heinrichbräuten«. Der geliebte und manchmal auch gehaßte brüderliche Konkurrent, der vorführt, dass man leben kann, ohne dabei seine Kunst zu verraten. Und Leben hieß für Heinrich eben auch, seinen erotischen Träumen zu folgen, sie tatsächlich auszuleben.

Heinrich wusste, dass er in den Augen des jüngeren Bruders zuviel und zu schnell seinen politischen Ideologien gefolgt war. Aber Heinrich war es auch, der früh einen politischen Weitblick auf die kommenden Katastrophen gewonnen hatte.

Die Forderung des Genres Fernsehfilm ist klar: eine Geschichte so zu erzählen, dass sie an drei Abenden von einem Millionenpublikum angenommen wird. Im Mittelpunkt steht dabei die Darstellungstreue, die Wahrheit der Charaktere, die ja alle gelebt haben und noch leben. Ihre Wiedergabe im Film muss einem besonders prüfenden Blick standhalten. Das kann allerdings nicht – vielleicht so oder so niemals – mit wissenschaftlicher Ausführlichkeit geleistet werden. Ein Film verlangt Vereinfachung und Verdichtung zugleich.

Es gibt eine Chronologie der Gefühle, eine Dramaturgie, die sich gegen die Chronologie des Kalenders hier und da vielleicht durchsetzen muss. Faktische Fehlaussagen dürfen dabei natürlich nicht getroffen werden. In der Darstellung setzen wir jedoch eher auf die Familienerzählung und die Mannsche Fabulierkraft als auf die wissenschaftliche Perspektive. Allerdings hätten wir unsere Arbeit nicht leisten können, ohne Kenntnis vor allem der fundierten Biografien und vorzüglichen Studien von Peter de Mendelssohn, Klaus Harpprecht und Hermann Kurzke, oder der biographischen Essays von Marcel Reich-Ranicki. Auch Joachim Seyppel muss genannt werden, der als Erster die Lebenszusammenhänge der zweiten Frau von Heinrich Mann, Nelly Kröger, recherchiert hat.

An dieser Stelle sei nicht zuletzt dem S. Fischer Verlag gedankt, der den Kontakt zu Elisabeth Mann Borgese herstellte, uns immer wieder mit Materialien versorgte und den Zugang zu allen großen Archiven erleichterte.

Mit den »Manns« wollten wir – konzentriert auf die zwanziger bis fünfziger Jahre – die Geschichte der Jahrhundertfigur Thomas Mann und seiner Familie populär, spannend und unterhaltend erzählen. Mit Hilfe der von uns entwickelten dokudramatischen Methode wollten wir einen raffiniert verwobenen Teppich schaffen – eine Verbeugung vor der Mannschen Methode, die eigenen Lebenserfahrungen zu verdichten.

Wer andere Menschen verstehen lernt, kann sich selbst besser verstehen. Das ist unsere Hoffnung: erst im produktiven Blick der Zuschauer, durch seine lebendige Teilnahme an unserem Spiel mit Erzähltem und Nachgestaltetem entstehen die Manns als Jahrhundertroman. In der Chemie dieser Arbeit geht es immer auch um ein Geheimnis, das sich aus dem Zusammenschnitt oder auch Zusammenprall der Materialien ergibt – ein Drittes, das sich nicht präzise benennen lässt, weil es nur im Auge des Betrachters lebt.

Erst im Herzen des Zuschauers entsteht dieses Dritte. Ohne Publikum sind und bleiben die Figuren allein.

Es war eine besondere Herausforderung für die Schauspieler, gegen die dokumentierten Vorbilder zu spielen. Bei der Besetzung der Rollen ging es weniger um eine naturalistische Ähnlichkeit, als vielmehr darum, Schauspieler zu finden und so vorzubereiten, dass sie den »wahren Kern« des Charakters ihrer Vorbilder würden mitspielen können und aufscheinen lassen. So haben sich besonders die Darsteller der Familie Mann mit allen zur Verfügung stehenden Materialien ausgestattet. Filme, Tonbänder, Fotos und Textdokumente wurden studiert und zur Vorbereitung auf das eigene Spiel verwendet. Dennoch musste jeder Darsteller seinen persönlichen Zugang zum Charakter auch bei sich selbst suchen. Armin Mueller-Stahl konnte wohl typische Gesten, Haltungen bei seinem Vorbild finden. Aber schon die Stimme Thomas Manns, wie etwa bei seinen Rundfunkreden zu hören, war mit ihrem hohen Pathos nicht nachzuspielen. Die Arbeit am Charakter wurde aus der Figur gezogen und nicht aus Äußerlichkeiten. Monika Bleibtreu als Katia Mann, Sebastian Koch als Klaus Mann, Jürgen Hentsch als Heinrich Mann oder Veronica Ferres als seine Geliebte und Ehefrau Nelly Kröger – sie alle mussten mit ihren Möglichkeiten versuchen, ihre Figuren in die Gegenwart herüberzuholen.

Ist die Familie am Set versammelt und beginnt auf das »Bitte« des Regisseurs ihr Spiel, dann ist er der erste Zuschauer, der prüft, ob hier das Bild »seiner« Familie entsteht. Die Lebensthemen der Familie Mann mussten sich am Drehort in der Produktion bewähren. Der Bühnenbilder Götz Weidner hat uns die Häuser der Manns aufgebaut. Die Räume dazu wurden belebt durch die Requisiten, die Peter Dürst liebevoll herbeigesucht hat oder nachgestalten ließ. Barbara Baum hat nach vielen Fotovorbildern, mit großer Erfahrung und Begabung die Kostüme ausgesucht und schneidern lassen. Eine zweite Haut für die Darsteller, die ihnen weiterhilft, sich den Figuren und Epochen anzunähern. Nicht anders haben sich die Maskenbildner Waldemar Prokomski und Margit Neufink auf ihre Arbeit vorbereitet.

Bei all dem hatte der Kameramann Gernot Roll die künstlerisch schwierigste Aufgabe zu lösen. Mit ihm musste der Regisseur Bilder finden, die deutlich die einzelnen Personen innerhalb der Konstellation der Familie interpretieren. Ihre Blicke aufeinander, ihre Position im Raum. In Ausschnitten, durch Fahrten im Wechsel von Totale zu close up wird jenseits des Drehbuchs die Geschichte erzählt. Wie drehen wir den Blick Thomas Manns auf die Erscheinung eines schönen Jungen, der sein Herz erfreut?

Wie können wir dieses diskrete Schauen wiederholen und variieren? All das musste in ein besonderes Licht getaucht werden, damit der Zauber der Verwandlung gelänge. Das schöne altmodische Wort »Lichtspiele« beschreibt diesen Vorgang sehr genau. Und in den Fotos dieses Buches soll die Verwandlung erinnerbar bleiben.

Im Schnitt – mit den Cuttern Monika Bednarz und Olaf Strecker – entsteht der Film ein drittes Mal. Nach der Annäherung an die Familie in der Recherche und den Interviews, die in ein Drehbuch münden, nach der Probe aufs Exempel am Drehort, zeigt sich hier zum ersten Mal die Wirkung im Zusammenspiel von zweierlei Leben: den Dokumenten und Erzählern und der nachgestellten szenischen Darstellung. Wo lädt die Erinnerung Elisabeths noch einmal eine Szene zusätzlich mit Leben auf? Wo ist die Erinnerung so intensiv, dass wir eine Spielszene direkt weiter erzählen oder vom Spiel unmittelbar in die Erinnerung zurückschneiden können? Wenn es mir im Gespräch gelungen ist, Elisabeth so dicht an die Szene des siebzigsten Geburtstags ihrer Mutter Katia heranzuführen, dass sie die traurig melancholischen Worte ihres Vaters geradezu hört, dann können wir im Schnitt den szenischen Geburtstag der Mutter mit dem tränennassen Gesicht der Tochter Elisabeth verbinden.

All das ist nur bedingt planbar. So ist für uns auch die merkwürdige Situation eingetreten, dass die Intensität von Elisabeth Mann Borgeses Erzählung, die robuste Verweigerung von Monika Mann gegenüber der Familienmythologie und die Gestalt der Katia Mann, wie Monika Bleibtreu sie zu verkörpern verstand, ganz nebenbei einen Frauenblick auf die in jeder Hinsicht männliche Gesellschaft der Manns eröffnet haben. Eine der Überraschungen, die man nicht in ein Drehbuch hineinschreiben kann.

Elisabeth Mann Borgese sollte unsere erste Zuschauerin sein. Sie hat sechs Stunden in einem dunklen Raum vor der Leinwand verbracht, gelacht und geweint. Sie hat das andere, inszenierte Leben angenommen und unsere Wahrheit ihrer Familiengeschichte mit allen Widersprüchen verstanden und akzeptiert. Nun teilt sie unsere Neugier darauf, ob die Zuschauer und an dieser Stelle Leser sich wohl genauso davon werden mitnehmen lassen.

Das vorliegende Buch folgt im Großen und Ganzen der Filmerzählung. Der Text basiert auf den Drehbüchern und wurde nach den Erfordernissen der Lektüre verändert. So sind beispielsweise im Film kurz hinter- oder ineinandergeschnittene Sequenzen zusammengeführt, Originalzitate hinzugefügt und Perspektiven und Thematiken dabei auch erweitert und vertieft worden.

Wir sind uns dessen bewusst, die komplexe Geschichte dieser bedeutenden deutschen Erzählerfamilie des letzten Jahrhunderts letztlich nur vereinfacht inszenieren zu können – und es war sogar Teil unseres Vorhabens.

Dieses Buch möchte das an den Fluss der Zeit gebundene Medium Film stillstellen und ein Familienalbum der Manns anbieten: eine Skizze, die die filmische Anschaulichkeit zu erhalten versucht, und ein Wegweiser, der es leichter machen soll, sich in das Labyrinth dieser so spannenden Familiengeschichte und -literatur hineinzuwagen.

Film und Buch wollen eine Einladung sein, sich am Ende wieder von den Originaltexten anregen zu lassen.

Heinrich Breloer,
Horst Königstein
im Oktober 2001

Texthinweise

Gesprächsausschnitte stammen, wenn nicht anders angegeben, aus Fernsehaufnahmen und -interviews der jeweiligen Personen mit Heinrich Breloer.

Originalzitate (nicht ausgewiesen werden in die Darstellung als solche *verwobene* Zitationen).

Thomas Mann (TM), Heinrich Mann (HM), Katia Mann, Klaus Mann (KM), Erika Mann (EM) und Golo Mann (GM) werden, wenn nicht anders angegeben, nach den lieferbaren Taschenbuchausgaben im Fischer und im Rowohlt Verlag zitiert. (Angaben zum Erscheinungsjahr der einzelnen Bände bei erster Nennung.)

Die zitierten Einträge aus Tagebüchern (Tb) werden – ausgabenunabhängig – unter ihrem Datum angegeben.

Am Hof des Zauberers

28 Welch ein ... Verstörung zuzufügen. TM, »Unordnung und frühes Leid«, in: *Unordnung und frühes Leid* (1991), S. 179.
Eissi ... verwirrte. TM, Tb 25. 7. 1920.

30 Ich hörte ... Erschütterung. TM, Tb 17. 10. 1920.
jugendlichen ... Schönheitsphantasie. TM, Tb 3. 3. 1919.

31 Wie wird ... *denn* es lebt. TM, Tb 20. 9. 1918.
Niemand ... konkurrieren. KM, *Der Wendepunkt*, (Lebensbericht; 1999), S. 106.

36 quasi als ... ordinär sein konnte. Katia Mann, *Meine ungeschriebenen Memoiren* (1998), S. 85 und 86.
Ich muß ... werden ... KM, *Der Wendepunkt*, S. 113.
46 Die Flocken ... zu sehen. TM, *Der Zauberberg* (1998), S. 660 f.
46 f Der einsame ... Bucht. Ebd., S. 666 f, 670 und 671.
47 zugänglichen Küstenhöhen ... Sonne spielten. Ebd., S. 672.
48 Wie hübsch ... innen heraus. Ebd., S. 674.
Zwei graue ... Lippen troff. Ebd., S. 676.
49 Grausende ... los zu sein. Ebd., S. 676 und 677.
Mir träumte ... Gräßliche. Ebd., S. 678.
Ich will ... nichts anderem. Ebd., S. 679.
50 Gustaf ... überraschend. KM, *Der Wendepunkt*, S. 225 f.
51 Ich mache ... gefährdet war. KM, »Anja und Esther«, in: *Der siebente Engel* (1989), S. 33.
52 Ich habe ... komm jetzt –. Ebd., S. 17 und 18.
54 An dieser ... noch einmal! KM, *Der Wendepunkt*, S. 227.
55 den szenischen ... durchzogen. KM, »Anja und Esther«, in: *Der siebente Engel*, S. 422 f (Nachwort).
diese ewige ... empfinde. KM, *Briefe und Antworten* (1991), am 6. 11. 1925, S. 27.
57 in seinem ... Fisches. KM, *Der Wendepunkt*, S. 227.
67 Die deutsche ... Euphorie. KM, Ebd., S. 163.
73 f Freilich ... Unordnung. Ebd., S. 164 f.
74 f Ja, wir ... zügellos? Ebd., S. 166 und 165.
75 Andreas ... zu tragen. KM, *Der fromme Tanz* (1993), S. 152.
Soll nun aber ... Verhältnis. TM an Carl Maria Weber, *Briefe I* (1995), am 4. Juli 1920, S. 178 f.
78 Wir sind ... fast immer. TM/HM, *Briefwechsel 1900–1949* (1995), am 4. August 1910, S. 152.
79 im Hause ... Schaumteppiche. TM, Tb 17. 9. 1921.
82 Es war ... Wollust. TM, Tb 21. 5. 1920.
83 ein Strandwächter ... ergähnen läßt. TM, *Der Zauberberg*, S. 652.

85f Die Beobachtungen ... eindringlich, warum. TM, »Der Tod in Venedig«, in: *Schwere Stunde* (1998), S. 210, 211, 214, 221.

88 zurückgelehnt ... liebe dich!‹. Ebd., S. 240.
das zweifellose Zumirhalten. TM, *Briefe I*, Anfang Juni 1904, S. 46.
Glück des ... vermag. TM, »Der Tod in Venedig«, in: *Schwere Stunde,* S. 234.

90 So dachte ... Bild. Ebd., S. 232 f.

97 Nicht Glück ... Thomas Mann. Gert Heine, Paul Schommer (Hg.), *Herzlich zugeeignet. Widmungen von Thomas Mann 1887–1955*, Lübeck 1986, S. 66.
nicht der Mann ... wirken kann. TM, *Briefe I*, an Katia Mitte Mai 1904 und Anfang Juni 1904, S. 43, 45.

98 Großer Erfolg ... erforschen. KM, *Der Wendepunkt*, S. 182.

99 Wir begegnen ... lassen wird. TM, »Die große Szene in Kleists ›Amphitryon‹«, in: *Ein Appell an die Vernunft* (Essays; 1998), S. 391 (Kommentar).

102 den Sprung ins Traumhafte. TM, Tb 20. 2. 1942; s. a. 21. 3. 1937, 14. und 21. 9. 1935, 24. 1. 1934.
Aber in ... stärker. TM, Tb 14. 9. 1935.

103 Theaterstück meiner Seele, TM, 30. 11. 1921 (Brief an Philip Witkop) zit. n. *Ein Appell an die Vernunft*, S. 390.
Galerie. TM, Tb 11. 7. 1950 und 24. 1. 1934.
Nun ja ... ich küßte. Ebd., 20. 2. 1942.

104 Das Schönste ... Erfüllung. Ebd., 20. 2. 1942 und 24. 1. 1934 und 6. 5. 1934 (hier zusammenmontiert).

105 Lust zu fabulieren ... künstlerisch-sinnliche Richtung. TM, »Lebensabriß«, in: *Ein Appell an die Vernunft*, S. 177.

109 der Konsul ... ward. TM, *Buddenbrooks* (1998), S. 89.
Man ging ... ungehörigen Ton. Ebd., S. 535.

110 leuchtete ... Flammen. Ebd., S. 536.
Und dann ... Himmel. Ebd., S. 535.

114 Links kam ... Folgen ... HM, *Professor Unrat* (1998), S. 51.

115 Unrat putzte ... Rauch verfing. Ebd., S. 53.

116 Dahinten durchbrach ... von ihr aus. Ebd.
Wir haben ... Zügellosigkeit. Katia Mann, *Meine ungeschriebenen Memoiren*, S. 40.
117 Sogleich ... auf ihn/Nebendinge. HM, *Professor Unrat*, S. 53, 51.
122 f Auf einen ... nischt mehr.‹ Ebd., S. 63 f.
128 dramatische Lebens-Knalleffekt. TM, Rede in Stockholm, in: *Über mich selbst* (Autobiografische Schriften; 1997), S. 418.
sensationelle Auszeichnung ... zu machen. TM, »Lebensabriß«, in: *Über mich selbst*, S. 142.
130 f Ich tue ... rechtes Lebensfest. TM, Rede in Stockholm, in: *Über mich selbst*, S. 419, 420.
131 f zwei ollen Morcheln ... 1933 emigrierten. Verschiedene Zitate aus Katia Mann, *Meine ungeschriebenen Memoiren*, S. 69 f.
135 Ist das deutsch ... Haltung. TM, »Deutsche Ansprache«, in: *Ein Appell an die Vernunft*, S. 269.
135 f die nicht ... im Blute trägt. Ebd., S. 270.
136 f Der Abend ... legitimiert. Katia Mann, *Meine ungeschriebenen Memoiren*, S. 104–106.
139 Erst flogen ... Garten. KM, *Der Wendepunkt*, S. 339.
142 besonders widrige ... Bilder auch! Ebd., S. 375.
142 f Ricki ... Pflicht. Ebd., S. 373.
143 f zu einer ... graues Gesicht. Ebd., S. 378 und 380.
144 Etwas ... Ricki ... Ebd., S. 381.
er muß ... Tekel ... Ebd., S. 386 f.
147 Würgen im Hals ... im Hals. KM, Tb 11. 2./16. 2./18. 2. und 21. 2. 1933.
149 Wenn Sie ... offen. HM, *Ein Zeitalter wird besichtigt* (Erinnerungen; 1996), S. 375.
151 Große ... Ecke. KM, Tb 1. 1. 1933.
Das Abenteuer ... ausverkauft. KM, *Der Wendepunkt*, S. 392.
152 Melodien ... Lustigkeit. Ebd.
159 So sieht ... das Exil. HM, *Ein Zeitalter wird besichtigt*, S. 377.

Die Bestie ist los

163 Brand des ... bereitet haben? KM, Tb 28. 2. 1933.
von Kriminalern besucht. Ebd., 9. 3. 1933.
fahre nicht ... Einsamkeitsgefühl. Ebd., 13. 3. 1933.
zunehmender ... zu verlieren. TM, Tb 18. 3. 1933.
umständlichen ... u. s. w. KM, Tb 22. 3. 1933.
165 Ich hatte ... Deutschländ wäre. TM, Tb 29. 3. 1933.
166 Bayerische ... Heydrich. Schutzhaftbefehl, zit. n. Hans Wysling/ Yvonne Schmidlin (Hg.), *Thomas Mann. Ein Leben in Bildern*, Frankfurt a. M. 1997, S. 317.
167 Es ist ... Trennung. TM, Tb 15. 3. 1933.
Morgens ... Stimmung. Ebd., 30. 4. 1933.
es gilt ... stellen. Ebd., 15. 3. 1933.
K. hält mich ... verzichten. Ebd., 29. 4. 1933.
Neue Beunruhigung ... zu bringen. Ebd., 7. 4. 1933.
169 Der Schmerz ... Kraft. GM, *Erinnerungen und Gedanken. Lehrjahre in Frankreich*, Frankfurt a. M. 1999, S. 524.
170 Ich rechne ... verpackte. Ebd., S. 522.
172f Wir lunchten ... Lebensniveau. TM, Tb 10. 5. 1933.
173 Meine Befürchtungen ... unerklärlich. Ebd. 30. 4. 1933, 2. 5. 1933, 10. 5. 1933.
176 Verbrannt ... zu enden. GM, *Erinnerungen und Gedanken. Lehrjahre in Frankreich*, Frankfurt a. M. 1999, S. 531.
181 6. Juni ... entbehrend. Ebd., S. 541.
183 sind erquickend ... Korbstuhl. TM, Tb 6. 7. 1933.
Nachricht ... auswärts. Ebd., 4. 8. 1933.
Amokläufertum Deutschlands. Ebd., 13. 8. 1933.
185 Am Spätnachmittag ... luftig heran. René Schickele, *Tagebücher* (Werke in drei Bänden, Bd. 3), Köln/Berlin 1959, 4. August 1933.
187 Wie immer ... beistimmt. Ebd.
188 Sooft die ... genug erscheint. Ebd.
192 Wer faselt ... Macht. Erika Mann, »Kälte«, zit. n. Helga Keiser-Hayne, *Beteiligt euch, es geht um eure Erde. Erika*

Mann und ihr politisches Kabarett die »Pfeffermühle«, edition Spangenberg 1990, S. 78.

195 Emigrantenchoral ... mit sich fort. Zit. n. ebd., S. 86.
Mein Ehrgeiz ... die Nazis. KM, *Der Wendepunkt*, S. 413.

199 Sittliche Erziehung ... kennen. HM, »Die sittliche Erziehung«, in: *Der Haß* (Essays; 1987), S. 125.

200 Göring ... befehlen. Ebd., S. 129.
Der Krieg ... nieder. Ebd., S. 130.
singulären ... Stellung. TM, Tb 1. 5. 1933.

201 Bedrücktes ... zu verzehren. Ebd., 12. 9. 1933.

202 Post ... Elend. KM, Tb 15. 9. 1933.

208 Weihnachtsabend ... weißen Nebel. TM, Tb 24. 12. 1933.
Wirr ... Goebbels!! KM, Tb 29. 12. 1933.

210 f allerlei Würdenträger ... so nennen kann. KM, »Zahnärzte und Künstler«, in: *Zahnärzte und Künstler* (Aufsätze, Reden, Kritiken; 1993), S. 107 f.

211 Gesellschaftssatire ... Intendant wird. KM, *Briefe und Antworten*, am 15. 2. 1935, S. 239.

212 Der Ministerpräsident ... mußte er sein. KM, *Mephisto* (2000), Ende des VII. Kapitels, S. 262.

215 Dr. Bermann ... zu schaffen. TM, zit. n. Hans Wysling/Yvonne Schmidlin (Hg.), *Thomas Mann. Ein Leben in Bildern*, Frankfurt a. M. 1997, S. 330.
Doktor Bermann ... anders sagen. EM, *Mein Vater, der Zauberer*, Reinbek 1996, am 19. 1. 1936, S. 92 f.

216 leidenschaftlicher ... schmerzte. TM, Tb 21. 1. 1936.
Du wirst ... schrecklich. EM, *Mein Vater, der Zauberer*, Reinbek 1996, am 19. 1. 1936, S. 93.
12 Seiten ... Nachwelt. TM, Tb 24. 1. 1936.

216 f Nun habe ich ... geschmerzt. Katia Mann, zit. n. EM, *Mein Vater, der Zauberer*, Reinbek, 1996 am 21. 1. 1936, S. 95 f.

217 Ich bin froh ... *Bereitschaft*. TM, zit. n. ebd., am 23. 1. 1936, S. 103.
Ghetto-Wahnsinn ... in Amsterdam. Korrodi, zit. n. Hans Wysling/Yvonne Schmidlin (Hg.), *Thomas Mann. Ein Leben in Bildern*, Frankfurt a. M. 1997, S. 332 (Faksimile).

218 bitten inständigst ... Landshoff. KM, *Briefe und Antworten,* am 26. 1. 1936, S. 243.
In Bewegung ... Manuskripts. TM, Tb 31. 1. 1936.
Die tiefe ... abzusprechen. TM, *Briefe I,* am 3. 2. 1936, S. 413.
219 Und bis zum ... tragen. Ebd.
wo ich das ... Korrodi krank. TM, Tb 31. 1. 1936.
219 f Ich bin mir ... lassen. Ebd.
220 heftige ... Ängste. Ebd., 1. 2. 1936.
Das Bewußtsein ... Möge es. Ebd., 3. 2. 1936.
224 f Sehr guter ... deutscher Filme. Ebd., 18. 2. 1936.
226 was für ... Künstlerhände hält. Ebd., 7. 5. 1934.
228 Zu Tische ... Hitler. Ebd., 20. 2. 1936.
notwendige Erklärung. KM, »Kein Schlüsselroman. Eine notwendige Erklärung«, in: *Zahnärzte und Künstler,* S. 405.
Dieses Buch ... Verfügung. KM, »Selbstanzeige *Mephisto*«, in: ebd., S. 409.
229 Das Leben ... zum Gift. KM, Tb 19. 4. 1936.
1937 habe ... erlöste.. GM, »Erinnerungen an meinen Bruder Klaus«, in: KM, *Briefe und Antworten,* S. 641.
künstlichen Paradiese. KM, ebd., am 28. 5. 1937, S. 302 (z. B.).
230 Danach ... auseinander. GM, ebd., S. 637.
diese ekelhafte ... Erregtheit. KM, Tb 26. 4. 1937.
231 Du wärst ... wäre sinnlos. GM, »Erinnerungen an meinen Bruder Klaus«, in: KM, *Briefe und Antworten,* S. 641 f.
234 ein liberal gesinnter ... gemacht. KM, *Der Wendepunkt,* S. 513, 514 und 515.
235 déjà-vu-Gefühl ... erstenmal. Ebd., S. 516.
238 Zum Abendessen ... (Lübeck.) KM, Tb 17. 6. 1936.
Der Marschall ... zu rächen. HM, *Ein Zeitalter wird besichtigt,* S. 125.
239 Krögersche ... gegen Abend. Joachim Seyppel, *Abschied von Europa. Die Geschichte von Heinrich und Nelly Mann,* Berlin/ Weimar 1975, S. 161.

239 f Es ist wohl... dunkelsten ist. René Schickele, zit. n. Klaus Schröter, *Heinrich Mann*, Reinbek 1993, S. 135.
240 Den Heinrich... sie auch. Joachim Seyppel, *Abschied von Europa. Die Geschichte von Heinrich und Nelly Mann*, Berlin/ Weimar 1975, S. 163.
240 f Unsere acht... nahe. HM an Eva Lips, zit. n. Klaus Schröter, *Heinrich Mann*, Reinbek 1993, S. 149.
241 Abends mit... Stimme... KM, Tb 19. 5. 1937.
Bleibe... wieder! Ebd., 17. 5. 1937.
242 Sie sind wie ... Tätowierungen. KM, *Der Vulkan* (1999), S. 236.
243 Besuch... Entwöhnung... KM, Tb 17. 5. 1937.
sie wird... das Ganze... Ebd., 27. 5. 1937.
Das Herz u. s. w. in Ordnung. Ebd., 19. 5. 1937.
28. V. ... 4 Ärzten. Ebd., 28. 5. 1937.
infame ... zu sterben. KM, *Briefe und Antworten,* am 28. 5. 1937, S. 302.
243 f Klopstock fragt... mehr als mich. KM, Tb 28. 5. 1937.
244 Die Selbstzerstörung... üble Theorie. KM, *Der Vulkan*, S. 241.
245 29. V. ... sterben dürfe. KM, Tb 29. 5. und 2. 6. 1937 und 4. 6. 1937.
246 Spätes Nachtessen... zu ertragen. TM, Tb 7. 6. 1937.
Besorgnis seinetwegen. Ebd., 6. 6. 1937.
247 Der Gedanke... Curtiss. KM, Tb 12. 6. 1937.
Klopstock... elegant blieb... Ebd., 9. 6. 1937.
248 wird die... der Völker. TM, »Vom zukünftigen Sieg der Demokratie«, in: *Achtung Europa!* (Essays; 1995), S. 243 f.
248 f ›Queen Mary‹... Amerika? TM, Tb 17. 2. 1938.
250 Einheit des... sein wollte. Ebd., 25. 5. 1934.
251 Das Leben... keinen Sinn. Ebd., 19. 2. 1938.
Der Magen... beruhen. Ebd., 20. 2. 1938.
253 Botschaft an Amerika. TM, in: *Achtung Europa!*, S. 245–247.
It is hard... gestürzt ist. TM, zit. n. Rudolf Vaget (Hg.), *Thomas Mann/Agnes Meyer. Briefwechsel 1937–1955*, Frankfurt a. M. 1992, S. 833 f.

255 Amerika … gesäumt. KM, *Briefe und Antworten*, am 12. 5. 1938, S. 351.
Knopf … 8000 Stück verkauft. TM, Tb 8. 3. und 9. 3. 1938.
Gequält … Haß. Ebd., 17. 3. 1938.
quälende … Übels. Ebd., 18. 3. 1938.
Aber ob … unmöglich sein. Ebd., 20. 3. 1938.
Ost oder … lieber. KM, *Briefe und Antworten*, am 12. 5. 1938, S. 351.
258 Das geht weit! … sonderbaren Blicke. Hermann Kesten, *Meine Freunde, die Poeten*, Frankfurt/Berlin/Wien 1980, S. 40.
261 Dauer-Asylisten … schon gesehen hat. Verschiedene Zitate aus TM, »Bruder Hitler«, in: *Achtung Europa!*, S. 305–312.
262 Ansprache des … zusammenzieht. HM, *Die Vollendung des Königs Henri Quatre* (1991) S. 941.
Vorposten der menschlichen Freiheiten. Ebd., S. 943.
Im Grunde … von morgen sind. Ebd., S. 941 f.
263 ein kleiner Tod. KM, Tb 30. 8. 1938.
Mehrere … leben kann. Ebd., 25. 8. 1938.
Neigung … wiederholen. Ebd., 21. 7. 1938.
Warne … anfinge‹ … Ebd., 16. 9. 1938.
Heinrich … nicht?). Ebd., 28. 8. 1938.
Lähmende Betrübnis … der Tod! … Ebd., 5. 9. 1938.
263 f Bewahrt … zu essen. HM, *Die Vollendung des Königs Henri Quatre*, S. 943.
264 Sehr … Gerührt … KM, Tb 30. 8. 1938.
Großes, rührendes Werk. TM, Tb 5. 9. 1938.
Die Tschechen … Hauses. Ebd., 30. 8. und 31. 8. 1938.
Inangriffnahme der Tschechoslowakei. Ebd., 20. 3. 1938.
265 Ausgang der … deprimiert. Ebd., 30. 9. 1938.
Sonnigkeiten. Ebd., 15. 3. 1933 (zum Beispiel).
266 Um die … ›cocktail-party‹. KM, *Der Wendepunkt*, S. 527 f.
270 Medis Martyrium. KM, Tb 23. 10. 1938.
272 Auf dem … der beiden. TM, Tb 28. 2. und 10. 4. 1939.

273 Freitag ... Westmächte. Ebd., 1. 9. 1939.
273 f Um 11 Uhr ... auffallen. Erika Mann, *Briefe und Antworten* 1, München 1984, S. 139.
274 Um 12 Uhr ... abgegangen. TM, Tb 3. 9. 1939.
alles viel ... bezeichnet. Ebd., 12. 9. 1939.
275 Tage von ... Nervenschwäche. Ebd., 23. 11. 1939.
Medi hat ... Verhältnis. TM/HM, *Briefwechsel 1900–1949*, am 26. 11. 1939, S. 312.
276 verbrecherischen Idioten. TM, Tb 22. 5. 1940.
277 f Es ist nur ... Roten Kreuz. KM Tb 5. 6., 12. 6., 14. 6., 17. 6. und 26. 6. 1940.
278 29. Juni ... vom Onkel. KM, *Der Wendepunkt*, S. 557.
279 Vielleicht ... kann. TM, Tb 25. 6. 1940.
Die spanische ... uns nieder. Alma Mahler-Werfel, zit. n. Golo Mann, *Erinnerungen und Gedanken. Lehrjahre in Frankreich*, Frankfurt a. M. 1999, S. 270.
280 wahnwitzige Geschrei. Ebd., S. 271.
281 Gleich nach ... nur Disteln. Ebd.
283 f Der Ziegensteig ... Weg dreifach. HM, *Ein Zeitalter wird besichtigt*, S. 479.
Wir kamen durch. Ebd., S. 483.
diese einzige ... Menschenarten. Ebd., S. 482.
284 Deutschland ... es nicht. Ebd., S. 485.
284 f Der Blick ... Abschied. Ebd.
285 Heinrich ... allein. Alma Mahler-Werfel, *Mein Leben*, Frankfurt a. M. 1960, S. 320.
Heute früh ... Eltern. KM, Tb 13. 10. 1940.
Ach, ... nutze –‹. Ebd., 19. 10. 1940.
286 ein seelisch gebrechliches Geschöpfchen. TM, *Briefe II* (1992), am 24. 9. 1940, S. 164.
286 f Es gab ... nichts mehr. Monika Mann, *Vergangenes und Gegenwärtiges. Erinnerungen*, Reinbek 2001, S. 77.
288 die Wellen ... Mondschein. Ebd., S. 78.
288 f Morgens ... konnte lachen. TM, Tb 24. 9. 1940.
289 Mein Bruder ... übernatürlich. TM, *Briefe II*, am 26. 10. 1940, S. 166.

290 Ein englisches ... Vergehen. Monika Mann, *Vergangenes und Gegenwärtiges. Erinnerungen*, Reinbek 2001, S. 77.
Thee mit ... Blättern. Ebd., 28. 10. und 29. 10. 1940.
290f waren hell ... als in München. Katia Mann, *Meine ungeschriebenen Memoiren*, S. 138 und 140.
291 Teilweise ... unzuträglich. TM, Tb 23. 9. 1940.
Erschütterung ... abenteuerlicher werden. Ebd., 3. 3. 1941.
beunruhigender Brief von Heinrich. Ebd.
Vielleicht schon ... zu haben. TM/HM, *Briefwechsel 1900–1949*, am 16. 11. 1940, S. 326.
291f Daß ich es ... weigern werden. Ebd., am 25. 2. 1941, S. 332.
296f Es ist dein ... tödlichen Fremdheit. Tischrede TM am 2. Mai 1941, zit. n. TM/HM, *Briefwechsel 1900–1949*, S. 395.
397 Unverkennbar ... anzufangen wußten. Ebd., S. 398 und 399.
298 Vor einem ... eines Tyrannen. Ebd., S. 400.
298f Lieber Bruder ... von meiner Frau. Tischrede HM am 2. Mai 1941, ebd.
300f Lots of fun ... das Papier.) KM, Tb 8. 10. 1940 und 19. 10. 1940.
302 Gefühl ... Freunden. – Ebd., 6. 10. 1940.

Letzte Liebe

305 hinter ... Nazi-Regierung. TM, Vorwort zu: *Deutsche Hörer!* (Radiosendungen nach Deutschland; 1995), S. 7.
zur ... Widerstands. TM, Tb 25. 8. 1941.
306 Heute ... doch wohl. TM/HM, *Briefwechsel 1900–1949*, am 30. 12. 1941, S. 336.
Deutsche Hörer ... Brandstifter-Regime. TM, *Deutsche Hörer!*, März 1941, S. 22 und 23.
306f Die vereinigten ... vernichten!‹ Ebd., Februar 1942, S. 54f.

307 Haben Sie meine ... selbst zu sein. Thomas Mann/Agnes Meyer, *Briefwechsel 1937–1955*, Frankfurt a. M. 1992, am 29. 12. 1940, S. 250.

308 Die Forderung des Tages. TM, Titel eines Essaybandes, erschienen 1941.

Die Heimsuchung ... Kämpfer gemacht. TM, »Hitler – Das Chaos! Ein Aufruf von Thomas Mann«, in: *Achtung Europa!*, S. 313.

313 Ich schreibe ... Eintracht. Thomas Mann/Agnes Meyer, *Briefwechsel 1937–1955*, Frankfurt a. M. 1992, 6. recte 7. 12. 1941, S. 337.

Im Kriege ... Italien hinauslief. TM, Tb 7. 12. und 8. 12. und 9. 12. 1941.

seine ... gewaltig. TM, Tb 9. 12. 1941.

große Gegenspieler. Ebd., 11. 12. 1941.

Ach, ... zertreten? Thomas Mann/Agnes Meyer, *Briefwechsel 1937–1955*, Frankfurt a. M. 1992, am 23. 12. 1941, S. 346.

315 Daß man ... anders gedacht. Nelly Mann zit. n. Joachim Seyppel, *Abschied von Europa*, Berlin/Weimar 1975, S. 304.

einen arzt ... hungern. Bertolt Brecht, *arbeitsjournal*, Frankfurt a. M. 1973, am 11. 11. 1943.

316 Beim jüngsten ... werden muß. TM, *Deutsche Hörer!*, April 1942, S. 58 f.

Das alte ... es erleiden. Ebd., S. 59 f.

319 Diese Zeitschrift ... zu besiegen. KM, »Decision«, in: *Zweimal Deutschland* (Aufsätze, Reden, Kritiken; 1994), S. 238 f.

es würde ... *schmeicheln*. KM, *Briefe und Antworten*, am 11. 4. 1941, S. 446.

Sollte ... *Sau* sein. Ebd., am 20. 4. 1941, S. 451.

322 melancholischer ... auf Roosevelt. KM, Tb 13. 10. 1940.

sehr ... Typen. Ebd., 20. 10. 1940.

324 Das ›Gegenglück‹ ... mich fest. KM, *Der Wendepunkt*, 10. 8. 1941.

325 UMSONST ... hinaus. Ebd., 31. 1. 1942.

325f Was für … auch hinein.) Ebd., 11. 8. 1941.
326 Amerika … holt …) Ebd., 12. 12. 1941.
326f particular descretion/über mehrere … single bed. Alle, auch im Folgenden das FBI betreffenden Zitate (z. T. übersetzt) aus Berichten vom 26. 10. und 15. 12. 1941, 26. 5. und 18. 6. 1942 sowie 7. 9. 1943, zit. n. Alexander Stephan, *Im Visier des FBI,* Stuttgart/Weimar 1995, S. 158–174 und 546 f.
327 lieber von … zur Folge hat. KM, *Briefe und Antworten,* am 15. 4. 1942, S. 480.
Wollen Sie … Naturalisation. KM, *Der Wendepunkt,* 24. 4. 1942.
Heute … abgewiesen‹. Ebd., 28. 5., 2. 6. und 4. 6. 1942.
328 Deutsche Hörer! … findet ihr es? TM, *Deutsche Hörer!,* 27. September 1942.
329 Endloses … nackt) KM, *Der Wendepunkt,* 7. 9. 1942.
Es ist harte … kommen. KM, Tb 14. 10. 1942.
kein Außenseiter, keine Ausnahme mehr. KM, *Der Wendepunkt,* 31. 1. 1942.
Brief von … zu Ende ist …) Ebd., 12. 11. 1942.
einmal … solidarisch. Ebd., 31. 1. 1942.
ACCEPTED! Ebd., 14. 12. 1942.
unter uns … doch spielt! Ebd., Brief vom 6. 1. 1943.
330 Das Exerzieren … Tisch setzte. Ebd., Brief vom 14. 2. 1943.
Klaus hat … energisch eingreift. Thomas Mann/Agnes Meyer, *Briefwechsel 1937–1955*, Frankfurt a. M. 1992, am 8. 4. 1943, S. 468.
332 As a … man … Siehe Anm. zu S. 381 ff.
Dieser *Military* … Fragen. KM, Tb 5. 9. 1943.
Endlich … lassen werdet. KM, *Der Wendepunkt,* S. 630.
336 Wie der Krieg … ein Mann. KM, *Briefe und Antworten,* 27. 4. 1943, S. 508.
Dann in … zweideutig. KM, Tb 3. 12. 1943.
337 Achtung! Achtung! … werden! KM, in: *Auf verlorenem Posten* (Aufsätze, Reden, Kritiken; 1994), S. 178.
Man mutet … euch … Ebd., S. 169.

338 f auch ich bin ... deinen Glauben. KM, *Der Wendepunkt*, S. 22. 6. 1944, S. 643–645.
339 glücklicher ... wann? KM, Tb 26. 6. 1944.
339 f *Ich* ... auf uns getauft. TM, *Doktor Faustus* (1998), XXV. Kapitel, S. 333 f.
340 moderne ... Deutschlands. TM, zit. n. KM, *Briefe und Antworten*, am 27. 4. 1943, S. 509 f.
Was für ... Zauberer. KM, *Der Wendepunkt*, am 5. 12. 1943, S. 633.
340 f Doktor ... Gegenstand bildet. Thomas Mann/Agnes Meyer, *Briefwechsel 1937–1955*, Frankfurt a. M. 1992, am 13. 9. 1944, S. 586.
341 Eine Gesamterkältung ... Ewigkeit ... TM, *Doktor Faustus*, XXV. Kapitel, S. 333 f.
341 f Lieber ... leid tut. Nelly Mann, zit. n. Marianne Krüll, *Im Netz der Zauberer*, Frankfurt a. M. 1993, S. 367.
342 Abends ... eingefunden. TM, Tb 9. 2. 1944.
346 9 Uhr auf ... Viertel. Ebd. 17. 12. 1944.
336–348 Erdhügel ... zum Auto. Salka Viertel, *Das unbelehrbare Herz*, Hamburg/Düsseldorf 1970, S. 407–409.
348 H. in Tränen ... seinetwegen. TM, Tb 20. 12. 1944.
Mein Bruder ... wurde. Thomas Mann/Agnes Meyer, *Briefwechsel 1937–1955*, Frankfurt a. M. 1992, 1. 1. 1945, S. 613.
Wie beschämend ... zu sagen ...) KM, *Briefe und Antworten*, am Neujahrsabend 1944, S. 531 (dt. S. 771).
348 f Du ... bei Dir. Ebd., am 19. 1. 1945, S. 532 (dt. S. 773).
349 Personen ... für uns. HM, zit. n. Klaus Schröter, *Heinrich Mann*, Reinbek 1993, S. 149.
Sie war ... bei mir. HM an Salomea Rottenberg, zit n. Sigrid Anger (Hg.), Heinrich Mann 1871–1950. Werk und Leben in Dokumenten und Bildern, Berlin/Weimar 1977, S. 330.
Wir standen ... als über ihn. TM, *Die Entstehung des Doktor Faustus* (1998), S. 78 und 79.
349 f Details ... paar Stunden. TM, Tb 12. 4. 1945.

350 ich bin ... zu tragen. Thomas Mann/Agnes Meyer, *Briefwechsel 1937–1955*, Frankfurt a. M. 1992, am 3. 10. 1941, S. 319.
Ein reizenderes ... letzte Liebe. Ebd., am 22. 1. 1942, S. 359.
Mir geht ... befreundet. Ebd., am 8. 5. 1943, S. 474.
Himmelsblau/voll von ... Kind. TM, *Die Entstehung des Doktor Faustus*, S. 22.
350 f Ich muß ... ›'Nacht!‹. TM, *Briefe II*, am 6. 5. 1943, S. 311.
352 Die Russen ... Berlins. TM, Tb 24. 4. 1945.
Freudiger ... Leipzig. Ebd., 19. 4. 1945.
Nürnberg ... verteidigt. Ebd., 18. 4. 1945.
Deutsche Hörer! ... furchtbar sein. TM, *Deutsche Hörer!*, 19. 4. 1945, S. 148 f.
353 jede Erwartung ... verantwortlich. TM, Tb 19. 4. 1945.
nun vor ... Greuel. TM, *Die Entstehung des Doktor Faustus*, S. 80.
Schulterte ... XXVI. TM, Tb 20. 4. 1945.
Hitler sei ... Nazi-Bonzen. Ebd., 27. 4. und 30. 4. 1945.
Stalin ... besetzt. Ebd., 2. 5. 1945.
Anfänge ... zu sein. Ebd., 3. 5. 1945.
354 glich er ... Zweifel! KM, *Der Wendepunkt*, 16. 5. 1945, S. 680 f.
München ist ... böser Traum. KM, »Es gibt keine Heimkehr!«, in: *Auf verlorenem Posten*, S. 227.
Das Gerüst ... könnte! KM, *Der Wendepunkt*, 16. 5. 1945, S. 670 f.
354 f Es gab ... Kücheneinrichtung. KM, »Es gibt keine Heimkehr!«, in: *Auf verlorenem Posten*, S. 228.
355 f Wo befand ... daheim ... KM, *Der Wendepunkt*, 16. 5. 1945, S. 670–676.
357 Unsere ... das Zeichen. Ebd., 1.7. 1945, S. 687–690.
358 unerklärtes ... stark mitgenommen. TM, Tb 21. 7. und 27. 7. und 3. 8. 1945.
359 Garzu ... sich hatte. TM, *Doktor Faustus*, Kapitel XLIV, S. 617.

359 f Mein Bedingnis ... lieben. Ebd., XXV. Kapitel, S. 334.

360 kalt ... heiß genug. Ebd., S. 335.
Das ›göttliche ... beschlossen. TM, *Die Entstehung des Doktor Faustus*, S. 147.
Ich schilderte ... glauben läßt. Ebd. S. 146 f.
Die Illumination ... Verzückung. TM, *Doktor Faustus*, XXV. Kapitel, S. 334.
anmutige ... näherte sich. TM, *Die Entstehung des Doktor Faustus*, S. 143.
›Mit Leide!‹ ... bitter schwer. Ebd., S. 147.
Körperlich ... Bronchien. TM, Tb 28. 10. 1946.

361 Nur alle 24 ... Besessenheit. TM, *Doktor Faustus*, Kapitel XLIV, S. 627.
›Welche ... empfänglich ...‹. Ebd., S. 630.

361 f Nepomuk ... ihre Heimat. Ebd., S. 633.

362 süße ... Episode. TM, *Die Entstehung des Doktor Faustus*, S. 148.
Das XLV .... mußte. Ebd.

363 Nach Tische ... sein. TM, Tb 22. 12. 1945.
in halb ... geäußert. TM, *Die Entstehung des Doktor Faustus*, S. 7.

364 seinen ... erreichte. Ebd., S. 8.

365 den fliegenden ... fest zu halten. TM, Tb 11. 2. 1934.
in Ausführung ... Vorsatzes. TM, Tb 21. 5. 1945.
meinen ... zu holen. Thomas Mann/Agnes Meyer, *Briefwechsel 1937–1955*, Frankfurt a. M. 1992, am 11. 5. 1945, S. 627.

366 das Aphrodisiacum ... verlangte. TM, *Doktor Faustus*, XXV. Kapitel, S. 333.
Aber man ... Psychologie. Ebd., S. 334.
ein Hin und Her ... folgte. TM, *Die Entstehung des Doktor Faustus*, S. 111.

366 f Besuch von ... schuld. TM, Tb 1. 4. 1946.

367 die Notwendigkeit ... am bequemsten. TM, *Die Entstehung des Doktor Faustus*, S. 111 f.

368 der ersten Chirurgen Amerikas. Ebd., S. 112.

Nie vergesse ... Zartheit. Ebd., S. 117.
369 hübsche ... weiblich. Ebd., S. 121.
Pneumotom ... Ansehen. Ebd., S. 112.
369f Noch ... Auflösung ist; Ebd., S. 118f.
371 Saß ich ... haben. TM, *Doktor Faustus*, XXV. Kapitel, S. 335.
triumphale ... von Mark. KM, »Der Liebling von Berlin«, in: *Auf verlorenem Posten,* S. 332.
Irgendwie ... Blumenmeer; KM, »Alte Bekannte«, in: *Auf verlorenem Posten,* S. 380.
372 War er ... Nazizeit. Ebd., S. 380f.
Eine Kultur ... verschüttet. KM, »Kunst und Politik«, in: *Auf verlorenem Posten* S. 327.
373 Invasion ... Enkeln. TM, Tb 28. 6. 1948.
hysterischer ... Moni's. Ebd., 7. 7. 1948.
Diskussion ... Moni. Ebd., 6. 6. 1948.
Abends ... arbeitet. KM, Tb 31. 5. 1948.
die Geschichte ... Glockenläuten ...KM, *Briefe und Antworten*, am 22. 7. 1948, S. 589.
Gegangen ... beglückend. TM, Tb 24. 6. 1948.
376 Was ich ... Frucht. GM, zit. n. KM, *Briefe und Antworten*, S. 653.
Ich füge ... mehr. Ebd., S. 655.
377 seine ... Hofnärrin. Ebd., S. 656.
Gearbeitet ... erfolglos! KM, Tb 14. 6. 1948.
378 Überhaupt ... etwas. GM, zit. n. KM, *Briefe und Antworten*, S. 653.
Harold ... arbeiten. KM, Tb 7. 6. 1948.
Harold ... entlassen. Ebd., 9. 6. 1948.
379 H. – der ... Selbstmord‹ Ebd., 10. 6. 1948.
Harold ... verwirkt. Ebd., 11. 6. 1948.
mit Erika ... erweisen. TM, Tb 11. 6. 1948.
Geschenk von E. KM, Tb 15. 6. 1948.
381 Nachmittags ... Zimmer. TM, Tb 13. 7. 1948.
382 Der Psychiater ... Frage. GM, zit. n. KM, *Briefe und Antworten*, S. 657.

384 verliert seine Wohnung. TM, Tb 26. 6. 1948.
Gern ... bei uns. TM, »Bericht über meinen Bruder«, in: TM/HM, *Briefwechsel 1900–1949*, S. 413.
Gott sei Dank ... Bruder. Katia Mann, *Meine ungeschriebenen Memoiren*, S. 153.
386 Moni ... Schweiz. TM, Tb 24. 7. 1948.
386 als ... kommen. Thomas Mann/Agnes Meyer, *Briefwechsel 1937–1955*, Frankfurt a. M. 1992, am 17. 3. 1948, S. 699.
388 Es fällt mir ... Kindern. TM, *Briefe III* (1996), am 19. 12. 1948, S. 64.
389 7.30: Tomski. KM, Tb 21. 3. 1949.
390 Herr ... spielt. KM, *Briefe und Antworten*, am 12. 5. 1949, S. 614.
zuviel genommen. KM, Tb 22. 4. 1949.
... und ... versucht ... Ebd., 7. 4. 1949.
391 das Wetter ... Zustand. Ebd., 3. 5. 1949.
ich war Dir ... kurzangebunden. KM, *Briefe und Antworten*, am 4. 5. 1949, S. 612.
392 ziemlich schlecht ... Tränen. KM, Tb 6. 5. 1949.
Nachmittags ... Rückfall). Ebd., 17. 5. 1949.
394 f Bei Ankunft ... Reisezukunft. TM, Tb 22. 5. 1949.
397 Die akademische ... mitgemacht. Ebd., 31. 5. 1949.
verschleierte ... Tränen. Ebd, 24. und 25. 5. 1949.
Die Ankunft ... Gefühle. Ebd., 2. 6. 1949.
397 f In der ... ich nicht. Ebd., 21. 5. 1949.
398 Sonderbare ... Reise! Ebd., 14. 7. 1949.
Morgens ... ginge. Ebd., 23. 7. 1949.
es ist der ... Landes. TM, »Ansprache im Goethejahr«, in: *Über mich selbst*, S. 454 f.
Will es ... gemieden hätte. Ebd., S. 455.
398 f das Land ... Volke steht‹! Ebd., S. 455 f.
399 – natürlich ... Behörde – TM, »Reisebericht«, in: *Über mich selbst*, S. 470.
Was folgte ... hatte. TM, Tb 4. 8. 1949.
die kleine ... müßten. TM, »Reisebericht«, in: *Über mich selbst*, S. 470.

So gut … lassen. Ebd., S. 475.
wie denn … wurde. Ebd., S. 471.
399f Die Reise … zu gehen. Katia Mann, *Meine ungeschriebenen Memoiren*, S. 166.
400 Mein Leben … Hindurchkommen. TM, Tb 14. 8. 1949.
401 Die alte … Alter. HM, zit. n. Klaus Schröter, *Heinrich Mann*, Reinbek 1993, S. 160.
Ich kenne … Menschen. Zit. n. Golo Mann/Marcel Reich-Ranicki, *Enthusiasten der Literatur*, Frankfurt a. M. 2000, S. 127.
401f sie kommen … eigensinnig. Golo Mann, ebd., S. 128.
402 Wenn ich … nicht hat. Ebd., S. 129.
Heinrich … deprimierend. TM, Tb 5. 10. 1949.
seinen … ›verschoben‹. Ebd., 17. 10. 1949.
Kabinenbelegung … erwarten ihn. Ebd., 8. 2. 1950.
403 brüderliche Welterlebnis. TM/HM, *Briefwechsel 1900–1949*, TM 3. 1. 1918, S. 175.
in Stunden … gedacht‹. TM, Ansprache an den Bruder, am 27. März 1931, in: ebd., S. 378.
Lebensauftrieb … dunkel. TM, Tb 11. 9. 1949.
404 Er ist ein … lau. HM, *Ein Zeitalter wird besichtigt*, S. 242.
Nach der … Fünfen. TM Tb 11. 3. 1950.
404f Uns trennte … deine Schuhe. HM, *Der Atem* (1993), S. 423.
406 K. berichtet … zu haben. TM, Tb 12. 3. 1950.
408 das Profil … geht. TM, Tb 9. 7. 1950.
409 kleine Tegernseer. Ebd., 3. 7. 1950.
Fragte … zu sagen. Ebd.
Hätte … Herz‹. Ebd., 8. 7. 1950.
410 was mich … Naturen. Ebd., 19. 7. 1950.
411 gar zu hübschen Augen. Ebd., 8. 7. 1950.
Ist doch … zeigt? Michelangelo, zit n. TM, Tb 19. 7. 1950.
diese … schöne Augen. TM, ebd., 20. 7. 1950.
Immer … Gesichts. Ebd., 19. 7. 1950.
412 Das Gefallen … entspräche. Ebd., 8. 7. 1950.
Sagte … glaubte. Ebd., 7. 7. 1950.

413 stündliche ... Armin. Ebd., 11. 7. 1950.
Furcht ... könnte. Ebd., 12. 7. 1950.
Verliebtheit ... Sinnlichkeit. TM, »Michelangelo in seinen Dichtungen«, in: *Meine Zeit* (Essays; 1997), S. 193.
gewisser Stolz ... spricht mit. TM, Tb 10. 7. 1950.

413 f ›Er‹ ... liegt. Ebd., 14. 7. 1950.

414 Der Gedanke ... Essay. Ebd., 16. 7. 1950.
der Untergrund ... Werkes. TM, »Michelangelo in seinen Dichtungen«, in: *Meine Zeit,* S. 200.

415 die Rückkehr ... Genies. TM, Tb 14. 7. 1950.
Ich küsse ... Unterarms. TM, *Bekenntnisse des Hochstaplers Felix Krull* (1997), S. 187.
›Armand‹ ... entehrt! Ebd., S. 183.
Wir Weiber ... entsetzlich! Ebd., S. 185.

417 Tochter-Adjutantin. TM, Tb 1. 2. 1948.
ihre Verbitterung ... Schweiz. Ebd., 21. 12. 1949.

417 f Direktor ... Albernheit. Ebd., 8. 2. 1950.

418 Die Administration ... schwebten. Thomas Mann/Agnes Meyer, *Briefwechsel 1937–1955*, Frankfurt a. M. 1992, am 23. 3. 1950, S. 733 f.

418 f literarische ... geschehen. TM, Tb 18. 7. 1950.

419 »Ich stelle fest«, Offener Brief an die Leser der New Yorker Emigrantenzeitschrift *Aufbau* am 13. 4. 1951, in: *Meine Zeit,* S. 207.
Der Nazismus ... gehofft hatte. EM, *Briefe und Antworten 1*, München 1984, S. 280.

421 Das Ziel erreicht. TM, Tb 1. 7. 1952.

421 f Gruß von ... Wiederkehr. Thomas Mann/Agnes Meyer, *Briefwechsel 1937–1955*, Frankfurt a. M. 1992, am 7. 11. 1952, S. 773 f.

422 Mir geschah ... kleine Nachricht. Ebd., am 24. 12. 1952, S. 775 f.
Meine Eltern ... hier mit. Monika Mann, *Vergangenes und Gegenwärtiges. Erinnerungen*, Reinbek 2001, S. 118.

422 f Als wir ... Geist vertrat. Ebd., 119 f.

423 f Spezial-Audienz ... gewartet. TM, Tb 1. 5. 1953.

424f Erikas ... Leben schwer. Ebd., 29. 7. 1950.
425 Haßverzehrtheit ... Selbstzerstörung. Ebd., 11. 1. 1953.
426 An der ... weinen. Ebd., 18. 7. 1953.
Erregt ... Ehe-Rede. Ebd., 19. 7. 1953.
Sie wissen ... zu kommen. TM, *Briefe I*, Anfang Juni 1904, S. 45.
Nur Liebe! Nur Liebe!. Ebd., 6. Juni 1904, S. 46.
Zuweilen ... Freude. Ebd., Ende Mai 1904, S. 44.
sehr groß und hübsch. TM, Tb 24. 7. 1953.
Nach ... Kreises. Ebd., 25. 7. 1953.
427f Angefangen ... gedacht sein. TM, Katia Mann zum siebzigsten Geburtstag, in: *Meine Zeit*, S. 248, 251 f.
428 Wolkig ... Grabe. TM, Tb 27. 7. 1953.
429 wir ... Adresse. Thomas Mann/Agnes Meyer, *Briefwechsel 1937–1955*, Frankfurt a. M. 1992, am 8. 2. 1954, S. 785.
Fühle ... Kraft. TM, Tb 7. 4. 1953.
Sehr ... eigentlich? Ebd., 13. 5. 1953.
Durch ... abließ. Ebd., 17. 4. 1953.
Die Münchener ... wüßten. – Ebd., 15. 4. 1954.
Gestern ... Notwendigkeit. Ebd., 10. 4. 1954.
Im ›Merkur‹ ... interessant. Ebd., 8. 4. 1954.
431–433 lange leben ... foris pax! TM, Ansprache in Lübeck, in: *Über mich selbst*, S. 515–517.
433 Verabschiedungen ... Aufatmen. TM, Tb 26. 5. 1955 (»Die Schiller- und Lübeck-Reise«).
434 $^1/_2$2 nachgenommen. TM, Tb 27. 5. 1955.
435 Absolutes ... 6 Wochen! Ebd. 22. 7. 1955.
lassen ... lichten. Ebd., 29. 7. 1955.
Er war ... nachhorcht. EM, »Das letzte Jahr«, in: *Mein Vater, der Zauberer*, Reinbek 1996, S. 453.
Der Letztausharrende von Fünfen. TM (nach dem Tod von Bruder Heinrich), Tb 11. 3. 1950.
439 Was für ... schreiben. KM, Tb 3. 7. 1936.

Bildnachweise

Wenn nicht anders angegeben, liegen die Rechte der Filmbilder bei der Bavaria Film GmbH, München.

WDR, Köln/Bavaria Film, München: 10, 19, 20, 23, 26, 29 o., 47 o., 52 o., 60, 73 o., 74 o., 77, 80, 81, 83, 84, 91, 109, 112, 119, 120, 140, 141, 153, 154, 160, 164, 170, 172, 176, 180, 184, 193, 230, 233, 240, 241, 254, 260, 261, 276, 280, 294, 300, 317, 318 l., 331, 343, 344, 347, 368, 370, 382, 414 o., 425, 427, 431, 432

Stefan Falke, München: 32, 34, 36, 44, 93, 118, 150

Privat-Archiv Horst Königstein, Hamburg: 52, 72, 73, 76, 190, 191 r., 212 © R. Milker, 235, 321 r. © R. Milker, 374, 376

Ullstein Bilderdienst, Berlin: 218, 391

Staatsbibliothek zu Berlin/Stiftung Preußischer Kulturbesitz: 55 r.

Stiftung Archiv der Akademie der Künste, Berlin: 69

Peter Gosztony: ›Der Kampf um Berlin in Augenzeugenberichten‹. Düsseldorf: Karl Rauch Verlag 1970: 353

Thomas Mann – Ein Leben in Bildern. Hg. v. Hans Wysling u. Yvonne Schmidlin. Düsseldorf: Artemis & Winkler 1994, S. 319: 188

S. Fischer Verlag, Frankfurt: 25

Elisabeth Mann Borgese, Privatbesitz: 275

Sammlung Blahak, Hannover: 50

Hartwig Dräger: ›Buddenbrooks‹. Lübeck: Dräger Druck 1993: 105 r.

Deutsches Literaturarchiv im Schiller-Nationalmuseum, Marbach: 191, 338

Literaturarchiv der Monacensia, München: 51, 53, 55, 64, 74, 98, 195, 211, 229, 266, 310, 325, 326, 328, 330, 354, 355, 371, 378, 387, 396, 417, 419

Bildnachweise

Handschriftenabteilung der Staatsbibliothek München: 229

Thomas-Mann-Förderkreis München e. V., Sammlung Anita Naef: 142

Rowohlt-Archiv, Reinbek: 211 o.

Süddeutscher Verlag – Bilderdienst, München: 348

»Ruhe gibt es nicht, bis zum Schluss«. Klaus Mann (1906–1949). Bilder und Dokumente, hg. v. Uwe Naumann. Reinbek: Rowohlt 1999, S. 253: 322

Thomas-Mann-Archiv der ETH Zürich/Keystone: 9, 30, 40, 43, 45, 78, 79, 82, 88, 130, 136, 183, 188, 202, 219, 265, 276, 290, 307, 309, 312, 358, 359, 399, 401, 417 o., 422, 424, 428

In Fällen, wo ein Nachweis nicht möglich war, bittet der Verlag die Inhaber des Copyrights um Nachricht.